Vossenhuid

Van dezelfde auteur:

De beeldhouwster
De donkere kamer
Het heksenmasker
Niemandsland
Het ijshuis

Minette Walters

Vossenhuid

2003 – De Boekerij – Amsterdam

Oorspronkelijke titel: Fox Evil (Macmillan)
Vertaling: Nienke van der Meulen
Omslagontwerp: Studio Eric Wondergem BNO
Omslagfoto: Fotostock
Foto pagina 203: Hulton Getty

ISBN 90-225-3334-4

Voor al mijn neven en nichten van de Jebb- en Paul-kant,
dichtbij of ver weg.

Bloed kruipt waar het niet gaan kan.

De Leeuw, de Vos en de Ezel

De Leeuw, de Vos en de Ezel spraken af om elkaar bij de jacht te helpen. Toen ze een grote buit bijeen hadden en uit het bos terugkwamen, vroeg de Leeuw de Ezel aan alle drie de deelnemers van het pact de portie te geven die hem toekwam. De Ezel verdeelde de buit zorgvuldig in drie gelijke delen en vroeg bescheiden aan de andere twee eerst hun keuze te maken. Daarop ontstak de Leeuw in woede en hij verslond de Ezel. Toen vroeg hij aan de Vos of hij zo vriendelijk wilde zijn de verdeling te maken. De Vos schoof alles wat ze gedood hadden op een grote hoop en hield voor zichzelf slechts een miniem stukje. De Leeuw zei: 'Wie, beste kerel, heeft jou de kunst van het verdelen bijgebracht? Je hebt het vrijwel perfect gedaan.' De Vos antwoordde: 'Die heb ik van de Ezel geleerd, toen ik zag wat zijn lot was.' Gelukkig is de mens die uit het ongeluk van anderen lering trekt.

AESOPUS

fox evil, 'een ziekte waarbij het haar uitvalt' (*Farmer's Encycl.* van Johnson, 1842), alopecia

Oxford English Dictionary, 2002

alopecia areata – pleksgewijze kaalheid van de hoofdhuid, mogelijk veroorzaakt door een zenuwstoring. (Gr. *alopekia*, vossenschurft, een kale plek, *alopekoeides*, als van een vos, *alopex*, vos)

Chambers English Dictionary

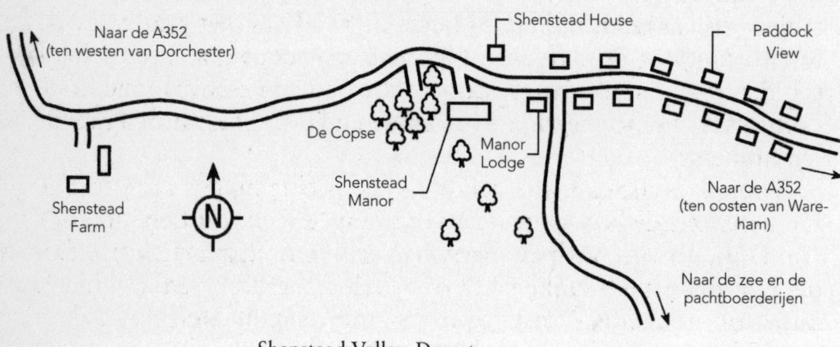

Shenstead Valley, Dorset

1

Juni 2001

Op zoek naar voedsel glipte de vos stilletjes door de nacht. Slechts een flits af en toe van zijn witgepunte staart gaf blijk van zijn aanwezigheid. De geur van een das deed zijn neus trillen, en voorzichtig liep hij langs de rand van het pad waar de territoriumvlag was afgezet. Het was een schuw, nerveus schepsel, dat verstandig genoeg was om het pad van een vraatzuchtige vechtjas met krachtige klauwen en een gemeen stel tanden te willen mijden.

Voor de lucht van smeulende tabak voelde hij geen angst. Die lucht betekende brood en vlees voor hemzelf, en stukken kip voor zijn wijfje en haar welpen – een makkelijke buit, makkelijker dan de moeizame nachtelijke jacht op woel- en veldmuizen. Hij bleef, altijd op zijn hoede, een paar minuten staan, alert op iedere vreemde beweging. Die was er niet. Degene die rookte stond net zo stil als hijzelf. Uiteindelijk, in een vertrouwensvolle respons op de pavlovstimulus, sloop hij naar voren, in de richting van die bekende lucht, niet beseffend dat een shagje heel iets anders was dan de pijp die hij kende.

De illegale val met zijn wrede metalen tanden klapte dicht om de tengere voorpoot met de bijtkracht van een enorme das, scheurde het vlees kapot en brak het bot. De vos schreeuwde het uit van pijn en woede en hapte in het niets van de nachtlucht, zoekend naar een tegenstander die er niet was. Er wordt wel gezegd dat vossen zo listig zijn, maar hij was niet slim genoeg geweest om te beseffen dat de bewegingloze figuur naast de boom totaal niet leek op de geduldige oude man die hem zo vaak gevoed had.

Het hele bos barstte in antwoord op zijn angst in geluid los. Vogels op hun tak klapperden met hun vleugels, knaagdieren haastten zich weg, een schuilplaats in. Een andere vos, misschien zijn wijfje, blafte een waarschuwing aan de andere kant van het veld. De gedaante naast de boom haalde een hamer uit zijn jaszak en boog zich naar de vos over. De weggeschoren sporen in zijn hoofdhaar gaven kennelijk de indruk dat hij een grotere, sterkere vijand was dan de vos aankon, want het dier hield op met schreeuwen en liet zich onderdanig jammerend op zijn buik zakken. Maar er was geen genade. Zijn puntige snuit werd verbrijzeld voor de val werd open gebogen en terwijl hij nog leefde werd zijn staart er met een ouderwets scheermes afgehakt.

Zijn beul spuugde zijn sigaret op de grond en vertrapte de peuk onder zijn hiel voor hij de staart in zijn zak stak en het dier bij zijn nekvel greep. Hij glipte net zo stilletjes tussen de bomen door als de vos eerder had gedaan en bleef aan de bosrand staan. Zijn gedaante smolt weg in de schaduw van een eik. Vijftien meter verderop, aan de overkant van de droge sloot, was de oude man op zijn terras overeind gesprongen. Hij tuurde naar de rij bomen, een geweer op schouderhoogte gericht op de man die hij niet kon zien. Het licht dat vanuit de openslaande deuren naar buiten viel toonde zijn gezicht, dat vertrokken was van woede. Hij kende de kreet van een dier dat pijn had, hij wist dat het abrupte zwijgen betekende dat zijn kaak verbrijzeld was. Natuurlijk wist hij dat. Dit was niet de eerste keer dat er een gebroken lichaam aan zijn voeten werd neergegooid.

Hij zag de beweging van de in het zwart gestoken arm met de zwarte handschoen niet toen de stervende vos naar hem toe geworpen werd, maar hij ving de witte vlekken op van de poten die door het lamplicht tuimelden. Hij richtte met moord in zijn hart onder die poten en schoot beide lopen leeg.

Dorset Echo, zaterdag 25 augustus 2001

INVASIE VAN REIZIGERS

Het golvende heuvelland van Dorsets Ridgeway biedt onderdak aan het grootste illegale woonwagenkamp uit de geschiedenis van dat graafschap. De politie schat dat er zo'n 200 caravans en bussen en meer dan 500 zigeuners en reizigers zijn neergestreken bij het pittoreske Barton Edge voor een rave in het vrije bank holiday-weekend in augustus.

Vanaf de ramen van de psychedelische bus van Bella Preston is het uitzicht op de in de Jura ontstane kustlijn van Dorset, die op de nominatie staat uitgeroepen te worden tot beschermd landschap, indrukwekkend. Links de majestueuze kliffen van Ringstead Bay, rechts de indrukwekkende rotsmassa van Portland Bill en recht vooruit het oogverblindend blauw van het Kanaal.

'Het mooiste uitzicht van heel Engeland,' zegt Bella (35) en ze drukt haar drie dochters tegen zich aan. 'De kinderen zijn er gek op. We proberen hier altijd de zomer door te brengen.' Bella, een alleenstaande moeder uit Essex die zichzelf 'sociaal werkster' noemt, was een van de eersten ter plekke. 'Toen we in juni in Stonehenge waren voor de zonnewende, hebben we een afspraak voor deze rave gemaakt. Zulk nieuws verspreidt zich als een lopend vuurtje, maar we hadden niet gedacht dat er zó veel mensen zouden komen.'

De politie van Dorset werd gealarmeerd toen gisterochtend een ongewoon groot aantal bussen en caravans het graafschap binnenreed. De wegen naar Barton Edge werden afgezet in een poging de invasie een halt toe te roepen. Dat resulteerde in een aantal files, tot acht kilometer lengte, die tot woede leidden van de plaatselijke bevolking en van bonafide toeristen die vast kwamen te zitten. Aangezien er op de smalle weggetjes van Dorset voor caravans en bussen geen ruimte is om te keren, werd besloten de rave toe te staan.

Will Harris (58, agrariër), wiens land door het illegale

kamp bezet is, is woedend omdat de politie en de lokale autoriteiten niet bij machte zijn in te grijpen. 'Ze hebben me gezegd dat ik gearresteerd word als ik die mensen provoceer,' fulmineert hij. 'Ze vernielen m'n hekken en m'n gewassen, maar als ik daarover klaag en er klappen vallen, dan is dat mijn schuld. Is dat nou rechtvaardigheid?'

Sally Macey (48), door de plaatselijke autoriteiten aangesteld als contactpersoon met de reizigers, zei gisteravond dat ze een formele aanzegging hebben gekregen zich te verwijderen. Ze gaf toe dat dit soort aanzeggingen weinig voorstelt. 'Reizigers opereren op basis van het gegeven dat ze dan nog een week uitstel hebben,' zei ze. 'Ze vertrekken meestal net voor de aanzeggingstermijn verloopt. Ondertussen vragen we hun zich te onthouden van intimiderend gedrag en hun vuilnis alleen op aangewezen plekken te storten.'

Will Harris is niet onder de indruk. Hij wijst op de vuilniszakken die bij de ingang van zijn erf zijn neergegooid. 'Morgen, als de vossen eraan hebben gezeten, ligt die rotzooi overal. En wie gaat de schoonmaak betalen? Het heeft een boer in Devon tienduizend pond gekost om zijn land schoon te krijgen na een kamp dat maar half zo groot was als dit.'

Bella Preston kan met hem meevoelen. 'Als ik hier woonde, zou ik het ook niet leuk vinden. Vorige keer toen we zo'n grote houseparty hielden, kwamen er zo'n 2000 tieners uit de omgeving op af. Dat gebeurt vast weer. De muziek gaat de hele nacht door en staat behoorlijk hard.'

Een zegsman van de politie bevestigt dit. 'We waarschuwen de omgeving dat de geluidsoverlast het hele weekend zal aanhouden. Helaas kunnen we in dit soort situaties weinig doen. Onnodige confrontaties vermijden heeft bij ons de prioriteit.' Hij beaamt dat het heel waarschijnlijk is dat er jongelui uit Bournemouth en Weymouth op af zullen komen. 'Een gratis houseparty in de openlucht is een trekpleister. De politie staat paraat, maar we verwachten dat het allemaal vredig zal verlopen.'

Will Harris is niet zo optimistisch. 'Maar als het niet zo vredig verloopt, ligt mijn boerderij midden in het schootsveld,' zegt hij. 'Er zijn te weinig politiemensen in Dorset om deze grote aantallen mensen weg te krijgen. Ze zullen het leger moeten inzetten.'

2

Barton Edge – bank holiday-weekend, augustus 2001

WOLFIE VAN TIEN RAAPTE AL ZIJN MOED BIJ ELKAAR OM ZIJN VAder aan te spreken. Zijn moeder had gezien dat er andere mensen weggingen, en ze wilde geen aandacht trekken. 'Als we te lang blijven,' zei ze tegen het kind terwijl ze haar magere armen om hem heen sloeg en haar hoofd tegen zijn wang legde, 'dan komen de wereldverbeteraars je controleren op blauwe plekken en als ze die vinden nemen ze je mee.' Haar eerste kind was jaren geleden bij haar weggehaald en ze had haar twee overgebleven kinderen doordrongen van een niet-aflatende angst voor de politie en sociaal werkers. Vergeleken daarmee waren blauwe plekken slechts lichte ongemakken.

Wolfie klom op de voorbumper van de bus en tuurde door de voorruit. Als Fox sliep, dan ging hij van zijn leven niet naar binnen. Fox was des duivels als je hem wakker maakte. Hij had een keer op Wolfies hand ingehakt met een scheermes dat hij onder zijn kussen bewaarde toen Wolfie per ongeluk zijn schouder had aangeraakt. Meestal zaten hij en Cub, zijn kleine broertje, onder de bus terwijl hun vader sliep en hun moeder huilde. Zelfs als het koud was en regende, durfden ze alleen naar binnen als Fox er niet was.

Wolfie vond Fox een goede naam voor zijn vader. Hij jaagde 's nachts, onder de dekmantel van de duisternis, glipte onzichtbaar van schaduw naar schaduw. Soms stuurde Wolfies moeder hem achter Fox aan om te zien wat hij uitvoerde, maar Wolfie was te bang voor het scheermes om lang achter hem aan te gaan. Hij had gezien hoe Fox het bij dieren gebruikte, had de doodsreutel van een hert gehoord als zijn keel langzaam werd doorgesneden, en het zachte gepiep van een konijn. Fox doodde nooit snel. Wolfie wist niet waarom, maar zijn intuïtie zei hem dat Fox van angst genoot.

Zijn intuïtie vertelde hem veel over zijn vader, maar hij stopte die dingen weg, samen met die wonderlijke breekbare herinneringen aan andere mannen en aan de periodes dat Fox er niet was. Ze waren niet substantieel genoeg om hem ervan te overtuigen dat ze echt waren. Echt, dat was voor Wolfie de angstaanjagende realiteit van Fox en de voortdurend pijnlijk knagende honger, die alleen in zijn slaap verzacht werd. Wat hij ook dacht, hij had geleerd zijn mond te houden. Als je een van de regels van Fox brak, dan kreeg je met het scheermes van doen, en de belangrijkste regel was: 'Praat nooit met iemand over ons gezin.'

Zijn vader lag niet in bed, dus raapte Wolfie met snel kloppend hart al zijn moed bij elkaar en klauterde door de open deur aan de voorkant van de bus naar binnen. Hij had met de jaren geleerd dat je deze man het beste benaderde door net te doen of je zijn gelijke was – 'Laat hem nooit zien hoe bang je bent,' zei zijn moeder altijd – dus slenterde hij wijdbeens als een cowboy door het gangpad tussen de banken door. Hij hoorde water spatten en vermoedde dat zijn vader achter het gordijn stond dat wat privacy aan de wasruimte gaf.

'Hé Fox, waar ben je mee bezig, vriend?' zei hij terwijl hij voor het gordijn bleef staan.

Het gespetter hield meteen op. 'Waarom wil je dat weten?'

'La' maar.'

Het gordijn werd rinkelend opzijgeschoven. Zijn vader werd zichtbaar, zijn bovenlijf was ontbloot en waterdroppels gleden omlaag langs zijn harige armen, die hij had ondergedompeld in de oude metalen bak die als bad en wasbak diende. 'Laat,' snauwde hij. 'Laat maar. Hoe vaak moet ik je dat nog zeggen?'

Het kind kromp in elkaar maar versaagde niet. Zijn verwarring over de gebeurtenissen in het leven kwam grotendeels door het onlogische verschil tussen het gedrag van zijn vader en de manier waarop hij sprak. In Wolfies oren klonk Fox als een acteur die dingen wist die niemand anders wist, maar de woede die hem voortdreef had Wolfie nog nooit in een film gezien. Behalve dan misschien bij Commodus in *Gladiator* of de priester met de griezelige ogen in *Indiana Jones and the Temple of Doom* die mensen hun hart uitscheurde. In Wolfies dromen was Fox altijd een van die twee, en daarom heette hij Evil van zijn achternaam. 'Laat maar,' herhaalde hij ernstig.

Zijn vader tastte naar zijn scheermes. 'Waarom vraag je dan wat ik doe als je niet geïnteresseerd bent in het antwoord?'

'Gewoon een manier om hallo te zeggen. Dat doen ze in de film. Hé man, hoe is het? Waar ben je mee bezig?' Hij hief zijn hand zodat hij in de spiegel weerspiegeld werd ter hoogte van Fox' schouder, met de palm naar voren en de vingers gespreid. 'En dan doe je een high five.'

'Jij kijkt te veel naar films. Je begint net als een Amerikaan te klinken. Waar zie je ze eigenlijk?'

Wolfie koos de minst verontrustende verklaring uit. 'Die jongen met wie Cub en ik vriendjes zijn geworden, bij het vorige kamp. Hij woonde in een echt huis... we keken naar z'n moeders video's als ze op haar werk zat.' Tot op zekere hoogte was dat waar. De jongen had hen mee naar binnen genomen, tot zijn moeder erachter kwam en hen weggestuurd had. Meestal pikte Wolfie geld uit het blikje onder het bed van zijn ouders als Fox er niet was, en dat gebruikte hij om een kaartje voor de film te kopen als ze vlak bij een stad waren. Hij wist niet waar het geld vandaan kwam, of waarom er zo veel was, maar Fox scheen het niet te merken als er iets miste.

Fox gromde afkeurend terwijl hij met de punt van zijn scheermes over de kaalgeschoren banen in zijn kortgeknipte haar schraapte. 'En wat deed die trut, was zij er ook bij?'

Wolfie was eraan gewend dat zijn moeder 'trut' werd genoemd. Hij noemde haar zelf ook wel eens trut. 'Het was toen ze ziek was.' Hij snapte niet dat zijn vader zichzelf niet sneed met dat mes. Het was niet natuurlijk om zo'n scherpe punt over je hoofdhuid te halen zonder dat het bloedde. Fox gebruikte zelfs geen zeep om het gemakkelijker te maken. Soms vroeg Wolfie zich af waarom Fox niet gewoon al zijn haar afschoor in plaats van dat hij van de kale plekken ongelijkmatige strepen maakte terwijl hij het haar op zijn achterhoofd en aan de zijkant tot op zijn schouders in dreadlocks liet hangen, die steeds verwarder werden naarmate er meer haar uitviel. Hij nam aan dat Fox zich echt zorgen maakte dat hij kaal werd, hoewel Wolfie dat niet begreep. Stoere binken in de film schoren zo vaak hun hoofd kaal. Bruce Willis schoor zijn hoofd kaal.

Zijn blik ontmoette in de spiegel die van Fox. 'Waar kijk je naar?' grauwde de man. 'Wat wil je?'

'Je wordt zo kaal als een kikker als dit zo doorgaat,' zei het kind. Hij wees naar de plukken zwart haar die op het wateroppervlak dreven. 'Je moet naar de dokter. Het is niet normaal dat je haar iedere keer als je je hoofd schudt uitvalt.'

'Wat weet jij daarvan? Misschien zit het in mijn genen. Misschien krijg jij het ook.'

Wolfie keek naar zijn eigen blonde spiegelbeeld. 'Vergeet het maar,' zei hij, aangemoedigd door de bereidheid van zijn vader met hem te praten. 'Ik lijk niks op jou. Ik lijk op mama, en die wordt ook niet kaal.' Dat had hij niet moeten zeggen. Hij wist al dat het fout was terwijl hij nog sprak en hij zijn vader zijn ogen zag dichtknijpen.

Hij probeerde weg te duiken maar Fox klemde zijn zware hand om zijn nek en tikte met zijn scheermes tegen het zachte vlees onder zijn kin. 'Wie is je vader?'

'Dat ben jij,' jammerde de jongen. 'Dat heb m'n moeder zelf gezegd.'

'Jezus christus!' Hij wierp het kind van zich af. 'Jij onthoudt ook helemaal niets, hè? Het is zij heeft... ik heb... jij hebt... zij heeft... Hoe noem je dat, Wolfie?' Hij begon zijn hoofd weer te scheren.

'Gramm... grammatica?'

'Vervoeging, stom varken. Het is een werkwoord.'

De jongen deed een stap naar achteren en maakte sussende gebaren met zijn handen.

'Je hoeft niet boos te worden, Fox,' zei hij. Hij wilde wanhopig graag aan zijn vader laten zien dat hij niet zo dom was als hij dacht. 'Mam en ik hebben dat haar-gedoe op internet opgezocht, toen we naar de bieb waren. Het heet geloof ik...' – hij had het woord fonetisch in zijn geheugen opgeslagen – '... alloppekkia. Je kan er heel veel over vinden. En je kan er wat aan doen.'

De man kneep zijn ogen weer samen. 'Alopecia, sukkel. Dat is Grieks voor vossenschurft. Jij bent zo ongelooflijk dom. Leert die trut je nou helemaal niets? Waarom denk je dat ik Fox Evil heet?'

Daar had Wolfie zijn eigen verklaring voor. In zijn kinderlijke geest stond Fox voor slimheid en Evil voor wreedheid. Het was een naam die bij de man paste. Zijn ogen vulden zich weer met tranen. 'Ik wilde alleen maar helpen. Er zijn hopen mannen die kaal worden. Maakt niks uit. Meestal gaat de...' – hij deed een gooi naar de klanken die hij gehoord had – '... de alopekia weg en komt het haar weer terug. Misschien gebeurt dat ook bij jou. Je moet je niet druk maken. Ze zeggen dat als je je zorgen maakt, dat je haar dan uit kan vallen.'

'En als het niet vanzelf overgaat?'

De jongen greep de rug van een stoel beet omdat zijn knieën

knikten van angst. Dit ging verder dan hij wilde, met woorden die hij niet uit kon spreken en ideeën die Fox kwaad zouden maken. 'Er was ook iets over kanker...' – hij haalde diep adem – '... en diabeten en aritriet waardoor het gebeurt.' Hij ging snel verder voor zijn vader weer kwaad kon worden. 'Mam en ik dachten dat je naar de dokter moest, want als je ziek bent, wordt het heus niet beter door te doen alsof het er niet is. Je mag gewoon naar een spreekuur, hoor. De wet zegt dat reizigers dezelfde rechten hebben op gezondheidszorg als iedereen.'

'Zei die trut dat ik ziek was?'

De schrik stond op Wolfies gezicht te lezen. 'N-n-nee. Ze praat nooit niet over je.'

Fox stak het scheermes in het houten wasbord en draaide zich om. 'Je liegt,' grauwde hij. 'Zeg me wat ze heeft gezegd, of ik ram je in elkaar.'

Je vader is ziek in zijn hoofd... je vader is slecht... 'Niks,' bracht Wolfie er met moeite uit. 'Ze zegt nooit niks over je.'

Fox keek zijn zoon onderzoekend in zijn doodsbange ogen. 'Je kunt me beter de waarheid zeggen, Wolfie, anders ram ik je moeder in elkaar. Probeer het nog een keer. Wat heeft ze over me gezegd?'

Het kind hield het niet meer en hij maakte zich uit de voeten naar de uitgang achterin, dook onder de bus en begroef zijn gezicht in zijn handen. Hij deed ook nooit wat goed. Zijn vader zou zijn moeder vermoorden, en de wereldverbeteraars zouden zijn blauwe plekken ontdekken. Hij zou tot God gebeden hebben als hij geweten had hoe dat moest, maar God was een vaag iets wat hij niet begreep. Zijn moeder had een keer gezegd dat als God een vrouw was, Ze hen zou helpen. En een andere keer: God is een politieagent. Als je Zijn regels nakomt is Hij aardig, maar anders stuurt Hij je naar de hel.

De enige absolute waarheid die Wolfie kende was dat er aan de ellende van zijn leven niet te ontkomen viel.

Fox fascineerde Bella Preston zoals weinig andere mannen haar gefascineerd hadden. Hij was ouder dan hij eruitzag, dacht ze, ze schatte hem ergens in de veertig, en hij had een buitengewoon onbewogen gezicht dat deed vermoeden dat hij zijn gevoelens geheel onder controle had. Hij sprak weinig, hulde zich liever in stilzwijgen, maar als hij sprak verraadde zijn stem zijn maatschappelijke klasse en opvoeding.

Het kwam vaker voor dat iemand 'uit de betere kringen' het zwerversbestaan koos – dat gebeurde al eeuwen als een zwart schaap de familie uit werd gegooid – maar dan zou je toch verwachten dat Fox een dure verslaving zou hebben. Heroïneverslaafden waren de zwarte schapen van de eenentwintigste eeuw, uit welke klasse ze ook kwamen. En deze jongen rookte niet eens een joint, en dat was raar.

Een vrouw met minder zelfvertrouwen zou zich afgevraagd hebben waarom hij haar steeds met zijn aandacht vereerde. Ze was groot en dik, met kortgeknipt geblondeerd haar, niet de meest voor de hand liggende keuze voor deze magere, charismatische man met zijn lichte ogen en de kaalgeschoren strepen over zijn schedel. Hij gaf nooit antwoord op vragen. Wie hij was, waar hij vandaan kwam, waarom hij niet eerder in het circuit was opgedoken waren dingen die niemand behalve hemzelf aangingen. Bella, die het allemaal al eens eerder had meegemaakt, beschouwde zijn recht op een verzwegen verleden als iets vanzelfsprekends – *hadden ze niet allemaal hun geheimen?* – en ze stond hem toe in haar bus rond te hangen met dezelfde vrijheid die iedereen zich permitteerde.

Bella had geleerd – van haar zwerftochten door het land met drie dochtertjes en een aan heroïne verslaafde echtgenoot, die nu dood was – haar ogen open te houden. Ze wist dat er een vrouw en twee kinderen in Fox' bus waren, maar hij had het er nooit over. Ze zagen eruit als overschotjes, onderweg door iemand anders weggegooid en in een ogenblik van barmhartigheid binnenboord gehaald, maar Bella zag hoe de twee kinderen zich achter de rokken van hun moeder verstopten als Fox in de buurt kwam. Dat zei haar iets over de man. Hoe aantrekkelijk hij voor vreemden ook mocht zijn – *en hij wás aantrekkelijk* – ze wilde er een lief ding om verwedden dat hij binnenshuis een heel ander type was.

Dat verbaasde haar niet. Welke man zou zich niet vervelen bij die zweverige zombie en haar twee ongelukjes? Maar het maakte haar voorzichtig. De kinderen waren schuwe kloontjes van hun moeder, blond met blauwe ogen, die onder de bus van Fox in de modder zaten en toekeken terwijl zij doelloos van bus naar bus dwaalde, bedelend om iets om haar in slaap te brengen. Bella vroeg zich af hoe vaak ze de kinderen dope gaf om hen rustig te houden. Te vaak, vermoedde ze. Hun lusteloosheid was abnormaal.

Natuurlijk had ze medelijden met hen. Ze noemde zichzelf 'sociaal werkster' omdat zij en haar dochters verschoppelingen aantrokken waar ze maar stonden. De televisie, die op de accu werkte, had er iets mee te maken, en ook Bella's ruimhartigheid, die maakte dat ze een prettig iemand was om bij in de buurt te zijn. Maar toen ze haar meisjes eropuit had gestuurd om vriendschap met de twee jongens te sluiten, glipten ze onder de bus van Fox door en renden weg.

Ze deed een poging met de vrouw in gesprek te komen door haar een sigaret aan te bieden, maar dat werkte niet. Alle vragen werden met zwijgen of onbegrip beantwoord, behalve dat ze treurig had geknikt toen Bella opmerkte dat het lastigste van het trekken was om de kinderen iets te laten leren. 'Wolfie gaat graag naar de bieb,' had het magere vrouwtje gezegd, alsof Bella zou moeten weten waarover ze het had.

'Wie van de twee is Wolfie?' vroeg Bella.

'Die op z'n vader lijkt... de slimste,' zei ze voor ze wegliep, op zoek naar verdere giften.

Het onderwerp 'onderwijs' kwam weer ter sprake op de maandagavond toen ze met een stel mensen op de grond voor Bella's paars met roze bus lagen uitgestrekt. 'Ik zou alles direct opgeven,' zei ze dromerig terwijl ze naar de sterrenhemel keek en naar de maan aan de overkant van het water. 'Het enige wat ik wil is dat iemand me een huis met een tuintje geeft en dan niet in zo'n kloteachterstandsbuurt midden in een klotestad vol criminelen. Ergens hier in de buurt, dat zou goed zijn... een behoorlijke plek waar m'n kinderen naar school kunnen en niet voortdurend genaaid worden door halve criminelen... Meer hoef ik niet.'

'Het zijn mooie meisjes, Bella,' zei een dromerige stem. 'Straks worden ze nog letterlijk genaaid, als je even niet oppast.'

'Dat weet ik ook wel. De eerste de beste die het probeert, hak ik z'n pik eraf.'

Van de hoek van de bus waar Fox in de schaduw stond klonk zacht gelach. 'Dan is het al te laat,' mompelde hij. 'Je moet nu stappen ondernemen. Voorkomen is altijd beter dan genezen.'

'Hoe dan?'

Hij maakte zich los uit de schaduw en stond dreigend over Bella heen, met zijn voeten aan weerszijden van haar lichaam. De maan ging schuil achter zijn lange gestalte. 'Je moet gewoon een leeg stuk land claimen via bezit te kwader trouw, en je eigen huis erop neerzetten.'

Ze keek met samengeknepen ogen naar hem op. 'Waar heb je het in godsnaam over?'

Zijn tanden glansden toen hij even grijnslachte. ‘Over de jackpot,’ zei hij.

3

Lower Croft, Coomb Farm,
Herefordshire – 28 augustus 2001

ACHTENTWINTIG JAAR GELEDEN WAS HET NOG HEEL ONGEWOON geweest, maar Nancy Smith was in de slaapkamer van haar moeder ter wereld gebracht. Niet omdat haar moeder vooruitstrevende ideeën had over het recht van de vrouw op een thuisbevalling: Elizabeth Lockyer-Fox was een losgeslagen tiener geweest, die zichzelf de eerste zes maanden van haar zwangerschap uitgehongerd had. Toen het haar niet gelukt was het monster dat in haar groeide aldus te doden, was ze van de kostschool weggelopen en had ze haar moeder gevraagd haar ervan af te helpen. Wie zou met haar willen trouwen als ze met een kind zat opgezadeld?

De vraag leek toen relevant – Elizabeth was net zeventien geworden – en de Lockyer-Foxen hadden de gelederen gesloten om haar reputatie te beschermen. Het was een oude, militaire familie met een eminente staat van dienst vanaf de Krimoorlog tot de impasse in Korea op de achtendertigste breedtegraad. Nu het te laat was voor een abortus, kon alleen adoptie de stigma's van ongehuwd moederschap en een onwettig kind voorkomen. Misschien was het naïef – nota bene in 1973 toen de vrouwenbeweging al behoorlijk op gang was – maar voor de Lockyer-Foxen was een 'goed' huwelijk de enige oplossing voor het stuurloze gedrag van hun dochter. Als ze eenmaal getrouwd was, hoopten ze, zou ze wel wat verantwoordelijker worden.

Ze besloten te zeggen dat Elizabeth aan de ziekte van Pfeiffer leed, en de vrienden en bekenden van haar ouders – die geen van allen erg op de kinderen Lockyer-Fox gesteld waren – leefden matig mee toen het duidelijk werd dat de ziekte slopend en besmettelijk genoeg was om haar drie maanden in quarantaine te houden. Voor de overigen, de pachters en arbeiders die op het land van Lockyer-Fox werkten, bleef Elizabeth dezelfde wilde meid als altijd, als ze 's avonds laat aan de teugels van haar moeder ontsnapte en zich laveloos dronk en neukte, zich niet bekommerend om de schade die dat haar kind kon toebrengen. Als het toch niet van haar werd, wat kon het haar dan schelen? Ze wilde het kwijt, meer niet, en hoe wilder de seks, hoe meer kans er daarop was.

De dokter en de vroedvrouw zwegen en op de uitgerekende datum werd er een verrassend gezond kind geboren. Daarna werd Elizabeth, interessant bleek en teer, naar een chique school in Londen gestuurd waar ze een zoon van een baron ontmoette die haar teerheid en gerede tranen aandoenlijk vond en waarmee ze uiteindelijk trouwde.

Wat Nancy betreft, die had maar kort op Shenstead Manor verbleven. Binnen een paar uur na haar geboorte was ze via een adoptiebureau toegewezen aan een kinderloos echtpaar op een boerderij in Herefordshire, waar haar afkomst onbekend was, en er ook niet toe deed. Het waren aardige mensen die gek waren op het kind dat hun gegeven was en er geen geheim van maakten dat ze geadopteerd was, waarbij ze haar betere kwaliteiten – vooral haar intelligentie, die haar naar Oxford bracht – steeds aan haar biologische ouders toeschreven.

Nancy daarentegen schreef alles toe aan het feit dat ze enig kind was, en aan haar ouders die haar ruimhartig hadden grootgebracht, er altijd op gestaan hadden dat ze haar best deed op school en haar in al haar ambities gesteund hadden. Ze dacht zelden aan haar biologische erfenis. Ze wist dat twee goede mensen van haar hielden en ze zag het nut er niet van in te fantaseren over de vrouw die haar in de steek gelaten had. Wie ze ook was, haar verhaal was al duizend keer eerder verteld en zou nog wel duizend keer verteld worden. Een alleenstaande vrouw. Per ongeluk zwanger. Ongewenst kind. In de geschiedenis van haar dochter had de moeder geen plaats...

... tenminste, die zou ze niet gehad hebben als er geen vasthoudende advocaat was geweest die Nancy via de dossiers van het adoptiebureau bij de familie Smith in Hereford achterhaalde. Na een aantal onbeantwoorde brieven klopte hij aan bij de boerderij, en door een zeldzame speling van het lot trof hij Nancy met verlof thuis.

Haar moeder haalde haar over hem te woord te staan. Ze vond haar dochter in de stallen, waar Nancy na een zware rit de modder van de flanken van Red Dragon borstelde. De reactie van het paard op de aanwezigheid van de advocaat – een minachtend gesnuif – leek zo sterk op die van Nancy, dat ze een goedkeurende kus op zijn snoet drukte. Dat is nog eens een verstandig beest, zei ze tegen Mary. Red kon de duivel op een kilometer afstand ruiken. En? Had meneer Ankerton gezegd wat hij wilde zeggen of verborg hij zich nog steeds achter bedekte toespelingen?

Zijn brieven waren meesterstukjes van juridisch gegoochel geweest. Bij oppervlakkige lezing leek het om een legaat te gaan: *'Nancy Smith, 23-05-73... iets waarmee u uw voordeel kunt doen...'* maar tussen de regels door gelezen – *'op verzoek van de familie Lockyer-Fox... een kwestie van verwantschap... wilt u uw geboortedatum bevestigen...'* – wees het op een voorzichtige toenaderingspoging van haar biologische moeder, in strijd met de regels van adoptie. Nancy moest er niets van hebben – *'Ik ben een Smith'* – maar haar adoptiefmoeder had erop aangedrongen ruimhartig te zijn.

Mary Smith kon de gedachte dat er iemand afgewezen werd, niet verdragen, zeker niet een vrouw die haar kind nooit gekend had. Ze heeft je het leven geschonken, zei ze, alsof dat reden genoeg was om aan een relatie met een volslagen onbekende te beginnen. Nancy, die behoorlijk realistisch van aard was, wilde Mary waarschuwen dat het wel eens een beerput kon zijn die ze opentrok, maar zoals gewoonlijk kon ze het niet over haar hart verkrijgen om tegen de wensen van haar zachtaardige moeder in te gaan. Mary's grootste talent was het goede in mensen naar boven te brengen: haar weigering om iemands gebreken te zien impliceerde dat ze niet bestonden – tenminste in haar ogen – maar die eigenschap stelde haar ook bloot aan heel wat teleurstellingen.

Nancy was bang dat het daar weer op uit zou lopen. Zij kon zich cynisch genoeg maar twee manieren voorstellen waarop de 'verzoening' zou verlopen, en daarom had ze de brieven van de advocaat genegeerd. Ze zou het of wél met haar biologische moeder kunnen vinden, of níét. En het enige wat beide scenario's te bieden hadden was schuldgevoel. Zij vond dat er in het leven van ieder mens maar voor één moeder ruimte was, en het compliceerde de boel onnodig om daar de emotionele bagage van een tweede aan toe te voegen. Mary, die zichzelf hardnekkig in de andere vrouw bleef verplaatsen, zag het dilemma niet. Niemand vraagt je een keuze te maken, voerde ze aan, net zomin als je gevraagd wordt te kiezen tussen je vader en mij. We houden allemaal van veel mensen in ons leven. Waarom zou dit anders zijn?

Het was een vraag die alleen achteraf beantwoord kon worden, dacht Nancy, en dan zou het te laat zijn. Als het eerste contact eenmaal gelegd was, kon het niet meer teruggedraaid worden. Ergens vroeg ze zich af of Mary door trots gedreven werd. Wilde ze met haar pronken tegenover deze onbekende vrouw? En als dat zo was, was dat dan zo erg? Nancy was niet immuun voor het gevoel van voldoening dat dat zou geven. *Kijk eens naar mij. Ik ben het kind dat jij niet wilde. Dit heb ik van mezelf gemaakt, zonder jouw hulp.* Ze had zich misschien meer verzet als haar vader er was geweest om haar te steunen. Hij begreep meer van de dynamiek van de jaloezie dan zijn vrouw, omdat hij opgegroeid was met een ruziënde moeder en stiefmoeder, maar het was augustus, oogsttijd, en nu hij er niet was, gaf ze toe. Ze zei tegen zichzelf dat het niet veel voorstelde. De dingen waren altijd minder erg dan je van tevoren dacht.

Mark Ankerton, die binnen was gelaten in een zitkamer naast de gang, met de deur dicht, begon zich bijzonder ongemakkelijk te voelen. De achternaam Smith, in combinatie met het adres – Lower Croft, Coomb Farm – had hem doen denken dat het een gezin van boerenarbeiders betrof, in een arbeiderswoninkje. Nu, in deze kamer met boeken en oud leren meubilair, was hij er niet meer zo zeker van dat de nadruk die hij in zijn brieven op de connectie Lockyer-Fox had gelegd, veel indruk zou maken op de geadopteerde dochter.

Op een negentiende-eeuwse kaart aan de muur boven de haard stonden Lower Croft en Coomb Croft als twee onafhankelijke bezittingen, terwijl op een recentere kaart daarnaast de twee huizen binnen één omheining lagen, en hernoemd waren tot Coomb Farm. Omdat de boerderij Coomb Croft aan de weg lag, lag het voor de hand dat de familie het meer afgelegen Lower Croft als woonhuis had gekozen, en Mark vervloekte zichzelf dat hij zo snel zijn conclusies had getrokken. De wereld stond niet stil, hij had kunnen weten dat je een stel dat John en Mary Smith heette niet meteen moest afdoen als arbeiders.

Zijn blik werd steeds naar de schoorsteenmantel getrokken, waar een foto van een lachende jonge vrouw in toga en baret met de tekst 'St. Hilda's, Oxford, 1995' eronder, een ereplaats innam. Dat moest de dochter zijn, dacht hij. De leeftijd klopte, al leek ze niet op haar onbenullige, popperige moeder. Het was een nachtmerrie. Hij had zich het meisje als een makkie voorgesteld – een ordinairdere, laagopgeleide versie van Elizabeth – en in plaats daarvan werd hij geconfronteerd met een meisje dat in Oxford was afgestudeerd, uit een familie die waarschijnlijk net zo welgesteld was als de familie die hij vertegenwoordigde.

Hij stond op toen de deur openging en deed een stap naar voren om Nancy's hand in een stevige greep te omklemmen. 'Fijn dat u me ontvangen wilt, juffrouw Smith. Ik ben Mark Ankerton en ik vertegenwoordig de familie Lockyer-Fox. Ik besef dat dit een geweldige inbreuk is, maar mijn cliënt heeft aanzienlijke druk op me uitgeoefend u te vinden.'

Hij was voor in de dertig, lang en donker, en leek behoorlijk op wat Nancy zich had voorgesteld aan de hand van de toon van zijn brieven: arrogant, dwingend, en met een laagje professionele charme. Het type dat ze in haar werk dagelijks tegenkwam en aanpakte. Als hij haar niet op een prettige manier zou kunnen overtuigen, zou hij terugvallen op intimidatie. Hij was vast een succesvol advocaat. Als zijn pak minder dan duizend pond had gekost, had hij een koopje gehad, maar ze moest lachen toen ze de modder op zijn schoenen en de omslagen van zijn broekspijpen zag, van de derrie op het erf waar hij tussendoor had moeten laveren.

Zij was ook lang, en atletischer dan de foto deed vermoeden, met kortgeknipt zwart haar en bruine ogen. Ze was nu ze in levenden lijve voor hem stond, gekleed in een ruim sweatshirt en spijkerbroek, zo anders dan haar blonde, blauwogige moeder dat Mark zich even afvroeg of er een fout in de boeken van het adoptiebureau was gemaakt; tot ze glimlachte en hem gebaarde weer te gaan zitten. De glimlach, een beleefdheidslachje dat haar ogen niet bereikte, was zo'n exacte imitatie van James Lockyer-Fox, dat het beangstigend was.

'Goeie god,' zei hij.

Ze keek hem met licht gefronste wenkbrauwen aan voor ze zelf ging zitten. 'Kapitein Smith,' verbeterde ze hem vriendelijk. 'Ik ben officier bij de genie.'

Mark kon er niets aan doen. 'Goeie god,' zei hij weer.

Ze sloeg er geen acht op. 'U treft het dat ik thuis ben. Ik ben hier alleen omdat ik twee weken verlof heb. Anders zat ik op de basis in Kosovo.' Ze zag dat hij zijn mond opende. 'Zegt u alstublieft niet nog eens "Goeie god", want dan voel ik me net een circusolifant.'

God, wat leek ze op James. 'Sorry.'

Ze knikte. 'Wat wilt u van mij, meneer Ankerton?'

De vraag was te direct en hij aarzelde. 'Hebt u mijn brieven ontvangen?'

'Ja.'

'Dan weet u dus dat ik de familie Lock...'

'Dat zegt u steeds,' onderbrak ze hem ongeduldig. 'Zijn ze bekend? Moet ik weten wie dat zijn?'

'Ze komen uit Dorset.'

'O ja?' Ze lachte geamuseerd. 'Dan hebt u de verkeerde Nancy Smith voor u, meneer Ankerton. Ik ken Dorset niet. Ik kan zo een-twee-drie niemand die ik ken bedenken die in Dorset woont. En ik ben zeker niet bekend met de familie Lockyer-Fox... van Dorset... of van waar dan ook.'

Hij leunde achterover in zijn stoel en vouwde zijn vingers voor zijn mond. 'Elizabeth Lockyer-Fox is uw biologische moeder.'

Als hij verwacht had haar te verrassen, werd hij daarin teleurgesteld. Hij had net zo goed kunnen zeggen dat de koningin haar moeder was, ze vertrok geen spier.

'Dan bent u nu met iets onwettigs bezig,' zei ze rustig. 'De regels rond adoptie zijn bijzonder strikt. Een biologische ouder kan zijn wens tot contact bekendmaken, maar het kind is niet verplicht te reageren. Het feit dat ik uw brieven niet beantwoord heb, was de duidelijkste aanwijzing dat ik geen belangstelling had uw cliënt te ontmoeten.'

Ze sprak met het zachte, zangerige accent van haar ouders uit Herefordshire, maar ze stelde zich even sterk op als Mark, en dat bracht hem in het nadeel. Hij had het over een andere boeg willen gooien en op haar gevoel willen werken, maar haar onaangedane gezicht deed vermoeden dat ze dat niet had. Hij kon haar toch moeilijk de waarheid vertellen. Het zou haar alleen maar bozer maken als ze hoorde dat hij zijn uiterste best had gedaan deze dwaze zoektocht te voorkomen. Niemand wist waar het kind woonde of hoe ze opgevoed was en Mark had de Lockyer-Foxen ten zeerste aangeraden de problemen niet nog erger te maken door een ordinaire fortuinzoekster aan de borst te koesteren.

(*'Kan het dan nog erger?' had James droogjes opgemerkt.*)

Nancy vergrootte zijn gevoel van ongemakkelijkheid door opzichtig op haar horloge te kijken. 'Ik heb niet de hele dag de tijd, meneer Ankerton. Ik moet vrijdag weer naar mijn eenheid, en ik geniet graag zo veel mogelijk van de tijd die mij nog rest. Ik heb nooit blijk gegeven van enige belangstelling om een van mijn biologische ouders te ontmoeten, dus zou u me kunnen uitleggen wat u hier eigenlijk doet?'

'Ik wist niet zeker of u mijn brieven ontvangen had.'

'Dat had u dan bij het postkantoor moeten navragen. Het waren aangetekende brieven. Twee zijn me zelfs achterna gereisd naar Kosovo, dankzij mijn moeder, die ze in ontvangst genomen heeft.'

'Ik hoopte dat u gebruik zou maken van de ingesloten gefrankeerde briefkaarten om de ontvangst te bevestigen. Omdat u dat niet deed, nam ik aan dat de brieven u niet bereikt hadden.'

Ze schudde haar hoofd. *Leugenaar!* 'Als we niet eerlijker kunnen zijn, kunnen we er beter meteen mee stoppen. Niemand is verplicht post waar hij niet om gevraagd heeft te beantwoorden. Het feit dat u de brieven hebt laten aantekenen...' – ze keek hem strak aan en hij sloeg zijn ogen neer – '... en ik ze niet beantwoord heb, was voldoende bewijs dat ik niet met u wilde corresponderen.'

'Sorry,' zei hij weer, 'maar de enige gegevens die ik had waren de naam en het adres zoals die ten tijde van uw adoptie waren vastgelegd. Voor hetzelfde geld was uw familie verhuisd... misschien was de adoptie mislukt... misschien had u uw naam veranderd. Natuurlijk had ik een privé-detective in de arm kunnen nemen om vragen aan de buren te stellen, maar ik vond dat het minder inbreuk op uw privacy zou maken als ik zelf kwam.'

Hij was veel te vlot met zijn excuses en deed haar denken aan een vriendje dat haar twee keer had laten zitten en dat toen de bons had gekregen. *Hij kon er niets aan doen... hij had een verantwoordelijke baan... er was iets tussen gekomen...* Maar Nancy had niet genoeg om hem gegeven om hem te geloven. 'Dat is toch de grootste inbreuk die er is: een onbekende vrouw die haar aanspraken doet gelden?'

'Het is geen kwestie van aanspraken.'

'Waarom hebt u me dan haar achternaam gegeven? De geïmpliceerde aanname was toch dat een ordinaire Smith niet zou weten hoe gauw ze de connectie met een Lockyer-Fox zou moeten bevestigen?'

God! 'Als u dat uit mijn brieven hebt opgemaakt, hebt u meer achter mijn woorden gezocht dan er was.' Hij leunde met een ernstig gezicht naar voren. 'Mijn cliënt wil absoluut geen aanspraken doen gelden, maar is juist in de positie van vrager. U zou een goede daad doen als u in zou stemmen met een ontmoeting.'

Walgelijk ventje! 'Het gaat om de wet, meneer Ankerton. Mijn positie van adoptiekind is door de wet beschermd. U mag me helemaal geen informatie geven waar ik nooit om gevraagd heb. Is het nooit bij u opgekomen dat ik misschien niet zou weten dat ik geadopteerd was?'

Mark viel terug op juristerij. 'Ik heb in mijn brieven het woord adoptie niet laten vallen.'

Nancy had het eerst nog een beetje leuk gevonden om door zijn gerepeteerde verdediging heen te prikken, maar nu werd ze kwaad. Als hij ook maar enigszins de ideeën van haar biologische moeder vertegenwoordigde, dan was ze niet van plan een 'goede daad te doen'. 'Toe zeg, welke conclusie moest ik anders trekken?' Het was een retorische vraag, en ze keek naar het raam om haar ergernis te onderdrukken. 'U had het recht niet me de naam van mijn biologische familie te geven, of te vertellen waar ze wonen. Dat is informatie waar ik niet om gevraagd heb en die ik niet wil. Moet ik voortaan Dorset mijden, om niet tegen een Lockyer-Fox aan te lopen? Moet ik me iedere keer als ik aan een onbekende wordt voorgesteld, zorgen maken? Vooral als het een vrouw is die Elizabeth heet?'

'Ik heb gedaan wat me werd opgedragen,' zei hij ongemakkelijk.

'Natuurlijk.' Ze draaide zich weer naar hem toe. 'Dat is uw Verlaat-de-gevangeniskaartje. De waarheid is net zo wezensvreemd voor advocaten als voor journalisten en makelaars. U zou het in mijn werk eens moeten proberen. Als je de macht over leven en dood leven in handen hebt, denk je constant aan de waarheid.'

'Maar doet u dan niet wat u wordt opgedragen, net als ik?'

'Dat dacht ik niet.' Ze maakte een geringschattend handgebaar. 'Mijn orders leiden tot vrijheid... die van u weerspiegelen alleen de pogingen van het ene individu om een ander te slim af te zijn.'

Mark voelde zich geroepen hier iets tegen in te brengen. 'Maar tellen individuen niet in uw levensopvatting? Als aantallen alleen iets legitimeren, dan had een handjevol suffragettes nooit het vrouwenstemrecht kunnen bewerkstelligen... en dan zat u niet in het leger, kapitein Smith.'

Dit leek haar te amuseren. 'Ik betwijfel of u met het noemen van vrouwenrechten de beste vergelijking hebt gemaakt die u onder de omstandigheden had kunnen maken. Wie heeft er in dit geval de prioriteit? De vrouw die u vertegenwoordigt of de dochter die ze opgegeven heeft?'

'U natuurlijk.'

'Dank u.' Nancy duwde zichzelf in haar stoel naar voren. 'Zegt u uw cliënt maar dat ik gezond en gelukkig ben, dat ik het niet erg vind dat ik geadopteerd ben en dat de Smiths de enige ouders zijn die ik erken of wil hebben. Als dat harteloos klinkt, dan spijt me dat, maar ik ben tenminste eerlijk.'

Mark schoof naar het puntje van zijn stoel om te maken dat zij bleef zitten. 'Ik handel niet in opdracht van Elizabeth, kapitein Smith. Ik vertegenwoordig uw grootvader. Kolonel James Lockyer-Fox. Hij nam aan dat u eerder geneigd zou zijn te reageren als u dacht dat uw moeder u zocht...' – hij zweeg even – '... hoewel ik uit uw opmerkingen van zonet opmaak dat hij zich vergiste.'

Het duurde even voor ze antwoordde. Het was moeilijk – net zoals bij James – aan haar gezichtsuitdrukking af te lezen wat ze dacht en pas toen ze iets zei bleek haar minachting. 'Mijn god! Wat een klootzak bent u, meneer Ankerton. Stel dat ik had geantwoord... stel dat ik wanhopig graag mijn biologische moeder had willen ontmoeten... wanneer had u me dan verteld dat het beste wat ik kon verwachten een ontmoeting met een seniele kolonel was?'

'De gedachte is altijd geweest u aan uw moeder voor te stellen.'

Haar stem droop van het sarcasme. 'En hebt u de moeite genomen Elizabeth op de hoogte te stellen?'

Mark wist dat hij het verkeerd aanpakte, maar hij zag niet hoe hij weer greep op de situatie kon krijgen zonder zich nog verder in de nesten te werken. Hij richtte de aandacht weer op haar grootvader. 'James is tachtig, maar hij is nog heel kwiek,' zei hij, 'en ik denk dat u tweeën het goed met elkaar zou kunnen vinden. Hij kijkt mensen recht in het gezicht, en hij kan niet tegen domheid... net zoals u, eigenlijk... Ik maak mijn welgemeende excuses als mijn benaderingswijze nogal...' – hij zocht naar het goede woord – '... onhandig was, maar James was ervan overtuigd dat een grootvader minder aantrekkingskracht zou hebben dan een moeder.'

'Klopt.'

Alsof hij de kolonel hoorde. Een kort, verachtend geluid dat degene tegen wie het gericht was met de mond vol tanden deed staan. Mark wenste zo langzamerhand dat de fortuinzoekster uit zijn verbeelding de werkelijkheid was. Met financiële eisen had hij raad geweten. Een complete minachting voor de Lockyer-Fox-connectie bracht hem in de war. Ze kon ieder moment vragen waarom haar grootvader haar eigenlijk zocht, en hij had niet de vrijheid die vraag te beantwoorden. 'U komt uit een heel oude familie, kapitein. Al vijf generaties lang wonen er Lockyer-Foxen in Dorset.'

'De Smiths wonen al twee eeuwen in Herefordshire,' zei ze. 'Wij bewerken dit land al vanaf 1799. Als mijn vader met pensioen gaat, ben ik aan de beurt. Dus inderdaad, u hebt gelijk, ik kom uit een heel oude familie.'

'Het grootste gedeelte van het land van de Lockyer-Foxen is verpacht. Ze hebben heel veel land.'

Ze keek hem strak en woedend aan. 'Mijn overgrootvader was de eigenaar van Lower Croft, en zijn broer had Coomb. Mijn grootvader erfde beide boerderijen en maakte er één bedrijf van. Mijn vader bebouwt al dertig jaar de hele vallei. Als ik trouw en kinderen krijg, zullen mijn vaders kleinkinderen na mij eigenaar zijn van de achthonderd hectare. En ik ben vast van plan dat allebei te doen, en de naam Smith toe te voegen aan de achternaam van mijn kinderen, dus dan is er goede kans dat deze velden de komende twee eeuwen nog steeds door Smiths bewerkt zullen worden. Is mijn positie u nu duidelijk, of moet ik er nog iets aan toevoegen?'

Hij zuchtte gelaten. 'Bent u niet nieuwsgierig?'

'Nee.'

'Mag ik vragen waarom niet?'

'Waarom iets repareren dat niet kapot is?' Ze wachtte tot hij iets zou zeggen en toen hij dat niet deed, ging ze verder: 'Misschien heb ik het bij het verkeerde eind, meneer Ankerton, maar zo te horen moet het leven van uw cliënt gerepareerd worden... en ik kan zo een-twee-drie geen reden verzinnen waarom ik die last op mijn schouders moet nemen.'

Hij vroeg zich af wat hij gezegd had dat zij zo snel de juiste conclusie had kunnen trekken. Misschien had zijn vasthoudendheid op wanhoop geduid. 'Hij wil u gewoon zien. Voor ze stierf heeft zijn vrouw hem herhaalde malen gevraagd uit te zoeken wat er met u gebeurd was. Ik denk dat hij het gevoel heeft dat het zijn plicht is haar wensen te vervullen. Kunt u daar begrip voor opbrengen?'

'Waren zij betrokken bij mijn adoptie?'

Hij knikte.

'Wilt u dan alstublieft uw cliënt geruststellen en zeggen dat het een groot succes was en dat hij zich nergens schuldig over hoeft te voelen?'

Hij schudde verbijsterd zijn hoofd. Formuleringen als 'verdrongen woede' en 'angst om afgewezen te worden' lagen op het puntje van zijn tong, maar hij was zo verstandig ze niet uit te spreken. Zelfs als ze een sluimerende wrok aan haar adoptie had overgehouden, wat hij betwijfelde, zou psychologisch geklets haar alleen maar meer irriteren. 'Maar als ik nu eens herhaal dat u een goede daad zou doen door de kolonel te ontmoeten? Kan dat u niet over de streep trekken?'

'Nee.' Ze keek even naar hem en hief toen verontschuldigend haar hand op. 'Het spijt me, heus. Ik heb u kennelijk teleurgesteld. U begrijpt mijn weigering misschien beter als ik u mee naar buiten neem en aan Tom Figgis voorstel. Een aardige oude vent, hij heeft jaren voor mijn vader gewerkt.'

'Hoe zou dat de zaak duidelijker kunnen maken?'

Ze haalde haar schouders op. 'Tom weet meer van de geschiedenis van Coomb Valley dan wie ook. Het is een wonderbaarlijk erfgoed. U en uw cliënt kunnen er nog wat van leren.'

Hij merkte op dat iedere keer als ze 'cliënt' zei, ze licht op dat woord drukte, alsof ze afstand wilde nemen van de Lockyer-Foxen. 'Dat is niet nodig, kapitein Smith. U hebt me er al van overtuigd dat u een sterke binding met deze boerderij voelt.'

Ze ging verder alsof ze hem niet gehoord had. 'Tweeduizend jaar geleden was hier een Romeinse nederzetting. Tom weet er alles van. Hij is een beetje breedsprakig, maar hij is altijd bereid zijn kennis door te geven.'

Hij weigerde beleefd. 'Dank u, maar het is nog een lange rit naar Londen, en op kantoor ligt een stapel papierwerk op me te wachten.'

Ze keek hem meelevend aan. 'U hebt het druk. Geen tijd om eventjes stil te staan. Tom zal teleurgesteld zijn. Hij vindt het heerlijk alles te vertellen, vooral aan mensen uit Londen die geen idee hebben van de oude tradities van Herefordshire. Hier nemen we die serieus. Het is onze band met het verleden.'

Hij zuchtte inwendig. *Dacht ze echt dat hij het nog niet begrepen had?* 'Tja, kapitein Smith, met de beste wil van de wereld kan ik niet zeggen dat een gesprek met een volslagen onbekende over een mij eveneens onbekende plek voor mij topprioriteit heeft.'

'Nee,' beaamde ze koeltjes terwijl ze opstond, 'voor mij ook niet. We kunnen beiden onze tijd beter besteden dan te luisteren naar oudere onbekenden die herinneringen ophalen aan mensen en plaatsen die ons niets zeggen. Als u mijn weigering op deze manier aan uw cliënt uitlegt, weet ik zeker dat hij zal begrijpen dat zijn voorstel wat al te veel gevergd is.'

Daar was hij met open ogen ingetuind, dacht Mark treurig terwijl hij ook opstond. 'Voor de goede orde,' vroeg hij, 'zou het verschil hebben gemaakt als ik direct gezegd had dat uw grootvader naar u op zoek was?'

Nancy schudde haar hoofd. 'Nee.'

'Gelukkig maar. Dan heb ik het niet helemaal verknoeid.'

Ze ontspande genoeg om hem een werkelijk gemeende glimlach te schenken. 'Ik ben echt geen uitzondering, hoor. Er zijn net zo veel geadopteerde kinderen die volmaakt tevreden zijn met hun bestaan als er kinderen zijn die op zoek moeten naar de ontbrekende puzzelstukjes. Misschien heeft het met verwachtingen te maken. Als je tevreden bent met wat je hebt, waarom zou je je moeilijkheden op de hals halen?'

Bij Mark zou het zo niet werken, maar hij had dan ook niet haar zelfvertrouwen. 'Ik zou u dit eigenlijk niet moeten zeggen,' zei hij terwijl hij zijn koffertje pakte, 'maar u hebt een hoop aan de Smiths te danken. U zou heel anders zijn als u als Lockyer-Fox was opgegroeid.'

Ze keek geamuseerd. 'Is dat een compliment?'

'Ja.'

'Dat zal mijn moeder fijn vinden om te horen.' Ze bracht hem naar de voordeur en stak haar hand uit. 'Goede reis, meneer Ankerton. Als u verstandig bent, zegt u de kolonel dat hij er makkelijk van af is gekomen. Dat zal zijn belangstelling de kop wel indrukken.'

'Ik kan het proberen,' zei hij terwijl hij haar hand nam, 'maar hij zal me niet geloven... niet als ik u goed beschrijf.'

Ze trok haar hand terug en deed een stap naar achteren. 'Ik had het over juridische stappen, meneer Ankerton. Als u of hij me ooit weer benadert, begin ik een rechtszaak. Wilt u hem dat zeggen?'

'Ja,' zei hij.

Ze knikte kort en sloot de deur en er zat voor Mark niets anders op dan zijn weg door de modder zoeken. Wat hem dwarszat was niet zozeer het besef dat hij gefaald had, als wel spijt om een gemiste kans.

BBC News Online – 18 december 2001, 07.20 uur

Vossenjagers en actievoerders graven de strijdbijl weer op

Op tweede kerstdag zullen de vossenjachten weer hervat worden, nu gisteren de beperkingen in verband met de mond-en-klauwzeercrisis zijn opgeheven. In februari dit jaar is de sport vrijwillig tijdelijk gestaakt nadat jachtverenigingen in het hele land overeenkwamen het verbod op het verplaatsen van dieren tijdens de epidemie te ondersteunen. Het zijn de vreedzaamste 10 maanden geweest sinds 30 jaar geleden de kruistocht tegen de vossenjacht begon, maar de jachtpartijen op tweede kerstdag zullen de vijandschap tussen de pro- en de anti-jachtlobby – die voor het grootste gedeelte van 2001 op een laag pitje heeft gestaan – opnieuw doen oplaaien.

'We verwachten een hoge opkomst,' aldus een zegsman van de Countryside Alliance Campaign for Hunting, de overkoepelende jachtvereniging. 'Duizenden doodgewone mensen zien in dat jagen een noodzakelijk onderdeel van het leven op het platteland is. De vossenpopulatie is in de 10 maanden durende rustperiode verdubbeld, en schapenboeren maken zich zorgen om het aantal lammeren dat ze kwijtraken.'

Tegenstanders van de jacht hebben gezworen in groten getale te komen. 'Het leeft heel erg onder de mensen,' zegt een activist uit west-Londen. 'Alle activisten vinden elkaar in hun wens vossen te beschermen tegen mensen die ze voor de lol willen doden. In de eenentwintigste eeuw is er geen plaats meer voor deze onbeschaafde, bloedige sport. Het is een leugen om te zeggen dat de vossenpopulatie verdubbeld is. In de zomer is het jachtseizoen altijd gesloten, dus hoe kan het uitbreiden van de rustperiode met drie maanden in een "plaag" resulteren? Dat soort beweringen is pure propaganda.'

Volgens een recent gehouden opinieonderzoek is 83% van de ondervraagden van mening dat jagen met honden ofwel wreed is, ofwel onnodig, onacceptabel of ouderwets. Maar zelfs als de premier zijn onlangs gedane belofte nakomt en de vossenjacht voor de volgende verkiezingen verbiedt, zal het debat voortduren.

De pro-jachtlobby voert aan dat vossen ongedierte zijn, die onder controle gehouden moet worden of de jacht nu verboden wordt of niet. 'Geen enkele regering kan wettelijke maatregelen nemen tegen het jachtinstinct van de vos. Eenmaal binnen, doodt hij iedere kip in de ren, niet omdat hij honger heeft, maar omdat hij ervan houdt te doden. Vandaag de dag worden er jaarlijks 250.000 vossen afgemaakt om de populatie op een acceptabel niveau te houden. Zonder de jacht zal de vossenpopulatie toenemen tot een onhanteerbaar aantal en zal de houding van de mensen veranderen.'

De anti-jachtlobby is het daar niet mee eens. 'Net als alle andere dieren past de vos zich aan zijn omgeving aan. Als een boer zijn vee niet beschermt, kan hij erop rekenen dat er geplunderd wordt. Dat is de natuur. Katten doden ook voor hun plezier, maar niemand stelt voor een meute honden op onze huisgenoot af te sturen. Wat heeft het voor zin de vos de schuld te geven, terwijl het werkelijke onderwerp van discussie de veefokkerij zou moeten zijn?'

De pro-jachtlobby: 'Honden doden schoon en snel. Vallen, strikken en afschieten zijn onbetrouwbare methodes om de zaak te beheersen. Ze leiden vaak tot ernstige verwondingen zonder de garantie dat de vos inderdaad gevangen wordt. Gewonde dieren sterven een langzame, pijnlijke dood. Als dit duidelijk wordt, zal de publieke opinie omslaan.'

De anti-jachtlobby: 'Als de vos zo gevaarlijk is als de jagers beweren, waarom maken ze dan gebruik van kunstmatige holen om de aantallen op te voeren? Een jachtopziener heeft onlangs toegegeven dat hij al 30 jaar vossen en fazanten voor de jacht produceert. Als je jachtopziener bent in een graafschap waar gejaagd wordt, moet je wel dieren voor de jacht produceren, anders heb je geen werk meer.'

De beschuldigingen over en weer zijn bitter. De bewering van de CACH dat het gaat om het platteland versus de stad is even absurd als die van de Bond tegen Wrede Sporten dat er geen banen verloren zullen gaan als de vossenjagers een 'gezonde overstap naar de slipjacht' zouden maken. Weerzin tegen het voor de sport doden van inheemse dieren wordt even sterk gevoeld op het platteland als in de stad, en de Woodland Trust bijvoorbeeld, weigert toestemming te geven voor de jacht in hun gebied. Daartegenover staat dat de slipjacht alleen dan banen kan zeker stellen als de jagers, van wie velen boeren zijn, overtuigd kunnen worden dat meedoen aan een groepsactiviteit die geen direct profijt aan de gemeenschap biedt, hun geld en tijd waard is.

Beide partijen schilderen de ander af als vernietigers – van een manier van leven of van een kwetsbaar dier – maar het vonnis over al dan niet een verbod op de vossenjacht zal gevestigd zijn op het beeld dat het publiek van de vos heeft. Geen goed nieuws voor de jachtlobby. Een ander onlangs gehouden opinieonderzoek stelde deze vraag: Zet de volgende items op volgorde van schade die ze het platteland toebrengen: 1) vossen; 2) toeristen; 3) new age-reizigers. 98% van de ondervraagden zette de reizigers bovenaan. 2% (waarschijnlijk jagers die een val vermoedden) zette de vos op die plek. 100% vond toeristen het minst schadelijk, vanwege het geld dat ze inbrengen in de plattelandseconomie.

Reintje de Vos met zijn rode jas en witte sokken spreekt ons aan. Een steuntrekker met een niet-geregistreerde bus niet. Dat moet de regering zich aantrekken. *Vulpes vulgaris* is geen bedreigde diersoort, maar toch is hij druk doende zich een beschermde status te verwerven door de vele campagnes om hem te redden. De reizigers genieten nu de status van ongedierte. Dat is de macht van de publieke opinie.

Maar sinds wanneer gaat macht boven recht?

Anne Cattrell

4

Shenstead – 21 december 2001

BOB DAWSON LEUNDE OP ZIJN SPA EN KEEK NAAR ZIJN VROUW, die door de met rijp bedekte moestuin haar weg zocht naar de achterdeur van Shenstead Manor, haar mondhoeken naar beneden getrokken in een bittere wrok tegen de wereld die haar verslagen had. Ze was klein en gebogen, haar oude gezicht was verkreukeld en ze mompelde voortdurend in zichzelf. Bob wist precies wat ze zei omdat ze het steeds maar herhaalde, dag in dag uit, in een oneindige stroom die maakte dat hij haar wilde doden.

Het kon toch niet dat een vrouw van haar leeftijd nog steeds werkte... Ze was haar hele leven een voetveeg geweest... Iemand van zeventig verdiende toch een beetje rust... Wat deed Bob eigenlijk, behalve 's zomers op de maaimachine rondrijden... Hoe durfde hij haar naar het grote huis te sturen... Het was niet veilig met de kolonel in het huis te zijn... dat wist iedereen... kon het Bob wat schelen...? Natuurlijk niet... 'Hou je kop dicht,' zei hij, 'of ik sla erop... Wil je dat we op straat gezet worden...?'

Het begrip was lang geleden uit Vera's hersens verdwenen en in plaats daarvan huisde er een wrokkig martelaarsgevoel. Ze begreep niet dat zij en Bob niets voor hun huis betaalden omdat mevrouw Lockyer-Fox het hun beloofd had zo lang ze leefden. Het enige wat ze begreep was dat de kolonel haar loon gaf in ruil voor schoonmaakwerk, en haar levensdoel was dat loon uit handen van haar echtgenoot te houden. Bob was een dwingeland en een tiran, en ze stopte haar verdiensten weg op vergeten plekjes. Ze hield van geheimen, dat had ze altijd gedaan, en Shenstead Manor bevatte meer geheimen dan andere huizen. Ze had veertig jaar voor de familie Lockyer-Fox schoongemaakt, en veertig jaar hadden ze haar, met behulp van haar echtgenoot, uitgebuit.

Een psycholoog zou hebben gezegd dat haar dementie de gefrustreerde persoonlijkheid had losgemaakt die ze onderdrukt had sinds ze op haar twintigste was getrouwd om vooruit te komen, en de verkeerde man had gekozen. Bobs ambities gingen niet verder dan gratis huisvesting in ruil voor laagbetaald tuinier- en schoonmaakwerk op Shenstead Manor. Vera wilde een eigen huis hebben, een gezin stichten en haar werkhuizen zelf uitkiezen.

De paar naaste buren die ze hadden gehad waren lang geleden verhuisd, en de nieuwkomers meden haar, omdat ze niet wisten hoe ze met haar obsessieve hersenspinsels om moesten gaan. Bob was misschien een zwijgzame man die gezelschap schuwde, maar hij had zijn verstand tenminste nog en doorstond geduldig haar aanvallen op hem in het openbaar. Wat hij privé deed was zijn eigen zaak, maar de manier waarop Vera hem steeds een mep gaf als hij tegensprak, deed vermoeden dat ze gewend waren aan fysieke conflicten. Niettemin lag de sympathie grotendeels bij Bob. Niemand nam het hem kwalijk dat hij haar uit huis stuurde om op Shenstead Manor te werken. Je werd gek als je de hele dag het gezelschap van Vera moest verdragen.

Bob keek toe hoe ze met slepende tred aan kwam lopen terwijl ze naar de zuidwesthoek van de Manor keek. Soms zei ze dat ze mevrouw Lockyer-Fox op het terras zag... buitengesloten in de koude nacht om dood te vriezen met vrijwel niets aan. Vera wist alles van kou. Ze had het altijd koud, en ze was tien jaar jonger dan mevrouw Lockyer-Fox.

Bod dreigde haar een mep te geven als ze in het openbaar vertelde dat de deur op slot had gezeten, maar dat verhinderde haar niet te mompelen. Haar genegenheid voor de dode vrouw was sinds Ailsa's dood exponentieel gegroeid, alle wederzijdse beschuldigingen waren vergeten in de sentimentele herinnering aan de vele vriendelijkheden die Ailsa haar bewezen had. Zij zou er niet op gestaan hebben dat een arme oude vrouw doorwerkte. Zij zou gezegd hebben dat voor Vera het moment voor rust was aangebroken.

De politie had geen aandacht aan haar geschonken, natuurlijk niet, niet nadat Bob met zijn vinger tegen zijn voorhoofd had getikt en gezegd had dat ze seniel was. Ze hadden beleefd geglimlacht en gezegd dat de kolonel van iedere betrokkenheid bij de dood van zijn vrouw gezuiverd was. Ook al was hij alleen in huis geweest... ook al konden de openslaande deuren naar het terras alleen vanbinnen op slot gedaan worden. Vera's gevoel dat er onrecht was gedaan bleef, maar Bob schold haar in niet mis te verstane bewoordingen uit als ze er iets over zei.

Het was een beerput die gesloten moest blijven. Dacht ze dat de kolonel haar beschuldigingen over zijn kant zou laten gaan? Dacht ze dat hij het niet over haar diefstalletjes zou hebben of over hoe kwaad hij was geweest toen hij erachter kwam dat zijn moeders ringen verdwenen waren? Je moet de hand die je voedt niet bijten, waarschuwde hij haar, ook al was diezelfde hand in woede naar haar opgeheven toen de kolonel haar betrapt had terwijl ze in zijn bureauladen snuffelde.

Af en toe, als ze vanuit haar ooghoeken naar hem keek, vroeg Bob zich af of ze niet helderder was dan ze voorwendde. Dat baarde hem zorgen. Het betekende dat ze gedachten had waar hij geen greep op had...

Vera deed het hek naar de Italiaanse tuin van mevrouw Lockyer-Fox open en haastte zich langs de verdorde planten in de grote terracotta potten. Ze tastte in haar zak naar de sleutel van de bijkeukendeur en glimlachte in zichzelf toen ze de vossenstaart zag die aan de deurstijl naast het slot was geprikt. Het was een oude – waarschijnlijk uit de zomer – en ze maakte hem los en streek met het bont langs haar wang voor ze hem in haar zak wegstopte. Wat dit betreft was er in ieder geval nooit verwarring geweest. De staart was een visitekaartje dat ze altijd herkende, en nooit vergat.

Nu ze niet meer door haar echtgenoot gezien kon worden, begon ze over andere dingen te mompelen. Ouwe rotzak... ze zou het hem betaald zetten... hij was geen echte man, nooit geweest ook... een echte man had haar kinderen gegeven...

5

Shenstead – 25 december 2001

VOERTUIGEN REDEN OP EERSTE KERSTDAG OM ACHT UUR 'S AVONDS over het uitgestrekte, niet-geregistreerde bosgebied ten westen van Shenstead Village. Geen van de inwoners hoorde hun heimelijke nadering, en als ze dat wel deden werd er geen verband gelegd tussen het motorgeronk en een reizigersinvasie. Vier maanden waren verstreken sinds de gebeurtenissen bij Barton Edge en de herinnering was verflauwd. Al was er nog zo veel over gezwetst in het plaatselijke sufferdje, de rave had in Shenstead eerder leedvermaak opgeroepen, dan angst dat hun hetzelfde zou kunnen overkomen. Dorset was een te klein graafschap om voor de tweede keer getroffen te worden.

Een heldere maan stelde het langzaam rijdende konvooi in staat het smalle weggetje zonder koplampen te nemen. Toen de zes bussen vlak bij de ingang van de Copse waren, hielden ze in de berm stil en zetten de motoren af in afwachting van een van hen die het toegangspad op valkuilen zou controleren. De grond was tot op een diepte van zestig centimeter bevroren door de snijdende oostenwind die al dagen aanhield, en er was nog meer strenge vorst beloofd voor de ochtend. Het was doodstil terwijl de straal van de zaklantaarn van links naar rechts zwaaide, waardoor de breedte van het pad zichtbaar werd en de halvemaanvormige open plek daarachter die groot genoeg was voor de bussen.

Op een andere, warmere nacht zou het haveloze konvooi vast zijn komen te zitten in de zachte, vochtige klei van het pad voor het de relatieve veiligheid van de door wortels verstevigde bosgrond bereikt had. Maar deze nacht niet. Geordend, zo nauwkeurig voorgeschreven als bewegingen van vliegtuigen op het moederschip, volgden de zes wagens de arm die met de zaklantaarn gebaarde en parkeerden ruwweg in een halve cirkel onder de kale takken van de voorste rij bomen. De man met de zaklantaarn praatte een paar minuten met iedere chauffeur voor de ramen met karton werden afgedekt en de inzittenden zich voor de nacht terugtrokken.

Hoewel het dorp het nog niet wist, was de populatie van Shenstead Village in minder dan een uur meer dan verdubbeld. De zwakke plek van het dorp was de ligging in een afgelegen dal dat door de Dorset Ridgeway naar zee liep. Van de vijftien huizen waren er elf vakantiehuisjes, in het bezit van verhuurbedrijven of particulieren uit de stad, terwijl de vier die het hele jaar door bewoond werden maar aan tien mensen onderdak boden, onder wie drie kinderen. Makelaars bleven het dorp als een van de vakantiehuizen voor een exorbitant bedrag in de verkoop kwam omschrijven als 'een onbedorven juweeltje', maar de werkelijkheid was anders. Vroeger was het een bloeiende gemeenschap van vissers en boeren geweest, maar nu was het een tijdelijke pleisterplaats voor vreemden, die geen trek hadden in een bendeoorlog.

En wat hadden de mensen die er het hele jaar door woonden moeten doen als ze wel beseft hadden dat hun leefwijze bedreigd werd? De politie bellen en toegeven dat het land geen eigenaar had?

Dick Weldon, nog geen kilometer ten westen van het dorp, had drie jaar eerder toen hij Shenstead Farm had gekocht een halfhartige poging gedaan de halve hectare bos te omheinen, maar zijn hek was nooit langer dan een week intact gebleven. Toentertijd had hij de familie Lockyer-Fox en hun pachters de schuld gegeven van de kapotte omheining omdat zij de enige landeigenaren in de buurt waren die ook aanspraken konden maken op het stuk land, maar het werd al snel duidelijk dat niemand in Shenstead bereid was een nieuwkomer de waarde van zijn eigendom te laten verhogen voor de kostprijs van wat goedkope houten palen.

Het was algemeen bekend dat het twaalf jaar van ononderbroken gebruik vergde om wettige aanspraken te laten gelden op een stuk land dat van niemand was en zelfs de weekendbezoekers waren niet van plan hun hondenuitlaatplaats zo gemakkelijk af te staan. Met een bouwvergunning zou de plek een klein fortuin waard zijn en er bestond weinig twijfel bij de mensen dat dat, niettegenstaande Dicks ontkenningen, zijn uiteindelijke doel was. Wat voor nut had een stuk bosland anders voor een akkerbouwer tenzij hij de bomen zou neerhalen en het land omploegen? Hoe dan ook zou de Copse ten offer vallen aan de bijl.

Weldon had aangevoerd dat het stuk land ooit aan Shenstead Farm moest hebben toebehoord omdat het een U-vormige hap uit zijn grond nam, terwijl er maar een kleine honderd meter aan het terrein van de Lockyer-Foxen op de Manor grensde. Heimelijk waren de meeste mensen het met hem eens, maar zonder documenten om het te bewijzen – bijna zeker een slordige vergissing van een notaris in het verleden – en zonder garantie op succes, had het geen zin er een rechtszaak van te maken. De kosten van het proces zouden hoger kunnen uitpakken dan de waarde van het land, zelfs met een bouwvergunning, en Weldon was te veel realist om dat te riskeren. Zoals altijd in Shenstead raakte de kwestie gesmoord in apathie, en was de 'openbaar bezit'-status van het bos hersteld. Tenminste, in de gedachten van de dorpsbewoners.

Het was jammer dat niemand de moeite had genomen het als zodanig te laten registreren onder de Wet op Gemeenschapsgronden uit 1965, waardoor het een wettelijke status had verkregen. In plaats daarvan bleef de Copse, zonder eigenaar en zonder iemand die er aanspraak op had, verleidelijk beschikbaar voor de eerste de beste kraker die erop ging wonen en die bereid was zijn recht te verdedigen.

In strijd met de instructies die hij zijn konvooi had gegeven om te blijven waar ze zaten, sloop Fox het weggetje af en loerde voor een verkenningstocht van huis tot huis. Behalve de Manor was het enige huis van enige omvang Shenstead House, waar Julian en Eleanor Bartlett woonden. Het stond een eindje van de weg af aan een korte oprit van grind, en Fox zocht zijn weg over de graskant daarlangs om het geluid van zijn voetstappen te smoren. Hij stond enkele minuten bij het raam van de zitkamer en keek door een kier in de gordijnen toe hoe Eleanor een serieuze bres sloeg in de wijnkelder van haar echtgenoot.

Ze liep tegen de zestig, maar hormoonpreparaten, botox-injecties en aerobics deden het hunne om haar huid strak te houden. Vanuit de verte zag ze er jonger uit, maar vanavond niet. Ze lag op de bank, haar ogen gekluisterd aan het tv-scherm in de hoek waarop *Eastenders* aanstond, haar fretachtige gezicht opgezwollen en vlekkerig van de cabernet sauvignon die op de vloer stond. Zich niet bewust van de gluurder liet ze steeds haar hand in haar beha glijden om tussen haar borsten te krabben, waardoor haar blouse open bleef staan en de verraderlijke plooien en rimpels rond haar nek en decolleté zichtbaar werden.

Een menselijk trekje in een nouveau riche, en het zou Fox geamuseerd hebben als hij haar maar enigszins aardig had gevonden. In plaats daarvan vergrootte het zijn minachting alleen maar. Hij liep naar de zijkant van het huis om te zien of hij haar echtgenoot ergens kon lokaliseren. Zoals gewoonlijk zat Julian in zijn werkkamer en ook zijn gezicht was rozig van de alcohol uit de fles Glenfiddich die voor hem op het bureau stond. Hij was aan het telefoneren en zijn gulle lach kletterde tegen het raam. Flarden van het gesprek dreven door het glas. '... doe niet zo paranoïde... ze zit in de zitkamer tv te kijken... natuurlijk niet... ze is veel te veel op zichzelf gericht... ja ja, ik ben er uiterlijk half tien... Geoff zegt dat de honden uit vorm zijn en dat er massa's actievoerders verwacht worden...'

Net als zijn vrouw zag hij er jong uit voor zijn leeftijd, maar hij bewaarde een geheime voorraad Grecian 2000 in zijn kleedkamer waar Eleanor niets van wist. Fox had het op een septembermiddag tijdens een sluiptocht door het huis gevonden, toen Julian uit was gegaan en de achterdeur niet had afgesloten. De haarverf was niet het enige waar Eleanor niet van wist, en Fox speelde met het scheermes in zijn zak terwijl hij eraan dacht hoe bevredigend het zou zijn als ze erachter kwam. De echtgenoot had zijn lusten niet in bedwang, maar de echtgenote had een vals trekje, dat haar voor een jager als Fox tot een eerlijke prooi maakte.

Hij liet Shenstead House voor wat het was en besloop de weekendhuisjes, op zoek naar tekenen van leven. De meeste waren dichtgespijkerd voor de winter, maar in één huisje trof hij een kwartet aan. De zwaarlijvige tweeling van de Londense bankier van wie het was, zat er met een stel giechelende meisjes die zich aan de mannen vastklampten en hysterisch lachten als ze iets zeiden. De kritische kant van Fox' natuur vond het een onsmakelijk gezicht: Tweedledum en Tweedledee, het zweet van hun te grote vraatzucht bevlekte hun overhemd en glinsterde op hun voorhoofd terwijl ze met kerst probeerden te scoren met een stelletje willige sletten.

De enige aantrekkingskracht van de tweeling op vrouwen was de rijkdom van hun vader – waar ze over opschepten – en de hartstocht waarmee de dronken meisjes zich in de feestvreugde stortten wees op een vastberadenheid om in die rijkdom te delen.

Als ze al van plan waren naar buiten te komen voor hun libido het liet afweten, dacht Fox, zouden ze niet geïnteresseerd zijn in het kamp in de Copse.

In twee van de huurhuisjes zaten bezadigde gezinnen, maar verder waren er alleen de Woodgates in Paddock View – het echtpaar dat op de huisjes van het verhuurbureau lette en hun drie kleine kinderen – en Bob en Vera Dawson in Manor Lodge. Fox kon niet voorspellen hoe Stephen Woodgate zou reageren op reizigers vlakbij. De man was ontzettend lui, dus Fox nam aan dat hij het aan James Lockyer-Fox en Dick Weldon zou overlaten om het zaakje op te knappen. Als er begin januari nog niets gebeurd was, zou Woodgate wellicht zijn werkgever bellen, maar voor het verhuurseizoen in de lente op gang kwam zou het geen dringende kwestie zijn.

Daartegenover kon Fox precies voorspellen hoe de Dawsons zouden reageren. Ze zouden zoals altijd hun kop in het zand steken. Vragen stellen paste hun niet. James Lockyer-Fox liet hen bij wijze van gunst in de Lodge wonen, en zolang de kolonel de belofte van zijn vrouw nakwam en hen daar liet, zouden ze lippendienst bewijzen om hem te steunen. In een bizarre echo van de Bartletts zat Vera voor *Eastenders* en had Bob zich opgesloten in de keuken en luisterde naar de radio. Als hij zijn mond überhaupt open zou doen die avond, dan zou het zijn om ruzie te maken, want wat er ook aan liefde tussen hen mocht hebben bestaan, het was al lang dood.

Fox bleef even staan en keek naar de oude vrouw die in zichzelf zat te mompelen. Op een bepaalde manier was ze net zo kwaadaardig als Eleanor Bartlett, maar haar kwaadaardigheid berustte op een verknoeid leven en een ziek brein, en haar doelwit was onveranderlijk haar echtgenoot. Fox voelde net zo veel minachting voor haar als voor Eleanor. Uiteindelijk hadden ze zelf voor het leven dat ze leidden gekozen.

Hij ging terug naar de Copse en zocht zijn weg door het bos naar zijn uitkijkpunt bij de Manor. Alles in orde, dacht hij toen hij Mark Ankerton in de bibliotheek zag zitten, gebogen over het bureau van de oude man. Zelfs de advocaat van de familie was aanwezig. Dat zou niet iedereen schikken, maar het schikte Fox. Hij hield hen allen verantwoordelijk voor de man die hij geworden was.

De eerste persoon die het kamp zag was Julian Bartlett, die er op tweede kerstdag om acht uur 's ochtends langsreed, onderweg naar west-Dorset voor de jachtpartij bij Compton Newton. Hij minderde vaart toen hij een touw zag dat langs de ingang was gespannen, waaraan in het midden een bordje hing met de tekst 'niet betreden' en zijn blik viel op de voertuigen tussen de bomen.

Bartlett, gekleed voor de jacht in geel hemd, witte das en vaalgele broek, had achter zijn Range Rover een paardentrailer hangen en was niet van plan hierbij betrokken te raken. Hij gaf gas. Toen hij de vallei verlaten had, zette hij zijn auto aan de kant en belde Dick Weldon, wiens land aan het stukje bos grensde.

'We hebben bezoekers in de Copse,' zei hij.

'Wat voor bezoekers?'

'Ik ben doorgereden, dus dat weet ik niet. Het zijn vrijwel zeker vossenvrienden, en ik had geen zin in een confrontatie, met Bouncer in de trailer.'

'Actievoerders?'

'Misschien. Maar ik denk eerder reizigers. Hun voertuigen zagen er over het algemeen uit alsof ze van de schroothoop kwamen.'

'Heb je mensen gezien?'

'Nee. Ik betwijfel of ze al op waren. Er hing een bordje bij de ingang met "niet betreden" erop, dus misschien is het gevaarlijk ze in je eentje aan te pakken.'

'Verdomme! Ik wist wel dat we uiteindelijk problemen zouden krijgen met dat stuk land. We moeten waarschijnlijk een advocaat in de arm nemen om van ze af te komen... en dat kost een hoop geld.'

'Als ik jou was zou ik de politie bellen. Die hebben dagelijks met dit soort zaken te maken.'

'Mmm.'

'Dan laat ik het verder aan jou over.'

'Klootzak!' zei Dick welgemeend.

Er werd zachtjes gelachen. 'Dit is een makkie vergeleken met de oorlog waar ik naar op weg ben. Er wordt gezegd dat de actievoerders de hele nacht valse sporen hebben uitgezet, dus god weet wat voor janboel het gaat worden. Ik bel je als ik terug ben.' Bartlett zette zijn mobiel uit.

Geërgerd trok Weldon zijn waxjas aan, hij haalde zijn honden en riep bij de trap omhoog naar zijn vrouw dat hij naar de Copse ging. Bartlett had waarschijnlijk gelijk dat het een zaak voor de politie was, maar hij wilde het met eigen ogen zien voor hij ze belde. Intuïtief ging hij ervan uit dat het actievoerders waren. Er was uitgebreid bekendheid gegeven aan de jachtpartij op tweede kerstdag en na de tien maanden rust vanwege mond-en-klauwzeer, popelden beide partijen om elkaar te lijf te gaan. Als dat zo was, waren ze vanavond weer vertrokken.

Hij liet de honden in de achterbak van zijn met modder bespatte jeep en reed de kleine kilometer van zijn boerderij naar de Copse. De weg was bedekt met een laagje rijp en hij zag de bandensporen van Bartlett die van Shenstead House kwamen. Verder was er nergens een teken van leven en hij nam aan dat de mensen, net zoals zijn vrouw, optimaal profiteerden van hun uurtje uitslapen op hun vrije dag.

Bij de Copse was het heel wat anders. Toen hij zijn auto de ingang op stuurde, stelde een aantal mensen zich in een rij achter de barrière van touw op om hem de weg te versperren. Ze vormden een intimiderende groep met bivakmutsen en sjaals waarachter hun gezichten schuilgingen en dikke jassen die hun lichamen volume gaven. Een stel blaffende Duitse herders aan riemen sprongen naar voren toen de jeep stopte, hun tanden agressief ontbloot, en Dicks twee labradors blaften luid terug. Hij vervloekte Bartlett dat die gewoon doorgereden was. Als de man het benul had gehad de barrière kapot te trekken en om versterking te vragen voor deze gozers zich georganiseerd hadden, zouden instructies om buiten te blijven geen wettelijke grond hebben gehad. Maar zoals het er nu voor stond had Dick het onaangename gevoel dat ze wellicht in hun recht stonden.

Hij deed zijn portier open en klauterde uit de jeep. 'Oké, wat is er hier aan de hand?' vroeg hij. 'Wie zijn jullie? Wat doen jullie hier?'

'Dat zouden we u ook kunnen vragen,' zei een stem uit het midden van de rij.

Vanwege de sjaals voor hun mond wist Dick niet precies wie er gesproken had, dus hij richtte zich tot het midden. 'Als jullie actievoerders tegen de vossenjacht zijn, dan zijn wij het redelijk eens. Mijn standpunten daarover zijn welbekend. De vos is geen plaag voor landbouwbedrijven dus mag er op mijn terrein niet gejaagd worden vanwege de schade aan mijn gewassen en heggen. Als dat de reden is dat jullie hier zijn, verspillen jullie je tijd. De jachtpartij van west-Dorset komt niet hier in de vallei.'

Dit keer antwoordde er een vrouwenstem. 'Goed zo, makker.

Het zijn allemaal ellendige sadisten. Ze rijden in rode jassen zodat je het bloed niet kunt zien als die arme beestjes aan stukken gereten worden.'

Dick ontspande enigszins. 'Jullie zitten op de verkeerde plek. De jacht is bij Compton Newton. Vijftien kilometer ten westen van hier, aan de andere kant van Dorchester. Als je afsnijdt en de weg naar Yeovil neemt, dan zie je een bordje naar rechts voor Compton Newton. Het jachtgezelschap verzamelt zich voor de pub en de honden starten om elf uur.'

Dezelfde vrouw gaf weer antwoord, waarschijnlijk omdat zij de androgyne gestalte was waar hij naar keek: groot en stevig gebouwd in een jas uit een legerdumpwinkel en met een accent van de moerassen van Essex. 'Sorry makker, maar ik ben de enige die het met je eens is. De rest kan het allemaal geen reet schelen. Je kunt vossen niet eten, vat je, dus we hebben er weinig aan. Met herten ligt het anders, want die zijn eetbaar, en niemand van ons ziet er het nut van in om ze door honden te laten opvreten... niet als er mensen als wij zijn die het vlees nodig hebben.'

Dick hoopte nog steeds dat het actievoerders waren en liet zich tot een gesprek verleiden. 'Er wordt in Dorset niet met honden op herten gejaagd. Misschien in Devon... maar hier niet.'

'Jawel. Denkt u dat een jachtgezelschap de kans op een hertenbok zal laten schieten als de honden er lucht van krijgen? En niemand kan er iets aan doen als een kleine Bambi gedood wordt omdat de honden op het verkeerde spoor zitten. Dat is het leven, niets aan te doen. We hebben al heel vaak vallen gezet om iets te eten te krijgen, en dan steekt ten slotte een zielige kat z'n poten erin. Je kunt er wat om verwedden dat er dan ergens een oud vrouwtje tranen met tuiten huilt omdat Moortje niet thuis is gekomen... maar dood is dood, ook al bedoelde je dat helemaal niet zo.'

Dick schudde zijn hoofd; hij begreep dat verder argumenteren zinloos was. 'Als jullie me niet willen vertellen waarom jullie hier zijn, moet ik de politie bellen. Jullie zijn op privé-terrein en dat mag niet.'

De opmerking werd met zwijgen begroet.

'Oké,' zei Dick terwijl hij een mobiel uit zijn zak haalde. 'Maar wees gewaarschuwd. Ik dien een klacht in als jullie schade aanrichten. Ik doe m'n best voor het milieu en ik heb schoon genoeg van types als jullie die het voor de rest van de mensen verpesten.'

'Beweert u dat dit stuk grond uw eigendom is, meneer Weldon?' vroeg dezelfde beschaafde stem die hem in het begin geantwoord had.

Een fractie van een seconde had hij een gevoel van herkenning – hij kende die stem, maar zonder gezicht kon hij hem niet plaatsen. Hij keek de rij af wie er gesproken had. 'Hoe komt u aan mijn naam?'

'We hebben het kiesregister nagetrokken.' Deze keer klonk er een ruwere klank in zijn klinkers door alsof de spreker had opgemerkt dat zijn interesse gewekt was en hij die wilde afleiden.

'Dan kunt u me nog niet herkennen.'

'R. Weldon. Shenstead Farm. U zei dat u een landbouwbedrijf had. Hoeveel zijn er daarvan in de vallei?'

'Nog twee gepachte bedrijven.'

'P. Squires en G. Drew. Hun boerderijen liggen in het zuiden. Als u een van hen was, dan was u van de andere kant gekomen.'

'U bent veel te goed op de hoogte om dat allemaal uit het kiesregister gehaald te hebben,' zei Dick terwijl hij door het menu op zijn mobiel scrolde naar het nummer van het plaatselijke politiebureau. Zijn telefoontjes gingen meestal over stropers of uitgebrande auto's op zijn landerijen – een toenemende ergernis sinds de regering zich uitgesproken had voor zero-tolerance op het gebied van niet-verzekerde voertuigen – daarom had hij het nummer op zijn mobiel. 'Ik herken je stem, vriend. Ik kan hem nu even niet plaatsen...' – hij selecteerde het nummer en drukte op de callknop, terwijl hij de mobiel naar zijn oor bracht – '... maar ik verwed er wat om dat de politie je kent.'

De mensen keken zwijgend toe terwijl hij tegen de brigadier aan de andere kant van de lijn sprak. Als er al iemand glimlachte omdat hij steeds geïrriteerder raakte door het advies dat hem gegeven werd, dan bleef die glimlach verborgen achter de sjaals. Hij draaide hun zijn rug toe en liep weg, terwijl hij zijn best deed zacht te praten, maar het boze optrekken van zijn schouders was de beste indicatie dat hem niet aanstond wat hij te horen kreeg.

Zes of minder voertuigen werd als een acceptabel aantal voor een kamp gezien, vooral als ze een eind van de andere huizen waren neergezet en geen gevaar voor de verkeersveiligheid vormden. De eigenaar van het land kon een ontruiming aanvragen, maar dat kostte tijd. Het beste was over de duur van het verblijf te onderhandelen via de contactpersoon voor reizigers bij de lokale overheid om onnodige confrontaties met de bezoekers te vermijden. De brigadier bracht Dick in herinnering dat er onlangs in

Lincolnshire en Essex boeren waren gearresteerd omdat ze groeperingen die op hun land waren neergestreken bedreigd hadden. De politie kon begrip opbrengen voor de landeigenaren, maar hun eerste prioriteit was dat er geen ongelukken gebeurden.

'Godverdomme,' baste Dick. Hij legde zijn hand voor zijn mond om het geluid te dempen. 'Wie heeft die regels gemaakt? U wilt dus zeggen dat ze mogen gaan staan waar ze willen, mogen doen wat ze willen en dat als de arme sukkel van wie het land is bezwaar maakt, dat jullie klootzakken hem dan arresteren? Ja... ja... sorry... ik wilde u niet beledigen... Maar wat voor rechten hebben de sukkels die hier wonen dan?'

In ruil voor het verblijf op een stuk land werd de reizigers gevraagd met een aantal voorwaarden in te stemmen. Deze behelsden de correcte verwijdering van menselijk en huishoudafval, het geëigende toezicht op huisdieren, gezondheid en veiligheid, een afspraak niet hetzelfde stuk grond binnen een periode van drie maanden nog eens te gebruiken en het verzoek geen dreigend of intimiderend gedrag tentoon te spreiden.

Dicks rode gezicht liep paars aan. 'Dat noemt u rechten?' siste hij. 'Er wordt van ons verwacht dat we accommodatie bieden aan een stelletje oplichters en het enige wat we daarvoor in ruil krijgen is een belofte dat ze zich min of meer beschaafd zullen gedragen.' Hij wierp een boze blik op de rij. 'En wat is trouwens uw definitie van dreigend of intimiderend gedrag? Er staan er een stuk of tien mij de weg af te snijden en ze hebben allemaal hun gezichten bedekt... en dan heb ik het nog niet over de honden en een bordje met "niet betreden" dat ze over het pad gehangen hebben. Als dat niet intimiderend is...' Hij liet zijn schouders wat zakken. 'Ja, dat is de moeilijkheid,' mompelde hij. 'Niemand weet van wie het is. Het is een halve hectare bos aan de rand van het dorp.' Hij luisterde even. 'Jezus christus! Aan wiens kant staan jullie verdomme eigenlijk...? Ja, misschien gaat het daar voor u niet om, maar voor mij wel. U hebt geen werk meer als ik m'n belasting niet betaal.'

Hij klapte de mobiel dicht en duwde hem in zijn zak, waarna hij naar de jeep terugliep en het portier openrukte. Gelach golfde door de rij.

'U hebt een probleempje, niet, meneer Weldon?' zei de stem spottend. 'Laat me eens raden. De smeris heeft u gezegd dat u de tussenpersoon van de gemeente moet bellen.'

Dick negeerde hem en ging achter het stuur zitten.

'Vergeet niet haar te zeggen dat dit land van niemand is. Ze woon in Bridport en ze zal ontzettend pissig zijn als ze op haar vrije dag hier helemaal naartoe moet komen rijden om dat van ons te horen.'

Dick startte de motor en keerde de jeep totdat hij langs de rij stond. 'Wie ben je?' vroeg hij door het open raampje. 'Hoe komt het dat je zo veel van Shenstead af weet?'

Maar de vraag werd met zwijgen begroet. Dick schakelde nijdig, maakte een driekwart draai en reed weer naar huis om erachter te komen dat de tussenpersoon inderdaad een vrouw was die in Bridport woonde en weigerde haar vrije dag op te geven om over een stuk land te onderhandelen dat van niemand was en waar krakers evenveel recht op hadden als wie dan ook in het dorp.

Meneer Weldon had niet moeten zeggen dat er onduidelijkheden over het eigenaarschap bestonden. Zonder die kennis had ze kunnen onderhandelen over een verblijfsduur die geen van beide partijen aanstond. Voor de reizigers zou het te kort zijn geweest, voor de dorpsbewoners te lang. Al het land in Engeland en Wales was wel van iemand, maar als het niet geregistreerd was, dan konden opportunisten daar gebruik van maken.

Om wat voor reden dan ook had meneer Weldon informatie naar voren gebracht die deed vermoeden dat er advocaten bij betrokken zouden raken – *'Nee, het spijt me, meneer, maar u had nooit naar die krakers moeten luisteren. Het is een grijs gebied in de wetgeving...'* – en ze kon weinig doen tot er overeenstemming was over van wie het land eigenlijk was. Natuurlijk was het onrechtvaardig. Natuurlijk ging het tegen elk rechtsgevoel in. Natuurlijk stond zij aan de kant van de belastingbetaler.

Maar...

Shenstead Manor, Shenstead, Dorset

1 oktober 2001

Geachte kapitein Smith,

Mijn juridisch adviseur heeft me verwittigd dat als ik contact met u op zou nemen, u een rechtszaak begint. Daarom moet u weten dat ik zonder Mark Ankertons medeweten schrijf en dat de verantwoordelijkheid voor deze brief geheel bij mij ligt. Weest u er alstublieft van overtuigd dat als u een klacht indient, die niet aangevochten zal worden en dat ik welke compensatie dan ook die de rechtbank bepaalt, zal betalen.

Onder deze omstandigheden vraagt u zich natuurlijk af waarom ik een in potentie zo dure brief schrijf. Noem het een gokje, kapitein Smith. Ik zet de kosten van een schadevergoeding in tegen de kans van een op de tien – of misschien een op de duizend – dat u zult reageren.

Mark heeft u beschreven als een intelligente, evenwichtige, succesvolle en dappere jonge vrouw, die volkomen loyaal is aan haar ouders en geen enkele behoefte heeft iets te weten te komen over mensen die in feite vreemden voor haar zijn. Hij zei me dat uw familie een lange geschiedenis kent, en dat het uw ambitie is de boerderij van uw vader over te nemen als u het leger verlaat. Daar voegt hij aan toe dat u meneer en mevrouw Smith tot eer strekt, en hij suggereert dat uw adoptie het beste is wat u had kunnen overkomen.

Geloof me, hij had niets kunnen zeggen wat me meer plezier zou hebben gedaan. Mijn vrouw en ik hebben altijd gehoopt dat uw toekomst in handen van goede mensen zou liggen. Mark heeft verscheidene malen herhaald dat u niet nieuwsgierig naar uw familie bent, zo weinig nieuwsgierig dat u zelfs hun naam niet wilt weten. Als u nog steeds zo denkt, gooit u de brief dan nu weg en lees niet verder.

Ik ben altijd zeer op fabels gesteld geweest. Toen mijn kinderen nog klein waren, las ik ze Aesopus voor. Ze waren vooral dol op verhalen over de vos en de leeuw, om redenen die weldra duidelijk zullen zijn. Ik aarzel om te veel informatie in deze brief te geven, omdat ik bang ben dat ik u dan de indruk geef dat ik me weinig aantrek van de gevoelens die u zo sterk koestert. Daarom sluit ik een variatie op een fabel van Aesopus in en twee krantenknipsels. Ik heb uit Marks woorden opgemaakt dat u zeker in staat zult zijn tussen de regels van die stukken door te lezen en dat u een aantal juiste conclusies zult trekken.

Het volstaat te zeggen dat mijn vrouw en ik bedroevend gefaald hebben om voor onze twee kinderen de hoge standaard van ouderschap te bereiken die de Smiths bereikt hebben. Het is makkelijk het leger hiervoor als schuldige aan te wijzen: de afwezigheid van een vaderfiguur als ik dienst had, stationering in het buitenland, zodat geen van beide ouders thuis was, de invloed van het kostschoolleven, het gebrek aan toezicht tijdens de vakanties thuis – maar dat zou verkeerd zijn, denk ik.

De schuld lag bij ons. We zijn te toegeeflijk geweest om onze afwezigheid te compenseren, we hebben hun wilde gedrag geïnterpreteerd als een schreeuw om aandacht. We vonden ook – beschamend genoeg – dat de familienaam iets waard was en we vroegen hun zelden, als we dat al deden, om voor hun fouten uit te komen. Het grootste verlies was jij, Nancy. Om de ergst denkbare redenen (snobisme) hebben we onze dochter geholpen een 'goede echtgenoot' te vinden door haar zwangerschap geheim te houden. En hierbij hebben we ons enig kleinkind weggegeven. Als ik gelovig was, zou ik zeggen dat het een straf is omdat we zo veel waarde hechtten aan de familie-eer. We hebben je lichtvaardig opgegeven, om onze goede naam te beschermen zonder oog voor je prachtige eigenschappen of voor wat de toekomst brengen kon.

De ironie van dit alles trof me zeer toen Mark me vertelde hoe weinig je onder de indruk was van je banden met de familie Lockyer-Fox. Tenslotte is een naam maar een naam, en de waarde van een familie ligt besloten in de som der delen en niet in het etiket dat ze uitgezocht hebben om zichzelf op te plakken. Als ik eerder tot dit inzicht was gekomen, had ik je deze brief waarschijnlijk niet geschreven. Mijn kinderen zouden zich tot stabiele leden van de maatschappij hebben ontwikkeld, en jij zou verwelkomd zijn om wat je was, en niet verjaagd om wat je was.

Ik besluit met te zeggen dat dit de enige brief is die ik zal schrijven. Als je niet antwoordt, of als je een advocaat inschakelt, dan accepteer ik dat ik gegokt heb en verloren. Ik heb opzettelijk niet mijn echte reden waarom ik je wil ontmoeten genoemd, hoewel je misschien wel vermoedt dat je status als mijn enig kleinkind daar iets mee uitstaande heeft.

Ik geloof dat Mark je heeft gezegd dat je een goede daad zou verrichten door ermee in te stemmen me te ontmoeten. Mag ik daaraan toevoegen dat je daarmee ook hoop geeft dat iemand die dood is, schadeloos gesteld kan worden.

Met de meeste hoogachting,
James Lockyer-Fox

De Leeuw, de oude Vos en de edelmoedige Ezel

De Leeuw, de Vos en de Ezel woonden in intieme vriendschap al enige jaren samen, tot de Leeuw de Vos begon te minachten om zijn leeftijd en de Ezel te bespotten vanwege haar edelmoedigheid jegens vreemden. Hij eiste het respect dat hem toekwam wegens zijn grotere kracht, en stond erop dat alleen hem edelmoedigheid werd bewezen. De Ezel, in grote verwarring, bracht al haar bezittingen bijeen en gaf ze aan de Vos om veilig te bewaren tot de Leeuw zijn leven beterde. De Leeuw ontstak in woede en verslond de Ezel. Toen vroeg hij de Vos of hij zo vriendelijk wilde zijn de rijkdommen van de Ezel te verdelen. De oude Vos, die besefte dat hij niet tegen de Leeuw opkon, wees op de stapel en nodigde de Leeuw uit de schatten te nemen. De Leeuw, die aannam dat de Vos lering had getrokken uit de dood van de Ezel, zei: 'Wie, beste kerel, heeft jou de kunst van het verdelen bijgebracht? Je hebt het vrijwel perfect gedaan.' De Vos antwoordde: 'Ik heb de waarde van edelmoedigheid leren inzien van mijn vriendin de Ezel.' Toen verhief hij zijn stem en riep alle dieren uit de wildernis bijeen om de Leeuw op de vlucht te jagen en de schatten van de Ezel te verdelen. 'Zo,' zei hij tegen de Leeuw, 'heb jij niets en wordt de Ezel gewroken.'

Maar in plaats daarvan verslond de Leeuw de Vos en nam ook zijn fortuin.

Lockyer-Fox – Ailsa Flora, onverwachts thuis overleden op 6 maart 2001, in de leeftijd van 78 jaar. Innig geliefde echtgenote van James, moeder van Leo en Elizabeth, en edelmoedige vriendin voor velen. De begrafenisdienst zal donderdag 15 maart om 12.30 uur plaatsvinden in de St. Peter in Dorchester. Liever geen bloemen; giften kunnen gedaan worden aan dr. Barnardo of aan de Koninklijke Vereniging voor de Preventie van Wreedheid jegens Dieren.

Uitspraak van de politierechter

Een gerechtelijk onderzoek bepaalde gisteren dat Ailsa Lockyer-Fox, 78, van Shenstead Manor een natuurlijke dood is gestorven, ondanks een post mortem dat voor meerdere interpretaties vatbaar is en een rapport van de patholoog-anatoom waarin geen doodsoorzaak is vastgesteld. Een politieonderzoek was in gang gezet, nadat bloedvlekken in de nabije omgeving van het lijk waren aangetroffen en buren verklaard hadden dat ze een ruzie hadden gehoord op de avond van haar dood.

Mevrouw Lockyer-Fox is op de ochtend van 6 maart door haar echtgenoot op het terras van Shenstead Manor gevonden. Ze droeg nachtkleding en was al enige tijd dood. Kolonel Lockyer-Fox die getuigde voor de rechter, zei dat hij vermoedde dat ze 's nachts was opgestaan om de vossen te voeren, geregelde bezoekers op Shenstead Manor. 'Ik neem aan dat ze is flauwgevallen en van de kou gestorven.' Hij ontkende dat de openslaande deuren vanbinnen afgesloten waren toen hij beneden kwam, en dat mevrouw Lockyer-Fox het huis niet meer had kunnen binnengaan als ze dat gewild had.

De politierechter bracht naar voren dat een van de buren beweerd had dat ze kort na middernacht op 6 maart een man en een vrouw had horen ruziemaken. Kolonel Lockyer-Fox ontkende dat hij en zijn vrouw dat geweest waren, en de politierechter heeft deze verklaring geaccepteerd. Hij accepteerde ook dat de bloedvlekken die op twee meter van het lijk op de stenen zijn aangetroffen dierlijk waren en niet menselijk. Hij verwierp de gissingen omtrent de dood van Ailsa Lockyer-Fox en zei: 'De geruchten in deze zaak berusten absoluut nergens op. Ik hoop dat de uitspraak van vandaag een einde aan die geruchten maakt. Om wat voor reden dan ook heeft mevrouw Lockyer-Fox besloten op een koude avond naar buiten te gaan, onvoldoende gekleed, en is ze op tragische wijze bezweken.'

Ailsa Lockyer-Fox, de dochter van een Schotse landeigenaar, was algemeen bekend vanwege haar campagne tegen dierenmishandeling. 'We zullen haar erg missen,' aldus een zegsman van de Dorsetse afdeling van de Bond tegen Wrede Sporten. 'Zij geloofde dat alle vormen van leven waarde hadden, en met respect behandeld moesten worden.' Tevens was ze een ruimhartig weldoenster voor plaatselijke en nationale kindertehuizen en kinderfondsen. Haar persoonlijk bezit, geschat op 1,2 miljoen pond, gaat over op haar echtgenoot.

Debbie Fowler

Kosovo

Dinsdag 6 november

Geachte kolonel Lockyer-Fox,

Uw brief is me door mijn moeder nagestuurd. Ook ik heb belangstelling voor de fabelcultuur. De basis van uw fabel is 'De Leeuw, de Vos en de Ezel', en een van de zedenlessen die men daaruit kan trekken, zou men kunnen omschrijven als: 'Macht gaat boven recht.' U kunt een vergelijkbare zedenles aan uw eigen verhaal verbinden: 'De macht van het getal gaat boven recht', omdat de implicatie is dat u de erfenis van uw vrouw ontmantelt om deze te schenken aan doelen die het geld meer verdienen dan uw zoon – waarschijnlijk liefdadigheidsinstellingen voor kinderen en dieren. Dit lijkt me heel verstandig, vooral als hij voor haar dood verantwoordelijk was. Ik geloof niet dat een leeuw zijn streken verliest (net zomin als een vos, overigens), dus ik heb er weinig vertrouwen in dat hij 'zijn leven zal beteren'.

Ik kan uit het krantenknipsel over de uitspraak van de politierechter niet zonder meer opmaken wie het onderwerp van het gespeculeer na de dood van uw vrouw vormde, maar ik vermoed dat u dat was. Echter, als ik uw fabel goed gelezen heb, dan is uw zoon Leo de Leeuw, uw vrouw was Ailsa de Ezel en u bent de Vos die getuige was van de moord op haar. Waarom hebt u de politie hier dan niet over ingelicht, in plaats van de geruchten te laten aangroeien? Of is dit weer een geval van onder het tapijt vegen van familie-'foutjes'? Kennelijk is het uw strategie schadeloosstelling voor de moord op uw vrouw te verkrijgen door uw zoon zijn erfenis te onthouden, maar is recht via de rechter niet de enige echte schadeloosstelling? De eventuele instabiliteitsproblemen van uw zoon zullen heus niet verdwijnen als u hem met moord weg laat komen.

Daar lijkt u in uw laatste zin naar te verwijzen. 'Maar in plaats daarvan verslond de Leeuw de Vos en nam ook zijn fortuin.' Dit is duidelijk een profetie, geen feit, want anders kon u me niet schrijven, maar ik vraag me ten zeerste af hoe u door mij als uw enig kleinkind te erkennen die profetie in uw voordeel kunt doen omslaan. Ik ben bang dat u er precies het tegenovergestelde mee bereikt en uw zoon tot overhaaste acties zult verleiden. Gezien het feit dat ik geen enkele belangstelling heb voor het geld van u of uw vrouw – en geen behoefte aan een confrontatie met uw zoon – wil ik u in overweging geven dat het oneindig veel verstandiger is om u door uw advocaat, Mark Ankerton, te laten adviseren hoe het geld buiten het bereik van uw zoon te houden.

Ik wil niet onaangenaam zijn, maar ik zie geen enkele reden waarom u zo gelaten zou toestaan dat u 'verslonden' wordt, en ook niet waarom ik als dekmantel zou moeten dienen.

Hoogachtend,

Nancy Smith

Nancy Smith (kapitein, genietroepen)

Shenstead Manor, Shenstead, Dorset

30 november 2001

Beste Nancy,

Denk er maar niet meer over na. Alles wat je zegt is volkomen terecht. Ik heb je in een ogenblik van depressiviteit geschreven en emotionele taal gebruikt, wat onvergeeflijk is. Ik wil op geen enkele wijze de indruk bij je wekken dat je een confrontatie met Leo aan zou moeten gaan. Mark heeft een testament opgesteld dat mijn verplichtingen aan mijn familie eerbiedigt, terwijl het overgrote deel aan passende goede doelen geschonken wordt. Het was de dwaze opwelling van een oude man, een trots ook om het 'familiezilver' in zijn geheel aan iemand uit de familie te willen nalaten.

Ik ben bang dat mijn laatste brief je een verkeerde indruk van zowel mijzelf als van Leo heeft gegeven. Onbedoeld heb ik misschien gesuggereerd dat ik aardiger word gevonden dan hij. Dit is ver bezijden de waarheid. Leo is bijzonder innemend. Ik daarentegen – en Ailsa trouwens ook als ze nog zou leven – ben een nogal verlegen persoon die in gezelschap stijf en hooghartig overkomt. Tot voor kort zou ik gezegd hebben dat onze vrienden ons anders zagen, maar het isolement waarin ik me nu bevind heeft dat vertrouwen kapotgemaakt. Met de loffelijke uitzondering van Mark Ankerton, wordt bij de mensen achterdocht klaarblijkelijk makkelijker opgewekt dan verjaagd.

Jij stelt de vraag: hoe kan het feit dat ik jou als mijn enig kleinkind erken mij ten goede komen? Dat doet het ook niet. Dat zie ik nu in. Het was een idee dat enige tijd geleden is ontwikkeld, toen Ailsa het uiteindelijk met mij eens was dat we onze kinderen meer kwaad dan goed zouden doen als we hun na onze dood toegang tot grote sommen geld zouden geven. Maar Mark was van mening dat Leo een testament dat grote legaten aan liefdadigheidsinstellingen toekent zou aanvechten, op grond van het feit dat het familiegeld is dat doorgegeven zou moeten worden aan de volgende generatie. Leo had zo'n zaak misschien wel, misschien ook niet kunnen winnen, maar het zou in ieder geval een stuk lastiger voor hem zijn als hij het op zou moeten nemen tegen een wettige erfgenaam in de persoon van een kleinkind.

Mijn vrouw geloofde er altijd in mensen een tweede kans te geven – het 'je leven beteren' waar jij het over had – en ik geloof dat ze tevens hoopte dat de erkenning van ons kleinkind onze zoon ertoe zou brengen zijn toekomst opnieuw te overwegen. Nu ik een brief van je gekregen heb, heb ik besloten dit plan op te geven. Het was een zelfzuchtige poging om het familiebezit bijeen te houden, die absoluut geen rekening hield met jouw liefde voor en trouw aan je waarachtige familie.

Je bent een bewonderenswaardige en verstandige jonge vrouw met een prachtige toekomst voor je, en ik wens je een lang leven en veel geluk toe. Nu het geld je niet interesseert, winnen we er niets bij jou bij de problemen in mijn familie te betrekken.

Je kunt erop vertrouwen dat je identiteit en verblijfplaats een geheim blijft tussen Mark en mij en dat je onder geen enkele omstandigheid zal voorkomen in wettige documenten omtrent mijn familie.

Met dankbaarheid voor je antwoord en de allerbeste wensen voor alles wat je in het leven zal toevallen,

James Lockyer-Fox

6

Shenstead Manor – kerstavond tot tweede kerstdag 2001

MARK ANKERTONS OVERTUIGING DAT JAMES LOCKYER-FOX ZIJN vrouw nooit kwaad zou kunnen doen kwam van alle kanten onder vuur te liggen, niet in het minst door de houding van James zelf. Het was waar dat Mark zichzelf op Shenstead Manor had uitgenodigd, voorbijgaand aan de koele verzekering van de kolonel dat hij heel wel in staat was zijn eerste kerst alleen na bijna vijftig jaar het hoofd te bieden, maar James' geheimzinnige gedrag en het feit dat hij niet in staat was langer dan vijf minuten een gesprek te voeren, baarden zijn advocaat ernstig zorgen.

Hij vermeed Marks blik, en zijn handen en stem trilden. Hij was verontrustend veel afgevallen. Vroeger was hij altijd heel precies op zijn uiterlijk geweest, maar nu zag hij er slonzig uit, met warrig haar, bevlekte kleren, en zilvergrijze stoppels op zijn kin. De kolonel was in Marks ogen altijd een autoritaire figuur geweest, en deze dramatische ommekeer in lichamelijke en geestelijke kracht choqueerde hem. Zelfs het huis rook naar vuil en bederf en Mark vroeg zich af of Vera Dawson haar legendarische luiheid had overtroffen door helemaal niets meer te doen.

Hij was boos op zichzelf dat hij sinds augustus – toen hij de beslissing van Nancy Smith aan de oude man had overgebracht – niet meer gekomen was. James had het toen heel goed opgenomen. Hij had Mark opdracht gegeven een testament op te stellen waaruit zou voortvloeien dat het bezit van de Lockyer-Foxen ontmanteld zou worden, en waarin slechts minimale legaten aan zijn twee kinderen werden nagelaten. Het testament was echter nog niet getekend. James had maanden op het concept gebroed, kennelijk opziend tegen wat hij als een onherroepelijke stap zag. Toen Mark er telefonisch op had aangedrongen dat hij zou vertellen wat hem dwarszat, had hij alleen kwaad gereageerd: 'Val me niet lastig. Ik ben nog niet seniel. Ik neem een beslissing wanneer het mij goeddunkt.'

Marks zorgen waren een paar weken geleden nog toegenomen, toen hij opeens een antwoordapparaat aan de lijn kreeg als hij naar Shenstead Manor belde, alsof James, die van nature al aanleg had voor kluizenaar, nu zover was gegaan dat alle contact verboden was. De enkele keren dat James de moeite had genomen Mark terug te bellen, had zijn stem afstandelijk en onverschillig geklonken, alsof de familiebezittingen hem niet langer interesseerden. Hij voerde vermoeidheid aan als excuus voor zijn gebrek aan enthousiasme. Hij sliep niet goed, zei hij. Een paar keer had Mark hem gevraagd of hij depressief was, maar steeds was er prikkelbaar op die vraag gereageerd. 'Met mijn brein is er niets aan de hand,' had James gezegd, alsof het iets was waar hij niettemin bang voor was.

Mark was er in ieder geval bang voor geweest, vandaar dat hij zo op een bezoek had aangedrongen. Hij had de symptomen van James aan een bevriend arts in Londen beschreven, en die had hem gezegd dat het klonk als een regelrechte depressie, of een posttraumatisch stresssyndroom. Het waren normale reacties op ondraaglijke situaties: het vermijden van sociaal contact, het uit de weg gaan van verantwoordelijkheid, lusteloosheid, slapeloosheid, angst onbekwaam te zijn, angst *tout court*. Gebruik je verbeeldingskracht, had zijn vriend geadviseerd. Iedereen die zo oud is als de kolonel zou eenzaam en verdrietig zijn als zijn vrouw stierf, maar als je er dan ook nog van verdacht wordt haar vermoord te hebben, als je daarover verhoord bent... Het was een uitgestelde shock. Wanneer had die arme stakker de kans gekregen te rouwen?

Mark was op kerstavond aangekomen, gewapend met tips over rouwverwerking en over de mogelijkheid van lichte doses antidepressiva om de stemming te verbeteren en het optimisme te herstellen. Maar hij had zich voorbereid op verdriet, en er was geen verdriet. Over Ailsa praten maakte James alleen maar kwaad.

'Die vrouw is dood,' snauwde hij een keer. 'Waarom moet ze weer tot leven gebracht worden?' Een andere keer: 'Ze had zelf haar nalatenschap moeten regelen, in plaats van mij ermee op te zadelen. Dat was pure lafheid. Leo nog een kans te geven, heeft nooit iets opgeleverd.' Een vraag naar Henry, de oude Deense dog van Ailsa, leverde een even kortaf antwoord op. 'Van ouderdom gestorven. Beste wat hem kon overkomen. Hij liep haar steeds te zoeken.'

Marks bijdrage aan de kerst was een picknickmand van Harrods omdat de bevriende arts had gezegd dat depressie niet at. Dat was zonneklaar, zag hij toen hij de ijskast opendeed om zijn koppel fazanten, pâté de foie gras en champagne weg te bergen. Geen wonder dat de oude man zo vermagerd was, dacht hij terwijl hij naar de lege rekken keek. De vriezer in de bijkeuken was redelijk gevuld met vlees en groenten, maar dikke lagen rijp deden vermoeden dat het meeste er nog door Ailsa in was gestopt. Na de mededeling dat hij behoefte had aan brood, aardappels en melkproducten, ook al had James die behoefte niet, reed hij naar de Tesco in Dorchester voor die voor de kerstdagen dichtging en deed de hoogstnoodzakelijke boodschappen en deed er nog schoonmaakspullen, bleekwater, shampoo, zeep en scheerspullen bij.

Hij ging energiek aan de slag, schrobde en boende het aanrecht in de keuken, mopte de gang met de stenen plavuizen. James achtervolgde hem als een kwade wesp, sloot deuren van kamers waarvan hij niet wilde dat Mark erin ging. Alle vragen werden met halve antwoorden begroet. Maakte Vera Dawson nog steeds voor hem schoon? *Ze was seniel en lui.* Wanneer had hij voor het laatst fatsoenlijk gegeten? *Hij verbruikte tegenwoordig weinig energie.* Letten zijn buren een beetje op hem? *Hij bleef liever op zichzelf.* Waarom had hij niet op Marks brieven gereageerd? *Hij had geen zin om naar de brievenbus te lopen.* Had hij overwogen Henry te vervangen, zodat hij een reden had om te gaan wandelen? *Dieren waren lastig.* Was het niet eenzaam om in dat grote huis te wonen zonder iemand om tegen te praten? Stilte.

Regelmatig ging de telefoon in de bibliotheek over. James lette er niet op, ook al was het gebrom van stemmen die een boodschap op het antwoordapparaat achterlieten door de gesloten deur hoorbaar. Mark zag dat de stekker van de telefoon in de zitkamer niet in het stopcontact zat, maar toen hij hem er weer in wilde doen, beval de oude man hem dat te laten. 'Ik ben niet blind, en ook niet dom, Mark,' zei hij kwaad, 'en ik zou het prettig vinden als je ermee ophield me te behandelen alsof ik Alzheimer heb. Kom ik bij jou thuis vraagtekens zetten achter hoe jij het geregeld hebt? Natuurlijk niet. Ik zou er niet over piekeren zo lomp te zijn. Doe dat dus ook niet bij mij thuis.'

Even een glimpje van de man die hij gekend had, dacht Mark

en hij reageerde direct. 'Ik zou dit niet doen als ik wist wat er aan de hand was.' Hij gebaarde met zijn duim naar de bibliotheek. 'Waarom neem je niet op?'

'Omdat ik daar geen zin in heb.'

'Misschien is het wel belangrijk.'

James schudde zijn hoofd.

'Zo te horen is het steeds dezelfde persoon... en mensen blijven niet bellen, tenzij het dringend is,' voerde Mark aan, terwijl hij de as uit de haard veegde. 'Laat mij tenminste kijken of het niet voor mij is. Ik heb mijn ouders dit nummer gegeven, voor noodgevallen.'

De woede vlamde weer op in het gezicht van de kolonel. 'Je kunt je niet alles permitteren, Mark. Moet ik je eraan herinneren dat je jezelf hebt uitgenodigd?'

De jongere man schikte het hout in de haard. 'Ik maakte me zorgen over je,' zei hij rustig. 'En nu ik hier ben, maak ik me nog meer zorgen. Je vindt me misschien opdringerig, James, maar daar hoef je nog niet zo onbeschoft over te doen. Ik wil heus wel in een hotel logeren, maar ik ga niet weg tot ik ervan overtuigd ben dat je goed voor jezelf zorgt. Wat doet Vera eigenlijk? Wanneer heb je voor het laatst de haard aangestoken? Wil je aan onderkoeling sterven, net als Ailsa?'

Zijn opmerkingen werden in stilte ontvangen en hij draaide zijn hoofd om om te kijken wat de reactie was.

'God,' zei hij ontdaan toen hij tranen in de ogen van de oude man zag. Hij stond op en legde meelevend zijn hand op de arm van James. 'Luister eens, iedereen heeft wel eens een depressie. Daar hoef je je niet over te schamen. Kan ik je niet overhalen om tenminste met je huisarts te praten? Je kunt er op verschillende manieren wat aan doen... ik heb wat folders voor je meegenomen... maar ze zijn het er allemaal over eens dat in stilte lijden het ergste is wat je kunt doen.'

James trok zijn arm bruusk weg. 'Je wilt me er wel heel graag van overtuigen dat ik geestelijk niet in orde ben,' mopperde hij. 'Waarom? Heb je met Leo gepraat?'

'Nee,' zei Mark verrast, 'ik heb hem niet meer gesproken sinds die keer voor de begrafenis.' Hij schudde verbijsterd zijn hoofd. 'Maar stel dat ik wel met hem gesproken had, wat maakt dat uit? Je wordt heus niet onder curatele gesteld omdat je gedeprimeerd bent... en zelfs al werd je dat wel, dan krijg ik als je advocaat de volmacht. Leo kan zich op geen enkele manier als curator opwerpen, tenzij je de verklaring die ik heb, herroept en er een in zijn naam uitgeeft. Maak je je daar zorgen over?'

Een gesmoord lachje bleef in James' keel steken. '*Zorgen maken* zou ik het niet willen noemen,' zei hij bitter voor hij zich in een stoel liet zakken en in somber zwijgen verviel.

Met een gelaten zucht hurkte Mark weer neer om het vuur aan te steken. Toen Ailsa nog leefde liep het huishouden altijd op rolletjes. Mark had een aantal keren een 'werkvakantie' in Dorset doorgebracht, om het landgoed te leren kennen, en hij had gedacht dat zijn schip met geld was binnen komen varen. Oud geld, goed belegd; rijke cliënten, zonder pretenties; mensen die hij aardig vond, waarmee het klikte. Zelfs na de dood van Ailsa was de band met James sterk gebleven. Hij had de oude man tijdens zijn verhoor gesteund, en hij had hem beter leren kennen dan zijn eigen vader.

Nu voelde hij zich vervreemd. Hij wist niet of er een bed voor hem was opgemaakt. Het leek onwaarschijnlijk en hij had geen zin om rond te neuzen op zoek naar lakens. In het verleden had hij in 'de blauwe kamer' geslapen, waar de wanden overdekt waren met foto's uit de negentiende eeuw, en de planken vol stonden met dagboeken uit de familie en in leer gebonden juridische documenten over de kreeftindustrie die in de dagen van de overgrootvader van James in Shenstead Valley floreerde. 'Deze kamer is voor jou geschapen,' had Ailsa hem de eerste keer gezegd. 'Je twee lievelingsonderwerpen: geschiedenis en de wet. De dagboeken zijn oud en stoffig, maar het lezen waard.'

Hij had zich treuriger om Ailsa's dood gevoeld dan hij had kunnen zeggen omdat ook hij niet de tijd had gekregen te rouwen. Haar dood was met zo veel heftig leed, dat hem deels persoonlijk raakte, omgeven dat hij zijn toevlucht tot afstandelijkheid had genomen om het aan te kunnen. Hij had om een aantal redenen van haar gehouden: haar warmte, haar humor, haar edelmoedigheid, haar belangstelling voor hem als mens. De kloof die tussen haar en haar kinderen gaapte had hij nooit kunnen begrijpen.

Af en toe had ze iets gezegd over partij kiezen voor James, alsof de breuk niet door haar veroorzaakt was, maar meestal somde ze de fouten in doen en laten van Leo op. 'Hij stal steeds van ons,' zei ze een keer, 'dingen die we niet direct opmerkten... meest behoorlijk waardevol. James werd er zo kwaad om toen hij er eindelijk achter kwam. Hij had Vera beschuldigd... het gaf een hoop onaangenaam gedoe.' Ze verviel in een zorgelijk zwijgen.

'Wat gebeurde er toen?'

'O, hetzelfde als altijd.' Ze zuchtte. 'Leo bekende. Hij vond het vreselijk grappig. "Hoe zou een randdebiel als Vera nu kunnen weten wat waardevol was?" zei hij. Die arme vrouw. Ik geloof dat Bob haar er een blauw oog om heeft geslagen omdat hij bang was dat ze de Lodge kwijt zouden raken. Het was verschrikkelijk... ze heeft ons van toen af aan als tirannen behandeld.'

'Ik dacht dat Leo op Vera gesteld was. Ze paste toch op hem en Elizabeth als jullie weg waren?'

'Ik geloof niet dat hij iets voor haar voelde – hij voelt voor niemand wat, behalve misschien voor Elizabeth, maar Vera was natuurlijk dol op hem... ze noemde hem haar "schatje met de blauwe ogen", ze liet zich compleet door hem om zijn vinger winden.'

'Heeft ze zelf geen kinderen?'

Ailsa schudde haar hoofd. 'Leo was haar surrogaatzoon. Ze wrong zich in allerlei bochten om hem te beschermen. En achteraf gezien was dat niet zo goed.'

'Hoezo?'

'Omdat hij haar tegen ons gebruikt heeft.'

'Wat heeft hij met het geld gedaan?'

'Wat hij altijd deed,' zei ze droogjes. 'Het er met gokken doorheen jagen.'

Bij een andere gelegenheid: 'Leo was een heel slim kind. Toen hij elf was, was zijn IQ 145. Geen idee waar dat vandaan komt – James en ik zijn heel gemiddeld – maar het heeft voor enorm veel problemen gezorgd. Hij dacht dat hij overal mee weg kon komen, vooral toen hij erachter kwam hoe makkelijk het is mensen te manipuleren. Natuurlijk hebben we ons afgevraagd wat we verkeerd hebben gedaan. James geeft zichzelf de schuld, omdat hij hem niet eerder strenger heeft aangepakt. Ik wijt het aan het feit dat we zo vaak in het buitenland zaten en op de school moesten vertrouwen om hem onder de duim te houden.' Ze schudde haar hoofd. 'De waarheid is eenvoudiger, denk ik. Ledigheid is des duivels oorkussen, en Leo heeft nooit van hard werken gehouden.'

Over Elizabeth: 'Ze leefde in de schaduw van Leo. Ze wilde daardoor wanhopig graag aandacht, dat arme kind. Ze aanbad haar vader, en schopte enorme scènes als hij in uniform was, waarschijnlijk omdat ze wist dat hij dan weer weg zou gaan. Ik weet nog dat ze op een keer, ze was toen een jaar of acht, de pijpen van zijn regimentsbroek heeft afgeknipt. Hij was razend op haar en zij huilde en schreeuwde dat hij het verdiend had. Toen ik haar vroeg waarom dan, zei ze dat ze er een hekel aan had als hij in vol ornaat was.' Weer schudde ze haar hoofd. 'Haar tienertijd was bijzonder moeilijk. James gaf Leo de schuld omdat hij haar met zijn vrienden in contact bracht... ik weet het aan onze periodes van afwezigheid. Toen ze achttien werd, waren we haar echt kwijt. We hebben haar in een flatje geïnstalleerd met een stel vriendinnen, maar wat ze ons over haar manier van leven vertelde, was grotendeels gelogen.'

Ze was dubbel over haar eigen gevoelens. 'Het is onmogelijk niet meer van je kinderen te houden,' zei ze hem. 'Je hoopt altijd dat alles nog ten goede zal veranderen. De moeilijkheid is dat ze zich ergens onderweg hebben afgewend van de normen en waarden die wij hun hebben bijgebracht en besloten hebben dat anderen verplicht zijn hen te onderhouden. Dat heeft tot zo veel wrok geleid. Ze denken dat ze geen geld meer krijgen omdat hun vader gierig is, in plaats van dat ze inzien dat ze te vaak bij hem aangeklopt hebben.'

Mark bleef op zijn hurken zitten en leunde wat achterover toen het vuur brullend tot leven kwam. Zijn eigen gevoelens voor Leo en Elizabeth waren allesbehalve dubbel. Hij had een enorme hekel aan ze. Ze hadden niet te vaak aangeklopt, nee, ze hadden het loket permanent opengehouden met emotionele chantage, familie-eer en ouderlijk schuldgevoel. Mark was van mening dat Leo een gokverslaafde psychopaat was en Elizabeth een nymfomane met een alcoholprobleem. En hij zag geen 'verzachtende omstandigheden' voor hun gedrag. Ze hadden een prachtige start gehad, en waren er spectaculair in tekortgeschoten daarop verder te bouwen.

Ailsa was jarenlang als was in hun handen geweest, verscheurd tussen moederliefde en moederlijk schuldgevoel vanwege hun fouten. Voor haar was Leo hetzelfde blauwogige jongetje dat Vera aanbad en al James' pogingen om zijn zoons excessen binnen de perken te houden, waren gestuit op smeekbeden om hem 'nog een kans' te geven. Het was niet verwonderlijk dat Elizabeth wanhopig graag aandacht wilde, en ook niet dat ze niet in staat was relaties te onderhouden. Leo's persoonlijkheid drukte zijn stempel op het hele gezin. Zijn stemmingswisselingen brachten ruzies of rust. Niemand mocht zijn aanwezigheid vergeten. Als hij wilde, kon hij iedereen om zijn vinger winden; als hij niet wilde, maakte hij iedereen het leven zuur. Ook Mark...

Het geluid van de telefoon drong binnen in zijn gedachten, en hij keek op en zag dat James naar hem keek.

'Neem maar op,' zei de kolonel terwijl hij hem een sleutel toestak. 'Misschien houden ze wel op als ze jou in de bibliotheek zien.'

'Wie?'

Een vermoeid hoofdgeschud. 'Ze weten kennelijk dat je hier bent,' was zijn enige antwoord.

Mark nam aan dat de beller opgehangen had tot hij zich naar het antwoordapparaat op het bureau in de bibliotheek overboog en het geluid van stiekem gehijg over de versterker hoorde. Hij nam op. 'Hallo?' Geen reactie. 'Hallo... hallo...?' Er werd opgehangen. Wat kon dit in 's hemelsnaam...?

Gewoontegetrouw belde hij 1471. Hij keek om zich heen of hij een pen zag om het nummer van de beller te noteren. Dat was niet nodig, besefte hij toen hij naar de gecomputeriseerde stem luisterde en een stukje karton tegen het ouderwetse inktstel zag staan met daarop hetzelfde nummer en de naam van Prue Weldon er al achter. Verbluft hing hij weer op.

Het was een ouderwets antwoordapparaat met bandjes, in plaats van een voicemail. Er knipperde een lichtje aan de zijkant, wat aangaf dat er boodschappen waren, met het cijfer 5 in het vakje 'telefoontjes'. Piepkleine cassettetapes waren opgestapeld achter het apparaat en een snel onderzoek wees uit dat ze allemaal van een datum voorzien waren, wat deed vermoeden dat er sprake was van een permanente vastlegging in plaats van regelmatig wissen. Mark drukte op de knop 'nieuwe berichten' en luisterde hoe het bandje terugspoelde.

Na een paar klikjes vulde een vrouwenstem de kamer.

'Je zult niet lang meer net kunnen doen of je onschuldig bent... niet als je advocaat deze berichten hoort. Je denkt dat we zullen stoppen als je net doet of we er niet zijn... maar we stoppen niet. Weet meneer Ankerton van het kind? Weet hij dat er levend bewijs is van wat jij hebt gedaan? Op wie lijkt ze, denk je... op jou? Of op haar moeder? Met DNA *is het allemaal heel makkelijk... Er is maar één haar nodig om te bewijzen dat je een leugenaar en een moordenaar bent. Waarom heb je niet aan de politie gezegd dat Ailsa de dag voor ze stierf naar Londen is geweest om met Elizabeth te praten? Waarom geef je niet toe dat ze je krankzinnig heeft genoemd, omdat Elizabeth haar de waarheid heeft verteld... Hoe zou je arme vrouw zich gevoeld hebben toen ze erachter kwam dat haar enige kleinkind jouw dochter was...?'*

Daarna had Mark geen andere keus dan te blijven. In een bizarre rolwisseling was het nu James die zijn best deed hem gerust te stellen. Hij hoopte dat Mark begreep dat er niets van waar was. James zou die bandjes niet bewaard hebben als er sprake van enige schuld was. Het was halverwege november begonnen, twee of drie belletjes per dag die hem van allerlei verschrikkelijks beschuldigden. De laatste tijd werd hij veel vaker gestoord, en rinkelde de telefoon ook 's nachts waardoor het slapen hem onmogelijk werd gemaakt.

Dit was in ieder geval waar. Hoewel het geluid gedempt werd door de gesloten bibliotheekdeur en de telefoons in andere kamers uit het stopcontact waren gehaald, lag Mark, die veel gevoeliger was voor het geluid dan zijn gastheer, toch nog wakker, met gespitste oren wachtend op het gerinkel in de verte. Steeds als het kwam, was het een opluchting. Hij hield zichzelf voor dat hij een uur had om in slaap te komen voor het volgende belletje, en iedere keer sloegen zijn gedachten op hol. Als dit allemaal niet waar was, waarom was James dan zo bang? Waarom had hij het niet direct toen het begon aan Mark gezegd? En hoe – waarom – verdroeg hij het?

Ergens in de nacht vertelde de lucht van smeulende pijptabak hem dat James wakker was. Hij speelde met het idee op te staan en met hem te praten, maar zijn gedachten waren te verward voor een nachtelijk gesprek. Pas na een tijdje vroeg hij zich af hoe hij tabak kon ruiken terwijl James' kamer aan de andere kant van het huis lag, en nieuwsgierigheid lokte hem naar het raam, waar een ruitje openstond. Hij zag tot zijn verbazing dat de oude man, ingepakt in een dikke jas, op het terras zat waar Ailsa was gestorven.

Op kerstochtend zei James niets over zijn wake. In plaats daarvan nam hij de moeite zichzelf op te knappen met een bad, een scheerbeurt en schone kleren, alsof hij Mark ervan wilde overtuigen dat hij goed had geslapen, denkend dat persoonlijke verzorging – of het gebrek daaraan – een indicatie was van een zieke geest. Hij maakte geen bezwaren toen Mark erop aandrong de bandjes in volgorde af te draaien om erachter te komen wat er gaande was – hij zei dat dat een van de redenen was dat hij ze gemaakt had – maar hij herinnerde Mark er nogmaals aan dat het allemaal leugens waren.

Het probleem voor Mark was dat hij wist dat veel ervan wel waar was. Verschillende bijzonderheden werden eindeloos herhaald, en hij wist zeker dat die klopten. Ailsa's reisje naar Londen, de dag voor ze stierf... de voortdurende toespelingen op Elizabeths haat jegens haar vader in uniform... James' woede dat het kind afgestaan was voor adoptie in plaats van geaborteerd... Prue Weldon die zeker wist dat ze Ailsa James ervan had horen beschuldigen dat hij het leven van haar dochter had verwoest... het ontegenzeggelijke feit dat Elizabeth een beschadigde vrouw was... de suggestie dat als het kleinkind gevonden zou worden, ze op James zou kunnen lijken...

Een van de stemmen op de bandjes was elektronisch vervormd. Het klonk als Darth Vader uit *Star Wars*. Het was de angstaanjagendste stem, en hij was het beste op de hoogte. Mark kon bijna niet anders dan tot de conclusie komen dat het Leo was. Er waren te veel beschrijvingen die klopten, vooral van de slaapkamer van Elizabeth toen ze nog klein was. Dat zou een vreemde nooit kunnen weten: haar teddybeer die Ringo heette naar de drummer van The Beatles, die ze nog steeds had in haar huis in Londen; de posters van Mark Bolan en T-Rex aan de muren, die Ailsa zorgvuldig had opgeborgen omdat iemand haar gezegd had dat ze geld waard waren; de overheersende kleur van de patchworksprei – blauw – die allang naar een rommelkamer was verdwenen...

Mark wist dat hij, alleen al door vragen aan James te stellen, de indruk wekte dat hij gevoelig was voor de incestbeschuldigingen. Zelfs zijn onmiddellijke verzekering dat de telefoontjes duidelijk kwaadaardig waren, werd genuanceerd doordat hij toegaf dat hij niet begreep wat de bedoeling ervan was. Als het Leo was, wat hoopte hij dan te bereiken? Als het chantage was, waarom stelde hij geen eisen? Waarom werden er andere mensen bij betrokken? Wie was de vrouw die zo veel leek te weten? Waarom zei Prue Weldon nooit iets? Hoe kon iemand die geen banden met de familie had zo veel bijzonderheden weten?

Alles wat hij zei klonk halfslachtig en dat werd nog erger toen James botweg weigerde de politie in te schakelen omdat hij niet wilde dat de dood van Ailsa weer in de pers opgerakeld zou worden. 'Oprakelen' leek een obsessie voor hem. Hij wilde niet dat Mark 'die verdomde teddybeer' van Elizabeth oprakelde, of de ruzie over de adoptie. Hij wilde niet dat de diefstallen van Leo opgerakeld werden. Het was voorbij en hield geen verband met deze terreurcampagne. En ja, natuurlijk wist hij waarom het gebeurde. Die stomme vrouwen – Prue Weldon en Eleanor Bartlett – wilden dat hij toegaf dat hij Ailsa vermoord had.

Toegaf...? Mark probeerde de bezorgdheid uit zijn stem te weren. 'Nu ja, in één ding hebben ze gelijk,' zei hij. 'Dit soort beschuldigingen zijn gemakkelijk te weerleggen met een DNA-test. Misschien is de beste strategie kapitein Smith discreet te benaderen. Als zij wil meewerken, dan kun je deze bandjes naar de politie brengen. Wat er ook achter zit, ze zijn ongetwijfeld bedoeld om te intimideren.'

James keek hem even aan voor zijn ogen wegkeken. 'Dat kun je niet discreet doen,' zei hij. 'Ik ben niet dom hoor, ik heb erover nagedacht.'

Waarom steeds dat vermoeiende erop wijzen dat hij nog over al zijn geestelijke vermogens beschikte? 'We hoeven haar er helemaal niet bij te betrekken. Ik zou haar moeder om een haar uit haar slaapkamer kunnen vragen. Ze heeft vast wel iets achtergelaten dat geanalyseerd kan worden. Dat is niet illegaal... James. Op het ogenblik tenminste niet. Er zijn bedrijven op internet die zich gespecialiseerd hebben in DNA-analyses inzake vaderschap.'

'Nee.'

'Een betere raad kan ik je niet geven. Dat, of de politie inlichten. Een tijdelijke oplossing zou nog kunnen zijn om een geheim telefoonnummer te nemen. Maar als Leo erachter zit, heeft hij dat zo achterhaald. Je kunt dit niet zomaar door laten gaan. Afgezien van het feit dat je als dit nog een maand doorgaat dood bent van uitputting, zal erover gekletst worden en als je deze beschuldigingen niet weerlegt, blijft er altijd iets van hangen.'

James deed een la van zijn bureau open en haalde er een dossiermap uit. 'Lees dit eens,' zei hij. 'Ik ben benieuwd of je dan nóg vindt dat we het leven van dit kind in een nachtmerrie moeten veranderen. Als er één ding vaststaat, Mark, is het dat zij de man die haar vader is niet heeft uitgekozen – en dat ze er ook niet verantwoordelijk voor is.'

'Geachte kapitein Smith, mijn juridisch adviseur heeft me verwittigd dat als ik contact met u op zou nemen, u een rechtszaak begint...'

Een uur later, nadat hij James had gezegd dat hij een wandeling moest maken om zijn gedachten te ordenen, liep Mark door de moestuin naar Manor Lodge. Als hij al verwacht had iets meer te weten te komen via Vera Dawson, dan werd hij daarin teleurgesteld. In feite was hij geschokt te zien hoezeer ze geestelijk achteruit was gegaan sinds augustus. Hij mocht niet binnenkomen, haar oude mond zoog en smakte zich door haar wrokkigheden heen en nu verbaasde het hem niet meer zo dat de Manor zo smerig was. Hij vroeg haar waar Bob was.

'Buiten.'

'Weet je waar? In de tuin?'

Een tevreden lachje lichtte even op in haar troebele ogen. 'Hij zei dat-ie acht uur weg zou blijven. Meestal betekent dat vissen.'

'Zelfs op kerstdag?'

De glimlach verdween. 'Die brengt hij toch niet met mij door? Ik ben alleen goed voor het werk. Ga jij maar schoonmaken bij de kolonel, zegt-ie, ook al kan ik 's ochtends soms amper opstaan.'

Mark glimlachte ongemakkelijk. 'Tja, wil je Bob vragen om naar het huis te komen? Voor een praatje? Vanavond misschien, of morgen? Als je pen en papier hebt, schrijf ik wel even een briefje, voor het geval je het vergeet.'

Ze kneep haar ogen achterdochtig samen. 'Niks mis met mijn geheugen. Ik heb ze nog op een rijtje.'

Alsof hij James hoorde. 'Sorry. Ik dacht dat het handig zou zijn.'

'Waar wil je het met hem over hebben?'

'Niets bijzonders. Gewoon algemene dingen.'

'Als jullie maar niet over mij praten,' siste ze kwaad. 'Ik heb m'n rechten, net als iedereen. Ik heb de ringen van mevrouw niet gestolen. De jongen heeft het gedaan. Zeg dat maar aan de kolonel. Die smeerlap, hij heeft haar vermoord.' Ze sloeg de deur dicht.

Shenstead Village
Tweede kerstdag 2001

7

NA EEN VRUCHTELOZE POGING OM CONTACT OP TE NEMEN MET zijn advocaat – het antwoordapparaat op het kantoor deelde bellers mee dat de maatschap tot 2 januari gesloten was – klemde Dick Weldon zijn kaken op elkaar en belde Shenstead Manor. Als iemand een advocaat bij de hand had, dan was het James Lockyer-Fox. De man liep het risico gearresteerd te worden als je Dicks vrouw, Prue, mocht geloven. 'Let op mijn woorden,' zei ze maar steeds, 'het is alleen maar een kwestie van tijd tot de politie gedwongen zal zijn op te treden.' Meer ter zake deed dat James, als de enige andere landeigenaar wiens bezit aan de Copse grensde, er vroeg of laat toch bij betrokken zou worden, dus dan kon het net zo goed nu al. Niettemin was het niet een telefoontje waar Dick zich op verheugde.

Er was geen contact meer geweest tussen Shenstead Farm en de Manor sinds Prue de politie over de ruzie had verteld die ze in de nacht dat Ailsa stierf had opgevangen. Zij zei altijd dat het Lot ingegrepen had door haar tot luistervink te maken. Drie jaar lang had ze nooit de behoefte gevoeld om de honden in het donker in de Copse uit te laten, dus waarom die avond dan wel? Ze was op weg naar huis geweest na een bezoek aan hun dochter in Bournemouth, en een van de labradors was halverwege de vallei gaan janken. Tegen de tijd dat ze bij de Copse aankwam, was de consternatie achter in de stationcar dermate hoog opgelopen dat ze mopperend op het modderpad had geparkeerd en de honden los had gelaten.

Het had een korte sanitaire stop moeten zijn, maar de teef, die geen last had van haar blaas, had een geur opgesnoven en was in het bos verdwenen. Daar ging ze verdomme zonder zaklantaarn niet achteraan. Prue had naar het hondenfluitje op het dashboard gezocht. Toen ze zich weer oprichtte, had ze ergens links geruzie gehoord. Eerst dacht ze dat de labrador de oorzaak was, maar een van de stemmen was onmiskenbaar die van Ailsa Lockyer-Fox en nieuwsgierigheid had Prue ervan weerhouden op haar fluitje te blazen.

Ze stond nogal ambivalent tegenover James en Ailsa Lockyer-Fox. De snob in haar wilde graag een geregelde bezoekster op de Manor worden, James en Ailsa tot haar vrienden rekenen en hun naam achteloos in gesprekken laten vallen. Maar het feit dat zij en Dick maar één keer sinds hun aankomst drie jaar geleden in Shenstead op Shenstead Manor waren uitgenodigd – en toen alleen maar voor een borrel – ergerde haar, vooral omdat haar eigen uitnodigingen aan hen om op de boerderij te komen eten allemaal beleefd waren afgewezen. Dick begreep niet waar ze zich druk om maakte. Ze voelen zich niet op hun gemak bij formele visites, zei hij. Je moet ze gewoon in de keuken opzoeken. Dat doet iedereen.

Dus was Prue een paar keer gegaan, om van Ailsa de indruk te krijgen dat ze wel wat belangrijkers te doen had dan in de keuken te zitten roddelen. Daarna bleven hun ontmoetingen beperkt tot korte gesprekjes op straat als ze elkaar toevallig tegenkwamen, en af en toe dook Ailsa op in de keuken van Prue als ze een bijdrage wilde voor een van haar vele liefdadige doelen. Prue was persoonlijk van mening dat Ailsa en James op haar neerkeken, en ze achtte enig gewroet in de modder niet beneden haar waardigheid als ze daar iets mee zou vinden waardoor zij eens boven kwam te liggen.

Er werd gezegd, vooral door Eleanor Bartlett, die beweerde dat ze hen een keer had meegemaakt toen ze flink ruzie hadden, dat James en Ailsa ontzettend opvliegend waren, ondanks de gereserveerdheid die ze in het openbaar tentoonspreidden. Prue had nooit iets meegemaakt dat dit staafde, maar ze had het altijd heel aannemelijk gevonden. Met name James leek niet in staat zijn emoties te uiten en Prue had de ervaring dat dat soort starre repressie ergens een uitweg moest vinden. Geregeld kondigde een van hun kinderen een bezoek aan, maar geen van beide ouders toonde zich erg enthousiast bij het vooruitzicht. Er bestonden verhalen over onaangename familiegeheimen, vooral in verband met de reputatie van Elizabeth dat ze oversekst was, maar de Lockyer-Foxen waren daar net zo zwijgzaam over als over al het andere.

Voor Prue was dat soort terughoudendheid onnatuurlijk en ze

drong er voortdurend bij Dick op aan wat vuiligheid op te diepen. De pachters moesten iets weten, zei ze steeds. Waarom vraag je hun niet wat voor familiegeheimen dat zijn? De mensen zeggen dat de zoon een dief en een gokker is, en dat de dochter na haar scheiding met een schijntje is afgescheept omdat ze zo veel verhoudingen had. Maar Dick, een echte man, was niet geïnteresseerd en zijn raad aan Prue was haar mond te houden als ze niet te boek wilde komen te staan als een roddelaarster. De gemeenschap was te klein om een vijand te maken van de oudste familie hier, waarschuwde hij.

Nu Ailsa's snel luider klinkende stem door de avondlucht werd meegedragen, wendde Prue gretig haar hoofd om te luisteren. Sommige woorden werden door de wind opgeslokt, maar de kern was onmiskenbaar. 'Nee, James... neem het niet langer... jij hebt Elizabeth te gronde gericht... zo wreed! Het is een ziekte... mijn zin... allang naar een dokter gegaan...'

Prue had haar hand achter haar oor gebracht om de stem van de man te kunnen onderscheiden. Zelfs als Ailsa hem niet met James had aangesproken, dan had ze nog de kortaffe bariton van de kolonel herkend, maar ze kon niet horen wat hij zei en nam aan dat hij de andere kant op keek.

'... geld is van mij... absoluut niet... over m'n lijk dat ik dat jou... o, mijn god... nee, niet doen! Toe... niet doen!'

Het laatste woord werd gegild, gevolgd door het geluid van een vuistslag en James' gegromde: 'Trut!'

Enigszins verontrust had Prue een stap naar voren gedaan, zich afvragend of ze de vrouw te hulp moest komen, maar bijna direct had Ailsa weer gesproken. 'Je bent gestoord... Dat vergeef ik je nooit... ik had al jaren geleden van je af gemoeten.' Een paar seconden later sloeg een deur dicht.

Pas na vijf minuten durfde Prue het hondenfluitje aan haar lippen te zetten om de labrador te roepen. De fluitjes werden aangeprezen als zijnde niet hoorbaar voor het menselijk oor, maar de meeste waren dat wel en haar nieuwsgierigheid had plaatsgemaakt voor gêne. Ze voelde een opvlieger opkomen toen ze zich voorstelde hoe Ailsa zich zou schamen als ze er ooit achter zou komen dat er een getuige was van de manier waarop ze mishandeld was. Wat een verschrikkelijke man was James, zei ze steeds maar vol verwondering bij zichzelf. Hoe kon iemand in het openbaar heiliger dan de paus zijn en zich dan privé zo monsterlijk gedragen?

Toen ze de honden de auto weer in joeg, vulde ze in gedachten de gaten in het gesprek op, en tegen de tijd dat ze thuiskwam en haar man al slapend aantrof, was het een helder geheel. Ze was daarom geschokt maar niet verbaasd toen Dick de volgende ochtend terugkwam uit het dorp vol van het nieuws dat Ailsa dood was en dat James door de politie ondervraagd werd over bloedvlekken die bij het lichaam waren aangetroffen.

'Het is mijn schuld,' zei ze ontdaan, en daarna vertelde ze wat er gebeurd was. 'Ze hadden ruzie over geld. Ze zei dat hij gestoord was en naar de dokter moest en toen noemde hij haar een trut en hij sloeg haar. Ik had iets moeten doen, Dick. Waarom heb ik niet iets gedaan?'

Dick was ontzet. 'Weet je zeker dat zij het waren?' vroeg hij. 'Misschien was het een van de stellen uit de vakantiehuisjes?'

'Natuurlijk weet ik het zeker. Ik kon het meeste wat zij zei horen, en ze noemde hem op een bepaald moment James. Het enige wat ik hem heb horen zeggen was "trut", maar het was absoluut zijn stem. Wat moet ik doen, denk je?'

'Bel de politie,' zei Dick ongelukkig. 'Wat kun je anders doen?'

Sindsdien hadden de uitspraak van de politierechter en het feit dat James niet gearresteerd was tot een langdurige fluistercampagne geleid. Een aantal dingen daarin – zoals speculatie over het bestaan van ontraceerbare vergiften, lidmaatschap van de vrijmetselarij, zelfs dierenoffers voor zwarte magie met James als de opperheksenmeester – had Dick als overduidelijk absurd afgedaan. De rest, James' weigering om zijn huis en land nog te verlaten, het feit dat hij een keer weggedoken was toen Dick hem toevallig bij het hek zag, de kinderen die hem op de begrafenis de rug toekeerden, het feit dat hij, zoals werd gefluisterd, Ailsa's liefdadigheidsinstellingen en vrienden de rug toe had gekeerd en de deur dicht had geslagen in het gezicht van mensen die het beste met hem voorhadden – alles wees op de geestelijke gestoordheid waarvan Ailsa, en Prue doordat ze hun laatste gesprek had opgevangen, hem hadden beschuldigd.

De telefoon werd na twee keer overgaan opgenomen. 'Shenstead Manor.'

'James? Met Dick Weldon.' Hij wachtte op een teken van herkenning, dat niet kwam. 'Tja... eh... dit is niet gemakkelijk... ik zou je niet bellen als het niet dringend was. Ik snap wel dat dit niet iets is wat je wilt horen op tweede kerstdag, maar we hebben een probleem in de Copse. Ik heb de politie al aan de lijn gehad maar die hebben me doorverwezen naar de plaatselijke autoriteiten – ene Sally Macey. Ik heb haar gesproken, maar ze is niet van plan iets te ondernemen als we haar de naam van de eigenaar niet geven. Toen heb ik gezegd dat die er niet was... nogal stom van me, dat weet ik... dus nu hebben we een advocaat nodig... en die van mij is met vakantie. Het raakt jou waarschijnlijk meer dan iemand anders – omdat die klootzakken zowat bij jou om de hoek zitten...' Hij stopte onzeker, afgeschrikt door het zwijgen aan de andere kant. 'Ik vroeg me af of we die van jou konden inschakelen.'

'U spreekt niet met James, meneer Weldon. Ik kan hem vragen aan de telefoon te komen, als u dat wilt, maar zo te horen ben ik degene die u hebben moet. Ik ben Mark Ankerton, James' advocaat.'

Dick was van zijn stuk gebracht. 'Sorry, dat had ik niet in de gaten.'

'Hindert niet. Stemmen kunnen heel misleidend zijn...' – een kleine pauze – '... woorden trouwens ook, vooral als ze uit hun verband gerukt zijn.'

Dat sloeg op Prue, maar het ontging Dick. Hij staarde naar de muur en dacht aan de stem van de reiziger die zo bekend had geklonken. Hij wist nog steeds niet wie dat was. 'U had moeten zeggen dat u het was,' antwoordde hij verbouwereerd.

'Ik wilde weten wat u wilde, voor ik James zou lastigvallen. Er zijn maar weinig telefoontjes naar dit huis zo beleefd als het uwe, meneer Weldon. De gebruikelijke begroeting is "vuile moordenaar" of woorden van die strekking.'

Dick was geschokt. Dat zoiets mogelijk was, had hij niet kunnen vermoeden. 'Wie zegt er nu zoiets?'

'Ik kan u een lijstje geven, als u wilt. Uw nummer komt er regelmatig op voor.'

'Dat kan niet,' protesteerde Dick. 'Ik heb James in geen maanden opgebeld.'

'Dan raad ik u aan dat met de telefoondienst op te nemen,' zei Ankerton kalm. '1471 heeft bij tien verschillende gelegenheden uw nummer gegeven. Alle telefoontjes worden opgenomen, en de inhoud wordt genoteerd. Bij uw nummer zegt niemand wat...' – zijn stem toonde geen enkele emotie – '... maar er wordt behoorlijk onplezierig geademd. De politie zou zeggen dat het hijgtelefoontjes zijn, maar ik begrijp het seksuele element niet, als de enige die opneemt een man van in de tachtig is. Het laatste dateert van kerstavond. U realiseert u uiteraard wel dat het plegen van treiter- of dreigtelefoontjes verboden is.'

God! Wie kon er zo stom zijn geweest. Prue?

'U zei dat u een probleempje met de Copse had,' ging Mark verder toen het stil bleef. 'Ik heb de rest helaas niet helemaal begrepen, dus wilt u het herhalen? Als ik de feiten op een rijtje heb, zal ik het met James bespreken... hoewel ik niet kan garanderen dat hij u terugbelt.'

Dick aanvaardde deze koerswijziging opgelucht. Hij was een rondborstige man, die het idee dat zijn vrouw door de telefoon hijgde verontrustend en weerzinwekkend vond. 'James zal er het meest last van krijgen,' zei hij. 'Er staan zes bussen met reizigers geparkeerd op zo'n tweehonderd meter van het terras van de Manor. Het verbaast me eerlijk gezegd dat jullie ze nog niet gehoord hebben. We hadden wat woorden toen ik daar vanochtend was.'

Het bleef even stil alsof de man aan de andere kant van de lijn niet meer luisterde. 'Kennelijk draagt geluid niet zo ver als uw vrouw beweert, meneer Weldon.'

Dick had niet geleerd snel te denken. Zijn werk hield in problemen rustig en zorgvuldig in te schatten en langetermijnplannen te maken om de boerderij zo profijtelijk mogelijk door vette en magere jaren heen te loodsen. In plaats van de opmerking te negeren, wat verreweg het verstandigst was geweest, probeerde hij hem terzijde te schuiven. 'Dit gaat niet over Prue,' zei hij. 'Dit gaat om een invasie in ons dorp. We moeten samenwerken... niet elkaar bekritiseren. Ik geloof niet dat u beseft hoe ernstig de situatie is.'

Aan de andere kant van de lijn klonk een lachje. 'Misschien moet u nog eens nadenken over die bewering, meneer Weldon. Ik ben van mening dat James uw vrouw kan aanklagen wegens laster... dus het is nogal naïef om te suggereren dat ik de ernst van de situatie niet inzie.'

Geprikkeld door het belerende toontje van de man barstte Dick los. 'Prue weet wat ze gehoord heeft,' zei hij nijdig. 'Ze zou het er met Ailsa over gehad hebben als het arme mens de volgende dag nog geleefd had... We zijn allebei tegen vrouwen slaan, maar Ailsa was dood. Wat had u gedaan als u in Prues schoenen stond? Net gedaan of het niet gebeurd was? Het onder het tapijt geveegd? Nou, zeg eens!'

De rustige stem reageerde direct. 'Dan had ik mezelf afgevraagd wat ik wist van James Lockyer-Fox... Ik had me afgevraagd waarom er bij het post mortem geen blauwe plekken waren aangetroffen... ik had me afgevraagd waarom een intelligente en rijke vrouw veertig jaar getrouwd zou zijn gebleven met iemand die zijn vrouw slaat als ze zowel intellectueel als financieel gezien de mogelijkheid had bij hem weg te gaan... en ik had me zeker afgevraagd of mijn roddelzucht me ertoe had gebracht voort te borduren op wat ik gehoord had, om mezelf interessant te maken voor mijn buren.'

'Dat is een belediging,' zei Dick kwaad.

'Niet zo'n grote belediging als een liefhebbende echtgenoot van moord beschuldigen en anderen op te stoken die lasterpraatjes te herhalen.'

'Ik klaag ú aan wegens laster als u zulke dingen zegt. Prue heeft alleen maar aan de politie verteld wat ze gehoord heeft, meer niet. U kunt haar de schuld er niet van geven dat idioten hun eigen conclusies trekken.'

'Ik zou eerst maar eens met uw vrouw praten, voor u mij een proces aandoet, meneer Weldon. Dat kan u wel eens op een bijzonder hoog bedrag aan advocatenkosten komen te staan.' Op de achtergrond klonk een stem. 'Momentje.' De lijn bleef een paar seconden stil. 'James is de kamer in gekomen. Als u dat gedoe met de reizigers nog eens wilt vertellen, zet ik de speaker aan zodat we het beiden kunnen volgen. Ik bel u terug met onze beslissing nadat wij het besproken hebben... maar u moet er niet op rekenen dat dat een gunstige beslissing zal zijn.'

Dick had een ellendige ochtend achter de rug, en zijn toch al lichtgeraakte stemming kwam tot een uitbarsting. 'Het kan me geen reet schelen wat jullie beslissing is. Het is mijn probleem niet. Ik heb alleen maar gebeld omdat Julian Bartlett het lef niet had het zelf op te knappen en de politie geen belangstelling heeft. James en u mogen het zelf uitzoeken. Wat kan het mij schelen? Mijn huis staat er bijna een kilometer vandaan. Ik doe niet meer mee.' Hij legde de telefoon met een klap neer en ging Prue zoeken.

Mark zette de handset terug toen er was opgehangen. 'Ik heb hem alleen maar verteld hoe de dingen in elkaar zitten,' legde hij uit, in een verlaat antwoord op de geagiteerde manier waarop James gereageerd had toen hij de kamer binnenkwam en Mark over laster hoorde praten. 'Mevrouw Weldon is een bedreiging. Ik begrijp niet waarom je zo onwillig bent iets tegen haar te ondernemen.'

James schuifelde naar het raam en tuurde naar buiten naar het terras, zijn hoofd naar voren, alsof hij niet goed kon zien. Ze hadden dit de vorige dag ook al besproken. 'Ik woon hier,' zei hij, het argument dat hij toen gebruikt had herhalend. 'Waarom zou ik me onnodig in een wespennest steken? Zodra die vrouwen er genoeg van krijgen, is het voorbij.'

Marks ogen dwaalden af naar het antwoordapparaat op het bureau. 'Dat ben ik niet met je eens,' zei hij onomwonden. 'Je bent vannacht vijf keer gebeld, en dat was geen enkele keer een vrouw. Wil je het horen?'

'Nee.'

Dat verbaasde Mark niet. Er was niets nieuws bij. Het waren eindeloze herhalingen van de informatie die op de stapel bandjes stond die hij gisteren had doorgewerkt, maar de anonieme stem, elektronisch vervormd, werkte wie ernaar luisterde als een tandartsboor op de zenuwen. Hij draaide zijn stoel om om de oude man aan te kunnen kijken. 'Jij weet net zo goed als ik dat dit niet vanzelf overgaat,' zei hij vriendelijk. 'Degene die belt weet dat de boodschap opgenomen wordt, en hij gaat gewoon door tot jij de politie inschakelt. Dat wil hij. Hij wil dat zij horen wat hij zegt.'

De kolonel bleef uit het raam staren alsof hij de blik van de jongere man ontweek. 'Het zijn leugens, Mark.'

'Natuurlijk.'

'Denk je dat de politie dat met je eens zal zijn?' Er klonk een zweempje ironie in zijn stem door.

Mark negeerde die ironie en gaf eerlijk antwoord. 'Niet als jij de beslissing om ze in te schakelen blijft uitstellen. Je had me meteen toen het begon over die telefoontjes moeten vertellen. Als we direct hadden ingegrepen, hadden we het in de kiem gesmoord. Nu ben ik bang dat de politie zich afvraagt wat jij probeert te verbergen.' Hij masseerde zijn nek. De slapeloze nacht die hij geplaagd door twijfel en regelmatig gestoord door het gerinkel van de telefoon had doorgebracht, had hem hoofdpijn bezorgd. 'Laten we het zo stellen, die klootzak heeft duidelijk informatie aan mevrouw Bartlett doorgespeeld, anders was ze niet zo goed op de hoogte geweest... en als hij met haar gesproken heeft, hoe weet je dan dat hij niet al naar de politie is gegaan? Of zij?'

'Dan had de politie me ondervraagd.'

'Dat hoeft niet. Ze zijn misschien achter je rug om met een onderzoek bezig.'

'Als hij bewijzen heeft, dan was hij al voor de zaak voor de politierechter kwam naar de politie gegaan – dat was hét moment om me te gronde te richten – maar hij wist dat ze niet zouden luisteren.' Hij draaide zich om en keek kwaad naar de telefoon. 'Het is een vorm van terreur, Mark. Als hij ziet dat hij me er niet kapot mee krijgt, houdt hij op. Het is een kwestie van wie de langste adem heeft. We moeten gewoon onze zenuwen in bedwang houden.'

Mark schudde zijn hoofd. 'Ik ben hier nu twee dagen en ik heb geen oog dichtgedaan. Hoe lang denk je dat je het volhoudt voor je instort?'

'Maakt dat wat uit?' vroeg de oude man lusteloos. 'Buiten mijn reputatie heb ik weinig meer over en ik ben niet van plan hem het genoegen te doen deze leugens publiek te maken. De politie houdt z'n mond niet. Je ziet toch dat de bijzonderheden van hun onderzoek naar Ailsa's dood ook zijn uitgelekt?'

'Je moet iemand vertrouwen. Als je morgen doodgaat, worden die aantijgingen een feit, omdat jij ze niet weersproken hebt. Wat is je reputatie dan waard? Er zijn altijd twee kanten aan een verhaal, James.'

De opmerking bracht een vaag glimlachje op het gezicht van de kolonel. 'En dat is nu precies wat mijn vriend aan de telefoon zegt. Hij is nogal overtuigend, niet?' Er viel een pijnlijke stilte voor hij verderging. 'Het enige waar ik goed in ben is het leger, en de reputatie van een soldaat wordt bepaald op het slagveld, niet door te buigen voor groezelige chanteurtjes.' Hij legde even zijn hand op de schouder van zijn advocaat voor hij naar de deur liep. 'Ik knap dit liever op mijn eigen manier op, Mark. Heb je trek in een kop koffie? Daar is het wel tijd voor. Kom maar naar de zitkamer als je hier klaar bent.'

Hij wachtte niet op antwoord en Mark bleef waar hij was tot hij de deur in het slot hoorde vallen. Door het raam kon hij de verkleurde plavuizen zien waar dierenbloed in het ruwe oppervlak gedrongen was. Ongeveer twee meter links van de zonnewijzer waar Ailsa had gelegen. Had de opbeller gelijk? vroeg hij zich af. Stierven mensen van schrik als de waarheid niet te verdragen was? Zuchtend draaide hij zich om naar het bureau en spoelde het laatste bericht weer terug. Het moest Leo zijn, dacht hij terwijl hij de play-knop indrukte om nog eens naar de Darth Vaderstem te luisteren. Afgezien van Elizabeth wist niemand anders zo veel van de familie, en Elizabeth was al jaren niet meer in staat twee coherente woorden achter elkaar te zeggen.

'Vraag je je ooit af waarom Elizabeth met jan en alleman naar bed gaat... en waarom ze steeds dronken is...? Wie heeft haar geleerd zichzelf te verlagen...? Dacht je dat ze het voor altijd geheim zou houden...? Misschien dacht je dat je uniform je zou beschermen? Mensen kijken op naar iemand met wat stukjes metaal op zijn borst... je voelde je waarschijnlijk een held, als je je rottinkje tevoorschijn haalde...'

Mark sloot zijn ogen omdat hij zich misselijk voelde, maar hij kon niet voorkomen dat hij in gedachten onophoudelijk Nancy Smith voor zich zag, die zo'n opmerkelijke gelijkenis met haar grootvader vertoonde.

Dick Weldon trof zijn vrouw in de logeerkamer aan, waar ze de bedden voor hun zoon en schoondochter opmaakte, die die avond zouden komen. 'Heb jij James Lockyer-Fox opgebeld?' vroeg hij.

Ze keek hem met gefronste wenkbrauwen aan terwijl ze een kussen in een sloop duwde. 'Waar heb je het over?'

'Ik heb de Manor net gebeld, en zijn advocaat zegt dat iemand vanaf ons nummer treitertelefoontjes naar James pleegt.' Zijn blozende gezicht was donkerrood van ergernis. 'Ik was het niet, dus hoe zit dat, verdomme?'

Prue draaide hem haar rug toe om het kussen in vorm te duwen. 'Je krijgt nog een hartaanval als je niet iets aan je bloeddruk doet,' zei ze scherp. 'Je ziet eruit alsof je al jaren aan de drank bent.'

Dick was gewend aan haar gewoonte onaangename vragen te ontlopen door direct zelf de aanval te kiezen. 'Dus jij was het,' snauwde hij. 'Ben je gek geworden? De advocaat zei dat je hijgde.'

'Dat is onzin.' Ze draaide zich om om het tweede kussensloop op te pakken voor ze hem een afkeurende blik toewierp. 'Je hoeft niet zo kwaad te kijken. Wat mij betreft is het het verdiende loon van die schurk. Heb je er enig idee van hoe schuldig ik me voel dat ik Ailsa in zijn klauwen heb achtergelaten? Ik had haar moeten helpen, in plaats van weglopen. Als ik een beetje meer lef had gehad, had ze nog geleefd.'

Dick liet zich op de dekenkist naast de deur zakken. 'Stel dat je het bij het verkeerde eind hebt. Stel dat je iemand anders hebt gehoord.'

'Dat is niet zo.'

'Hoe kun je daar zo zeker van zijn? Ik dacht dat die advocaat

James was, tot hij zei dat dat niet zo was. Het klonk absoluut als James toen hij "Shenstead Manor" zei.'

'Alleen omdat je dacht dat James zou opnemen.'

'Dat geldt voor jou ook. Jij verwachtte dat Ailsa een ruzie met de kolonel zou hebben. Je vroeg me steeds om de roddels over hen op te diepen.'

'Jezus nog aan toe,' antwoordde ze nijdig. 'Hoe vaak moet ik het je nog zeggen? Ze noemde hem James. Ze zei: "Nee James, dit neem ik niet langer." Waarom zou ze dat zeggen als ze het tegen een ander had?'

Dick wreef in zijn ogen. Hij had haar dit al vele keren horen zeggen, maar de opmerking van de advocaat over woorden die uit hun verband gerukt waren, had hem van zijn stuk gebracht. 'Je vertelde me toen dat je niets kon verstaan van wat James zei... nou, misschien heb je Ailsa ook niet zo goed verstaan. Ik bedoel, het maakt nogal wat verschil als ze het over hem had, in plaats van tegen hem. Misschien heeft ze geen "ik" gezegd. Misschien zei ze: "James neemt het niet langer."'

'Ik weet wat ik gehoord heb,' zei Prue koppig.

'Ja, dat zeg je steeds.'

'Het is zo.'

'Oké... en dan die stomp die hij haar volgens jou gegeven heeft? Waarom hebben ze bij het post mortem geen blauwe plekken gevonden?'

'Hoe kan ik dat nu weten? Misschien is ze wel gestorven voor ze zich konden ontwikkelen.' Geërgerd legde ze de dekbedden over de bedden en streek ze glad. 'Trouwens, waarom heb je James gebeld? Ik dacht dat we het erover eens waren dat we achter Ailsa stonden.'

Dick keek naar de vloer. 'Sinds wanneer?'

'Jij hebt me zelf gezegd dat ik naar de politie moest gaan.'

'Ik zei dat je geen keus had. Dat wil niet zeggen dat ik het ermee eens was dat we iemands kant zouden kiezen.' Weer wreef hij stevig in zijn ogen. 'Die advocaat zei dat ze een zaak tegen je kunnen aanspannen wegens laster. Volgens hem stook jij mensen op om James een moordenaar te noemen.'

Prue was niet onder de indruk. 'Waarom doet hij me geen proces aan, dan? Eleanor Bartlett zegt dat dat hét bewijs is dat-ie schuldig is. Je zou haar eens over hem moeten horen!' Haar ogen glansden bij een herinnering die haar kennelijk amuseerde. 'Bovendien, als er iemand treitertelefoontjes pleegt, is zij het wel. Ik ben er een keertje bij geweest. Dat noemt ze "hem uitroken".'

Voor het eerst in jaren maakte Dick de balans op aangaande zijn vrouw. Ze was dikker dan het meisje waarmee hij getrouwd was, maar een stuk assertiever. Op haar twintigste was ze zachtaardig en een beetje muizig geweest. Op haar vierenvijftigste was ze een monster. Hij kende haar amper, behalve als de vrouw die zijn bed deelde. Ze hadden in geen jaren seks gehad of over persoonlijke dingen gepraat. Hij was de hele dag buiten op de boerderij aan het werk, en zij golfde of bridgede met Eleanor en haar pretentieuze vriendinnen. De avonden werden in stilte voor de tv doorgebracht, en hij sliep altijd al als zij boven kwam.

Ze zuchtte ongeduldig bij het zien van zijn geschokte blik. 'Terecht ook. Ailsa was Ellies vriendin... de mijne ook. Wat hadden we anders moeten doen? James ermee weg laten komen? Als je maar een miezerig beetje belangstelling voor iets anders dan de boerderij had gehad, dan wist je dat er veel meer aan de hand was dan volgens die belachelijke uitspraak van de politierechter. James was een absolute bruut, en je doet nu alleen maar zo moeilijk omdat je naar zijn advocaat geluisterd hebt... en die wordt betaald om de kant van zijn cliënt te kiezen. Jij bent soms zo ontzettend traag.'

Daar kon hij niets tegen inbrengen. Dick had altijd de tijd genomen om iets te overdenken. Hij nam het zichzelf wel kwalijk dat hij zo onverschillig was geweest. 'Zo snel kan Ailsa niet gestorven zijn,' merkte hij op. 'Jij zei toen dat je niet ingegrepen hebt omdat ze na die klap nog tegen hem praatte. Goed, ik ben geen patholoog-anatoom, maar ik weet zeker dat beschadigde bloedvaten alleen maar niet in de huid lekken als de bloedsomloop direct stopt, en zelfs dan gebeurt het misschien nog wel.'

'Het heeft geen zin me af te blaffen, ik blijf bij wat ik denk,' verkondigde Prue, die terugviel op ergernis. 'Het zal wel met de temperatuur te maken hebben. Ik hoorde daarna een deur slaan, dus heeft James haar duidelijk buitengesloten om haar te laten sterven. Als jij het zo interessant vindt, waarom bel je de patholoog dan niet en praat je met hem? Maar daar heb je weinig aan. Eleanor zegt dat ze allemaal bij de vrijmetselarij zitten, en daarom is James niet gearresteerd.'

'Dat is belachelijk. Waarom geloof je wat dat stomme mens zegt? En sinds wanneer zijn jullie vriendinnen van Ailsa? Ze sprak je alleen maar aan als ze geld wilde hebben voor haar liefdadigheidsinstellingen. Eleanor klaagde er altijd over dat ze zo'n bedelares was. Ik weet nog hoe razend jullie waren toen er in de krant stond dat ze 1,2 miljoen pond had nagelaten. Waarom vroeg ze ons om geld, zeiden jullie allebei, terwijl ze er zelf in zwom?'

Prue negeerde de opmerking. 'Je hebt nog steeds niet verteld waarom je James belde.'

'Reizigers hebben de Copse ingepikt,' bromde hij. 'En we hebben een advocaat nodig om van ze af te komen. Ik hoopte dat James me met de zijne in verbinding zou stellen.'

'Wat mankeert er aan die van ons?'

'Die heeft tot 2 januari vrij.'

Prue schudde ongelovig haar hoofd. 'Maar waarom heb je de Bartletts dan niet opgebeld? Die hebben een advocaat. Hoe kwam je erbij James te bellen? Wat ben je toch dom, Dick.'

'Omdat Julian mij er al mee had opgescheept,' siste Dick met opeengeklemde kaken. 'Hij is naar de Compton Newton-jachtpartij, in een apenpakkie, en hij dacht dat het actievoerders waren. Wilde die verdomde kleren natuurlijk niet vuil maken, zoals altijd. Je weet hoe hij is... zo lui als wat en hij had geen zin in een ruzie met een stelletje criminelen... dus hij heeft zich er weer eens van afgemaakt. Dat maakt me verdomde razend. Ik werk harder dan wie ook hier in de vallei, maar ze verwachten altijd dat ik de rotzooi opruim.'

Prue snoof minachtend. 'Had het mij dan gezegd. Ik had het wel met Ellie geregeld. Zij is uitstekend in staat ons met hun advocaat in contact te brengen... zelfs als Julian dat niet kan.'

'Jij lag in bed,' snauwde Dick. 'Maar ga je gang. Toe maar. Ik laat het helemaal aan jou over. Jij en Eleanor zijn sowieso het meest geschikt om met een stelletje indringers af te rekenen. Ze zullen zich helemaal lam schrikken als een paar middelbare vrouwen met megafoons ze komen uitschelden.' Hij beende kwaad de kamer uit.

Het was Mark Ankerton die de deur opendeed na het gegalm van de ouderwetse koperen bel die aan een veer in de hal van de Manor hing en bediend werd door een trekker in de portiek. Hij en James zaten voor een houtvuur in de gelambriseerde zitkamer, en het plotselinge geluid had hen beiden opgeschrikt. Mark vond het een opluchting. De stilte tussen hen was drukkend geworden, en hij was blij met iedere vorm van afleiding, zelfs een onplezierige.

'Dick Weldon?' opperde hij.

De oude man schudde zijn hoofd. 'Hij weet dat we de voordeur nooit gebruiken. Hij was achterom gekomen.'

'Zal ik opendoen?'

James haalde zijn schouders op. 'Wat heeft het voor zin? Het is vrijwel zeker belletjetrek. Meestal de kinderen van Woodgate. Vroeger schreeuwde ik ze na... nu doe ik geen moeite meer. Uiteindelijk krijgen ze er wel genoeg van.'

'Hoe vaak?'

'Vier of vijf keer per week. Heel vervelend.'

Mark kwam overeind. 'Laat me dít dan in ieder geval formeel verbieden,' zei hij, verwijzend naar het onderwerp dat de lange stilte tot gevolg had gehad. 'Zo gebeurd. We kunnen ze verbieden binnen een straal van vijftig meter van je hek te komen. De ouders moeten hun verantwoordelijkheid nemen... We zullen dreigen met gevangenisstraf als hun kinderen je blijven lastigvallen.'

James glimlachte licht. 'Dacht je dat ik boven op mijn andere problemen ook nog uitgescholden wil worden voor fascist?'

'Dit heeft niets met fascisme te maken. De wet stelt de ouders verantwoordelijk voor het gedrag van hun minderjarige kinderen.'

James schudde zijn hoofd. 'Dan heb ik geen poot om op te staan. Leo en Elizabeth hebben ergere dingen gedaan dan de kinderen van Woodgate ooit zullen doen. Ik ga me niet achter een stukje papier verschuilen, Mark.'

'Het is niet je verschuilen. Je moet het als een wapen zien.'

'Kan ik niet. Wit papier, witte vlag. Het riekt naar overgave.' Hij maakte een wuivend gebaar naar de hal. 'Geef ze maar een donderpreek. Ze zijn allemaal onder de twaalf,' zei hij met een lachje. 'Maar je knapt ervan op als je ze met de staart tussen de benen ziet wegrennen. Voldoening, daar ben ik al achter gekomen, heeft niets te maken met het kaliber van de tegenstander, maar alleen met hoe je hem verplettert.'

Hij vlocht zijn vingers onder zijn kin ineen en luisterde naar de voetstappen van Mark op de tegelvloer van de hal. Hij hoorde hoe de grendels opzij werden geschoven en ving het geluid van stemmen op vóór de donkere depressie, zijn voortdurende gezellin dezer dagen, die kortstondig verjaagd was door Marks aanwezigheid in het huis, nu onverhoeds toesloeg en zijn ogen met tranen van schaamte liet volstromen. Hij leunde met zijn hoofd tegen de rugleuning van zijn stoel, keek naar de zoldering en probeerde ze terug te dringen. Niet nu, zei hij vertwijfeld tegen zichzelf. Niet waar Mark bij was. Niet nu de jongen hier helemaal naartoe was gekomen om hem door zijn eerste kerst alleen heen te helpen.

8

Wolfie lag opgerold onder een deken in de hoek van de bus, en koesterde een vossenstaart tegen zijn mond. Die was zacht, als de vacht van een teddybeer, en erachter zoog hij stiekem op zijn duim. Hij had honger. Al zijn dromen gingen over eten. Sinds zijn moeder en broertje waren verdwenen, had Fox hem genegeerd. Dat was al een hele tijd geleden, weken, en Wolfie wist nog steeds niet waar ze waren of waarom ze weg waren gegaan. Af en toe zei een slepende angst ergens achter in zijn gedachten hem dat hij het wel wist, maar hij vermeed het daarbij stil te staan. Het had iets te maken met dat Fox zijn dreadlocks had afgeschoren, dacht hij.

Hij had dagen gehuild, Fox gesmeekt hem te laten gaan, hem ook, tot Fox hem met het scheermes gedreigd had. Daarna had hij zich onder de deken verstopt en zijn mond dichtgehouden terwijl hij over weglopen fantaseerde. Tot nu toe had hij daar de moed nog niet voor gehad. Zijn angst voor Fox, de politie en de sociaal werksters – zijn angst voor alles – was te diep ingesleten, maar eens zou hij weggaan, beloofde hij zichzelf.

De helft van de tijd vergat zijn vader dat hij er was. Zoals nu. Fox had een paar van de anderen uit het kamp naar de bus gehaald, en ze stelden een schema op om de ingang naar het kamp de klok rond te bewaken. Wolfie, die zo stil lag als een doodsbange muis, vond zijn vader net een generaal die zijn manschappen instructies gaf. Doe dit. Doe dat. Ik ben de baas. Maar Wolfie maakte zich zorgen omdat de mensen hem tegen bleven spreken. Wisten ze wel van het scheermes? vroeg hij zich af.

'Hoe je het ook wendt of keert, we hebben zeven dagen voor iemand maatregelen zal nemen,' zei Fox. 'Tegen die tijd hebben we de boel hier in een fort veranderd.'

'Ja, maar dan moet het wel kloppen dat er geen eigenaar is,' zei de stem van een vrouw, 'want ik ben niet van plan m'n rug de vernieling in te helpen met het bouwen van een palissade die als-ie klaar is door bulldozers wordt afgebroken. Bovendien is het steenkoud buiten, dat je het weet.'

'Het klopt, Bella. Ik ken deze plek. Dick Weldon heeft drie jaar geleden geprobeerd er een omheining om te maken, maar daar is hij mee gestopt omdat hij niet van plan was een kapitaal aan advocatenkosten te betalen zonder de garantie dat hij de zaak zou winnen. Zo zal het nu wéér gaan. Zelfs als de rest van het dorp ermee akkoord gaat dat hij aanspraak op dit land maakt, dan moet hij nog een advocaat betalen om ons eraf te krijgen, en zo altruïstisch is hij niet.'

'En als ze met z'n allen gaan samenwerken? De handen ineenslaan, zich verenigen?'

'Dat doen ze niet. Niet op de korte termijn, in ieder geval. Er zijn te veel tegengestelde belangen.'

'Hoe weet je dat?'

'Ik weet het gewoon.'

Het bleef even stil.

'Kom op, Fox, laat horen,' zei een man. 'Wat is jouw band met Shenstead? Heb je hier gewoond? Wat weet jij wat de rest van ons niet weet?'

'Dat gaat je niet aan.'

'Natuurlijk gaat het ons aan,' zei de andere man, die in woede zijn stem verhief. 'We nemen hier wel verdomde veel van jou aan. Wie zegt dat de kit ons niet komt arresteren omdat we op verboden terrein zijn? Eerst moeten we een touw van je spannen... dan er hier een fort van maken... En waarom? Voor de kans van één op de miljoen dat we hier over twaalf jaar iets kunnen bouwen wat van onszelf is? Die kans is te klein. Toen je het ons in augustus voorstelde, zei je dat het midden in het open land lag... voor het grijpen. Je hebt het niet over dat klotedorp gehad hier vlakbij.'

'Hou je kop, Ivo,' zei een andere vrouw. 'Dat komt omdat hij zo'n driftkikker uit Wales is,' legde ze aan de rest uit. 'Hij wil altijd vechten.'

'Als je niet oppast, vecht ik straks met jou, Zadie,' zei Ivo woedend.

'Genoeg. De kansen liggen goed.' Er klonk iets staligs door in de stem van Fox, wat Wolfie de rillingen langs zijn rug deed lopen. Als die andere vent zijn bek niet hield, zou zijn vader zijn scheermes pakken. 'Er zijn maar vier huizen permanent bewoond in dit dorp – de Manor, Shenstead House, Manor Lodge en Paddock View. De rest zijn tweede huisjes of in de verhuur... en die komen pas in het geweer als de vrouwen in de zomer hier langere tijd zitten en tegen hun mannen beginnen te klagen dat hun kinderen vriendjes worden met dat gespuis van de Copse.'

'En de boerderijen?' vroeg Bella.

'De enige die er wat toe doet is de boerderij van Dick Weldon. De Copse grenst grotendeels aan zijn land, maar ik weet absoluut zeker dat er geen documenten zijn waarin staat dat het ooit van Shenstead Farm is geweest.'

'Hoe weet je dat?'

'Gaat je niet aan. Accepteer nu maar dat ik het gewoon weet.'

'En dat huis dat we door de bomen heen kunnen zien?'

'De Manor. Daar woont een oude man in zijn eentje. Die zal ons geen last bezorgen.'

'Hoe weet je dat?' Ivo's stem weer.

'Ik weet het gewoon.'

'Jezus christus!' Het geluid van een vuist die dreunend op de tafel neerkwam. 'Is dat het enige wat je kunt zeggen?' Ivo begon het beschaafdere accent van Fox na te doen. '"Ik weet het gewoon... dat gaat je niet aan... accepteer het nu maar." Hoe zit het, man? Want ik ben verdomme niet van plan naar die flauwekul van jou te luisteren zonder dat je iets uitlegt. Bijvoorbeeld, waarom zal die ouwe vent ons geen last bezorgen? Als ik in een groot huis woonde, en er kwam een stelletje reizigers naast me wonen, dan zou ik dat niet over m'n kant laten gaan.'

Fox antwoordde niet direct en Wolfie sloot angstig zijn ogen, zag voor zich hoe zijn vader met zijn mes uithaalde naar het gezicht van de ander. Maar de verwachte kreten kwamen niet. 'Hij weet dat dit land niet van hem is,' zei Fox rustig. 'Hij heeft het door zijn advocaten na laten trekken toen Weldon het probeerde in te pikken, maar er zijn geen papieren die zijn claim ondersteunen. De reden waarom we hier zijn is dat hij de enige hier is die genoeg geld heeft om voor iedereen voor de kosten op te draaien... en hij zal het niet doen. Een jaar geleden misschien wel, maar nu niet meer.'

'Waarom niet?'

Weer een korte pauze. 'Ach, jullie zullen het snel genoeg horen. De rest denkt dat hij zijn vrouw heeft vermoord en ze proberen hem te laten arresteren. Het is een kluizenaar, komt niet meer

naar buiten, ziet niemand... zijn boodschappen worden bezorgd. Die gaat ons niet lastigvallen... die heeft problemen genoeg.'
'Shit!' riep Bella verbaasd. 'En heeft hij het gedaan?'
'Wat kan jou dat schelen?' zei Fox onverschillig.
'Heel veel. Misschien is hij gevaarlijk. En de kinderen dan?'
'Als je je zorgen maakt, zeg dan dat ze weg moeten blijven van die kant van het bos. Hij komt alleen 's avonds naar buiten.'
'Shit!' zei ze weer. 'Een gek dus. Waarom zit hij niet in het gekkenhuis?'
'Die zijn er niet meer,' zei Fox smalend.
'Hoe oud is hij?'
'In de tachtig.'
'Hoe heet hij?'
'Wat doet dat er verdomme toe?' snauwde Fox. 'Je praat toch niet met hem.'
'Nou en? Misschien wil ik wel weten wie hij is als er over hem gepraat wordt. Het is toch geen geheim?' Ze zweeg even. 'Kijk kijk... misschien is het dat wel. Je kent hem van vroeger, niet, Fox? Heeft híj je al die informatie gegeven?'
'Ik heb hem nog nooit gesproken... ik weet gewoon verdomde veel van hem. En hoe ik dat weet, dat gaat je niet aan.'
'Tuurlijk. Maar hoe heet hij?'
'Lockyer-Fox. Tevreden?'
Er klonk een kakelend gelach.
'Ben je bang dat je concurrentie krijgt?' zei de vrouw. 'Misschien geen ruimte voor twee vossen hier?'
'Hou je kop, Bella,' zei Fox. De gevaarlijke ondertoon klonk weer in zijn stem door.
'Ja... ja... Grapje, lieverd. Je moet je eens leren ontspannen... beetje stoned worden... neem toch een pilletje. We doen heus wel met je mee... Je moet ons gewoon vertrouwen.'
'Als jullie je aan de regels houden, dan doe ik dat ook. Zo niet, dan niet. De eerste regel is: iedereen werkt volgens het schema en iedereen houdt zich aan zijn beurt. Tweede regel: niemand bemoeit zich met de mensen hier. Derde regel: niemand het kamp uit als het donker is.'

Wolfie kwam onder zijn schuilplaats uit gekropen toen hij de busdeur hoorde dichtslaan en liep op zijn tenen naar een van de ramen die uitzicht gaven op de ingang van de Copse. Er hingen vossenstaarten voor en hij duwde die opzij om zijn vader positie te zien innemen achter de barrière van touw. Er was zo veel dat hij niet begreep. Wie waren die mensen in de andere bussen? Waar had Fox ze gevonden? Wat deden ze hier? Waarom waren zijn moeder en broertje er niet bij? Waarom bouwden ze een fort?

Hij drukte zijn voorhoofd tegen het glas en probeerde achter de betekenis van wat hij gehoord had te komen. Hij wist dat Fox voluit Fox Evil heette. Hij had zijn moeder een keer gevraagd of dat betekende dat hijzelf ook Evil als achternaam had, maar ze had gelachen en gezegd, nee, jij bent gewoon Wolfie. Alleen Fox heet Evil. Vanaf dat moment had Wolfie de woorden verwisseld en dacht hij aan zijn vader als aan Evil Fox. In zijn kinderlijke gedachtewereld, altijd op zoek naar evenwicht en antwoorden, was dat logischer dan Fox Evil, en Fox kreeg voor hem de waarde van een achternaam.

Maar wie was die oude man die Lucky Fox heette? En hoe kon het dat zijn vader hem niet kende terwijl ze dezelfde naam hadden? Opwinding en angst botsten in het hart van het kind met elkaar. Opwinding dat Lucky Fox familie van hem kon zijn... misschien zelfs wist waar zijn moeder was; angst voor een moordenaar...

Mark stapte achteruit en sloot de zitkamerdeur zachtjes achter zich. Hij wendde zich met een verontschuldigend lachje naar de bezoekster. 'Vindt u het erg als we nog even wachten met voorstellen? James is... eh...' Hij stopte. 'Wacht. Ik weet dat hij het fantastisch zal vinden u te zien, maar op het moment slaapt hij.'

Nancy had meer gezien dan Mark besefte en ze knikte onmiddellijk. 'Zal ik na het middageten terugkomen? Geen probleem. Ik moet me om vijf uur melden bij de legerbasis van Bovington... maar dat kan ik nu ook doen, en dan kom ik later terug.' Dit was een stuk gênanter dan ze zich had voorgesteld. Ze had in ieder geval niet verwacht dat Mark Ankerton er zou zijn. 'Ik had eerst moeten bellen,' besloot ze zwakjes.

Hij vroeg zich af waarom ze dat niet had gedaan. Het nummer stond in het telefoonboek. 'Welnee.' Hij stelde zich tussen haar en de voordeur op alsof hij bang was dat ze ervandoor zou gaan. 'Ga alstublieft niet weg. James zou het verschrikkelijk vinden.' Hij maakte een gebaar naar een gang aan zijn rechterhand en sprak snel om haar het gevoel te geven dat ze welkom was. 'Laten we naar de keuken gaan. Daar is het warm. Ik kan een kopje koffie voor u maken terwijl we wachten tot hij wakker wordt. Dat duurt niet langer dan tien minuten of zo.'

Ze liet zich de gang in loodsen. 'Op het laatst wist ik niet meer wat ik moest doen,' zei ze in antwoord op zijn onuitgesproken vraag. 'Het was allemaal nogal impulsief, en ik dacht niet dat hij het prettig zou vinden om gisteravond laat of vanochtend vroeg gebeld te worden. Ik had het idee dat het allemaal heel ingewikkeld zou worden als hij niet meteen zou begrijpen wie ik was. Ik dacht dat het makkelijker zou zijn als ik gewoon langskwam.'

'Het hindert niet,' verzekerde Mark haar terwijl hij de keukendeur opendeed. 'Een mooier kerstcadeau kan hij niet krijgen.'

Maar was dat zo? Mark hoopte dat ze niet zag dat hij zich zorgen maakte, want hij had geen idee hoe James zou reageren. Zou hij blij zijn? Zou hij bang zijn? Wat zou een DNA-test uitwijzen? De timing was krankzinnig. Hij kon een haar van Nancy's schouder halen zonder dat ze er iets van zou merken. De glimlach bevroor op zijn gezicht toen hij in haar ogen keek. God, precies de ogen van James!

In verwarring gebracht door zijn blik trok Nancy haar wollen muts van haar hoofd en duwde met haar vingertoppen haar donkere haar los. Een vrouwelijk gebaar dat in tegenspraak was met de mannelijke manier waarop ze gekleed was. Een dik fleecejack over een polotrui, een werkmansbroek, met de pijpen weggestopt in zware laarzen. Alles zwart. Een boeiende keuze, vooral omdat ze een oude man bezocht, wiens smaak en opvattingen over kledingkeuze ongetwijfeld behoudend waren.

Mark nam aan dat het een opzettelijke uitdaging was voor James' bereidheid haar te accepteren, omdat het in feite zei: geen compromissen, neem me zoals ik ben, of helemaal niet. Als een vrouw die eruitzag als een pot niet in het Lockyer-Fox-model paste, jammer dan. Als je verwacht dat ik je probeer in te palmen met vrouwelijke charme, verzin dan iets anders. Als je een manipuleerbare kleindochter wilde, vergeet het. Het ironische was dat ze zich, geheel onbewust, presenteerde als de antithese van haar moeder.

'Ik ben tijdelijk in Bovington gedetacheerd, als instructeur voor operaties te velde in Kosovo,' zei ze tegen hem, 'en toen ik op de kaart keek... nou... toen dacht ik dat als ik heel vroeg weg zou gaan ik vandaag kon gebruiken...' Ze zweeg en haalde haar schouders gegeneerd op. 'Ik had me niet gerealiseerd dat hij bezoek had. Als er auto's op de oprit hadden gestaan, had ik niet aangebeld, maar omdat die er niet waren...'

Mark deed zijn best. 'Die van mij staat in de garage aan de achterkant en hij en ik zijn de enigen die hier zijn. Echt, kapitein

Smith, dit is...' – hij zocht naar een woord om haar op haar gemak te stellen – '... geweldig. U hebt geen idee hoe geweldig. Dit is zijn eerste kerst sinds de dood van Ailsa. Hij houdt zich goed, maar een advocaat die komt logeren is niet bepaald een goede vervanging voor een vrouw.' Hij trok een stoel voor haar bij. 'Hier. Hoe drinkt u uw koffie?'

De keuken werd verwarmd door een Aga en Nancy voelde dat haar wangen rood werden van de hitte. Ze voelde zich nog ongemakkelijker. Ze had geen slechter ogenblik kunnen kiezen om onaangekondigd aan te komen zetten. Ze stelde zich de kolonel voor, hoe hij zich zou schamen als hij met nog betraande ogen Mark zou zoeken en haar hier dan aan de tafel zou vinden. 'Zeg, ik geloof niet dat dit een goed idee is,' zei ze impulsief. 'Ik zag hem over uw schouder heen. Hij slaapt niet. Stel dat hij zich afvraagt waar u blijft. Hij zal het verschrikkelijk vinden mij hier aan te treffen.' Ze keek naar een deur in de hoek van het vertrek. 'Gaat die naar buiten? Dan kan ik wegglippen en hoeft hij nooit te weten dat ik hier ben geweest.'

Misschien had Mark zich ook bedacht, want hij keek besluiteloos naar de gang. 'Hij heeft het heel moeilijk,' zei hij. 'Ik geloof dat hij amper slaapt.'

Ze zette haar muts weer op. 'Ik kom over twee uur terug, maar dan bel ik eerst om hem de tijd te geven zich voor te bereiden. Dat had ik meteen moeten doen.'

Hij keek haar even onderzoekend aan. 'Nee,' zei hij terwijl hij zijn hand licht op haar arm legde en met haar naar de gang liep. 'Ik ben bang dat u van gedachten zult veranderen. Mijn jas en laarzen staan in de bijkeuken en we kunnen via de deur daar aan de andere kant van het huis naar buiten. Laten we een wandeling maken, een frisse neus halen na uw rit hierheen. We kunnen over een half uurtje voorzichtig door het raam van de huiskamer kijken om te zien hoe James het doet. Wat dacht u daarvan?'

Ze ontspande onmiddellijk. 'Goed,' zei ze. 'Ik ben veel beter in wandelen dan in ongemakkelijke gezelschapstoestanden.'

Hij lachte. 'Ik ook. Deze kant op.' Hij sloeg rechtsaf en nam haar mee in een vertrek met een oud stenen aanrecht aan de ene kant en een hoop laarzen, paardendekens, regenpakken en overjassen aan de andere kant. De vloer was bedekt met kluitjes modder die van rubberzolen waren afgevallen en stof en vuil had zich in de gootsteen en op het aanrecht en de vensterbanken vastgehecht.

'Het is hier nogal een troep,' zei hij verontschuldigend terwijl hij zijn Gucci-schoenen verruilde voor een paar oude regenlaarzen en een oliejas aantrok. 'Ik denk wel eens dat iedereen die hier ooit gewoond heeft hier een paar spullen heeft achtergelaten als bewijs dat hij er geweest is.' Hij tikte even tegen een oude bruine overjas die aan een haak hing. 'Deze is nog van James' overgrootvader. Die hangt hier al zo lang James zich herinneren kan, maar hij zegt dat hij het prettig vindt hem iedere dag te zien... het geeft hem een gevoel van continuïteit.'

Hij deed de buitendeur open die toegang gaf tot een ommuurde binnenhof en liet Nancy voorgaan. 'Dit noemde Ailsa haar Italiaanse tuin,' zei hij met een knikje naar de grote terracotta potten die overal stonden. 'In de zomer staat hier 's avonds laat de zon nog op, en ze had in deze potten allemaal planten die 's nachts geuren. Ze zei altijd dat het jammer was dat dit de rommelkant van de Manor is, omdat het het prettigste plekje is om te zitten. Dat is de achterkant van de garage.' Hij knikte naar een laag gebouwtje aan hun rechterhand. 'En hier...' – hij lichtte de klink op van een houten deur met een gebogen bovenkant in de muur voor hen – '... is de moestuin.'

De binnenhof zag er eigenaardig verwaarloosd uit, alsof er sinds de dood van de meesteres niemand meer was geweest. Tussen de keitjes tierde het onkruid welig, en de terracotta potten bevatten slechts de broze skeletten van allang afgestorven planten. Mark leek ervan uit te gaan dat Nancy wist wie Ailsa was, ook al had hij het haar niet verteld, en Nancy vroeg zich af of hij wist van de brieven van de kolonel.

'Heeft James hulp?' vroeg ze terwijl ze achter hem aan de moestuin in liep.

'Alleen een bejaard stel uit het dorp... Bob en Vera Dawson. Hij doet de tuin en zij maakt schoon. De moeilijkheid is dat zij bijna even oud als James zijn, dus gebeurt er een hoop niet. Zoals je ziet.' Hij gebaarde naar het onkruid. 'Ik geloof dat Bob niet verder komt dan het gras maaien en Vera is praktisch seniel dus wordt het stof alleen maar verplaatst. Beter dan niets, neem ik aan, maar James zou wel wat frisse energie in huis kunnen gebruiken.'

Ze zochten hun weg tussen de bedden door langs het grindpad voorzover dat er nog was en Nancy bewonderde de tweeënhalve meter hoge muur die de tuin omsloot. 'Het moet hier prachtig zijn geweest toen er nog genoeg personeel was om het bij te houden,' zei ze. 'Zo te zien hadden ze leibomen langs de zuidmuur. Je ziet de draden nog zitten.' Ze wees naar een opgehoogd bed in het midden. 'Is dat een aspergebed?'

Hij volgde haar blik. 'Geen idee. Ik ben een absolute onbenul als het om tuinieren gaat. Hoe groeien asperges? Hoe zien ze eruit als ze niet in een bosje bij de supermarkt liggen?'

Ze glimlachte. 'Precies hetzelfde. De punten komen vanuit een enorm wortelgestel uit de grond omhoog. Als je ze steeds aanaardt, zoals de Fransen dat doen, dan blijven de punten wit en zacht. Zo doet mijn moeder het. Zij heeft een aspergebed op de boerderij waar ieder jaar kilo's van afkomen.'

'Heeft zij de groene vingers bij jullie?' vroeg hij terwijl hij haar naar een smeedijzeren hek in de westmuur leidde.

Nancy knikte. 'Dat is haar beroep. Ze heeft een grote kwekerij bij Coomb Croft. Ze verdient er heel goed mee.'

Mark herinnerde zich dat hij de borden had gezien toen hij erlangs reed op weg naar Lower Croft. 'Heeft ze ervoor geleerd?'

'Ja. Ze is op haar zeventiende als tuinmanshulp bij Sowerbury House begonnen. Daar is ze tien jaar gebleven, opgeklommen tot eerste tuinman, toen is ze met mijn vader getrouwd en naar Coomb Croft verhuisd. Ze hebben daar tot mijn grootvader stierf gewoond, en in die tijd heeft ze de kwekerij opgezet. Het is begonnen als eenmansbedrijf, maar nu heeft ze er dertig mensen lopen... de zaak runt praktisch zichzelf.'

'Een vrouw met talent dus,' zei hij oprecht gemeend terwijl hij het hek opende en een stap naar achteren deed om Nancy door te laten. Hij merkte dat hij hoopte dat ze haar echte moeder nooit zou ontmoeten. De vergelijking zou te hard zijn.

Ze kwamen weer in een besloten tuin. De L-vormige vleugel van het huis maakte twee zijden van het vierkant uit en een stevige heg van groenblijvende heesters liep van de muur van de moestuin naar de uitspringende hoek aan de linkerkant. Nancy zag dat al de ramen die op deze tuin uitkeken vanbinnen van luiken voorzien waren. Het geverfde hout achter het glas verleende ze een blind, starend aanzien. 'Wordt deze vleugel niet meer gebruikt?' vroeg ze.

Mark volgde haar blik. Als hij zich niet vergiste was een van de kamers op de bovenverdieping die van Elizabeth – waar Nancy was geboren – en daaronder was het kantoor van het landgoed, waar haar adoptiepapieren waren getekend. 'Al jaren niet meer,' zei hij. 'Ailsa heeft de blinden gesloten om de meubels te beschermen.'

'Treurig, als een huis te groot wordt voor zijn bewoners,' was het enige wat ze zei voor ze haar aandacht weer op de tuin richtte. Middenin was een visvijver met een dikke ijslaag erop. Riet en de dode stengels van oeverplanten staken boven het oppervlak uit. Een stenen bank, groen van het mos, stond naast de vijver, beschut tussen azalea's en kleine rododendrons, en een pad met fantasiebestrating, onder het onkruid, slingerde zich tussen dwergesdoorns, tere bamboestruiken en siergrassen door naar een hek aan de andere kant. 'De Japanse tuin?' raadde Nancy terwijl ze naast de vijver bleef staan.

Mark glimlachte en knikte. 'Ailsa vond het heerlijk tuinkamers te maken,' zei hij. 'Ze hadden allemaal namen.'

'Het moet indrukwekkend zijn in de lente, als de azalea's in bloei staan. Stel je voor dat je hier zit, de lucht vervuld van hun geur. Zitten er vissen in de vijver?'

Mark schudde zijn hoofd. 'Toen Ailsa nog leefde wel, maar James is vergeten ze te voeden toen ze gestorven was en hij zegt dat hij de laatste keer dat hij hier was er geen een meer gezien heeft.'

'Aan voedselgebrek kunnen ze niet doodgegaan zijn,' zei ze. 'De vijver is groot genoeg om insecten te herbergen voor tientallen vissen.' Ze hurkte neer om door het ijs te kijken. 'Ze hebben zich waarschijnlijk achter de waterplanten verstopt. Hij moet zijn tuinman vragen ze uit te dunnen als het weer opknapt. Het is daar beneden net een oerwoud.'

'James heeft de tuin opgegeven,' zei Mark. 'Het was Ailsa's domein en sinds haar dood schijnt hij al zijn belangstelling ervoor verloren te hebben. Hij komt alleen nog maar op het terras, en dat alleen 's avonds.' Hij haalde ongelukkig zijn schouders op. 'Eerlijk gezegd baart dat me zorgen. Hij zet zijn stoel even rechts van de plek waar hij haar gevonden heeft en dan zit hij daar uren.'

Nancy nam niet de moeite net te doen alsof ze niet wist waarover hij het had. 'Zelfs met dit weer?' vroeg ze terwijl ze naar hem opkeek.

'De afgelopen twee avonden in ieder geval wel.'

Ze kwam weer overeind en liep naast hem het pad af. 'Hebt u het daar met hem over gehad?'

Weer schudde hij zijn hoofd. 'Ik mag van hem niet weten wat hij doet. Hij gaat om tien uur naar bed en dan sluipt hij naar buiten als ik het licht in mijn slaapkamer uitgedaan heb. Vanochtend is hij niet voor vieren weer binnengekomen.'

'Wat doet hij?'

'Niets. Hij zit in elkaar gedoken in zijn stoel in het duister te staren. Ik kan hem vanuit mijn raam zien. Op kerstavond ben ik bijna naar buiten gegaan om hem uit te kafferen. De lucht was zo helder dat ik bang was dat hij aan onderkoeling zou sterven – ik heb me zelfs afgevraagd of dat niet juist zijn bedoeling was, Ailsa is waarschijnlijk op die manier gestorven – maar hij stak zijn pijp steeds opnieuw aan dus ik wist dat hij bij bewustzijn was. Hij heeft het er gisterochtend niet over gehad... of vanochtend... en toen ik hem vroeg hoe hij geslapen had, zei hij goed.' Hij drukte de klink van het volgende hek omlaag en duwde het met zijn schouder open. 'Het kan natuurlijk een kerstwake voor Ailsa zijn geweest,' besloot hij zonder veel overtuiging.

Ze waren terechtgekomen in een uitgestrekt, parkachtig gebied, het huis lag aan hun rechterkant. Rijp lag nog in de holtes onder de struiken en bomen die een laan naar het zuiden vormden, maar op het bochtige, glooiende graspad dat een vrij uitzicht bood op Shenstead Valley en de zee daarachter had de heldere winterzon de rijp opgewarmd tot glinsterende dauw.

'Wauw!' zei Nancy eenvoudig.

'Indrukwekkend, hè? Die baai die u kunt zien is Barrowlees. Alleen bereikbaar via het zandpad dat naar de boerderijen leidt... Daarom is dit dorp zo duur. Alle huizen hebben het recht op overpad, zodat de bewoners met hun auto naar het strand kunnen rijden. Een complete ramp.'

'Waarom?'

'Ze zijn te duur voor de plaatselijke bevolking. En daardoor is Shenstead in een spookdorp veranderd. Bob en Vera zijn hier alleen nog maar omdat hun huis bij de Manor hoort en Ailsa het hun voor zo lang ze leven heeft toegezegd. Ik had trouwens liever gewild dat ze dat niet had gedaan. Het is de enige cottage die James nog heeft, maar hij staat erop Ailsa's woord na te komen, hoewel hij hard hulp nodig heeft. Tot vier jaar geleden had hij nóg een cottage, maar die heeft hij verkocht omdat hij problemen had met krakers. Ik zou hem geadviseerd hebben hem te verhuren, in plaats van een verkoop – precies voor deze eventualiteit – maar toen was ik zijn advocaat nog niet.'

'Waarom laat hij niet iemand bij hem inwonen? Het huis is groot genoeg.'

'Goede vraag,' zei Mark droogjes. 'Misschien kunt u hem overhalen. Het enige wat ik te horen krijg is...' – hij sprak met een bevende bariton – '... "Ik wil verdomme geen bemoeial in m'n huis die overal haar neus in steekt."'

Nancy lachte. 'Dat kun je hem niet kwalijk nemen. Zou u dat willen?'

'Nee, maar ik verwaarloos mezelf niet zoals hij.'

Ze knikte nuchter. 'Wij hebben met een van mijn oma's hetzelfde probleem gehad. Uiteindelijk moest mijn vader haar curator worden. Hebt u een volmacht voor James opgesteld?'

'Ja.'

'Op wiens naam?'

'De mijne,' zei hij met tegenzin.

'Mijn vader wilde hem ook niet gebruiken,' zei ze meelevend. 'Uiteindelijk moest hij wel toen ze oma's elektra dreigden af te sluiten. Ze vond dat de rode rekeningen mooier waren dan de andere en zette ze op haar schoorsteenmantel om de kamer op te fleuren. Het kwam niet bij haar op ze te betalen.' Ze glimlachte in antwoord op zijn glimlach. 'Daarom was ze niet minder lief, hoor,' zei ze. 'Goed, wie wonen er nog meer in Shenstead?'

'Bijna niemand permanent. Dat is de moeilijkheid. De Bartletts in Shenstead House – vervroegd met pensioen, ze hebben een fortuin gemaakt met de verkoop van hun huis in Londen; de Woodgates in Paddock View – ze betalen een huurtje van niets aan de maatschappij van wie de meeste vakantiehuisjes zijn, in ruil voor het beheer; en dan de Weldons op Shenstead Farm.' Hij wees naar een stuk bos dat het park aan de westzijde begrensde. 'Het land daar is van hen, dus strikt genomen wonen zij niet binnen de grenzen van het dorp. Net zoals de Squires en de Drews in het zuiden.'

'Zijn dat de pachters van de boerderijen waarover u het had?'

Hij knikte. 'James is de eigenaar van al het land van hier tot de kust.'

'Wauw,' zei ze weer. 'Een groot gebied. Maar hoe komt het dorp aan recht op overpad over zijn land?'

'James' overgrootvader, de man wiens overjas u hebt gezien, heeft de vissers het recht gegeven hun boten en vangst van en naar de kust te transporteren, zodat er een kreeftindustrie in Shenstead opgezet kon worden. Ironisch genoeg stond hij voor dezelfde problemen die er nu zijn – een stervend dorp met steeds minder mensen om het werk te doen. Het was de tijd van de industriële revolutie en de jongelui trokken weg om beter betaald werk in de steden te zoeken. Hij hoopte te profiteren van de succesvolle ondernemingen in Weymouth en Lyme Regis.'

'Lukte dat?'

Mark knikte. 'Zo'n vijftig jaar lang wel. Het hele dorp was ingericht op de kreeftindustrie. Er waren vervoerders, kokers, inpakkers. Ze brachten hier tonnen ijs naartoe die in ijskelders in het hele dorp werden opgeslagen.'

'Bestaan die ijskelders nog?'

'Voorzover ik weet niet. Toen de ijskast werd uitgevonden en er elektriciteit kwam, waren ze overbodig.' Hij knikte naar de Japanse tuin. 'De ijskelder hier is de vijver geworden waar u net naar stond te kijken. James heeft nog een voorraad koperen pannen in een van de bijgebouwen, maar dat is ongeveer het enige wat er nog van over is.'

'Hoe is er een einde aan gekomen?'

'Door de Eerste Wereldoorlog. Vaders en zonen gingen weg om te vechten en kwamen niet terug. Hetzelfde verhaal als overal, maar de gevolgen waren verschrikkelijk in een klein plaatsje als dit, dat geheel afhankelijk was van zijn mannelijke bevolking om de boten in en uit het water te lichten.' Hij bracht haar naar het midden van het gazon. 'U kunt net de kustlijn zien. Het is geen goede ankerplaats, dus ze moesten de boten op het droge trekken. Er zijn nog foto's van in een van de slaapkamers.'

Ze legde een hand boven haar ogen tegen de zon. 'Als het zo arbeidsintensief was, was het sowieso gedoemd ten onder te gaan,' zei ze. 'De prijzen hadden de productiekosten nooit kunnen bijhouden en de industrie was dan toch uitgestorven. Mijn vader zegt altijd dat de grootste vernietiger van plattelandsgemeenten de mechanisatie van het boerenbedrijf is. Een man op een combine kan het werk van vijftig man doen, en hij doet het sneller, beter en er gaat minder verloren.' Ze knikte naar de velden voor hen. 'Ik neem aan dat die twee boerderijen het ploegen en oogsten uitbesteden?'

Hij was onder de indruk. 'Hoe kunt u dat weten door er alleen maar naar te kijken?'

'Dat kan ik helemaal niet,' zei ze lachend. 'Maar u had het niet over landarbeiders in het dorp. En de boer aan de westkant, besteedt die de boel ook uit?'

'Dick Weldon? Nee, hij is de aannemer. Hij heeft een eigen bedrijf aan de andere kant van Dorchester opgebouwd, en toen heeft hij drie jaar geleden Shenstead Farm voor een appel en een ei gekocht toen de vorige eigenaar failliet ging. Dom is-ie niet. Hij heeft zijn zoon aan het hoofd van het moederbedrijf in het westen aangesteld, en nu is hij hier aan het uitbreiden.'

Nancy keek hem nieuwsgierig aan. 'U vindt hem niet aardig,' zei ze.

'Hoe komt u daarbij?'

'Uw toon.'

Ze was opmerkzamer dan hij, dacht hij. Ondanks haar glimlachjes kon hij haar gezichtsuitdrukking of stembuiging nog niet duiden. Ze deed niet zo kortaf als James, maar ze was ongetwijfeld net zo gereserveerd. In andere omstandigheden, en met een andere vrouw, had hij complimentjes uitgedeeld om haar te versieren – om in haar ban te raken of teleurgesteld te worden – maar hij wilde niet iets doen wat de kansen van James zou kunnen bederven. 'Waarom bent u van gedachten veranderd?' vroeg hij plotseling.

Ze draaide zich om en keek naar het huis. 'Waarom ben ik hier, bedoelt u?'

'Ja.'

Ze haalde haar schouders op. 'Heeft hij u verteld dat hij mij geschreven heeft?'

'Gisteren pas.'

'Hebt u de brieven gelezen?'

'Ja.'

'Dan zou u in staat moeten zijn die vraag zelf te beantwoorden... maar ik zal u een tip geven.' Ze wierp hem een geamuseerde blik toe. 'Ik ben hier niet voor zijn geld.'

9

De jachtpartij ontaardde, zoals Julian Bartlett al voorspeld had, in een janboel. De actievoerders hadden zich bij het begin verrassend koest gehouden, maar zodra een vos in Blantyre Wood werd opgejaagd, raceten auto's vooruit om vluchtwegen te creëren door de honden met jachthoorns op valse sporen te zetten. De honden, die als gevolg van de lange rustperiode uit vorm waren, raakten in de war en de jachtmeester en zijn hondenmeesters verloren de controle. De ruiters reden ongeduldig rondjes tot de orde weer hersteld was, maar toen ze teruggingen naar Blantyre Wood om een tweede vos op te jagen, liep ook dat op niets uit. Aanhangers van de jacht probeerden de actievoerders met hun auto's de weg te versperren en schreeuwden de richting die de vos genomen had door naar de jachtmeester, maar een versterkte band van een luid blaffende meute die door luidsprekers op een busje werd afgedraaid, lokte de honden weg. De ergernis onder de jagers, die al groot was, nam alarmerende proporties aan toen actievoerders het terrein op kwamen en met hun armen naar de paarden zwaaiden in een gevaarlijke, zelfs misdadig te noemen poging de ruiters uit het zadel te wippen. Julian haalde met zijn zweep uit naar een onbezonnen jongen die Bouncers teugels probeerde te grijpen, en vloekte vervolgens uitgebreid toen hij zag dat hij door een vrouw met een camera gefotografeerd was.

Hij keerde zijn paard en kwam naast haar staan, worstelend om Bouncer onder controle te houden. 'Als u die publiceert, doe ik u een proces aan,' zei hij met opeengeklemde kaken. 'Die man maakte mijn paard bang en ik stond in mijn recht om mezelf en m'n rijdier te beschermen.'

'Mag ik u citeren?' vroeg ze terwijl ze de lens op zijn gezicht richtte en als een machinegeweer foto's wegklikte. 'Hoe heet u?'

'Dat gaat u geen zak aan.'

Ze liet de camera aan de band om haar nek hangen, klopte er grijnzend op, voor ze een notitieboekje uit haar jaszak haalde. 'Ik ben er zo achter... met die foto's die ik heb. Debbie Fowler, van de *Wessex Times*,' zei ze, terwijl ze op een veilig afstandje van hem ging staan. 'Ik ben neutraal... Gewoon een arme ploeteraarster die een centje probeert te verdienen. Dus...' – ze grijnsde weer – '... wilt u me vertellen wat u tegen vossen hebt, of moet ik het zelf verzinnen?'

Julian wierp haar een woedende blik toe. 'Dat is jullie niveau, nietwaar?'

'Praat dan met me,' zei ze uitnodigend. 'Hier ben ik... en ik luister. Dan breng ik het standpunt van de jagers naar buiten.'

'Wat heeft dat voor zin? U schildert me toch af als de agressor en die idioot daar...' – hij maakte een gebaar met zijn kin naar de magere actievoerder die over zijn arm wreef op de plek waar de zweep hem geraakt had en zich vervolgens uit de voeten maakte – '... als de held, ook al deed hij zijn best m'n nek te breken door me uit het zadel te laten werpen.'

'Dat is wel een beetje overdreven, niet? U bent nu niet bepaald een onervaren ruiter dus u moet zoiets wel eens eerder hebben meegemaakt.' Ze keek het terrein rond. 'U weet dat u op een gegeven moment tegenover de actievoerders komt te staan, dus is het waarschijnlijk deel van de pret om het tegen ze op te nemen.'

'Onzin,' snauwde hij. Hij tastte naar beneden om zijn rechterstijgbeugel los te maken, die in de schermutseling met de actievoerder klem was komen te zitten tegen zijn hiel. 'Van die verdomde hooligans met hun jachthoorns kun je hetzelfde zeggen.'

'Dat zal ik ook doen,' zei ze opgewekt. 'Het is een bendeoorlog. Sharks tegen Jets. Proletariërs tegen rijkelui. Vanuit mijn gezichtspunt lijkt de vos tamelijk irrelevant. Het is gewoon een excuus voor een matpartij.'

Het was niet de gewoonte van Julian om een discussie uit de weg te gaan. 'Als u dat in de krant zet, wordt u weggehoond,' zei hij terwijl hij zijn rug weer rechtte en de teugels greep. 'Wat uw standpunt ook is, u moet ons – actievoerders én jagers – in ieder geval nageven dat we doen wat we doen omdat we van het platteland houden. Waarom schrijft u niet over de mensen die het kapot willen maken?'

'Tuurlijk,' knikte ze huichelachtig. 'Zegt u maar wie dat zijn, dan doe ik het.'

'Oplichters... reizigers... of hoe ze heten,' gromde hij. 'Gisteravond zijn er bussen vol in Shenstead Village aangekomen. Ze bevuilen de omgeving, bestelen de plaatselijke bevolking, dus waarom schrijft u niet over hen, mevrouw Fowler? Zíj zijn het echte ongedierte. Richt u zich op hen, dan doet u iedereen een plezier.'

'Gaat u uw honden op ze afsturen?'

'Absoluut,' zei hij terwijl hij Bouncer een draai liet maken om zich weer bij de jacht te voegen.

Wolfie zat gehurkt in het bos en keek naar de mensen op het grasveld. Eerst dacht hij dat het twee mannen waren, maar toen lachte er een en dat klonk als een vrouw. Hij kon niet horen wat ze zeiden omdat ze te ver weg stonden. Maar ze zagen er niet als moordenaars uit. Zeker niet als de oude moordenaar waar Fox het over had gehad. Van de man in de lange bruine jas zag hij meer dan van degene met de muts over de ogen, en hij vond dat het gezicht van de man vriendelijk was. Hij glimlachte vaak en legde af en toe zijn hand tegen de rug van de ander om haar een andere kant op te sturen.

In het hart van Wolfie welde een groot verlangen op om zijn schuilplaats te verlaten en deze man om hulp te vragen, maar hij wist dat dat een slecht idee was. Vreemden wendden zich altijd al af als hij om geld vroeg... en geld was maar iets kleins. Wat zou de vreemde doen als hij zou vragen hem te redden? Hem aan de politie overdragen, nam hij aan, of hem naar Fox terugbrengen. Hij wendde zijn ijskoude gezicht naar het huis en vergaapte zich weer aan de grootte ervan. Alle reizigers in de hele wereld zouden daarin passen, dacht hij, dus waarom mocht een moordenaar daar alleen wonen?

Zijn scherpe blik ving een beweging op in de kamer op de hoek beneden, en na een paar seconden geconcentreerd kijken kon hij een gedaante onderscheiden die achter het glas stond. Hij voelde een rilling van angst toen een wit gezicht zich naar hem toe wendde en het zonlicht het zilvergrijze haar ving. De oude man! En hij keek precies naar Wolfie! Met bonzend hart kroop het kind achteruit tot hij uit het zicht verdwenen was, en toen rende hij alsof de duivel hem op de hielen zat naar de veilige bus.

Mark duwde zijn handen in zijn zakken om zijn bloedsomloop op gang te houden. 'Ik kan alleen maar bedenken dat het feit dat James van gedachten is veranderd na zijn eerdere pogingen om u bij zijn zaken te betrekken, u heeft overreed hier te komen,' zei hij tegen Nancy. 'Maar ik begrijp niet waarom.'

'Het heeft eerder te maken met het plotselinge van zijn besluit,' zei ze terwijl ze haar gedachten ordende. 'Zijn eerste brief gaf aan dat hij zo wanhopig graag met me in contact wilde komen dat hij bereid was een fortuin aan schadevergoeding te betalen, alleen om een antwoord te krijgen. Zijn tweede brief hield precies het tegenovergestelde in. Blijf weg... niemand zal ooit weten wie je bent. Mijn eerste gedachte was dat ik er verkeerd aan had gedaan te antwoorden. Misschien was het zijn bedoeling om me tot een rechtszaak te provoceren zodat het familiekapitaal van zijn zoon weggehouden zou worden...' Aan het eind van de zin ging haar stem een beetje omhoog, waarmee de bewering een vraag werd.

Mark schudde zijn hoofd. 'Dat kan zijn opzet niet zijn geweest. Zo sluw is hij niet.' Of was hij tenminste niet, dacht hij.

Ze was het met hem eens. 'Nee, dan had hij zichzelf en zijn zoon heel anders beschreven.' Ze zweeg weer, bracht zich haar indruk van de brieven weer in herinnering. 'Die fabel die hij me stuurde was heel vreemd. Die zei in feite dat Leo zijn moeder in woede vermoord had omdat ze weigerde hem verder financieel te steunen. Is dat waar?'

'U bedoelt, is het waar dat Leo Ailsa gedood heeft?'

'Ja.'

Mark schudde zijn hoofd. 'Dat kan niet. Hij was die avond in Londen. Een degelijk alibi. De politie heeft het grondig nagetrokken.'

'Maar James accepteert dat niet?'

'Toen wel,' zei Mark ongemakkelijk. 'Tenminste, dat dacht ik.' Hij zweeg even. 'Denkt u niet dat u te veel achter die fabel zoekt, kapitein Smith? Als ik het me goed herinner, heeft James in zijn tweede brief zijn excuses aangeboden voor het feit dat hij emotionele taal had gebruikt. Ik denk dat het verhaal eerder symbolisch dan letterlijk was bedoeld. Stel dat hij geschreven had "ging tegen haar tekeer", in plaats van "verslond haar"? Dat zou een stuk minder kleurrijk zijn geweest... maar benaderde meer de waarheid. Leo schreeuwde altijd tegen zijn moeder, maar hij heeft haar niet vermoord. Niemand heeft haar vermoord. Ze heeft een hartstilstand gehad.'

Nancy knikte afwezig, alsof ze maar half luisterde. 'Heeft Ailsa geweigerd hem geld te geven?'

'Ja, in zoverre dat ze haar testament aan het begin van dit jaar herzien heeft. Daarbij heeft ze haar beide kinderen onterfd.' Hij schudde zijn hoofd. 'Dat heb ík trouwens altijd als een reden gezien waarom Leo zijn moeder niet zou vermoorden. Zowel hij als zijn zuster is van die wijziging in het testament op de hoogte gebracht, dus ze wisten dat ze van haar dood niets te verwachten hadden... in ieder geval niet het half miljoen waarop ze hoopten. Voor hen was het gunstiger haar in leven te houden.'

Ze keek met een nadenkende frons tussen haar ogen naar de zee. 'Is dat het "zijn leven beteren" waar James in zijn fabel naar verwees?'

'Daar komt het wel op neer, ja.' Hij haalde zijn handen uit zijn zakken om ze warm te blazen. 'Hij heeft u al verteld dat ze hun ouders diep teleurgesteld hebben, dus ik verklap niets als ik dat nog eens benadruk. Ailsa was altijd op zoek naar een pressiemiddel om hun gedrag te beïnvloeden, en het veranderen van haar testament was één manier om druk op hen uit te oefenen zodat ze hun leven zouden beteren.'

'Vandaar die zoektocht naar mij,' zei Nancy; het klonk niet vijandig. 'Ik was ook een pressiemiddel.'

'Zo harteloos was het niet,' zei Mark verontschuldigend. 'Het had meer te maken met op zoek gaan naar de volgende generatie. Elizabeth en Leo hebben geen van beiden kinderen... en dat maakt u de enige genetische link met de toekomst.'

Ze draaide zich om om hem aan te kijken. 'Ik heb nooit over mijn genen nagedacht tot u opdook,' zei ze met een lachje. 'En nu krijg ik het er Spaans benauwd van. Denken de Lockyer-Foxen wel eens aan iemand anders dan zichzelf? Zijn zelfzucht en hebzucht mijn enige erfenis?'

Mark dacht aan de bandjes in de bibliotheek. Hoeveel slechter zou ze zich voelen als ze die zou horen? 'U moet met James praten,' zei hij. 'Ik ben niet meer dan een domme advocaat die zijn opdrachten uitvoert, maar – als u daar iets aan hebt – ik zou geen van uw beide grootouders als egoïstisch omschrijven. Ik denk dat James er heel verkeerd aan heeft gedaan u te schrijven – dat heb ik hem ook gezegd – maar hij zat duidelijk in een dip toen hij het deed. Dat is geen excuus, maar het verklaart misschien iets van de kennelijke verwarring.'

Ze bleef hem even aankijken. 'Zijn fabel suggereerde ook dat Leo hem zal doden als hij iets van het geld weggeeft. Is dát waar?'

'Dat weet ik niet,' zei hij eerlijk. 'Ik heb dat stomme ding gisteren voor het eerst gelezen en ik heb geen idee waarover het gaat.

Het is op het moment niet erg makkelijk om met James te praten, dat beseft u waarschijnlijk ook wel, dus weet ik niet zo goed wat er in zijn hoofd omgaat.'

Ze gaf niet meteen antwoord, maar leek een aantal ideeën te overwegen om te zien of ze het waard waren onder woorden gebracht te worden. 'Stel nu eens,' mompelde ze toen, 'dat James precies opschreef wat hij dacht: dat Leo zijn moeder in woede gedood heeft omdat hij geen geld kreeg en dat hij zijn vader met een vergelijkbaar lot bedreigt als die het geld weggeeft. Waarom heeft hij er tussen zijn eerste en tweede brief dan van afgezien mij erin te betrekken? Wat is er veranderd tussen oktober en november?'

'U hebt in zeer sterke bewoordingen geschreven dat u zijn geld niet wilde en de confrontatie met Leo niet wilde aangaan. Waarschijnlijk heeft hij dat ter harte genomen.'

'Maar daar gaat het niet om, toch?'

Hij keek onzeker. 'Waar dan wel om?'

Nancy haalde haar schouders op. 'Als zijn zoon zo gevaarlijk is als de fabel suggereert, waarom was hij dan niet van het begin af aan al huiverig om mij erbij te betrekken? Ailsa was al een paar maanden dood voor hij u erop uitstuurde om me te zoeken. Toen hij zijn eerste brief schreef, geloofde hij dat Leo bij haar dood betrokken was, maar dat verhinderde hem niet mij te schrijven.'

Mark volgde haar redenering stapje voor stapje. 'Maar bewijst dat niet dat u te veel veronderstelt op grond van wat hij geschreven heeft? Als James had gedacht dat hij u in gevaar bracht, had hij mij niet gevraagd u op te sporen. En als ik er maar het minste vermoeden van had gehad, had ik geweigerd het te doen.'

Weer haalde ze haar schouders op. 'Maar waarom maakt hij in zijn tweede brief dan een draai van honderdtachtig graden en zet hij hem vol met verzekeringen dat hij mij er niet bij wil betrekken, en dat mijn naam niet genoemd zal worden? Ik verwachtte een halsstarrig antwoord, dat ik het helemaal bij het verkeerde eind had; in plaats daarvan krijg ik een nogal verwarde excuusbrief voor het feit dat hij me überhaupt geschreven heeft.' Ze vermoedde gezien zijn plotseling zorgelijke gezichtsuitdrukking dat ze niet zo goed onder woorden bracht wat ze bedoelde. 'Mij geeft het de indruk dat iemand tussen die twee brieven in hem de stuipen op het lijf heeft gejaagd,' zei ze, 'en ik denk dat Leo dat was, omdat hij degene is voor wie James bang lijkt te zijn.'

Ze bekeek zijn gezicht aandachtig en zag de waakzaamheid die in zijn ogen was gekropen. 'Laten we op die bank daar gegevens uitwisselen,' zei ze bruusk terwijl ze naar een bank toe liep die uitzicht bood over de vallei. 'Klopte James' beschrijving van Leo?'

Mark liep achter haar aan. 'Als een bus,' zei hij. 'Het is een charmeur... Tot je hem dwarszit... dan is het een klootzak.'

'Hebt u hem dwarsgezeten?'

'Ik heb twee jaar geleden James en Ailsa als cliënt aangenomen.'

'Wat is daar mis mee?' vroeg ze. Ze liep om de bank heen en keek naar de natte latten van de zitting.

'De familiezaken werden door Leo's beste vriend geregeld, tot ik ten tonele verscheen.'

'Interessant.' Ze knikte naar de bank. 'Mag ik een pand van uw oliejas gebruiken om droog te zitten?'

'Natuurlijk.' Hij begon de metalen drukkers los te maken. 'Met alle genoegen.'

Haar ogen twinkelden ondeugend. 'Bent u altijd zo beleefd, meneer Ankerton, of krijgen kleindochters van cliënten een speciale behandeling?'

Hij schudde zijn jas af en wierp hem hoffelijk over de zitting. 'De kleindochters van cliënten krijgen een speciale behandeling, kapitein Smith. Ik weet nooit wanneer... of óf... ik ze ga erven.'

'Dan vriest u voor niets dood,' waarschuwde ze hem, 'want deze kleindochter wordt door niemand geërfd. Maakt dat uw gebaar niet een beetje overdreven? Ik heb maar een driehoekje nodig, hoor... als u het pand gewoon openslaat, dan kunt u 'm aanhouden.'

Hij liet zich midden op de bank zakken. 'Ik ben veel te bang voor u,' mompelde hij terwijl hij zijn benen voor zich uitstrekte. 'Waar zou ik m'n arm moeten laten?'

'Ik was niet van plan zó dichtbij te komen,' zei ze terwijl ze ongemakkelijk naast hem ging zitten op het kleine stukje dat nog over was.

'Dat is onvermijdelijk als je op de jas van een man gaat zitten... en hij er nog in zit.'

Hij had donkerbruine ogen, bijna zwart, en er stond te veel herkenning in te lezen. 'U zou eens op een survival moeten gaan,' zei ze cynisch. 'Dan komt u er snel achter dat warm blijven belangrijker is dan je druk maken over wat je aanraakt.'

'Maar we zijn niet op survival, kapitein,' zei hij loom. 'We zitten vol in het zicht van mijn cliënt, wie het helemaal niet aan zal staan als hij ziet dat zijn advocaat zijn arm om zijn kleindochter legt.'

Nancy keek achterom. 'O hemel, u hebt gelijk!' riep ze uit terwijl ze opsprong. 'Hij komt eraan!'

Mark sprong ook op en draaide zich razendsnel om. 'Waar? O! Ha, ha, ha, ontzéttend geestig!'

'Ja hè?' Ze ging weer zitten. 'Waren de familiezaken op orde?'

Mark ging ook weer zitten, dit keer expres een eindje van haar af. 'Ja, in zoverre dat mijn voorganger James' toenmalige instructies had opgevolgd,' zei hij. 'Toen James die instructies wilde wijzigen zonder dat Leo van tevoren gewaarschuwd werd, heb ik hem vervangen.'

'Hoe reageerde Leo?'

Hij tuurde in gedachten naar de horizon. 'Dat is de grote vraag,' zei hij toen langzaam.

Ze keek hem nieuwsgierig aan. 'Ik bedoel, hoe reageerde hij op u?'

'O... hij legde me in de watten tot hij besefte dat ik het vertrouwen van zijn ouders niet zou beschamen, en toen heeft hij wraak genomen.'

'Hoe?'

Hij schudde zijn hoofd. 'Niets belangrijks. Gewoon iets persoonlijks. Hij kan heel charismatisch zijn als hij dat wil. Mensen vallen daarvoor.'

Zijn stem klonk bitter en Nancy vermoedde dat dat 'iets persoonlijks' heel belangrijk was geweest. Ze leunde naar voren en plantte haar ellebogen op haar knieën. Lees 'vrouwen' voor 'mensen' en 'Leo' voor 'daarvoor', dacht ze. *Vrouwen vallen voor Leo...* Een vrouw? Marks vrouw?

'Wat doet Leo? Waar woont hij?'

Voor iemand die niets over haar biologische familie had willen weten, was ze er opeens bijzonder nieuwsgierig naar. 'Het is een playboy en een gokker en hij woont in een flat in Knightsbridge die van zijn vader is.' Haar afkeurende gezichtsuitdrukking amuseerde hem. 'Preciezer gezegd: hij heeft geen werk en kan het ook niet krijgen omdat hij van de bank waar hij vroeger voor werkte gestolen heeft, en alleen omdat zijn vader de schuld heeft terugbetaald is hij aan de gevangenis en een faillissement ontsnapt. En het was niet de eerste keer. Ailsa had al een paar keer eerder een borgsom voor hem betaald omdat hij zijn goklust niet kon bedwingen.'

'God!' Nancy was opgerecht geschokt. 'Hoe oud is hij?'

'Achtenveertig. Hij zit iedere avond in het casino, al jaren... zelfs toen hij werkte. Het is een oplichter, een echte. Mensen trappen er steeds weer in omdat hij zichzelf goed verkoopt. Ik weet niet hoe het op het moment met hem is – ik heb hem in geen maanden gesproken – maar het zal niet best zijn, sinds Ailsa's testament openbaar is gemaakt. Hij gebruikte de verwachtingen omtrent zijn erfenis om geld te lenen.'

Het verklaarde veel, dacht Nancy. 'Geen wonder dat zijn ouders hun testament veranderd hebben,' zei ze nuchter. 'Hij zou het huis hier waarschijnlijk verkopen en de opbrengst aan de roulettetafel verspelen, als het hem was nagelaten.'

'Mmm.'

'Wat een klootzak!' zei ze minachtend.

'Als u hem in het echt tegenkwam, zou u hem waarschijnlijk aardig vinden,' zei Mark. 'Dat doet iedereen.'

'Geen denken aan,' zei ze resoluut. 'Ik heb ooit zo'n type gekend, en ik loop er geen tweede keer in. Het was een seizoenarbeider op de boerderij, toen ik dertien was. Iedereen vond hem fantastisch, ik ook, tot hij me in een van de stallen in het stro duwde en z'n lul tevoorschijn haalde. Hij is niet ver gekomen. Ik denk dat hij dacht dat hij zo veel sterker was dan ik dat ik me niet zou verzetten. Dus op het moment dat hij zijn greep even liet verslappen ben ik onder hem uit gekropen en heb hem met een hooivork te grazen genomen. Ik had waarschijnlijk beter weg kunnen lopen, maar ik dacht maar steeds wat een nepper hij was... wat een huichelaar. Ik heb altijd een enorme hekel gehad aan dat soort mensen.'

'Hoe is het met hem afgelopen?'

'Hij heeft vier jaar gekregen voor aanranding van een minderjarige,' zei ze en ze keek naar het gras. 'Een absolute klootzak... hij beweerde dat ik hem had aangevallen omdat hij tegen de stalmuur stond te pissen – maar ik had zo hard geschreeuwd dat er twee andere arbeiders naar binnen waren gestormd en die hadden hem op de vloer gevonden met z'n broek op z'n enkels. Was dat niet zo geweest, dan denk ik dat hij het nog gewonnen had ook. Het was zíjn woord tegen het mijne en mijn moeder zei dat hij tijdens de rechtszaak erg overtuigend overkwam. Uiteindelijk was de jury van mening dat een man zijn broek niet hoefde te laten zakken om tegen een muur te urineren, vooral niet omdat er twintig meter verderop een buiten-wc was.'

'Hebt u de rechtszaak bijgewoond?'

'Nee. Ze zeiden dat ik te jong was om door de advocaat van de tegenpartij ondervraagd te worden. Mijn versie van de gebeurtenissen is als een geschreven verklaring ingebracht.'

'Wat was het verweer?'

Ze keek even naar hem. 'Dat ik zonder enige aanleiding op hem afgestormd was en dat hij zich niet had willen verdedigen uit angst me te verwonden. Zijn advocaat voerde aan dat ik de agressor moest zijn geweest omdat de gedaagde er ernstiger aan toe was dan ik en omdat een dertienjarige een volwassene zoiets nooit had kunnen aandoen tenzij hij haar dat toestond. Toen ik het verslag van de rechtszaak las, maakte dat me razend. Hij schilderde me af als een verwend rijk nest dat aan driftbuien leed, die het geen probleem vond een gehuurde kracht af te tuigen. Als zoiets gebeurt, krijg je het gevoel dat je zelf terechtstaat.'

'Hoe erg had u hem toegetakeld?'

'Niet erg genoeg. Tien hechtingen in een snee op z'n kont en wazig zicht omdat een van de tanden hem in z'n ooghoek geraakt heeft. Dat was een gelukje... daardoor kon hij niet goed meer focussen... en daarom heeft hij niet teruggevochten. Als hij die hooivork had kunnen zien, had hij hem me afgepakt en dan was ík in het ziekenhuis terechtgekomen.' Haar gezichtsuitdrukking verhardde zich. 'Of ik was dood, zoals Ailsa.'

10

Bella beklom het trappetje van haar bus en trok haar bivakmuts af. Haar dikke vingers gleden over haar stoppeltjeshaar waar het begon te jeuken. De jassen uit de legerdump, bivakmutsen en sjaals waren een dag eerder op de plek waar ze verzameld hadden door Fox uitgedeeld, met de opdracht ze iedere keer als ze naar buiten gingen te dragen. Toen was het niet de moeite waard geweest er ruzie over te maken, alleen al vanwege de kou was iedereen er dankbaar voor, maar Bella vroeg zich nu af waarom een vermomming eigenlijk noodzakelijk was. Fox kent het hier te goed, dacht ze.

Een geluid vanuit haar door een gordijn afgesloten keukenhoek trok haar aandacht. Ze nam aan dat het een van haar dochters was en stak haar hand uit om het doek opzij te trekken. 'Wat is er, schatje? Ik dacht dat je bij de kinderen van Zadie was...' Maar het was er niet eentje van haar. Het was een mager jongetje met schouderlang blond haar en ze herkende hem onmiddellijk als een van de 'afdankertjes' die bij Barton Edge bij de bus van Fox hadden gehoord. 'Wat doe jíj hier?' zei ze verbaasd.

'Ik heb het niet gedaan,' mompelde Wolfie. Hij kroop weg en wachtte op de klap.

Bella keek even naar hem voor ze zich op de bank bij haar tafel liet vallen en een blikje shag uit haar jaszak haalde. 'Wat heb je niet gedaan?' vroeg ze terwijl ze het blikje openmaakte en er een pakje Rizzla uit haalde.

'Ik heb niks gepakt.'

Vanuit haar ooghoek zag ze hem een stukje brood in zijn vuist fijnknijpen. 'Wie dan wel?'

'Dat weet ik niet,' zei hij. Hij klonk net zo beschaafd als Fox. 'Maar ik was het niet.'

Ze keek hem nieuwsgierig aan, vroeg zich af waar zijn moeder was en waarom hij niet bij háár was. 'En wat doe je hier?'

'Niks.'

Bella legde het vloeitje op tafel en strooide een dun lijntje tabak in het midden. 'Heb je honger?'

'Nee.'

'Je ziet eruit alsof je honger hebt. Geeft je moeder je niet genoeg te eten?'

Hij gaf geen antwoord.

'Het brood is gratis,' zei ze. 'Je mag zo veel nemen als je wilt. Je hoeft alleen maar dank je wel te zeggen.' Ze rolde de sigaret en likte aan de plakrand. 'Wil je bij mij en de meisjes eten? Zal ik Fox vragen of dat goed is?'

Het kind staarde haar aan alsof ze een heks was, toen nam hij de benen en vluchtte de bus uit.

Mark liet zijn hoofd in zijn handen zakken en wreef in zijn vermoeide ogen. Hij had twee nachten amper geslapen en voelde zich gebroken. 'James is zeker de verdachte in deze zaak,' zei hij tegen Nancy. 'God weet waarom, trouwens. Wat de politie en de politierechter betreft ís er helemaal geen zaak. Een krankzinnige situatie. Ik vraag hem steeds de geruchten die de ronde doen te weerspreken, maar hij zegt dat dat geen zin heeft... dat het vanzelf wel ophoudt.'

'Misschien heeft hij gelijk.'

'Dat dacht ik in het begin ook, maar nu niet meer.' Hij streek bezorgd door zijn haar. 'Hij krijgt treitertelefoontjes, sommige heel kwaadaardig. Hij heeft ze opgenomen op een antwoordapparaat en ze beschuldigen hem allemaal van moord op Ailsa. Dat maakt hem kapot... lichamelijk én geestelijk.'

Nancy plukte aan een grashalm tussen haar voeten. 'Waarom geloven de mensen niet dat het een natuurlijke dood was? Waarom blijft de verdenking bestaan?'

Mark gaf niet direct antwoord en ze wendde haar hoofd in zijn richting en zag hem met zijn knokkels in zijn ogen wrijven alsof hij te weinig slaap had gehad. Ze vroeg zich af hoe vaak de telefoon de afgelopen nacht was overgegaan. 'Omdat toentertijd alles in de richting leek te wijzen van een onnatuurlijke dood,' zei hij vermoeid. 'Zelfs James nam aan dat ze vermoord was. Het feit dat Ailsa midden in de nacht naar buiten ging... het bloed op de grond... haar normaal goede gezondheid. Hij heeft er zelf bij de politie op aangedrongen op zoek te gaan naar sporen van een inbreker en toen ze die niet konden vinden, hebben ze hun aandacht op hem gericht. Standaardprocedure – echtgenoten komen het eerst onder vuur te liggen – maar hij werd er erg boos over. Tegen de tijd dat ik kwam, beschuldigde hij Leo ervan haar gedood te hebben... en dat hielp ook niet.' Hij zweeg.

'Waarom?'

'Te veel wilde beschuldigingen. Eerst een inbreker, dan zijn zoon. Dat deed nogal wanhopig aan, terwijl hij de enige aanwezige was. En toen er nog een getuigenverklaring kwam dat ze ruzie hadden gehad, leek hij dubbel schuldig. Hij werd doorgezaagd over de aard van zijn relatie met Ailsa. Konden ze het met elkaar vinden? Sloeg hij haar wel eens? De politie beschuldigde hem ervan haar in woede na een ruzie buitengesloten te hebben, tot hij hun vroeg waarom ze dan geen ruit had ingeslagen, of naar Vera en Bob was gegaan om hulp. Het heeft hem behoorlijk geschokt allemaal.'

'Maar dat is neem ik aan op het politiebureau gebeurd... dus hoe verklaart dat dat de verdenking in het dorp is blijven hangen?'

'Iedereen wist dat hij ondervraagd was. Hij is twee dagen achtereen door een politieauto opgehaald, zoiets hou je niet geheim. De politie is ermee gestopt toen het post mortem negatief was en het bloed op de grond dierenbloed bleek, maar dat heeft de kletskousen niet de mond gesnoerd.' Hij zuchtte. 'Als de patholoog-anatoom wat specifieker over de oorzaak was geweest... als zijn kinderen hem tijdens de begrafenis niet genegeerd hadden... als hij en Ailsa wat opener waren geweest over hun gezinsproblemen, in plaats van dat ze net deden of ze er niet waren... als dat stomme mens van Weldon zichzelf niet zo geweldig belangrijk had gevonden...' Hij hield op. 'Ik vergelijk het maar met de chaostheorie. Een kleine onzekerheid zet een gebeurtenissenreeks in beweging die op chaos uitloopt.'

'Wie is dat mens van Weldon?'

Hij maakte een gebaar met zijn duim naar rechts. 'De vrouw van de boer hier. Degene die beweert dat ze James en Ailsa ruzie heeft horen maken. De meest bezwarende beschuldiging jegens hem. Ze zei dat Ailsa hem ervan beschuldigde dat hij haar leven verwoestte, dus schold hij haar voor trut uit en gaf haar een stomp. Nu staat hij dus ook nog te boek als een man die z'n vrouw slaat.'

‘Heeft mevrouw Weldon de ruzie gezien?’

‘Nee, en daarom hebben de politie en de politierechter haar getuigenis verworpen... Maar ze is heel zeker van wat ze gehoord heeft.’

Nancy fronste haar wenkbrauwen. ‘Ze heeft te veel films gezien. Aan het geluid kun je niet horen of er gestompt wordt... in ieder geval niet of er een mens gestompt wordt. Leer op leer... een handklap... het kan van alles geweest zijn.’

‘James ontkent dat er een ruzie was.’

‘Waarom zou mevrouw Weldon liegen?’

Mark haalde zijn schouders op. ‘Ik heb haar nooit ontmoet, maar ze klinkt echt als het type dat een verhaal verzint of overdrijft ter meerdere glorie van zichzelf. James zei dat Ailsa gek werd van haar geroddel. Kennelijk waarschuwde ze hem altijd om op zijn woorden te letten als hij bij dat mens in de buurt was, omdat ze alles meteen tegen hem zou gebruiken.’ Hij streek zorgelijk over zijn kaak. ‘En dat is precies wat ze gedaan heeft. En hoe langer het geleden is, hoe zekerder zij wordt van wie en wat ze gehoord heeft.’

‘Wat is er volgens u dan gebeurd?’

Hij omzeilde de vraag en kwam met een zo te horen ingestudeerd antwoord op de proppen. ‘James heeft last van artritis en hij had die hele week niet geslapen. De huisarts kon bevestigen dat hij op de dag van Ailsa’s dood een recept voor slaappillen heeft gehaald en er zaten er twee minder in het flesje. Er bleken nog sporen in zijn lichaam te zitten: hij had erop gestaan dat de politie een bloedproef nam om te bewijzen dat hij diep in slaap was op het moment dat die ruzie plaatsgevonden moet hebben. Dat was niet voldoende voor degenen die aan hem twijfelden, natuurlijk – zij zeggen dat hij de pillen nadat Ailsa dood was heeft genomen – maar wel voor de politierechter.’ Hij verviel in een kort zwijgen dat Nancy niet verbrak. ‘Als er bewijzen waren dat ze vermoord was, was het niet voldoende geweest, maar omdat die bewijzen er niet waren...’ Hij nam de moeite niet zijn zin af te maken.

‘Uw chaostheorie lijkt me wel te kloppen,’ zei ze meelevend.

Hij lachte hol. ‘Eerlijk gezegd is het een ellendige toestand. Zelfs het feit dat hij slaapmiddelen had genomen wordt verdacht gevonden. Waarom die dag? Waarom heeft hij er twee genomen? Waarom stond hij erop dat de politie een bloedproef nam? Ze blijven zeggen dat hij een alibi nodig had.’

'Zijn dat de telefoontjes waar u het over had?'

'Mmm. Ik heb de bandjes afgeluisterd... en het wordt eerder erger dan beter. U vroeg of er tussen oktober en november iets gebeurd is... nou, in ieder geval zijn die telefoontjes gebeurd. Tijdens de zomer kreeg hij er af en toe eentje – niets onplezierigs, gewoon lange stiltes – maar in november is er een verandering ingetreden, toen de frequentie omhoogging naar twee of drie per week.' Hij zweeg, vroeg zich duidelijk af hoeveel hij haar zou vertellen. 'Het is ondraaglijk,' zei hij plotseling. 'Het is nu vijf keer per nacht en ik denk niet dat hij in weken geslapen heeft... Daarom gaat hij misschien buiten op het terras zitten. Ik heb voorgesteld dat hij een ander nummer zou nemen maar hij zegt dat hij niet als een lafaard gezien wil worden. Hij zegt dat boosaardige telefoontjes een vorm van terrorisme zijn, en hij weigert ervoor door de knieën te gaan.'

Daar had Nancy wel begrip voor. 'Wie belt er?'

Weer haalde hij zijn schouders op. 'Weten we niet. De meesten vanaf een nummer of nummers waar we niet achter kunnen komen... waarschijnlijk omdat de beller 141 heeft ingedrukt om de nummerherkenning uit te schakelen. James heeft er een paar kunnen natrekken door 1471 te bellen, maar niet veel. Hij houdt een lijstje bij, maar de ergste pleger...' – hij zweeg even – '... of plegers, het is moeilijk uit te maken of het steeds dezelfde is, is niet zo dom dat hij vertelt wie hij is.'

'Zegt hij wat? Kunnen jullie de stem niet herkennen?'

'O ja, hij zegt zeker wat,' zei Mark bitter. 'Het langste telefoontje duurt een half uur. Ik denk dat het een man is – bijna zeker Leo, want hij weet zo veel over de familie – maar hij gebruikt een stemvervormer waardoor hij als Darth Vader klinkt.'

'Ik ken die dingen wel. Ze werken ook voor vrouwen.'

'Weet ik... en dat is het probleem ook. Het zou behoorlijk simpel zijn als we konden zeggen dat het Leo was... maar het kan iedereen zijn.'

'Is het niet illegaal? Kunt u de telefoonmaatschappij niet vragen er iets aan te doen?'

'Zij kunnen niets doen zonder toestemming van de politie, en James wil de politie er niet bij betrekken.'

'Waarom niet?'

Mark begon weer in zijn oogkassen te wrijven, en Nancy vroeg zich af wat er zo moeilijk was aan die vraag. 'Ik denk dat hij bang is dat hij de zaak alleen maar erger maakt als de politie hoort wat de Darth Vader-stem zegt,' zei hij uiteindelijk. 'Er zijn details over gebeurtenissen...' – een lange stilte – '... James ontkent het natuurlijk, maar als je het steeds maar weer hoort...' Hij verviel in stilzwijgen.

'Dan klinken ze overtuigend,' maakte ze de zin voor hem af.

'Mmm. Een deel ervan is in ieder geval waar. Dat maakt dat je over de rest ook gedachten krijgt.'

Nancy herinnerde zich de verwijzing van de kolonel naar Mark Ankerton als 'de loffelijke uitzondering' in de rijen die hem wilden veroordelen, en vroeg zich af of hij wist dat zijn advocaat begon te twijfelen. 'Mag ik die bandjes horen?' vroeg ze.

Hij keek ontzet. 'Geen sprake van. James zou een hartverzakking krijgen als hij wist dat u ze gehoord had. Het zijn echt vreselijke telefoontjes. Als ik ze zou ontvangen, zou ik direct een geheim nummer nemen. Dat klotemens van Weldon heeft het lef niet eens iets te zeggen... ze belt gewoon midden in de nacht op om hem wakker te maken... en dan zit ze vijf minuten lang te hijgen.'

'Waarom neemt hij op?'

'Dat doet hij niet... maar de telefoon blijft overgaan, hij blijft wakker worden, en het bandje neemt haar stiltes op.'

'Waarom trekt hij 's nachts de stekker er niet uit?'

'Hij verzamelt bewijzen... maar gebruikt ze niet.'

'Hoe ver weg is de boerderij van de Weldons?'

'Nog geen kilometer verder langs de weg naar Dorchester.'

'Waarom gaat u er dan niet heen om haar de mantel uit te vegen? Zo te horen is het een doetje. Als ze niet eens de moed heeft iets te zeggen, dan valt ze waarschijnlijk flauw als zijn advocaat langskomt.'

'Zo gemakkelijk is het niet.' Hij blies op zijn handen om er weer wat warmte in terug te brengen. 'Ik heb haar man vanochtend via de telefoon aangepakt, hem gezegd dat we een zaak tegen zijn vrouw jegens laster hadden. James kwam tijdens dat gesprek binnen en was razend dat ik erover begonnen was. Hij wil er zelfs niet over denken haar officieel te laten waarschuwen... dat noemt hij een witte vlag... die naar overgave riekt. Eerlijk gezegd begrijp ik zijn gedachtegang totaal niet. Hij gebruikt de hele tijd belegeringsmetaforen, alsof hij er tevreden mee is een uitputtingsoorlog te voeren, in plaats van dat hij doet wat ik wil dat hij doet, namelijk de vijand aanvallen. Ik weet dat hij bang is dat juridische maatregelen het hele verhaal weer in de kranten zullen brengen – iets wat hij niet wil – maar ik denk ook dat hij oprecht bang is voor een hernieuwde belangstelling van de politie voor de dood van Ailsa.'

Nancy trok haar muts af en legde hem over zijn handen. 'Daarom is hij nog niet schuldig,' zei ze. 'Ik kan me voorstellen dat het veel beangstigender is onschuldig te zijn aan een misdaad en niet in staat dat te bewijzen, dan dat je schuldig bent en steeds bezig bent je sporen uit te wissen. In het ene geval ben je passief, in het andere pro-actief, en hij is een man die gewend is aan actie.'

'Maar waarom volgt hij mijn raad dan niet op en opent hij niet de aanval op die klootzakken?'

Ze stond op. 'Om de redenen die u net zelf genoemd hebt. Zeg, ik hoor uw tanden klapperen. Doe uw jas weer aan en laten we weer gaan lopen.' Ze wachtte terwijl hij de oliejas weer aantrok, en liep toen met stevige pas terug naar de Japanse tuin. 'Het heeft geen zin dat hij zijn hoofd boven de borstwering uitsteekt als het er dik in zit dat ze het van zijn romp schieten,' merkte ze op. 'Misschien zou u een guerrilla moeten voorstellen in plaats van formele troepen in te zetten in de vorm van officiële waarschuwingen en de politie. Het is een volkomen respectabele handelwijze er een scherpschutter op uit te sturen om een vijand in een loopgraaf buiten gevecht te stellen.'

'Mijn god,' zei hij kreunend, stiekem haar muts wegstoppend in zijn zak, er zich zeer van bewust dat het een DNA-goudmijntje was. Als ze hem vergat, kon het probleem opgelost worden. 'U bent net zo erg als hij. Kunt u dat ook in gewoon Engels zeggen?'

'Maak de mensen die u kunt identificeren onschadelijk, zoals mevrouw Weldon, en concentreer u dan op Darth Vader. Hij zal makkelijker uit te schakelen te zijn als u hem geïsoleerd hebt.' Ze glimlachte om zijn gezichtsuitdrukking. 'Gewoon tactiek.'

'Vast wel,' zei hij zuur. 'En hoe moeten we dat zonder officiële waarschuwing doen?'

'Verdeel en heers. U bent al begonnen met de echtgenoot van mevrouw Weldon. Hoe reageerde hij?'

'Kwaad. Hij wist niet dat ze belde.'

'Mooi. Wie is er nog meer door 1471 geïdentificeerd?'

'Eleanor Bartlett... ze woont in Shenstead House, vijftig meter verderop aan de weg. Zij en Prue Weldon zijn dikke vriendinnen.

'Dan is dat dus de sterkste as tegen James. U moet ze uit elkaar drijven.'

Hij grijnsde sarcastisch. 'En hoe doe ik dat?'

'Als u nu eens begint met te geloven in de zaak waarvoor u

vecht,' zei ze rustig. 'Het heeft geen zin er halfslachtig in te zijn. Als mevrouw Weldons versie van de gebeurtenissen waar is, liegt James. Als James de waarheid spreekt, dan liegt mevrouw Weldon. Er zijn geen grijze tussengebieden. Zelfs als mevrouw Weldon gelooft dat ze de waarheid spreekt – maar het is de waarheid niet – dan is het een leugen.' Ze liet hem nu haar tanden zien. 'U moet kiezen.'

Voor Mark, voor wie het hele onderwerp een verwarrende hoeveelheid grijstinten was, was dit een buitengewoon simplistische redeneertrant en hij vroeg zich af wat ze gestudeerd had in Oxford. Iets met afgebakende parameters; werktuigbouwkunde of zo, nam hij aan, waar draaimoment en horizontale druk afgebakende grenzen hadden en wiskundige vergelijkingen eenduidige resultaten opleverden. Hij moest eerlijk toegeven, ze had die bandjes niet gehoord, maar dan nog... 'De werkelijkheid is nooit zo zwart-wit,' zei hij. 'Wat als ze allebei liegen? Wat als ze over het ene eerlijk zijn en over het andere liegen? Wat als de gebeurtenis waar ze over twisten niets met de zogenaamde misdaad te maken heeft?' Hij richtte zijn vinger op haar. 'Wat doe je dan... aangenomen dat je een geweten hebt en niet de verkeerde wilt neerschieten?'

'Dan geef je de opdracht terug,' zei Nancy bruusk. 'Word pacifist. Deserteer. Als je naar de propaganda van de vijand luistert, ondergraaf je je moreel en het moreel van je troepen. Gewoon tactiek.' Ze richtte haar vinger op hem, om haar woorden te onderstrepen. 'Propaganda is een machtig wapen. Dat heeft iedere tiran in de geschiedenis al laten zien.'

11

Eleanor Bartlett reageerde bevredigend optimistisch toen Prue opbelde met het nieuwtje van reizigers in de Copse. Ze was een jaloerse vrouw die graag klaagde. Als ze rijk genoeg was geweest om haar grillen uit te leven, had ze haar grieven voor de rechter gebracht en had ze te boek gestaan als een beroepslitigante. Nu ze dat niet was, stelde ze zich ermee tevreden verhoudingen te destabiliseren onder het mom van 'zeggen waar het op aankomt'. Het maakte haar algemeen gehaat maar het gaf haar ook macht. Men had haar niet graag als vijand, vooral de weekenders niet, die omdat ze zo vaak afwezig waren hun goede naam niet konden beschermen.

Het was Eleanor die er bij haar echtgenoot op had aangedrongen een vervroegde pensionering te accepteren en naar het platteland te verhuizen. Julian had met tegenzin toegegeven, en alleen omdat hij wist dat zijn dagen bij het bedrijf geteld waren. Desalniettemin twijfelde hij er ernstig aan of het verstandig was uit de stad weg te gaan. Hij was tevreden met zijn plek in het leven – niveau senior management, een fatsoenlijke aandelenportefeuille waarmee hij zich een cruise of wat kon veroorloven als hij gepensioneerd was, vrienden die net zo als hij dachten, die van een drankje na het werk hielden, en een partijtje golf in het weekend, makkelijke buren, kabel-tv, zijn kinderen uit zijn vorige huwelijk binnen een straal van tien kilometer.

Zoals gewoonlijk was hij overgehaald door een mengeling van stiltes en driftbuien, en de verkoop vier jaar geleden van hun (volgens de Londense maatstaven) bescheiden huis aan de buitenrand van Chelsea had hen in de gelegenheid gesteld een indrukwekkender adres in een dorp in Dorset te verwerven, aangezien de inflatoire stadsprijzen de provinciale sterk overstegen. Shenstead

House, een mooi Victoriaans pand, verleende zijn eigenaren traditie en geschiedenis zoals Croydon Road 12, een huis uit de jaren zeventig van de vorige eeuw, dat nooit had gedaan, en Eleanor loog steevast over waar zij en Julian vroeger gewoond hadden – 'één straat verderop van Margaret Thatcher' – wat zijn positie bij het bedrijf was geweest – 'directeur' – en hoeveel hij verdiend had – 'een bedrag met zes cijfers'.

Ironisch genoeg was de verhuizing voor hem een groter succes gebleken dan voor haar. Terwijl het isolement van Shenstead, en zijn kleine zittende bevolking Eleanor de status van een grote vis in een kleine vijver had gegeven – iets waar ze altijd naar verlangd had – maakten diezelfde factoren haar overwinning waardeloos. Haar pogingen om bij de Lockyer-Foxen in het gevlei te komen waren op niets uitgelopen – James had haar gemeden, Ailsa was beleefd maar afstandelijk geweest – en ze wilde zich niet verlagen tot vriendschap met de Woodgates of, nog erger, met de tuinman van de Lockyer-Foxen en zijn vrouw. De voorgangers van de Weldons op Shenstead Farm waren deprimerend gezelschap geweest omdat ze geldzorgen hadden, en de weekenders – die allemaal rijk genoeg waren om een huis in Londen én een vakantiehuisje aan zee te hebben – waren net zo weinig onder de indruk van de nieuwe eigenaresse van Shenstead Manor als de Lockyer-Foxen.

Als Julian haar ambities om tot de Dorsetse society door te dringen gedeeld had, of meer zijn best had gedaan ze te ondersteunen, was het misschien anders geweest, maar nu hij bevrijd was van het juk om de kost te moeten verdienen en omdat hij genoeg had van Eleanors kritiek dat hij zo lui was, was hij op zoek gegaan naar een hobby. Hij was van nature een kuddedier en in een vriendelijke pub in een dorp in de buurt had hij een thuisbasis gevonden waar hij zich langzaam had binnengedronken in de agrarische gemeente, zonder zich erom te bekommeren of zijn kameraden nu landeigenaren, boeren of boerenarbeiders waren. Hij was geboren en getogen in Wiltshire en had een beter inzicht dan zijn in Londen geboren vrouw in het tempo waarmee dingen op het platteland gebeuren. En ook zag hij er geen been in, tot afschuw van zijn vrouw, een pint te drinken met Stephen Woodgate of met de tuinman van de Lockyer-Foxen, Bob Dawson.

Hij vroeg Eleanor niet met hem mee te gaan. Nu hij enige tijd met haar en haar scherpe tong had doorgebracht, besefte hij waarom hij zo tegen zijn pensioen had opgezien. Ze hadden het twintig jaar met elkaar uit kunnen houden omdat hij de hele dag weg was geweest, en aan dat patroon hield hij nu vast. Binnen een paar maanden had hij zijn jongensliefde voor paardrijden nieuw leven ingeblazen, nam les, richtte de stallen achter het huis opnieuw in, scheidde de helft van de tuin af als paardenwei, kocht een paard en werd lid van de plaatselijke jachtvereniging. Door deze contacten vond hij prettige golf- en snookerpartners, af en toe ging hij uit zeilen, en na achttien maanden verklaarde hij zichzelf volkomen tevreden met het leven op het platteland.

Zoals te verwachten viel, was Eleanor razend, beschuldigde hem ervan hun geld te verkwisten aan egoïstische bezigheden waar hij alleen zelf profijt van had. Ze koesterde een aanhoudende wrok dat ze de huizenhausse net een jaar gemist hadden, vooral toen ze hoorde dat hun oude buren in Chelsea een identiek huis twee jaar later voor honderdduizend pond meer verkocht hadden. Met de voor haar typerende dubbelhartigheid vergat ze voor het gemak haar aandeel in de verhuizing en gaf ze haar echtgenoot er de schuld van dat hij te snel verkocht had.

Haar tong werd steeds scherper. Zijn afvloeiingsregeling was eerlijk gezegd nu ook weer niet zó ruim geweest en ze konden het zich niet permitteren om het geld over de balk te smijten als ze daar toevallig zin in hadden. Hoe kon hij nu geld verkwisten aan het opknappen van de stal als het huis geverfd, behangen en gestoffeerd moest worden? Wat voor indruk zouden die bladderende verf en kale kleden op bezoekers maken? Hij was expres bij de jachtclub gegaan om haar kansen met de Lockyer-Foxen om zeep te helpen. Wist hij niet dat Ailsa de Vereniging tegen Wrede Sporten ondersteunde?

Julian, die schoon genoeg had van haar en haar snobisme, gaf haar de raad wat minder hard haar best te doen. Het had geen zin om zich gepikeerd te voelen als mensen niet op de manier waarop zij dat wilde met hun buren omgingen. Ailsa's idee van leuk was om in besturen van liefdadigheidsverenigingen te zitten. James sloot zich het liefst op in zijn bibliotheek om de familiegeschiedenis samen te stellen. Het waren mensen die op zichzelf waren en die absoluut geen zin hadden hun tijd te verknoeien aan triviale kletspraatjes of om zich op te tutten voor borrels of dinertjes. Hoe wist hij dat allemaal? had Eleanor gevraagd. Iemand in de pub had het hem verteld.

Dat de Weldons Shenstead Farm hadden gekocht, was voor Eleanor de redding geweest. In Pruc had ze een boezemvriendin gevonden die haar haar zelfvertrouwen teruggaf. Prue bewonderde haar en had aan haar tien jaar aan de andere kant van Dorchester een flinke kennissenkring overgehouden. Precies wat Eleanor nodig had. De mondaine Eleanor op haar beurt staalde Prues ruggengraat, waardoor ze de kans kreeg haar kritiek op mannen en het huwelijk uit te spreken. Samen gingen ze bij een golfclub, leerden bridgen en gingen uit winkelen in Bournemouth en Bath. Het was een vriendschap die in de hemel – of in de hel, afhankelijk van hoe je het bekeek – beklonken was: twee vrouwen die voor elkaar geschapen waren.

Julian had een paar maanden eerder – tijdens een bijzonder triest dinertje waarop een dronken Eleanor en Prue zich aaneengesloten hadden om hun mannen uit te schelden – zuur tegen Dick opgemerkt dat hun vrouwen Thelma en Louise in de menopauze waren, maar dan zonder de sex-appeal. Er was maar één geluk zei hij, namelijk dat ze elkaar niet eerder tegen het lijf waren gelopen, anders waren alle mannen op de wereld er geweest – of ze de moed nu hadden gehad hen te verkrachten of niet. Dick had de film niet gezien, maar had desalniettemin gelachen.

Het was daarom geen verrassing dat Prue de feiten verdraaide toen ze de ochtend van die tweede kerstdag met Eleanor sprak. Julians 'afschuiverij' werd 'een typisch mannelijke tegenzin om ergens bij betrokken te raken'; Dicks 'idioterie om Shenstead te bellen' werd 'een paniekreactie op iets waar hij niet mee om kan gaan' en Marks 'scheldtelefoontjes' en 'laster' werden 'lafhartige bedreigingen omdat James te bang is om een rechtszaak te beginnen'.

'Hoeveel reizigers zijn er?' vroeg Eleanor. 'Toch geen herhaling van Barton Edge, mag ik hopen? De *Echo* had het toen over vierhonderd.'

'Ik weet het niet – Dick is nijdig weggelopen zonder bijzonderheden te geven – maar het kunnen er niet veel zijn anders waren er wel wegopstoppingen geweest. De files bij Barton Edge waren kilometers lang.'

'Heeft hij de politie gebeld?'

Prue zuchtte geïrriteerd. 'Waarschijnlijk niet. Je weet hoe hij voor elke confrontatie terugschrikt.'

'Goed, laat het maar aan mij over,' zei Eleanor, die eraan gewend was de touwtjes in handen te nemen. 'Ik ga wel even kijken, en dan bel ik de politie. Het heeft geen zin eerder dan nodig geld aan advocaten te verspillen.'

'Bel me terug als je weet wat er aan de hand is. Ik ben de hele dag thuis. Jack en Belinda komen vanavond... maar pas na zessen.'

'Oké,' zei Eleanor, ze voegde er nog een opgewekt 'doei' aan toe voor ze naar de portiek aan de achterkant van het huis ging op zoek naar haar gewatteerde gestreepte jasje en merkwandelschoenen. Ze was een paar jaar ouder dan haar vriendin, maar ze loog altijd over haar leeftijd. Prues heupen dijden op een rampzalige manier uit, maar Eleanor deed hard haar best die van haar slank te houden. Hormooninjecties hadden de afgelopen acht jaar haar huid in goede conditie gehouden, maar haar gewicht was een obsessie voor haar. Ze wilde geen zestig zijn; ze wilde er zeker niet uitzien als zestig.

Ze schoof zijwaarts langs haar BMW, die op de oprit stond en dacht hoeveel beter alles sinds de dood van Ailsa was geworden. Er bestond nu geen twijfel over wie de belangrijkste vrouw in het dorp was. Het financiële plaatje was met horten en stoten beter geworden. Ze schepte tegen Prue op over groeimarkten en hoe verstandig het was geweest om in offshore te investeren, en was dankbaar dat haar vriendin te dom was om te begrijpen waarover ze het had. Ze had geen zin in lastige vragen.

Haar weg naar de Copse voerde haar langs Shenstead Manor en ze bleef even staan om haar gebruikelijke onderzoekende blik over de oprijlaan te laten gaan. Tot haar verrassing zag ze een donkergroene Discovery voor het eetkamerraam geparkeerd staan en ze vroeg zich af van wie die kon zijn. In ieder geval niet van de advocaat, die was op de dag voor kerst in een zilverkleurige Lexus gearriveerd, en ook niet van Leo, die haar een paar maanden terug in een zwarte Mercedes door Londen had gereden. Elizabeth? Vast niet. De dochter van de kolonel kon amper een zin uitbrengen, een auto besturen zou niet gaan.

Mark stak een hand uit om Nancy tegen te houden toen ze bij de garages om de hoek van het huis kwamen. 'Daar heb je dat klotewijf van Bartlett,' zei hij nijdig terwijl hij naar het hek knikte. 'Die probeert erachter te komen van wie die auto is.'

Nancy nam de figuur in de verte in haar roze jasje en lichte skibroek in zich op. 'Hoe oud is ze?'

'Geen idee. Haar man is zestig, maar zij is z'n tweede vrouw – ze was z'n secretaresse – dus ze is waarschijnlijk een stuk jonger.'

'Hoe lang wonen ze hier al?'

'Weet ik niet. Drie jaar... vier jaar.'

'Wat vond Ailsa van haar?'

'Die noemde haar "prikneus", zo gewoontjes als wat, en met een kleur die zich slecht laat combineren met andere planten.' Mark keek toe hoe Eleanor uit het zicht verdween, en wendde zich grijnzend tot Nancy. 'Uw moeder kent hem waarschijnlijk wel.'

Nancy glimlachte. 'Hoe noemde ze Prue Weldon?'

'Klitkruid, zo'n plant die aan je blijft kleven.'

'En u?'

Hij stapte de oprijlaan op. 'Waarom denkt u dat ze mij een naam heeft gegeven?'

'Intuïtie,' mompelde ze terwijl ze achter hem aan liep.

'Mandrake, of wel mandragora,' zei hij droogjes.

Nu was het Nancy's beurt om te lachen. 'Was dat als compliment of belediging bedoeld?'

'Dat heb ik nooit echt geweten. Ik heb het een keer opgezocht. Van de wortel wordt gezegd dat hij er als een mannetje uitziet en een verschrikkelijke kreet slaakt als je hem uit de grond trekt. De Grieken gebruikten hem als braakmiddel en als verdoving. In grote doses is de wortel giftig, in kleine een slaapmiddel. Ik denk maar liever dat ze mijn naam heeft genomen, M. Ankerton... daar Man... in zag en "drake" heeft toegevoegd.'

'Dat betwijfel ik. Prikneus en Klitkruid zijn geweldig suggestief, dus waarschijnlijk is Mandragora ook zo bedoeld. Man. Draak.' Haar ogen twinkelden weer terwijl ze de woorden met een opzettelijke pauze ertussen uitsprak. 'Dus dubbel macho. Ik weet zeker dat het een compliment was.'

'En het giftige aspect dan?'

'U doet de andere eigenschappen geen recht. Er wordt van de mandragora gezegd dat de wortel magische krachten heeft, vooral tegen bezetenheid van de duivel. In de Middeleeuwen legden mensen de wortels op hun schoorsteenmantels om geluk en welvaart naar hun huis te brengen en het kwade af te weren. Ze werden ook als liefdesdrank gebruikt en als een geneesmiddel tegen onvruchtbaarheid.'

Hij keek geamuseerd. 'U heeft dus ook de genen van Ailsa,' zei hij. 'Dat was bijna woordelijk wat zij zei toen ik haar verweet dat ze me met Prikneus en Klitkruid op één hoop gooide.'

'Mmm,' zei ze koeltjes. Ze leunde, nog steeds onverschillig voor haar genetische erfenis, tegen haar auto. 'Hoe noemde ze James?'

'Liefste.'

'Ik bedoel niet als ze het tegen hem had. Wat was haar bijnaam voor hem?'

'Die had ze niet. Als ze het over hem had zei ze "James", of "mijn man".'

Ze sloeg haar armen over elkaar en keek hem nadenkend aan. 'Als ze "liefste" tegen hem zei, klonk ze dan alsof ze het meende?'

'Waarom vraagt u dat?'

'De meeste mensen menen het niet. Het is een koosnaampje dat heel weinig betekent... net zoals: "Ik hou met mijn hele hart van je." Als iemand dat tegen mij zou zeggen, zou ik m'n vinger in m'n keel steken.'

Hij bedacht hoe vaak hij vrouwen 'liefste' had genoemd zonder erover na te denken. 'Hoe wilt u dan genoemd worden?'

'Nancy. Maar Smith of kapitein is ook goed.'

'Zelfs door minnaars?'

'Vooral door minnaars. Ik verwacht van een man dat hij weet wie ik ben als hij z'n lul in m'n kut steekt. "Liefste", dat kan iedereen zijn.'

'Jezus!' zei hij heftig. 'Denken alle vrouwen net als u?'

'Kennelijk niet, anders zouden ze geen koosnaampjes voor hun mannen gebruiken.'

Hij voelde de irrationele aandrift Ailsa te verdedigen. 'Ailsa leek het te menen,' zei hij. 'Ze zei het nooit tegen iemand anders... zelfs niet tegen haar kinderen.'

'Dan betwijfel ik of James haar ooit geslagen heeft,' zei Nancy nuchter. 'Zo te horen gebruikte ze namen om mensen te omschrijven, niet om hun geweld met mooie woorden aan te moedigen. Hoe noemde ze Leo?'

Mark keek geïnteresseerd, alsof haar objectievere blik iets had gezien dat hem ontgaan was. 'Wolfskers,' zei hij. 'Heel giftig.'

'En Elizabeth?'

'Nachtschade,' zei hij met een wrang lachje. 'Van dezelfde familie. Kleiner... maar niet minder dodelijk.'

Eleanor voelde alleen irritatie toen ze naar de barrière toe liep en een vuurtje zag smeulen in het midden van het verlaten kamp. Het was het toppunt van onverantwoordelijkheid om brandend hout zonder toezicht achter te laten, zelfs als de grond bevroren was. Ze negeerde het 'niet betreden'-bord, legde een hand op het touw om het op te lichten en voelde toen een scheut paniek toen twee figuren met capuchons vanachter de bomen aan beide zijden van het pad tevoorschijn stapten.

'Kunnen we iets voor u doen, mevrouw Bartlett?' vroeg degene aan haar linkerhand. Hij sprak met een zacht Dorset-accent, maar verder was er niets aan de hand waarvan ze zich een oordeel over hem kon vormen, behalve een paar lichte ogen die haar scherp in de gaten hielden boven de sjaal die zijn mond bedekte.

Eleanor was meer van haar stuk gebracht dan ze wilde toegeven. 'Hoe weet u mijn naam?' vroeg ze verontwaardigd.

'Kiesregister.' Hij tikte op de verrekijker op zijn borst. 'Ik zag u uit Shenstead House komen. Wat kunnen we voor u doen?'

Ze wist niet wat ze moest zeggen. Een hoffelijke reiziger was niet een stereotype dat ze herkende, en ze vroeg zich onmiddellijk af wat voor soort kamp het was. Er was geen logische reden voor – behalve dat de bedekte gezichten, de jassen uit de legerdump en de verrekijker aan een gevechtsoefening deden denken – maar ze kwam tot de conclusie dat ze met een militair van doen had.

'Het is duidelijk een misverstand,' zei ze terwijl ze aanstalten maakte het touw opnieuw op te lichten. 'Ze hebben me gezegd dat reizigers de Copse hadden ingepikt.'

Fox deed een stap naar voren en hield het touw op zijn plaats. 'Er staat op het bordje "niet betreden",' zei hij. 'Ik raad u aan daar gehoor aan te geven.' Hij knikte naar een stel Duitse herders dat bij een van de bussen op de grond lag. 'Ze zitten aan de lange lijn. Het lijkt me verstandig ze niet op te schrikken.'

'Maar wat is er aan de hand?' vroeg ze op dwingende toon. 'Ik denk toch dat het dorp het recht heeft dat te weten.'

'Dat ben ik niet met u eens.'

Het botte antwoord maakte dat ze naar woorden moest zoeken. 'Maar u kunt toch niet gewoon...' Ze wuifde machteloos met haar hand. 'Hebt u toestemming om hier te zijn?'

'Als u me de naam van de eigenaar van de grond geeft, dan zal ik de voorwaarden met hem bespreken.'

'Het land is van het dorp,' zei ze.

Hij tikte op het 'niet betreden'-bord. 'Helaas niet, mevrouw Bartlett. Er is nergens vastgelegd dat het van iemand is. Het is zelfs niet als gemeenschapsgrond geregistreerd bij de wet van 1965, en de eigendomstheorie van Locke houdt in dat als een stuk land onbezet is, het via het principe van bezit te kwader trouw toegeëigend kan worden door degene die het omheint, er bouwwerken op opricht en zijn aanspraken verdedigt. Wij claimen dit land als ons eigendom, tenzij en totdat er iemand zich met een eigendomsakte meldt.'

'Dat is ongehoord!'

'Het is de wet.'

'Dat valt nog te bezien,' snauwde ze. 'Ik ga naar huis om de politie te bellen.'

'Ga uw gang,' zei de man. 'Maar het is tijdverspilling. Meneer Weldon heeft al met ze gesproken. Jullie kunnen beter een goede advocaat in de arm nemen.' Hij maakte een hoofdbeweging naar Shenstead Manor. 'Misschien moet u aan meneer Lockyer-Fox vragen of jullie meneer Ankerton kunnen lenen... hij is tenminste ter plekke en weet waarschijnlijk iets van de regels en wettelijke bepalingen inzake *terra nullius*. Of hebt u uw schepen wat dat betreft verbrand, mevrouw Bartlett?'

Eleanors paniek sloeg weer toe. Wie was hij? Hoe kende hij de naam van de advocaat van James? Die stond toch niet in het kiesregister van Shenstead? 'Ik weet niet waarover u het hebt.'

'*Terra nullius*. Land zonder eigenaar.'

Ze vond zijn bleke blik verontrustend – hij kwam haar zelfs bekend voor – en ze keek even naar de kleinere, omvangrijkere gedaante naast hem. 'Wie zijn jullie?'

'Je nieuwe buren, schat,' zei een vrouwenstem. 'We blijven hier wel een tijdje, dus je kunt maar beter aan ons wennen.'

Dit was een stem, en een geslacht, waarvan Eleanor het gevoel had dat ze het aankon – de ordinaire tongval van een meisje uit Essex. Bovendien was de vrouw dik. 'Ach, dat dacht ik niet,' zei ze neerbuigend. 'Ik denk dat u zult merken dat Shenstead buiten uw bereik ligt.'

'Zo ziet het er op het moment niet uit,' zei de vrouw. 'Er zijn er maar twee komen opdagen sinds om half negen die kerel van je voorbijreed. Niet bepaald een stormloop om ons weg te jagen, dacht ik, vooral niet als je in aanmerking neemt dat het tweede kerstdag is en iedereen vrij heeft. Wat mankeert er aan de rest? Heeft nog niemand gezegd dat we hier zitten... of kan het ze niet schelen?'

'Het wordt snel genoeg bekend, maak u geen zorgen.'

De vrouw lachte geamuseerd. 'Ik denk dat jij je zorgen moet maken, schat. Jullie hebben een waardeloze communicatie hier. Tot nog toe lijkt het erop dat jouw vent meneer Weldon gewaarschuwd heeft en hij jou... of misschien heeft jouw vent jou gewaarschuwd en heb je er vier uur voor nodig gehad je op te tutten. Hoe dan ook, ze hebben je in het diepe gegooid zonder je te vertellen wat er aan het handje is. Meneer Weldon was zo over de rooie, we dachten dat hij een hele zooi advocaten op ons los zou laten... en het enige wat we krijgen is een suikerspin. Hoe zit dat? Ben jij het angstaanjagendste wat het dorp in huis heeft?'

Eleanor kneep haar lippen boos samen. 'Wat u zegt is belachelijk,' zei ze. 'U weet kennelijk heel weinig over Shenstead.'

'Daar zou ik maar niet al te vast op rekenen,' mompelde de vrouw.

Dat was Eleanor ook niet van plan. De accuraatheid van hun informatie verontrustte haar. Hoe wisten ze dat het Julian was die om half negen was langsgereden? Had iemand hun verteld wat voor soort auto hij had? 'Nu, over één ding hebt u gelijk,' zei ze terwijl ze haar vingers ineenvlocht om haar handschoenen strakker te schuiven. 'U krijgt inderdaad een zooi advocaten op uw dak. Die van meneer Weldon en van meneer Lockyer-Fox zijn allebei op de hoogte en nu ik persoonlijk heb kunnen vaststellen met wat voor mensen we hier te maken hebben, zal ik ook die van ons instructies geven.'

De man trok haar aandacht door weer op het bordje te tikken. 'Vergeet u niet te zeggen dat het een kwestie is van eigenaarschap en bezit te kwader trouw, mevrouw Bartlett,' zei hij. 'U bespaart uzelf een hoop geld als u uw advocaat vertelt dat toen meneer Weldon probeerde dit stuk land te omheinen, er geen eigendomspapieren gevonden konden worden.'

'U hoeft me niet te vertellen wat ik tegen mijn advocaat moet zeggen,' snauwde ze.

'Wacht u dan maar tot uw echtgenoot thuiskomt,' raadde hij haar aan. 'Hij zit vast niet te wachten op een torenhoge rekening voor een stuk land waar hij geen recht op heeft. Hij zal u vertellen dat de verantwoordelijkheid bij meneer Weldon en meneer Lockyer-Fox ligt.'

Eleanor wist dat hij gelijk had, maar de suggestie dat ze toestemming van haar man nodig had om iets te ondernemen, dreef haar bloeddruk omhoog. 'Wat bent u uitzonderlijk slecht op de hoogte,' zei ze scherp. 'Mijn man is dit dorp honderd procent toegewijd... daar zult u nog wel achter komen. Het is niet zijn gewoonte zich uit de strijd terug te trekken alleen omdat zijn belangen niet in het geding zijn.'

'U bent wel heel zeker van hem.'

'Terecht. Hij steunt mensen in hun recht... in tegenstelling tot u, die die rechten met voeten wilt treden.'

Het bleef even stil, wat Eleanor als een overwinning interpreteerde. Met een strak, triomfantelijk lachje draaide ze zich om en liep weg.

'Misschien moet je hem eens naar zijn vriendin vragen,' riep de vrouw haar achterna. 'Die vrouw die steeds op bezoek komt als jij je hielen hebt gelicht... blond... met blauwe ogen... en niet ouder dan dertig... dat ziet er voor ons niet uit als honderd procent toegewijd... meer als een inruilmodel voor een aftandse ouwe kar die nodig een likje nieuwe lak nodig heeft.'

Wolfie keek toe hoe de vrouw wegliep. Hij zag haar gezicht wit worden toen Fox iets in Bella's oor fluisterde en Bella haar iets achterna riep. Hij vroeg zich af of zij de sociaal werkster was. In ieder geval was ze een wereldverbeteraar, dacht hij, anders had ze niet zo kwaad gekeken toen Fox zijn hand op het touw had gelegd om haar te beletten binnen te komen. Wolfie was daar blij om, want haar uiterlijk stond hem niet aan. Ze was mager, met een puntneus, en er zaten geen lachrimpeltjes rond haar ogen.

Zijn moeder had hem gezegd nooit iemand te vertrouwen die geen lachrimpeltjes had. Dat betekent dat ze niet kunnen lachen, zei ze, en mensen die niet kunnen lachen hebben geen ziel. Wat is een ziel, had hij gevraagd. Dat zijn alle aardige dingen die een mens ooit gedaan heeft, zei ze. Je ziet ze in hun gezicht als ze lachen, omdat gelach de muziek van de ziel is. Als de ziel nooit muziek hoort, sterft hij, en daarom hebben onaardige mensen geen lachrimpeltjes.

Hij was er zeker van dat dat waar was, zelfs als zijn begrip van de ziel beperkt werd tot het tellen van rimpels. Zijn moeder had er hopen. Fox had er geen. De man op het gras had zijn ogen iedere keer als hij glimlachte samengeknepen. Verwarring kwam op als hij aan de oude man bij het raam dacht. In zijn simplistische filosofie verleende ouderdom mensen een ziel, maar hoe kon een moordenaar een ziel hebben? Was mensen doden niet het onaardigste van alles wat er bestond?

Bella keek ook toe hoe de vrouw wegliep. Ze was kwaad op zichzelf dat ze Fox' woorden letterlijk herhaald had. Het was haar taak niet het leven van anderen te verwoesten. Bovendien zag ze het nut er niet van in. 'Dat verbetert de verhouding met onze buren ook niet bepaald,' zei ze hardop.

'Als ze elkaar in de haren vliegen, doen ze het niet bij ons.'

'Jij bent een meedogenloze klootzak, hè?'
'Misschien... als ik iets wil.'
Bella keek hem even aan. 'En wat wil jij, Fox? Want je hebt ons hier echt niet naartoe gebracht om gezellig en sociaal te doen. Ik denk dat je dat al geprobeerd hebt, en dat dat niet werkte.'
Woede flikkerde op in zijn ogen. 'Wat bedoel je daarmee?'
'Ik bedoel dat je hier al eerder bent geweest en dat ze je doorhadden, schat. Dat chique accent van je deed het hier niet zo goed...' – ze maakte een beweging met haar duim naar het dorp – '... als bij een stelletje onwetende reizigers... en je bent eruit getrapt. Je verbergt je gezicht niet alleen... je verbergt je stem ook... ga je me nog vertellen waarom?'
Zijn ogen werden koud. 'Pas op het touw,' was het enige wat hij zei.

12

Nancy liep met toegeknepen ogen tegen de zon achteruit naar het hek om naar de voorgevel van de Manor te kijken, terwijl Mark met tegenzin een paar meter achter haar aan kwam. Hij besefte dat Eleanor Bartlett ieder moment weer op kon duiken en hij wilde Nancy bij de weg vandaan te houden, maar zij was meer geïnteresseerd in een krachtig groeiende blauweregen die dakpannen ontzette. 'Staat het huis op de monumentenlijst?' vroeg ze hem.

Mark knikte. 'Tweede categorie. Het is achttiende-eeuws.'

'Hoe is de plaatselijke overheid? Controleren ze op structurele gebreken?'

'Geen idee. Waarom vraagt u dat?'

Ze wees naar de gevellijsten onder de overhangende dakrand, die tekenen vertoonden van bruine rot in het vermolmde hout. Aan de achterkant van het huis had ze vergelijkbare schade gezien, de prachtige stenen muren zaten daar vol vegen korstmos van het water dat aan die kant uit de goten liep. 'Er moeten een hoop herstelwerkzaamheden verricht worden,' zei ze. 'De goten laten los omdat het hout eronder verrot is. Aan de achterkant is het hetzelfde. Alle gevellijsten moeten vervangen worden.'

Hij kwam naast haar lopen en keek de weg af. 'Hoe komt het dat u zo veel van huizen weet?'

'Ik zit bij de genie.'

'Ik dacht dat jullie bruggen bouwden en tanks repareerden.'

Ze glimlachte. 'Er schort duidelijk wat aan onze pr. Wij zijn van alle markten thuis. Wie, denkt u, bouwen de accommodatie voor ontheemde mensen in oorlogsgebied? De cavalerie doet dat niet.'

'Daar zat James bij.'

'Dat weet ik. Ik heb hem op de officierslijst opgezocht. U moet hem echt overhalen die reparaties te laten doen,' zei ze ernstig. 'Vochtig hout is een kraamkamer voor de schimmel die bruin rot veroorzaakt als de temperatuur omhooggaat... en het is een ramp om ervan af te komen. Weet u of de spanten aan de binnenkant behandeld zijn?'

Hij schudde zijn hoofd, zich baserend op zijn kennis van overdrachtsrecht van onroerend goed. 'Ik denk het niet. Het is een voorwaarde om een hypotheek te krijgen, dus gebeurt het meestal als een huis van eigenaar verandert... maar dit huis was al in de familie voor de tijd dat de houtbescherming uitgevonden is.'

Ze maakte een dakje met beide handen boven haar voorhoofd. 'Hij krijgt een enorme rekening voor z'n kiezen als hij het laat versloffen. Het dak ziet eruit alsof het op bepaalde plekken ingezakt is... er zit een lelijke kuil onder de middelste schoorsteen.'

'Wat wil dat zeggen?'

'Dat weet ik niet als ik de dakspanten niet heb gezien. Het hangt ervan af hoe lang het al zo is. Dat moet je nakijken op oude foto's van het huis. Het kan zijn dat ze jong hout in dat deel van de constructie gebruikt hebben, en dat is dan doorgezakt onder het gewicht van de pannen. Als dat niet zo is...' – ze bracht haar handen naar beneden – '... dan zijn de balken in de zoldering misschien wel net zo rot als de daklijsten. Gewoonlijk kun je dat ruiken. Een behoorlijk onaangename lucht.'

Mark dacht terug aan de lucht van bederf die hem op kerstavond getroffen had. 'Dat ontbrak er nog maar aan,' merkte hij somber op, 'dat dat stomme dak naar beneden komt. Hebt u "De ondergang van het Huis Usher" van Poe wel eens gelezen? Weet u wat de symboliek van dat verhaal is?'

'Nee... en nee.'

'Corruptie. Een corrupte familie infecteert het materiaal waarvan hun huis gemaakt is waardoor ze onder het metselwerk bedolven worden. Doet u dat ergens aan denken?'

'Kleurrijk, maar absoluut onwaarschijnlijk,' zei ze met een glimlach.

Een geagiteerde stem sprak achter hen. 'Bent u het, meneer Ankerton?'

Mark vloekte binnensmonds toen Nancy verrast opschrok en zich omdraaide om Eleanor te zien, die aan de andere kant van het hek stond en er precies zo oud uitzag als ze was. Nancy's onmiddellijke reactie was sympathie – de vrouw zag er bang uit –

maar Mark was koel, op het randje van onbeleefd. 'Ik ben met een persoonlijk gesprek bezig, mevrouw Bartlett,' zei hij. Hij legde zijn hand op Nancy's arm om haar mee te trekken.

'Maar het is belangrijk,' hield Eleanor aan. 'Heeft Dick u verteld over die mensen bij de Copse?'

'Vraagt u dat maar aan hem,' zei hij kortaf. 'Ik maak er geen gewoonte van om door te vertellen wat mensen al dan niet tegen me gezegd hebben.' Hij hield zijn mond bij Nancy's oor. 'Loop weg,' smeekte hij. 'Nu!'

Ze knikte kort en liep de oprijlaan af, en hij dankte God dat dit een vrouw was die geen vragen stelde. Hij wendde zich om naar Eleanor. 'Ik heb u niets te zeggen, mevrouw Bartlett. Goedendag.'

Maar ze liet zich niet zo makkelijk afschepen. 'Ze weten uw naam,' zei ze hysterisch. 'Ze weten de namen van iedereen... wat voor auto iedereen heeft... alles. Ik denk dat ze ons bespioneerd hebben.'

Mark fronste zijn wenkbrauwen. 'Wie zijn "ze"?'

'Dat weet ik niet. Ik heb er maar twee gezien. Ze dragen sjaals voor hun mond.' Ze stak haar hand uit om zijn mouw te grijpen, maar hij deed meteen een stap terug, alsof ze lepra had. 'Ze weten dat u de advocaat van James bent.'

'Dankzij u, waarschijnlijk,' zei hij met weerzin. 'U hebt er alles aan gedaan om de hele buurt te laten geloven dat ik een moordenaar vertegenwoordig. Er is geen wet tegen het openbaar maken van mijn naam, mevrouw Bartlett. Maar er zijn wetten tegen roddel en lasterpraat en die hebt u allemaal geschonden met betrekking tot mijn cliënt. Ik hoop dat u uw verdediging kunt bekostigen... en de schadevergoeding kunt betalen als kolonel Lockyer-Fox wint...' – hij maakte een beweging met zijn hoofd in de richting van Shenstead House – '... anders verbeurt u uw huis.'

Eleanor had geen wendbare geest. Waar het haar nu om ging waren de reizigers in de Copse, en op die kwestie ging ze verder in. 'Ik heb het ze niet verteld,' protesteerde ze. 'Hoe dan? Ik heb ze nog nooit van mijn leven gezien. Ze zeiden dat het land terra nullius was... dat was de uitdrukking geloof ik... iets met de theorie van Locke... en ze claimen het via "bezit te kwader trouw". Is dat legaal?'

'Vraagt u me om mijn professionele mening?'

'O, god nog aan toe,' zei ze ongeduldig. De bezorgdheid bracht de kleur terug op haar wangen. 'Natuurlijk doe ik dat. James gaat er last mee krijgen. Ze hebben het erover dat ze gebouwen gaan neerzetten op de Copse.' Ze maakte met haar hand een zwaaiend gebaar de weg af. 'Gaat u zelf dan kijken als u me niet gelooft.'

'Mijn honorarium bedraagt honderd pond per uur, mevrouw Bartlett. Ik ben bereid een vast bedrag af te spreken voor juridisch advies inzake bezit te kwader trouw, maar gezien de complexiteit van het onderwerp moet ik bijna zeker een collega consulteren. Zijn honorarium komt dan nog boven op het afgesproken bedrag, en dan komt u uiteindelijk waarschijnlijk dik over de vijfduizend uit. Wilt u me nog steeds inhuren?'

Eleanor, wier gevoel voor humor geen ironie omvatte, zag in dit antwoord een bewijs van welbewuste tegenwerking. Aan wiens kant stond hij? vroeg ze zich af, terwijl ze de oprijlaan af keek, naar de in het zwart geklede gedaante van Nancy. Was dat er ook eentje? Spande James samen met die mensen? 'Bent ú hier verantwoordelijk voor?' vroeg ze kwaad. 'Weten ze daarom zo veel over het dorp? Hebt ú hun verteld dat het land geen eigenaar had? Ze zeiden dat u ter plekke was en iets wist over die stomme terra nullius-onzin.'

Mark ervoer dezelfde weerzin als Wolfie. Ailsa had altijd gezegd dat Eleanor ouder was dan ze eruitzag en van dichtbij kon Mark zien dat ze gelijk had. Haar haarwortels moesten bijgewerkt worden en er waren rimpeltjes om haar mond van het ontevreden gepruil als ze haar zin niet kreeg. Ze was niet eens knap, dacht hij verrast. Alleen maar strak van huid en slank. Hij legde zijn handen op het hek en leunde naar voren, zijn ogen dichtgeknepen van weerzin.

'Zou u me de wonderlijke logica die achter die vragen van u ligt, kunnen verklaren?' vroeg hij op minachtende toon. 'Of is het een ziekte van u om valse beschuldigingen te uiten? Dit is geen normaal gedrag, mevrouw Bartlett. Normale mensen dringen zich niet in in persoonlijke gesprekken, ze weigeren niet te vertrekken als ze dat gevraagd wordt... en bovendien doen ze geen wilde beschuldigingen zonder dat daar feiten aan ten grondslag liggen.'

Ze liet zich enigszins ontmoedigen. 'Maar waarom doet u net of het allemaal een grap is?'

'Waarover doe ik alsof het een grap is? De bewering van een ernstig gestoorde vrouw dat mensen met sjaals het over me hebben? Klinkt u dat geestelijk gezond in de oren?' Hij glimlachte om haar gezichtsuitdrukking. 'Ik probeer grootmoedig te zijn, mevrouw Bartlett. Ik persoonlijk denk dat u geestelijk gestoord bent... en dat oordeel baseer ik op de opnames van uw telefoontjes naar James die ik gehoord heb. U vindt het misschien interessant om te horen dat uw vriendin, Prue Weldon, intelligenter is geweest. Zij zegt helemaal niets, laat alleen haar telefoonnummer vastleggen. Ze zal desalniettemin treitertelefoontjes ten laste gelegd krijgen, maar úw telefoontjes...' – hij maakte een ringetje met zijn duim en wijsvinger – '... dat wordt feest! De beste raad die ik u kan geven is dat u naar de dokter gaat voor u een advocaat raadpleegt. Als uw problemen zo ernstig zijn als ik denk dat ze zijn, kunt u misschien verzachtende omstandigheden aanvoeren als we uw bandjes voor de rechter afspelen.'

'Dit is belachelijk,' siste ze. 'Noem me één ding dat ik gezegd heb dat niet waar is.'

'Alles wat u hebt gezegd is onwaar,' beet hij haar toe. 'En ik zou graag willen weten waar u het vandaan haalt. Leo zou nooit met u praten. Hij is een grotere snob dan Ailsa en James ooit geweest zijn, en een vrouw die haar best doet op te klimmen langs de sociale ladder zal hem niet aanspreken...' – hij wierp een vernietigende blik op haar pastelkleurige outfit – 'Vooral niet het type dat zich te jong kleedt. En als u ook maar iets gelooft van wat Elizabeth zegt, bent u oliedom. Ze zegt u alles wat u wilt horen, zolang haar glas maar volgeschonken wordt.'

Eleanor glimlachte boosaardig. 'Maar als het allemaal leugens zijn, waarom heeft James die telefoontjes dan niet bij de politie gemeld?'

'Welke telefoontjes?' snauwde hij kwaad.

Ze aarzelde even. 'Die van mij en Prue.'

Mark deed een prijzenswaardige poging er geamuseerd uit te zien. 'Omdat hij een heer is... en hij vindt het vervelend voor jullie mannen... U zou af en toe eens naar uzelf moeten luisteren.' Hij raakte haar daar waar hij dacht dat het het meeste pijn zou doen. 'De vriendelijkste interpretatie van uw tirades tegen mannen en waar ze hun penissen stoppen, is dat u een lesbienne bent die nooit de moed heeft gehad ervoor uit te komen. Een realistischer verklaring is dat u een gefrustreerde teef bent met een obsessie voor seks met vreemden. Hoe dan ook, het geeft geen prettig beeld van de relatie met uw man. Heeft hij geen belangstelling meer, mevrouw Bartlett?'

Het was zomaar een opmerking, bedoeld om haar trots door te prikken, maar de hevigheid van haar reactie verbaasde hem. Ze keek hem met wilde ogen aan, draaide zich toen om en rende de weg af naar haar huis. Nou nou, dacht hij met verbaasde voldoening. Dat was raak.

Hij trof Nancy aan de rechterkant van het terras. Ze leunde met gesloten ogen, haar gezicht naar de zon gewend, tegen een eik. Achter haar golfde het ruime uitzicht van grasveld, bespikkeld met bomen en struiken, naar beneden weg naar het akkerland en de verre zee. Verkeerde provincie, verkeerde periode, maar het kon een schilderij van Constable zijn: *Boerenlandschap met jongen in het zwart.*

Ze had een jongen kunnen zijn, dacht Mark terwijl hij haar eens goed in zich opnam toen hij op haar toe liep. Absoluut een mannelijk type. Gespierd, met sterke kaken, geen make-up, te lang om je nog prettig bij te voelen. Ze was zijn type niet, hield hij zich voor. Hij hield van tere vrouwen, blauwogig en blond.

Zoals Elizabeth...?

Zoals Eleanor Bartlett...? Shit.

Zelfs nu ze ontspannen was, met haar ogen gesloten, was de stempel van James' genen krachtig aanwezig. Er was niets te bekennen van Ailsa's tere, bleke schoonheid die aan Elizabeth was doorgegeven, alleen de donkere, als gebeeldhouwde trekken die Leo had gekregen. Het had niet moeten werken. Het was onnatuurlijk. Zo veel kracht in het gezicht van een vrouw had een afknapper moeten zijn. In plaats daarvan kon Mark er zijn ogen niet van afhouden.

'Hoe is het gegaan?' mompelde ze met haar ogen nog steeds gesloten. 'Hebt u haar op haar flikker gegeven?'

'Hoe wist u dat ik het was?'

'Wie kon het anders zijn?'

'Uw grootvader.'

Ze opende haar ogen. 'Uw laarzen zijn te groot,' zei ze. 'Om de tien stappen glijdt u met uw zolen over het gras om een betere grip bij uw tenen te krijgen.'

'God! Is dat onderdeel van uw training?'

Ze grijnsde naar hem. 'U moet niet overal in trappen, meneer Ankerton. Ik wist dat James het niet was omdat hij in de zitkamer is... aangenomen dat dat de zitkamer is. Hij heeft me door zijn verrekijker bekeken, en heeft toen de openslaande deuren opengedaan. Ik denk dat hij wil dat we binnenkomen.'

'Zeg maar Mark,' zei hij terwijl hij zijn hand uitstak, 'en inderdaad, deze laarzen zijn te groot. Ik heb ze uit de bijkeuken gehaald, omdat ik geen eigen laarzen heb. In Londen heb je weinig aan rubberlaarzen.'

'Nancy,' zei ze terwijl ze plechtig zijn hand schudde. 'Ik zag het. Je loopt sinds we buiten zijn alsof je zwemvliezen aanhebt.'

Hij hield haar blik even gevangen. 'Klaar?'

Dat wist Nancy niet zeker. Haar zelfvertrouwen was afgenomen zodra ze de verrekijker in het oog had gekregen, en de gedaante daarachter. Zou ze ooit klaar zijn? Haar plan was vanaf het moment dat Mark Ankerton de deur had geopend mislukt. Ze had op een gesprek onder vier ogen met de kolonel gerekend, volgens een door haar vastgestelde agenda, maar dat was voor ze zijn verdriet had gezien, voor ze besefte hoe alleen hij was. Ze had naïef gedacht dat ze een emotionele afstand zou kunnen bewaren – in ieder geval bij de eerste ontmoeting – maar Marks twijfels hadden haar geprikkeld om de kant van de oude man te kiezen en dit zonder dat ze hem zelfs maar ontmoet had of zonder dat ze wist of zijn zaak een goede zaak was. Ze was opeens verschrikkelijk bang dat ze hem niet aardig zou vinden.

Misschien had Mark die angst in haar ogen gelezen want hij haalde haar muts uit zijn zak en gaf hem aan haar. 'Usher is alleen maar gevallen omdat er niemand als jij in de buurt was,' zei hij.

'Je bent een naïeve romanticus.'

'Dat weet ik. Walgelijk.'

Ze glimlachte. 'Ik denk dat hij al weet wie ik ben – waarschijnlijk door de veesticker van Herefordshire op mijn voorruit. Anders had hij de deuren niet opengedaan. Tenzij ik op Elizabeth lijk natuurlijk, en hij mij voor haar aanziet.'

'Je lijkt niet op haar,' zei Mark. Hij legde bemoedigend zijn arm tegen haar rug. 'Geloof me, het is absoluut uitgesloten dat íémand jou ooit voor Elizabeth zou houden.'

Eleanor begon in de kleedkamer van Julian. Ze doorzocht zijn zakken en mestte toen zijn ladekast uit. Van daar ging ze naar zijn werkkamer, nam zijn dossierkast door en snuffelde in zijn bureau. Zelfs voor ze zijn computer had aangezet en door zijn e-mail scrolde – de man was te blasé om een wachtwoord te gebruiken – waren de bewijzen van zijn ontrouw overweldigend. Hij had niet eens de moeite genomen de indruk te wekken dat hij zijn verhouding geheim wilde houden. In een van zijn jaszakken had ze een stukje papier met een mobiel nummer erop gevonden. In zijn zakdoekenla een zijden sjaal, in zijn bureau rekeningen van restaurants en hotels, en tientallen e-mails, gefiled onder de initialen GS.

Liefste J. Wat dacht je van dinsdag? Ik ben om zes uur vrij...

Lukt de steeple-chase van Newton? Ik rijd op Monkey Business in de rit van 3.30...

Vergeet niet dat je me een mille hebt beloofd voor de dierenartsrekening van MB...

Kom je naar de jaarvergadering van de jachtvereniging...?

Meen je dat echt, van die nieuwe paardentrailer? Ik ben GEK op je...

We zien elkaar op het ruiterpad achter de boerderij. Ik ben er rond tienen...

Wat naar van Bouncers been. Geef hem een beterschapskus van zijn lievelingsvrouw...

Met moord in haar hart opende Eleanor de 'verzonden berichten' op zoek naar Julians boodschappen aan GS.

Thelma gaat op vrijdag winkelen met Louise. Zelfde plek? Zelfde tijd?

T en L golfen – 19 september...

T is volgende week naar Londen – van dinsdag tot vrijdag. Drie hele dagen vrijheid. Kunnen we misschien...?

T is debiel. Ze gelooft alles...

Denk je dat T misschien een speeltje gevonden heeft? Steeds als ik binnenkom zit ze te telefoneren. En dan hangt ze ogenblikkelijk op...

T is absoluut wat van plan. Ze zit de hele tijd met L in de keuken te fluisteren...

Hoeveel kans is er dat Dick en ik samen de laan uit gestuurd worden...? Denk je dat er een wonder is gebeurd en dat ze allebei een speeltje hebben gevonden...?

De telefoon op het bureau ging plotseling over en deed Eleanor schuldig opschrikken. Het rauwe geluid, een herinnering dat er behalve de smoezelige geheimen op het scherm een echt leven bestond, vrat in de stille kamer aan haar zenuwen. Ze deinsde achteruit in haar stoel, haar hart bonkte als een stoommachine, woede en angst kwamen samen in haar buik en veroorzaakten misselijkheid. Wie was het? Wie wist het? De mensen zouden haar uitlachen. De mensen zouden leedvermaak voelen. Ze zouden zeggen dat ze het verdiende.

Na vier seconden ging de lijn over op het antwoordapparaat en Prues geïrriteerde stem klonk over de luidspreker. 'Ben je daar, Ellie? Je had beloofd dat je terug zou bellen. Ik begrijp niet waarom het zo lang duurt... bovendien neemt Dick zijn mobiel niet op dus weet ik niet waar hij is en of hij komt lunchen.' Ze zuchtte kwaad. 'Ongelooflijk kinderachtig van hem. Ik had wel wat hulp kunnen gebruiken voor Jack en Belinda komen... en nu gaat hij de avond gewoon verpesten met een van zijn buien. Bel me gauw. Ik wil weten wat er aan de hand is voor hij terugkomt, anders krijgen we weer ruzie over die verdomde advocaat van James.'

Eleanor wachtte op het klikje van Prue die ophing, toen drukte ze de delete-knop in om de boodschap te wissen. Ze haalde het stukje papier met het mobiele nummer uit haar zak, keek er even naar, pakte toen de hoorn op en toetste het nummer in. Er zat geen ratio achter wat ze deed. Misschien had de gewoonte om James te beschuldigen – en zijn bedeesde reactie – haar geleerd dat dit de manier was om met zondaars om te gaan. Niettemin kostte het haar twee pogingen om een verbinding tot stand te brengen, omdat haar vingers zo trilden dat ze mis toetste. Er werd niet opgenomen, alleen een paar seconden stilte voor ze de voicemail kreeg. Ze luisterde naar het bandje dat haar vroeg een boodschap achter te laten, en hing toen, nogal laat beseffend dat het misschien helemaal niet de telefoon van GS was, op.

Wat zou ze trouwens moeten zeggen? Had ze moeten schreeuwen en gillen en haar man terugeisen? De vrouw uitschelden voor snol? De verschrikkelijke afgrond van een scheiding opende zich aan haar voeten. Ze kon niet weer alleen zijn, niet op haar zestigste. Mensen zouden haar mijden, net zoals ze gedaan hadden toen haar eerste echtgenoot haar verlaten had voor de vrouw die zijn kind droeg. Ze had haar wanhoop toen schaamteloos tentoongespreid, maar ze was toen jonger geweest, had nog kunnen werken. Julian was haar laatste gooi naar geluk geweest, een kantoorrelatie die uiteindelijk tot een huwelijk had geleid. Ze kon het niet nog een keer meemaken. Ze zou haar huis kwijtraken, haar status, gedwongen zijn ergens anders opnieuw te beginnen...

Zorgvuldig, zodat Julian niet zou weten dat ze de e-mails had gevonden, verliet ze Windows en sloot de computer af voor ze de laden van het bureau weer dichtdeed en de stoel aanschoof. Zo ging het beter. Ze begon weer logisch te denken. Zoals Scarlett O'Hara had gezegd, morgen was er een nieuwe dag. Er was nog niets verloren zolang GS geheim bleef. Julian had een hekel aan vastigheid. De enige reden waarom Eleanor hem twintig jaar geleden had kunnen dwingen over de brug te komen, was omdat ze ervoor gezorgd had dat zijn eerste vrouw van haar bestaan wist.

En ze liet die GS verdomme niet hetzelfde met haar doen.

Met hervonden zelfvertrouwen ging ze weer naar boven en legde alles in Julians kleedkamer netjes op zijn plaats. Toen ging ze voor de spiegel zitten en begon haar make-up bij te werken. Voor een vrouw met zo'n banaal geestesleven deed het feit dat zij niet van haar man hield en hij niet van haar er niet toe. Het ging haar, in feite net zoals bij de kwestie van het bezit te kwader trouw bij de Copse, om de eigendom.

Wat ze niet besefte – omdat ze zelf geen mobieltje had – was dat ze een tijdbom had geplaatst die elk moment kon afgaan. Een 'gemiste oproep' was op de display geregistreerd naast het nummer van de beller en Gemma Squires, die Monkey Business naast Bouncer liet lopen toen de jachtpartij werd afgeblazen, stond op het punt om Julian te laten zien dat zijn vaste nummer op haar mobieltje stond, en dat er net tien minuten geleden gebeld was.

De grondvesten van de wereld van Prue Weldon begonnen eveneens te schudden toen haar schoondochter haar belde om te zeggen dat zij en Jack uiteindelijk toch niet zouden blijven slapen. Ze hadden allebei een enorme kater van hun kerstfeest, zei Belinda tegen haar, waardoor ze die avond niet zouden drinken, en dus veilig na het eten naar huis konden rijden. 'Ik wilde niet dat je de bedden voor niets zou opmaken,' besloot ze.

'Die heb ik al opgemaakt,' zei Prue geërgerd. 'Waarom heb je niet eerder gebeld?'

'Sorry,' zei het meisje geeuwend. 'We zijn pas een uur geleden opgestaan. Een van de weinige dagen in het jaar dat we eens echt uitslapen.'

'Tja, nu, het is heel slordig van je. Ik heb nog wel wat anders te doen, weet je.'

'Sorry,' zei Belinda weer, 'maar we waren pas na tweeën terug van mijn ouders. We hebben de auto daar laten staan en zijn door de velden geploeterd. Ze brengen hem over een half uurtje. Jack is een lunch voor ze aan het klaarmaken.'

Prues ergernis groeide. Eleanor had niet gebeld, ze wist niet waar Dick was, en in haar achterhoofd knaagden de groeiende zorgen over laster en treitertelefoontjes. Bovendien was de relatie van haar zoon met zijn schoonouders een stuk gemakkelijker dan die van haar met Belinda. 'Erg teleurstellend,' zei ze stijfjes. 'We zien jullie bijna nooit... en als we jullie zien hebben jullie altijd haast om weer weg te komen.'

Aan de andere kant werd geïrriteerd gezucht. 'Toe zeg, Prue, dat is niet eerlijk. We zien Dick bijna elke dag. Hij komt altijd even kijken hoe het hier met de zaken staat. En ik weet zeker dat hij jou op de hoogte houdt.'

De zucht wakkerde Prues woede aan. 'Dat is toch niet hetzelfde?' snauwde ze. 'Voor hij trouwde was Jack nooit zo. Hij vond het heerlijk om thuis te komen, vooral met kerst. Is het te veel gevraagd... dat je mijn zoon één nacht onder zijn moeders dak laat doorbrengen?'

Het bleef even stil. 'Denk je dat het hierom gaat? Een strijd om te zien wie er meer invloed op Jack heeft?'

Prue zag een val nog niet als ze er al middenin stond. 'Ja,' snauwde ze. 'Geef mij hem maar even. Ik wil hem graag spreken. Ik neem aan dat jij de beslissing voor hem genomen hebt.'

Belinda lachte even. 'Jack wilde helemaal niet komen, Prue, en als je hem aan de telefoon krijgt zal hij je dat zeggen.'

'Ik geloof je niet.'

'Vraag het hem dan vanavond maar,' zei haar schoondochter koel. 'Want ik heb hem overgehaald om te gaan – al was het maar voor Dick – met de afspraak dat we niet lang blijven en zeker niet blijven logeren.'

Dat 'al was het maar voor Dick' deed de emmer overlopen. 'Je hebt mijn zoon tegen me opgezet. Ik weet dat het je dwarszit dat ik zo veel tijd met Jenny doorbreng. Je bent jaloers, omdat zij kinderen heeft en jij niet... maar zij ís mijn dochter en zíj zijn mijn enige kleinkinderen.'

'*Alsjeblieft*, zeg,' zei Belinda met een even vernietigende nadruk op haar woorden. 'Niet iedereen heeft jouw zielige maatstaven. Jenny's kinderen brengen meer tijd bij ons door dan bij jou... en dat zou je weten als je af en toe eens langskwam in plaats van je ervan af te maken omdat je liever op je golfclub zit.'

'Ik zou niet naar de golfclub hoeven als jij me het gevoel gaf dat ik welkom was,' zei Prue hatelijk.

Ze hoorde het meisje diep ademhalen aan de andere kant van de lijn, in een poging zich te beheersen. 'De pot verwijt de ketel dat-ie zwart ziet, hè? Wanneer geef jij ons ooit het gevoel dat we welkom zijn? Eens per maand komen we aanzetten voor altijd en eeuwig hetzelfde belachelijke ritueel. Gebraden kip in slootwater, omdat je tijd te kostbaar is om behoorlijk te koken... karaktermoord op de vader van Jack... getier tegen die man op Shenstead Manor...' Ze haalde raspend adem. 'Jack is er nog meer op afgeknapt dan ik, en dan moet je niet vergeten dat hij gek is op zijn vader en dat we allebei om zes uur moeten opstaan om de zaak bij ons draaiende te houden. Die arme oude Dick is om negen uur 's avonds kapot omdat hij hetzelfde doet... terwijl jij je zit vol te proppen en mensen af te kammen... en wij zijn allemaal te afgepeigerd met geld verdienen voor dat klotegolf van jou om je te zeggen wat een kreng je bent.'

De aanval kwam zo onverwacht dat Prue met stomheid geslagen was. Haar blik werd naar de braadslee op het aanrecht getrokken terwijl ze naar de stem van haar zoon op de achtergrond luisterde, die tegen Belinda zei dat zijn vader net binnen was gekomen en dat hij er erg ongelukkig uitzag.

'Jack belt je straks wel,' zei Belinda kortaf voor ze ophing.

13

ELEANOR KRIKTE HAAR MOED OP MET EEN FLINKE BEL WHISKY voor ze Prue belde. Ze wist dat haar vriendin niet gelukkig zou zijn met het feit dat er geen advocaat, geen politie en geen betrokkenheid van de Bartletts te verwachten viel. Eleanor kon het zich niet permitteren haar echtgenoot verder van zich te vervreemden door hem met hoge advocatenkosten op te zadelen, en ze was ook niet bereid Prue te vertellen waarom niet. Julians voorkeur voor een jonger exemplaar was vernederend genoeg zonder dat het algemeen bekend werd.

Haar verhouding met Prue was gebaseerd op het feit dat ze allebei zeker van hun echtgenoot waren, die ze ter verstrooiing tot op het bot afkraakten: Dick was traag. Julian was saai. Allebei lieten ze hun vrouwen de lakens uitdelen omdat ze te lui of te onbekwaam waren zelf beslissingen te nemen. Ze waren zo hulpeloos dat ze, als hun vrouwen ooit genoeg van hen zouden krijgen, verloren en stuurloos zouden zijn, als losgeslagen schepen. Dat soort beweringen waren grappig als ze vanuit een sterke positie gedaan werden, maar totaal niet om te lachen met een blonde dreiging op de achtergrond.

Prue nam na de eerste keer overgaan op, alsof ze op het telefoontje zat te wachten. 'Jack?' haar stem klonk gespannen.

'Nee, met Ellie. Ik ben er net. Alles goed? Je klinkt uit je humeur.'

'O, hai.' Ze leek haar best te doen haar stem wat opgewekter te laten klinken. 'Ja, prima. Hoe ging het?'

'Niet erg goed, jammer genoeg. De situatie is heel anders dan jij hem beschreef,' zei Eleanor op licht beschuldigende toon. 'Het zijn niet gewoon reizigers die hier even staan, Prue, het zijn mensen die daar willen blijven totdat er iemand met een eigen-

domsbewijs komt. Ze claimen het via bezit te kwader trouw.'
'Wat betekent dat?'
'Dat ze het gaan omheinen en erop bouwen... precies wat jij en Dick probeerden te doen toen jullie hier net waren. Voorzover ik het begrijp is de enige manier om van ze af te komen dat óf Dick óf James met bewijzen komt dat het stuk grond bij hun land hoort.'
'Maar dat bewijs hebben we niet. Daarom heeft Dick zijn pogingen het te omheinen opgegeven.'
'Ik weet het.'
'Wat zei je advocaat?'
'Niets. Ik heb hem niet gesproken.' Eleanor nam stilletjes een slokje whisky. 'Dat heeft geen zin, Prue. Hij zal zeggen dat wij er niets mee te maken hebben... wat op de keper beschouwd ook zo is... Wij kunnen op geen enkele manier aanspraken op de Copse doen gelden, dus krijgt onze advocaat geen toegang tot de stukken en dus kan hij ons ook zijn opinie niet geven. Ik weet dat het heel vervelend is, maar ik denk eigenlijk dat Dick gelijk had met de advocaat van James te bellen. Dick en James zijn de enigen met een belang in de zaak, dus zij moeten overeenkomen wie de boel gaat aanvechten.'
Prue gaf geen antwoord.
'Ben je er nog?'
'Heb je de politie gebeld?'
'Dick heeft ze blijkbaar vanaf de Copse gebeld. Je had het met hem moeten bespreken. Het was totale tijdverspilling dat ik daarheen ben gegaan.' Ze beet zich vast in haar misnoegen om Prue de mond te snoeren. 'Bovendien was het behoorlijk eng. Ze dragen maskers... en ze zijn griezelig goed op de hoogte van iedereen in het dorp. De namen van mensen... Wat van wie is... dat soort dingen.'
'Heb je met Dick gesproken?' vroeg Prue.
'Nee.'
'Hoe weet jij dan dat hij met de politie gebeld heeft?'
'Dat vertelde de man bij de Copse me.'
Prues stem klonk smalend. 'Jezus, Ellie! Hoe kun je zo onnozel zijn. Je hebt me belóófd dat je de politie zou bellen. Waarom zeg je dat toe terwijl je het helemaal niet van plan was? Ik had het zelf twee uur geleden al kunnen doen, dat had ons een hoop gedoe bespaard.'
Eleanor ging er direct op in. 'Waarom heb je dat dan niet ge-

daan? Als je naar Dick had geluisterd in plaats van er voetstoots van uit te gaan dat hij voor de problemen wegliep, hadden jij en hij deze rotzooi zelf kunnen opruimen zonder van mij en Julian te verwachten dat we jullie uit de penarie helpen. Wij kunnen er toch niets aan doen als mensen op jullie land gaan zitten...? En het is zéker niet onze verantwoordelijkheid om een advocaat te betalen om jullie uit de nood te helpen.'

Als Eleanors ommekeer Prue al verbaasde, liet ze dat niet merken. In plaats daarvan zei ze gemelijk: 'Het is ons land niet, volgens de stukken in ieder geval niet, dus waarom is het onze verantwoordelijkheid?'

'Dan is het land van James... Precies wat Dick je probeerde te vertellen voor jullie ruzie kregen. Als je mijn raad wilt, zou ik maar een beetje inbinden voor je weer tegen hem begint... dat, of ga zelf eens met die krakers praten. Op het ogenblik wrijven ze zich in hun handen omdat Dick en ik de enigen zijn geweest die de moeite hebben genomen te gaan kijken... Ze denken dat het de rest van het dorp niet interesseert.'

'En de advocaat van James? Heeft hij nog iets gedaan?'

Eleanor aarzelde even voor ze loog. 'Weet ik niet. Ik heb een glimp van hem opgevangen, voor de Manor, maar hij was met iemand. Ze leken meer geïnteresseerd in de staat van het dak dan in wat er in de Copse gebeurt.'

'Wie was het?'

'Iemand met een groene Discovery. Hij staat op de oprijlaan.'

'Een man? Vrouw?'

'Dat weet ik niet,' zei Eleanor wat ongeduldiger. 'Ik ben niet gebleven om daarachter te komen. Zeg, ik kan hier geen tijd meer aan verspillen... Je moet het met Dick bespreken.'

Er viel een stilte, geladen met achterdocht, alsof Prue zich afvroeg hoeveel Ellies vriendschap eigenlijk waard was. 'Als ik erachter kom dat je achter mijn rug met hem gepraat hebt, ben ik razend.'

'Wat een onzin! Het is mijn schuld niet als jullie ruzie hebben. Je had meteen naar mij moeten luisteren.'

Prues achterdocht nam toe. 'Wat doe jij vreemd!'

'O, hou toch op! Ik heb net een griezelige confrontatie gehad met een stelletje bijzonder onaangename mensen. Als jij denkt dat jij het beter kunt, praat jij dan met ze. Benieuwd hoe ver jij komt!'

De twijfels die Nancy misschien had gehad over haar ontmoeting met James Lockyer-Fox, werden weggenomen door de open manier waarop hij haar begroette. Er was geen sprake van geforceerde gevoelens of gehuichelde genegenheid. Hij kwam haar op het terras tegemoet en nam haar hand kort in de zijne. 'Je bent heel welkom, Nancy.' Zijn ogen waren een beetje waterig, maar zijn handdruk was stevig en Nancy bewonderde hem om de manier waarop hij een in potentie lastige situatie van zijn ongemakkelijkheid ontdeed.

Voor Mark, die het aanzag, was het een moment van vreselijke spanning. Hij hield zijn adem in, ervan overtuigd dat James' zelfbewuste houding weldra in zou storten. Wat als de telefoon ging? Wat als Darth Vader met zijn monoloog over incest begon? Schuldig of niet, de oude man was te broos en te uitgeput om lang zo rustig te blijven. Mark vroeg zich af of er ooit wel een goed moment of een goede manier zou zijn om over een DNA-test te praten, maar hij kreeg het benauwd bij de gedachte dat ze het daar in het bijzijn van Nancy over zouden hebben.

'Hoe wist u dat ik het was?' vroeg Nancy glimlachend aan James.

Hij deed een stap opzij om haar door de openslaande deuren de huiskamer in te laten gaan. 'Omdat je precies mijn moeder bent,' zei hij eenvoudig terwijl hij haar voorging naar een bureau in de hoek waarop een trouwfoto in een zilveren lijstje stond. De man was in uniform, de vrouw in een eenvoudige jurk met een lage taille, de mode van de jaren twintig, met een kanten sluier aan haar voeten. James nam hem op en bekeek hem even voor hij hem aan Nancy gaf. 'Zie jij een gelijkenis?'

Tot haar verbazing zag ze die inderdaad, maar ze had ook nog nooit iemand gekend met wie ze zichzelf kon vergelijken. Ze had de neus van deze vrouw, en de kaaklijn – allebei geen dingen, vond Nancy, om blij mee te zijn – en dezelfde donkere tint haar en huid. Ze zocht naar schoonheid in dat gezicht op de foto maar vond het niet, net zomin als ze dat bij zichzelf vond. In plaats daarvan had de vrouw een kleine frons boven haar ogen, alsof ze zich afvroeg of het zin had dat haar geschiedenis door een camera werd vastgelegd. Eenzelfde frons stond op Nancy's voorhoofd terwijl ze de foto bestudeerde. 'Ze ziet eruit alsof ze twijfelt,' zei ze. 'Heeft het huwelijk haar gelukkig gemaakt?'

'Nee.' De oude man glimlachte om haar scherpzinnigheid. 'Ze was veel slimmer dan mijn vader. Ik denk dat het haar verstikte om in een ondergeschikte rol vast te zitten. Ze stond altijd te trappelen om iets met haar leven te doen.'

'Is haar dat gelukt?'

'Volgens de hedendaagse maatstaven niet... maar volgens de maatstaven van Dorset in de jaren dertig en veertig denk ik wel. Ze is een renpaardenstal hier begonnen – heeft een paar goede paarden getraind – meest hordelopers – een van hen is in de Grand National uitgekomen.' Hij zag Nancy's ogen waarderend oplichten en lachte tevreden. 'Ja, dat was een schitterende dag. Ze heeft de school overgehaald mij en mijn broer de trein naar Aintree te laten nemen, en we hebben een hoop geld gewonnen met een weddenschap. Mijn vader ging met de eer strijken, natuurlijk. Vrouwen mochten toen officieel nog geen trainer zijn, dus had ze een vergunning op zijn naam, zodat ze een honorarium kon vragen en de onderneming zichzelf kon bedruipen.'

'Vond ze dat erg?'

'Dat hij de eer opstreek? Nee. Iedereen wist dat zij de trainer was. Het was niet meer dan een show om de Jockey Club tevreden te stellen.'

'Wat is er met de stallen gebeurd?'

'De oorlog heeft er een eind aan gemaakt,' zei hij spijtig. 'Ze kon niet trainen toen mijn vader weg was... en toen hij terugkwam heeft hij de stallen laten verbouwen tot een garageblok.'

Nancy zette de foto terug op het bureau. 'Dat moet ze vervelend hebben gevonden,' zei ze met een plagerige blik in haar ogen. 'Wat heeft ze gedaan om wraak te nemen?'

Weer een lachje. 'Ze is bij Labour gegaan.'

'Wauw! Een echte rebel dus!' Nancy was oprecht onder de indruk. 'Was zij het enige lid in Dorset?'

'In ieder geval wel in de kringen waarin mijn ouders zich bewogen. Ze is er na de verkiezingen van '45 bij gegaan, toen ze hun plannen voor de National Health Service bekendmaakten. Ze heeft tijdens de oorlog als verpleegster gewerkt en het gebrek aan medische zorg voor de armen maakte haar bijzonder ongelukkig. Mijn vader vond het ontzettend, die was zijn hele leven al conservatief. Hij kon niet geloven dat zijn vrouw wilde dat Churchill plaats zou maken voor Clement Attlee – ondankbaar, noemde hij dat – maar het leverde wel een aantal levendige gesprekken op.'

Ze lachte. 'Aan wiens kant stond u?'

'O, ik koos altijd de kant van mijn vader,' zei James. 'Zonder hulp kon hij geen enkele discussie met mijn moeder winnen. Ze was een veel te krachtige persoonlijkheid.'

'En uw broer? Koos die haar kant?' Ze keek naar een foto van een jonge man in uniform. 'Is dit hem? Of bent u dat?'

'Nee, dat is John. Hij is helaas in de oorlog omgekomen. Anders had hij het landgoed geërfd. Hij was twee jaar ouder dan ik.' Hij legde zacht zijn hand op de arm van Nancy en leidde haar naar de bank. 'Mijn moeder was er kapot van, natuurlijk – ze stonden elkaar heel na – maar ze was niet het type dat zichzelf om die reden zou wegstoppen. Ze heeft een geweldige invloed op me gehad... heeft me geleerd dat een vrouw met een onafhankelijke geest een kostbaar iets is.'

Ze ging op het randje van de bank zitten, draaide zich naar de leunstoel van James, zette als een man haar voeten uiteen en liet haar ellebogen op haar knieën rusten. 'Bent u daarom met Ailsa getrouwd?' vroeg ze terwijl ze even langs hem heen naar Mark keek, en tot haar verrassing tevredenheid op zijn gezicht zag, alsof hij een schoolmeester was die met een sterleerling pronkte. Of gold de trots James? Misschien was het moeilijker voor een grootvader om het kind te ontmoeten dat met zijn medewerking voor adoptie was afgestaan, dan het voor de kleindochter was om iemand een opening te bieden voor een nieuwe kans.

James liet zich in zijn eigen stoel zakken en boog zich als een oude vriend naar Nancy over. Er ging een grote intimiteit uit van de manier waarop ze bij elkaar zaten, hoewel geen van beiden dat scheen te beseffen. Het was Mark duidelijk dat Nancy geen idee had van de indruk die ze maakte. Ze kon niet weten dat James zelden lachte – dat hij nog maar een uur geleden niet in staat was geweest zonder trillende handen een foto op te tillen – of dat het lichtje in die fletse ogen voor haar bestemd was.

'Grote goedheid, ja!' zei James. 'Ailsa was een nog grotere rebel dan mijn moeder. Toen ik haar voor het eerst zag, probeerden zij en haar vriendinnen een jachtpartij van haar vader te verstoren door met protestborden te gaan zwaaien. Ze keurde het doden van dieren voor de sport af – dat vond ze wreed. Het werkte ook nog. Ze hebben de zaak afgeblazen omdat de vogels verjaagd waren. Nou ja,' zei hij nadenkend, 'alle jongemannen daar waren meer onder de indruk van de manier waarop de rokken van de meisjes opkropen toen ze hun borden boven hun hoofd hieven dan door het argument dat het wreed was. Zoiets was nog niet in de mode, in de jaren vijftig. De wreedheden van de oorlog leken toen veel erger.' Zijn gezicht stond plotseling bedachtzaam.

Mark, die bang was voor tranen, deed een stap naar voren om de aandacht op zich te vestigen. 'Zullen we iets drinken, James? Zal ik gastheer spelen?'

De oude man knikte. 'Uitstekend idee. Hoe laat is het?'

'Over enen.'

'Goeie hemel, weet je dat zeker? Wat doen we met de lunch? Dat arme kind moet uitgehongerd zijn.'

Nancy schudde ogenblikkelijk haar hoofd. 'Toe, doe geen...'

'Wat dacht je van koude fazant, pâté de foie gras en stokbrood?' kwam Mark tussenbeide. 'Staat allemaal in de keuken. In een minuutje is het klaar.' Hij glimlachte bemoedigend. 'Qua drank zijn we aangewezen op wat er in de kelder ligt, dus dat moet rode of witte wijn worden. Wat wil je liever?'

'Wit?' stelde ze voor. 'Eéntje maar, hoor, ik moet nog rijden.'

'James?'

'Hetzelfde. Er ligt een aardige chablis aan de andere kant van de kelder. Ailsa's lievelingswijn. Trek daar maar een fles van open.'

'Prima. Ik breng hem boven, en dan zet ik het eten klaar.' Hij ving Nancy's blik en stak op heuphoogte, buiten het zicht van James, zijn rechterduim op, alsof hij wilde zeggen: 'goed gedaan'. Nancy knipoogde naar hem, wat hij terecht interpreteerde als 'dank je wel'. Als hij een hond was geweest, dan had hij gekwispeld. Hij had het nodig om zich meer dan alleen een toeschouwer te voelen.

James wachtte tot Mark de deur achter zich had gesloten. 'Hij is een fantastische steun geweest,' zei hij. 'Ik vond het vervelend om hem bij zijn familie weg te halen met kerst, maar hij wilde absoluut komen.'

'Is hij getrouwd?'

'Nee. Ik geloof dat hij verloofd is geweest, maar om de een of andere reden is dat op niets uitgelopen. Hij komt uit een groot Engels-Iers gezin... zeven dochters en een zoon. Ze komen met kerst allemaal bij elkaar – een oude familietraditie kennelijk – dus was het erg aardig van hem in plaats daarvan hier te komen.' Hij zweeg even. 'Ik denk dat hij dacht dat ik iets doms zou doen als ik alleen was gelaten.'

Nancy keek hem nieuwsgierig aan. 'Had u dat gedaan?'

De directheid van de vraag deed hem aan Ailsa denken, die het altijd een ergerlijk tijdverlies had gevonden om op je tenen rond de gevoeligheden van andere mensen te lopen. 'Dat weet ik niet,' zei hij eerlijk. 'Ik heb mezelf nooit gezien als iemand die het opgaf, maar ik ben ook nog nooit in een gevecht verwikkeld geweest zonder vrienden naast me... en wie van ons weet hoe dapper hij is tot hij er werkelijk alleen voor staat?'

'Dan moet u eerst een definitie van dapperheid geven,' zei ze. 'Mijn sergeant zou u zeggen dat het een eenvoudige chemische reactie is die adrenaline in het hart pompt als het door angst verlamd wordt. De arme stakker van een soldaat, uitzinnig van angst, krijgt een enorme stoot en gedraagt zich als een automaat onder de invloed van een hormonale overdosis.'

'Zegt hij dat tegen de manschappen?'

Ze knikte. 'Ze vinden het heerlijk. Ze wekken zelf adrenalinestoten op om hun klieren in vorm te houden.'

James keek weifelend. 'Werkt het?'

'Eerder geestelijk dan lichamelijk, denk ik,' zei ze lachend, 'maar het is goede psychologie, hoe je het ook bekijkt. Als dapperheid iets chemisch is, hebben we er allemaal toegang toe en met angst is makkelijker om te gaan als die een herkenbaar onderdeel van het hele proces is. Eenvoudig gezegd, we moeten bang zijn voor we dapper kunnen zijn, anders vloeit de adrenaline niet... en als we dapper kunnen zijn zonder eerst bang te zijn...' – ze trok geamuseerd haar wenkbrauw op – 'dan zijn we vanboven dood. De voorstellingen die we ons van tevoren maken zijn altijd erger dan de werkelijkheid. Vandaar dat mijn sergeant gelooft dat een weerloze burger, die dag na dag zit te wachten tot de bommen vallen, dapperder is dan de leden van een bewapende unit.'

'Zo te horen een type.'

'De mannen mogen hem graag,' zei ze enigszins droogjes.

'Ah!'

'Mmm!'

James lachte weer zachtjes. 'Hoe is hij werkelijk?'

Nancy trok een vies gezicht. 'Een verwaande bullebak die vindt dat er voor vrouwen geen plek in het leger is... zeker niet bij de genie... zeker niet voor vrouwen die in Oxford zijn afgestudeerd... en al helemaal niet in de leiding.'

'O help!'

Ze haalde even haar schouders op. 'Als het grappig was, was het niet zo erg... maar dat is het niet.'

Ze leek zo'n zelfverzekerde jonge vrouw dat hij zich afvroeg of ze het uit aardigheid zei, dat ze hem om raad vroeg om hem in de gelegenheid te stellen hetzelfde te doen. 'Ik heb dat specifieke probleem natuurlijk nooit gehad,' zei hij tegen haar, 'maar ik herinner me nog een buitengewoon lastige sergeant die er de gewoonte van maakte me voor de manschappen uit te dagen. Het werd allemaal heel subtiel gedaan, het zat vooral in zijn toon... maar er was niets waarop ik hem kon aanspreken zonder mezelf belachelijk te maken. Je kunt iemand niet degraderen omdat hij jouw orders op een pedant toontje herhaalt.'

'Wat hebt u gedaan?'

'Mijn trots opzij gezet en om hulp gevraagd. Hij is binnen een maand naar een andere compagnie overgeplaatst. Ik bleek niet de enige te zijn die problemen met hem had.'

'Maar mijn ondergeschikten vinden hem geweldig. Ze zouden hem nog met moord weg laten komen omdat de jongens goed op hem reageren. Ik heb het gevoel dat ik in staat zou moeten zijn met hem om te gaan, daar ben ik voor opgeleid, en ik ben er bovendien niet van overtuigd dat mijn superieur sympathieker tegenover vrouwen in het leger staat dan mijn sergeant. Ik ben er redelijk zeker van dat hij zal zeggen dat als ik niet tegen hete vuren kan, ik nict voor het fornuis moet gaan staan, of liever gezegd,' verbeterde ze zichzelf ironisch, 'dat ik daar naar terug moet gaan, omdat dat de plek voor vrouwen is.' James had gelijk gehad met te denken dat ze een gespreksonderwerp had gekozen om hem uit zijn tent te lokken, maar ze was niet van plan geweest zich zo bloot te geven. Ze hield zichzelf voor dat dat kwam doordat James in het leger had gezeten en wist hoeveel macht een sergeant kon hebben.

Hij keek even naar haar. 'En in wat voor soort pestgedrag is hij gespecialiseerd?'

'Karaktermoord,' zei ze op nuchtere toon, die geen recht deed aan de zeer reële problemen die het haar bezorgde. 'Er wordt flink achter mijn rug gefluisterd over sletten en sloeries en als ik eraan kom, wordt er gegrinnikt. De helft van de mannen schijnt te denken dat ik een pot ben die genezen moet worden, de andere helft dat ik de matras van het peloton ben. Als ik het zo vertel klinkt het niet zo erg, maar het is een constant doordruppelend gif, dat langzamerhand effect begint te krijgen.'

'Je moet je geïsoleerd voelen,' mompelde James, die zich afvroeg hoeveel Mark haar over zijn eigen situatie verteld had.

'Ja, daar begint het wel op te lijken.'

'Maar het feit dat je ondergeschikten voor hem kruipen, suggereert dat niet dat zij ook problemen hebben? Heb je hun ernaar gevraagd?'

Ze knikte. 'Ze ontkennen dat... Ze zeggen dat hij precies tegen hen doet als een onderofficier moet doen.' Ze haalde haar schouders op. 'Gezien zijn lachjes later, denk ik dat ze mijn gesprek met hen direct aan hem overgebriefd hebben.'

'Hoe lang is dit al gaande?'

'Vijf maanden. Hij is bij onze unit ingedeeld toen ik in augustus met verlof was. Ik heb nooit problemen gehad, en dan opeens *wham!*, zit ik met zo'n klootzak opgescheept. Op het moment ben ik voor een maand naar Bovington gedetacheerd, maar ik ben bang voor wat ik aan zal treffen als ik terugkom. Het zal een wonder zijn als er nog iets over is van mijn reputatie. De moeilijkheid is dat hij goed is in zijn werk, hij haalt echt het beste uit de manschappen.'

Ze keken beiden op toen de deur openging en Mark met een blad naar binnen kwam. 'Misschien kan Mark er wat over zeggen,' stelde James voor. 'Bullebakken zijn er altijd wel geweest in het leger, maar ik moet toegeven dat ik geen idee heb hoe je met een dergelijke situatie om moet gaan.'

'Wat is er?' vroeg Mark terwijl hij Nancy een glas gaf.

Ze wist niet zeker of ze wel wilde dat hij het hoorde. 'Moeilijkheden op m'n werk,' zei ze luchtig.

James had dat soort twijfels niet. 'Een nieuwe sergeant, onlangs gestationeerd bij Nancy's onderdeel, ondermijnt Nancy's gezag bij haar manschappen,' zei hij terwijl hij zijn glas pakte. 'Hij maakt vrouwen achter haar rug om belachelijk – noemt ze hoeren of lesbiennes – waarschijnlijk met de bedoeling om het Nancy zo lastig te maken dat ze weggaat. Hij is goed in zijn werk, populair bij de manschappen, en zij is bang dat als ze het rapporteert, dat als een boemerang op haar terug zal slaan, ook al heeft ze nooit eerder autoriteitsproblemen gehad. Wat moet ze doen?'

'Het rapporteren,' zei Mark direct. 'Ze moet vragen wat zijn gemiddelde diensttijd bij de andere onderdelen is. Als hij regelmatig overgeplaatst wordt, kun je er zeker van zijn dat er in het verleden vergelijkbare beschuldigingen tegen hem zijn ingediend. Als dat zo is – trouwens ook als dat niet zo is – sta er dan op dat er disciplinaire maatregelen worden genomen, in plaats van dat het probleem stilletjes op iemand anders bordje wordt geschoven. Dit soort mannen komt weg met hun gedrag omdat de bevelvoerend officieren ze liever zonder ruchtbaarheid overplaatsen dan de aandacht te vestigen op de slechte discipline in hun gelederen. Het is een groot probleem bij de politie. Ik heb zitting in een comité dat richtlijnen opstelt om hiermee om te gaan. De eerste regel luidt: doe niet net alsof er niets aan de hand is.'

James knikte. 'Lijkt mij een goede raad,' zei hij vriendelijk.

Nancy glimlachte. 'Ik neem aan dat u wist dat Mark in dat comité zit?'

Hij knikte.

'Maar wat moet ik dan rapporteren? Een toffe gozer maakt grappen met z'n manschappen. Kennen jullie die van die slet die bij de genie is gegaan omdat haar naaimachine het niet meer deed? Of van die pot die haar vinger in het olieputje stopte om te kijken of er genoeg smeermiddel in zat?'

James keek hulpeloos naar Mark.

'Zo te horen moet je tussen twee kwaden kiezen,' zei die meelevend. 'Als je belangstelling voor een man toont, ben je een slet... en zo niet, dan ben je een pot.'

'Klopt.'

'Dan moet je het rapporteren. Hoe je het ook bekijkt, het is seksuele intimidatie. Je hebt de wet aan je kant, maar die staat machteloos tenzij je je rechten laat gelden.'

Nancy wisselde een geamuseerde blik met James. 'Straks zegt hij nog dat ik een formele waarschuwing moet laten geven,' zei ze luchtig.

14

'WAAR GA JIJ VERDOMME NAARTOE?' SISTE FOX TERWIJL HIJ WOLfie bij zijn haar greep en hem omdraaide.

'Nergens heen,' zei het kind.

Hij had heel stilletjes bewogen, maar Fox was nog stiller. Aan niets had Wolfie kunnen merken dat zijn vader tussen de bomen stond, maar Fox wist het van hém wel. Vanuit het bos kwam het aanhoudende geronk van een kettingzaag waarin alle andere geluiden verloren gingen, dus hoe had Fox Wolfie horen naderen? Was hij een tovenaar?

Verborgen achter zijn capuchon en sjaal keek Fox over het grasveld naar de openstaande tuindeuren waar de oude man en de twee mensen die Wolfie eerder had gezien stonden te kijken waar die herrie vandaan kwam. De vrouw – want nu ze geen muts en dikke jas droeg was het duidelijk dat het een vrouw was – stapte naar buiten en hief een verrekijker. 'Daar,' zeiden haar lippen duidelijk, toen ze de kijker liet zakken en door de kale bomen wees naar waar de groep met de kettingzaag aan het werk was.

Zelfs Wolfie met zijn scherpe ogen kon de in donkere jassen gestoken figuren nauwelijks onderscheiden tegen het zwart van dicht opeenstaande boomstammen, en hij vroeg zich af of de dame ook een tovenaar was. Zijn ogen verwijdden zich toen de oude man naar buiten kwam, naast haar ging staan en de bomenrij afkeek waar hij en Fox zich verscholen hielden. Hij voelde dat Fox zich terugtrok in de beschutting van de boomstam voor zijn hand Wolfie ronddraaide en hem met zijn gezicht tegen de ruwe wol van zijn jas drukte. 'Kop houden,' mompelde Fox.

Dat had Wolfie toch wel gedaan. Hij had geen enkele moeite de bult van de hamer in Fox' jaszak te herkennen. Hij was bang voor het scheermes, maar nog veel banger voor de hamer en hij wist niet waarom. Hij had Fox het ding nog nooit zien gebruiken – hij wist alleen dat het er was – maar het omvatte voor hem oneindig veel verschrikkingen. Hij dacht dat hij er iets over gedroomd had, maar hij wist niet meer wanneer hij die droom had gehad, en waar hij over ging. Voorzichtig, zodat Fox het niet zou merken, maakte hij een klein beetje ruimte tussen hem en de jas.

De kettingzaag kuchte en hield er toen mee op, en de stemmen van het terras van de Manor waren duidelijk over het gras te horen. '... ze schijnen Eleanor Bartlett een hoop onzin verteld te hebben. Ze citeerde terra nullius en de theorie van Locke tegen me, als een soort mantra. Waarschijnlijk heeft ze dat van die reizigers, want het lijkt me onwaarschijnlijk dat ze dat soort termen kent. Ze zijn nogal archaïsch, in feite.'

'Niemandsland?' vroeg de vrouwenstem. 'Gaat dat hier op?'

'Ik denk van niet. Het is een oud concept dat verband houdt met soevereiniteit. Eenvoudig gezegd: de eerstaangekomenen in een onbewoond gebied kunnen er aanspraak op maken uit naam van hun leider, meestal een koning. Ik kan me niet voorstellen dat zo'n concept nog wordt toegepast op een omstreden stuk land in Engeland in de eenentwintigste eeuw. De voor de hand liggende pretendenten zijn James en Dick Weldon... of het dorp, voor algemeen gebruik.'

'En wat is de theorie van Locke?'

'Een vergelijkbaar concept van privé-eigendom. John Locke was een zeventiende-eeuws filosoof die gedachten over bezit geordend heeft. Het eerste individu op een plek verkrijgt er een recht op, dat vervolgens doorverkocht kan worden. De Amerikaanse pioniers werkten volgens dat principe. Ze omheinden land dat nog niet eerder omheind was en het feit dat dat land aan de inheemse bevolking behoorde, die dat principe niet aanhing, werd genegeerd.'

Nu sprak een andere man, een zachtere, oudere stem. 'Hetzelfde dus als wat deze jongens van plan zijn. Pak wat je te pakken kunt krijgen, door de bestaande praktijk van de mensen die er al wonen, te negeren. Boeiend, nietwaar? Vooral omdat zij zich waarschijnlijk meer identificeren met zwervende indianen die bij het land horen, dan met gewelddadige cowboys die het willen exploiteren.'

'Hebben ze een poot om op te staan?' vroeg de vrouw.

'Volgens mij niet,' zei de oude man. 'Ailsa heeft de Copse toen Dick Weldon hem wilde omheinen voorgedragen als gebied met een wetenschappelijk belang, dus als er een poging wordt gedaan de bomen neer te halen is de politie sneller ter plekke dan als ze op mijn grasveld hadden gekampeerd. Ailsa was bang dat Dick zou doen wat zijn voorgangers gedaan hebben, dat hij een oud natuurgebied zou kapotmaken om een extra halve hectare landbouwgrond te verwerven. Toen ik klein was strekte dit bos zich nog bijna een kilometer verder naar het westen uit. Dat kun je je nu amper meer voor stellen.'

'James heeft gelijk,' zei de andere man. 'Bijna iedereen in dit dorp – zelfs de vakantiegangers – kan een geschiedenis van gebruik aantonen, lang voordat dit stelletje kwam opdagen. Het zal tijd kosten om ze weg te krijgen, dus we zullen vrij veel overlast hebben... maar op de korte termijn kunnen we ze zeker verhinderen de bomen neer te halen.'

'Ik geloof niet dat ze daarmee bezig zijn,' zei de vrouw. 'Voorzover ik het kan zien zijn ze het dode hout aan stukken aan het zagen... dat zouden ze tenminste doen als de kettingzaag het niet begeven had.' Ze zweeg even. 'Ik vraag me af hoe ze wisten dat het de moeite waard was het hier te proberen. Als het eigendomsrecht van Hyde Park betwist werd, stond het in alle kranten... maar Shenstead? Wie heeft er ooit van gehoord?'

'We krijgen hier veel vakantiegangers,' zei de oude man. 'Sommigen komen jaar in jaar uit. Misschien is een van de reizigers hier wel als kind geweest.'

Het bleef een tijdje stil voor de eerste man weer iets zei. 'Eleanor Bartlett zei dat ze de namen van iedereen kenden... kennelijk zelfs de mijne. Dat wil zeggen dat ze behoorlijk grondig onderzoek hebben gedaan, of dat er een behulpzame insider is van wie ze de informatie hebben. Ze was om de een of andere reden behoorlijk zenuwachtig, dus ik weet niet hoeveel ik moet geloven, maar ze was ervan overtuigd dat ze het dorp bespioneerd hadden.'

'Dat lijkt me wel logisch,' zei de vrouw. 'Alleen een krankzinnige valt een gebied binnen zonder het eerst verkend te hebben. Hebt u niet iemand in de buurt zien rondhangen, kolonel? Dat bos biedt een schitterende dekking, vooral dat hogere stuk rechts. Met een goede kijker kun je waarschijnlijk het grootste gedeelte van het dorp zien.'

Wolfie, die in de gaten had dat Fox met gespitste oren luisterde naar wat er gezegd werd, draaide voorzichtig met zijn hoofd om ervoor te zorgen dat hij niets miste. Sommige woorden waren te moeilijk voor hem om te begrijpen, maar hij vond de stemmen prettig. Zelfs die van de moordenaar. Ze klonken als toneelspelers, net zoals Fox, maar hij genoot het meest van de stem van de vrouw omdat daar iets zangerigs in zat dat hem deed denken aan zijn moeder.

'Weet je, Nancy,' zei de oude man toen, 'ik geloof dat ik erg dom ben geweest. Ik dacht dat mijn vijanden dichterbij zaten... maar misschien heb je wel gelijk... Ik vraag me af of het deze mensen zijn die de vossen van Ailsa hebben verminkt... een ongelooflijke wreedheid. Ziekelijk – hun snuiten kapotgeslagen en hun staarten afgehakt terwijl de arme stakkerds nog...'

Wolfie begreep niet waarom, maar opeens explodeerde volkomen onverwacht zijn wereld. Er werden handen tegen zijn oren geslagen zodat hij niets meer hoorde, en daarna werd hij opgetild en over Fox' schouder gegooid. Hij wist niet meer waar hij was, hij huilde van angst maar werd rennend door het bos gedragen en op de grond voor het vuur gegooid. De mond van Fox, tegen zijn gezicht gedrukt, bracht grommend woorden voort die hij maar half kon horen.

'Heb... gekeken? Die vrouw... wanneer... ze daar? Wat ze zeiden? Wie is Nancy?'

Wolfie had er geen idee van waarom Fox zo woedend was, maar zijn ogen verwijdden zich toen hij hem naar het scheermes in zijn jaszak zag tasten.

'Waar ben je in godesnaam mee bezig?' vroeg Bella kwaad terwijl ze Fox opzij duwde en neerknielde naast het doodsbange kind. 'Het is verdomme nog maar een kind! Moet je nou kijken, hij is als de dood.'

'Ik heb hem betrapt, hij was naar de Manor geslopen.'

'Nou en?'

'Ik wil niet dat hij de boel voor ons verknoeit.'

'Mijn god!' bromde ze. 'En jij denkt dat als je hem de stuipen op het lijf jaagt, je hem daarvan afhoudt? Kom schat,' zei ze terwijl ze Wolfie in haar armen nam en opstond. 'Hij is vel over been,' zei ze beschuldigend tegen Fox. 'Je geeft hem niet genoeg te eten.'

'Dat moet je z'n moeder verwijten, die heeft hem in de steek gelaten,' zei Fox onverschillig. Hij haalde een biljet van twintig pond uit zijn zak. 'Geef jij hem maar te eten. Ik heb geen tijd. Daar heb je voor een tijdje wel genoeg aan.' Hij stopte het geld tussen haar arm en het lijf van Wolfie.

Bella keek hem achterdochtig aan. 'Hoe kom jij opeens zo goed bij kas?'

'Dat gaat je geen reet aan. En jij,' zei hij terwijl hij een vinger onder Wolfies neus priemde, 'als ik je daar ooit weer betrap, dan zal je dat bezuren.'

'Ik deed niks verkeerds,' jammerde het kind. 'Ik was alleen maar op zoek naar mam en de kleine Cub. Ze moeten toch ergens zijn, Fox. Ze moeten ergens zijn...'

Bella maande haar eigen drie kinderen tot stilte toen ze de borden met spaghetti bolognese voor ze neerzette. 'Ik wil met Wolfie praten,' zei ze terwijl ze naast hem ging zitten en hem aanmoedigde toe te tasten. Haar kinderen, allemaal meisjes, bekeken de vreemde ernstig voor ze zich gehoorzaam over hun eten bogen. Een zag er ouder uit dan Wolfie, maar de twee anderen waren ongeveer van zijn leeftijd en het maakte hem verlegen tussen hen te zitten omdat hij zich er opeens scherp van bewust was hoe vuil hij eruitzag.

'Wat is er met je moeder gebeurd?' vroeg Bella.

Hij tuurde naar zijn bord. 'Kweenie,' mompelde hij.

Ze nam zijn vork en lepel en legde ze in zijn handen. 'Kom op, eten. Dit is geen liefdadigheid, Wolfie. Fox heeft ervoor betaald, vergeet dat niet, en hij wordt razend als hij geen waar voor zijn geld krijgt. Goed zo,' zei ze toen goedkeurend. 'Jij moet nog heel wat groeien. Hoe oud ben je?'

'Tien.'

Bella was geschokt. Haar oudste dochter was negen en Wolfie was een stuk kleiner dan zij en woog veel minder. De laatste keer dat ze hem gezien had, afgelopen zomer bij Barton Edge, waren Wolfie en zijn broertje haast nooit vanachter de rokken van hun moeder vandaan gekomen. Bella had aangenomen dat die verlegenheid door hun leeftijd kwam. Ze had Wolfie op zes of zeven geschat, en het broertje op drie. De moeder was ook verlegen geweest, dat was zeker, hoewel Bella zich haar naam nu niet meer kon herinneren, aangenomen dat ze die ooit geweten had.

Ze keek toe hoe het kind de spaghetti opschrokte alsof hij in geen weken gegeten had. 'Is Cub je broertje?'

'Ja.'

'Hoe oud is hij?'

'Zes.'

Jezus christus! Ze wilde hem vragen of hij ooit gewogen was, maar ze wilde hem niet bang maken. 'Zijn jullie ooit naar school geweest, Wolfie? Of hebben jullie wel eens les gehad van woonwagenleraren?'

Hij liet zijn vork en lepel zakken en schudde zijn hoofd. 'Fox zei dat dat geen nut had. Mam heeft mij en Cub leren lezen en schrijven. We gingen soms naar de bibliotheek,' probeerde hij. 'Ik hou het meest van de computers daar. Mam heeft me laten zien hoe ik internet op kan. Daar heb ik een hoop van geleerd.'

'En een dokter? Zijn jullie ooit naar de dokter geweest?'

'Nee,' zei hij. 'Ik ben niks ziek geweest.' Hij zweeg even. 'Ben nooit ziek geweest,' corrigeerde hij zichzelf.

Bella vroeg zich af of hij een geboortebewijs had, of de autoriteiten van zijn bestaan wisten. 'Hoe heet je moeder?'

'Vixen.'

'Heeft ze nog een andere naam?'

Hij sprak met zijn mond vol. 'Bedoel je zoals Evil? Dat heb ik haar een keer gevraagd maar zij zei dat alleen Fox Evil heette.'

'Zoiets ja. Ik bedoel een achternaam. Die van mij is Preston. Dus ik ben Bella Preston. En de meisjes zijn Tanny, Gabby en Molly Preston. Heeft jouw moeder een tweede naam?'

Wolfie schudde zijn hoofd.

'Noemde Fox haar ooit anders dan Vixen?'

Wolfie keek even naar de meisjes. 'Alleen "trut",' zei hij voor hij zijn mond weer volpropte.

Bella glimlachte, omdat ze niet wilde dat de kinderen zouden merken hoe verontrust ze was. Fox deed heel anders dan bij Barton Edge, en zij was niet de enige van de groep die dacht dat hij een andere agenda volgde dan de agenda die hij vijf maanden geleden had voorgesteld. Toen had de nadruk op het gezin gelegen.

'Je hebt meer kans dan wanneer je een lot in de loterij koopt, en het is net zo legaal,' had Fox hun toen gezegd. 'Op z'n slechtst blijf je net zo lang op zo'n plek tot mensen die er belang bij hebben een zaak tegen je gemaakt hebben... Tijd voor de kinderen om zich bij de huisarts in te schrijven, om naar school te gaan... misschien zes maanden... Misschien ook langer. En op z'n best krijgen we een huis. Ik vind dat het de gok waard is.'

Niemand had echt geloofd dat dat zou gebeuren, Bella zeker niet. Het beste waar zij op kon hopen was een gemeentewoning in een of andere trieste buurt, en dat was minder aantrekkelijk voor haar dan het leven op de weg. Ze wilde veiligheid en vrijheid voor haar kinderen, niet de funeste invloed van criminele jongeren in een hogedrukpan van armoede en misdaad. Maar Fox was overtuigend genoeg om sommigen over te halen een gokje te wagen. 'Wat hebben jullie te verliezen?' had hij gevraagd.

Bella had hem nog één keer ontmoet tussen Barton Edge en het verzamelpunt gisteravond. Alle andere afspraken waren via de telefoon of radio gemaakt. Niemand had te horen gekregen waar het ongebruikte stuk grond lag – behalve dat het ergens in het zuidwesten was – en de enige andere bijeenkomst was gehouden om de uiteindelijke beslissing te nemen wie er mee zou doen. Tegen die tijd had het nieuws van het plan zich verspreid en wilde iedereen wel een plekje. Maximaal zes bussen, had Fox gezegd, en hij zou kiezen wie er meegingen. Alleen mensen met kinderen kwamen in aanmerking. Bella had hem gevraagd wat hem het recht gaf voor God te spelen, en hij had geantwoord: 'Omdat ik de enige ben die weet waar we naartoe gaan.'

De enige logica achter zijn selectie was dat er binnen de groep geen bestaande banden bestonden, waardoor zijn leiderschap onaantastbaar werd. Bella was daar erg tegen geweest. Haar idee was dat een groep vrienden die elkaar goed kenden een succesvollere eenheid zou vormen dan een bij elkaar geraapt groepje mensen, maar botweg voor een ultimatum gesteld – graag of niet – had ze zich erbij neergelegd. Een droom – zelfs als het een luchtkasteel was – was de moeite waard om na te jagen.

'Is Fox je vader?' vroeg ze aan Wolfie.

'Ik geloof het wel. Mam zei van wel.'

Bella vroeg zich dat af. Ze herinnerde zich dat zijn moeder had gezegd dat Wolfie op zijn vader leek, maar ze zag geen gelijkenis tussen dit kind en Fox. 'Heb je altijd bij hem gewoond?' vroeg ze.

'Ik geloof van wel. Behalve als-ie weg was.'

'Waar was hij dan heen?'

'Kweenie.'

De gevangenis, vermoedde Bella. 'Hoe lang was hij dan weg?'

'Kweenie.'

Ze veegde de saus op zijn bord met een stuk brood op en gaf het hem. 'Ben je altijd aan het reizen geweest?'

Hij propte het brood in zijn mond. 'Dat weet ik niet zeker.'

Ze tilde de steelpan van de kookplaat en zette hem voor hem neer met nog meer brood. 'Deze mag je ook uitvegen, schat. Jij hebt ontzettende honger, dat is duidelijk.' Ze keek hoe hij erop aanviel en vroeg zich af wanneer hij voor het laatst een behoorlijke maaltijd had gehad. 'En hoe lang is je moeder dan al weg?'

Ze verwachtte weer een kort antwoord, maar in plaats daarvan stroomde het naar buiten. 'Kweenie. Ik heb geen horloge, snap je, en Fox zegt me nooit wat voor dag het is. Hij vindt niet dat dat er iets toe doet, maar dat vind ik wel. Zij en Cub waren opeens op een ochtend verdwenen. Weken geleden, denk ik. Fox wordt kwaad als ik het vraag. Hij zegt dat ze míj in de steek gelaten heeft, maar volgens mij is dat niet zo want ik heb altijd op haar gepast. Ik denk dat ze bij hem is weggegaan. Ze was echt bang voor hem. Hij heb... heeft,' corrigeerde hij zichzelf, '... er een hekel aan als mensen ruzie met hem maken. Je mag ook niet te vaak heb en ken zeggen,' voegde hij er ernstig aan toe, terwijl hij opeens de stem van Fox nadeed. 'Dat is geen goede grammatica en daar heeft hij ook een hekel aan.'

Bella glimlachte. 'Praat je moeder ook zo netjes?'

'Je bedoelt als in de film?'

'Ja.'

'Soms. Maar ze zegt niet zo veel. Ik praat altijd tegen Fox, omdat zij te bang is.'

Bella dacht terug aan de bijeenkomst waar de groep was geselecteerd, vier weken geleden. Was de vrouw er toen geweest, vroeg ze zich af. Ze kon het zich niet herinneren. Fox was zo dominant dat je geneigd was alleen op hem te letten. Had het Bella wat kunnen schelen of zijn 'vrouw' erbij was? *Nee*. Had het haar wat kunnen schelen of zijn kinderen er waren? *Nee*. Ook al had ze zijn recht op het leiderschap betwist, ze vond zijn zelfverzekerdheid opwindend. Hij was een man die dingen kon laten gebeuren. Een keiharde klootzak, ja – niet iemand die je eventjes wilde dwarsbomen – maar een klootzak met een visie...

'Wat doet hij als mensen ruzie met hem maken?' vroeg ze aan Wolfie.

'Dan pakt hij zijn scheermes.'

Julian sloot de deuren achter Bouncer en ging toen op zoek naar Gemma, wier paardentrailer vijftig meter verderop geparkeerd stond. Ze was de dochter van een van de pachtende boeren in Shenstead Valley en Julian was zo verliefd op haar als een zestigjarige maar op een willige jonge vrouw kan zijn. Hij was realistisch genoeg om te beseffen dat dit net zo veel te maken had met haar jonge lichaam en ongeremde libido als met een verlangen naar een goed gesprek, maar voor een man van zijn leeftijd, die met een vrouw getrouwd was die al een hele tijd niet meer aantrekkelijk voor hem was, was de combinatie van seks en schoonheid een krachtige stimulans. Hij voelde zich fitter en jonger dan hij zich in jaren gevoeld had.

Niettemin had Gemma's ontsteltenis toen ze besefte dat Eleanor haar gebeld had, hem verbaasd. Zijn eigen reactie was opluchting geweest, dat de aap nu eindelijk uit de mouw kwam. Hij fantaseerde er zelfs al een beetje over dat tegen de tijd dat hij thuis zou komen Eleanor vertrokken zou zijn, liefst met achterlating van een bitter briefje om hem te vertellen wat een schoft hij was. Julian had zich nooit ongemakkelijk bij schuld gevoeld, misschien omdat hij zelf de ervaring bedrogen te worden niet kende. Maar toch, een klein stemmetje vanbinnen hield hem voor dat driftbuien en scènes meer in de lijn der verwachting lagen. Kon het hem schelen? Nee. Op zijn vrijblijvende, afstandelijke manier – typisch mannelijk, had zijn eerste vrouw dat genoemd – nam hij aan dat Eleanor er net zomin als hij op gebrand zou zijn een seksloos huwelijk voort te zetten.

Hij vond Gemma naast haar auto, ze was razend. 'Hoe kon je zo stom zijn?' zei ze met een boze blik op hem.

'Wat bedoel je?'

'Dat je mijn telefoonnummer rond hebt laten slingeren.'

'Dat heb ik niet gedaan.' In een onhandige poging haar af te leiden sloeg hij zijn arm om haar middel. 'Je weet hoe ze is. Ze heeft waarschijnlijk in mijn spullen zitten snuffelen.'

Gemma sloeg zijn hand weg. 'De mensen kijken,' waarschuwde ze terwijl ze haar jasje uitdeed.

'Wat kan het je schelen?'

Ze vouwde het jasje op en legde het op de achterbank van haar zwarte Volvo-station. 'Veel,' zei ze afgemeten, terwijl ze om hem heen liep om de koppeling van de trailer op de trekhaak te controleren. 'Voor het geval je het nog niet opgemerkt hebt, die stomme journaliste staat twintig meter verderop... Het wordt er niet beter op als morgen een foto van jou en mij op de voorpagina's staat terwijl je aan me zit te foezelen. Eleanor moet wel heel dom zijn als ze dan niet een en een bij elkaar optelt.'

'Dan hoef ik het niet meer te vertellen, dat spaart weer tijd,' zei hij luchtig.

Ze keek hem aan met een vernietigende blik. 'Vertellen aan wie?'

'Aan Eleanor.'

'En mijn vader dan? Besef jij wel hoe kwaad hij hierover zal zijn? Ik kan alleen maar hopen dat die trut van een vrouw van je hem niet al gebeld heeft om hem te vertellen wat voor slet ik ben, in aanmerking genomen dat stoken het enige is wat ze goed kan.' Ze stampte van ergernis op de grond. 'Ben je er zeker van dat er niets met mijn naam erop in jullie huis ligt?'

'Absoluut.' Julian wreef zijn nek en keek achterom. De verslaggeefster keek een andere kant op, ze was meer geïnteresseerd in de jachtmeester die de meute bij elkaar riep dan in hen. 'Waarom maak je je zo druk om wat je vader denkt?'

'Je weet waarom,' snauwde ze. 'Zonder hem kan ik de wedstrijden met Monkey Business wel vergeten. Ik kan me niet eens permitteren een paard te houden van dat rottige secretaressesalarisje. Dat kan niemand. Pa betaalt voor alles... zelfs die stomme auto... dus tenzij jij aanbiedt dat direct over te nemen, zorg je er verdomme maar voor dat Eleanor haar kop houdt.' Ze zuchtte geïrriteerd bij zijn plotseling gepijnigde gezichtsuitdrukking. 'Jezus zeg, word eens volwassen!' siste ze. 'Snap je dan niet dat dit een gigantische ramp is? Pa hoopt op een schoonzoon die hem helpt met de boerderij... niet iemand die even oud is als hij.'

Hij had haar nog nooit eerder kwaad gezien, en ze deed hem gruwelijk genoeg opeens aan Eleanor denken. Blond, aantrekkelijk en alleen geïnteresseerd in geld. Ze waren allebei gewoon klonen van zijn eerste vrouw, die altijd meer van hun kinderen had gehouden dan van hem. Julian had weinig illusies. Om de een of andere reden trokken wanhopige blondjes van in de dertig hem aan... en hij trok hen aan. Dat kon je niet verklaren, zoals je ook niet kon verklaren dat hij net zo gemakkelijk weer op hen afknapte.

'Vroeg of laat zou het toch uitkomen,' mompelde hij. 'Wat was je dan van plan om aan je vader te vertellen?'

'Ja, daar gaat het dus om, hè! *Ik* zou het hem vertellen. En ik had gehoopt dat wat tactischer te kunnen aanpakken... hem voorzichtig voorbereiden. Dat weet je toch?' zei ze ongeduldig. 'Waarom denk je dat ik steeds tegen je zeg dat je voorzichtig moet zijn?'

Julian had daar nooit over nagedacht, had alleen maar gekeken naar wanneer en waar de volgende seksuele ontmoeting plaats zou vinden. De praktische details waren bijzaak voor hem zolang Gemma haar lichaam voor zijn genoegen beschikbaar stelde. Als hij al discreet was geweest, dan had hij dat voor zichzelf gedaan. Hij had vaak genoeg met dit bijltje gehakt om te weten dat het geen zin had je kaarten op tafel te leggen voor je wist dat je goed zat, en hij was absoluut niet van plan om voor de rest van zijn leven van Eleanors genade afhankelijk te zijn als hij Gemma voor haar neus liet bengelen en Gemma er vervolgens vandoor ging.

'Maar wat moet ik dan doen?' vroeg hij sullig. Haar opmerking over wat Peter Squires in een schoonzoon zocht, had hem van zijn stuk gebracht. Ja, hij wilde vrij zijn van Eleanor, maar hij wilde de status-quo met Gemma handhaven. Gestolen momentjes seks tussen het golfen en drinken door om zijn leven glans te geven, maar die geen verantwoordelijkheden met zich meebrachten. Het huwelijk, kinderen, hij had het allemaal meegemaakt, en het trok hem geen van beide aan. Een vriendin daarentegen was bijzonder aantrekkelijk... tot ze te veel eisen ging stellen.

'Jezus, wat heb ik er toch een hekel aan als mannen dat doen! Ik ben verdomme je kindermeisje niet, Julian! Jij hebt deze ellende veroorzaakt... dus jij zorgt maar dat we eruit komen. *Ik* heb dat stomme telefoonnummer niet laten rondslingeren!' Ze plofte achter het stuur neer en startte de motor. 'Ik ga Monkey Business niet opgeven... dus als pa het te horen krijgt...' Ze zweeg kwaad en zette de Volvo in zijn achteruit. 'Dan houden we Monkey bij jou in de stallen zolang Eleanor er niet is.' Ze sloeg het portier dicht. Haar lippen vormden de woorden 'aan jou de keus' door het raampje voor ze wegreed.

Hij keek toe hoe ze de grote weg opdraaide, waarna hij zijn handen in zijn jaszakken duwde en stampend terugliep naar zijn eigen auto. Voor Debbie Fowler, die het gedoe vanuit haar ooghoek had gadegeslagen, zei de lichaamstaal alles. Een affaire tussen een ouwe viezerik die zijn haar verfde en een verwende trut wier biologische klok begon te tikken.

Ze wendde zich tot de vrouw naast haar, iemand uit het projachtkamp. 'Weet u hoe die man heet?' vroeg ze met een knikje naar de zich verwijderende rug van Julian. 'Hij heeft het net nog gezegd, toen ik hem interviewde, maar ik ben het papiertje waar ik het opgeschreven had geloof ik kwijt.'

'Julian Bartlett,' zei de vrouw behulpzaam. 'Hij golft met mijn man.'

'Waar woont hij?'

'Shenstead.'

'Dan zal hij wel flink verdienen.'

'Hij komt uit Londen.'

'Dat verklaart het,' zei Debbie, die de pagina in haar notitieboekje vond waarop ze 'zigeuners, Shenstead' had geschreven. Ze kladde 'Julian Bartlett' eronder. 'Bedankt,' zei ze glimlachend tegen de vrouw. 'U hebt me goed geholpen. Dus, kort samengevat, u zegt dat het diervriendelijker is ongedierte met honden te doden dan het te schieten of te vergiftigen?'

'Ja. Absoluut. Honden doden schoon. Gif en hagel niet.'

'En gaat dat op voor alle ongedierte?'

'Hoe bedoelt u?'

'Tja, is het bijvoorbeeld beter om honden op konijnen los te laten? Of grijze eekhoorns... of ratten... of dassen? Allemaal toch ongedierte?'

'Volgens sommigen wel. Terriërs zijn gefokt om legers en dassenburchten binnen te gaan.'

'Keurt u het goed?'

De vrouw haalde haar schouders op. 'Ongedierte is ongedierte,' zei ze. 'Je moet het op de een of andere manier beheersbaar houden.'

Bella liet Wolfie bij haar dochters achter en ging terug naar de groep bij de kettingzaag. De machine deed het weer en een stuk of tien palen van verschillende breedte en lengte waren van sprokkelhout gezaagd. Het idee – dat tijdens de planning nog haalbaar had geleken, maar dat Bella nu als naïef voorkwam – was om palen in de grond te rammen om een palissade te maken. Het leek een onmogelijke opgave. Rechtop gezet zou dit tiental willekeurig gevormde palen geen rechte lijn vormen en ze zouden niet meer dan een paar meter kunnen omheinen, en dan had je het nog niet eens over wat een klus het zou zijn om ze bevroren grond in te krijgen.

De Copse was aangemerkt als een plek van wetenschappelijk belang, had Fox die ochtend gewaarschuwd, en een gekapte boom zou een reden voor uitzetting zijn. Er lag genoeg op de grond om mee aan de slag te gaan. Waarom had hij dat nu pas verteld, had Bella kwaad gevraagd. Wie zou toestaan dat ze gingen bouwen in een beschermd natuurgebied? Het was nog geen beschermd natuurgebied, zei hij tegen haar. Ze zouden een bezwaarschrift indienen terwijl ze zich vestigden. Hij praatte alsof zich vestigen makkelijk zou zijn.

Maar zo leek het nu niet. Veel van het dode hout rotte en verkruimelde, zwammen groeiden op de doorweekte schors. Ongeduld had zijn intrede gedaan en Ivo, boos en gefrustreerd, had zijn oog al op het levende hout laten vallen. 'Dit is tijdverspilling,' bromde hij terwijl hij tegen het uiteinde van een tak schopte die tot stof onder zijn laars uiteenviel. 'Kijk dan toch. Er is niet meer dan een meter bruikbaar. We kunnen beter een van die bomen in het midden neerhalen. Wie komt daar ooit achter?'

'Waar is Fox?' vroeg Bella.

'Die bewaakt de barrière.'

Ze schudde haar hoofd. 'Daar ben ik net geweest. De twee jongens die er staan beginnen zich te vervelen.'

Ivo maakte een kappend gebaar naar de jongen bij de kettingzaag en wachtte tot het geluid wegstierf. 'Waar is Fox?' vroeg hij dwingend.

'Geen idee. Ik heb hem voor het laatst gezien toen hij op weg was naar de Manor.'

Ivo keek de rest van de groep vragend aan, maar ze schudden hun hoofden. 'Jezus,' zei hij vol afkeer, 'die klootzak durft wel. Doe dit, doe dat. En wat doet hij verdomme? De regel was als ik het me goed herinner dat als we het samen deden, we een kans hadden, maar het enige wat hij tot nu toe gedaan heeft is het haantje uithangen tegenover een kwaaie boer en een trieste trut in een anorak. Ben ik de enige die bedenkingen heeft?'

Er klonk een ontevreden gemompel. 'De boer herkende zijn stem,' zei Zadie, die getrouwd was met de man die de kettingzaag bediende. Ze trok haar sjaal en bivakmuts af en stak een shagje op. 'Daarom moeten wij deze troep dragen. Hij wil er niet uitspringen als de enige die zijn gezicht verborgen houdt.'

'Heeft hij dat gezegd?'

'Nee, dat denk ik. Er klopt geen reet van. Gray en ik zijn hierheen gekomen omdat we een huis voor onze kinderen wilden... maar nu heb ik het idee dat het doorgestoken kaart is. Wij dienen als afleiding. Iedereen let op ons, en ondertussen kan Fox zijn eigen plan trekken.'

'Hij heeft heel veel belangstelling voor dat huis,' zei de man, terwijl hij de kettingzaag op de grond legde en met zijn hoofd een beweging in de richting van de Manor maakte. 'Steeds als hij ervandoor gaat, is het die kant op.'

Ivo keek nadenkend tussen de bomen door. 'Wie is hij eigenlijk? Kent iemand hem? Wel eens eerder gezien?'

Ze schudden allemaal hun hoofden. 'Het is niet iemand die je over het hoofd ziet,' zei Zadie, 'maar wij hebben hem voor het eerst bij Barton Edge gezien. Dus waar zat hij voor die tijd... en waar heeft hij zich de afgelopen maanden schuilgehouden?'

Bella maakte een beweging. 'Toen had hij Wolfies moeder en broertje bij zich, maar nu zijn die nergens te bekennen. Weet iemand wat er met hen gebeurd is? Dat arme joch is buiten zichzelf... Hij zegt dat ze weken geleden vertrokken zijn.'

De vraag werd met stilte begroet.

'Je gaat je toch dingen afvragen, hè?' zei Zadie.

Ivo nam plotseling een besluit. 'Goed, laten we teruggaan naar de bussen. Ik ga me niet kapot werken met deze onzin voordat ik wat antwoorden heb gekregen. Als hij denkt...' Hij brak af om naar Bella te kijken, die waarschuwend haar hand op zijn arm had gelegd.

Er knapte een twijgje.

'Als hij wat denkt?' vroeg Fox, die vanachter een boom tevoorschijn schoof. 'Dat jullie je laten commanderen?' Hij glimlachte onaangenaam. 'Natuurlijk doen jullie dat. Jij hebt het lef niet het tegen me op te nemen, Ivo.' Hij wierp een geringschattende blik op de hele groep. 'Niemand van jullie heeft dat lef.'

Ivo liet zijn hoofd zakken als een stier die wil aanvallen. 'Probeer het maar eens, klootzak.'

Bella zag een stalen lemmet glinsteren in Fox' rechterhand. *Jezus.* 'Laten we eerst wat eten, voor iemand iets doms doet,' zei ze terwijl ze Ivo bij zijn arm greep en hem in de richting van de kampeerplek draaide. 'Ik doe mee voor de toekomst van mijn kinderen... niet om een stel Neanderthalers over de grond te zien rollen.'

15

ZE LUNCHTEN IN DE KEUKEN MET JAMES AAN HET HOOFD VAN DE tafel. De twee mannen maakten het eten klaar – de luxehapjes die Mark uit Londen had meegebracht – en Nancy kreeg de taak de borden te zoeken. Om de een of andere reden stond James erop de 'goede' te gebruiken, en ze werd naar de eetkamer gestuurd om ze te halen. Ze nam aan dat het een voorwendsel was om de mannen de kans te geven met elkaar te praten, of een subtiele manier om haar bekend te maken met de foto's van Ailsa, Elizabeth en Leo. Misschien allebei.

Het was duidelijk – gezien het feit dat hij diende als rommelkamer voor overgeschoten stoelen en ladekasten – dat de eetkamer al heel lang niet meer gebruikt was. Het was er koud en overal lag stof. Er hing de lucht van bederf waar Mark het over gehad had, hoewel Nancy dacht dat het eerder een lucht van vocht en onbruik was dan van rotting. Er zaten blazen in het schilderwerk boven de plinten en het pleisterwerk daaronder was zacht. Dit was duidelijk Ailsa's domein geweest, dacht ze en ze vroeg zich af of James deze plek meed, zoals hij haar tuin meed.

Een donkere mahonie tafel stond in de lengte langs een muur, bedekt met papieren en met aan één kant stapels kartonnen dozen. Op sommige dozen stond in grote letters 'Dierenbesch.', op andere 'Barnabo' of 'Kinderbesch.' Het waren stevige, zwarte letters en Nancy nam aan dat dit Ailsa's archief voor haar liefdadigheidswerk was. Schimmelvlekken op de dozen deden vermoeden dat Ailsa's hobby's met haar gestorven waren. Op een paar dozen stond niets, en deze lagen op hun kant, papieren waren eruit gegleden en lagen op het tafelblad. Huishoudrekeningen. Ontvangstbewijzen voor tuinspullen. Autoverzekering, bankafschriften. Overzichten van spaarrekeningen. De gewone dagelijkse dingen.

Er waren geen schilderijen, alleen foto's, hoewel rechthoekige lichte plekken rond sommige fotolijsten deden vermoeden dat daar ooit schilderijen hadden gehangen. De foto's waren overal. Aan de muren, overal waar maar een plekje was, in een stapel albums op het buffet waar de borden in stonden. Zelfs als ze dat gewild had, kon Nancy er niet omheen. Het waren voornamelijk oude foto's. Een visueel overzicht van de afgelopen generaties, van de kreeftenhandel van Shenstead, landschapsfoto's van de Manor en de vallei, plaatjes van paarden en honden. Een studioportret van de moeder van James hing boven de schoorsteenmantel, en in de nis rechts zag ze een trouwfoto van een jong stel, onmiskenbaar James en zijn bruid.

Nancy voelde zich als een snuffelaarster, op zoek naar geheimen, toen ze naar Ailsa keek. Het was een aantrekkelijk gezicht, heel karaktervol en net zo verschillend van James' donkerharige moeder met haar rechthoekige kaken als de noordpool van de zuidpool verschilt. Blond en teer, met helderblauwe, schelmse ogen, als een Siamese kat die je niets meer hoeft te vertellen. Nancy stond versteld. Zo had ze zich Ailsa absoluut niet voorgesteld. Onwillekeurig had ze het beeld van haar overleden adoptief grootmoeder – een taaie, gerimpelde boerin met ruwe handen en een stekelige persoonlijkheid – overgebracht op haar biologische grootmoeder, en haar in gedachten gemaakt tot een onverschrokken vrouw die rap van tong was en weinig geduld had.

Haar ogen werden naar nog twee foto's getrokken die in een lederen mapje op het bureau onder de huwelijksfoto stonden. In de linkerhelft James en Ailsa met een stel peuters; rechts een studioportret van een jongen en meisje in hun tienertijd. Ze waren in het wit gekleed, tegen een zwarte achtergrond, een bestudeerde pose van opzij, de jongen achter het meisje met zijn hand op haar schouder, hun gezichten naar de camera toe gekeerd. 'Geloof me,' had Mark gezegd, 'het is uitgesloten dat iemand jou met Elizabeth zou verwarren.' Hij had gelijk. Nancy had niets wat deed denken aan deze opgemaakte barbiepop met een pruilmondje en verveelde oogopslag. Ze was sprekend haar moeder, maar ze miste de levendigheid van Ailsa totaal.

Nancy hield zichzelf voor dat het niet eerlijk was je oordeel over iemand aan de hand van een foto te vormen – vooral niet een foto die zo gekunsteld was – maar Leo had dezelfde verveelde gezichtsuitdrukking als zijn zusje. Ze moest toch aannemen dat de hele pose hun eigen keus was, want waarom zouden James en Ailsa zo'n bizarre foto van hun kinderen willen hebben? Leo boezemde haar belangstelling in. Vanuit haar perspectief van een achtentwintigjarige waren zijn pogingen om zwoel te kijken grappig, maar ze was eerlijk genoeg om toe te geven dat ze hem als ze vijftien was geweest waarschijnlijk aantrekkelijk had gevonden. Hij had het donkere haar van zijn grootmoeder en een lichtere versie van de blauwe ogen van zijn moeder. Dat was een interessante combinatie, maar het verontrustte Nancy dat ze in hem meer van zichzelf terugzag dan in zijn zusje.

Ze vond ze allebei niet aardig, hoewel ze niet kon zeggen of dat intuïtief was of het gevolg van de dingen die Mark haar verteld had. Als ze haar al aan iets deden denken – mogelijk door de witte kleding en de valse wimpers van Elizabeth – dan was het aan het bedrieglijk onschuldige gezicht van Malcolm McDowell in *A Clockwork Orange*, als hij zijn slachtoffers in stukken sneed in een orgie van gewelddadige zelfexpressie. Was dat de bedoeling, vroeg ze zich af. Was het een gecodeerd beeld van amoraliteit dat hun vrienden zou amuseren terwijl de ouders het niet herkenden?

Het eetservies stond op het buffet, onder het stof, en ze tilde een stapel borden op tafel om een paar schone van onderop te pakken. Je kunt te veel in een foto zien, hield ze zichzelf voor terwijl ze dacht aan de ongedwongen kiekjes van haarzelf, meest door haar vader genomen, die overal in de boerderij stonden. Wat zeiden die fantasieloze plaatjes over haar? Dat Nancy Smith een oprecht iemand was die niets verborg? Als dat zo was, dan was het niet waar.

Toen ze de borden terugzette op het buffet, zag ze een kleine hartvormige afdruk in het stof waar ze gestaan hadden. Ze vroeg zich af door wie of wat die veroorzaakt was. Het leek een schrijnend symbool van liefde in die koude, dode kamer en ze huiverde bijgelovig. Je kon overal te veel in zien, dacht ze terwijl ze een laatste blik wierp op de glimlachende gezichten van haar grootouders op hun huwelijksdag.

Fox beval Wolfie terug te gaan naar de bus, maar Bella kwam tussenbeide. 'Laat hem toch hier,' zei ze terwijl ze het kind naast zich trok. 'Hij maakt zich zorgen over zijn moeder en zijn broertje. Hij wil weten waar ze zijn en ik heb gezegd dat ik het je zou vragen.'

Wolfies ontsteltenis was tastbaar. Bella voelde hem door haar jas heen beven. Hij schudde angstig zijn hoofd. 'Het h-h-hindert niks,' stotterde hij. 'F-f-fox kan het me later vertellen.'

Fox' bleke ogen keken naar zijn zoon. 'Doe wat ik je zeg,' zei hij koud en hij maakte een hoofdbeweging naar de bus. 'Wacht daar op me.'

Ivo stak zijn hand uit om het kind tegen te houden. 'Nee. We zijn er allemaal benieuwd naar. Je hebt voor dit project gezinnen uitgekozen, Fox. Je zei... laten we een gemeenschap stichten, zei je... dus, waar is jouw gezin? In Barton Edge had je een vrouw en nog een kind. Wat is er met hen gebeurd?'

Fox' blik dwaalde over de groep. Hij moest iets in hun gemeenschappelijke gezichtsuitdrukking hebben gezien dat hem ertoe bracht te antwoorden, want hij haalde plotseling zijn schouders op. 'Ze is er vijf weken geleden vandoor gegaan. Sindsdien heb ik haar niet meer gezien. Tevreden?'

Niemand zei iets.

Bella voelde Wolfies hand in de hare kruipen. Ze bewoog haar tong langs de binnenkant van haar mond om hem wat minder droog te maken. 'Met wie?' vroeg ze. 'En waarom heeft ze Wolfie niet meegenomen?'

'Als jij het weet...' zei Fox smalend. 'Ik moest een zaakje opknappen en toen ik terugkwam waren zij en het kind verdwenen. Ik heb er niet om gevraagd dat ze Wolfie heeft achtergelaten. Hij was apestoned toen ik hem vond, maar hij weet niet meer waarom. Haar spullen waren weg en er waren tekenen dat er iemand bij haar in de bus was geweest, dus ik denk dat ze de kinderen gedrogeerd heeft om een nummertje te kunnen maken. Waarschijnlijk voor horse. Ze kon niet lang zonder.'

Wolfies vingers bewogen in de hand van Bella. Wist ze maar wat hij haar probeerde te zeggen. 'Waar was dat? Stond je ergens op een kamp?'

'Devon. Bij Torquay. We werkten op de kermis. Ze was wanhopig toen het seizoen ten einde liep en er geen klanten meer waren.' Hij liet zijn blik op Wolfie vallen. 'Cub was makkelijker te dragen dan hij, dus ik neem aan dat ze haar geweten suste door de kleinste mee te nemen.' Hij zag de tranen opkomen in de ogen van het kind en zijn mond versmalde zich tot een cynisch lachje. 'Jij zou het eens moeten proberen met een zombie te leven, Bella. Je wordt knettergek als het enige waar je aan denkt het bevredigen van je verslaving is. Al het andere doet er niet toe – kinderen, eten, verantwoordelijkheden, het leven – alleen de drugs. Of misschien heb je het nooit zo bekeken, misschien heb je door je eigen verslavingen medelijden met ze.'

Bella gaf een kneepje in Wolfies hand. 'Mijn kerel was verslaafd,' zei ze, 'dus kom mij niet over zombies vertellen. Ik heb het allemaal meegemaakt. Tuurlijk, hij was knettergek, maar ik heb hem steeds weer gezocht, tot hij aan een overdosis is gestorven. Heb jij dat gedaan, Fox. Haar gezocht?' Ze keek hem net zo lang aan tot hij zijn ogen neersloeg. 'Het maakt niet uit hoe ze aan haar fix kwam... binnen de kortste keren zou ze weer getippeld hebben. Dus, maak het even. Een vrouw met een kind in haar armen? De politie en de sociaal werksters zouden haar al opgepakt hebben voor ze wakker was geworden. Ben je naar hen toe geweest? Heb je naar haar gevraagd?'

Fox haalde zijn schouders op. 'Dat zou ik misschien gedaan hebben als ik had gedacht dat ze daar zat, maar ze was een hoer. Ze heeft zich ongetwijfeld in een kraakpand verstopt met een pooier die het met haar uithoudt zolang hij haar van dope kan voorzien en zij het geld verdient. Dat is al eerder gebeurd. Haar eerste kind is haar daarom afgenomen... daardoor is ze zo bang geworden van de politie en het maatschappelijk werk dat ze daar wel uit de buurt blijft.'

'Maar je mag haar niet zomaar in de steek laten,' zei Bella. 'En Cub dan?'

'Wat Cub dan?'

'Hij is toch je zoon?'

Hij keek geamuseerd. 'Ik ben bang van niet,' zei hij. 'Die kleine komt op een ander z'n conto.'

James wilde over de reizigers spreken, en daarvoor was Nancy dankbaar. Ze wilde niet graag over zichzelf praten of over haar indrukken van de foto's. Die keren dat zij en Mark een blik over de tafel wisselden, kon ze zien dat hij verbaasd was over James' plotselinge interesse in de krakers bij de Copse, en ze vroeg zich af waar ze het over gehad hadden toen zij in de eetkamer was. Het onderwerp van de verminkte vossen was heel abrupt afgebroken. 'Ik wil er niet over praten,' had James gezegd.

'Zorg ervoor dat de tafel schoon is, Mark. Ze is duidelijk heel goed opgevoed. Ik wil niet dat ze aan haar moeder zegt dat ik in een varkensstal woon.'

'Hij is schoon.'

'Ik heb me vanmorgen niet geschoren. Valt het erg op?'

'Je ziet er prima uit.'

'Had ik maar een pak aan gehad.'

'Je ziet er prima uit.'

'Ik heb het gevoel dat ik een teleurstelling ben. Ik denk dat ze iets indrukwekkenders had verwacht.'

'Dat denk ik niet.'

'Ik ben vandaag de dag zo'n saaie ouwe kerel. Denk je dat ze belangstelling zal hebben voor de dagboeken van de familie?'

'Op 't ogenblik niet, nee.'

'Misschien moet ik haar naar de Smiths vragen? Ik weet niet precies wat de etiquette in dit soort omstandigheden voorschrijft.'

'Ik denk dat daar geen voorschriften voor bestaan. Je moet gewoon jezelf zijn.'

'Het is erg moeilijk. Ik moet steeds aan die verschrikkelijke telefoontjes denken.'

'Je doet het geweldig. Ze vindt je erg aardig, James.'

'Weet je dat zeker? Of zeg je dat om aardig te zijn?'

James ondervroeg Mark over de wet op bezit te kwader trouw, over landregistratie en wat bewoning en gebruik inhielden. Uiteindelijk schoof hij zijn bord opzij en vroeg hem te herhalen wat Dick Weldon en Eleanor Bartlett erover te zeggen hadden gehad.

'Bijzonder eigenaardig,' zei hij nadenkend, toen Mark het over de sjaals voor de monden had. 'Waarom zouden ze dat doen?'

Mark haalde zijn schouders op. 'Voor het geval de politie komt?' opperde hij. 'Hun foto's zullen in de meeste politiedossiers in Engeland zitten.'

'Maar Dick zei toch dat de politie er niet bij betrokken wilde worden?'

'Ja, dat is zo, maar...' Hij zweeg. 'Waarom wil je dat weten?'

James schudde zijn hoofd. 'Uiteindelijk komen we er toch achter wie ze zijn, dus waarom zouden ze hun gezichten dan nu verbergen?'

'Het groepje dat ik door mijn kijker heb gezien droeg sjaals en bivakmutsen,' zei Nancy. 'Ze waren dus behoorlijk ingepakt. Maar bewijst dat niet dat Mark gelijk heeft...? Dat ze bang zijn dat ze herkend zullen worden?'

James knikte. 'Ja, maar door wie?'

'In ieder geval niet door Eleanor Bartlett,' zei Mark. 'Zij was er zeer uitgesproken over dat ze ze nooit eerder had gezien.'

'Mmm.' Hij zweeg even voor hij naar allebei glimlachte. 'Misschien zijn ze wel bang voor mij. Zoals mijn buren zo graag schijnen te benadrukken, ze staan zowat bij mij op de stoep. Zullen we eens met ze gaan praten? Als we de droge sloot oversteken en ze door het bos benaderen, kunnen we ze van achteren verrassen. En de wandeling zal ons goed doen, toch?'

Dit was de man die Mark van vroeger kende – Action Man – en hij glimlachte naar hem voor hij vragend naar Nancy keek.

'Ik doe mee,' zei ze. 'Zoals iemand eens zei: "Ken uw vijand." We willen toch niet per ongeluk de verkeerde mensen neerschieten?'

'Misschien zijn ze de vijand wel niet,' bracht Mark ertegenin.

Haar ogen daagden hem uit. 'Des te beter. Misschien zijn ze de vijand van onze vijand.'

Julian was bezig de opgedroogde modder van de benen van Bouncer af te borstelen, toen hij het geluid van naderende voetstappen hoorde. Hij draaide zich achterdochtig om toen Eleanor bij de staldeur verscheen. Dat was zo ongewoon dat hij aannam dat ze was gekomen om hem de mantel uit te vegen. 'Ik ben niet in de stemming,' zei hij kortaf. 'We praten er wel over als ik een borrel heb gehad.'

Waar moeten we over praten? vroeg Eleanor zich in paniek af. Ze had het gevoel alsof ze met een blinddoek om op eieren liep. Wat Julian betrof was er toch niets om over te praten? Of wel? 'Als je het over die ellendige mensen bij de Copse hebt, dat heb ik al afgehandeld,' zei ze opgewekt. 'Prue probeerde het weer op jou af te schuiven, maar ik heb haar gezegd dat dat niet redelijk was. Wil je iets drinken, schat? Dan haal ik het wel.'

Hij gooide de borstel in de emmer en reikte naar de deken van Bouncer. *Schat...?* 'Hoe bedoel je, dat Prue het probeerde af te schuiven?' vroeg hij terwijl hij de deken over Bouncers rug spreidde en zich bukte om de gesp onder zijn buik dicht te maken.

Eleanor ontspande enigszins. 'Dick kon zijn advocaat niet te pakken krijgen, dus toen vroeg zij mij Gareth erop te zetten. Ik heb gezegd dat me dat niet eerlijk leek, gezien het feit dat wij geen aanspraken op dat land hebben en dat jij Gareth zou moeten betalen.' Het lukte haar niet haar kenau-achtige persoonlijkheid nog langer te onderdrukken. 'Ik vond het eigenlijk behoorlijk brutaal. Dick heeft er ruzie over gemaakt met de advocaat van James... en toen heeft Prue ruziegemaakt met Dick... en nu moeten jij en ik de scherven opruimen. Ik zei tegen Prue, waarom zou Julian moeten betalen? Alsof wij er wat bij te winnen hebben!'

Julian probeerde er een touw aan vast te knopen. 'Heeft iemand de politie gebeld?'

'Ja, Dick.'

'En?'

'Ik weet alleen wat Prue heeft gezegd,' loog Eleanor. 'Het heeft te maken met het eigendom van het land, dus is het een zaak voor een advocaat.'

Hij keek haar fronsend aan. 'En wat gaat Dick eraan doen?'

'Dat weet ik niet. Hij is kwaad weggegaan en Prue weet niet waar hij is.'

'Je zei iets over de advocaat van James.'

Ze trok een gezicht. 'Dick heeft met hem gesproken en kreeg als dank de wind van voren – daarom was hij waarschijnlijk in zo'n slechte bui – maar ik heb geen idee of de man er iets aan gedaan heeft.'

Julian hield zijn gedachten voor zich terwijl hij de wateremmer liet vollopen en het hooi in Bouncers ruif bijvulde. Hij gaf een laatste klopje op de hals van het oude jachtpaard, pakte de emmer met de borstels op en bleef nadrukkelijk bij de deur staan wachten tot Eleanor in beweging kwam. 'Waarom heeft Dick James' advocaat gebeld? Wat kan die doen? Ik dacht dat hij in Londen zat.'

'Hij logeert bij James. Hij is kerstavond aangekomen.'

Julian schoof de grendel voor de staldeur. 'Ik dacht dat die arme oude kerel in zijn eentje zat.'

'Meneer Ankerton is niet de enige. Er is daar nog iemand.'

Julian keek haar fronsend aan. 'Wie?'

'Weet ik niet, het leek wel een van de reizigers.'

De frons verdiepte zich. 'Waarom zouden er reizigers bij James op bezoek komen?'

Eleanor glimlachte flauwtjes. 'Wij hebben er niets mee te maken.'

'Dat had je gedroomd,' snauwde hij. 'Ze staan verdomme in de Copse. Hoezo gaf die advocaat Dick de wind van voren?'

'Hij weigerde de zaak met hem te bespreken.'

'Waarom?'

Ze aarzelde. 'Ik denk dat hij kwaad is om wat Prue heeft gezegd over de ruzie tussen James en Ailsa.'

'Schei uit,' zei Julian ongeduldig. 'Dat zal hij haar niet in dank afgenomen hebben – en Dick ook niet – maar daarom gaat hij nog niet weigeren iets te bespreken wat zijn cliënt kan raken. Je zei dat ze ruzie hadden. Waarover?'

'Weet ik niet.'

Hij beende het pad op naar het huis, Eleanor in een drafje achter hem aan. 'Ik zal hem bellen,' zei hij nijdig. 'Het klinkt me volkomen belachelijk in de oren. Advocaten maken geen ruzie met mensen.' Hij trok de achterdeur open.

Ze greep zijn arm en hield hem tegen. 'Wie ga je bellen?'

'Dick,' zei hij en hij schudde haar hand net zo bruusk af als Mark eerder op de dag had gedaan. 'Ik wil verdomme weten wat er aan de hand is. Ik had trouwens toch al gezegd dat ik hem direct als ik terug was zou bellen.'

'Hij is niet thuis.'

'Nou en?' Hij duwde zijn rechterhiel in de laarzenknecht om zijn rijlaars uit te doen. 'Dan bel ik hem op zijn mobiel.'

Ze schoof langs hem heen de keuken in. 'Wij hebben er niets mee te maken, schat,' riep ze luchtig over haar schouder terwijl ze een whiskyglas uit de kast haalde en de fles opendraaide om haar eigen glas bij te vullen en hem een royale borrel in te schenken. 'Dat zei ik toch al? Dick en Prue hebben er al ruzie over gehad. Wat heeft het voor zin dat wij daar ook in betrokken raken?'

De 'schatten' begonnen hem op zijn zenuwen te werken. Hij nam aan dat dat haar antwoord op Gemma was. Dacht ze dat dat soort troetelwoordjes hem terug konden winnen? Of misschien dacht ze dat 'schat' een woord was dat hij voor zijn vriendinnen gebruikte? Had hij het tegen haar gezegd toen hij zijn eerste vrouw bedroog...? God mocht het weten. Het was zo lang geleden dat hij het zich niet meer kon herinneren. 'Goed,' zei hij terwijl hij op kousenvoeten de keuken binnenstapte. 'Dan bel ik James.'

Eleanor gaf hem zijn whisky aan. 'O, dat lijkt me ook geen goed idee,' zei ze iets te haastig. 'Niet nu hij bezoek heeft. Waarom wacht je niet tot morgen? Dan is het waarschijnlijk vanzelf al opgelost. Heb je al gegeten? Zal ik risotto met kalkoen of zo maken? Dat is vast lekker, toch?'

Julian keek naar haar vlekkerige gezicht, de halflege whiskyfles en de tekenen van bijgewerkte oogmake-up, en vroeg zich af waarom ze er zo op gebrand was dat hij niet zou bellen. Hij hief zijn glas naar haar op. 'Klinkt goed, Ellie,' zei hij met een onschuldige glimlach. 'Roep me maar als het klaar is, ik ga even douchen.'

In zijn kleedkamer boven deed hij zijn kastdeur open, keek naar de netjes over de roede verdeelde pakken en sportjasjes die hij die ochtend nog naar één kant had geduwd om zijn jagersjasje te pakken, en vroeg zich af wat zijn vrouw opeens op het idee gebracht had zijn spullen te doorzoeken. Ze had altijd gedaan alsof voor een man zorgen een vorm van slavernij was, en hij had allang geleerd zijn steentje bij te dragen, vooral in de kamers die hij de zijne noemde. Hij vond dat zelfs prettiger. Een beetje rommel paste meer bij zijn natuur dan de opvallende netheid van de rest van het huis.

Hij zette de douche aan, haalde zijn mobiel tevoorschijn en scrolde naar het nummer van Dick. Toen er aan de andere kant werd opgenomen, sloot hij zachtjes de deur van zijn kleedkamer.

James en zijn twee metgezellen maakten geen geheim van hun nadering, hoewel ze bij afspraak niet meer spraken nadat ze het terras hadden verlaten en het grasveld overstaken naar de droge greppel. De kettingzaaggroep was niet te zien, maar Nancy wees op de machine zelf, die eenzaam op een kleine stapel houtblokken stond. Ze liepen naar rechts, langs de opschietende essen en hazelaars, die eens gebruikt werden als hakhout, maar die nu een natuurlijk scherm tussen de Manor en het kamp vormden.

In het licht van de vragen van James over herkenning, vroeg Nancy zich af hoeveel opzet er achter de opstelling van de bussen zat. Als ze verder het bos in hadden gestaan zouden ze zichtbaar zijn geweest door de kale bomen omdat de Copse lager lag dan de Manor. James zou ze vanuit zijn zitkamerramen gemakkelijk met een verrekijker in de gaten hebben kunnen houden.

James leidde hen naar een pad dat naar de ingang voerde. Ze wendde haar hoofd om te luisteren, maar er was niets. Waar de reizigers dan ook waren, ze hielden zich even stil als hun bezoekers. Hier stonden de bomen verder uiteen en konden ze het kamp duidelijk zien. Een paar van de bussen waren helder gekleurd. Een geel en limoengroen, de ander was paars geschilderd met 'Bella' in grote letters op de zijkant. De rest was daarbij vergeleken wonderlijk saai – oude verhuurbussen in grijs en crème, de logo's overgeschilderd.

Ze stonden grofweg in een halve cirkel rond de ingang van de Copse en zelfs op honderd meter afstand kon Nancy zien dat elke bus met een touw met zijn buren verbonden was, en aan die touwen hingen nog meer 'niet betreden'-bordjes. Er stond een aftandse Ford Cortina met de neus naar voren achter de limoengroene bus, en kinderfietsen lagen op de grond. Verder leek het kamp leeg op het vuur in het midden na en twee figuren met capuchons die op stoelen aan weerszijden van de barrière van touw naar de weg keken. Twee herdershonden lagen aan de lijn aan hun voeten.

Mark maakte een gebaar met zijn kin naar de twee gedaanten en wees toen met zijn vingers op zijn oren in een gebaar van 'koptelefoons', en Nancy knikte toen ze zag dat een van de wachters de maat sloeg met zijn voet terwijl hij luchtgitaar speelde. Ze hief de kijker om beter te zien. Het waren geen volwassenen, dacht ze. Hun onvolgroeide schouders waren te smal voor hun geleende jassen en hun magere polsen en handen staken als lepels uit de omgeslagen mouwen. Een makkelijke prooi voor wie bereid was het touw door te snijden en de Copse voor het dorp terug te eisen. Te gemakkelijk. De honden waren oud en sjofel, maar hun blaf zou het nog wel doen. De ouders en eigenaren moesten binnen gehoorsafstand zijn.

Ze keek de ramen van de verschillende voertuigen af, maar overal stond karton voor zodat er vanaf deze kant niet naar binnen gekeken kon worden. Interessant, dacht ze. De motoren liepen niet, dus binnen waren ze aangewezen op daglicht – tenzij ze idioot genoeg waren om de accu's te gebruiken – en toch was het sterke zonlicht uit het zuiden buitengesloten. Waarom? Omdat de Manor aan die kant lag?

Ze fluisterde James haar vermoedens in het oor. 'De kinderen bij de barricade zijn kwetsbaar,' besloot ze. 'Dus in ten minste een van de bussen moeten volwassenen zitten. Zal ik uitzoeken in welke?'

'Helpt dat?' fluisterde hij terug.

Ze maakte een wiegend gebaar met haar hand. 'Het hangt ervan af hoe agressief ze zullen zijn en hoeveel versterkingen ze hebben. Het lijkt veiliger ze in hun schuilplaats te tarten, dan buiten overvallen te worden.'

'Dan moet je over een van de touwen tussen de bussen stappen.'

'Mmm,' knikte ze.

'En die honden dan?'

'Ze zijn oud, en waarschijnlijk te ver weg om ons te horen als we zachtjes doen. Ze zullen blaffen als de bewoners lawaai gaan maken, maar dan zijn wij al binnen.'

Zijn ogen schitterden geamuseerd toen hij naar Mark keek. 'Je maakt onze vriend bang,' zei hij waarschuwend terwijl hij zijn hoofd een klein beetje schuin hield in de richting van de advocaat. 'Het lijkt me niet dat zijn ethiek onwettig betreden van andermans eigendom toelaat.'

Ze grijnsde. 'En die van u? Wat laat uw ethiek toe?'

'Actie,' zei hij zonder aarzelen. 'Als je een doel voor me hebt, volg ik op jouw teken.'

Ze maakte met haar duim en wijsvinger een cirkeltje en glipte tussen de bomen door weg.

'Ik hoop dat je weet wat je doet,' mompelde Mark in zijn andere oor.

De oude man gniffelde. 'Geen spelbreker zijn,' zei hij. 'Ik heb in maanden niet zo'n lol gehad. Ze lijkt ontzettend op Ailsa.'

'Een uur geleden zei je nog dat ze op je moeder leek.'

'Ik zie ze allebei in haar terug. Ze combineert hun beste eigenschappen... ze heeft alle goede genen, Mark. En geen van de slechte.'

Mark hoopte dat hij gelijk had.

Binnen 'Bella' klonken luide stemmen, die steeds beter hoorbaar werden naarmate Nancy dichterbij kwam. Ze vermoedde dat de deur aan de andere kant openstond, anders had het geluid niet zo ver kunnen dragen, maar er praatten te veel mensen tegelijkertijd om de individuele inbreng te kunnen volgen. Prima. Het betekende dat de honden zich niets aantrokken van gekrakeel in de bussen.

Ze knielde op een knie naast het rechter voorwiel, erop vertrouwend dat de kartonnen blinden haar net zo onzichtbaar maakten voor degenen die binnen zaten als zij voor haar waren. Terwijl ze luisterde, maakte ze het touw aan de kant van'Bella' los en liet het op de grond vallen, met het 'niet betreden'-bordje met de verkeerde kant boven, en toen keek ze tussen de bomen in het zuiden en westen of ze iets zag bewegen. De ruzie scheen te gaan over wie de leiding moest hebben, maar er werd grotendeels op negatieve gronden geredeneerd.

'Niemand anders weet iets over de wet...' 'We weten alleen van hemzelf dat hij er wél van weet...' 'Het is verdomme een psychopaat...' 'Ssst... de kinderen luisteren...' 'Goed, goed, maar ik neem die onzin van hem niet langer...' 'Wolfie zegt dat hij een scheermes heeft...'

Ze keek omhoog of er een kier onder de kartonnen blinden zat, waardoor ze een glimp van het interieur op zou kunnen vangen en een ruwe telling van de koppen maken. Gelet op het aantal verschillende stemmen, schatte ze dat het hele kamp binnen was, minus degene over wie de discussie ging. De psychopaat. Ze zou zich prettiger hebben gevoeld als ze wist waar hij was, maar de absolute stilte achter de bussen betekende dat hij óf heel geduldig was, óf er niet was.

Het laatste raam dat ze inspecteerde was het raam boven haar hoofd, en haar hart sloeg een slag over toen haar ogen een ander paar ogen ving dat op haar neerkeek langs een omgevouwen hoek van het karton. De ogen waren zo rond en de neus was zo klein dat het een kind moest zijn, en instinctief glimlachte ze en hief haar vinger naar haar lippen. Er was geen reactie, en het karton werd stilletjes weer op zijn plek geduwd. Na twee of drie minuten, waarin het geluid van het gesprek binnen onverstoorbaar verderging, sloop ze terug tussen de bomen en gebaarde naar James en Mark om bij haar te komen.

Wolfie was op de bestuurdersplaats van Bella's bus gekropen, die afgescheiden was met een stuk gordijn. Hij wilde niet opgemerkt worden, hij was bang dat iemand zou zeggen dat hij bij zijn vader moest zijn. Hij had zich tot een bal opgerold op de vloer tussen het dashboard en de stoel, om zich én voor Fox buiten én voor Bella en de anderen binnen te verstoppen. Na een half uur, toen zijn tanden klapperden van de kou van de vloer, kroop hij op de stoel en tuurde over het stuur om te kijken of hij Fox zag.

Hij was nu nog banger dan ooit. Als Cub niet van Fox was, dan had zijn moeder daarom misschien hem meegenomen en Wolfie achtergelaten. Misschien hoorde Wolfie helemaal niet bij Vixen, maar alleen bij Fox. De gedachte maakte hem doodsbang. Het betekende dat Fox kon doen wat hij wilde, wanneer hij dat wilde en dat er niemand was om hem tegen te houden. In zijn achterhoofd wist hij wel dat het geen verschil maakte. Zijn moeder was nooit in staat geweest Fox ervan te weerhouden zich als een gek te gedragen, ze maakte alleen een hoop herrie en zei dat ze het nooit weer zou doen. Hij had nooit begrepen wat ze dan nooit meer zou doen, hoewel hij zich begon af te vragen of de slaapjes die ze hem en Cub liet doen, er iets mee te maken hadden. Een klein knoopje woede – een eerste begrip van moederlijk verraad – wikkelde zich als een strop om zijn hart.

Hij hoorde Bella zeggen dat als Fox de waarheid had gesproken over de kermis, dat zou verklaren waarom niemand hem in het circuit was tegengekomen, en hij wilde uitschreeuwen: maar hij spréékt de waarheid niet. Wolfie kon zich geen enkele keer herinneren dat de bus bij andere mensen in de buurt had gestaan behalve 's zomers bij de rave. Meestal liet Fox hen ergens op een godvergeten plek achter en dan verdween hij voor dagen achtereen. Soms was Wolfie hem wel eens achternagelopen, om te zien waar Fox heen ging, maar hij werd altijd opgepikt door een zwarte auto en dan reed hij weg.

Als zijn moeder moed genoeg had, liep ze met hem en Cub langs de weg tot ze bij een stad kwamen, maar meestal lag ze opgerold in bed. Hij had gedacht dat dat was omdat ze zich zorgen maakte over de wereldverbeteraars, maar nu vroeg hij zich af of het niet meer te maken had met dat ze zo veel sliep. Misschien was het geen moed geweest, maar alleen de behoefte om datgene te zoeken waardoor ze zich beter voelde.

Wolfie probeerde zich de tijd te herinneren dat Fox er niet was geweest. Soms kwam het terug in zijn dromen, herinneringen aan een huis en een echte slaapkamer. Hij wist zeker dat het echt was en niet alleen maar een fantasie, veroorzaakt door films... maar hij wist niet wanneer het was geweest. Het was erg verwarrend. Waarom was Fox wel zijn vader en niet die van Cub? Hij wilde dat hij meer verstand had van ouders. Alles wat hij over hen wist was gebaseerd op de Amerikaanse films die hij gezien had – waarin moeders 'ik hou van je' zeiden, kinderen 'lieverdje' werden genoemd en telefoonnummers begonnen met 555 – en dat was allemaal net zo onecht als Wolfies John Wayne-loopje.

Hij keek strak naar de bus van Fox, maar hij kon aan de stand van de portiergreep zien dat die vanbuiten was afgesloten. Wolfie vroeg zich af waar Fox naartoe was en boog de rand van het karton voor het raam aan de zijkant naar achteren om het bosgebied in de richting van het huis van de moordenaar af te speuren. Hij zag Nancy lang voor ze hem zag, keek toe hoe ze uit het bos kwam sluipen om neer te hurken bij het wiel onder de plek waar hij zat, zag het touw tussen de bussen op de grond vallen. Hij overwoog Bella te roepen om haar te waarschuwen, maar Nancy hief haar gezicht op en legde een vinger op haar lippen. Hij vond dat haar ogen vol ziel zaten, dus hij drukte het karton terug op zijn plek en liet zich weer vallen tussen de stoel en het dashboard. Hij had haar graag willen zeggen dat Fox haar waarschijnlijk ook in de gaten hield, maar dan had hij de aandacht op zichzelf gevestigd, en daarvoor was zijn gewoonte om zichzelf te beschermen te zeer ingesleten.

In plaats daarvan zoog hij op zijn duim en sloot zijn ogen, en deed net of hij haar niet had gezien. Dat had hij eerder gedaan – zijn ogen gesloten en gedaan of hij het niet had gezien – maar hij wist niet meer waarom... en hij wilde het ook niet weten...

Het geluid van de telefoon die overging deed Vera opschrikken. Het kwam zo zelden voor op de Lodge. Ze keek steels naar de keuken, waar Bob naar de radio zat te luisteren, en nam de hoorn toen op. Een glimlach verlichtte haar fletse ogen toen ze de stem aan de andere kant hoorde. 'Natuurlijk begrijp ik dat,' zei ze terwijl ze over de vossenstaart in haar zak aaide. 'Bob is de dommerd... Vera niet.' Toen ze de hoorn teruglegde, roerde zich iets in haar geest. Een vluchtige herinnering dat iemand met haar man had willen praten. Haar mond smakte terwijl ze zich probeerde te herinneren wie het was, maar het was te moeilijk. Alleen haar langetermijngeheugen deed het vandaag de dag nog en zelfs dat zat vol gaten...

16

DEZE KEER WAREN ER GEEN SLEUTELS NODIG. FOX KENDE DE GEwoonten van de kolonel van vroeger. De voor- en achterdeur sluiten was een obsessie voor hem, maar hij dacht er zelden aan de openslaande deuren af te sluiten als hij het huis via het terras verliet. Het kostte maar een paar seconden om het grasveld over te rennen nadat James en zijn bezoek in het bos waren verdwenen, en zichzelf in de zitkamer binnen te laten. Hij bleef even staan, luisterde naar de drukkende stilte van het huis, maar de hitte van het houtvuur was te hevig na de kou buiten en hij duwde zijn capuchon naar achteren en maakte de sjaal voor zijn mond los toen hij voelde dat hij het niet langer uithield.

Een hamer klopte tegen zijn slaap en hij stak zijn hand uit naar de stoel van de oude man om zijn evenwicht te bewaren. Het zweet brak hem uit. Ziek in je kop, had die trut het genoemd, maar misschien had het kind gelijk gehad. Misschien hadden de alopecia en zijn duizeligheid een fysieke oorzaak. Wat het ook was, het werd erger. Hij greep de leren stoel steviger vast, wachtte tot het flauwe gevoel voorbijging. Hij was voor niemand bang, maar de angst voor kanker kronkelde als een slang door zijn ingewanden.

Dick Weldon was niet in de stemming zijn vrouw te verdedigen. Zijn zoon had zijn wijnglas steeds bijgevuld – terwijl hij zelden wijn dronk – en zijn strijdlust had de kop opgestoken, vooral nadat Belinda de hoofdpunten van haar telefoongesprek met Prue had doorgegeven terwijl Jack de lunch klaarmaakte.

'Sorry, Dick,' zei ze oprecht spijtig, 'ik had mijn zelfbeheersing niet moeten verliezen, maar ik word razend als ze mij ervan beschuldigt Jack bij haar weg te houden. Hij is degene die haar niet wil zien. Ik probeer altijd de lieve vrede te bewaren... hoewel met weinig succes.' Ze zuchtte. 'Hoor eens, ik weet dat je dit niet wilt horen, maar het is gewoon zo dat Prue en ik een hekel aan elkaar hebben. Een botsing van karakters van heb ik jou daar. Ik haat dat snobistische gedoe van haar, en zij kan niet tegen mijn iedereen-is-gelijkhouding. Ze wilde een schoondochter waar ze trots op kon zijn... niet een boerentrien die niet eens kinderen kan krijgen.'

Dick zag de tranen aan haar lange wimpers glinsteren en zijn woede op zijn vrouw werd groter. 'Dat is gewoon een kwestie van tijd,' zei hij plompverloren, terwijl hij Belinda's hand in zijn beide handen nam en er onhandig klopjes op gaf. 'Ik had vroeger toen ik nog in de melkveehouderij zat een stel koeien. Die deden er eeuwen over, maar uiteindelijk lukte het ze. Ik zei tegen de veearts dat hij dat ding er niet ver genoeg in schoof... toen hij er tot z'n elleboog in ging, liep het gesmeerd.'

Belinda liet iets tussen een lach en een snik horen. 'Misschien doen we dat fout. Misschien gebruikt Jack wel het verkeerde ding.'

Hij grinnikte. 'Ik heb altijd gezegd dat de stier het beter zou doen. De natuur heeft er een handje van de dingen in orde te krijgen... de problemen komen als je een kortere weg wilt bewandelen.' Hij trok haar naar zich toe en omhelsde haar. 'Misschien heb je er niets aan, liefje, maar niemand is blijer met je dan ik. Jij hebt meer van onze jongen gemaakt dan wij ooit gekund hebben. Ik vertrouw hem tegenwoordig volkomen... en ik had niet gedacht dat ik dat nog eens zou kunnen zeggen. Heeft hij je wel eens verteld dat hij de schuur heeft laten afbranden omdat hij er met z'n vrienden is gaan zitten roken? Ik heb hem naar de politie gebracht en hem een waarschuwing laten geven.' Hij grinnikte. 'Dat heeft weinig uitgericht, maar ik voelde me er beter door. Geloof me, Lindy, sinds hij met jou getrouwd is, is het alleen maar beter met hem gegaan. Ik zou je voor geen goud met een ander willen ruilen.'

Ze huilde zich een half uur helemaal leeg en tegen de tijd dat Julian belde, verscheidene glazen verder, was Dick niet meer in de stemming om de vuile was binnen te houden.

'Je moet niets geloven van wat Ellie je vertelt,' zei hij dronken. 'Ze is nog debieler dan Prue. Zo stom als het achtereind van een varken, allebei... en bovendien vals. Ik weet niet waarom ik met die van mij ben getrouwd... een mager gevalletje zonder tieten dertig jaar geleden... nu zo dik als een olifant. Ik heb haar nooit gemogen. Al dat gevit... Iets anders kan ze niet. Laat ik er geen doekjes om winden... als zij denkt dat ik de kosten ga betalen als zij veroordeeld wordt wegens laster en hijgtelefoontjes, dan moet ze zich nog maar eens achter haar oren krabben. Ze mag ze zelf betalen van haar alimentatie.' Het bleef even stil toen hij een glas omstootte. 'En als je een greintje verstand hebt, dan zeg je tegen dat magere scharminkel waarmee jij getrouwd bent hetzelfde. Volgens Prue is ze bezig James uit te roken.'

'Wat bedoelt ze daarmee?'

'Joost mag het weten,' zei Dick, 'maar James vindt het vast niet leuk.'

In de bibliotheek dreef Fox' nieuwsgierigheid hem ertoe de play-knop op de taperecorder in te drukken. Een vrouwenstem kwam in de versterker tot leven. Hij herkende hem meteen als die van Eleanor Bartlett. Hoog. Schel. Verraderlijke klinkers, door de elektronica nog dikker aangezet, die een andere achtergrond deden vermoeden dan ze zelf deed voorkomen.

'... Ik heb je dochter gesproken... zelf gezien wat jouw misbruik haar heeft aangedaan. Jij walgelijke man. Ik neem aan dat je dacht dat je er wel mee weg zou komen... Dat niemand het ooit zou weten omdat Elizabeth al zo lang gezwegen had... En wie zou haar trouwens geloven? Dacht je zo? Nou, ze geloofden haar toch, niet? Arme Ailsa. Wat een schok om erachter te komen dat zij niet je enige slachtoffer was... geen wonder dat ze zei dat je gek was... Ik hoop dat je nu bang bent. Wie gelooft nog dat jij haar niet gedood hebt als de waarheid naar buiten komt? Alles kan via het kind bewezen worden... Eiste je daarom dat Elizabeth een abortus zou krijgen? Was je daarom zo kwaad toen de dokter zei dat het te laat was? Eindelijk begreep Ailsa al die ruzies... wat moet ze je gehaat hebben...'

Fox liet het bandje lopen terwijl hij de laden van het bureau doorzocht. De boodschap van Eleanor werd opgevolgd door een van Darth Vader, en dan nog een. Hij nam niet de moeite terug te spoelen nadat hij 'stop' had ingedrukt. Sinds James het terras met zijn geweer was gaan bewaken, luisterde hij de boodschappen niet meer af en het was onwaarschijnlijk dat Mark Ankerton het verschil tussen de ene en de andere monoloog van Darth Vader zou merken. Koel realiseerde Fox zich dat de krachtigste inwerking niet gevormd werd door de eindeloze herhaling van feiten, maar door de vijf seconden stilte voor Darth Vader zijn naam noemde. Het spelletje van wachten, dat werkte de luisteraar op de zenuwen...

En Fox, die zo vaak het afgetobde gezicht en de trillende handen van de oude man bij het raam had gezien, wist dat het spelletje zijn werk deed.

Julian benaderde zijn vrouw wat subtieler dan Dick Prue, maar hij had het voordeel dat Eleanor besloten had hem niet te confronteren met zijn ontrouw. Hij besefte dat het Eleanors tactiek was haar kop in het zand te steken en te hopen dat het probleem zich op zou lossen. Dat verbaasde hem – het lag niet in haar strijdlustige aard om een stap terug te doen – maar zijn gesprek met Dick had hem een reden ingegeven. Eleanor kon het zich niet permitteren haar echtgenoot van zich te vervreemden als James' advocaat zijn dreigement om haar voor de rechter te dagen in daden omzette. Als Eleanor érgens verstand van had, dan was het wel van de waarde van geld.

Dat ze bang zou zijn voor de eenzaamheid, kwam geen moment in hem op. Dan zou ze haar neiging om de dingen naar haar hand te willen zetten toch een beetje bedwongen hebben, redeneerde hij. Maar zelfs als hij de waarheid had vermoed, dan had dat geen verschil gemaakt. Hij was geen man die iets deed uit mededogen. Hij verwachtte het niet voor zichzelf, dus waarom zouden anderen het van hem verwachten? Hoe dan ook, hij ging verdomme niet betalen om een vrouw waar hij genoeg van had uit de rechtszaal te houden.

'Ik heb net met Dick gesproken,' zei hij tegen Eleanor toen hij terug kwam in de keuken. Hij pakte de whiskyfles op en keek hoeveel er nog in zat. 'Je gaat er wel erg hard tegenaan, niet?'

Ze draaide hem haar rug toe om in de ijskast te kijken. 'Ik heb er maar een paar gehad. Ik sterf van de honger. Ik heb met de lunch gewacht tot jij thuiskwam.'

'Dat doe je anders nooit. Ik maak meestal zelf iets klaar. Wat is er vandaag zo anders?'

Ze hield haar rug naar hem toe terwijl ze een schaaltje met spruitjes van gisteren van een schap pakte en het naar het fornuis bracht. 'Niets,' zei ze met een gedwongen lachje. 'Wil je nog een keer spruitjes of zal ik doperwtjes maken?'

'Doperwtjes,' zei hij kwaadaardig terwijl hij zichzelf nog een glas inschonk en het bijvulde met water uit de kraan. 'Weet je al waar die idiote Prue Weldon mee bezig is geweest?'

Eleanor gaf geen antwoord.

'Met gore telefoontjes naar James Lockyer-Fox, dat is alles,' ging hij verder. Hij liet zich in een stoel zakken en keek naar haar afwerende rug. 'Zwaar gehijg, geloof ik. Ze zegt niets... ze zucht en steunt alleen maar. Zielig, wat? De menopauze, waarschijnlijk.' Hij gniffelde in de wetenschap dat de menopauze Eleanors grootste angst was. Hij behandelde zijn eigen midlifecrisis met jonge blondjes. 'Zoals Dick al zei, ze is zo dik als een olifant en hij is niet meer in haar geïnteresseerd. Ik bedoel, wie wel? Hij heeft het over scheiden... hij zegt dat hij het verdomt haar te steunen als ze voor de rechter moet verschijnen.'

Hij zag Eleanors hand trillen toen ze de deksel van een steelpan haalde.

'Wist je dat ze daarmee bezig was? Jullie zijn dikke vriendinnen... zitten altijd samen te smoezen als ik binnenkom.' Hij zweeg even om haar de gelegenheid te geven te antwoorden, en toen ze dat niet deed zei hij nonchalant: 'Die ruzies waar jij het over had, tussen Dick en die jongen van James... en tussen Dick en Prue... nou, die gingen niet over die reizigers. Dick kreeg niet eens de kans om over dat gedoe bij de Copse te praten, in plaats daarvan kreeg hij de wind van voren over dat gehijg van Prue. Hij heeft haar direct de mantel uitgeveegd en zij reageerde uit de hoogte en zei dat ze groot gelijk had. Ze is zo stom, ze denkt dat het feit dat James het niet tegenspreekt, bewijst dat hij schuldig is... ze noemt het "hem uitroken"' – hij lachte weer, iets geringschattender dit keer – '... of dat soort nonsens. Je moet wel medelijden met Dick hebben. Ik bedoel, dat heeft een debiel als Prue niet zelf verzonnen... dus wie heeft haar die onzin ingefluisterd? Die klootzak zou gepakt moeten worden wegens laster. Prue is alleen maar stom genoeg om het te herhalen.'

Dit keer bleef het lang stil.

'Misschien heeft Prue gelijk. Misschien is James schuldig,' bracht Eleanor uiteindelijk uit.

'Waaraan? Omdat hij in bed lag terwijl zijn vrouw een natuurlijke dood stierf?'

'Prue heeft gehoord dat hij Ailsa sloeg.'

'O, m'n hemel nog aan toe!' zei Julian ongeduldig. 'Prue wilde horen dat hij Ailsa sloeg. Daar ging het om. Waarom ben je zo lichtgelovig, Ellie? Prue is een vervelende snob die op haar teentjes getrapt was omdat de Lockyer-Foxen niet op haar uitnodigingen voor etentjes ingingen. Ik zou er ook niet op ingegaan zijn als het niet om Dick ging. Die arme kerel heeft een hondenleven en tegen de tijd dat het toetje op tafel komt slaapt hij al.'

'Had dat dan gezegd.'

'Dat heb ik gedaan... geregeld... maar jij hebt nooit de moeite genomen te luisteren. Jij vindt haar leuk, ik niet. Dat wisten we al. Ik zit liever in de kroeg dan dat ik moet luisteren naar een aangeschoten middelbare trut die haar fantasietjes ten beste geeft.' Hij legde zijn voeten op een andere stoel, iets waar ze een hekel aan had. 'Als je Prue nu hoort spreken, zou je denken dat ze kind aan huis was bij de Manor, maar iedereen weet dat dat nonsens is. Ailsa was erg op zichzelf... waarom zou ze de tamtam van Dorset als vriendin kiezen? Het is een giller.'

Eleanor was er ruim twee uur geleden achter gekomen dat ze haar man niet zo goed kende als ze gedacht had. Nu sloeg de angst haar om het hart. *Waarom die nadruk op middelbaar...? Waarom die nadruk op de menopauze...? Waarom die nadruk op scheiden...?* 'Prue is aardig,' zei ze zwak.

'Nee, dat is ze niet,' zei hij terug. 'Ze is een gefrustreerde, prikkelbare trut. Ailsa deed tenminste iets anders met haar leven dan roddelen, Prue kan niet zonder. Ik heb Dick gezegd dat hij gelijk had. Doe het snel, heb ik gezegd, voor de dwangbevelen binnenkomen. Het is toch niet echt zijn verantwoordelijkheid dat zijn vrouw een stukje van een gesprek aandikt omdat ze zo stomvervelend is dat niemand naar haar wil luisteren.'

Eleanor was zo getergd dat ze zich omdraaide. 'Waarom ben jij er zo van overtuigd dat James niets te verbergen heeft?'

Hij haalde zijn schouders op. 'Hij heeft vast wel iets te verbergen. Als dat niet zo was, was hij een heel ongewone man.'

Hij verwachtte half-en-half dat ze zou zeggen: 'Ja, daar weet jij alles van', maar ze sloeg haar ogen neer en zei tam: 'Nou dan.'

'Maar wat maakt dat uit, Ellie? Kijk eens naar wat jij allemaal hebt geprobeerd te verbergen sinds we hiernaartoe zijn verhuisd... waar we gewoond hebben... wat mijn salaris was...' – hij lachte weer – '... je leeftijd. Je hebt Prue vast niet verteld dat je bijna zestig bent... Je hebt vast gedaan alsof je jonger bent dan zij.' Haar mondhoeken trokken in een plotseling opflikkerende woede naar beneden en hij bekeek haar even nieuwsgierig. Ze hield zichzelf wel goed in bedwang. Een opmerking als deze zou gisteren nog een snijdende reactie teweeggebracht hebben. 'Als er bewijzen waren dat James Ailsa had gedood, had de politie die gevonden,' zei hij. 'En wie daar anders over denkt, moet zich laten nakijken.'

'Jij zei dat hij weggekomen was met moord. Daar ging je maar over door.'

'Ik heb gezegd dat áls hij haar hád vermoord, het een perfecte misdaad was geweest. Dat was een grap. Je moet af en toe eens luisteren, in plaats van iedereen te dwingen naar jou te luisteren.'

Eleanor draaide zich weer om naar de kookplaat. 'Jij luistert nooit naar me. Je bent óf weg óf je zit in je studeerkamer.'

Hij dronk zijn whisky uit. Daar heb je het, dacht hij. 'Ik ben een en al oor,' zei hij uitnodigend. 'Waar wil je over praten?'

'Nergens over. Het heeft geen zin. Jij kiest altijd de kant van de man.'

'Ik had zeker James' kant gekozen als ik had beseft wat Prue van plan was,' zei Julian koeltjes. 'En Dick ook. Hij heeft nooit illusies over zijn huwelijk met dat kreng gehad, maar hij wist niet dat ze haar boze buien op James afreageerde. Die arme oude kerel. Het was al erg genoeg dat Ailsa is gestorven, en dan ook nog een gestoorde harpij die hem met het equivalent van anonieme brieven treitert. Het is een vorm van stalken... het soort stalken van ouwe vrijsters die geen seks krijgen.'

Eleanor voelde zijn ogen tussen haar schouderbladen priemen.

'... of zoals in het geval van Prue,' eindigde hij meedogenloos, 'vrouwen waar de echtgenoot genoeg van heeft.'

In de keuken van Shenstead Farm maakte Prue zich al evenveel zorgen als haar vriendin. Ze waren allebei ontzettend geschrokken. De mannen die ze als hun vanzelfsprekend bezit beschouwden, hadden hen verrast. 'Pa wil niet met je praten,' had Prues zoon kortaf door de telefoon gezegd. 'Hij zegt dat als je niet ophoudt zijn mobiel te bellen, hij een ander nummer neemt. We hebben hem gezegd dat hij vannacht hier kan logeren.'

'Geef hem nou maar,' snauwde ze. 'Hij stelt zich aan.'

'Ik dacht dat dat jouw afdeling was,' snauwde Jack terug. 'We proberen allemaal de tenenkrommende schaamteloosheid van jouw telefoontjes naar die arme oude man te verwerken. Waar was je in godsnaam mee bezig?'

'Je weet er niets van,' zei ze koel. 'En Dick ook niet.'

'Precies. We weten er niets van... en we hebben er nooit van geweten. Jezus christus, mam! Hoe kon je zoiets doen? We dachten allemaal dat je het gif uit je lichaam dreef door thuis op hem te zitten kankeren, maar om hem met telefoontjes te pesten en dan zelfs niets te zeggen... niet dat iemand jouw versie van de gebeurtenissen gelooft. Jij herschrijft de geschiedenis altijd om jezelf in een beter daglicht te stellen.'

'Hoe durf je zo tegen me te praten?' zei Prue op hoge toon, alsof hij nog steeds een dwarse puber was. 'Sinds jij met die meid getrouwd bent, heb je alleen nog maar kritiek op me.'

Jack lachte kwaad. 'Dat bewijst precies wat ik zeg... *moeder*. Jij herinnert je alleen maar wat je je wilt herinneren, en de rest verdwijnt in een gat in je hersens. Als je een greintje verstand had, zou je dat gesprek dat je beweert gehoord te hebben nog eens nagaan en je proberen te herinneren wat je weggelaten hebt... het is toch wel heel eigenaardig dat de enige persoon die je gelooft dat idiote mens van Bartlett is.' Op de achtergrond klonk een stem. 'Ik moet ophangen. De ouders van Lindy gaan weg.' Hij zweeg even en toen hij weer sprak liet zijn toon er geen enkele twijfel aan bestaan dat hij meende wat hij zei. 'Dit is helemaal jouw probleem, dus denk eraan dat je de politie of eventuele advocaten die langskomen vertelt dat wij van niets wisten. Wij hebben allemaal keihard gewerkt, en dan zien we de zaak naar de verdoemenis gaan omdat jij je bek niet kunt houden. Pa heeft de boel hier al veiliggesteld door het bedrijf op Lindy's en mijn naam te zetten. Morgen gaat hij het bedrijf bij jullie oormerken zodat we Shenstead niet kwijtraken omdat we smartengeld wegens laster moeten betalen.' De verbinding werd verbroken.

Prues eerste reactie was fysiek. Het speeksel trok zich zo snel uit haar mond terug dat ze niet kon slikken en wanhopig zette ze de telefoon in zijn houder en vulde een glas water bij de kraan. Ze begon ermee iedereen de schuld te geven behalve zichzelf. Eleanor had veel ergere dingen gedaan dan zij... Dick was zo slap dat hij zich had laten afschrikken... Belinda had vanaf het allereerste begin Jack tegen haar opgezet... als iemand toch zou weten hoe James was, dan was het Elizabeth wel... het enige wat Prue gedaan had was de kant van die arme meid te kiezen... en, zonder tegenindicatie, die van Ailsa...

Ze wist in ieder geval wat ze gehoord had. Natuurlijk wist ze dat.

'Jij herschrijft de geschiedenis altijd... jij herinnert je alleen maar wat je je wilt herinneren...'

Had Dick gelijk? Had Ailsa *over* James gesproken en niet *tegen* hem? Ze wist het niet meer. De waarheid was datgene wat ze gecreëerd had toen ze van de Copse naar huis was gereden en de gaten had opgevuld om wat ze had gehoord tot een logisch verhaal te maken, en ergens achter in haar hoofd zoemde de herinnering aan iemand van de politie die precies ditzelfde had opgemerkt.

'Niemand kan zich ooit iets helemaal precies herinneren, mevrouw Weldon,' had hij gezegd. 'U moet er wel heel zeker van zijn dat wat u zegt waar is, want als u moet getuigen moet u zweren dat het waar is. Bent u er zo zeker van?'

'Nee,' had ze geantwoord. 'Nee.'

Maar Eleanor had haar overtuigd dat ze dat wel was.

Fox wist dat er een dossier moest bestaan – James was overdreven precies met zijn correspondentie – maar een zoektocht door de dossierkasten tegen de muur leverde niets op. Uiteindelijk kwam hij het toevallig tegen. Het lag op de bodem van een van de stoffige bureauladen, met in de rechterbovenhoek 'diversen' geschreven. Hij zou er niet naar gekeken hebben als het er niet minder gehavend dan de rest had uitgezien en daardoor deed vermoeden dat er recentere informatie in opgeborgen was dan in de dossiers met Lockyer-Fox-geschiedenis die erbovenop lagen. Meer uit nieuwsgierigheid dan omdat hij besefte dat hij op het punt stond op goud te stuiten, sloeg hij de map open en vond James' correspondentie met Nancy Smith boven op de berichten van Mark Ankerton over zijn vorderingen in zijn zoektocht naar haar. Hij nam het hele dossier mee omdat er geen reden was om dat niet te doen. Niets zou de kolonel sneller te gronde kunnen richten dan de wetenschap dat zijn geheim op straat lag.

Nancy klopte zachtjes op de zijkant van de bus voor ze het trapje opklom en in de deuropening verscheen. 'Hallo,' zei ze opgewekt, 'mogen we binnenkomen?'

Negen volwassenen zaten bij elkaar om de tafel aan de kant van deur. Ze zaten op een bank in U-vorm van paars vinyl, drie met de rug, drie met het gezicht naar Nancy toe, en drie voor het raam waar geen karton voor zat. Aan de andere kant van het smalle gangpad stond een oud fornuis met een butagasfles ernaast, en een aanrechtje met een gootsteen erin. Twee van de originele banken van de bus stonden in het stuk tussen de deur en de U-vormige bank – waarschijnlijk om op te zitten als de bus reed – en oogverblindende roze-met-paarse gordijnen hingen aan rails in het interieur om delen van de bus voor privacy af te scheiden. Het deed Nancy denken aan de inrichting van de boot die haar ouders toen ze nog een kind was huurden voor een vakantie langs de kanalen, maar dan met een psychedelisch tintje.

De mensen in de bus hadden net gegeten. Vuile borden stonden overal op tafel en het rook er naar knoflook en sigarettenrook. Haar plotselinge entree en de bedrieglijke snelheid waarmee ze met drie grote passen het gangpad af liep, overviel ze volkomen en het amuseerde haar de grappige uitdrukking te zien op het gezicht van de dikke vrouw op het uiteinde van de bank. Overvallen op het moment dat ze een joint op wilde steken – misschien bang dat het een politieoverval was – schoten haar zwarte wenkbrauwen als omgekeerde V's omhoog tot haar kortgeknipte geblondeerde haar. Zonder bepaalde reden – behalve dat ze absoluut niet mooi was en in fladderend paars gekleed ging – kwam Nancy tot de conclusie dat dit Bella was.

Ze zwaaide vriendelijk naar een groepje kinderen dat achter een half opzijgetrokken gordijn rond een televisie zat die op de accu werkte, en stelde zich toen op tussen Bella en de gootsteen, waarmee ze haar in feite op haar plek hield. 'Nancy Smith,' stelde ze zichzelf voor, voor ze naar de twee mannen gebaarde die direct achter haar aan gekomen waren. 'Mark Ankerton en James Lockyer-Fox.'

Ivo, die met zijn rug naar het raam zat, deed een poging om overeind te komen maar werd gehinderd door de tafel voor hem en de mensen die aan weerszijden tegen hem aan zaten. 'Nee, jullie mogen niet binnenkomen,' snauwde hij, met een driftig hoofdgebaar naar Zadie, die tegenover Bella zat en zich nog kon bewegen.

Hij was te laat. Mark, die door James naar voren geduwd werd, was voor de tafel terechtgekomen terwijl James de blokkade aan Zadies kant vormde. 'De deur stond open,' zei Nancy opgeruimd, 'en hier in deze streek is dat een uitnodiging om binnen te komen.'

'Er hangt een bord met "niet betreden" aan het touw,' zei Ivo strijdlustig. 'Je gaat me toch niet vertellen dat je niet kunt lezen?'

Nancy keek van Mark naar James. 'Hebben jullie een bord met "niet betreden" gezien?' vroeg ze verbaasd.

'Nee,' zei James naar waarheid, 'en ook geen touw. Ik moet toegeven dat mijn ogen niet meer zo goed als vroeger zijn, maar ik had het toch wel opgemerkt als onze weg versperd was geweest.'

Mark schudde zijn hoofd. 'Vanaf de Copse kun je zo binnenkomen,' verzekerde hij Ivo beleefd. 'Kijkt u zelf maar even. Uw bussen staan schuin ten opzichte van elkaar geparkeerd, dus u moet vanuit het raam kunnen zien of het touw er wel of niet hangt. Ik kan u verzekeren dat het laatste het geval is.'

Ivo draaide zich moeizaam om om langs de bus te turen. 'Het ligt verdomme op de grond,' zei hij kwaad. 'Welke idioot heeft dat vastgebonden?'

Niemand zei iets.

'Het was Fox,' zei een zenuwachtige kinderstem vanachter James.

Ivo en Bella spraken in koor.

'Kop dicht,' grauwde Ivo.

'Stil, schat,' zei Bella. Ze probeerde op te staan tegen de schijnbaar toevallige druk in van Nancy's arm die op de rugleuning van de bank lag.

Mark, als altijd de waarnemer, draaide zich om naar de richting vanwaar de stem gekomen was. Hij raakte geobsedeerd door Lockyer-Fox-genen, dacht hij terwijl hij in de opvallend blauwe ogen van Wolfie keek onder de verwarde bos platinablond haar. Of misschien dat het woord 'Fox' associaties in zijn geest opriep. Hij knikte naar het jongetje. 'Hé makker, wat is er aan de hand?' zei hij, zoals een van zijn talloze neefjes dat had kunnen zeggen, terwijl hij zich afvroeg wat het kind bedoeld had. Had een vos het touw doorgeknaagd?

Wolfies onderlip trilde. 'Kweenie,' mompelde hij. Zijn moed verdween net zo snel als hij gekomen was. Hij had Nancy in bescherming willen nemen omdat hij wist dat zij het touw had losgemaakt, maar hij was geschrokken van Ivo's boze reactie. 'Niemand vertelt mij nooit wat.'

'En "fox"? Is dat een huisdier?'

Bella gaf Nancy opeens een harde duw om haar weg vrij te maken, maar stuitte op een onverzettelijke kracht. 'Zeg dame, ik wil opstaan,' mopperde ze. 'Het is verdomme mijn bus. Je hebt het recht niet hier te komen en de lakens uit te delen.'

'Ik sta alleen maar naast je, Bella,' zei Nancy gemoedelijk. 'Jij deelt hier de lakens uit. We kwamen alleen maar even praten, meer niet... niet om op de vuist te gaan.' Ze wees met haar duim naar de keukenhoek achter haar. 'Ik weet niet of het je interesseert, maar mijn rug zit tegen je gootsteen aangedrukt, en als je niet ophoudt met duwen dan stort je hele keukenhoek in... en dat lijkt me jammer want je hebt zo te zien een tank en een pomp geïnstalleerd, en als de leidingen breken is het systeem kapot.'

Bella nam haar even goed in zich op en verminderde de druk toen. 'Jij bent ook niet op je mondje gevallen! En hoe weet je hoe ik heet?'

Nancy trok geamuseerd een wenkbrauw op. 'Het staat in grote letters op je bus.'

'Ben je van de politie?'

'Nee, ik ben kapitein bij de genie. James Lockyer-Fox is gepensioneerd kolonel van de cavalerie en Mark Ankerton is advocaat.'

'Shi-i-i-t,' zei Zadie op spottende toon. 'Het echte werk, jongens. Ze hebben ingezien dat die suikerspin waardeloos was en hebben nu de gewapende troepen gestuurd.' Ze keek ondeugend de tafel langs. 'Wat zouden ze willen? Een overgave?'

Bella legde haar met een frons het zwijgen op voor ze Nancy nog eens goed bekeek. 'Laat de jongen er tenminste langs,' zei ze toen. 'Die stakker is doodsbenauwd. Bij de anderen bij de tv zit-ie beter.'

'Tuurlijk,' zei Nancy en ze knikte naar James. 'Hij kan voor ons langs.'

De oude man schoof een eindje op om plaats te maken en stak een hand uit om Wolfie naar voren te helpen, maar het kind dook weg. 'Ik ga niet,' zei hij.

'Niemand doet je iets, schat,' zei Bella.

Wolfie deed nog een stap achteruit, in de vechthouding. 'Fox heeft gezegd dat hij een moordenaar is,' mompelde hij met zijn ogen op James gevestigd, 'en ik ga niet naar het andere eind van de bus, voor het geval dat echt zo is. Daar kan ik er niet uit.'

Er viel een ongemakkelijke stilte, die pas verbroken werd toen James lachte. 'Je bent een verstandige jongen,' zei hij tegen het kind. 'Als ik in jouw schoenen stond, ging ik ook niet naar het andere eind van de bus. Heeft Fox je dingen over vallen geleerd?'

Wolfie had nog nooit zo veel rimpeltjes om iemands ogen gezien. 'Ik zeg niet dat ik geloof dat u een moordenaar bent,' zei hij. 'Ik zeg alleen dat ik uit m'n ogen kijk.'

James knikte. 'Dat bewijst dat je niet dom bent. De hond van mijn vrouw is nog maar kortgeleden in een val gestapt. En hij kon er ook niet meer uit.'

'Hoe is het afgelopen?'

'Hij is gestorven... nogal pijnlijk, trouwens. Zijn poot was door de val gebroken en zijn snuit is met een hamer ingeslagen.

De man die hem gevangen had was niet bepaald een prettig type.'
Wolfie deinsde terug.
'Hoe weet u dat het een man was?' vroeg Ivo.
'Omdat degene die hem gedood heeft, hem op mijn terras heeft achtergelaten,' zei James terwijl hij zich omdraaide om hem aan te kijken. 'En hij was te groot om door een vrouw gedragen te worden, dat heb ik tenminste altijd gedacht.' Zijn ogen bleven nadenkend op Bella rusten.
'U hoeft mij niet aan te kijken,' zei ze verontwaardigd. 'Ik hou niet van wreedheid. Wat voor hond was het trouwens?'
James gaf geen antwoord.
'Een Deense dog,' zei Mark terwijl hij zich afvroeg waarom James hem had gezegd dat de hond van ouderdom was gestorven. 'Oud al... halfblind... en ontzettend lief. Iedereen was dol op hem. Hij heette Henry.'
Bella haalde medelijdend haar schouders op. 'Wat naar. Wij hadden een hond, Frisbee, die is door een klootzak in een Porsche overreden... het heeft maanden geduurd voor we eroverheen waren. Die kerel dacht dat-ie Michael Schumacher was.'
Er klonk meelevend gemompel rond de tafel. Ze wisten allemaal hoe erg het was een huisdier te verliezen. 'U moet een nieuwe nemen,' zei Zadie, van wie de twee herders waren. 'Dat is de enige manier om over het verdriet heen te komen.'
Er werd instemmend geknikt.
'Maar wie is nu Fox?' vroeg Nancy.
De gezichten werden direct uitdrukkingsloos, alle medeleven was verdwenen.
Ze keek even naar Wolfie, herkende de ogen en de neus. 'En jij, vriendje? Ga jij me vertellen wie Fox is?'
Het kind bewoog ongemakkelijk zijn schouders. Hij vond het prettig vriendje genoemd te worden, maar hij voelde de emoties door de bus kolken. Hij wist niet waardoor die veroorzaakt werden, maar hij begreep dat het veel beter was dat deze mensen weg waren als Fox terugkwam. 'Hij is m'n vader, en hij wordt hartstikke kwaad als jullie hier zijn. Jullie moeten dus weg voor hij terugkomt. Hij heb – hij heeft – het niet op vreemden.'
James boog zijn hoofd en keek onderzoekend in Wolfies ogen. 'Maak je je zorgen als we blijven?'
Wolfie leunde voorover, hem onbewust nadoend. 'Tuurlijk. Hij heeft een scheermes, snapt u, en hij wordt niet alleen kwaad op jullie... maar vast ook op Bella... en da's niet eerlijk, want zij is lief.'

'Mmm.' James kwam overeind. 'In dat geval moeten we gaan.' Hij boog even naar Bella. 'Bedankt dat we even met u mochten praten, mevrouw. Een hoogst leerzame ervaring. Mag ik u een goede raad geven?'

Bella keek hem even aan en knikte toen plotseling. 'Oké.'

'Vraag eens waarom u hier bent. Ik ben bang dat u maar de halve waarheid te horen hebt gekregen.'

'En wat is de hele waarheid?'

'Dat weet ik niet helemaal zeker,' zei James langzaam, 'maar ik vermoed dat de uitspraak van Clausewitz: "Oorlog is een voortzetting van de politiek met andere middelen" eraan ten grondslag ligt.' Hij zag haar onzeker haar wenkbrauwen fronsen. 'Als ik het bij het verkeerde eind heb... Laat dan maar... maar zo niet, mijn deur is gewoonlijk open.' Hij gebaarde naar Nancy en Mark om hem te volgen.

Bella greep Nancy bij haar jas. 'Waar heeft hij het over?' vroeg ze.

Nancy keek op haar neer. 'Clausewitz rechtvaardigde oorlog door aan te voeren dat die een politiek doel heeft... met andere woorden, het is niet alleen wreedheid of bloeddorstigheid. Vandaag de dag is het hét argument van terroristen om wat ze doen te rechtvaardigen... politiek met andere middelen – namelijk terreur – als de legitieme politiek in gebreke blijft.'

'Wat heeft dat met ons te maken?'

Nancy haalde haar schouders op. 'Zijn vrouw is dood en iemand heeft haar vossen en haar hond gedood,' zei ze. 'Dus ik neem aan dat hij denkt dat jullie hier niet toevallig zijn.'

Ze bevrijdde zich uit de greep van Bella en volgde de twee mannen. Toen ze onder aan het trapje bij hen kwam staan kwam er een auto op de weg voor de barrière aanrijden waardoor de herdershonden aansloegen. Ze keken er alle drie even naar, maar toen ze geen van allen de inzittende herkenden, en de wachters en hun honden aan de lijn in hun zicht kwamen staan, draaiden ze zich om naar het pad door de Copse en gingen terug naar de Manor.

Debbie Fowler, die naar haar camera tastte, vervloekte zichzelf dat ze te laat was. Ze had James onmiddellijk herkend van haar eigen berichtgeving over het gerechtelijk onderzoek naar de dood van zijn vrouw. Dat, naast haar foto van Julian Bartlett, zou een mooi plaatje opleveren, dacht ze. *Onenigheid in het dorpsleven: kolonel Lockyer-Fox, onlangs nog ontslagen van een politieon-*

derzoek, komt langs voor een gezellig praatje met zijn nieuwe buren, terwijl de heer Julian Bartlett, ongediertehater en jager, dreigt de honden op hen los te laten.

Ze deed haar portier open en stapte uit, terwijl ze de camera meenam. 'Plaatselijke pers,' zei ze tegen de twee dik ingepakte figuren. 'Willen jullie me vertellen wat er hier aan de hand is?'

'Als je dichterbij komt, sturen we de honden op je af,' waarschuwde een jongensstem.

Ze lachte terwijl ze afklikte. 'Een geweldig citaat,' zei ze. 'Zijn jullie een toneelstukje aan het opvoeren of zo?'

Opgemaakte kopij voor de *Wessex Times* –
27 december 2001

HONDENGEVECHTEN IN DORSET

De jachtpartij in west-Dorset op tweede kerstdag is uitgelopen op een chaos toen goedgeorganiseerde actievoerders de honden op een vals spoor zetten. 'We zijn er tien maanden uit geweest en de honden zijn uit vorm,' zegt jachtmeester Geoff Pemberton, terwijl hij zijn meute weer onder controle probeert te krijgen. De vos, de vermeende aanleiding voor deze botsing tussen ideologieën, liet zich niet zien.

Andere deelnemers aan de jacht beschuldigden actievoerders van opzettelijke pogingen hen uit het zadel te lichten. 'Ik stond in mijn recht om mezelf en mijn rijdier te beschermen,' aldus Julian Bartlett (op de foto) nadat hij Jason Porrit, 15, met zijn zweep had geslagen. Porrit, die er een gekneusde arm aan over heeft gehouden, zei dat hij niets verkeerds had gedaan, hoewel hij een poging had gedaan de teugels van Julian Bartlett te grijpen. 'Ik was niet eens bij hem in de buurt. Hij is op me ingereden omdat hij kwaad was.'

Naarmate de frustratie toenam, steeg ook het stemvolume, en qua scheldwoorden waren de partijen aan elkaar gewaagd. Gentlemanlike gedrag op de paardenrug en de moreel hoogstaande redenen om campagne voor dierenwelzijn te voeren, waren vergeten. Dit was een supportersoorlog op de tribunes tijdens een saaie wedstrijd tussen Arsenal en de Spurs, waar de sport slechts een excuus is voor een partijtje knokken.

Niet dat een van de jagers of hun aanhangers dat wat ze aan het doen waren als sport betitelde. De meesten stellen het voor als een actie voor de volksgezondheid, een snelle, humane methode om ongedierte uit te roeien. 'Ongedierte is ongedierte,' zegt mevrouw Granger, vrouw van een agrariër, 'je moet het onder controle houden. Honden doden schoon.'

Actievoerster Jane Finley is het daar niet mee eens. 'In het woordenboek staat het als sport omschreven,' zegt ze. 'Als het alleen een kwestie was van een enkel dier ombrengen dat last veroorzaakt, waarom worden ze dan zo kwaad als het evenement gedwarsboomd wordt? De jacht en het doden, daar gaat het om. Het is een wrede en oneerlijke variant op een hondengevecht, waarbij de jagers op de eerste rang zitten.'

Dit was niet het enige hondengevecht dat Dorset gisteren in de aanbieding had. In een stuk bos bij Shenstead Village hebben zich reizigers geïnstalleerd. Een met touwen afgeschermd gebied wordt door Duitse herdershonden bewaakt. 'Niet betreden'-borden en de waarschuwing 'dat de honden erop afgestuurd worden' als iemand door de barrière gaat, geven een duidelijke indicatie van de bedoelingen. 'We claimen dit land via bezit te kwader trouw,' aldus een gemaskerde zegsvrouw, 'en net als alle burgers hebben we het recht onze grenzen te verdedigen.'

Julian Bartlett van Shenstead Manor House is het daar niet mee eens. 'Het zijn dieven en vandalen,' zegt hij. 'We moeten de meute op ze loslaten.'

Hondengevechten, schijnt het, zijn nog steeds erg in trek in ons prachtige graafschap.

Debbie Fowler

17

Nancy's tijd was bijna om. Ze had nog een uur om zich bij Bovington Camp te melden, maar toen ze op haar horloge tikte om Mark daaraan te herinneren, keek hij haar ontsteld aan. 'Maar je kunt nu niet weg,' protesteerde hij. 'James gedraagt zich alsof hij een bloedtransfusie heeft gehad. Dat wordt zijn dood.'

Ze waren in de keuken, om thee te zetten, terwijl James het vuur in de zitkamer opstookte. James was opmerkelijk spraakzaam geweest sinds ze het kamp verlaten hadden, maar zijn conversatie had zich beperkt tot opmerkingen over de in het wild levende dieren in de Copse en ging niet over de reizigers of over wat er met Henry was gebeurd. Hij was daar net zo terughoudend over als voor het middageten over Ailsa's vossen, waarover hij gezegd had dat dat geen geschikt onderwerp voor kerst was.

Mark noch Nancy had aangedrongen. Nancy had het gevoel dat ze hem niet goed genoeg kende, en Mark wilde niet een gebied binnendwalen dat meer vragen zou oproepen dan er beantwoord zouden worden. Niettemin waren ze allebei nieuwsgierig, vooral naar de naam 'Fox'.

'Wel toevallig, hè?' had Nancy gemompeld toen ze de keuken binnengingen. 'Verminkte vossen en een man die Fox heet naast de deur. Wat zou er gaande zijn?'

'Ik weet het niet,' zei Mark naar waarheid. Hij vond de coïncidentie van de twee namen, Fox en Lockyer-Fox, merkwaardig.

Nancy geloofde hem niet maar ze had niet het gevoel dat ze het recht had om om een verklaring te vragen. Haar grootvader intrigeerde haar maar ze voelde zich ook geïntimideerd door hem. Ze hield zichzelf voor dat dat de natuurlijke orde in het leger was: kapiteins keken op tegen kolonels. Het was ook de natuurlijke orde van de maatschappij: de jeugd keek op tegen de ouderdom.

Maar er was iets anders. Een onderdrukte agressie in James – ondanks zijn leeftijd en broosheid – die net zo effectief de boodschap 'niet betreden' uitzond als de bordjes van de reizigers. Zelfs Mark bewoog zich voorzichtig, had ze opgemerkt, ondanks een relatie met zijn cliënt die van wederzijds respect getuigde.

'Mijn vertrek wordt zijn dood niet, daar is meer voor nodig,' zei ze nu. 'Je wordt niet zomaar kolonel, Mark. Afgezien van andere dingen, heeft hij in de heuvels van Korea gevochten... hij heeft een jaar in een krijgsgevangenenkamp doorgebracht en is blootgesteld aan hersenspoeling door de Chinezen... en heeft een lintje gekregen voor heldenmoed. Hij is taaier dan jij of ik ooit zal zijn.'

Mark staarde haar aan. 'Is dat waar?'

'Yep.'

'Waarom heb je me dat niet eerder verteld?'

'Ik wist niet dat dat nodig was. Jij bent zijn advocaat, ik nam aan dat jij het wist.'

'Ik wist het niet.'

Ze haalde haar schouders op. 'Dan weet je het nu. Het is niet zomaar iemand, die cliënt van je. Een legende in zijn regiment.'

'Hoe ben je hierachter gekomen?'

Ze begon de borden van het middageten van tafel te ruimen. 'Dat zei ik toch... ik heb hem nagetrokken. Hij staat in een aantal boeken. Hij was toen majoor, en nam in het krijgsgevangenenkamp de taak van de eerstverantwoordelijke officier over toen die stierf. Hij is tot drie maanden eenzame opsluiting veroordeeld omdat hij had geweigerd religieuze bijeenkomsten te verbieden. Het dak boven zijn cel was van golfplaat en toen hij eruit kwam was hij zo uitgedroogd dat zijn huid in leer was veranderd. Het eerste was hij deed toen hij eruit was, was een lekenpreek houden... over de vrijheid van meningsuiting. Toen de dienst voorbij was, heeft hij een glas water geaccepteerd.'

'Jezus.'

Nancy lachte terwijl ze de spoelbak vol liet lopen. 'Dat zou je kunnen zeggen! Ik zeg, gewoon duivelse lef en opstandigheid! Je moet hem niet onderschatten. Hij is niet het type dat zwicht voor propaganda. Hij zou Clausewitz niet aanhalen als hij dat wel was. Clausewitz heeft de uitdrukking "oorlogsmist" verzonnen, toen hij zag hoe de rookwolken uit de vijandelijke kanonnen tijdens de napoleontische oorlogen het oog zo misleidden dat ze dachten dat het leger aan de overkant groter was dan in werkelijkheid.'

Mark trok de keukenkastjes open. Zij was degene die romantisch was, dacht hij en jaloezie op het heldendom van de oude man knaagde aan zijn hart. 'Nu ja, ik wou maar dat hij een beetje opener was. Hoe kan ik hem nu helpen als hij me niet vertelt wat er gaande is? Ik had geen idee dat Henry vermoord was. James zei dat hij van ouderdom was gestorven.'

Ze keek toe hoe hij tevergeefs zocht. 'Er staat een theeblikje op het aanrecht,' zei ze met een knikje naar een blikje met het woord 'thee' erop. 'De theepot staat ernaast.'

'Ik zocht eigenlijk de bekers. James is een te goede gastheer. Het enige wat ik mocht doen sinds ik ben aangekomen was het eten van vanmiddag maken... en dat alleen omdat hij met jou wilde praten.' Te bang dat ik de telefoon in het stopcontact zou steken en een Darth Vader-telefoontje zou onderscheppen, dacht hij.

Ze wees boven zijn hoofd. 'Ze hangen aan haken boven de Aga,' zei ze.

Hij keek op. 'O ja. Stom van me.' Hij zocht een stopcontact. 'Heb je de ketel toevallig ook gezien?'

Nancy onderdrukte een lachje. 'Ik geloof dat het dat grote ronde ding op de Aga is. Maar je moet hem niet in een stopcontact steken. Gewoon de ouderwetse manier om water aan de kook te brengen. Aangenomen dat de ketel vol is hoef je niet meer te doen dan die chromen deksel links op te lichten en de ketel aan de kook te brengen door hem op de kookplaat te zetten.'

Hij deed wat ze gezegd had. 'Je moeder heeft er vast ook zo een?'

'Mmm. Ze laat de achterdeur openstaan zodat iedereen zichzelf kan bedienen.' Ze rolde haar mouwen op en begon af te wassen.

'Zelfs vreemden?'

'Gewoonlijk mijn vader en zijn mensen, maar af en toe komt er een toevallige voorbijganger langs. Ze heeft ooit een zwerver in haar keuken aangetroffen, die thee naar binnen goot alsof het zijn laatste kop was.'

Mark schepte theeblaadjes in de theepot. 'Wat deed ze toen?'

'Ze heeft een bed voor hem opgemaakt en hem twee weken laten logeren. Toen hij wegging heeft hij de helft van haar tafelzilver meegenomen, maar ze heeft het nog steeds over hem als over "die grappige oude man met de theeverslaving".' Ze onderbrak haar verhaal toen hij zijn hand uitstak naar de ketel. 'Dat zou ik niet doen. Die handgreep wordt heel heet. Neem die ovenhandschoen maar, hij hangt rechts van je.'

Hij pakte de handschoen en trok hem aan. 'Ik ken alleen maar apparaten die op elektriciteit werken,' zei hij. 'Met een magnetron en een kant-en-klaarmaaltijd ben ik tevreden. Dit is me allemaal wat te serieus.'

Ze giechelde. 'Jij bent echt supergeschikt voor een survivalkamp. Je zou een heel nieuwe kijk op het leven krijgen als je midden in het oerwoud zou worden gedropt tijdens een tropische regenbui en je het vuur niet aan kunt krijgen.'

'Wat doe je dan?'

'Je wormen rauw opeten... of niks eten. Het hangt ervan af hoeveel honger je hebt en hoe sterk je maag is.'

'Hoe smaken ze?'

'Walgelijk,' zei ze terwijl ze een bord in het afdruiprek zette. 'Rat gaat prima... behalve dat er weinig vlees op het bot zit.'

Hij vroeg zich af of ze hem plaagde omdat zijn leven zo gewoon was. 'Ik hou het liever bij de magnetron,' zei hij rebels.

Ze keek hem even geamuseerd aan. 'Maar dat is toch nauwelijks gevaarlijk leven te noemen? Hoe weet je nu wat je kunt als je jezelf nooit op de proef hebt gesteld?'

'Moet dat dan? Waarom zou ik niet gewoon de problemen pas te lijf gaan als ze zich voordoen?'

'Omdat je een cliënt ook nooit het advies zou geven dat te doen,' zei ze. 'Tenminste, dat hoop ik. Je zou precies het tegenovergestelde adviseren... win zo veel mogelijk informatie in, zodat je je kunt verdedigen tegen wat je ook maar voor de voeten wordt geworpen. Op die manier loop je minder kans de tegenstander te onderschatten.'

'En wat dacht je van de tegenstander óverschatten,' zei hij gepikeerd. 'Is dat niet net zo gevaarlijk?'

'Nee, dat zie ik niet. Hoe meer je op je hoede bent, hoe veiliger het is.'

Ze was weer bezig met haar zwart-witoplossingen, dacht hij. 'En je medestanders? Hoe weet je dat je James niet overschat? Je neemt aan dat hij taai is vanwege dingen die hij vijftig jaar geleden heeft meegemaakt, maar nu is het een oude man. Gisteren trilden zijn handen nog zo dat hij zijn glas niet kon optillen.'

'Ik heb het niet over fysieke taaiheid. Ik heb het over geestelijke taaiheid.' Ze legde de laatste vorken en messen in het afdruiprek en trok de stop uit de gootsteen. 'Je karakter verandert niet doordat je oud wordt.' Ze pakte een handdoek. 'Het wordt hooguit uitgesprokener. Mijn moeders moeder was haar hele leven een feeks... en toen ze tachtig was, was ze een superfeeks. Ze kon niet lopen omdat ze reumatische artritis had, maar haar mond stond niet stil. Ouderdom, dat heeft te maken met wrok en woede, niet met kalm de vergetelheid in glijden... het is de schreeuw van Dylan Thomas om "te zieden en te tieren als de dag ten einde loopt". Waarom zou James een uitzondering zijn? Het is een vechter... dat is zijn aard.'

Mark nam de handdoek van haar aan en hing hem over de rail langs de Aga om te drogen. 'Jouw aard ook.'

Ze glimlachte. 'Misschien hoort het bij ons werk.' Hij deed zijn mond open om iets te zeggen maar ze hief haar vinger om dat te beletten. 'Zeg nu niet weer dat dat m'n genen zijn,' zei ze vastberaden. 'Mijn hele persoonlijkheid loopt het gevaar opgeslokt te worden door jouw obsessieve behoefte mij te duiden. Ik ben het complexe product van mijn omstandigheden... niet het voorspelbare lineaire resultaat van een toevallige vrijpartij achtentwintig jaar geleden.'

Ze wisten allebei dat ze te dichtbij kwamen. Ze zag het aan het flitsje besef dat in zijn ogen schitterde. Hij zag het aan de manier waarop ze met haar vinger een paar centimeter van zijn mond af bleef staan aarzelen. Ze liet haar hand zakken. 'Zet het uit je hoofd,' zei ze terwijl ze haar tanden in een vosachtige grimas ontblootte. 'Ik heb al genoeg moeilijkheden met die klotesergeant van me. Ik ga niet ook nog eens een keer de familieadvocaat aan mijn problemenlijstje toevoegen. U had hier helemaal niet moeten zijn, meneer Ankerton. Ik ben gekomen om met James te praten.'

Mark hief zijn handpalmen in een gebaar van overgave. De jaloezie was verdwenen. 'Jouw schuld, Smith. Dan had je maar niet zulke uitdagende kleren moeten aantrekken.'

Ze proestte. 'Ik heb me expres mannelijk gekleed.'

'Weet ik,' mompelde hij terwijl hij de bekers op een dienblad zette. 'En mijn verbeelding is op hol geslagen. Ik vraag me maar steeds af hoeveel zachts er onder die wapenrusting verborgen zit.'

Wolfie vroeg zich af waarom volwassenen zo stom waren. Hij probeerde Bella te waarschuwen dat Fox zou weten dat ze bezoek hadden gehad – Fox wist alles – maar ze bezwoer hem dat hij zijn mond moest houden, net als de anderen. 'We houden het stil,' zei ze. 'Het heeft geen zin dat hij zich opwindt om niets. We zullen hem over die verslaggeefster vertellen... dat is redelijk... we wisten allemaal wel dat de pers zich er vroeg of laat mee zou bemoeien.'

Wolfie schudde zijn hoofd over zo veel naïviteit maar zei niets meer.

'Niet dat ik tegen je vader wil liegen,' zei ze. Ze hurkte naast hem neer en knuffelde hem. 'Vertel het hem gewoon niet, hè? Hij gaat helemaal door het lint als hij erachter komt dat we vreemden in het kamp hebben gelaten. Dat mogen we niet doen, snap je, niet als we hier huizen willen bouwen.'

Hij legde troostend even zijn hand op haar wang. 'Goed.' Ze was net als zijn moeder, er altijd het beste van hopen hoewel dat er nooit van kwam. Ze moest toch weten dat ze hier nooit een huis zou hebben, maar ze moest kunnen dromen, dacht hij. Net als hij moest kunnen dromen over weglopen. 'Vergeet niet het touw weer vast te maken,' bracht hij haar in herinnering.

Jezus christus! Dat was ze wel vergeten! Maar wat voor leven had dit jongetje geleid dat hij op iedere kleinigheid lette? Ze keek hem onderzoekend aan, zag veel meer wijsheid en intelligentie dan je op grond van zijn achtergebleven lichamelijke ontwikkeling zou verwachten en vroeg zich af waarom ze dat niet eerder had gezien. 'Is er nog iets waar ik aan moet denken?'

'De deur,' zei hij plechtig.

'Welke deur?'

'De deur van Lucky Fox. Hij zei dat hij gewoonlijk openstond.' Hij schudde zijn hoofd om haar verbijsterde gezicht. 'Je hebt dus een schuilplaats,' zei hij.

James' hand begon weer te trillen toen Nancy hem vertelde dat ze weg moest, maar hij deed geen poging haar over te halen te blijven. Het leger was een strenge baas, was het enige wat hij zei terwijl hij zich omdraaide en naar buiten keek. Hij bracht haar niet naar de deur, dus waren Mark en zij alleen toen ze elkaar op de drempel gedag zeiden.

'Hoe lang ben je van plan te blijven?' vroeg ze hem terwijl ze haar muts uit haar zak trok en haar fleecejack dichtritste.

'Tot morgenmiddag.' Hij gaf haar zijn kaartje. 'Als je belangstelling hebt, hier heb je m'n e-mailadres, telefoonnummer en mobiele nummer. Zo niet, dan verheug ik me op onze volgende toevallige ontmoeting.'

Ze glimlachte. 'Jij deugt, Mark. Er zijn niet veel advocaten die de kerst met hun cliënten doorbrengen.' Ze haalde een stukje papier uit haar zak. 'Mijn mobiele nummer... je hoeft geen belangstelling te hebben... zie het meer als "voor het geval dat".'

Hij glimlachte plagerig naar haar. 'Voor het geval dat wat?'

'Er zich een noodgeval voordoet,' zei ze nuchter. 'Hij zit natuurlijk niet iedere avond voor de lol op dat terras... en die reizigers zijn daar natuurlijk niet toevallig. Ze hadden het over een psychopaat toen ik buiten hun bus stond, en gezien de manier waarop dat jongetje zich gedroeg, hadden ze het over zijn vader... die Fox. Dat kan toch geen toeval zijn, Mark. Met die naam moet er op de een of andere manier een verband zijn. En dat verklaart die sjaals.'

'Ja,' zei hij langzaam. Hij moest aan Wolfies blonde haar en blauwe ogen denken. Hij vouwde het papiertje op en stak het in zijn zak. 'Ik waardeer je aanbod natuurlijk zeer, maar zou het in een noodgeval niet verstandiger zijn de politie te bellen?'

Ze ontsloot het portier van de Discovery. 'Hoe dan ook... het aanbod staat.' Ze hees zich achter het stuur. 'Morgenavond zou ik wel terug kunnen komen,' zei ze verlegen. Ze boog voorover en stak haar sleuteltje in het contact zodat hij haar gezicht niet kon zien. 'Wil je James vragen of dat goed is? En me het antwoord sms-en?'

Mark was verrast. Zowel door de vraag als door de aarzelende manier waarop hij gesteld was. 'Dat hoeft niet. Hij is helemaal weg van je.'

'Maar hij zei niets over nog eens komen.'

'Jij toch ook niet?' bracht hij naar voren.

'Nee,' zei ze terwijl ze haar rug rechtte. 'Ik denk dat het niet zo makkelijk was als ik gedacht had om je grootvader te ontmoeten.' Ze startte de motor en zette de wagen in de versnelling.

'Waardoor was het moeilijk?' vroeg hij terwijl hij een hand op haar arm legde zodat ze het portier niet kon dichttrekken.

Ze schonk hem een wrange glimlach. 'De genen,' zei ze. 'Ik had gedacht dat hij een vreemde zou zijn en dat het me weinig zou doen... maar ik ben erachter gekomen dat hij dat niet is en dat het me wel wat doet. Nogal naïef, hè?' Ze wachtte niet op antwoord, liet de koppeling omhoogkomen en gaf voorzichtig gas, waarmee ze Mark dwong zijn hand te laten zakken, waarna ze het portier dichttrok en de oprit naar het hek afreed.

James zat voorovergebogen in zijn leunstoel toen Mark in de zitkamer terugkwam. Hij zag er weer klein en verloren uit, alsof de energie die hem gedurende die middag bevangen had, inderdaad het resultaat van een korte bloedtransfusie was geweest. Er was zeker geen spoor te bekennen van de taaie bevelhebber die liever koos voor eenzame opsluiting dan zijn geloof op te geven voor communistisch atheïsme.

Mark, die aannam dat de oorzaak van zijn neerslachtigheid het vertrek van Nancy was, ging voor het vuur zitten en kondigde opgewekt aan: 'Ze is nogal wat, hè? Ze wil graag morgenavond terugkomen, als jij dat goedvindt.'

James gaf geen antwoord.

'Ik heb haar gezegd dat ik het haar zou laten weten,' hield Mark vol.

De oude man schudde zijn hoofd. 'Zeg haar maar dat ik dat liever niet heb, wil je? Breng het zo vriendelijk mogelijk, maar maak haar duidelijk dat ik haar niet nog eens wil zien.'

Mark had het gevoel alsof beide benen onder hem uit getrapt werden. 'Waarom in godsnaam niet?'

'Omdat je gelijk had met je raad. Het was een vergissing haar te zoeken. Ze is een Smith, geen Lockyer-Fox.'

Marks woede vlamde plotseling op. 'Een half uur geleden behandelde je haar nog alsof ze een prinses was, en nu wil je haar als oud vuil afdanken,' snauwde hij. 'Waarom heb je dat haar niet in haar gezicht gezegd in plaats van van mij te verwachten dat ik het doe?'

James sloot zijn ogen. 'Jij hebt Ailsa gewaarschuwd dat het gevaarlijk was om het verleden op te rakelen,' mompelde hij. 'Ik ben het met je eens, hoewel dat een beetje aan de late kant is.'

'Ja, maar ik ben van gedachten veranderd,' zei de ander kortaf. Volgens Murphy zou je kleindochter een kloon van Elizabeth zijn... want dat was precies wat je niet wilde. In plaats daarvan – God weet waarom – krijg je een kloon van jezelf. Zo hoort het leven niet te zijn, James. Het leven hoort een absolute flop te zijn, waarbij iedere stap vooruit er twee terug betekent.' Hij balde zijn vuisten. 'Wel verdomme, ik heb haar gezegd dat je weg van haar was, ga je een leugenaar van me maken?'

Tot zijn ontzetting welden er tranen op in de ogen van de oude man, die langs zijn wangen biggelden. Mark was niet op een nieuwe instorting uit geweest. Hij was zelf moe en in de war, en hij had zich laten leiden door Nancy's overtuiging dat James de taaie soldaat van haar verbeelding was en niet de schaduw die Mark de afgelopen twee dagen had gezien. Misschien was de taaie soldaat de werkelijke James Lockyer-Fox gedurende de paar uur dat zij er geweest was, maar deze gebroken man, wiens geheimen aan het licht gebracht werden, was degene die Mark kende. Al zijn kwade vermoedens verzamelden zich als een strik om zijn hart.

'Shit,' zei hij wanhopig. 'Waarom kon je niet eerlijk tegen me zijn? Wat moet ik verdomme tegen haar zeggen? Sorry, kapitein Smith, u hebt niet aan de verwachtingen beantwoord. U kleedt zich als een pot... de kolonel is een snob... en u hebt een Herefordshire-accent?' Hij haalde sidderend adem. 'Of misschien moet ik haar de waarheid vertellen?' ging hij hardvochtig verder. 'Er bestaat enige onduidelijkheid over wie uw vader is... en uw grootvader wil u liever voor een tweede keer verloochenen dan een DNA-test ondergaan.'

James drukte een duim en wijsvinger tegen zijn neusbrug. 'Zeg haar wat je wilt,' bracht hij met moeite uit, 'zolang ze maar nooit meer terugkomt.'

'Zeg haar dat zelf maar,' zei Mark. Hij haalde zijn mobiel uit zijn zak en zette Nancy's nummer in het geheugen, waarna hij het stukje papier op James' schoot liet vallen. 'Ik ga me ergens bezatten.'

Dat was een dwaas plan. Hij had niet beseft hoe moeilijk het was je midden in Dorset op tweede kerstdag te bezatten en reed doelloos in cirkels rond, op zoek naar een pub die open was. Uiteindelijk erkende hij dat hij zinloos bezig was en parkeerde op de richel boven Ridgeway Bay, en keek in het snel afnemende licht naar de onstuimige golven die de kust beukten.

De wind was in de middag naar het zuidwesten gedraaid en wolken kwamen op de warmere lucht het Kanaal binnendrijven. Het werd steeds donkerder met een dreigende lucht, woedende zee en machtige kliffen, en de elementaire schoonheid ervan maakte dat hij de dingen weer in het juiste perspectief ging zien. Na een half uur, toen het schuim niet meer dan een fosforescerende gloed in het licht van de klimmende maan was en Mark klappertandde van de kou, startte hij de motor en reed terug naar Shenstead.

Nu het rode waas was opgetrokken, waren hem een aantal waarheden duidelijk geworden. Nancy had gelijk gehad met te zeggen dat James ergens tussen zijn eerste en tweede brief aan haar van gedachten veranderd was. Daarvoor was de druk om zijn kleindochter te vinden gigantisch geweest, zo groot dat hij bereid was een schadevergoeding te riskeren door haar te schrijven. Maar tegen eind november had de druk andersom gewerkt.

'Onder geen enkele omstandigheid zul je voorkomen in wettige documenten omtrent mijn familie.'

Wat was er dan gebeurd? De telefoontjes? De verminking van de vossen? De dood van Henry? Bestond er een verband? In welke volgorde was het gebeurd? En waarom had James er tegen Mark niets over gezegd? Waarom had hij een fabel voor Nancy geschreven, maar geweigerd het met zijn advocaat te bespreken? Dacht hij dat Nancy wel zou geloven in de schuld van Leo, waar Mark dat niet kon?

Ook al had James nog zo volgehouden dat de man die Prue Weldon had gehoord zijn zoon geweest moest zijn – *'we hebben dezelfde stem... hij was kwaad op zijn moeder omdat ze haar testament veranderd had... Ailsa gaf hem de schuld van de problemen van Elizabeth'* – Mark wist dat dat niet zo kon zijn. Terwijl Ailsa in Dorset stierf, gaf Leo in Londen Marks verloofde een beurt, en hoezeer Mark dat eens aanbeden leeghoofdje nu minachtte, hij had er nooit aan getwijfeld dat ze de waarheid sprak. Toen had Becky het niet erg gevonden om als Leo's alibi te dienen. Zij dacht dat dat betekende dat hun verhouding – die zo veel hartstochtelijker was dan ze ooit met Mark had meegemaakt – ergens toe leidde. Maar Mark had te veel hysterische smeekbeden om nog een kans moeten aanhoren sinds Leo haar zonder omhaal gedumpt had, om te geloven dat ze een leugen waartoe ze gedwongen was niet zou intrekken.

Negen maanden geleden was het een logisch verhaal geweest. Leo – de charismatische Leo – had gemakkelijk wraak genomen op de advocaat die het lef had gehad zijn vriend van de troon te stoten, en erger nog, die weigerde zijn geheimhoudingsplicht jegens zijn cliënten te schenden. Het was niet erg moeilijk geweest. Mark maakte lange dagen en had geen zin avond aan avond uit te gaan, en Leo had het voor het inkoppen gehad, maar het idee dat het stukmaken van zijn ophanden zijnde huwelijk iets anders was dan een kwaadaardig spelletje, was niet bij Mark opgekomen. Ailsa had hem zelfs op het idee gebracht. 'Pas op voor Leo,' had ze gewaarschuwd toen Mark het over de etentjes had die hij en Becky met haar zoon hadden. 'Hij is ontzettend innemend als hij dat wil zijn en ontzettend onaangenaam als hij zijn zin niet krijgt.'

Onaangenaam was niet het goede woord voor wat Leo gedaan had, dacht hij nu. Sadistisch – gestoord – pervers – dat waren allemaal betere omschrijvingen voor de gewetenloze manier waarop hij het leven van Mark en Becky vernield had. Mark was er maanden stuurloos van geweest. Zo veel vertrouwen en hoop in een ander mens geïnvesteerd, twee jaar samenwonen, de bruiloft die voor de zomer gepland stond, en die wanhopige schaamte om het uit te moeten leggen. Nooit de waarheid natuurlijk – *ze heeft zich achter mijn rug om laten nemen door een liederlijke gokker die oud genoeg is om haar vader te zijn*; alleen leugens – *'we pasten niet bij elkaar... we hadden ruimte nodig... we beseften dat we niet toe waren aan een verbintenis voor langere tijd'*.

Geen enkel moment had hij tijd gehad een stapje terug te doen en de inventaris op te maken. Nog geen vierentwintig uur nadat hij in Dorset was aangekomen om James bij te staan bij zijn politieverhoor, had hij een huilende Becky op zijn mobiel, die hem zei dat het haar speet, dat het helemaal niet de bedoeling was dat het zo uitkwam, maar dat de politie haar had gevraagd te bevestigen waar ze eergisternacht was geweest. Niet, zoals ze Mark had verteld, bezig met het rondleiden van een groepje Japanse zakenlui door Birmingham in haar hoedanigheid van pr-medewerkster bij een projectbureau, maar met Leo in zijn flat in Knightsbridge. En nee, het was geen slippertje. De verhouding was drie maanden geleden begonnen en ze had al weken geprobeerd het Mark te vertellen. Nu hij het wist, trok ze bij Leo in. Toen Mark thuiskwam, was ze weg.

Het speet haar... het speet haar... het speet haar...

Hij had in stilte geworsteld met zijn ellende. In het openbaar was hij onbewogen gebleven. De bevindingen van de patholoog-anatoom – 'geen aanwijzingen dat er kwade opzet in het spel is... dierenbloed op het terras' – haalde de angel uit het onderzoek, en de belangstelling van de politie voor James was onmiddellijk verflauwd. Wat had het voor zin zijn cliënt te vertellen dat de reden waarom zijn beschuldigingen tegen Leo als 'wild en ongefundeerd' terzijde waren geschoven was dat de verloofde van zijn advocaat hem ontlast had? Hij had het niet *kunnen* zeggen, zelfs als hij het nodig had gevonden. Zijn wonden waren nog te rauw om aan anderen te laten zien.

Hij vroeg zich nu af of Leo daarop gegokt had. Had hij vermoed dat Marks trots hem zou verhinderen James de waarheid te vertellen? Mark wist meteen toen Becky bekende dat de verhouding niets te maken had met Ailsa's dood. Hij kon zijn trots enigszins redden door het Leo's wraak te noemen – hij had het af en toe zelfs geloofd – maar de waarheid was prozaïscher. Wat had hij fout gedaan? had hij Becky gevraagd. Niets, zei ze in tranen. Dat was het probleem. Het was allemaal zo saai geweest.

Daarna was er geen weg terug meer, niet voor Mark. Voor Becky lag het anders. Een verzoening was een manier om haar eigen trots te redden toen Leo haar op straat had gezet. Het meeste van wat ze gezegd had was vastgelegd op zijn antwoordapparaat. 'Leo was een vergissing. Hij wilde alleen maar snelle seks. Mark was de enige man van wie ze echt hield.' Ze smeekte om weer thuis te mogen komen. Mark belde haar niet terug, en de paar keer dat ze hem thuis trof legde hij de hoorn ernaast en liep weg. Zijn gevoelens verliepen van haat naar woede naar medelijden naar onverschilligheid, maar hij had geen moment overwogen of Leo's motief iets anders dan rancune kon zijn.

Dat had hij wel moeten doen. Als de bandjes in de bibliotheek van James iets bewezen, dan was het wel dat iemand die hem intiem kende bereid was geduld te hebben. Drie maanden? Om aan een ijzersterk alibi voor een enkele nacht in maart te komen? Misschien. Dit had allemaal te maken met in je eentje tegen het kwaad te strijden dacht hij... dat belachelijke Britse klassenbewustzijn dat voorschreef je flink te houden en nooit je tranen te laten zien. Maar als hij en James tegen hetzelfde kwaad streden, en dat kwaad was slim genoeg om dat uit te buiten?

'Verdeel en heers... oorlogsmist... propaganda is een machtig wapen...'

Als hij iets had begrepen, daar aan het einde van zijn koude wake op dat klif in Dorset, was het dat James er niet zo hard op aangedrongen zou hebben om zijn kleindochter te zoeken als er maar de geringste kans bestond dat hij er de vader van was. Hij was niet bang voor een DNA-test voor hemzelf, hij was er bang voor voor Nancy...

... en dat was sinds de telefoontjes begonnen...

... hij had liever dat ze hem haatte omdat hij haar voor de tweede keer afwees dan haar een vuile oorlog over beschuldigingen van incest binnen te sleuren...

... zeker als hij wist wie haar vader werkelijk was...

Boodschap van Mark
Ik heb een kant gekozen. James deugt. Als hij jou iets anders heeft gezegd, dan liegt hij.

18

WOLFIE VERWONDERDE ZICH EROVER HOE SLIM FOX WAS. TEGEN Bella deed hij alsof hij niet wist dat er iemand in het kamp was geweest. Maar Wolfie wist dat hij het wist. Hij zag het aan de manier waarop Fox glimlachte toen Bella hem zei dat alles oké was: Ivo had de kettingzaaggroep weer aan het werk gezet en zij en Zadie zouden net de wachters bij het touw gaan aflossen. 'O, en er is een verslaggeefster langs geweest,' voegde ze er luchtig aan toe. 'Ik heb het principe van bezit te kwader trouw uitgelegd en toen is ze weggegaan.'

Hij zag het aan de manier waarop Fox haar prees. 'Goed gedaan.'

Bella keek opgelucht. 'Dan gaan we nu maar,' zei ze met een knikje naar Zadie.

Fox versperde haar de weg. 'Ik heb je straks nodig voor een telefoontje,' zei hij tegen haar. 'Ik roep je als ik klaar ben.'

Ze was te goed van vertrouwen, dacht Wolfie, toen haar gewone bazigheid terugkwam bij dat duidelijke bevel. 'Flikker op,' zei ze kwaad, 'ik ben je secretaresse niet. Waarom bel je zelf verdomme niet?'

'Ik heb het adres van iemand hier in de buurt nodig, en ik denk niet dat een man dat te pakken kan krijgen, maar een vrouw misschien wel.'

'Wiens adres?'

'Ken je niet.' Hij hield Bella's blik gevangen. 'Een vrouw. Ze heet kapitein Nancy Smith en ze zit in het leger bij de genie. Je hoeft alleen maar naar haar ouders te bellen om erachter te komen waar ze zit. Daar heb je toch geen bezwaar tegen, Bella?'

Ze haalde onverschillig haar schouders op maar Wolfie wilde dat ze haar ogen niet neer had geslagen. Daardoor zag ze er schuldig uit. 'Wat moet jij met een legersletje, Fox? Kom je hier niet aan je trekken?'

Zijn lippen verbreedden zich langzaam tot een glimlach. 'Is dat een aanbod?'

Iets wat Wolfie niet begreep flitste tussen hen voor Bella een stap opzij deed en langs hem heen liep. 'Jij bent me te ondoorgrondelijk, Fox,' zei ze. 'Ik heb geen idee waar ik aan begin als ik jou mee naar bed neem.'

Mark vond de kolonel achter zijn bureau in de bibliotheek. Hij scheen op te gaan in wat hij deed en hoorde Mark niet binnenkomen. 'Heb je haar gebeld?' vroeg Mark op dringende toon. Hij leunde met zijn handen op het houten blad en knikte naar de telefoon.

Verschrikt schoof de oude man zijn stoel weg van het bureau. Zijn voeten krasten op zoek naar steun over de grond. Zijn gezicht was grijs en afgetobd en hij zag er bang uit.

'Het spijt me,' zei Mark, die een stap achteruit deed en zijn handen in een gebaar van overgave ophield. 'Ik wilde alleen weten of je Nancy gebeld hebt.'

James likte nerveus langs zijn lippen maar het duurde even voor hij zijn stem meester was. 'Je hebt me aan het schrikken gemaakt. Ik dacht dat je...' Hij zweeg abrupt.

'Leo was?'

James wuifde de vraag met een vermoeid handgebaar weg. 'Ik heb je een officiële brief geschreven...' – hij knikte naar een vel papier op het bureau – '... waarin ik je om een eindnota vraag en om alle documenten aangaande mijn zaken terug te zenden. Ik zal hem per ommegaande betalen, Mark, en daarna kun je ervan verzekerd zijn dat je verbintenis met deze familie beëindigd is. Ik heb van mijn dankbaarheid getuigd – mijn warme dankbaarheid – voor alles wat je voor Ailsa en mij gedaan hebt en het enige wat ik van je vraag is dat je mijn vertrouwen blijvend zult respecteren...' – er viel een pijnlijke stilte – '... vooral wat Nancy betreft.'

'Ik zou je vertrouwen nooit beschamen.'

'Dank je.' Hij tekende de brief met een trillende hand en deed een poging hem in een envelop te stoppen. 'Het spijt me dat het zo moet aflopen. Ik heb je hartelijkheid de afgelopen twee jaar zeer gewaardeerd.' Hij liet de envelop liggen en hield Mark de brief voor. 'Ik begrijp nu hoe lastig deze ellendige zaak voor jou is geweest. Ik ben bang dat we Ailsa allebei missen. Zij was er goed in om dingen in hun ware gedaante te zien, en jij en ik schijnen dat, helaas, niet te kunnen.'

Mark wilde de brief niet aannemen. In plaats daarvan plofte hij neer in de leren leunstoel voor het bureau. 'Dit zeg ik niet om je ervan te weerhouden me te ontslaan, James – ik ben een waardeloze advocaat dus ik denk dat je dat waarschijnlijk beter wel kunt doen – maar ik zou graag volmondig mijn excuses willen aanbieden voor alles wat ik gezegd heb. En voor wat ik gedacht heb bestaan geen excuses, behalve dat je me met die bandjes overvallen hebt, zonder waarschuwing of toelichting. Bij elkaar hebben ze een krachtig effect – vooral omdat ik weet dat een aantal dingen waar zijn. Het lastigst werd het door Nancy zelf. Ze zou je dochter kunnen zijn. Haar uiterlijk, hebbelijkheidjes, haar persoonlijkheid... alles... alsof je met een vrouwelijke versie van jou praat.' Hij schudde zijn hoofd. 'Ze heeft zelfs jouw ogen – bruin – en die van Elizabeth zijn blauw. Ik weet dat daar een regel voor is – de wet van Mendel, geloof ik – die aangeeft dat ze niet een vader met blauwe ogen kan hebben gehad, maar dat is nog geen reden om de eerste de beste bruinogige man verantwoordelijk te stellen. Wat ik probeer te zeggen is dat ik je in de steek gelaten heb. Dit is de tweede keer dat ik over de telefoon naar onverkwikkelijke feiten geluisterd heb en bij beide gelegenheden heb ik ze geloofd.' Hij zweeg even. 'Ik had professioneler moeten zijn.'

James keek hem even onderzoekend aan voor hij de brief weer op het bureau legde en zijn handen erbovenop vouwde. 'Leo verweet Ailsa altijd dat ze steeds het ergste dacht,' zei hij peinzend, alsof er een herinnering opgewekt was. 'Zij zei dat ze dat niet meer zou hoeven doen als er eens één keer niet het ergste gebeurde. Uiteindelijk had ze zo'n afschuw van voorspellingen die zichzelf waarmaken, dat ze nergens meer commentaar op gaf... en daarom is dit...' – hij maakte een alomvattend gebaar naar het terras en de stapel bandjes – 'als zo'n schok gekomen. Ze hield duidelijk iets voor me achter, maar ik heb geen idee wat... mogelijk die verschrikkelijke beschuldigingen. Het enige wat me in de koude nachtelijke uren troost, is dat ze ze niet geloofd zal hebben.'

'Nee,' beaamde Mark. 'Ze kende je te goed.'

De oude man glimlachte zacht. 'Ik neem aan dat Leo erachter zit... en ik neem aan dat het om geld gaat – maar waarom zegt hij in dat geval niet gewoon wat hij wil? Ik heb me er het hoofd over gebroken, Mark, en ik begrijp niet wat het doel is van deze eindeloze herhaling van leugens ... Is het chantage? Gelooft hij zelf wat hij zegt?'

Mark haalde twijfelend zijn schouders op. 'Als dat zo is, dan heeft Elizabeth hem daartoe aangezet.' Hij dacht even na. 'Denk je niet dat het waarschijnlijker is dat Leo haar op het idee heeft gebracht en dat zij nu druk doende is het als een feit rond te vertellen? Ze is heel beïnvloedbaar, vooral als het betekent dat ze iemand anders de schuld van haar moeilijkheden kan geven. Een onware herinnering aan misbruik past echt in haar straatje.'

'Ja,' zei James met een korte zucht – van opluchting? – 'en daarom is mevrouw Bartlett er zo van overtuigd. Ze merkt een paar keer op dat ze Elizabeth gezien heeft.'

Mark knikte.

'Maar als Leo weet dat het niet waar is, dan weet hij ook dat ik niet meer hoef te doen dan Nancy erbij te halen om te bewijzen dat hij en Elizabeth liegen. Waarom probeert hij mijn reputatie dan op deze manier kapot te maken?'

Mark steunde zijn kin met zijn handen. Hij wist het net zomin als James, maar hij probeerde het probleem nu op een wat onorthodoxere manier te lijf te gaan. 'Maar gaat het er juist niet om dat Nancy voor Leo en Elizabeth helemaal niet bestaat? Ze weten zelfs niet hoe ze heet. Ze is niet meer dan een vraagteken op een adoptieformulier van achtentwintig jaar geleden, en zolang ze een vraagteken blijft, kunnen ze jou van alles wat ze maar willen beschuldigen. Misschien heb je er wat aan, ik heb het afgelopen anderhalf uur doorgebracht met terugredeneren van effect naar oorzaak. Dat zou jij ook moeten doen. Vraag jezelf wat het resultaat van deze telefoontjes is en maak dan uit of dat ook het beoogde resultaat is. Dan krijg je misschien een idee van waar hij op uit is.'

James dacht even na. 'Ik ben in het defensief gedrongen,' gaf hij langzaam toe. 'Ik vecht een achterhoedegevecht en ik zit te wachten tot iemand zich laat zien.'

'Ik zie het meer als eenzame opsluiting,' zei Mark hardvochtig. 'Hij heeft je tot een kluizenaar gemaakt, afgesneden van de mensen die je zouden kunnen steunen... buren... politie...' – hij haalde diep adem – 'advocaat... zelfs je kleinkind. Denk je werkelijk dat hij niet weet dat je haar liever als vraagteken laat bestaan dan dat je haar de nachtmerrie van een DNA-test aandoet?'

'Dat kan hij niet zeker weten.'

Mark schudde met een glimlach zijn hoofd. 'Natuurlijk weet hij dat wel. Jij bent een gentleman, James en je reacties zijn voorspelbaar. Geef in ieder geval toe dat je zoon een betere psycholoog is dan jij. Hij weet heel goed dat jij liever in stilte lijdt dan dat je een onschuldig meisje laat denken dat ze het product van incest is.'

James gaf zich met een zucht gewonnen. 'Maar wat wil hij? Dat deze leugens standhouden? Hij heeft al duidelijk aangegeven dat hij en Elizabeth claims zullen indienen onder de wet op erfrecht van directe familie als ik zou proberen ze helemaal uit m'n testament te schrappen, maar het enige wat hij bereikt door mij van incest te beschuldigen is dit zogenaamde kind van mij een reden te geven ook een claim in te dienen.' Hij schudde verbijsterd zijn hoofd. 'En een derde eiser zou zijn aandeel alleen maar verminderen? Ik kan niet aannemen dat hij dat wil.'

'Nee,' zei Mark nadenkend, 'maar Nancy zou sowieso geen poot hebben om op te staan. Ze is nooit financieel van jou afhankelijk geweest zoals Leo en Elizabeth. Dat is de *Catch-22*-situatie waar ik het over had toen we ons eerste gesprek hadden... als je eerder geweigerd had je kinderen te helpen toen ze in de problemen zaten, dan konden ze nu geen aanspraken doen gelden. Omdat je ze geholpen hebt, hebben ze het recht een redelijke voorziening voor hun toekomst te verwachten... vooral Elizabeth, die in feite berooid zou zijn geweest als jij haar in de steek gelaten had.'

'Door haar eigen schuld. Ze heeft alles wat ze gekregen heeft verbrast. Een legaat onderhoudt alleen haar verschillende verslavingen tot ze eraan sterft.'

Precies wat Ailsa gezegd had, dacht Mark. Maar ze hadden het talloze malen besproken en hij had James ervan overtuigd dat het beter was Elizabeth een billijke toelage na te laten, dan de deur open te zetten naar een claim voor een groter deel na zijn dood. Onder de wet op erfrecht van directe familie was in 1938 voor een erflater de morele verantwoordelijkheid om voorzieningen te treffen voor degenen die afhankelijk van hem waren een wettelijke verplichting geworden. Voorbij waren de Victoriaanse tijden waarin het recht om zijn bezit naar eigen goeddunken na te laten onschendbaar was en waarin vrouwen en kinderen zonder een cent konden achterblijven als ze hun echtgenoten of vaders mishaagd hadden. De sociale rechtvaardigheid waar de twintigste-eeuwse regeringen een voorkeur voor hadden, zowel wat betreft scheidingen als het nalaten van bezit, had de plicht tot eerlijkheid opgelegd, hoewel kinderen niet automatisch het recht hadden te erven, tenzij ze konden bewijzen dat ze afhankelijk waren.

Leo's geval was minder duidelijk omdat hij geen geschiedenis van afhankelijkheid kende, en Marks visie was dat hij het nog knap lastig zou krijgen om te bewijzen dat hij recht had op een deel van het geld, nu James de grens getrokken had toen Leo van de bank had gestolen. Niettemin had Mark hem geadviseerd dezelfde voorzieningen voor Leo te treffen als hij voor Elizabeth had gedaan, vooral omdat Ailsa het legaat aan haar kinderen van de beloofde helft van alles wat ze bezat terug had gebracht naar een symbolisch bedrag van vijftigduizend pond, en de rest aan haar echtgenoot had nagelaten. Dat was fiscaal gezien niet erg efficiënt, maar het gaf ze de tweede kans die Ailsa gewild had.

De moeilijkheid was – en was altijd geweest – hoe het leeuwendeel van het bezit na te laten, vooral het huis en de inboedel, het land, allemaal zaken waarmee de Lockyer-Foxen al generaties lang verbonden waren. Uiteindelijk, zoals zo vaak gebeurde in dit soort gevallen, wilde James noch Ailsa dat het bezit verdeeld zou worden en stukje bij beetje verkocht, waarbij familiepapieren en foto's vernietigd zouden worden door vreemden die niet geïnteresseerd waren in en niets wisten van de voorgaande generaties. Vandaar de zoektocht naar Nancy.

Het ironische was dat die zo'n volmaakt resultaat had opgeleverd. Ze was in alle opzichten geschikt, hoewel – zoals Mark James had voorgehouden na de eerste keer dat hij haar ontmoet had – haar aantrekkelijkheid, zowel als erfgename als als verloren gewaande kleindochter, enorm vergroot was door haar onverschilligheid. Als een *femme fatale* verleidde ze door haar koelheid.

Hij vlocht zijn handen achter zijn hoofd ineen en keek naar het plafond. Hij had met Becky nooit over zijn cliënten gesproken, maar hij begon zich af te vragen of ze zijn koffertje misschien doorzocht had. 'Wist Leo dat je op zoek was naar je kleindochter?' vroeg hij.

'Nee, tenzij jij hem dat verteld hebt. Ailsa en ik waren de enigen die het wisten.'

'Kan Ailsa het tegen hem gezegd hebben?'

'Nee.'

'En tegen Elizabeth?'

De oude man schudde zijn hoofd.

'Oké.' Hij boog weer voorover. 'Nou, ik ben er vrij zeker van dat hij het weet, James, en misschien is dat mijn schuld. Zo niet, dan heeft hij gegokt dat dat jouw meest waarschijnlijke stap zou zijn. Ik denk dat het hierom gaat: de enige andere erfgenaam van het toneel te verwijderen, zodat jij gedwongen wordt je vorige testament in ere te herstellen.'

'Maar Nancy komt al maanden niet meer in het verhaal voor.'

'Mmm. Maar dat weet Leo niet... dat kan hij zelfs niet raden. Wij konden het ook niet raden. Zoals ik al eerder zei, wij dachten dat het een kloon van Elizabeth zou zijn... en ik kan me niet voorstellen dat Leo iets anders heeft gedacht. Je baseert je ideeën op wat je al weet en volgens de kansberekening zou een kind van Elizabeth de kans om een fortuin te erven met beide handen aangegrepen hebben.'

'Maar wat wil je nu zeggen? Dat deze telefoontjes ophouden als ik duidelijk maak dat ze niet mijn erfgename is?'

Mark schudde zijn hoofd. 'Ik denk dat het nog erger wordt.'

'Waarom?'

'Omdat Leo het geld wil en het kan hem niet zo veel schelen hoe hij het krijgt. Hoe sneller jij aan uitputting of depressiviteit sterft, hoe beter.'

'Maar wat kan hij doen als de belangrijkste begunstigden liefdadigheidsinstellingen zijn? Mijn reputatie kapotmaken zal hen niet weerhouden de legaten te aanvaarden. Het staat nu vast dat het bezit uiteenvalt. En hij kan er niets aan doen.'

'Maar je hebt het testament nog niet ondertekend, James,' bracht Mark hem in herinnering, 'en als Leo dat weet, dan weet hij dat je vorige testament, waarin hij het grootste deel krijgt, nog geldt.'

'Hoe kan hij dat weten?'

'Vera,' opperde Mark.

'Die is volkomen seniel. Trouwens, ik sluit de bibliotheek nu iedere keer als ze komt af.'

Mark haalde zijn schouders op. 'Het maakt geen verschil. Zelfs al had je het getekend, dan nog kan het testament ieder moment verscheurd worden, of herroepen... net als een volmacht.' Hij leunde naar voren om zijn woorden kracht bij te zetten en tikte op het antwoordapparaat. 'Jij zei dat deze telefoontjes een vorm van chantage waren... maar dwang zou een betere beschrijving zijn. Jij danst naar zijn pijpen... je isoleert jezelf... je wordt depressief... je sluit je af van mensen. En zijn grootste succes is dat hij je zo intimideert dat je doet wat je net hebt gedaan – een barrière opwerpen tussen jezelf en Nancy. Hij kan niet weten wat hij bereikt heeft, maar het effect op jou is hetzelfde. Nog depressiever... nog eenzamer.'

James ontkende het niet. 'Ik ben al eens eerder alleen geweest en dat heeft me ook niet van gedachten doen veranderen,' zei hij. 'Dat zal dit keer ook niet gebeuren.'

'Je hebt het over het krijgsgevangenenkamp in Korea?'

'Ja,' zei hij verrast. 'Hoe weet je dat?'

'Nancy heeft het me verteld. Ze heeft je nagetrokken... ze zegt dat je een soort legende bent.'

Een glimlach van genoegen verlichtte het gezicht van de oude man. 'Wat ongelooflijk! Ik dacht dat die oorlog al lang vergeten was.'

'Kennelijk niet.'

De terugkeer van zijn gevoel van eigenwaarde was bijna tastbaar. 'Nu, dan weet je in ieder geval dat ik niet makkelijk klein te krijgen ben... en zeker niet door dwingelanden.'

Mark schudde spijtig zijn hoofd. 'Maar dat was een ander soort isolatie, James... Je verdedigde een principe... je mannen steunden je... en je kwam er als een held uit. Dit is heel iets anders. Zie je niet hoe alleen je staat? Je weigert naar de politie te gaan omdat je bang bent Nancy erbij te betrekken.' Hij maakte een gebaar met zijn duim naar het raam. 'En om dezelfde reden heb je geen idee wat de mensen daar buiten allemaal denken omdat je niet naar ze toe stapt om de confrontatie aan te gaan. Plus...' – hij draaide zijn duim om om naar de brief op het bureau te wijzen – 'ben je bereid mij te ontslaan omdat je je zorgen maakt over mijn betrokkenheid... terwijl mijn trouw alleen maar aan het wankelen werd gebracht omdat jij me verdomme niets vertelt.'

James zuchtte. 'Ik hoopte dat het over zou gaan als ik niet reageerde.'

'Dat heeft Ailsa waarschijnlijk ook gedacht... en kijk eens wat er met haar gebeurd is.'

De oude man haalde een zakdoek uit zijn zak en hield die voor zijn ogen.

'O god,' zei Mark door wroeging gekweld. 'Ik wil je niet weer van streek maken, maar je moet toch in overweging nemen dat Ailsa zich net zo alleen voelde als jij nu. Je hebt het met haar gehad over bang zijn voor voorspellingen die zichzelf waarmaken... Denk je dan niet dat zij ook aan deze leugens heeft blootgestaan? Dat mens van Bartlett heeft het er constant over hoe Ailsa zich gevoeld moet hebben toen ze erachter kwam. Wie mevrouw Bartlett die informatie ook gegeven heeft, hij moet er bijna zeker van zijn geweest dat Ailsa er kapot van was. Het is makkelijk te beweren dat ze het tegen jou had moeten zeggen... Ik neem aan dat ze jou probeerde te beschermen net zoals jij Nancy nu wilt beschermen – maar het resultaat is hetzelfde. Hoe meer je iets geheim probeert te houden, hoe moeilijker het vervolgens is het naar buiten te brengen.' Hij leunde weer naar voren en zijn toon werd indringender. 'Je kunt die beschuldigingen echt niet over je kant laten gaan, James. Je moet ze aanvechten.'

Hij verfrommelde de zakdoek. 'Hoe?' vroeg hij moe. 'Er is niets veranderd.'

'O, maar dat heb je volkomen mis. Alles is veranderd. Nancy is geen hersenspinsel meer, ze is echt, James... en een echt persoon kan alles wat Leo zegt weerleggen.'

'Ze is altijd echt geweest.'

'Ja, maar ze wilde niet bij je betrokken raken. En nu wel. Ze was hier anders niet gekomen, en ze had zeker niet gevraagd nog eens uitgenodigd te worden als ze niet bereid was je te ondersteunen. Je moet haar vertrouwen. Vertel haar wat er gaande is geweest, laat haar de bandjes horen, en vraag haar dan of ze een DNA-test wil ondergaan. Misschien heb je genoeg aan een bloedgroeptest... maakt niet uit... Ik verwed er m'n laatste stuiver om dat ze ja zegt, en dan heb je bewijzen dat je geïntimideerd en bedreigd wordt waarmee je naar de politie kunt. Zie je niet hoeveel beter je ervoor staat sinds zij vanochtend is op komen dagen? Je hebt eindelijk een onvervalste voorvechtster. Ik wil het gesprek voor jou wel voeren, als je dat zelf niet wilt.' Hij grijnsde. 'Afgezien van al het andere, je krijgt op die manier de gelegenheid Prikneus en Klitkruid volledig uit te kleden. Ailsa zou ervóór zijn.'

Hij had Ailsa niet moeten noemen. De zakdoek vloog weer omhoog. 'Al haar vossen zijn dood,' zei James in stille wanhoop. 'Hij vangt ze in vallen en slaat hun snuitjes kapot voor hij ze op het terras gooit. Ik moest ze doodschieten om ze uit hun lijden te verlossen. Hij heeft met Henry hetzelfde gedaan... hem met een gebroken poot en verbrijzelde bek op de plek neergelegd waar Ailsa is gestorven. Het arme beest gromde naar me toen ik naderbij kwam en toen ik de loop tegen zijn kop zette wist ik dat hij dacht dat ik verantwoordelijk was voor zijn pijn. Er zit een verschrikkelijke gekte achter. Ik ben er zeker van dat Ailsa ermee te maken heeft gekregen. Ik denk dat ze moest toezien hoe de schedel van een of ander dier is ingeslagen en ik geloof dat Prue Weldon het heeft horen gebeuren. Ik weet zeker dat ze daaraan gestorven is. Ze kon niet tegen wreedheid. Als het beest nog leefde, is ze ernaast gaan zitten tot het stief.'

Dat zou een hoop verklaren, dacht Mark. De bloedvlekken vlak bij haar lichaam. Ailsa's beschuldigingen van krankzinnigheid. Het geluid van een stomp. 'Je had het moeten melden,' zei hij onbeholpen.

'Dat heb ik geprobeerd. De eerste keer in ieder geval. Niemand was geïnteresseerd in een dode vos op mijn terras.'

'En de bewijzen van dierenmishandeling dan?'

James zuchtte en sloot zijn vuist weer om de zakdoek. 'Heb je er enig idee van hoeveel schade een geweer aanricht aan de kop van een dier? Had ik ze dan een pijnlijke dood moeten laten sterven terwijl ik zat te wachten tot er een politieagent zou komen opdagen? Aangenomen natuurlijk dat ze ook maar in de verste verte geïnteresseerd zouden zijn in een dier dat onder de vlooien zit en dat dagelijks neergeschoten of vergiftigd wordt... en dat waren ze natuurlijk niet. Ze zeiden dat ik de dierenbescherming moest bellen.'

'En?'

'Die leefden mee, maar ze kunnen niets doen als het om ongedierte gaat. Ze dachten dat het het werk van een stroper was, die zich af moest reageren toen hij een vos in plaats van een hert had gevangen.'

'Zit je daarom iedere nacht op het terras? Hoop je hem te pakken te krijgen?'

De oude man glimlachte weer even flauwtjes alsof hij de vraag amusant vond.

'Je moet voorzichtig zijn, James. Proportioneel geweld, dat is het enige wat mag om je eigendom te beschermen. Als je iets doet dat naar eigen richting zweemt, dan ga je de gevangenis in. Justitie treedt heel hard op tegen mensen die het recht in eigen hand nemen.' Hij had net zo goed niets gezegd kunnen hebben, James vertoonde geen enkele reactie. 'Ik neem het je niet kwalijk,' ging hij verder. 'In jouw plaats zou ik me precies zo voelen. Ik vraag je alleen de consequenties te overwegen voor je iets doet waar je later spijt van krijgt.'

'Ik doe niet anders,' zei James wrang. 'Misschien moet je eens naar je eigen raadgevingen luisteren... of klopt het dat een man die zichzelf als advocaat heeft, een dwaas als cliënt heeft?'

Mark keek zuinig. 'Ik verdien dit vast, maar ik begrijp het niet.'

James verscheurde de brief en liet de stukken in de prullenbak naast zijn bureau vallen. 'Denk er nog maar eens heel goed over na voor je Nancy overhaalt haar connectie met mij openbaar te maken,' zei hij koud. 'Ik heb m'n vrouw aan een gek verloren... Ik ben niet van plan m'n kleindochter ook nog eens te verliezen.'

Wolfie glipte in het voetspoor van zijn vader tussen de bomen door, gedreven door een angstige nieuwsgierigheid naar wat er gebeurde. Hij kende de frase 'Kennis is macht' niet maar hij begreep wat ermee bedoeld werd. Hoe kon hij anders zijn moeder vinden? Hij had zich in geen weken zo dapper gevoeld, en hij wist dat het iets van doen had met Bella's vriendelijkheid en de samenzweerderige vinger die Nancy tegen haar lippen had gelegd. Die gaven hem het gevoel dat er een toekomst was. Alleen met Fox had hij slechts aan dood kunnen denken.

Het was zo'n donkere avond dat hij geen hand voor ogen kon zien, maar hij had een lichte tred en beet op zijn tong als takken en braamranken tegen hem aan zwiepten. Terwijl de minuten verstreken, pasten zijn ogen zich aan het karige maanlicht aan, en hij kon steeds de twijgjes horen knappen als Fox met zijn zwaardere tred door het bosdek trapte. Regelmatig stond hij stil, nu hij van zijn gevangenschap eerder die dag geleerd had niet blindelings in een val te lopen, maar Fox bleef doorlopen naar de Manor. Met de listigheid van zijn naamgenoot besefte Wolfie dat de man terugkeerde naar zijn territorium – dezelfde boom, zijn favoriete uitkijkpunt – en het kind bewoog zich met wijdopen ogen en gespitste oren in een schuine lijn zijwaarts om een eigen territorium te verkrijgen.

Een aantal minuten gebeurde er niets, en toen, tot Wolfies schrik, begon Fox te spreken. Het kind kromp in elkaar omdat hij dacht dat er iemand bij hem was, maar toen er niet geantwoord werd nam hij aan dat Fox in zijn mobiel sprak. Hij kon maar een paar woorden onderscheiden, maar de stembuiging van Fox deed Wolfie aan Lucky Fox denken... en dat leek vreemd nu hij de oude man achter een van de benedenramen van het huis kon zien.

'Ik heb de brieven en ik heb haar naam... Nancy Smith... kapitein bij de genie. Je bent vast trots dat er nog een soldaat in de familie is. Ze lijkt zelfs op je toen je jonger was. Lang en donker... de perfecte kloon... Jammer dat ze niet wil doen wat haar gezegd wordt. We winnen er niets bij door jou bij de problemen in mijn

familie te betrekken, heb je gezegd... maar ze is er toch. Waar blijf je nu met je DNA? Weet ze wie haar vader is...? Ga je het haar vertellen voor een ander dat doet...?'

Mark draaide de opname een aantal keren af. 'Als dit Leo is, dan gelooft hij werkelijk dat je Nancy's vader bent.'

'Hij weet dat ik dat niet ben,' zei James, die dossiers op de grond gooide op zoek naar de map met 'diversen' erop.

'Dan is het Leo niet,' zei Mark grimmig. 'We hebben het in de verkeerde richting gezocht.'

Berustend hield James op met zoeken en vouwde zijn handen voor zijn gezicht. 'Natuurlijk is het Leo,' zei hij verrassend resoluut. 'Dat moet je echt begrijpen, Mark. Je bent een godsgeschenk voor hem omdat je reacties zo voorspelbaar zijn. Jij raakt iedere keer als hij van positie verandert in paniek, in plaats van dat je je hoofd koel houdt en hem dwingt zich te laten zien.'

Mark keek naar het raam en het donker buiten en zijn gezicht dat weerspiegeld werd vertoonde dezelfde opgejaagde blik die James de afgelopen twee dagen had gehad. Wie die man ook was, hij was in het huis geweest en hij wist hoe Nancy eruitzag, en waarschijnlijk hield hij hen nu in de gaten. 'Misschien ben jij het godsgeschenk wel, James,' mompelde hij. 'Neem in ieder geval eens in overweging dat jouw reacties op je zoon ook volkomen voorspelbaar zijn.'

'Wat wil je daarmee zeggen?'

'Leo is altijd de eerste die je waar dan ook de schuld van geeft.'

19

OOK PRUE ZAG ER OPGEJAAGD UIT TOEN ZE OPENDEED OMDAT ER op haar voordeur getimmerd werd. Ze had even tussen de gordijnen door gekeken en een flits van een lichtgekleurde auto op haar oprit gezien, en ze nam onmiddellijk aan dat de politie haar kwam halen. Ze zou gedaan hebben of ze niet thuis was, als een stem niet geschreeuwd had: 'Kom op, mevrouw Weldon, we weten dat u er bent.'

Ze maakte de ketting vast, deed de deur een paar centimeter open en tuurde naar de twee vage gestalten die op de stoep stonden. 'Wie zijn jullie? Wat willen jullie?' vroeg ze met een benauwde stem.

'James Lockyer-Fox en Mark Ankerton,' zei Mark, terwijl hij de neus van zijn schoen tussen de deur wrong. 'Doet u uw buitenlicht maar aan, dan kunt u ons zien.'

Ze drukte op de knop en toen ze hen herkende herwon ze iets van haar moed. 'Als dit betekent dat u met een dagvaarding komt, die ga ik niet accepteren. Ik ga niets van jullie accepteren,' zei ze onbeheerst.

Mark snoof woedend. 'Dat gaat u wel degelijk doen. U gaat de waarheid accepteren. Laat ons nu binnen. We willen met u praten.'

'Nee.' Ze duwde met haar schouder tegen de deur in een poging hem te sluiten.

'Ik haal m'n voet niet weg tot u ja zegt, mevrouw Weldon. Waar is uw man? Dit zal een stuk sneller gaan als we ook met hem kunnen praten.' Hij verhief zijn stem. 'Meneer Weldon! Komt u alstublieft even naar de deur. James Lockyer-Fox wil graag met u praten.'

'Hij is er niet,' siste Prue terwijl ze haar aanzienlijke gewicht inzette tegen het dunne leer van Marks schoen. 'Ik ben alleen en ik ben bang voor u. Ik geef u nog één kans uw voet weg te halen, en als u dat niet doet sla ik de deur zo hard dicht dat u dat zult voelen!'

Ze verminderde de druk even en keek hoe de schoen verdween. 'En nu weg wezen!' schreeuwde ze; ze zette zich schrap tegen de deur en draaide het penslot dicht. 'Ik bel de politie als jullie niet gaan.'

'Goed idee,' kwam Marks stem van de andere kant. 'We bellen ze zelf wel als u niet met ons wilt praten. En wat zal uw man daarvan vinden, denkt u? Hij was helemaal niet blij toen ik hem vanmorgen sprak. Voorzover ik begreep, wist hij niet van uw telefoontjes... hij schrok zich kapot toen hij ervan hoorde.'

Ze haalde zwaar adem van angst en inspanning. 'De politie staat aan mijn kant,' hijgde ze, terwijl ze vooroverboog om haar op en neer gaande borst tot rust te brengen. 'U mag mensen op deze manier niet terroriseren.'

'Nee. Jammer dat u daar niet aan gedacht hebt toen u met uw campagne tegen James bent begonnen. Of denkt u dat u boven de wet staat?' Zijn stem nam een gemoedelijke toon aan. 'Vertel me eens... zou u ook zo rancuneus zijn geweest als Ailsa iets toeschietelijker was geweest? Gaat het daar allemaal om? U wilde opscheppen met uw vriendin op de Manor... en Ailsa maakte duidelijk dat ze uw giftige tong niet kon verdragen.' Hij lachte even. 'Nee, ik span het paard achter de wagen. U bent altijd al giftig geweest... u kunt daar niets aan doen... u had deze telefoontjes sowieso gepleegd, of Ailsa nu geleefd had of stierf – alleen al om uw gram te halen omdat u achter uw rug om Klitkruid genoemd werd...'

Hij zweeg toen hij Prues verschrikte kreetje hoorde, onmiddellijk gevolgd door gerammel van de ketting en het penslot dat omgedraaid werd. 'Ik geloof dat ik haar een hartaanval bezorgd heb,' zei James, die de deur opendeed. 'Moet je dat domme mens nou zien. Ze zakt nog door die stoel als ze niet oppast.'

Mark stapte naar binnen en keek kritisch naar Prue, die naar adem hapte op een fragiel rieten stoeltje. 'Wat heb je gedaan?' Hij schopte de deur met zijn hiel dicht en gaf zijn koffertje aan James.

'M'n hand op haar schouder gelegd. Ik heb nog nooit iemand zo'n sprong zien maken.'

Mark bukte om een hand onder haar elleboog te leggen. 'Kom, mevrouw Weldon,' zei hij terwijl hij haar overeind trok en haar met zijn andere arm om haar rug ondersteunde. 'Laat ik u naar iets stevigers brengen. Waar is uw zitkamer?'

'Zo te zien hier,' zei James die een deur aan de linkerkant in ging. 'Zet jij haar op de bank, en zal ik dan kijken of ik ergens de cognac kan vinden?'

'Water is misschien beter.' Hij liet haar op de gecapitonneerde zitting zakken terwijl James terugging naar de keuken op zoek naar een glas. 'U had uw achterdeur op slot moeten doen,' zei hij weinig meelevend, zijn opluchting verbergend toen hij de kleur op haar wangen terug zag komen. 'In deze streek is dat een uitnodiging om binnen te komen.'

Ze probeerde iets te zeggen, maar haar mond was te droog. In plaats daarvan haalde ze naar hem uit. Die was nog lang niet dood, dacht hij terwijl hij buiten haar bereik stapte. 'U mag alleen proportioneel geweld gebruiken, mevrouw Weldon. U hebt mijn voet al zowat gebroken omdat u zo verdomde dik bent. Als u me nog iets doet, besluit ik misschien wel u te vervolgen.'

Ze keek hem woedend aan voor ze het glas aannam dat James haar gaf en het gulzig leegdronk. 'Dick zal razend zijn,' zei ze zodra haar tong weer loskwam. 'Hij... hij...' Woorden lieten haar in de steek.

'Wat?'

'Hij daagt u voor de rechter.'

'O ja?' zei Mark. 'Laten we dat eens navragen. Heeft hij een mobiel? Kunnen we hem bellen?'

'Dat zeg ik niet.'

'Het nummer van zijn zoon zal in het telefoonboek staan,' zei James, die zich in een leunstoel liet zakken. 'Ik geloof dat hij Jack heet. Voorzover ik me herinner, zit het andere deel van het bedrijf in Compton Newton, en ze wonen ernaast. Hij weet het nummer van Dicks mobiel wel.'

Prue griste de telefoon van het tafeltje naast de bank en legde haar armen eroverheen. 'Hiervandaan gaat u niet bellen.'

'Jawel... maar op mijn eigen kosten,' zei Mark, die zijn mobiel uit zijn zak haalde en Inlichtingen belde. 'Ja, Compton Newton alstublieft... achternaam Weldon... voorletter J... dank u wel.' Hij beëindigde het gesprek en toetste het nummer in.

Prue haalde weer naar hem uit in een poging de mobiel uit zijn hand te slaan.

Mark deed grijnzend een stap achteruit. 'Ja... hallo. Spreek ik met mevrouw Weldon? Het spijt me... Belinda. Ik begrijp het volkomen... mevrouw Weldon is uw schoonmoeder...' – hij trok een wenkbrauw op naar Prue – '... en u wilt niet met haar verward worden. Zou ik ook niet willen. Ja, mijn naam is Mark Ankerton. Ik ben advocaat, ik vertegenwoordig kolonel Lockyer-Fox. Ik moet uw schoonvader dringend spreken. Weet u misschien waar hij is... of dat hij een mobiel heeft?' Hij keek geamuseerd naar Prue. 'Hij is bij u? Prachtig. Mag ik hem even spreken? Ja, zegt u maar dat het te maken heeft met ons gesprek van vanmorgen. De kolonel en ik zijn bij hem thuis... We kwamen met mevrouw Weldon praten... maar zij zegt dat haar man actie zal ondernemen als wij niet weggaan. En ik zou daar graag een bevestiging van willen, want dat heeft invloed op onze beslissing of we er wel of niet de politie bij moeten halen.'

Hij tikte met zijn voet op het kleed terwijl hij wachtte. Een paar seconden later hield hij zijn mobiel een eindje van zijn oor toen Dicks stem over de lijn bulderde. Hij deed een paar pogingen de tirade te onderbreken, maar pas toen Dick buiten adem was kon hij ertussen komen. 'Dank u wel meneer Weldon. Ik denk dat ik de essentie wel begrepen heb... nee, ik heb liever dat u dat zelf tegen uw vrouw zegt. Wilt u haar nu aan de lijn? Oké... tot ziens.' Hij drukte op 'end' en liet de mobiel in zijn zak glijden. 'Lieve help! U schijnt iedereen van streek gemaakt te hebben, mevrouw Weldon. Van die kant kunt u helaas weinig steun verwachten.'

'Dat gaat u geen snars aan.'

'Kennelijk is de man van mevrouw Bartlett al net zo kwaad... geen van beiden wist waar u tweeën mee bezig was. Hadden ze dat wel geweten, dan hadden ze er een stokje voor gestoken.'

Prue zei niets.

'Dat dacht James al, en daarom heeft hij tot nu toe geen actie ondernomen... hij wilde Dick en Julian niet in verlegenheid brengen. Hij hoopte dat als hij niet zou reageren, jullie er genoeg van zouden krijgen of dat jullie mannen vragen zouden gaan stellen. Maar daarvoor is het nu te ver gegaan. De dreigementen in die telefoontjes zijn te gevaarlijk om nog langer te negeren.'

'Ik heb nooit gedreigd,' protesteerde ze. 'Ik heb nooit iets gezegd. Jullie zouden met Eleanor moeten praten. Zij is ermee begonnen.'

'Dus het was het idee van mevrouw Bartlett?'

Prue keek naar haar handen. Was ze haar vriendin nog loyaliteit verschuldigd? Ze had het afgelopen uur Shenstead House twee keer gebeld en steeds had Julian haar gezegd dat Ellie 'niet beschikbaar' was. Dat impliceerde dat ze er wel was maar niet met haar wilde praten, en de geamuseerde toon van Julians stem bevestigde dat. Prue had het excuus voor haar verzonnen dat ze niet met haar wilde praten waar Julian bij was, maar nu vermoedde ze dat Ellie druk bezig was alle schuld op haar te schuiven om bij hem in een goed blaadje te blijven.

Prues wrok tegenover iedereen groeide. Zij had het minst gedaan en toch gaf iedereen haar de schuld. 'Het was in ieder geval niet mijn idee,' mompelde ze. 'Ik ben niet het type voor scheldtelefoontjes... en daarom heb ik ook nooit wat gezegd.'

'Waarom hebt u dan überhaupt gebeld?'

'Eleanor noemde dat gerechtigheid,' zei ze terwijl ze de blik van beide mannen meed. 'Niemand behalve wij scheen geïnteresseerd in de manier waarop Ailsa stierf.'

'Ik snap het,' zei Mark sarcastisch. 'Dus ondanks een politieonderzoek, een post mortem en een gerechtelijk onderzoek kwamen jullie tot de conclusie dat niemand geïnteresseerd was. Een heel bizarre conclusie, mevrouw Weldon. Hoe kwamen jullie daar precies bij?'

'Ik hoorde James en Ailsa ruziemaken. Zoiets vergeet je niet zomaar.'

Mark keek haar even aan. 'En dat was het?' vroeg hij ongelovig. 'Jullie hebben jezelf tot rechter, jury en beul benoemd op grond van een enkele ruzie tussen twee mensen die u niet eens goed kon zien of horen? Verder was er geen bewijs?'

Ze bewoog ongemakkelijk met haar schouders. Hoe kon ze in godsnaam voor James herhalen wat Eleanor wist? 'Ik weet wat ik gehoord heb,' zei ze, terugvallend op het enige argument dat ze ooit echt gehad had. Koppige zekerheid.

'Dat betwijfel ik ten zeerste.' Mark zette zijn koffertje op zijn knie en haalde de taperecorder tevoorschijn. 'Ik wil dat u naar deze boodschappen luistert, mevrouw Weldon.' Hij zag een stopcontact naast de leunstoel waarin James zat en stak de stekker erin, toen gaf hij de recorder aan James zodat hij hem kon bedienen. 'En daarna zou ik graag van u willen horen wat u denkt dat u gehoord hebt.'

In de beschuldigingen van kindermisbruik zat niets wat Prue schokte – ze wist het allemaal al – maar de meedogenloze herhaling schokte haar wel. Ze voelde zich vies alleen al door het luisteren naar die voortdurend genoemde details van kinderverkrachting, alsof ze iemand was die er graag naar luisterde. Ze hield zichzelf voor dat de telefoontjes niet achter elkaar waren gekomen zoals nu, maar het cumulatieve effect was verontrustend. Ze wilde zeggen 'Hou op, ik heb genoeg gehoord,' maar ze wist wat de reactie zou zijn. James had die keuze niet gekregen.

Regelmatig werden de schelle tirades van Eleanor en Darth Vaders verwrongen monologen onderbroken door perioden van stilte waarin het geluid van steels geadem – haar geadem – hoorbaar was op het bandje. Ze kon de pauzes horen waarin ze zich van de telefoon had afgewend, bang dat Dick wakker was geworden, naar beneden was gekomen en erachter zou komen wat ze deed. Ze hoorde haar nerveuze opwinding: angst om ontdekt te worden en een gevoel van macht, die met elkaar botsten in haar borst en haar sissend deden inademen.

Ze probeerde zichzelf ervan te overtuigen dat Eleanors schrille intimidaties erger waren, maar daar slaagde ze niet in. Spraak, wat er ook gezegd werd, had de verdienste van eerlijkheid en gehijg, zwaar gehijg, de stiekeme keus van de lafaard, klonk obsceen. Prue had wat moeten zeggen. Waarom had ze dat niet gedaan?

Omdat ze niet geloofd had wat Eleanor haar had verteld...

Ze herinnerde zich nog het gefluisterde geroddel van Vera Dawson dat Ailsa eerder terug had moeten komen van een tweejarige stationering in Afrika toen Elizabeth op school de ziekte van Pfeiffer gekregen had. Natuurlijk had niemand zich voor de gek laten houden. Het was bekend dat het meisje wild was, en ze ging er te vaak vandoor, vooral 's avonds, die dikke buik kon niet anders dan een zwangerschap betekenen. Er werd beweerd dat James pas van het kind hoorde toen hij aan het einde van zijn stationering terugkwam, een paar maanden nadat het geadopteerd was, en dat hij zo razend was geweest dat Ailsa had toegelaten dat Elizabeth haar volgende misstap onder het tapijt veegde.

Eleanor had gezegd dat dat niets bewees, behalve dat James wel eens boos werd. Ook al was je in het buitenland gelegerd, je had vakantie net als bij elke andere baan, en als Elizabeth zei dat hij in Engeland was toen het kind verwekt werd, dan geloofde zij dat gewoon. Ze was nog nooit zo'n beschadigde vrouw als Elizabeth tegengekomen, zei ze krachtdadig tegen Prue, en dat soort persoonlijkheidsstoornissen kreeg je niet zomaar. Degene die die adoptie had doorgedrukt, had een toch al kwetsbaar meisje in een neerwaartse spiraal van depressies geduwd en, als iemand daar nog aan twijfelde, zouden ze eens met Elizabeth zelf moeten praten. Zoals Eleanor had gedaan.

De verschrikkelijke opeenvolging van boodschappen ging maar door, eentje van Prue tegen twee van Eleanor en vijf van Darth Vader, en het drong langzaam tot Prue door dat ze erin geluisd was. Iedereen deed het, had Eleanor gezegd. De mensen waren razend dat James met moord wegkwam. De 'meisjes' belden in ieder geval één keer per dag, liefst 's nachts om hem wakker te maken. Dit was de enige manier om Ailsa recht te doen.

Prue hief haar hoofd op toen James op de 'stop'-knop drukte en stilte het vertrek vulde. Ze had de kolonel heel lang niet meer in het gezicht gekeken, en een blos van schaamte kroop langs haar hals omhoog. Hij was zo veel ouder geworden, dacht ze. Ze herinnerde hem zich als een kaarsrechte, knappe man met door weer en wind gekleurde wangen en heldere ogen. Nu was hij gebogen en mager, en zijn kleren waren hem te groot.

'En?' vroeg Mark.

Ze beet op haar lip. 'Er waren maar drie mensen. Eleanor, ikzelf en die man. Zijn er nog andere bandjes?'

'Verscheidene,' zei hij met een knikje naar zijn open koffertje op de grond, 'maar het is allemaal alleen uzelf, mevrouw Bartlett en onze vriend die zo bang is dat hij zijn eigen stem niet gebruikt. U bent de laatste tijd wat verslapt, maar de eerste vier weken heeft u vaste prik elke nacht gebeld. Moet ik dat bewijzen? Zoekt u maar een bandje uit, dan draaien we het af.'

Ze schudde haar hoofd maar zei niets.

'U lijkt me niet erg geïnteresseerd in de inhoud van de boodschappen,' zei Mark na een ogenblik. 'Verontrust zo'n waslijst van kinderverkrachting en incest u niet? Ik heb uren naar deze bandjes geluisterd, en ik vond het ontzettend. Ik vind het ontzettend dat de ellende van een kind op deze harteloze wijze geëxploiteerd wordt. Ik vind het ontzettend dat ik naar de bijzonderheden heb moeten luisteren. Wat was de bedoeling? De luisteraar vernederen?'

Ze likte nerveus om haar mond. 'Ik... eh... Eleanor wilde dat James wist dat we het wisten.'

'Wat wisten? En noemt u kolonel Lockyer-Fox alstublieft niet bij zijn voornaam, mevrouw Weldon. Als u het recht al had die te gebruiken, dan hebt u dat recht verspeeld bij de eerste keer dat u de telefoon oppakte om hem te bedreigen.'

Haar gezicht werd rood van schaamte. Ze maakte een wanhopig handgebaar in de richting van de recorder. 'Dat we daarvan wisten. We vonden dat hij daar niet mee weg mocht komen.'

'Maar waarom hebt u hem dan niet bij de politie aangegeven? Er worden op het ogenblik zaken van kindermisbruik bij de rechtbank behandeld die dertig jaar teruggaan. De kolonel zou een langdurige gevangenisstraf tegemoet kunnen zien als deze beschuldigingen waar zijn. En het zou uw bewering dat hij Ailsa heeft geslagen ondersteunen als u een geschiedenis van gewelddadigheid jegens zijn dochter kunt aantonen.' Hij zweeg even. 'Misschien ben ik dom, maar ik begrijp de logica achter deze telefoontjes niet. Ze werden zo in het geheim gepleegd – zelfs uw man wist niet dat u ermee bezig was – wat wilde u ermee bereiken? Is het chantage? Verwachtte u geld in ruil voor uw zwijgen?'

Prue raakte in paniek. 'Het is mijn schuld niet,' gooide ze eruit. 'Vraag maar aan Eleanor. Ik heb haar gezegd dat het niet waar was... maar zij had het steeds over een campagne om recht te doen. Ze zei dat alle meiden van de golfclub belden... Ik dacht dat er tientallen telefoontjes zouden zijn... anders had ik het niet gedaan.'

'Waarom alleen vrouwen?' vroeg Mark. 'Waarom werden de mannen er niet bij betrokken?'

'Omdat die de kant van Ja... van de kolonel kozen.' Ze keek schuldig naar de oude man. 'Ik heb me er nooit prettig bij gevoeld,' voerde ze aan. 'Dat merkt u wel aan dat ik nooit wat zei...' Haar stem stierf weg.

James ging verzitten. 'In het begin, voor ik het antwoordapparaat heb geïnstalleerd, waren er nog een paar telefoontjes,' zei hij tegen haar. 'Net zoals die van u, lange stiltes, maar ik kende de nummers niet. Ik neem aan dat dat uw vriendinnen waren die vonden dat ze met één telefoontje hun plicht gedaan hadden. U had het hun moeten vragen. Mensen doen zelden wat hun gezegd wordt, tenzij ze er plezier aan beleven.'

Schaamte veranderde in vernedering. Het was een heerlijk geheim geweest onder het kliekje dat zij en Eleanor rond henzelf gevormd hadden. Knikjes, knipoogjes. Verhalen over dat ze bijna betrapt was toen Dick midden in de nacht opstond om te plassen en zij in het donker over de telefoon gebogen stond. Wat moest ze dwaas geleken hebben, gehoorzaam als een schoothondje jegens Eleanor, terwijl de rest van hun vriendinnen stilletjes schone handen hielden. Wie zou er tenslotte ooit achter komen? Als het plan van Eleanor om James 'uit te roken' gewerkt had, dan hadden zij ook met de eer gestreken. Zo niet, dan zouden Eleanor en Prue nooit te weten komen hoe dubbelhartig ze geweest waren.

De woorden van Jack hamerden in haar geest. '*... de tenenkrommende gênanterie van jouw telefoontjes naar die arme oude man... de enige die je gelooft is dat idiote mens van Bartlett.*' Zagen haar vriendinnen dat ook zo? Walgden ze net zo van haar als haar familie? Geloofden ze haar ook niet? Ze wist natuurlijk het antwoord en de laatste restjes van haar gevoel van eigenwaarde stroomden in tranen langs haar dikke wangen. 'Het was niet plezierig,' bracht ze met moeite uit. 'Ik wou het eigenlijk helemaal niet doen... ik was steeds bang.'

James hief bekommerd zijn hand, als om haar te vergeven, maar Mark negeerde het. 'U hebt van iedere seconde genoten,' beschuldigde hij haar streng, 'en als ik mijn zin krijg, daagt de kolonel u voor de rechter... met of zonder hulp van de politie. U hebt zijn goede naam beklad... de nagedachtenis aan zijn vrouw door het slijk gehaald... zijn gezondheid geschaad met treitertelefoontjes... hand- en spandiensten verricht bij het afmaken van zijn dieren en bij de inbraak in zijn huis... zijn leven en dat van zijn kleindochter in gevaar gebracht.' Hij haalde kwaad adem. 'Wie heeft u daartoe aangezet, mevrouw Weldon?'

Ze hield haar armen om haar schouders geslagen en wiegde over haar toeren heen en weer, zijn noodlotsbezwangerde woorden tuimelden door haar gedachten. Chantage... laster... treiterijen... afmaken... inbraak... 'Ik weet niets van een inbraak,' jammerde ze.

'Maar u wist dat Henry afgemaakt is?'

'Niet dat hij was afgemaakt, alleen dat hij dood was. Dat heeft Eleanor me verteld.'

'En hoe was hij volgens haar dan gestorven?'

Ze keek bang. 'Dat weet ik niet meer. Nee... echt niet... Ik weet het niet meer. Ik weet wel dat ze er tevreden over was. Ze zei dat hij zijn trekken thuis had gekregen.' Ze drukte haar handen tegen haar mond. 'O, dat klinkt zo hard. Het spijt me. Het was een lieve hond. Is hij echt doodgemaakt?'

'Zijn poot en bek waren verbrijzeld en zo is hij op het terras van de kolonel achtergelaten om te sterven, en we denken dat dezelfde man de nacht dat Ailsa is gestorven een vos heeft mishandeld. Wij geloven dat u dat gehoord heeft. Wat u als een stomp beschreef was het geluid van de vossenkop die kapotgeslagen werd, en daarom beschuldigde Ailsa hem van krankzinnigheid.

Die man hebt u geholpen, mevrouw Weldon. Wie is het?'

Haar ogen gingen wijd open. 'Ik weet het niet,' fluisterde ze, terwijl ze het geluid van de stomp in gedachten nog eens afdraaide en zich plotseling helder de volgorde van de gebeurtenissen herinnerde. 'O god, ik heb me vergist. Hij zei daarna pas "trut".'

Mark wierp een vragende blik op James.

De oude man liet een van zijn zeldzame glimlachjes zien. 'Ze droeg laarzen,' zei hij. 'Ik denk dat ze hem geschopt heeft. Ze kon absoluut niet tegen wreedheid.'

Mark glimlachte naar hem terug voor hij zijn aandacht weer op Prue richtte. 'Ik heb een naam nodig, mevrouw Weldon. Wie heeft gezegd dat u dit moest doen?'

'Niemand... alleen Eleanor.'

'Uw vriendin heeft waarschijnlijk alleen iets opgelezen wat een ander voor haar opgeschreven heeft. Ze kan absoluut niet zo goed op de hoogte zijn van de bijzonderheden over de familie. Van wie heeft ze die?'

Prue sloeg haar handen voor haar gezicht in een wanhopige poging de antwoorden te geven die hij wilde. 'Elizabeth,' jammerde ze. 'Ze is naar Londen geweest, om haar te ontmoeten.'

Mark sloeg toen ze de oprit van de boerderij waren afgereden linksaf en reed in de richting van Dorchester naar Wareham Road. 'Waar ga je naartoe?' vroeg James.

'Bovington. Je moet Nancy de waarheid vertellen, James.' Hij wreef met zijn hand over zijn achterhoofd. De hoofdpijn van die ochtend was met verdubbelde kracht teruggekomen. 'Mee eens?'

'Ik denk het wel,' zei de kolonel zuchtend. 'Maar ze is niet direct in gevaar, Mark. De enige adressen in het dossier zijn die van haar ouders in Hereford en van het hoofdkwartier van haar regiment. Bovington zit er niet bij.'

'Shit!' Mark vloekte heftig terwijl hij de rem intrapte, het stuur naar links gooide en in de berm tot stilstand kwam. Hij haalde zijn mobiel uit zijn zak en belde Inlichtingen. 'Smith... voorletter J... Lower Croft, Coomb Farm, Herefordshire.' Hij knipte het cabinelichtje aan. 'Ik hoop dat ze de hele dag weg zijn geweest,' zei hij terwijl hij het nummer intoetste. 'Spreek ik met mevrouw Smith? Hallo, met Mark Ankerton. Weet u het nog? De advocaat van kolonel Lockyer-Fox...? Ja, klopt... Ik heb haar ook gezien... Ik breng de kerstdagen bij hem door. Geweldig. Het mooiste cadeau dat hij zich wensen kon... nee, nee, ik heb haar mobiele nummer. Maar ik bel voor haar... een man die haar lastigvalt... Ja, een van haar sergeanten... waar het om gaat, als hij belt, ze heeft liever niet dat hij hoort dat ze in Bovington zit... O ja...? Een vrouw... nee, da's in orde... u ook, mevrouw Smith.'

20

BELLA VROEG ZICH AF HOE LANG HET KIND AL NAAST HAAR STOND. Het was ijskoud en ze stond gehuld in jas en sjaal naar *Madame Butterfly* op haar walkman te luisteren. Zadie had de honden mee teruggenomen naar de bus om hun te eten te geven en de halve wereld had voorbij de touwbarrière kunnen lopen zonder dat Bella dat gemerkt zou hebben. 'Un bel di vedremo' zwol aan in haar hoofd terwijl Butterfly zong over het schip van Pinkerton dat aan de horizon verscheen en over haar geliefde echtgenoot die de heuvel naar hun huis opklom om haar op te eisen. Het was een droombeeld. Een hopeloze dwaling. De realiteit, zoals Butterfly spoedig zou leren, was dat ze verlaten werd. Voor vrouwen was de realiteit altíjd dat je verlaten werd, dacht Bella treurig.

Ze keek zuchtend op en zag Wolfie bibberend in zijn dunne trui en spijkerbroek naast haar staan. 'Verdomme toch,' zei ze spontaan, terwijl ze de dopjes uit haar oren trok, 'je vriest nog dood, dombo. Hier, kruip maar in m'n jas. Je bent een rare, Wolfie. Wat ben je toch steeds aan het rondsluipen? Dat is niet normaal. Waarom laat je niet gewoon merken dat je er bent?'

Hij liet zich in het voorpand van haar legerjas wikkelen, nestelde zich tegen haar grote, zachte lichaam aan. Hij had nog nooit zoiets heerlijks gevoeld. Warmte. Veiligheid. Zachtheid. Hij voelde zich veilig bij Bella, veilig zoals hij zich nog nooit bij zijn moeder had gevoeld. Hij kuste haar hals en wangen en legde zijn armen langs haar borsten.

Ze legde een vinger onder zijn kin en lichtte zijn gezicht op naar het maanlicht. 'Weet je zeker dat je nog maar tien bent?' vroeg ze plagend.

'Dacht ik wel,' zei hij slaperig.

'Waarom lig je niet in je bed?'

'Ik kan de bus niet in. Fox heeft hem afgesloten.'

'Jezus nog aan toe!' bromde ze boos. 'Waar is hij heen?'

'Kweenie.' Hij wees naar Shenstead Farm. 'Hij is die kant op gegaan, het bos door. Ik denk dat hij zich met een auto laat oppikken.'

'Door wie?'

'Kweenie. Hij belt, en dan komt iemand hem halen. Toen mam er nog was volgde ik hem wel eens. Dat doe ik nu niet meer.'

Bella trok hem onder haar ruime jas bij zich op schoot, en liet haar kin op zijn hoofd rusten. 'Weet je, schat, het bevalt me niks wat hier gebeurt. Ik zou morgen nog met de meiden vertrekken... als ik me niet zo'n zorgen om jou maakte. Als ik wist wat je vader van plan was...' Even zweeg ze nadenkend. 'Als ik jou nu eens morgen naar de politie breng en jij vertelt ze over je moeder? Dat betekent dat je waarschijnlijk een tijdje in een pleeggezin komt... maar dan ben je weg van Fox, en uiteindelijk kom je dan weer terug bij je moeder en Cub. Wat dacht je daarvan?'

Wolfie schudde heftig zijn hoofd. 'Nee, ik ben bang voor de politie.'

'Waarom?'

'Ze kijken of je blauwe plekken hebt, en als ze die vinden dan nemen ze je mee.'

'Gaan ze die dan vinden bij jou?'

'Vast. En dan word je naar de hel gestuurd.'

Hij huiverde over zijn magere lichaam en Bella vroeg zich woedend af waarom hem zulke onzin verteld was. 'Maar waarom zou je naar de hel moeten omdat je blauwe plekken hebt, schat? Dat is jouw schuld toch niet! Het is de schuld van Fox.'

'Het mag niet,' zei hij tegen haar. 'De dokters worden boos als ze een kind met blauwe plekken zien. Dat wil je niet weten!'

God nog aan toe! Dit was wel door een heel ziek brein bedacht. Bella trok hem wat dichter tegen zich aan. 'Geloof me maar, schat, jij hebt niets om je zorgen over te maken. Alleen als je iets heel erg slechts doet worden de dokters en de agenten boos. En jij hebt niks verkeerds gedaan.'

'Jij wel,' zei Wolfie, die vanuit zijn schuilplaats onder de dekens naar Bella's telefoontje had geluisterd. 'Je had Fox niet moeten zeggen waar Nancy is. Zij heeft niks ergers gedaan dan het touw losmaken zodat ze vriendschap met jou kon sluiten.' Hij keek omhoog in het volle ronde gezicht van Bella. 'Denk je dat hij haar met zijn scheermes te lijf gaat?' vroeg hij verdrietig.

'Dat kan niet,' zei ze geruststellend terwijl ze haar kin weer op zijn hoofd liet rusten. 'Ik heb hem verteld dat ze op Salisbury Plain nachtoefeningen doet. Daar stikte het drie dagen geleden van de militairen – op oefening voor Afghanistan denk ik – dus dat is net een speld in een hooiberg... als de speld daar al is, natuurlijk.'

Boodschap van Mark
Noodgeval. Bel me zo snel mogelijk.

Mark probeerde het nog een keer, duwde James toen zijn mobiel in handen en draaide het stuur om de Lexus weer op de weg te zetten. 'Weet je hoe zo'n ding werkt?'

James keek naar het kleine apparaatje in zijn handpalm. De knopjes gloeiden nog even op in het donker, en gingen toen uit. 'Ik vrees van niet,' bekende hij. 'De enige mobiele telefoon die ik ooit heb gebruikt was zo'n grote, zo'n koelkast.'

'Hindert niet. Geef hem maar aan mij als-ie overgaat.' Mark trapte de versnelling diep in en jakkerde over de smalle weg; de banden schuurden langs de berm.

James zette zich schrap tegen het dashboard. 'Heb je er bezwaar tegen als ik je wat feiten over het leger vertel?' vroeg hij.

'Ga je gang.'

'Afgezien van de problemen met IRA-terrorisme – die nog steeds spelen – is er nu de dreiging van Al-Qaida. Dit heeft tot gevolg dat militaire kampen verboden terrein zijn voor iedereen zonder de juiste papieren... en dat geldt ook voor mensen uit het leger zelf.' Hij verstrakte toen in het licht van de koplampen de heg gevaarlijk dichtbij opdoemde. 'Het beste waar jij en ik als burgers op kunnen hopen is dat we de sergeant van de wacht over kunnen halen te bellen en Nancy te vragen naar het hek te komen. Hij zal dat vrijwel zeker weigeren en zeggen dat we het morgenochtend via de geëigende kanalen moeten proberen. Onder geen beding zullen we het terrein op mogen om haar te zoeken. En onze telefoonvriend is aan dezelfde beperkingen onderworpen.'

Ze scheurden een bocht door. 'Je wilt dus zeggen dat het geen zin heeft te gaan.'

'Ik vraag me in ieder geval af of het zinvol is dat we het leven erbij laten,' merkte de oude man droogjes op. 'Zelfs als we besluiten verder te gaan, maken die vijftien minuten extra geen verschil voor de veiligheid van Nancy.'

'Sorry.' Mark minderde vaart tot een redelijke snelheid. 'Ik denk alleen dat ze moet weten wat er aan de hand is.'

'Dat weten we zelf niet.'

'Goed, ik wil haar waarschuwen.'

'Dat heb je al gedaan met je telefoonbericht.' De oude man klonk verontschuldigend. 'Door weg te lopen komen we niets te weten, Mark. Een overijlde vlucht doet denken aan paniek als je onder vuur ligt. Door stand te houden komen we er in ieder geval achter met wie en wat we te maken hebben.'

'Maar dat doe je al weken,' merkte Mark ongeduldig op, 'en daar heb je letterlijk niets aan gehad. En bovendien snap ik niet waarom je er plotseling zo relaxed over bent dat hij haar naam en adres weet. Jij bent toch degene die zegt dat het een gek is?'

'En dat is precies de reden waarom ik hem in de gaten wil houden,' zei James rustig. 'Het enige wat we nu van hem weten, is dat hij bij ons op de stoep zit. Vrijwel zeker bij de reizigers. Hij heeft ons duidelijk bespioneerd... misschien heeft hij ons wel naar mevrouw Weldon gevolgd... en in dat geval heeft hij gezien welke kant we op gingen toen we van haar oprit kwamen. Op dit ogenblik is de Manor onbeschermd, en dat was misschien precies wat hij met zijn laatste telefoontje wilde bereiken.'

Mark zag in het licht van zijn koplampen honderd meter verderop een onderbreking in de heg, waar een hek toegang gaf tot een wei. Hij stopte er en stond op het punt een U-bocht te maken toen James vriendelijk zijn hand op zijn arm legde.

'Jij wordt nooit soldaat, jongen,' zei hij en in zijn stem klonk een glimlach door, 'als je niet leert te denken voor je doet. We moeten onze tactiek bepalen voor we de andere kant op razen. Ik ben net zomin van plan in een val te lopen als dat jongetje vanmiddag.'

Vermoeid zette Mark de motor af en deed zijn lichten uit. 'Ik zou me lekkerder voelen als we naar de politie gingen,' zei hij. 'Jij praat maar steeds alsof je in een privé-oorlogje zit dat verder geen invloed op anderen heeft, maar er zijn al te veel onschuldige mensen bij betrokken. Die vrouw – Bella – en dat jongetje. Je hebt zelf gezegd dat ze waarschijnlijk gebruikt worden, dus hoe kom je erbij dat zij niet in gevaar zijn?'

'Leo is niet in hen geïnteresseerd,' zei James. 'Zij vormen slechts het voorwendsel om hier te zijn.'

'Dus die Fox is Leo?'

'Nee, of hij moet een kind hebben waar hij het nooit over gehad heeft... of dit kind is niet van hem.' Hij gaf Mark zijn mobiel.

'De politie is pas geïnteresseerd als er klappen vallen,' zei hij cynisch. 'Vandaag de dag moet je dood of stervende zijn om aandacht van hen te krijgen, en dan nog is het alleen maar lippendienst. Bel Elizabeth. Ze zal niet opnemen – de telefoontjes gaan regelrecht naar haar antwoordapparaat – maar ik ben er vrij zeker van dat ze luistert. Het heeft geen zin als ik bel... ze heeft me sinds de dood van Ailsa niet teruggebeld... maar misschien praat ze wel met jou.'

'Wat moet ik tegen haar zeggen?'

'Maakt niet uit,' zei James nors. 'Als je haar maar overhaalt ons informatie te geven. Probeer erachter te komen waar Leo zit. Jij bent de man van de woorden. Verzin maar iets. Er moet toch iets zijn dat mijn enige dochter kan overreden zich voor het eerst in haar leven fatsoenlijk te gedragen? Vraag haar naar die ontmoeting met mevrouw Bartlett. Vraag haar waarom ze leugens verkoopt.'

Mark knipte het cabinelichtje weer aan en tastte op de achterbank naar zijn koffertje. 'Praat je op die toon tegen Elizabeth?' vroeg hij terloops. Hij schoof zijn stoel naar achteren en legde het koffertje op zijn knieën. Hij haalde zijn laptop eruit, zette hem op de kofferdeksel en startte hem op.

'Ik spreek haar nooit. Ze neemt niet op.'

'Maar je laat toch wel berichten achter?'

James knikte geïrriteerd.

'Mmm.' Mark wachtte tot het bureaublad erop stond en opende toen het dossier van Elizabeth. 'Mooi,' zei hij met een korte blik op de notities, die grotendeels gingen over haar maandelijkse toelage. 'Ik stel voor dat we haar met nog eens vijfhonderd pond per maand omkopen, en dan zeggen we dat dat jouw kerstcadeautje voor haar is.'

De oude man was woedend. 'Ben je belazerd,' sputterde hij. 'Ik zou helemaal niets moeten betalen. En ik ga het zeker niet verhogen. Ze heeft nog maar een paar maanden geleden vijftigduizend pond gekregen, uit de nalatenschap van haar moeder.'

Mark glimlachte licht. 'Maar dat was geen geschenk van jou, James, dat was van Ailsa.'

'Nou en?'

'Jij wilt nu wat van haar. Kijk, ik weet dat het hele onderwerp je razend maakt – en ik weet dat we het er al honderd keer over gehad hebben – maar het blijft een feit dat jullie haar geld hebben gegeven nadat haar huwelijk mislukt was.'

'Alleen omdat wij dachten dat ze slecht was behandeld. We zouden het niet hebben gedaan als we de bijzonderheden van de scheiding hadden geweten. Ze was amper meer dan een hoer... bood zich in clubs aan iedereen aan die een drankje voor haar betaalde.'

'Ja, nu ja, het resultaat was helaas hetzelfde.' Mark hief kalmerend zijn hand. 'Weet ik... weet ik... maar jij wilt informatie, en dan moet je me ook een pressiemiddel geven... en eerlijk gezegd heeft het geen enkele zin haar te koeioneren. Dat heb je al eerder geprobeerd. De belofte van nog eens vijfhonderd pond extra zal haar meegaander maken.'

'En als dat niet zo is?'

'Heus, dat is wel zo,' zei Mark. 'Maar... omdat ik van plan ben aardig tegen haar te doen, ga jij ofwel nu de auto uit, of je zweert dat je je mond houdt.'

James draaide zijn raampje omlaag en voelde de koude avondlucht in zijn wangen bijten. 'Ik hou m'n mond wel.'

Er werd niet opgenomen. Zoals James al voorspeld had, werd Mark regelrecht naar haar antwoordapparaat doorgeschakeld. Mark praatte tot de piep, had het over geld en dat het hem speet maar dat nu hij Elizabeth niet persoonlijk te spreken kreeg, de uitbetaling daarvan onvermijdelijk vertraging op zou lopen. Hij belde nog een paar keer, benadrukte dat het een dringende zaak was en vroeg haar op te nemen als ze luisterde, maar als ze er al was, dan hapte ze niet. Hij sprak het nummer van zijn mobiel in en vroeg haar die avond nog te bellen als ze belangstelling had.

'Wanneer heb je haar voor het laatst gesproken?' vroeg hij aan James.

'Dat weet ik niet meer. Ik heb haar voor het laatst gezíén op de begrafenis, maar toen is ze gekomen en vertrokken zonder een woord te zeggen.'

'Weet ik nog,' zei Mark. Hij scrolde over het schermpje naar beneden. 'Haar bank bevestigt de ontvangst van de cheques. Waarschijnlijk zouden ze het ons melden als er geen opnames meer van haar rekening worden gedaan?'

'Wat wil je daarmee zeggen?'

Mark haalde zijn schouders op. 'Niets, eigenlijk... Ik vraag me alleen af waarom het zo lang stil is gebleven.' Hij wees op een aantekening met als datum eind november. 'Zo te zien heb ik haar een maand geleden de jaarlijkse herinnering gestuurd om haar opstal- en inboedelverzekering te herzien. Ze heeft niet gereageerd.'

'Doet ze dat normaal wel?'

Mark knikte. 'Ja, vooral als het om iets gaat wat jij hebt toegezegd te betalen. De premie hoeft pas volgende maand betaald te worden, maar ik had inmiddels toch bericht van haar verwacht. Ik dreig haar altijd dat ik haar op kom zoeken als ze me geen actueel taxatierapport stuurt. Het huis en de inboedel staan nog op jouw naam, dus het is een manier om haar ervan te weerhouden de boel van de hand te doen.' Hij klikte door zijn agenda. 'Er staat voor volgende week genoteerd haar een tweede herinnering te sturen.'

James dacht even na. 'Zei mevrouw Weldon niet dat mevrouw Bartlett bij haar langs was geweest?'

'Mmm. Ik vraag me af hoe *zíj* haar te pakken heeft gekregen. Ik kan me niet voorstellen dat Elizabeth Prikneus zou terugbellen.' Hij opende zijn e-mailadresboek.

'Misschien moeten we dan eens met mevrouw Bartlett gaan praten?'

Mark keek op zijn scherm naar de nummers waarop hij Becky kon bereiken en vroeg zich af of hij die daar expres had laten staan. Hij had alles wat hem toegang tot haar verschafte verscheurd – had welbewust haar mobiele nummer, dat eens net zo vertrouwd was als zijn eigen, uit zijn geheugen gewist – maar misschien kon een stukje van hem het niet verdragen haar helemaal uit zijn leven te bannen. 'Ik probeer eerst iemand anders,' zei hij terwijl hij zijn mobiel pakte. 'Weinig kans – ze neemt waarschijnlijk ook niet op – maar de moeite van het proberen waard.'

'Wie is het?'

'Een ex-vriendin van Leo,' zei hij. 'Ik denk dat ze wel met me wil praten. We hebben een tijdje iets met elkaar gehad.'

'Hoe ken je haar?'

Mark toetste Becky's nummer in. 'We zouden in juni trouwen,' zei hij effen. '7 maart gaf zij Leo zijn alibi voor de nacht waarop Ailsa stierf, en toen ik thuiskwam, was ze weg. Ze hadden al drie maanden een verhouding.' Hij wierp James een verontschuldigend lachje toe terwijl hij de telefoon naar zijn oor bracht. 'Daarom heb ik altijd voor waar aangenomen dat Leo die nacht niet in Shenstead was. Ik had het je moeten zeggen... Het spijt me dat ik dat niet gedaan heb. Trots is iets ontzettends. Als ik de klok terug kon draaien om het anders te doen, dan deed ik dat.'

De oude man zuchtte. 'Dat zouden we allemaal wel willen, jongen...'

Becky bleef maar doorpraten. Iedere zin eindigde met 'liefste'. Was hij het echt? Hoe gíng het met hem? Had hij aan haar gedacht? Ze wist gewoon dat hij haar uiteindelijk wel zou bellen. Waar zat hij? Mocht ze weer thuiskomen? Ze hield zo veel van hem. Het was allemaal een verschrikkelijke vergissing. Liefste... liefste... liefste...

'*Een kooswoord dat heel weinig betekent... als iemand dat tegen mij zou zeggen, zou ik m'n vinger in m'n keel steken...*'

Mark ving zijn grimmige spiegelbeeld in de voorruit op en knipte direct het cabinelichtje uit. Hij vroeg zich af waarom hij zich ooit zo van zijn stuk had laten brengen door Becky's vertrek. Hij voelde niet meer dan wanneer hij naar een vreemde had geluisterd. Hij koos ervoor de vraag waar hij was te beantwoorden. 'Ik zit midden in Dorset in m'n auto met kolonel Lockyer-Fox. Ik bel je op m'n mobiel en de batterijen zijn bijna op. We moeten Elizabeth te pakken krijgen. Het is nogal dringend, maar ze neemt haar telefoon niet op. Ik vroeg me af of jij wist waar ze was.'

Het bleef even stil. 'Luistert de kolonel mee?'

'Ja.'

'Weet hij van...'

'Dat heb ik hem net verteld.'

O god... het spijt me, liefste. Ik had je niet in zo'n lastig parket willen brengen. Geloof me, als ik het over...'

Mark onderbrak haar weer. 'Over Elizabeth, Rebecca. Heb je haar onlangs nog gezien?'

Hij had haar nooit Rebecca genoemd, en het bleef weer even stil. 'Je bent kwaad.'

Als James er niet bij had gezeten zou hij gezegd hebben dat ze hem verveelde. Voor mij voortaan een intelligente vrouw, dacht hij. Die wist wanneer ze weg moest gaan zonder vragen te stellen. 'We praten wel als ik weer thuis ben,' zei hij bij wijze van lokkertje. 'Maar vertel me nu over Elizabeth. Wanneer heb je haar voor het laatst gezien?'

Haar stem kreeg weer een warmere klank. 'In juli. Ze kwam een week voor ik wegging bij Leo in de flat. Ze zijn samen weggegaan... sindsdien heb ik haar niet meer gezien.'

'Wat wilde ze?'

'Weet ik niet. Ze zei steeds maar dat ze Leo onder vier ogen moest spreken. Ze was lam, dus ik heb niet de moeite genomen te vragen waarom. Je weet hoe ze is.'

'Heeft Leo het er later nog over gehad?'

'Niet echt. Hij zei alleen dat ze gestoord was en dat hij haar naar huis had gebracht.' Ze zweeg even. 'Het is nog een keer eerder gebeurd. De politie belde om te zeggen dat ze haar op het bureau hadden zitten... het was een beetje vreemd... ze zeiden dat ze niet meer wist waar ze woonde, maar dat ze Leo's nummer had kunnen geven.' Weer zweeg ze. 'Ik denk dat het in juli of zo was. Ze kwam altijd naar de flat.'

Er werd te veel geaarzeld en hij vroeg zich af hoe eerlijk ze was. 'Wat was er met haar aan de hand?'

Haar toon werd wrokkig. 'De drank. Ik betwijfel of ze nog hersencellen overheeft. Ik zei tegen Leo dat ze opgenomen moest worden, maar hij was niet van plan er iets aan te doen. Het vleide zijn zielige egootje dat hij z'n speeltje in de buurt had.'

'Wat bedoel je daarmee?'

'Wat dacht je? Ze hadden niet het soort relatie dat jij met je zusters hebt, hoor. Heb je je nooit afgevraagd waarom Elizabeth hersendood is en Leo nooit getrouwd?'

Nu was het Marks beurt om te zwijgen.

'Ben je er nog?'

'Ja.'

'Goed, pas in godsnaam op wat je zegt waar de kolonel bij is. Niemand krijgt een cent als zijn vader...' Ze zweeg plotseling. 'Vergeet maar dat ik dit gezegd heb. Leo maakt me doodsbang. Het is echt een zieke klootzak, Mark. Hij heeft iets met zijn vader... het heeft te maken met dat zijn vader tijdens de oorlog gemarteld is. Vraag me niet waarom, want ik begrijp het niet... maar Leo haat hem erom. Ik weet dat het krankzinnig klinkt – god, hij is krankzinnig – maar het enige waar hij aan denkt is hoe hij die oude man op de knieën krijgt. Het is een soort kruistocht voor hem.'

Mark liep zijn zeer beperkte psychologische woordenschat door, die hij had opgedaan door advocaten te briefen over de psychiatrische rapporten van verdachten. Overbrenging... compensatie... verdringing... depersonalisatie... Hij moest het stapje voor stapje doen. 'Goed, laten we beginnen bij die relatie waar je het over had... hebben we het dan over feiten, of denk je het maar?'

'Jezus christus,' zei Becky kwaad. 'Ik zei toch dat je moest oppassen met wat je zegt. Jij bent zo onnadenkend, Mark. Zolang het goed met jou gaat, kan het je geen reet schelen hoe het met een ander is.'

Dat klonk meer als de Becky die hij kende. 'Jij bent degene die hier dingen zegt... *liefste*,' zei hij koeltjes. 'Ik maak alleen wat opmerkingen in de marge. Feiten of denk je het?'

'Ik denk het,' gaf ze toe. 'Ze zat altijd bij hem op schoot. Ik heb nooit echt iets gezien, maar ik ben er zeker van dat het gebeurde. Ik werkte de hele dag, vergeet dat niet, om dat klotegeld te...' Ze hield zich weer in. 'Ze kunnen wel van alles gedaan hebben. Elizabeth wilde het, absoluut. Ze sukkelde achter Leo aan alsof hij God was.'

Mark keek even naar James en zag dat hij zijn ogen gesloten had. Maar hij wist dat hij luisterde. 'Leo is een aantrekkelijke man,' zei hij zacht. 'Veel mensen voelen zich tot hem aangetrokken. Jij hebt ook een tijdje gedacht dat hij God was... of ben je dat vergeten?'

'O, alsjeblieft, hou erover op,' zei ze smekend. 'Wat moet de kolonel wel denken?'

'Min of meer wat hij nu denkt, zou ik zeggen. Wat doet het ertoe? Je zult hem toch nooit ontmoeten.'

Ze zei niets.

'Jij was degene met illusies,' ging hij verder terwijl hij zich afvroeg of ze nog steeds hoop had op Leo. 'Voor alle anderen was zijn charme een beetje sleets geraakt.'

'Ja, en daar ben ik op een rottige manier achter gekomen,' zei ze hees. 'Ik probeer het je al tijden te vertellen, maar jij luistert niet. Het is gewoon een act van hem. Hij gebruikt mensen, en dan laat hij ze zitten.'

Mark besloot dat het contraproductief zou zijn om 'dat heb ik je toch gezegd' te zeggen. 'Hoe heeft hij jou dan gebruikt?'

Ze gaf geen antwoord.

'Was het alibi een leugen?'

Ze aarzelde lang, alsof ze haar opties overwoog. 'Nee,' zei ze uiteindelijk.

'Weet je dat zeker?'

Hij hoorde een onderdrukte snik. 'Het is zo'n klootzak, Mark. Hij heeft al mijn geld ingepikt, en toen heeft hij me overgehaald van m'n zusjes en m'n ouders te lenen. Ze zijn allemaal woedend op me... en ik weet niet wat ik moet doen. Ze hebben gezegd dat ik ervoor moet zorgen dat het geld terugkomt, maar ik ben zo bang voor hem. Ik hoopte dat jij... omdat je de advocaat van zijn vader bent... ik dacht dat hij misschien...' Haar stem stierf weg.

Mark haalde diep adem om zijn ergernis te verbergen. 'Wat dacht je?'

'Je weet wel...'

'Dat hij je schadeloos zou stellen?'

Haar opluchting was zo groot dat hij het door de telefoon heen kon voelen. 'Zou hij dat doen?'

'Ik denk van niet... maar ik zal het met hem bespreken als je me eerlijk antwoord geeft. Heb jij m'n koffertje doorzocht? Heb jij Leo verteld dat de kolonel op zoek was naar zijn kleinkind?'

'Maar één keer,' zei ze. 'Ik zag een concept van een testament waarin een kleindochter voorkwam. Dat is het enige wat ik hem verteld heb. Er stond geen naam bij, niets. Ik wilde geen kwaad doen, eerlijk niet... het enige waar hij in geïnteresseerd was, was in hoeveel hij en Lizzie zouden krijgen.'

Er kwam een tegenligger aan gereden, die hem verblindde met zijn koplampen. Hij reed te hard en de windvlaag toen hij de Lexus passeerde sloeg tegen de zijkant. Hij kwam veel te dichtbij en dat werkte Mark op zijn zenuwen. 'Jezus,' vloekte hij, terwijl hij zijn koplampen aanknipte.

'Niet boos op me zijn,' zei Becky smekend aan de andere kant van de lijn. 'Ik weet dat ik het niet had moeten doen... maar ik was zo bang. Hij is echt verschrikkelijk als hij zijn zin niet krijgt.'

'Wat doet hij dan?'

Maar dat wilde of kon ze niet zeggen. Wat de verschrikkingen ook waren waartoe ze Leo in staat achtte – echte, of imaginaire – ze was niet van plan ze met hem te delen. In plaats daarvan probeerde ze op een koket-verlegen toontje erachter te komen of de 'verschrikkingen' Mark zouden overhalen het geld van haar ouders terug te krijgen.

Hij zei dat zijn batterij op was en verbrak de verbinding.

Een jaar geleden zou hij haar blindelings vertrouwd hebben...

... nu geloofde hij geen woord van wat ze zei...

21

Prues eenzaamheid werd zo langzamerhand onverdraaglijk. Ze schaamde zich te erg om een van haar vriendinnen op te bellen, en haar dochter nam niet op. Eenzaamheid bracht haar ertoe te denken dat ook Jenny naar het huis van Jack en Belinda was gegaan, en haar wrok jegens Eleanor werd groter. Ze stelde zich voor hoe ze thuis zat met Julian, al haar sluwheid inzette om hem aan zich te binden, terwijl voor Prues voeten een afgrond van afwijzing en scheiding gaapte.

Haar afkeer richtte zich op haar zogenaamde vriendin. Darth Vader bestond slechts in de periferie van haar denken. Haar geest was te zeer in haar ellende verstrikt om nog een gedachte te wijden aan wie hij was en wat voor relatie hij met haar vriendin had. Dus toen ze opkeek en bij het raam het gezicht van een man zag, ging er een siddering van angst door haar heen. Het was niet meer dan een glimp, een flits witte huid en donkere oogkassen, maar een kreet ontsnapte aan haar mond.

Dit keer belde ze de politie. De angst maakte haar verward, maar ze slaagde erin haar adres te geven. De politie verwachtte sinds de aankomst van de reizigers al problemen, en er werd onmiddellijk een patrouillewagen gestuurd om poolshoogte te komen nemen. Ondertussen hield de vrouwelijke agent op het bureau Prue aan de lijn om haar te kalmeren. Kon mevrouw Weldon een beschrijving van deze man geven? Had ze hem herkend? Prue wist niet meer uit te brengen dan een stereotiepe beschrijving van een inbreker of straatrover: ‘Een wit gezicht... starende ogen...’ Het was James Lockyer-Fox niet, en ook niet Mark Ankerton, bleef ze maar herhalen.

De politieagente vroeg waarom er überhaupt aan kolonel Lockyer-Fox en meneer Ankerton gedacht moest worden, en werd beloond met een verward relaas over binnendringen, intimidatie, incest, treitertelefoontjes, bandopnames, Darth Vader, de moord op een hond en dat Prue nergens iets aan kon doen. 'Jullie zouden met Eleanor Bartlett moeten praten, van Shenstead House,' hield Prue vol alsof de politie haar gebeld had in plaats van andersom. 'Zij is met de hele zaak begonnen.'

De vrouw gaf de informatie door aan een collega die aan het Ailsa Lockyer-Fox-onderzoek had gewerkt. Dit was misschien iets voor hem, zei ze. Mevrouw Weldon suggereerde dat de familie Lockyer-Fox nog meer eigenaardige geheimen had.

Zelfmedelijden had Prue ertoe gebracht zo vrijuit te spreken. Ze had de hele dag nog geen vriendelijk woord gehoord en die kalmerende stem aan de andere kant van de lijn, gevolgd door de komst van twee steviggebouwde politiemannen in uniform die het huis en het erf afzochten naar een insluiper, maakte haar opener dan dwang ooit had kunnen bewerkstelligen.Tranen welden op in haar ogen toen een van de agenten haar een kopje thee in de hand drukte en haar zei dat ze zich nergens zorgen over hoefde te maken. De indringer, wie hij ook was geweest, was er niet meer.

Toen brigadier Monroe een half uur later arriveerde, liep ze zich het vuur uit de sloffen om de politie te assisteren. Sinds het bezoek van James en Mark was ze beter op de hoogte, en ze gaf een wijdlopige uiteenzetting van de gebeurtenissen, eindigend met een beschrijving van de treiterbeller die een stemvervormer gebruikte, de 'moord' op de hond van James, en een inbraak op de Manor.

Monroe fronste zijn wenkbrauwen. 'Wie is die beller? Weet u dat?'

'Nee, maar ik weet zeker dat Eleanor Bartlett het wel weet,' zei ze gretig. 'Ik dacht dat de informatie van Elizabeth kwam... dat heeft Eleanor me in ieder geval gezegd... maar meneer Ankerton zegt dat Eleanor iets oplas, en ik denk dat hij gelijk heeft. Als je naar ze luistert – naar haar en naar die man – dan valt je wel op hoe vaak ze zichzelf herhalen.'

'Wat bedoelt u daarmee? Dat die man had opgeschreven wat zij moest zeggen?'

'Tja, ja... ik geloof van wel.'

'Dus u beweert dat mevrouw Bartlett met hem samenspant om kolonel Lockyer-Fox te chanteren?'

Die gedachte was nog niet bij Prue opgekomen. 'O nee... het was de bedoeling dat James zich zo zou schamen dat hij zou bekennen.'

'Wat bekennen?'

'De moord op Ailsa.'

'Mevrouw Lockyer-Fox is een natuurlijke dood gestorven.'

Prue maakte een vertwijfeld wuifgebaar. 'Dat zegt de politierechter... maar niemand gelooft dat.'

Het was een uitspraak die Monroe verkoos te negeren. Hij bladerde terug in zijn aantekeningen. 'En u neemt aan dat de kolonel haar vermoord heeft omdat de dag voor haar dood mevrouw Lockyer-Fox van haar dochter te horen heeft gekregen dat het kind van hem was? Maar weet u zeker dat mevrouw Lockyer-Fox haar dochter die dag heeft gezien?'

'Ze is naar Londen geweest.'

'Londen is groot, mevrouw Weldon, en volgens onze informatie ging ze naar een commissievergadering van een van haar liefdadigheidsinstellingen. Bovendien hebben Elizabeth en Leo Lockyer-Fox beiden gezegd dat ze hun moeder in geen halfjaar gezien hebben. Dat klopt niet met wat u beweert.'

'Ik niet,' zei ze. 'Ik heb nooit iets beweerd. Ik heb gezwegen toen ik belde.'

Monroe's frons verdiepte zich. 'Maar u wist dat uw vriendin dat beweerde, dus wie heeft haar over die ontmoeting verteld?'

'Dat moet Elizabeth zijn geweest,' zei Prue, slecht op haar gemak.

'Waarom zou ze, als ze ons vertelt dat ze haar moeder in geen halfjaar gezien heeft?'

'Ik weet het niet.' Ze beet zorgelijk op haar lip. 'Het is voor het eerst dat ik hoor dat u wist dat Ailsa naar Londen is geweest. Eleanor zei altijd dat James dat niet tegen jullie heeft gezegd.'

De brigadier glimlachte een beetje. 'U heeft geen hoge dunk van de Dorsetse politie, niet?'

'O jawel,' verzekerde ze hem, 'ik vind jullie geweldig.'

Zijn glimlach, een cynische glimlach, verdween. 'Waarom neemt u dan aan dat we de gangen van mevrouw Lockyer-Fox de dagen voor ze stierf niet hebben nagetrokken? Er waren twijfels over de manier waarop ze gestorven was tot de patholoog-anatoom zijn post-mortemrapport afgaf. Twee dagen lang hebben we met iedereen gesproken die contact met haar gehad kan hebben.'

Prue waaide zichzelf koelte toe nu een warme blos in haar nek omhoogkroop. 'Eleanor zei dat jullie allemaal vrijmetselaars waren... en de patholoog-anatoom ook.'

Monroe keek haar nadenkend aan. 'Uw vriendin heeft of verkeerde informatie gekregen, of ze is kwaadwillig of gewoon dom,' zei hij voor hij zijn aantekeningen nogmaals raadpleegde. 'U beweert dat u ervan overtuigd was dat het verhaal van de ontmoeting tussen moeder en dochter klopte vanwege die ruzie die u gehoord hebt, waarin mevrouw Lockyer-Fox haar man ervan beschuldigde het leven van Elizabeth kapotgemaakt te hebben...'

'Het leek zo logisch...'

Hij negeerde haar. '... maar nu bent u er niet meer zeker van of ze wel met de kolonel sprak. Ook denkt u dat u de gebeurtenissen misschien in de verkeerde volgorde gerangschikt hebt, en dat meneer Ankerton gelijk had toen hij zei dat de dood van de hond van de kolonel, later, te maken kan hebben met de stomp die u gehoord hebt. Hij gelooft dat mevrouw Lockyer-Fox getuige was van de opzettelijke verminking van een vos.'

'Het is allemaal zo lang geleden. Toen dacht ik echt... het was allemaal zo schokkend, vooral omdat Ailsa de volgende ochtend dood was... Ik zag niet wie het anders geweest kon zijn behalve James.'

Hij zei even niets, maar dacht na over een aantal punten die hij genoteerd had. 'De kolonel heeft aan het begin van de zomer een verminkte vos op zijn terras gemeld,' zei hij plotseling. 'Wist u van dat dier? Of zijn er sindsdien nog andere geweest?'

Ze schudde haar hoofd.

'Kan uw vriendin mevrouw Bartlett de schuldige zijn?'

'God nee,' zei ze geschrokken. 'Eleanor houdt van dieren.'

'Maar ze eet ze wel, neem ik aan?'

'Dat is niet eerlijk.'

'Er zijn maar weinig dingen eerlijk, heb ik gemerkt,' zei Monroe onaangedaan. 'Laat ik het anders formuleren. Er is in de nasleep van de dood van zijn vrouw een heel scala van gewelddadigheden tegen kolonel Lockyer-Fox gericht. U zegt steeds tegen me dat die opbelcampagne het idee van uw vriendin was, maar waarom steigert u dan bij het idee dat ze zijn hond gedood heeft?'

'Omdat ze bang is voor honden,' zei ze slapjes, 'vooral voor Henry. Het was een Deense dog. Ze vond het niet érg, dat wel. Ze zei dat hij zijn trekken thuis had gekregen.' Ze schudde verward haar hoofd, ze begreep er net zo weinig van als hij. 'Het is zo wreed... Ik wil er niet over nadenken.'

'Maar u vindt het niet wreed een oude man van incest te beschuldigen?'

'Ellie zei dat hij het wel zou tegenspreken als het niet waar was, maar hij heeft niets gezegd... Hij bleef alleen maar in zijn huis zitten en deed net of het niet gebeurde.'

Monroe was niet onder de indruk. 'Zou u hem geloofd hebben als hij had gezegd dat hij het niet gedaan had? Nu het kind weg is, was het zijn woord tegen dat van zijn dochter, en u en uw vriendin waren er al vast van overtuigd dat zijn dochter de waarheid sprak.'

'Waarom zou ze daarover liegen?'

'Hebt u haar wel eens ontmoet?'

Prue schudde haar hoofd.

'Ik wel, mevrouw Weldon, en de enige reden dat ik haar bewering dat haar moeder haar de dag voor ze stierf niet is komen opzoeken geloofde, was dat ik dat nagetrokken heb bij haar buren die dagelijks met haar te maken hebben. Heeft uw vriendin dat ook gedaan?'

'Dat weet ik niet.'

'Nee, inderdaad,' zei hij. 'Voor iemand die zichzelf tot rechter gebombardeerd heeft, bent u opmerkelijk onwetend... en griezelig snel bereid van standpunt te veranderen als iemand het aanvecht. U zei eerder dat u tegen mevrouw Bartlett hebt gezegd dat u niet geloofde dat het kind van de kolonel was en toch hebt u braaf meegedaan aan die haatcampagne. Waarom? Heeft mevrouw Bartlett u geld beloofd als u meedeed met het te gronde richten van de kolonel? Heeft zij er voordeel bij als hij uit zijn huis verjaagd wordt?'

Prues handen vlogen omhoog naar haar vuurrode wangen. 'Natuurlijk niet,' riep ze, 'dat is een schandelijke suggestie.'

'Waarom?'

De directheid van de vraag deed haar naar strohalmen grijpen. 'Het lijkt nu allemaal zo duidelijk... maar dat was het toen niet. Eleanor was zo overtuigd... en ik had die afschuwelijke ruzie gehoord. Ailsa heeft echt gezegd dat Elizabeths leven verwoest was, en ik weet zeker dat ik me dat correct herinner.'

De brigadier glimlachte ongelovig. Hij had zo veel processen bijgewoond, hij geloofde niet meer dat het geheugen accuraat was. 'Maar waarom heeft geen van uw vriendinnen dan meegedaan? U hebt gezegd dat u ervan schrok toen u erachter kwam dat u de enige was. U had het gevoel dat u erin gelopen was.' Hij zweeg even en ging toen ze niets zei verder: 'Aangenomen dat mevrouw Bartlett net zo goedgelovig is als u – wat ik betwijfel – dan is de aanstichter de man met de Darth Vader-stem. Wie is dat dan?'

Prue kreeg dezelfde angstige blik in haar ogen die ze had gehad toen Mark haar dezelfde vraag gesteld had. 'Ik heb geen idee,' mompelde ze zielig. 'Ik wist tot vanavond niet eens dat hij bestond. Eleanor heeft het nooit over hem gehad, ze zei alleen maar dat de meisjes belden...' Ze zweeg opeens, terwijl haar geest zijn weg zocht door de mist van verwarde schaamte die haar sinds het bezoek van James omgaf. 'Wat stom van me,' zei ze met plotseling inzicht. 'Ze heeft over alles gelogen.'

Een patrouillewagen parkeerde voor de touwbarrière en twee steviggebouwde agenten stapten uit. Ze lieten het grootlicht aan zodat het kamp verlicht werd. Verblind schoof Bella Wolfie zachtjes van haar schoot en ze kwam overeind, terwijl ze beschermend een jaspand om hem heen sloeg. 'Goedenavond heren,' zei ze terwijl ze haar sjaal voor haar mond trok, 'kan ik iets voor u doen?'

'Een dame die hier verderop woont heeft een insluiper op haar terrein gerapporteerd,' zei de jongste agent, die zijn pet opgezet had terwijl hij naar haar toe liep. Hij gebaarde naar rechts. 'Is er iemand van hier de afgelopen twee uur die kant op geweest?'

Bella voelde Wolfie bibberen. 'Ik heb niemand gezien, schat,' zei ze opgewekt tegen de agent. 'Maar ik heb steeds naar de weg gekeken... dus dan kan dat ook niet, hè?' In gedachten vervloekte ze Fox. Waarom had hij de regel opgesteld dat ze na donker niet van het kamp af mochten als hijzelf zich er niet aan hield? Tenzij natuurlijk de enige reden van die regel was dat hijzelf ongestoord in het dorp zijn gang kon gaan. Het idee dat hij een ordinaire dief was beviel haar wel. Dat bracht hem terug tot hanteerbare proporties, iets wat Wolfies voortdurende opmerkingen over een scheermes bepaald niet deden.

De andere agent grinnikte terwijl hij in de lichtbundel stapte. 'Dit is zeker weten Bella Preston,' zei hij. 'Je hebt meer dan een jas en sjaal nodig om dat figuur en die stem te verhullen. Waar ben je dit keer mee bezig, meisje? Toch niet weer een rave organiseren? We zijn nog niet bekomen van de vorige.'

Bella herkende hem onmiddellijk als de onderhandelaar van de politie bij de rave van Barton Edge. Martin Barker. Een goeie. Lang, bruine ogen, in de veertig, en een charmeur. Ze liet haar sjaal glimlachend zakken. 'Nee. Het is helemaal open en eerlijk, Martin. En legaal. Dit land is van niemand, dus wij doen er een aanspraak op via bezit te kwader trouw.'

Weer een lach. 'Je leest te veel romannetjes, Bella.'

'Misschien, maar we zijn van plan hier te blijven tot iemand met de papieren op de proppen komt om te bewijzen dat het van hem is. We mogen het proberen – iedereen mag dat – maar toevallig hebben wij er het eerst aan gedacht.'

'Geen schijn van kans, schat,' zei hij, haar manier van praten nadoend. 'Als jullie geluk hebben, kunnen jullie iets langer blijven dan de gebruikelijke zeven dagen, maar als jullie hier over twee weken nog zijn, mag ik doodvallen. Wat vind je daarvan?'

'Lijkt me zonde. Waarom ben je zo zeker van je zaak?'

'Waarom denk je dat dit land van niemand is?'

'Het is niet geregistreerd.'

'Hoe weet je dat?'

Goede vraag, dacht Bella. Ze had Fox op zijn woord geloofd, zoals ze hem over alles op zijn woord geloofd had. 'Laten we het zo stellen,' antwoordde ze, 'het ziet er niet naar uit dat iemand in het dorp het tegen ons op wil nemen. Een paar zijn wat herrie komen schoppen en hebben ons met advocaten gedreigd, maar de enige advocaat die langs is gekomen had geen interesse om over krakers op de stoep van zijn cliënt te praten.'

'Ik zou er maar niet te vast op rekenen,' waarschuwde Martin Barker haar vriendelijk. 'Zodra de kerst voorbij is, beginnen ze eraan. Er is te veel geld in dit dorp geïnvesteerd om de huizenprijs door reizigers omlaag te laten brengen. Jij kent de regels net zo goed als ik, Bella. De rijken worden rijker, de armen armer en mensen als jij en ik kunnen er verdomd weinig aan doen.' Hij legde zijn hand op het touw. 'Mogen we binnenkomen? Het zou handig zijn als we konden vaststellen dat niemand van de mensen hier bij die inbraak betrokken is.'

Bella maakte een uitnodigende beweging met haar hoofd. Ze zouden toch binnenkomen, wat ze ook zei – op verdenking van het plegen van huisvredebreuk of iets anders – maar ze waardeerde het dat Martin de beleefdheid had het te vragen. 'Tuurlijk. We zijn hier niet gekomen om problemen te veroorzaken, dus hoe sneller je ons kunt uitsluiten, hoe beter het is.' Ze was best bereid op de zoon van Fox te passen, maar niet op Fox zelf. Laat de klootzak zelf maar uitleggen wat hij doet, dacht ze terwijl ze Wolfie zachtjes onder haar jas vandaan duwde. 'Dit is Wolfie. Hij logeert bij mij en de meiden zolang zijn moeder er niet is.'

Wolfie trilde van angst toen hij naar de gezichten van de agenten keek, zijn vertrouwen in Bella glipte als zand tussen zijn vingers weg. Hij had haar toch gezegd dat Fox er niet was? Wat zouden die mannen doen als ze merkten dat de bus leeg was? Bella had ze niet binnen moeten laten... ze had het niet over zijn moeder moeten hebben... ze zouden naar blauwe plekken zoeken en hem meenemen...

Martin zag de angst in zijn gezicht en hurkte neer om zijn eigen gezicht op gelijke hoogte met dat van het kind te brengen. 'Hallo, Wolfie. Zal ik je een mop vertellen?'

Wolfie deinsde achteruit tegen Bella's benen.

'Hoe noem je twee rijen sperziebonen...?'

Geen reactie.

'Sperzierails...' Martin bekeek Wolfies strakke gezichtje. 'Kende je die al?'

Het kind schudde zijn hoofd.

'Vind je hem niet lollig?'

Een klein knikje.

Martin hield zijn blik even gevangen, knipoogde toen naar hem en kwam weer overeind. De angst van de jongen was tastbaar, hoewel het moeilijk uit te maken viel of hij altijd al bang was voor de politie, of dat hij alleen maar bang was voor wat een onderzoek van het kamp zou opleveren. Eén ding was zeker. Als Bella echt al een tijdje op hem paste zou hij niet zo schaars gekleed zijn voor een winterse avond, en hij zou niet zo vermagerd zijn.

'Mooi,' zei hij. 'Wil jij ons aan je vrienden voorstellen, Bella? Mijn collega hier is agent Sean Wyatt en misschien is het handig te zeggen dat we alleen geïnteresseerd zijn in de insluiper bij Shenstead Farm.'

Ze knikte en nam Wolfies hand stevig in de hare. 'Voorzover ik weet zul je hier niets vinden,' zei ze zo overtuigend mogelijk. 'Het zijn allemaal gezinnen hier en we zijn met dit project begonnen zoals we het verder ook willen doen... We spelen het volgens de regels zodat de mensen hier nergens over te klagen hebben. Hier en daar heeft iemand wat dope, maar erger is het niet.'

Hij deed een stap opzij zodat zij voor kon gaan en merkte op dat ze begon met de bus aan de rechterkant van de halve cirkel – die het verste weg stond – waar het licht door de spleten rond het karton voor de ramen viel. Hij was natuurlijk meer geïnteresseerd in de bus aan de linkerkant, die als een magneet Wolfies blik trok en die zo te zien volkomen donker was.

Brigadier Monroe kwam op zijn weg naar Shenstead House langs de Copse en zag in het licht van de koplampen van de geparkeerde auto van zijn collega's mensen voor de bussen lopen. Het was aannemelijk dat het gezicht bij mevrouw Weldons raam dat van een pas gearriveerde reiziger was, maar hij was van plan gebruik te maken van haar bewering dat haar vriendin 'raar' was gaan doen sinds ze bij het kamp langs was geweest. Het was een soort van excuus om mevrouw Bartlett te ondervragen, omdat er verder niets was op grond waarvan hij op onderzoek uit kon gaan. Er was geen klacht tegen haar ingediend en het dossier over mevrouw Lockyer-Fox was al maanden geleden gesloten.

Niettemin was Monroe nieuwsgierig. De dood van Ailsa spookte hem regelmatig door het hoofd, ondanks de uitspraak van de politierechter. Hij was als eerste ter plekke geweest en het trieste beeld van dat kleine lichaam, overeind gehouden door de zonnewijzer, in die dunne nachtjapon, een sjofele mannenochtendjas en een paar laarzen liet hem niet los. Wat de uiteindelijke bevindingen ook waren, voor hem had het altijd als moord gevoeld. De bloedvlekken op een meter afstand van het lichaam, de ongerijmdheid van die dunne nachtkleding en de stevige laarzen, de onvermijdelijke gevolgtrekking dat iets haar in haar slaap gestoord had en ze naar buiten was gekomen om poolshoogte te nemen.

Hij had Prues hysterische conclusie dat het 'rare gedrag' van Eleanor betekende dat het gezicht bij het raam dat van Darth Vader was, gebagatelliseerd – 'dat is weer zo'n overhaaste conclusie van u, mevrouw Weldon' – maar hij was geïnteresseerd in het feit dat de komst van de reizigers samen was gevallen met de ruzie tussen de vrouwen. Hij was te ervaren om een verband aan te nemen zonder dat daar bewijzen voor waren, maar de mogelijkheid dat er verband was, speelde in zijn achterhoofd.

Hij hield stil bij de inrit van Shenstead Manor, nog aarzelend of hij eerst met kolonel Lockyer-Fox zou praten voor hij mevrouw Bartlett aansprak. Het zou helpen als hij precies zou weten wat de vrouw had gezegd, maar als de kolonel weigerde mee te werken, zou Monroe's toch al minieme excuus om de vrouw te ondervragen helemaal verdwijnen. Hij had een officiële klacht nodig, en daar zou de advocaat van de kolonel hem zeker op wijzen, aangenomen dan dat hij degene was die had geadviseerd geen stappen te ondernemen.

Dic terughoudendheid intrigeerde Monroe nog het meest. Hij

had het idee dat Darth Vader nauwe banden onderhield met de kolonel. En dat idee werd nog versterkt door het feit dat er een stemvervormer was gebruikt en door de opmerking van de advocaat tegen mevrouw Weldon dat de kennis van haar vriendin over de familie wel heel erg gedetailleerd was. Bovendien moest hij er steeds aan denken dat in de uren die op de dood van zijn vrouw waren gevolgd, de kolonel zijn zoon ervan beschuldigd had haar vermoord te hebben...

Julian deed open. Hij keek naar Monroe's legitimatie, luisterde naar zijn verzoek om een gesprek met mevrouw Bartlett, haalde toen zijn schouders op en deed de deur wijd open. 'Ze is hier.' Hij liet Monroe de zitkamer binnen. 'De politie wil je spreken,' zei hij onverschillig. 'Ik ga naar mijn studeerkamer.'

Monroe zag dat de schrik op het gezicht van de vrouw snel in opluchting omsloeg toen haar man aankondigde dat hij wegging. Hij deed een stap opzij om Julian de weg te versperren. 'Liever niet, meneer. Wat ik te zeggen heb, gaat iedereen hier in huis aan.'

'Mij niet,' antwoordde Julian koel.

'Hoe weet u dat?'

'Omdat ik pas vanmiddag over die verdomde telefoontjes heb gehoord.' Hij keek strak naar het uitgestreken gezicht van de brigadier. 'Daarom bent u toch hier?'

Monroe wierp even een blik op Eleanor. 'Nee, niet echt. Mevrouw Weldon heeft melding gemaakt van een insluiper bij Shenstead Farm en ze schijnt te denken dat uw vrouw misschien weet wie hij is. Het gebeurde kort nadat kolonel Lockyer-Fox en zijn advocaat een aantal bandjes voor haar hadden afgespeeld waarop mevrouw Bartlett en een man identieke aantijgingen doen aan het adres van de kolonel, en mevrouw Weldon denkt dat die man de insluiper was. Ik hoop dat mevrouw Bartlett het een en ander kan ophelderen.'

Eleanor keek alsof ze een dreun had gekregen. 'Ik weet niet waar u het over hebt,' bracht ze met moeite uit.

'Sorry, ik heb me zeker onduidelijk uitgedrukt. Mevrouw Weldon denkt dat de insluiper de man is die achter de haatcampagne jegens kolonel Lockyer-Fox zit. Ze denkt bovendien dat hij een van de reizigers is die in het bos bij het dorp kamperen... en ze is ervan overtuigd dat u hem vanmorgen gesproken heeft, omdat u zich sindsdien eigenaardig gedraagt. Hij gebruikt een stemvervormer, maar zij zegt dat u weet wie hij is.'

De mondhoeken van Elcanor trokken omlaag, wat haar niet mooier maakte. 'Belachelijk,' snauwde ze. 'Prue is een fantaste... dat is ze altijd geweest. Ik persoonlijk denk dat u zich af moet vragen of er daadwerkelijk een insluiper is geweest, want ze is in staat zoiets te verzinnen om een beetje aandacht te krijgen. Ik neem aan dat u weet dat ze ruzie met haar man heeft en dat hij van haar wil scheiden?'

Monroe wist dat niet, maar was niet van plan dat toe te geven. 'Ze is bang,' zei hij. 'Volgens haar heeft deze man de hond van de kolonel gedood en hem bij de kolonel op het terras neergelegd zodat die hem zou vinden.'

Haar ogen schoten nerveus naar haar man. 'Daar weet ik niets van.'

'U wist dat de hond dood was, mevrouw Bartlett. Mevrouw Weldon zei dat u daar tevreden over was...' – hij zweeg even om zijn woorden kracht bij te zetten – 'iets over z'n trekken thuis krijgen, zei ze.'

'Dat is niet waar.'

Julians reactie gooide haar voor de leeuwen. 'Dat klinkt wel als jou,' merkte hij op. 'Je hebt altijd een hekel aan die arme Henry gehad.' Hij wendde zich tot Monroe. 'Ga zitten, brigadier,' zei hij uitnodigend terwijl hij op een leunstoel wees en zelf ook ging zitten. 'Ik had me niet gerealiseerd dat er meer aan dit...' – hij maakte een gebaar van weerzin – '... ontluisterende verhaal vastzat dan dat mijn vrouw en Prue Weldon aan het bellen zijn geweest. Kennelijk had ik het mis. Wat is er precies gebeurd?'

Monroe keek naar Eleanors gezicht toen hij de andere stoel pakte. Ze was een ander type dan haar gezette vriendin – sterker en taaier – maar haar ogen spraken van een catastrofe, net als die van Prue.

22

Eenzelfde gedachte speelde door Martin Barkers hoofd toen Bella haar best deed het aannemelijk te maken dat er geen bed voor Wolfie in haar bus was omdat hij liever opgerold in een slaapzak op de bank sliep. 'Onze Wolfie is een beetje een nomade,' zei ze met geveinsd zelfvertrouwen terwijl er bezorgde rimpeltjes op haar voorhoofd stonden. 'Jij houdt niet van bedden, hè schat?'

De ogen van het kind werden nog groter. Angst scheen zijn altijd aanwezige metgezel te zijn, die zich steeds meedogenlozer liet voelen naarmate ze dichter bij de donkere bus kwamen. Bella had een aantal pogingen gedaan hem in de andere bussen achter te laten, maar hij hield zich stevig aan haar jaspand vast en wilde niet van haar gescheiden worden. Barker deed net alsof hij het niet zag, maar hij was bijzonder geïnteresseerd in de connectie tussen Wolfie en de bus.

Bella legde wanhopig haar arm om Wolfies schouders en draaide hem naar zich toe. Kijk wat vrolijker, joh, smeekte ze hem in stilte. Zo meteen val je nog om, zo sta je te trillen. Het leek net alsof ze een neonreclame achter zich aan zeulde die flitste: *natuurlijk hebben wij iets te verbergen.* Wij zijn de sukkels die voor de afleidingsmanoeuvre zorgen terwijl die klootzak die ons hiernaartoe heeft gehaald het dorp verkent.

Haar woede op Fox was groot, en niet alleen omdat ze door hem de politie op hun dak hadden gekregen. Niemand had het recht een kind zo veel angst aan te jagen dat alleen het gezicht van een uniform hem al sprakeloos maakte. Ze wilde meneer Barker apart nemen en haar zorgen aan hem toevertrouwen – de moeder is verdwenen, het broertje is verdwenen, het kind zegt dat hij blauwe plekken heeft – maar wat had dat voor zin als Wolfie het ontkende? Ze wist dat hij dat zou doen. Zijn angst voor de autoriteiten was veel groter dan zijn angst voor Fox. Voor een kind was een slechte ouder beter dan helemaal geen ouder.

In haar achterhoofd speelde ook nog de zorgelijke gedachte dat ze alleen van Wolfie had gehoord dat Fox weg was uit het kamp. Stel dat hij het mis had. Of stel dat Fox door de bossen terug was komen sluipen en nu in zijn bus zat toe te kijken. Wat dan? Zou de situatie van het kind dan niet nog duizend keer erger worden? En was dat niet waar hij eigenlijk bang voor was? Dat Bella iets zou doen of zeggen wat Fox boos zou maken?

'Hij weet niet wat "nomade" betekent,' legde ze aan Barker uit. 'Hij denkt vast dat het iets ergs is.' Ze gaf het kind even een geruststellend kneepje. 'Blijf jij maar bij de meiden, schat. Dan neem ik deze meneren mee naar de laatste bus. Fox zei dat hij de barrière vannacht zou bewaken, dus hij ligt waarschijnlijk te slapen. Hij zal razend zijn als hij wakker wordt gemaakt... en jij hoeft hem niet te horen vloeken en schelden omdat hij in een slecht humeur is.'

Barker werd nog nieuwsgieriger. Fox? De kans was zeer groot dat er een relatie was tussen een Wolfie en een Fox, in zo'n kleine gemeenschap. Hij gaf Wolfie een aai over zijn bol. 'Je vader?' vroeg hij vriendelijk, met een vragend opgetrokken wenkbrauw naar Bella.

Geen antwoord.

Bella knikte even. 'Fox is geen held in de keuken... dus dat arme kind krijgt geen fatsoenlijke maaltijden.' Ze keek Barker strak aan, alsof ze hem iets wilde vertellen. 'Daarom logeert hij een tijdje bij mij.'

Barker knikte. 'Waar is zijn moeder dan?'

'Dat weet...'

Het kind worstelde zich onder Bella's geruststellende arm uit. Hij was bij haar in de buurt gebleven vanaf het moment dat ze had gezegd dat zijn moeder weg was, omdat hij wist dat die politieman dat zou vragen. 'Ze is in Devon,' zei hij snel.

Barker lachte. 'Je kunt dus praten!'

Wolfie keek naar de grond, hij wantrouwde deze man die naar mensen keek alsof hij hun gedachten kon lezen. Hij sprak in afgemeten zinnetjes. 'M'n moeder is op vakantie. Met m'n broertje. Ze logeert bij vrienden. Ik wilde liever bij m'n vader blijven. Hij heeft het druk, want hij organiseert dit project. Daarom kookt Bella voor me. Dat is geen liefdadigheid. M'n vader betaalt haar.

M'n moeder en Cub komen over een paar dagen. Fox houdt van gezinnen. Daarom heeft hij gezinnen uitgekozen om deze gemeenschap op te bouwen.'

Het was moeilijk uit te maken wie verbaasder was. Martin Barker vanwege de wereldwijze manier van praten nu Wolfie eindelijk zijn mond opendeed – net als Bella had hij aangenomen dat het kind jonger was dan in werkelijkheid – of Bella, omdat hij zijn vaders beschaafde accent nadeed. Ze glimlachte zwakjes terwijl de politieman zijn wenkbrauwen fronste. Straks beschuldigden ze haar er nog van dat ze het kind gekidnapt had...

'Hij kijkt te veel naar de tv.' Ze zocht naar een filmtitel. 'Denkt waarschijnlijk dat-ie hoe heet-ie ook weer is – Mark Lester in *Oliver!*' Ze maakte Wolfies blonde haar in de war. 'Hij lijkt erop, zelfs al heeft hij diep in z'n hart meer weg van de Artful Dodger.'

Barker trok geamuseerd zijn wenkbrauwen op. 'Dan ben jij dus Nancy, neem ik aan? De hoer met het goede hart in Fagins dievennest?'

Bella grijnsde naar hem. 'Behalve dat ik geen hoer ben, dit geen dievennest is en ik absoluut niet van plan ben me te laten vermoorden door Bill Sikes.'

'Mmm. Wie is Bill Sikes?'

'Oliver Reed,' zei ze vastberaden. Ze wilde dat ze een wat verstandiger filmkeus had gedaan. 'Die stomme film stikt van de Olivers.'

Barker bukte zich om door haar voorruit naar de laatste bus te kijken. 'Fox misschien?'

'Dacht ik niet,' zei ze terwijl ze zich langs hem wrong om hem voor te gaan naar buiten. Ze voelde het rukje aan haar jas toen Wolfie haar volgde. 'Ik zei zomaar *Oliver!*, dus ga daar geen freudiaanse verklaringen achter zoeken. Dat kind doet stemmen na. Ik had net zo goed *De kleine lord* kunnen zeggen.'

'Of *Greystoke*... de legende van Tarzan,' opperde hij.

'Tuurlijk. Waarom niet? Hij kan goed imiteren.'

Barker kwam zwaar op de grond achter haar neer. 'Allemaal films over verweesde jongetjes die door hun grootvader gered worden, Bella.'

'Nou en?'

Hij keek over Wolfies blonde hoofd heen, op zoek naar de lichten van Shenstead Manor tussen de bomen. 'Ik vind het nogal toevallig, meer niet.'

James schudde zijn hoofd toen Mark over Leo's alibi begon. 'Je hoeft niet in details te treden,' mompelde hij vriendelijk. 'Ik begrijp het wel. Ik heb me altijd afgevraagd waarom je de kant van de politie koos toen ik Leo beschuldigde. Nu weet ik waarom. Het is vast niet makkelijk voor je geweest.' Hij zweeg even. 'Is zijn alibi nog steeds waterdicht?'

Mark dacht aan Becky's aarzeling. Hij spreidde zijn hand, met de palm naar beneden, en maakte een wiegend gebaar.

'Ik heb altijd gedacht dat degene die mevrouw Weldon hoorde Leo móést zijn,' zei James verontschuldigend. 'Mensen halen ons over de telefoon vaak door elkaar.'

De ander dacht even na. 'Becky zei dat Elizabeth haar verstand kwijt was, de laatste keer dat ze haar zag... een of ander verhaal dat Leo haar te hulp moest komen op een politiebureau omdat ze niet meer wist waar ze woonde.'

James werd niet gehinderd door deze ommezwaai. 'Dat zat erin. Met Ailsa's vader is het ook zo gegaan... Tegen de tijd dat hij zeventig was had hij zich dement gedronken.'

'Het moet wel heel erg met haar zijn als ze zich niet eens meer haar adres kan herinneren. Ze is pas halverwege de veertig.' Hij scrolde weer door het dossier van Elizabeth op zoek naar details. 'Voorzover ik kan opmaken, heb ik sinds juni niets meer van haar gehoord... Toen bevestigde ze de ontvangst van Ailsa's vijftigduizend pond... en de laatste keer dat Becky haar zag was juli, toen beschreef ze haar als lam. Hoe vaak heb jij haar gebeld?'

'Tien keer... twaalf. Ik heb het opgegeven omdat ze niet terugbelde.'

'Wanneer was dat?'

'Kort nadat de treitertelefoontjes begonnen. Het leek me zinloos door te gaan omdat ik dacht dat zij ermee te maken had.'

'Half november dus?'

'Zo ongeveer.'

'Maar ze had al sinds maart niet meer teruggebeld?'

'Nee.'

'En je hebt altijd een boodschap kunnen nalaten? De voicemail was nooit vol?'

James schudde zijn hoofd.

'Nu, dan weten we in ieder geval dat iemand de berichten gewist heeft. En Leo? Wanneer heb je hem voor het laatst gebeld?'

Het bleef even stil. 'Vorige week.'

Mark wierp een verbaasde blik op hem. 'En?'

De oude man lachte hol. 'Ik heb gepraat... hij heeft geluisterd... en opgehangen. Het was een eenzijdig gesprek.'
'Wat heb je gezegd?'
'Niet veel. Ik verloor m'n zelfbeheersing toen hij begon te lachen.'
'Heb je hem ervan beschuldigd dat hij Darth Vader was?'
'Onder andere.'
'En hij zei niets?'
'Nee, hij lachte alleen maar.'
'Hoe vaak heb je hem daarvoor gesproken?'
'Je bedoelt sinds de dood van Ailsa? Eén keer... de avond van haar begrafenis.' Zijn stem brak, alsof hij zijn emoties niet zo goed onder controle had als hij deed voorkomen. 'Hij... hij belde om ongeveer elf uur om te vertellen wat een klootzak ik was om zijn naam aan de politie door te geven. Hij zei dat ik alles verdiende wat me overkwam... en dat hij hoopte dat iemand een manier zou vinden om mij haar dood in de schoenen te schuiven. Het was bijzonder onaangenaam.'
Mark keek hem nieuwsgierig aan. 'Had hij het over Ailsa?'
'Nee. Het enige wat hem interesseerde was mij de grond in boren. Het was het bekende ouwe liedje waarbij ik altijd fout zit... en hij nooit.'
Mark dacht terug aan de twee dagen dat James ondervraagd was. 'Hoe wist hij dat jij zijn naam genoemd hebt?'
'Ik denk dat de politie hem dat verteld heeft.'
'Dat denk ik niet. Ik heb daar m'n bezorgdheid toen nog over uitgesproken – je was er zelf bij – en we kregen de verzekering dat aan Leo noch Elizabeth gezegd zou worden van wie de suggestie kwam. Brigadier Monroe stelde toen al dat de naaste familie altijd ondervraagd wordt als er een verdacht sterfgeval is, dus dat de kwestie helemaal niet ter sprake zou komen.'
James aarzelde. 'Kennelijk hebben ze zich niet aan hun belofte gehouden.'
'Waarom belde Leo je dan niet meteen nadat de politie de eerste keer bij hem langskwam? Zo te horen heeft iemand op de begrafenis iets gezegd. En onderweg naar huis heeft hij zichzelf tot een driftbui opgedraaid.'
James fronste zijn wenkbrauwen. 'Hij heeft met niemand gesproken. Hij en Elizabeth zijn komen binnenrennen en direct weer vertrokken. Daar zijn de praatjes van gekomen.'
Mark scrolde weer door zijn adresboekje. 'Ik ga hem bellen,

James, en er gelden dezelfde regels als zonet. Of je gaat uit de auto, of je houdt je mond. Mee eens?'

De oude man hief kwaad zijn kin. 'Niet als je hem ook geld aanbiedt.'

'Misschien moet dat wel... dus zeg nu maar hoe graag je wilt weten wie Darth Vader is.'

'Het is tijdverspilling,' zei hij koppig. 'Hij zal het niet toegeven.'

Mark zuchtte ongeduldig. 'Oké. Dan moet je mij de logistiek eens uitleggen. Om te beginnen, hoe is mevrouw Bartlett in contact gekomen met Elizabeth? Zelfs als ze haar telefoonnummer had, wat ik betwijfel omdat Elizabeth niet in het telefoonboek staat, waarom zou Elizabeth dan opnemen terwijl ze dat bij niemand anders doet? Weet zij wie die vrouw is? Heeft ze haar ooit ontmoet? Ik kan me niet voorstellen dat Ailsa ze aan elkaar heeft voorgesteld. Ze had een hekel aan mevrouw Bartlett, en ze zal zeker niet gewild hebben dat zo'n roddelaarster achter Elizabeths geheimen zou komen, uit angst dat ze het in de hele buurt zou rondvertellen. Heb jij ze aan elkaar voorgesteld?'

James keek uit het raam. 'Nee.'

'Goed. Nou, hetzelfde gaat op voor Leo. Voorzover ik weet is hij niet meer in Shenstead teruggekomen sinds jij zijn schulden hebt betaald – hij is niet verder dan Dorchester gekomen, voor de begrafenis – dus hoe heeft hij mevrouw Bartlett ontmoet? Hij staat ook niet in het telefoonboek, dus hoe is ze aan zijn nummer gekomen? Hoe heeft ze hem kunnen schrijven als ze zijn adres niet heeft?'

'Jij zei dat hij op de begrafenis met iemand gesproken heeft.'

'Dat bedoelde ik ruimer... op de dag van de begrafenis. Het snijdt geen hout, James,' ging Mark langzaam verder, zijn gedachten ordenend. 'Als Leo Darth Vader is, hoe wist hij dat hij mevrouw Bartlett moest benaderen? Je kunt mensen niet zomaar bellen en vragen of ze geïnteresseerd zijn in een haatcampagne. Mevrouw Weldon lag meer voor de hand. Zij staat te boek als iemand die tegen jou getuigd heeft... maar, als ze de waarheid spreekt, is zij nooit benaderd...' Hij verviel in zwijgen.

'Dus?'

Mark pakte zijn gsm weer op en toetste het mobiele nummer van Leo in. 'Ik weet het niet,' zei hij geïrriteerd, 'behalve dat je een stomme idioot bent dat je het zover hebt laten komen. Ergens vraag ik me af of die haatcampagne niet een rookgordijn is om je in de verkeerde richting te laten kijken.' Hij wees agressief naar zijn cliënt. 'Jij bent net zo erg als Leo. Jullie willen allebei totale overgave – maar je hebt twee mensen nodig voor een oorlog, James. En twee om tot een eervolle vrede te komen.'

Boodschap van Nancy
Je bent steeds in gesprek. Ben op de Manor. Waar ben jij?

Bob Dawsons haren gingen overeind staan toen zijn vrouw de keuken in sloop. Ze stoorde hem bij het luisteren naar de radio. Het was het enige vertrek dat hij voor zichzelf had, omdat Vera de keuken meestal meed. In haar verwarde gedachten hield de keuken verband met gesloof, en ze kwam er alleen maar als honger haar ertoe dreef zich van de tv los te scheuren.

Ze keek kwaad naar hem toen ze binnenkwam, haar zuinige lippen mompelden verwensingen die hij niet verstond.

'Wat is er?' vroeg hij kwaad.

'Waar blijft m'n avondeten?'

'Maak het zelf,' zei hij terwijl hij zijn mes en vork neerlegde en zijn lege bord opzijschoof. 'Ik ben je slaaf niet.'

Hun relatie was met haat vervuld. Twee eenzame mensen, onder één dak, die alleen via agressie met elkaar konden communiceren. Zo was het altijd geweest. Bobs wapen was lichamelijk geweld, dat van Vera haar scherpe tong. Haar ogen glinsterden kwaadaardig toen ze de echo van haar eigen zo vaak herhaalde martelaarschap herkende. 'Je hebt weer gestolen,' siste ze, een ander, plat getreden pad kiezend. 'Waar is m'n geld? Wat heb je ermee gedaan?'

'Waar je het verstopt hebt, stomme koe.'

Haar mond wrong zich in een poging haar chaotische gedachten in spraak om te zetten. 'Het ligt niet waar het hoort te liggen. Geef het terug! Hoor je me?'

Bob, die op zijn best al niet geduldig was, balde zijn vuist en hief hem naar haar. 'Kom me hier niet beschuldigen van diefstal. Jij bent hier de dief. Dat ben je altijd geweest en dat zul je altijd blijven.'

'Ik heb het niet gedaan,' zei ze koppig, alsof een leugen als hij maar vaak genoeg herhaald werd, waarheid zou worden.

Zijn antwoorden waren net zo voorspelbaar als de hare. 'Als je het na de dood van mevrouw weer hebt gedaan, dan gooi ik je eruit,' dreigde hij. 'Het kan me niet schelen hoe seniel je bent, ik ben niet van plan m'n huis kwijt te raken omdat jij je handen niet thuis kunt houden.'

'Je zou je geen zorgen hoeven maken als het huis van ons was, toch? Een echte man had zelf een huis gekocht.'

Hij sloeg met zijn vuist op tafel. 'Pas op!'

'Jij bent niet meer dan een halve man, Bob Dawson. Als er anderen bij zijn zo hard als staal, maar in bed zo slap als een vaatdoek.'

'Hou je kop.'

'Dat doe ik niet.'

'Moet je een klap?' vroeg hij kwaad.

Hij verwachtte dat ze als gewoonlijk zou terugdeinzen, maar in plaats daarvan kroop er een sluw lachje in haar ogen.

Goede god! Hij had moeten weten dat dreigementen alleen niet werkten. Hij kwam overeind, waarbij zijn stoel op de vloer kletterde. 'Ik heb je gewaarschuwd,' schreeuwde hij. 'Ik heb gezegd, blijf uit z'n buurt. Waar is hij? Is hij hier? Hebben we daarom zigeuners in de Copse?'

'Dat gaat je niks aan,' spuwde ze uit. 'Jij hoeft me niet te vertellen met wie ik mag praten. Ik heb m'n rechten.'

Hij sloeg haar met de vlakke hand in het gezicht. 'Waar is hij?' grauwde hij.

Ze dook voor hem weg, haat en boosaardigheid gloeiden in haar ogen. 'Hij krijgt jou eerder te pakken, dan jij hem. Let maar op. Jij bent een oude man. Hij is niet bang voor je. Hij is bang voor niemand.'

Bob pakte zijn jas van de haak naast de gootsteen. 'Dat is dan nogal stom van hem,' zei hij voor hij naar buiten liep en de deur achter zich dichtsloeg.

Dat waren mooie woorden, maar de werkelijkheid van de avond maakte ze tot een bespotting. De westenwind had wolken voor de maan gedreven, en zonder zaklantaarn was Bob praktisch blind. Hij draaide zich om naar de Manor, met de bedoeling het licht uit de zitkamer als gids te gebruiken, en hij had nog tijd genoeg om zich te verbazen over het feit dat de Manor in duisternis gehuld was, voor een hamer zijn schedel raakte en de zwarte nacht hem overspoelde.

23

Brigadier Monroe had genoeg van middelbare vrouwen die deden alsof ze van niets wisten. Hij sloeg zijn benen over elkaar en keek de kamer rond, terwijl hij aanhoorde hoe Eleanor Bartlett lucht gaf aan haar verontwaardiging over zijn suggestie dat zij iets zou weten van een insluiper bij Prue. Het dorp zat vol reizigers, en iedereen wist dat reizigers dieven waren. En wat die haatcampagne betreft, dat was een grove misinterpretatie van een paar telefoontjes waarin ze de kolonel had verteld dat zijn geheim op straat lag. Ze nam aan dat de politie wist waarvan hij beschuldigd werd?

Het was een retorische vraag. Ze wachtte niet op antwoord maar somde James' misdaden jegens zijn dochter tot in de obsceenste details op, net zozeer ten behoeve van Julian, dacht Monroe, als voor hemzelf. Ze probeerde zichzelf te rechtvaardigen door van de kolonel een monster te maken, en dat scheen te werken, als de nadenkende uitdrukking op Julians gezicht een maatstaf was. 'En,' besloot ze opgewonden haar relaas, 'Henry was niet eens de hond van James, hij was Ailsa's hond... en als hij door iemand gedood is, dan was het waarschijnlijk James zelf. Hij is een heel wrede man.'

Monroe richtte zijn aandacht weer op haar. 'Kunt u deze aantijgingen bewijzen?'

'Natuurlijk kan ik dat. Elizabeth heeft het me verteld. Wilt u zeggen dat ze over zoiets zal liegen?'

'Iemand liegt hier kennelijk. Volgens mevrouw Weldon was kolonel Lockyer-Fox in het buitenland toen het kind verwekt werd.'

Nog meer geblaas. Prue had wat geroddel opgevangen – half begrepen en in ieder geval verkeerd doorgegeven. Als de brigadier

Prue zo goed kende als zij, dan wist hij dat ze de dingen altijd verkeerd begreep en Prue was in ieder geval van standpunt veranderd toen Eleanor de bijzonderheden van wat Elizabeth had gezegd had doorgegeven. 'U zou James nu moeten ondervragen over moord en kindermisbruik,' snauwde ze, 'in plaats van mij te koeioneren omdat ik uw werk heb gedaan.' Ze haalde diep adem. 'Natuurlijk weten we allemaal waarom u dat zelf niet hebt gedaan... u en de kolonel zijn toch twee handen op één buik.'

De brigadier keek haar strak aan tot ze haar ogen neersloeg. 'Daar verwaardig ik me niet op te reageren, mevrouw Bartlett.'

Haar mondhoeken krulden minachtend naar beneden. 'Maar het is de waarheid. U hebt de dood van Ailsa nooit goed onderzocht. Die is onder het tapijt geveegd om James een schandaal te besparen.'

Hij haalde zijn schouders op. 'Als u dat gelooft, dan kunt u wel ik weet niet wat geloven, en dan moet ik aannemen dat niets van wat u zegt klopt... de beschuldigingen jegens de kolonel inbegrepen.'

Ze barstte los in verdere rechtvaardigingen. Natuurlijk klopte het wat ze zei. Als dat niet zo was, waarom had James er dan geen eind aan gemaakt? Het was niet zo dat Eleanor niet had laten blijken wie ze was, in tegenstelling tot Prue, die een lafaard was. Als James de moeite had genomen langs te komen om zijn kant van het verhaal te vertellen, dan zou Eleanor geluisterd hebben. Zij was alleen maar geïnteresseerd in de waarheid. Ailsa was haar vriendin, en er bestond geen twijfel dat de kinderen van James allebei dachten dat hij schuldig was aan haar dood. Eleanor had er een trauma aan overgehouden, de gedachte aan wat Ailsa had doorgemaakt door haar gewelddadige echtgenoot... vooral nadat ze gehoord had wat Elizabeth als kind overkomen was. Als de politie de juiste vragen had gesteld, dan hadden ze dit allemaal zelf kunnen ontdekken.

Monroe liet haar doorratelen, meer geboeid door haar zitkamer in vergelijking met de sjofele woonkamer in de Manor. Alles in de kamer van Eleanor was nieuw en vlekkeloos. Crèmekleurig meubilair op een weelderig hoogpolig tapijt. Chocoladebruine muren voor een levendig effect. Pastelkleurige gordijnen, op zijn Oostenrijks opgebonden, om een 'romantische' *touch* te geven aan de hoge Victoriaanse kamer.

Het was erg 'design' en erg duur, en het zei helemaal niets over de mensen die erin woonden. Er hingen geen schilderijen aan de muren, geen familiestukken, geen huiselijke rommel die ervan getuigde dat degenen die hier woonden zich op hun gemak voelden. Dan had hij duizend keer liever de zitkamer op de Manor, dacht hij, waar de voorkeuren van verschillende eeuwen om de aandacht vochten, en wel honderd persoonlijkheden, en generaties honden, die hun sporen hadden nagelaten op de kale leren banken en de versleten Perzische kleedjes.

Af en toe bleef zijn blik even rusten op het scherpe gezicht van de vrouw. Ze deed hem aan een Amerikaanse filmster op leeftijd denken, die te veel van haar tanden liet zien omdat de laatste facelift in de wanhopige poging jeugd vast te houden er een te veel was geweest. Hij vroeg zich af met wie Eleanor zich mat – vast niet met mevrouw Weldon – en hij vermoedde dat het de echtgenoot was, met zijn geverfde haar en strakke spijkerbroek. Wat voor relatie hadden die twee, waarin het uiterlijk belangrijker was dan je prettig voelen? Of waren ze allebei bang dat ze de ander kwijt zouden raken?

Hij liet toen ze zweeg een stilte vallen, hij gunde haar niet de morele overwinning dat hij het politieoptreden inzake Ailsa's dood zou gaan verdedigen. 'Wanneer bent u hier komen wonen?' vroeg hij aan Julian.

De man keek naar zijn vrouw alsof ze opeens horentjes had gekregen. 'Vier jaar geleden. We komen uit Londen.'

'Dus voor de huizenhausse?'

Eleanor keek geërgerd, alsof het haar nog steeds stak dat ze de hausse op een haar na gemist hadden. 'Daar hadden wij geen last van,' zei ze voornaam. 'Wij woonden in Chelsea. Huizen daar zijn altijd duur geweest.'

Monroe knikte. 'Ik heb tot anderhalf jaar geleden in Londen gewoond,' zei hij op conversatietoon. 'De waarde van ons huis is in één jaar met twintig procent gestegen.'

Julian knikte. 'Het enige waarbij de inflatie in je voordeel werkt. In Londen bloeit de economie. Hier in de West Country niet. Zo eenvoudig ligt het. U zult niet meer terug kunnen naar Londen als Dorset u te saai wordt.'

Monroe glimlachte een beetje. 'U ook niet, neem ik aan?'

Julian vouwde zijn vingers onder zijn kin en bleef strak naar Eleanor kijken. 'Nee, tenzij we bereid zijn met minder genoegen te nemen. We zouden in ieder geval geen Shenstead House in Chelsea kunnen krijgen... Waarschijnlijk niet eens meer een schoenendoos uit de jaren zeventig in een buitenwijk. Helaas heeft mijn vrouw kennelijk nooit nagedacht over de financiële implicaties van eenzijdige inflatie.'

Het 'niet eens meer' ontging Monroe niet. 'Wat heeft u hierheen gebracht?'

'Afvloe...'

Eleanor kwam met scherpe stem tussenbeide. 'Mijn man was directeur bij een bouwbedrijf,' zei ze. 'Hij kreeg een ruime pensioenregeling aangeboden en we hebben besloten daar op in te gaan. We hebben altijd buiten willen wonen.'

'Bij welk bedrijf?' vroeg Monroe terwijl hij zijn notitieblok tevoorschijn haalde.

Het bleef stil.

'Bij Lacey,' zei Julian met een lachje. 'En ik was geen directeur, ik was afdelingshoofd. De Londense inflatie houdt helaas ook in dat de nieuwe buren geïmponeerd moeten worden. En, voor de duidelijkheid, we woonden in Croydon Road nummer 12, en hadden alleen maar een Chelsea-postcode omdat de grens langs onze achtertuin liep.' Hij lachte onaangenaam. 'Ik denk dat jíj je trekken thuis krijgt, Ellie.'

Ze keek verschrikter dan de onthulling van een paar leugentjes om bestwil leken te rechtvaardigen. 'Doe niet zo dom,' snauwde ze.

Hij snoof minachtend. 'Mijn god, dat is het toppunt. Wat is er dommer dan je eigen nest bevuilen? Hoe kunnen we hier blijven wonen nu jij erin geslaagd bent ons van alle buren te vervreemden? Met wie ga je nog winkelen? Met wie ga je golfen? Je zult weer thuis opgesloten zitten, jammerend over je eenzaamheid. Heb je enig idee wat dat voor mij betekent? Hoe denk je dat jouw belachelijke gedrag zal doorwerken op mijn vriendschappen? Jij bent zo verdomd egoïstisch, Ellie... dat ben je altijd geweest.'

Eleanor deed een onhandige poging de aandacht weer op Monroe te vestigen. 'De brigadier is niet gekomen om ons te horen ruziën. Ik weet zeker dat hij begrijpt dat het voor ons allebei een stresserige toestand is... maar we hoeven onze zelfbeheersing niet te verliezen.'

Julians gezicht werd rood van woede. 'Als ik m'n zelfbeheersing wil verliezen, dan doe ik dat verdomme,' zei hij kwaad. 'Waarom kun je niet één keer de waarheid spreken? Deze middag nog heb je me bezworen dat je niets te maken had met die onzin, en nu kom je met een hoop rotzooi dat James een kinderverkrachter is. En wie is goddomme die man met die stemvervormer? Wat is dat allemaal?'

'Alsjeblieft, niet vloeken,' zei ze stijfjes. 'Het is onbeleefd en onnodig.'

Ze was niet erg slim, dacht Monroe, die de wangen van haar echtgenoot paars zag aanlopen. 'Ja, mevrouw Bartlett?' drong hij aan. 'Een goede vraag. Wie is die man?'

Ze wendde zich dankbaar naar hem nu Julian op het punt stond te ontploffen. 'Geen idee,' zei ze. 'Prue heeft kennelijk een hoop rare praatjes opgehangen. Het is waar dat ik met een paar reizigers gesproken heb, om erachter te komen wat er daar gaande was – trouwens, dat was op verzoek van Prue – maar ik kan me niet voortellen hoe zij erbij komt dat ik iemand van hen zou kennen.' Ze huiverde vol afschuw. 'Nota bene! Het waren afschuwelijke mensen.'

Het klonk overtuigend, maar Monroe hield zichzelf voor dat ze sinds zijn komst ruim twintig minuten had gehad om uitvluchten te verzinnen. 'Ik ben geïnteresseerd in de man die door een stemvervormer spreekt.'

Ze leek oprecht bevreemd. 'Ik ben bang dat ik u niet begrijp.'

'Ik wil een naam horen, mevrouw Bartlett. U hebt al een strafbaar feit begaan door treitertelefoontjes te plegen. U wilt uw situatie vast niet erger maken door informatie achter te houden.'

Ze schudde nerveus haar hoofd. 'Maar ik weet niet waarover u het hebt, brigadier. Ik heb nooit iemand door een stemvervormer horen spreken.'

Misschien was ze slimmer dan hij dacht. 'Hij gebruikt die vervormer wellicht niet als hij met u spreekt, dus laat ik het anders zeggen. Wie heeft u verteld wat u moet zeggen? Wie heeft de tekst opgesteld?'

'Niemand,' protesteerde ze. 'Ik heb alleen maar dingen herhaald die Elizabeth me verteld heeft.' Ze scheen ergens kracht uit te putten. 'U kunt me nu wel aanpakken, maar ik geloofde haar... en dat had u ook gedaan als u haar gehoord had. Ze is er zeker van dat haar vader haar moeder vermoord heeft... en ze heeft de verschrikkelijkste dingen verteld... Het was afschuwelijk om naar haar te luisteren. Het is een beschadigde vrouw... een trieste vrouw... Wij kunnen ons alleen maar indenken wat het is om een kind onder dat soort omstandigheden te krijgen, dat dan ook nog weggehaald wordt.'

Monroe hield haar goed in de gaten terwijl ze sprak. 'Wie heeft contact met wie opgenomen?' vroeg hij op de man af.

Ze keek zorgelijk. 'U bedoelt, of ik Elizabeth heb gebeld?'

'Ja.'

'Nee. Leo heeft me geschreven en me in Londen uitgenodigd.' Ze keek slecht op haar gemak naar Julian, alsof ze wist dat hij dit niet zou goedkeuren. 'Het was volstrekt onschuldig,' zei ze. 'De brief overviel me compleet. Ik had hem nooit eerder gesproken. Hij heeft me aan Elizabeth voorgesteld. We hebben elkaar in Hyde Park ontmoet. Er waren duizenden getuigen.'

Julians afkeuring had niets te maken met of de ontmoeting al dan niet 'onschuldig' was. 'Mijn god,' kreunde hij. 'Waarom wilde je Leo Lockyer-Fox ontmoeten? Zijn vader en hij hebben een hekel aan elkaar.' Hij zag hoe haar lippen zich tot een smalle lijn samenknepen. 'O, daarom dus,' zei hij sarcastisch. 'Een beetje stoken om James en Ailsa betaald te zetten dat ze je afgewezen hebben? Of misschien dacht je dat je op de sociale ladder zou stijgen als Leo de Manor zou erven?' Hij wreef met zijn duim en wijsvinger over elkaar. 'Misschien dacht je dat hij je dankbaar zou zijn als je zijn vader door het slijk haalde?'

Een van de dingen die hij gezegd had, klopte in ieder geval, dacht Monroe toen op Eleanors gezicht de verraderlijke rode vlekken verschenen. 'Doe niet zo ordinair,' snauwde ze.

Julians ogen glinsterden boos. 'Waarom heb je mij niet naar hem gevraagd? Ik had je wel verteld wat de dankbaarheid van Leo Lockyer-Fox waard is.' Hij maakte van zijn duim en wijsvinger een cirkel en gebaarde daarmee naar haar. 'Nul komma nul. Het is een loser... en z'n zuster ook. Het is een stelletje parasieten, die leven van de liefdadigheid van hun vader. Zij is alcoholiste, hij een gokker, en als James zo stom is de Manor aan hen na te laten, dan zullen ze het huis al verkocht hebben voor hij in zijn graf ligt.'

Monroe, die beide kinderen van Ailsa ondervraagd had, vond het een accurate beschrijving. 'U schijnt beter met ze bekend te zijn dan uw vrouw,' merkte hij op. 'Hoe komt dat?'

Julian draaide zich om om hem aan te kijken. 'Ik heb het allemaal van horen zeggen. De pachters van James kennen hen al jaren en zij hebben voor geen van beiden een goed woord over. Als kinderen tot op het bot verwend, en als volwassenen naar de knoppen gegaan, dat is de algemene opinie. Volgens Paul Squires zouden ze Ailsa's geld erven... maar ze heeft afgelopen jaar haar testament veranderd nadat James zijn vorige advocaat de laan uit stuurde en Mark Ankerton nam. Daarom waren ze zo kwaad bij de begrafenis. Ze hadden elk een half miljoen verwacht... en ze kregen niets.'

Monroe wist dat dat niet waar was. De kinderen hadden allebei vijftigduizend pond gekregen, maar misschien gold dat in vergelijking met een half miljoen als 'niets'. 'Was u bij de begrafenis?'

Julian knikte. 'Achterin. We zagen niet veel, alleen maar hoofden voor ons... maar dat maakte weinig verschil. Iedereen kon de vijandigheid voelen. James en Mark zaten aan de ene kant en Leo en Elizabeth aan de andere. Toen het afgelopen was stormden ze weer weg, zonder die arme James ook maar te groeten... Ze gaven hem er waarschijnlijk de schuld van dat Ailsa haar testament veranderd had.' Hij wierp een beschuldigende blik op zijn vrouw. 'Dat heeft de tongen van de dames natuurlijk losgemaakt. Vaders zijn schuldig... kinderen zijn onschuldig... al die onzin.' Hij lachte zuur. 'De meeste mannen waren gewoon blij dat ze niet in James' schoenen stonden. Die arme stakker. Hij had zijn kinderen jaren geleden een pak op hun broek moeten geven.'

Monroe voelde een groeiende frustratie borrelen onder het oppervlak van deze relatie. Er werden voor één potje te veel kaarten op tafel gelegd, dacht hij. Nu staarde Eleanor naar haar man alsof hij horentjes had gekregen.

'Ik neem aan dat Paul Squires een van je kroegmaten is,' zei ze scherp. 'Hoe gaat het met zijn dochter? Die blondine die paardrijdt.'

Julian haalde zijn schouders op. 'Geen idee.'

'Gemma... Gemma Squires. Ze zit in jouw jachtclub. Ik geloof dat haar paard Monkey Business heet.'

Haar man keek geamuseerd. 'Het is een grote jachtclub, Ellie. Ik kan zo al twintig blondines bedenken die er lid van zijn. Je moet eens meegaan. Ik wil je zelfs wel ontgroenen, als je dat wilt. Dat zou je geen kwaad doen, je kunt wel wat kleur gebruiken.' Hij lachte om haar gezichtsuitdrukking. 'Mijn vrouw keurt jagen af,' zei hij tegen de brigadier. 'Ze vindt het wreed.'

Monroe vroeg zich af wat er met die blondine en het paard met de toepasselijke naam was. 'Ik ben het met mevrouw Bartlett eens,' zei hij zachtzinnig. 'Het is toch amper een gelijke strijd... Een bang klein dier, opgejaagd tot het uitgeput is door de ruiters, en dan doodgebeten door de honden. Het is niet dapper, en het is niet fatsoenlijk – en iedereen die er plezier aan beleeft is een sadist.' Hij glimlachte weer. 'Dat is mijn persoonlijke mening, natuurlijk. Ik weet niet wat het officiële standpunt is, behalve dat de belastingbetaler ontzet zou zijn als hij wist wat het kost om jagers en actievoerders uit elkaar te houden.'

'O hemel!' Julian hield zijn handen in welwillende overgave op. 'Ieder zijn eigen genoegen, hè? Het heeft geen zin er ruzie over te maken.'

Monroe glimlachte. 'Dat is niet erg sportief van u, meneer. Ik weet zeker dat de vos hetzelfde zegt, iedere keer als de honden hem opsporen. Leven en laten leven, dat is alles wat-ie wil. De moeilijkheid is dat hij onderop ligt. Net zoals u op het ogenblik...' – hij keek even naar Eleanor – 'en zoals de kolonel onderop lag inzake die treitertelefoontjes. Ik begrijp dat u aan mevrouw Weldon gezegd hebt 's nachts te bellen, mevrouw Bartlett. Waarom was dat? Het lijkt mij een opzettelijke poging hem uit te putten.'

'Ik...' Ze likte haar lippen. 'Het was de meest waarschijnlijke tijd waarop hij thuis zou zijn.'

Monroe schudde zijn hoofd. 'Dat is geen antwoord. Volgens mevrouw Weldon zijn alle telefoontjes op de band opgenomen, dus het deed er helemaal niet toe of hij er wel of niet was. Bovendien zei ze dat hij een kluizenaar was geworden. Wilt u dat aan mij uitleggen? Want ik begrijp niet waarom u het wreed vindt om een vos door middel van uitputting in de hoek te drijven... maar dat u nergens last van hebt als het gaat om een oude man van in de tachtig? Wat wilde u eigenlijk bereiken?'

Weer een stilte. De hele avond vielen er steeds van die stiltes, dacht hij, terwijl rancuneuze vrouwen zaten te verzinnen hoe ze zichzelf konden rechtvaardigen.

'We gaven James een koekje van eigen deeg,' mompelde ze, maar ze keek hem niet aan.

'Ik snap het,' zei hij langzaam. 'En dat alleen op het woord van iemand die u als "beschadigd" omschrijft.' Het was een vaststelling, geen vraag. 'Waarom hebben wij rechtszaken, mevrouw Bartlett? Waarom denkt u dat de beweringen van de verdediging en de eisende partij zo grondig nagetrokken worden door een rechter en jury voordat er een vonnis en een veroordeling uitgesproken kunnen worden? Wat is er met redelijke twijfels in het voordeel van de kolonel gebeurd?'

Ze zei niets.

'Wiens idee was het kwaadwilligheid te vermommen als gerechtigheid?'

Ze vond haar stem terug. 'Het was geen kwaadwilligheid.'

'Dan was het iets ergers,' zei hij plompverloren. 'U ziet een aanklacht wegens dwang en chantage tegemoet als de bandjes van de kolonel uitwijzen dat u eisen hebt gesteld.'

Ze likte zenuwachtig langs haar lippen. 'Dat heb ik nooit gedaan.'

'Als u vraagt of hij wil bekennen, is dat dwang, mevrouw Bartlett. Zelfs als hij schuldig is aan datgene waarvan u hem beschuldigt, is het een strafbaar feit om hem via de telefoon te bedreigen. Als u om geld hebt gevraagd in ruil voor uw zwijgen...' – hij keek opvallend de kamer door – '... of geld van een derde hebt aangenomen om zijn leven zo ondraaglijk te maken dat hij zou instemmen met de eisen van die persoon, dan kan u een aantal misdrijven ten laste worden gelegd... waarvan de ernstigste wel is medeplichtigheid aan zwendel.'

'Dat heb ik niet gedaan,' hield ze vol en ze wendde zich naar haar man.

Julian schudde direct zijn hoofd. 'Je moet bij mij niet om hulp komen aankloppen,' waarschuwde hij. 'Jij en Prue staan er wat dit betreft alleen voor. Ik doe hetzelfde als Dick.' Hij waste zijn handen in de lucht. 'Zoek maar een andere sukkel om je uit de penarie te helpen.'

Eleanors opgekropte woede zocht nu vrij baan. 'Dat zou je wel goed uitkomen, hè? Vrij spel met dat kleine kreng... en allemaal mijn schuld. Hoeveel heb je al aan haar uitgegeven? De rekening van de dierenarts... een paardentrailer...' Ze haalde sidderend adem. 'Ik neem aan dat je dacht dat je er tot in het oneindige mee door zou kunnen gaan zolang je me af en toe een zoethoudertje...' – ze schopte tegen het kleed – '... als dit gaf. Laat je haar wachten? Nee, natuurlijk niet. Zelfs jij bent niet zo dom dat je denkt dat een dertigjarige slet je voor je lichaam wil.'

Julian lachte even. 'Wat ben je toch voorspelbaar, Ellie. 'Klep... klep... klep...' Hij bewoog zijn hand als een mond. 'Je kunt het niet nalaten, hè? Je móét ruziemaken. Maar ik ben in dit geval de slechterik niet... Dat ben je zelf, samen met die dikke vriendin van je.' Hij snoof honend. 'Vertel eens, hebben jij en Prue je ooit lang genoeg stil gehouden om je af te vragen of je het bij het rechte eind had? Een gek vertelt je een verhaal en jij gelooft het, zolang het je kwaadaardige verongelijktheid bevestigt.'

'Jij hebt zelf gezegd dat James weggekomen is met moord,' zei ze kwaad terug. 'Je noemde hem een mazzelpik... pleegde de volmaakte moord... sloot Ailsa in de kou buiten en nam slaapmiddelen zodat hij niet hoefde te horen hoe ze op het terras de geest gaf.'

'Doe niet zo stom,' zei hij. 'Als ze echt niet naar binnen had gekund, had ze naar de Lodge kunnen lopen. Bob en Vera hebben de sleutel.' Zijn ogen vernauwden zich. 'Maak je je niet ongerust over je geestelijke gezondheid, Ellie? Vera is de enige hier in het dorp die nog wrokkiger is dan jij, en die is compleet seniel.' Hij keek haar even onderzoekend in het gezicht en gromde toen ongelovig. 'Ik hoop bij god dat je je informatie niet van haar hebt, stomme koe. Ze heeft haar mes al in James gezet sinds die haar van diefstal beschuldigd heeft. Ze was hartstikke schuldig, maar dat heeft haar er niet van weerhouden hem zwart te maken. Als je je ook maar op iets wat zij zegt baseert, dan moet je echt je bovenkamer laten nakijken.'

Monroe zag de catastrofe een stap dichterbij komen in het opgemaakte gezicht van de vrouw. Ze sloeg haar ogen neer en keek naar haar handen. 'Ik...' Ze zweeg. 'Hoe komt het dat jij zo veel weet?' vroeg ze plotseling. 'Heeft die kleine slet je dat allemaal verteld?'

24

Leo nam bij de eerste keer overgaan op. 'Lizzie?' fluisterde hij zachtjes, alsof hij in een openbare ruimte was en niet wilde dat er iemand meeluisterde.

Leo's mobiel herkende die van Mark natuurlijk niet, maar het was een wonderlijke sprong om een onbekend nummer met zijn zuster te associëren. 'Nee, je spreekt met Mark Ankerton.' Hij deed zijn best om achtergrondgeluiden op te vangen, maar die waren er niet. 'Waarom dacht je dat het Lizzie was?'

'Gaat je niets aan,' zei de andere man agressief, waarbij hij onmiddellijk harder sprak. 'Wat moet je?'

'Wat dacht je van: "Gelukkig kerstfeest, Mark? Hoe gaat het met mijn vader?"'

'Rot op.'

'Waar zit je?'

Een lachje. 'Dat zou je graag willen weten, hè?'

'Nee, niet bepaald. Ik ben eigenlijk op zoek naar Lizzie. Ik probeer haar aan de telefoon te krijgen, maar ze neemt niet op. Weet jij waar ze zit en of alles goed met haar is?'

'Wat kan jou dat schelen?'

'Ik zou je niet bellen als het me niets kon schelen.' Hij keek James van terzijde even aan. 'Je vader heeft besloten haar toelage te verhogen. Hij zit ook over jou na te denken. Hij is niet blij met jullie ruzie vorige week... maar hij wil eerlijk zijn.' Hij legde een waarschuwende hand op James' arm terwijl hij voelde dat de oude man al zijn stekels opzette.

Leo lachte kwaad. 'Je bedoelt zíjn ruzie. Ik heb niets gezegd. Hij is volkomen seniel. Hij zou onder curatele gesteld moeten worden.' Hij zweeg, alsof hij verwachtte dat Mark iets zou zeggen. 'Jij bent er natuurlijk weer, zoals gewoonlijk, om je invloed uit te oefenen. Het is misschien goed dat je weet dat ik een advocaat in de arm heb genomen om die testamenten aan te vechten. De oude man is duidelijk al jaren op – ma waarschijnlijk ook – en jij hebt nieuwe testamenten opgesteld zonder je zelfs maar af te vragen of ze nog wel compos mentis waren.'

Mark negeerde de tirade. 'Ik ben hier, ja. Ik wilde niet dat hij de kerst alleen doorbracht.' Hij probeerde het opnieuw. 'Waar zit jij?'

Weer een kwade lach. 'God, wat ben je toch een pedant ventje! Jij wilde niet dat hij alleen was. Weet je niet hoe misselijkmakend dat klinkt? Mark zus... Mark zo... Jij hebt mijn moeder absoluut beïnvloed. Pa probeert ons al jaren in het gareel te laten lopen met dreigementen rond de erfenis, maar ma was altijd van plan haar geld aan ons na te laten.'

Nu liet Mark zijn woede aan de oppervlakte komen. 'Als je deze onzin tegen een andere advocaat uitslaat, zul je niet veel bereiken. Jij en Elizabeth hebben allebei een kopie van het testament van Ailsa te zien gekregen. Ze wilde haar geld aan iets nuttigs nalaten, en ze had niet het idee dat het nut zou hebben het geld aan jullie na te laten, behalve dan dat het nog sneller bergafwaarts met jullie zou gaan.'

'En wie heeft haar op dat idee gebracht?'

'Jij. Toen je Lizzie stuurde om de Monets op te halen.'

'Die zijn van haar.'

'Nee, dat zijn ze niet. James' moeder heeft ze tot zijn dood aan hem toevertrouwd. En pas daarna zijn ze van Lizzie. Ailsa was razend op je. Ze wist dat je ze mee zou nemen om te verkopen... en het was aanleiding tot een nieuwe ruzie met Lizzie. Eerlijk gezegd zou je dankbaar moeten zijn dat Ailsa jullie niet helemaal heeft uitgesloten en haar hele fortuin direct aan liefdadige doelen heeft nagelaten. Door het aan je vader te schenken, heeft ze jullie nog een kans gegeven je van een betere kant te laten zien.'

'Wij krijgen dat geld nooit. Becky zei dat het allemaal naar Lizzies liefdesbaby zou gaan.' Een honend gesnuif. 'Hoe gaat het met haar? Ik neem aan dat je haar weer in genade aangenomen hebt... Ze zei dat je dat zou doen.'

Mark was van zijn stuk gebracht. 'Becky?'

'Natuurlijk. Hoeveel exen heb je? Je mag haar trouwens hebben... en je mag haar ook vertellen dat ik dat gezegd heb. Een onbetrouwbare trut...' – weer een lachje – '... maar dat wist je al. Eigen schuld. Al die flauwekul over Mandrake... Ik had nog iets van je te goed.'

Mark wreef nadenkend over zijn kaak. 'Ik heb Becky niet meer gezien sinds ze mij voor jou verlaten heeft. En, dat je het maar weet, ik hak nog liever m'n hand af dan dat ik een van jouw afdankertjes neem. Beschadigde spullen interesseren me niet.'

'Klootzak!'

'Wat je ook moet weten,' ging Mark verder, 'je moeder zou je geen cent nagelaten hebben als ik niet inderdaad mijn invloed had aangewend. Dus zou je me niet eens voor die vijftigduizend pond bedanken?'

'Over m'n lijk. Goed, waar zijn die Monets?'

Rare vraag. 'Waar ze altijd geweest zijn.'

'Nee, dat is niet zo.'

'Hoe weet je dat?'

'Gaat je niet aan. Waar zijn ze?'

'Veilig,' zei Mark kortweg. 'Je moeder vertrouwde er niet op dat je het niet nog eens zou proberen.'

'Je bedoelt dat jij daar niet op vertrouwde... Ma zou dat zelf nooit bedenken.' Weer een korte stilte. 'Heb je haar echt niet meer gezien? Ze zei dat ze maar hoefde te piepen en je zou eraan komen.'

'Wie?'

'Becky. Ik nam aan dat jij sullig genoeg zou zijn om haar schulden te dekken. Dat vond ik wel grappig, trouwens. Het idee dat jij geplukt zou worden stond me wel aan. Ze is behoorlijk verslaafd.'

'Waaraan?'

'Verzin dat zelf maar. Is pa serieus over die toelage van Lizzie?'

Gokken...? 'Ja.'

'Hoeveel?'

'Vijfhonderd per maand.'

'Jezus!' zei Leo vol afkeer. 'Een schijntje. Hij heeft het bedrag in twee jaar niet verhoogd. Had je niet kunnen aandringen op duizend?'

'Wat maakt jou dat uit? Jij krijgt het niet.'

'Nee, ik neem aan van niet.'

Dat zou dan voor het eerst zijn, dacht Mark cynisch. 'Het is beter dan niets. Als ze al door die vijftigduizend van haar moeder heen is, dan heeft ze in ieder geval gegarandeerd vijftig flessen gin per maand... maar James geeft het alleen maar aan haar als ze met hem wil praten.'

'En ik?'

'Daar ben ik nog over aan het onderhandelen.'

'Nou, je hoeft geen dankbaarheid te verwachten. Wat mij betreft kun je doodvallen.'

'Rot op!'

Dit keer lachte hij vermaakt. 'Dat is op dit moment m'n enige optie.'

Mark lachte nogal tegen zijn zin. 'Vertel het eens,' zei hij droogjes.

Even begrepen ze elkaar. 'Jij houdt pa op de een of andere manier in de houdgreep,' zei Leo toen. 'Normaal gesproken zou hij liever zijn hand afhakken dan ons meer geld geven, dus waarover bel je nu eigenlijk echt?'

'Ken je Eleanor Bartlett? Ze woont op Shenstead House.'

Geen antwoord.

'Heb je haar ooit gesproken? Heb je haar aan Elizabeth voorgesteld?'

'Waarom wil je dat weten?'

In gedachten gooide Mark een muntje op en toen koos hij voor eerlijkheid. Wat had hij te verliezen? Als Leo erbij betrokken was, wist hij al wat er gezegd werd. Als hij er niet bij betrokken was... 'Ze beschuldigt James van incest – ze zegt dat hij de vader van Lizzies kind is – en ze beweert dat ze die informatie van Lizzie heeft. Ze bedreigt hem over de telefoon, dat is een misdrijf en ik heb James aangeraden naar de politie te gaan. Voor we dat doen willen we weten of Eleanor Bartlett de waarheid spreekt als ze zegt dat ze die laster van Lizzie heeft.'

Leo's grijns klonk door in zijn stem. 'Hoe kom je erbij dat het laster is?'

'Wil jij beweren dat dat niet zo is?'

'Dat hangt ervan af wat het oplevert.'

'Niets.'

'Verkeerd antwoord, vriend. Mijn vader vindt zijn reputatie belangrijk. Als je nu eens op die grond de onderhandelingen heropent en uitzoekt hoeveel hij wil betalen om die reputatie te beschermen.'

Mark gaf niet direct antwoord. 'En jouw reputatie, Leo? Hoeveel is die jou waard?'

'Ik ben niet degene die een probleem heeft.'

'Wel als ik dit gesprek tegenover de politie herhaal, en daarbij dan nog de diverse beschuldigingen van Becky aan jouw adres.'

'Je bedoelt die flauwekul dat ik haar gedwongen zou hebben

geld te lenen?' zei Leo sarcastisch. 'Daar trapt niemand in. Ze zit tot haar nek in de schulden door haar eigen schuld.' Een achterdochtige stilte. 'Je zei dat je haar niet gesproken had.'

'Ik zei dat ik haar niet meer gezien had. Ik heb haar een half uur geleden gebeld. Ze was heel openhartig... en niet erg complimenteus. Ze beschuldigt je van misbruik... ze zegt dat ze bang voor je is...'

'Waar heb je het in godsnaam over?' onderbrak Leo hem kwaad. 'Ik heb nog nooit een vinger naar die trut uitgestoken.'

Mark keek even naar James. 'Zij was ook niet het slachtoffer. Probeer het nog eens.'

'Wat wil je daarmee zeggen?'

'Bedenk dat zelf maar. Jij vond het grappig toen het nog niet over jou ging, je suggereerde zelfs dat je er wat aan verdienen kon.'

Het bleef lang stil. 'Kun je je wat duidelijker uitdrukken?'

'Onder de omstandigheden lijkt mij dat niet verstandig.'

'Luistert pa mee?'

'Ja.'

Er werd onmiddellijk opgehangen.

Nancy had in twee uur drie elkaar tegensprekende berichten ontvangen. Een van James, met een gekwelde stem, die zei dat hoezeer hij er ook van genoten had haar te ontmoeten, hij niet het gevoel had dat het onder de omstandigheden gepast was als ze nog eens op bezoek kwam. Een van Mark, die zei dat James het niet meende, gevolgd door nog een, waarin hij het over een noodgeval had. Alle pogingen om Mark op zijn mobiel te bereiken waren op de voicemail gestuit, en haar bericht aan hem was niet beantwoord.

Ze was zo bezorgd geweest dat ze opgehouden was met uitpakken en de rit van een kwartier van Bovington terug gemaakt had. Nu voelde ze zich dwaas. Wat voor omstandigheden? Wat voor noodgeval? Shenstead Manor was in het duister gehuld en toen ze aanbelde deed er niemand open. Af en toe wierp de maan zijn schijnsel op de gevel, maar er was nergens een teken van leven. Ze tuurde door de ramen van de bibliotheek, of er licht onder de gesloten deur naar de gang door scheen, maar het enige wat ze zag was haar eigen spiegelbeeld.

Ze voelde zich niet op haar gemak. Wat zou James denken als hij terugkwam en haar betrapte terwijl ze bij hem naar binnen gluurde? Erger, stel dat hij haar nu vanuit de duisternis binnen gadesloeg, wat zou hij dan denken? Wat die omstandigheden ook waren waarnaar hij verwezen had, ze bestonden vermoedelijk nog steeds, en zijn boodschap was toch duidelijk genoeg. Hij wilde haar niet meer zien. Ze moest aan zijn tranen van die ochtend denken, en aan haar eigen gêne. Ze had niet moeten komen.

Ze liep terug naar de Discovery en hees zich achter het stuur. Ze probeerde zichzelf ervan te overtuigen dat ze naar de pub waren – dat zouden haar ouders doen – maar ze geloofde het zelf niet. Onder de omstandigheden – waren dat die omstandigheden? – was het onlogisch dat ze het huis verlaten zouden hebben. Marks berichten. James' kluizenaarsnatuur. Zijn eenzaamheid. De nabijheid van de reizigers. De val die voor de hond van James gezet was. Het klopte niet.

Zuchtend haalde ze een zaklantaarn uit het dashboardkastje en sprong weer op de grond. Hier zou ze spijt van krijgen. Ze verwedde er wat om dat ze samen in de zitkamer zaten, en net deden of ze er niet waren. En met nog meer zekerheid voorvoelde ze de verschrikkelijke beleefdheid op hun gezicht als ze zichzelf voor het raam liet zien. Ze liep om het huis heen langs het terras.

De lichten in de huiskamer waren uit, en de openslaande deuren zaten vanbinnen op de knip. Ze probeerde ze, maar ze zaten stevig dicht. Ze legde haar hand boven haar ogen om het interieur te kunnen bekijken, maar in het flauwe licht van de gloeiende houtblokken in de haard zag ze dat er niemand in de kamer was. Ten slotte deed ze tegen beter weten in een stap achteruit om naar de kamers boven te kijken, en een onaangenaam gevoel kroop prikkelend langs haar ruggengraat omhoog toen ze besefte dat ze op of vlak bij de plek stond waar Ailsa gestorven was.

Dit was krankzinnig, dacht ze boos. Een onzinnige onderneming, op touw gezet door die verdomde Mark Ankerton, en opeens werd ze bevangen door een bijgelovige angst vanwege een vrouw die ze niet kende. Maar ze voelde iemands blik in haar nek prikken... hoorde hem zelfs ademen...

Ze draaide zich plotseling om, en zwaaide de straal van de zaklantaarn in een bibberende boog heen en weer...

De oudste politieagent bonsde op het portier van de bus van Fox. Hij gaf geen blijk van verbazing toen er niemand opendeed. Hij probeerde de handgreep om te zien of het portier op slot zat, en keek toen nieuwsgierig naar Wolfie. Bella zuchtte geïrriteerd. 'Stomme lul,' mompelde ze zachtjes voor ze weer een glimlach op haar gezicht plakte.

'Weet jij waar hij is?' vroeg Barker.

Ze schudde haar hoofd. 'Ik dacht dat hij lag te slapen. Zoals ik al zei, hij heeft vannacht de wacht... daarom ben ik aan de andere kant begonnen... Ik wilde hem niet eerder wakker maken dan nodig was.'

Barker richtte zijn aandacht op Wolfie. 'En jij, jochie? Weet jij waar je vader is?'

Het kind schudde zijn hoofd.

'Sluit hij de bus altijd af als hij weggaat?'

Een knikje.

'Zegt-ie het tegen jou als hij weggaat?'

Een angstig nee schudden.

'Maar wat moet jij dan? Doodvriezen? Wat gebeurt er als er niet toevallig iemand als Bella in de buurt is?' Hij was kwaad, en dat kon je zien. 'Wat zit er in die bus dat belangrijker is dan z'n kind?' vroeg hij aan Bella. 'Ik geloof dat het tijd is dat ik eens een babbeltje met deze geheimzinnige vriend maak. Waar is hij? Wat is hij van plan?'

Bella voelde iets snel naast zich bewegen. 'O, geweldig!' zei ze nijdig, terwijl ze Wolfie nakeek, die alsof de duivel hem op de hielen zat het bos in rende. 'Gefeliciteerd, meneer Barker! Wat moeten we nu? Want je hebt in één ding gelijk, schat. Het kan z'n vader geen moer schelen als hij doodvriest... het kan niemand wat schelen.' Ze wees op Barkers borst. 'En weet je waarom niet? Omdat hij niet geregistreerd staat, denk ik. Dus die arme stakker bestaat niet eens.'

Nancy's boodschap kwam door zodra Mark de verbinding verbroken had, en deze keer was er geen discussie. Hij toetste 999 op zijn mobiel in voor hij de handset in de houder zette. 'Politie,' zei hij kortaf in de microfoon, en hij maakte een U-bocht met de Lexus.

Hard tegen hard, dacht Monroe, terwijl de Bartletts elkaar in de haren vlogen. Hij voelde geen sympathie voor Eleanor, maar Julians gesnier werkte hem op de zenuwen. De dynamiek van hun relatie was meedogenloos agressief, en hij begon zich af te vragen of Julian misschien verantwoordelijk was voor een aantal van de problemen van Eleanor. Ondanks zijn beleefde gedrag was de man een bullebak.

'Je zet jezelf voor gek, Ellie. Iemand heeft je duidelijk een roddel toegespeeld, en nu probeer je er een oorlog van te maken. Hoe kom je aan al die onzin over een slet?'

Ze was te kwaad om over haar antwoord over na te denken. 'Van de mensen bij de Copse,' snauwde ze. 'Ze houden ons in de gaten.'

Hij lachte verrast. 'Die zigeuners?'

'Het is niet grappig. Ze weten een hoop van ons... Mijn naam... wat voor auto je hebt.'

'Nou en? Dat is toch niet echt geheim. Ze hebben het waarschijnlijk van iemand uit de vakantiehuisjes. Je moet wat minder hormonen laten inspuiten, meid. Je wordt er gek van.'

Ze stampte met haar voet op de vloer. 'Ik heb je computer bekeken, Julian. Het staat er allemaal op. E-mails naar GS.'

Niet meer, dacht Monroe toen Julian zijn schouders geamuseerd ophaalde. Het was te makkelijk voor hem, hij was haar steeds een stap voor. Monroe's portofoon begon in zijn borstzak te trillen. Hij haalde hem tevoorschijn en luisterde naar de oproep voor een incident bij de Manor. 'Doe ik. Ik ben er in drie minuten.' Hij stond op. 'Ik moet nog een keer met u praten,' zei hij tegen Eleanor. 'Met u ook, meneer Bartlett.'

Julian fronste zijn wenkbrauwen. 'Waarom met mij? Ik ben niet verantwoordelijk voor de daden van mijn vrouw.'

'Nee, maar wel voor die van uzelf,' zei Monroe terwijl hij naar de deur liep.

Het geluid van banden op het grind bereikte Nancy op het terras, en opgelucht wendde ze haar hoofd in die richting. Haar sergeant had gelijk. Verbeeldingskracht was iets verschrikkelijks. De bosjes en bomen op het grasveld maakten te veel schaduwen, en ze leken allemaal op een donkere, gebogen figuur. Ze moest aan James' woorden eerder die dag denken. 'Wie van ons weet hoe dapper hij is tot hij er alleen voor staat?' Goed, nu wist ze dat.

Ze had voor wat haar als uren voorkwam vastgenageld gestaan op dezelfde plek, haar rug naar de openslaande deuren, de lichtbundel van haar zaklantaarn snel heen en weer bewegend, niet in staat zich te verroeren. Hoogst irrationeel. Haar training en ervaring zeiden haar dat ze terug moest gaan naar haar auto, rugdekking moest houden door dicht bij het huis te blijven, maar ze kon zich er niet toe zetten het daadwerkelijk te doen.

De met klimplanten begroeide muren van het huis waren net zo griezelig voor haar als de tuin. Een dichte, niet-gesnoeide vuurdoorn met venijnige stekels groeide tussen de zitkamer en de bibliotheek. Haar verstand zei haar dat daar niemand achter stond. Ze was er net langsgelopen, op weg naar de openslaande deuren, en als iemand zich in de schaduwen verborgen hield, zou ze hem gezien hebben, maar iedere keer als ze zelf haar adem inhield, hoorde ze iemand ademen.

'Wie is daar?' vroeg ze op een gegeven moment.

Het enige antwoord was stilte.

In de momenten dat de maan achter een wolk verscholen ging en het donker was zag ze de gloed van licht achter de hazelaarbosjes in de Copse. Een paar maal hoorde ze gelach en gedempt gepraat. Ze overwoog te roepen, maar de wind stond de verkeerde kant op. Ieder geluid zou door het huis achter haar opgeslokt worden. Ze kon het trouwens ook niet. Ze stak als een struisvogel haar kop in het zand omdat de angst haar ervan overtuigd had dat het veiliger was niets te doen dan een confrontatie uit te lokken.

Fox hief zijn hoofd, en het meisje voelde dat hij het deed. Zijn zintuigen, veel beter toegerust dan de hare, vingen haar reactie op. Een flits van een angstig besef van iets – een trilling in de lucht, misschien – verhoogde haar angst. Ze had geen idee waar hij was, maar ze wist dat het gevaar groter was geworden. Net als haar grootmoeder, wier smeekbeden om weer naar binnen te mogen tegen dovemansoren gericht waren, maar die te bang was om te bewegen omdat ze gedacht had dat de dood van de hamer zou komen en niet van de verraderlijk koude nacht.

Hij kon haar angst ruiken...

... als een vos in de kippenren...

25

Martin Barker meldde zich na de radio-oproep terwijl zijn collega een paar zaklantaarns uit de achterbak haalde. Hij zette een voet in het geopende portier van zijn auto en keek toe hoe in jassen gehulde figuren opdoken uit de bussen omdat Bella iedereen optrommelde om naar Wolfie te zoeken. 'Ja, dat heb ik... insluiper, Shenstead Manor... mmm... Lijkt me wel... De boerderij ligt op minder dan een kilometer. Ja, er is een reiziger afwezig... Zou ik wel zeggen... Zelfde vent... Nancy Smith? Nee... wacht even.' Hij gebaarde naar Bella om bij hem te komen. 'Hoe heet Fox voluit?'

Ze trok een zuur gezicht terwijl ze naar hem toe liep. 'Fox Evil.'

'Zijn echte naam, Bella.'

Ze schudde haar hoofd. 'Sorry, Martin. Dat is de enige naam die hij genoemd heeft. Zelfs Wolfie weet het niet. Ik heb het hem gevraagd.'

'Heeft hij het ooit over ene Nancy Smith met je gehad?'

Ze keek bezorgd. 'Ja. Ik moest haar ouders bellen om uit te zoeken waar ze was. Ik heb het hem trouwens niet verteld. Ik heb gezegd dat ze op Salisbury Plain zat. Wie is ze? Wat heeft hij tegen haar? Ze is vanmiddag bij m'n bus geweest, maar dat weet Fox niet.'

Barker schudde zijn hoofd, kneep zijn ogen samen en tuurde naar de bus van Fox. 'Hij rijdt in een IVECO-bus,' zei hij in zijn portofoon, 'crème met grijs... nogal gedeukt... het logo is overgeschilderd... kentekennummer: L324 UZP... oké. We wilden daar toch al naartoe. Zijn zoontje is ongeveer vijf minuten geleden in die richting weggelopen. De kolonel sluit kennelijk zijn deur niet af, dus het is mogelijk dat hij binnen is... Yep. Zeg maar aan

Monroe dat we onderweg zijn. Wacht even,' zei hij weer, toen Bella dringend haar hand op zijn arm legde.

'Je moet je vrienden vertellen dat ze voorzichtig moeten zijn, Martin. Hij heeft een scheermes bij zich. Wolfie is als de dood voor hem. Zijn moeder en broertje zijn een tijdje geleden verdwenen, en wij maken ons daar allemaal zorgen over.'

'Dat joch zei dat ze in Torquay zaten.'

'Alleen omdat hij bang voor jou is. Hij heeft gehoord dat Fox tegen ons zei dat ze er met een pooier vandoor is gegaan nadat ze de kermis in Devon hadden afgeschooid. Maar Wolfie gelooft dat niet en wij ook niet. Waarom zou ze het ene kind wel meenemen en het andere achterlaten?'

Zadie kwam achter haar staan. 'Fox doet sinds we hier aangekomen zijn al vreemd. Ik weet zeker dat hij Shenstead kent. Hij heeft daar vast gewoond.' Ze knikte in de richting van de Manor. 'Dat is hier de attractie voor hem. Als we maar even niet kijken, gaat hij daarnaartoe.'

Barker sprak in zijn portofoon. 'Heb je dat gehoord...? Ja, een scheermes. Zoek uit of hij in Shenstead heeft gewoond. Ga achter die vrouw en dat kind aan. Namen?' vroeg hij aan Bella terwijl hij haar de portofoon voorhield. 'Beschrijving?'

'Vixen en Cub,' zei ze. 'Allebei lijken ze op Wolfie. Blond, blauwe ogen, mager. Sorry, meer kan ik er niet van zeggen. Ik heb ze maar één keer gezien. De moeder was stoned en het kind leek een jaar of drie, maar Wolfie zegt dat hij zes is.'

Barker hield de portofoon weer bij zijn oor. 'Mee eens. Zeg maar aan Monroe dat we hem voor het huis treffen.' Hij zette de portofoon uit en plaatste hem terug in zijn houder. 'Mooi, we gaan het als volgt aanpakken. Die zoektocht naar Wolfie moeten jullie staken. Jullie moeten allemaal in Bella's bus gaan zitten en de deur op slot doen. Als Fox terugkomt, benader hem dan niet en probeer hem niet tegen te houden als hij weggaat.' Hij noteerde een nummer in zijn notitieboekje en scheurde het velletje af. 'Je hebt je mobiel waarschijnlijk nog, Bella? Mooi. Dit is de snelste manier om me te pakken te krijgen.'

'Maar Wolfie dan?'

'Hoe eerder we Fox op het spoor zijn, hoe eerder we Wolfie hebben.'

'En als Fox terugkomt en het kind bij zich heeft?'

'Dan gelden dezelfde instructies. Je moet een confrontatie vermijden.' Hij legde zijn hand op Bella's schouder. 'Ik reken op je.

Hou iedereen uit zijn buurt. Wolfie heeft er niets aan als zijn vader denkt dat er geen uitweg meer is.'

Wolfie kroop naar de boom van Fox, en tuurde ingespannen het donker in om zijn vader te vinden. In de eerste opwelling van zijn vlucht had hij het verwarde plan gehad om Fox te zoeken en hem te vertellen dat hij de politieagenten moest wegsturen, maar hij had zich bedacht toen zijn stampende voeten de takken deden knappen met het geluid van een geweerschot. Fox zou met zijn scheermes naar hem uithalen als Wolfies wilde nadering anderen zou waarschuwen waar hij zat.

Het kind wendde al zijn wilskracht aan om het angstige kloppen van zijn hart te bedwingen, en naderde toen cirkelend als een kat vanaf de helling van de hazelaarbosjes de plek van Fox. Zijn vader zou naar de Manor staan kijken, en zou pas weten dat Wolfie er was als hij zijn hand in de zijne legde. Dat was een goed plan, vond hij. Fox kon zijn scheermes niet pakken als Wolfie zijn hand vast had, en hij zou niet boos zijn als Wolfie geen geluid maakte. Hij dacht maar niet aan de hamer. Als hij er niet over nadacht, dan bestond hij ook niet.

Maar Fox stond niet bij zijn boom en opnieuw hield angst het hart van Wolfie in zijn greep. Wat de gebreken van zijn vader ook waren, hij vertrouwde op hem om de politie weg te jagen. Wat moest Wolfie nu doen? Waar kon hij naartoe? Waar zou hij niet gevonden worden? Hij voelde de kou tot in zijn botten doordringen en hij was intelligent genoeg om te weten dat hij niet buiten kon blijven. Hij dacht aan Lucky Fox, dacht aan zijn glimlachende gezicht en zijn belofte dat de deur altijd openstond, dacht eraan hoe groot het huis was en hoe makkelijk het zou zijn je er te verstoppen. Hij kon nergens anders heen en daarom gleed hij de greppel in en kroop er aan de andere kant weer uit, op het grasveld van de Manor.

Dat het huis helemaal donker was, verontrustte hem niet. Zonder een horloge zegt tijd je niets, en hij nam aan dat de oude man en zijn vrienden sliepen. Hij was banger voor de politie dan voor wat voor hem lag en daarom kroop hij op handen en voeten verder, zocht zijn weg via de struiken en bomen die hier en daar op het gras stonden, terwijl hij steeds een waakzame blik over zijn schouder wierp. Steeds als hij naar het terras keek om de afstand te schatten, zag hij een lichtje in een van de ramen beneden knipperen. Hij nam aan dat het binnen was en lette er verder niet op.

Hij schrok enorm toen hij op zo'n vijftien meter afstand van het terras stond. De wolken waren wat dunner geworden en hij zag dat het lichtje een zaklantaarn in iemands hand was. Hij kon een in het zwart geklede gestalte die zich tegen de tuindeuren aftekende onderscheiden, en de bleke glans van een gezicht. Hij dook als een trillend hoopje weg achter een boom. Hij wist dat het Fox niet was. Hij herkende Fox altijd aan zijn jas. Wat het een politieagent, daar neergezet om hem te pakken?

De vochtige kou van de grond drong door zijn dunne kleding heen en een verschrikkelijke moeheid beving hem. Als hij nu ging slapen, dan werd hij misschien nooit meer wakker. De gedachte trok hem aan. Het was beter dan de hele tijd bang zijn. Hij klampte zich vast aan het geloof dat als zijn moeder niet weg was gegaan, ze hem zou redden. Maar ze was weggegaan en een nieuw, klein cynisch stemmetje zei hem waarom. Ze gaf meer om Cub en zichzelf dan om Wolfie. Hij liet zijn hoofd zakken terwijl de tranen in warme stromen over zijn ijskoude wangen liepen.

'Wie is daar?'

Hij herkende de stem van Nancy en hoorde de angst erin, maar hij dacht dat ze het tegen iemand anders had en reageerde niet. Net zoals zij hield hij zijn adem in en wachtte op wat gebeuren ging. De stilte duurde eindeloos tot zenuwachtige nieuwsgierigheid hem dwong te kijken of ze er nog was. Hij lag op zijn buik en wurmde zich om de stam van de boom heen, en deze keer zag hij zijn vader.

Fox stond een paar meter verderop, links van Nancy, zijn hoofd gebogen zodat het maanlicht niet op zijn gezicht zou vallen, het silhouet van zijn jas met de capuchon onmiskenbaar tegen de stenen muur van de Manor. De enige beweging kwam van Nancy, die met haar zaklantaarn zwaaide. Wolfie wist oneindig veel van angst en hij besefte dat ze zich bewust was van Fox' aanwezigheid, maar dat ze hem niet zag. Iedere keer dat het licht in zijn richting zwaaide, viel het op een struik voor het huis. De schaduw daarachter bleef onzichtbaar.

Wolfie keek strak naar zijn vader, probeerde erachter te komen of hij zijn scheermes in de hand had. Hij besloot van niet. Hij zag niets van Fox behalve de schaduw van zijn lange jas met capuchon. Geen geflikker van het lemmet, en het kind ontspande enigszins. Misschien streelde Fox het mes in zijn zak, maar hij was pas echt gevaarlijk als hij het in zijn hand hield. Hij nam niet de moeite zich af te vragen waarom zijn vader Nancy in de gaten hield. Hij nam aan dat haar bezoek aan het kamp ermee te maken had. Niemand kon Fox' territorium ongestraft binnendringen.

Zijn scherpe oortjes pikten het geluid van banden op het grind op, en hij voelde Nancy's opluchting toen ze haar zaklantaarn liet zakken en de flagstones waar ze op stond bescheen. Dat had ze niet moeten doen, dacht hij, nu Fox' enige uitweg was om langs haar heen naar de achterkant van het huis te rennen. Doodsbang gingen zijn ogen weer naar zijn vader, en hij zag tot zijn ontzetting dat Fox' hand in zijn zak gleed.

Monroe parkeerde naast Nancy's Discovery en liet zijn motor draaien terwijl hij uitstapte om door haar raampjes naar binnen te kijken. Het portier aan de bestuurderskant was niet op slot en hij hees zich omhoog en leunde voorover om een canvas tas op te pakken die op de vloer voor de passagiersstoel stond. Hij drukte wat cijfers in op zijn mobiel terwijl hij de inhoud bekeek. 'Ik heb een auto aangetroffen,' zei hij. 'Geen spoor van de eigenaar, maar ik heb wel een portefeuille – Visa-kaart op naam van Nancy Smith. De sleuteltjes zitten in het contact maar volgens mij staat de motor al een tijdje uit. De cabine is al behoorlijk koud.' Hij tuurde door de voorruit. 'Deze kant van het huis is in ieder geval donker... Nee, de zitkamer van de kolonel kijkt uit op het terras.' Hij fronste zijn wenkbrauwen. 'Dat klinkt mij nogal onwaarschijnlijk in de oren. Hoe weet die advocaat dat ze in gevaar verkeert als hij halverwege de weg naar Bovington zit? Wie is ze trouwens? Vanwaar die paniek?' Het antwoord overviel hem volkomen. 'De kleindochter van de kolonel? Mijn god!' Hij keek de oprit af toen hij het geluid van een naderende auto hoorde. 'Nee vriend, ik heb geen idee wat er gaande is...'

'Je had ze niet moeten vertellen wie Nancy is,' zei James kwaad. 'Wat bezielt je? Morgen staat het in alle kranten.'

Mark negeerde hem. 'Leo noemde haar Lizzies liefdesbaby,' zei hij terwijl hij op een recht stuk weg de snelheidsmeter tot 130 op liet lopen. 'Gebruikt hij normaal dat woord? Ik zou zeggen dat "bastaard" meer in zijn lijn lag.'

James sloot zijn ogen toen ze de bocht voor Shenstead Farm met grote snelheid naderden. 'Normaal gebruikt hij geen enkel woord voor haar. We praten daar niet over. Hebben we ook nooit gedaan. Concentreer je liever op de weg.'

Weer negeerde Mark hem. 'Wiens idee was dat?'

'Niemands idee,' zei James geërgerd. 'Toentertijd leek het weinig anders dan een abortus... en je babbelt ook niet over abortus als je zit te eten.'

'Ik dacht dat jij en Ailsa er ruzie over hadden gehad.'

'Nog meer reden om er verder niets meer over te zeggen. De adoptie was een feit. Niets wat ik zei of deed kon die beslissing nog terugdraaien.' Hij zette zijn handen op het dashboard toen de heg langs de weg tegen de zijkant van de auto aan zwiepte.

'Waarom had je er zulke heftige gevoelens over?'

'Omdat ik een hond ook niet aan een volkomen vreemde zou weggeven, laat staan een kind. Het was een Lockyer-Fox. We waren verantwoordelijk voor haar. Je rijdt echt veel te hard.'

'Hou op met dat gezeur. Maar waarom heeft Ailsa haar weggegeven?'

James zuchtte. 'Omdat ze geen andere oplossing zag. Ze wist dat Elizabeth het kind zou verwaarlozen als ze haar dwong het te houden, en Ailsa kon het toch niet voor haar eigen kind door laten gaan?'

'Was er nog een optie?'

'Toegeven dat onze dochter een fout had begaan en zelf de verantwoordelijkheid op ons nemen. Natuurlijk is het achteraf altijd makkelijk. Ik neem Ailsa niets kwalijk. Ik neem het mezelf kwalijk. Zij dacht dat mijn opvattingen zo rigide waren dat het de moeite niet waard was mij te raadplegen.' Weer een zucht. 'We wilden allemaal dat we het anders gedaan hadden, Mark. Ailsa nam aan dat Elizabeth nog meer kinderen zou krijgen – Leo ook. Het was een schok voor ons dat dat niet gebeurde.'

Mark minderde vaart toen hij het schijnsel van de koplampen van een auto bij de Copse zag. Hij probeerde bij het langsrijden in de wagen naar binnen te kijken, maar kon niets zien. 'Heeft Lizzie ooit verteld wie de vader was?'

'Nee,' zei de oude man droogjes. 'Ik denk dat ze dat zelf niet wist.'

'Weet je zeker dat Leo nooit kinderen heeft gehad?'

'Absoluut zeker.'

Mark schakelde over naar een lagere versnelling toen ze de oprit van de Manor naderden. Achter zich zag hij de koplampen van de andere auto. 'Waarom weet je dat zo zeker? Hij heeft veel vrouwen gehad, James. Volgens de kansberekening moet er toch ten minste één keer iets misgegaan zijn.'

'Dan hadden we ervan gehoord,' zei de oude man nog droger.

'Hij zou het heerlijk gevonden hebben om bij ons thuis met zijn bastaards te pronken. Vooral toen Ailsa de kinderbescherming in ging. Hij zou het als een pressiemiddel hebben gebruikt om geld van haar los te peuteren.'

Mark stuurde de auto het hek in. 'Dat is dan nogal triest,' zei hij. 'Zo te horen is die arme jongen onvruchtbaar.'

Monroe stak zijn hand door het raampje om zijn motor uit te zetten toen de twee auto's naast hem tot stilstand kwamen. Hij deed het portier aan de passagierskant van de Lexus open en boog zich voorover om naar binnen te kijken. 'Kolonel Lockyer-Fox en meneer Ankerton,' zei hij. 'We kennen elkaar al. Brigadier Monroe.'

Mark zette de motor af en stapte aan de andere kant uit. 'Heeft u haar gevonden? Is alles goed met haar?'

'Ik ben er nog maar net,' zei Monroe, die een hand onder James' elleboog legde om hem te helpen uitstappen. 'Ze moet vlak in de buurt zijn. Ze heeft haar tas en autosleuteltjes achtergelaten.'

De stilte viel plotseling in toen Barker zijn motor uitzette.

Wolfies eerste reactie was zijn ogen met zijn handen bedekken. Over de dingen die hij niet zag kon hij zich ook geen zorgen maken. Dit was zijn schuld niet. Het was Bella's schuld. Zij had iets verkeerds gedaan door voor Fox te bellen. Zij had de politie in het kamp toegelaten. Zij had hun laten zien dat Fox er niet was.

Maar hij vond Bella aardig, en in zijn hart wist hij dat hij haar alleen maar de schuld wilde geven om zichzelf beter te voelen. Ergens in zijn geest, in flarden herinnering die hij niet vast kon houden, dacht hij dat hij wist wat er met zijn moeder en Cub was gebeurd. Hij kon het niet verklaren. Soms leek het een soort droom. Soms een halfvergeten film. Maar hij was bang dat het echt was, en het schuldgevoel vrat aan hem omdat hij wist dat hij iets had moeten doen om te helpen, en dat hij dat niet gedaan had.

Nu was het net zo.

Nancy speelde met de gedachte hard te schreeuwen. De auto had stilgehouden, maar ze hoorde zijn motor nog draaien. Het moesten James en Mark zijn – wie anders? – maar waarom waren ze niet het huis binnengegaan en hadden ze het licht niet aangedaan? Ze zei steeds tegen zichzelf dat ze rustig moest blijven, maar de angst verwarde haar gedachten. Stel dat het James en Mark niet waren? Stel dat haar schreeuwen een reactie zou opwekken? Stel dat er niemand kwam? Stel... o god!

Fox vervloekte haar omdat ze zo stil stond. Hij voelde haar, maar hij kon haar niet zien, net zomin als zij hem kon zien, en als hij de eerste beweging maakte was zij in het voordeel. Was ze dapper genoeg – of bang genoeg – om uit te halen? De bundel licht op de flagstones vertelde hem niets, behalve dat de hand die de zaklantaarn vasthield, niet beefde. En dat baarde hem zorgen.

De tegenstander was kennelijk sterker dan hij gewend was...

Alle drie hoorden ze het geluid van nog meer auto's. Ze kwamen hard aanrijden, deden het grind knarsen terwijl ze tot stilstand kwamen. Met een snik van angst omdat hij wist dat zijn vader niet langer zou wachten, sprong Wolfie overeind en rende keihard naar het terras. Zijn verwarde verdriet om de moeder die hij kwijt was stroomde uit hem in een hoog 'NEEEEE!'

26

NADERHAND, TOEN ZE TIJD HAD OM EROVER NA TE DENKEN – vroeg Nancy zich af hoeveel adrenalinestoten een mens kon verdragen voor zijn benen het begaven. Ze had het gevoel dat ze in het spul zwom, maar toen het kind begon te schreeuwen, sloegen haar klieren op hol.

Het hele incident stond helder in haar herinnering gegrift, alsof de stimulus van de schreeuw van Wolfie haar geest verhelderde, zodat ze kon handelen. Ze wist nog dat ze zich rustig had gevoeld, wist nog dat ze wachtte tot de ander de eerste zet zou doen, wist nog dat ze haar zaklantaarn uit had geknipt omdat ze hem niet meer nodig had. Ze wist nu waar hij was omdat hij zachtjes vloekte toen het jammerende 'nee' hem bereikte en in de fractie van een seconde die het duurde voor hij bewoog, pikte ze genoeg informatie op om te voorspellen wat hij ging doen.

Meer dan één auto, dat wees op politie. Iemand had hen gewaarschuwd. In het kamp brandde licht. De kreet kwam van een kind. Er was maar één kind bang. De zoon van die psychopaat. Dit was de psychopaat. Fox. Hij had een scheermes. Zijn enige weg naar de vrijheid was het park door en door de vallei daarachter. Zonder zijn auto zat hij gevangen tussen Shenstead en de zee. Hij had de garantie van een vrije doortocht nodig. De enige die zo'n garantie kon bieden was een gijzelaar.

Ze kwam direct toen hij bewoog in beweging, sneed zijn weg naar waar de stem van het kind vandaan kwam af. Zij had een kortere afstand af te leggen en – bijna alsof het was voorbeschikt – trof ze hem bij Ailsa's laatste rustplaats voor de zonnewijzer. Hij stond met zijn linkerzij naar haar toe gekeerd en ze keek of ze een lemmet in zijn hand zag glinsteren. Die zag er leeg uit en ze gokte erop dat hij rechtshandig zou zijn. Met een achterwaartse zwaai van haar zaklantaarn raakte ze zijn keel en direct daarna bracht ze haar linkerhand keihard omlaag op zijn rechteronderarm toen hij zich naar haar omdraaide. Iets van metaal viel kletterend op de stenen.

'Trut,' grauwde hij terwijl hij achteruitstapte.

Ze knipte haar zaklantaarn aan en verblindde hem. 'Als je dat kind een haar krenkt, dan trap ik je kreupel,' grauwde ze terug. Ze vond het scheermes met haar voet en schopte het achter zich tegen de zonnewijzer aan. Ze verhief haar stem. 'Wegblijven, vriendje, en hou je stil,' riep ze naar het kind. 'Ik wil niet dat jou iets overkomt. Ik geef je vader de kans te ontsnappen, als jij maar niet dichterbij komt.'

Er flikkerde iets in Fox' ogen, alsof hij het grappig vond, terwijl Wolfie stil bleef. 'Kom hier, Wolfie, nu!'

Geen antwoord.

'Heb je me gehoord? Nu! Moet ik het gezicht van die trut aan barrels slaan?'

Wolfies doodsbange stem kwam stotterend van een paar meter afstand. 'Hij h-heeft een h-hamer in z'n z-zak. Hij h-heeft m'n m-moeder ermee geslagen.'

De waarschuwing kwam te laat. Nancy zag alleen vaag een beweging toen de hamer al in zijn hand omhoogschoot in een opwaartse boog naar haar kaak toe.

De wanhopige, hoge kreet 'nee' stopte bijna direct nadat hij begonnen was en gaf de mannen aan de voorkant van het huis geen tijd om vast te stellen waar hij vandaan kwam. 'Welke kant op?' vroeg Mark.

Barker knipte zijn zaklantaarn aan. 'De kant die het dichtst bij de Copse ligt,' zei hij. 'Het klonk als een kind.'

'Het terras,' zei James. 'Dat is zijn executieterrein.'

Mark rende naar de Discovery. 'Laten we eens kijken of hij harder kan dan deze jongen,' zei hij terwijl hij de motor startte en achteruitreed.

Nancy kon zich alleen maar afwenden en haar rechterarm opheffen om de eerste slag op te vangen. De kracht van de klap trof haar onder haar elleboog en de pijn schoot omhoog naar de bovenkant van haar schedel. Ze wankelde naar achteren, tegen de zonnewijzer aan, werd door de sokkel uit haar evenwicht gebracht en viel. Ze draaide zich opzij om te voorkomen dat ze met armen en benen wijd op de zonnewijzer zou komen te liggen. De zaklantaarn glipte uit haar verstijfde vingers, viel op de tegels en rolde van haar weg. Toen ze zelf met een dreun op de stenen terechtkwam en razendsnel opzij rolde om een volgende klap te ontwijken, ving ze een glimp op van het witblonde haar van het kind, dat oplichtte als een baken tegen de zwarte achtergrond van het park. Shit. Wat een wrede speling van het lot dat de zaklantaarn net in die richting scheen.

Ze kroop achter de zonnewijzer en duwde zich omhoog tot hurkzit. Hou zijn aandacht vast... hou hem aan de praat... 'Weet je wie ik ben?' vroeg ze, toen Fox ook op zijn hurken ging zitten en daarbij de hamer naar zijn rechterhand overbracht.

'Lizzies bastaardje.'

Met haar linkerhand tastte ze rond de sokkel naar het scheermes. 'Probeer het nog eens, Fox. Ik ben je ergste nachtmerrie. Een vrouw die terugvecht.' Haar gespannen vingers vonden het benen heft en ze vouwde het mes in haar handpalm. 'Eens kijken wat je klaarspeelt tegen een soldaat.'

Hij bracht de hamer met een beukende slag naar beneden, maar het was een voorspelbare zet van hem en ze was er klaar voor. Ze liet het scheermes omhoogschieten en haalde uit naar zijn onderarm terwijl ze zich naar rechts gooide om de zonnewijzer tussen zichzelf en hem in te houden. 'Die was voor m'n grootmoeder, klootzak.' Hij gromde van pijn en schudde de capuchon af alsof die hem verstikte. In de weerkaatsing van het zaklantaarnlicht zag ze dat zijn gezicht glinsterde van het zweet. 'Dit ben je niet gewend, hè? Pak je daarom alleen kinderen en oude vrouwen?' Hij haalde weer in het wilde weg uit en dit keer sneed ze in zijn pols. 'En die was voor de moeder van Wolfie. Wat heb je met haar gedaan? Waarom is hij zo bang?'

Hij liet de hamer vallen en greep zijn pols vast, en vanaf de voorkant van het huis hoorde ze de motor van de Discovery brullend tot leven komen. Ze zag even de besluiteloosheid in zijn lichte ogen voor hij in razernij ontstak en als een dolle stier op haar aanviel. Ze reageerde instinctief, gooide het scheermes weg, en rolde zich stevig op tot een bal zodat ze een zo klein mogelijk doelwit was. Het was kort en gewelddadig – een orgie van trappen – met Nancy als een zich kronkelende bokszak terwijl Fox' laarzen hun doel keer op keer raakten.

Hij sprak hijgend. 'Vraag de volgende keer wie ik ben... Denk je dat je grootmoeder mij wat kon schelen...? Ik had wat te goed van die trut...'

Ze zou zich overgegeven hebben als de koplampen van de Discovery de nacht niet doorkliefd hadden en Fox op de vlucht hadden gejaagd.

Ze lag op haar rug op de grond, staarde naar het maanlicht dat in vlagen scheen, en dacht dat ieder bot in haar lichaam gebroken was. Kleine vingers betastten haar gezicht. 'Ben je dood?' vroeg Wolfie terwijl hij naast haar knielde.

'Nee, totaal niet.' Ze glimlachte naar hem, zag hem duidelijk in het licht van de koplampen van de Discovery. 'Jij bent heel dapper, Wolfie. Hoe gaat het met je, vriendje?'

'Niet zo goed,' zei hij met trillende lip. 'Ik ben niet dood, maar ik denk dat m'n moeder dat wel is en ik weet niet wat ik moet doen. Wat gaat er met me gebeuren?'

Ze hoorden een autoportier dichtslaan en het geluid van rennende voetstappen. Mark boog zich in het licht van de koplampen over hen heen. 'O shit! Alles in orde?'

'Ja, prima. We liggen gewoon even.' Nancy boog haar linkerhand en legde hem voorzichtig om Wolfies middel. 'Dat is de cavalerie,' zei ze tegen hem. 'Die komen altijd pas als allerlaatste. Nee,' zci ze vastberaden toen Mark zich bukte om het kind bij haar weg te tillen. 'Laat ons maar even.' Ze luisterde naar nog meer voetstappen op het terras. 'Ik meen het, Mark. Bemoei je er niet mee. En laat niemand zich ermee bemoeien tot ik klaar ben.'

'Je bloedt.'

'Dat is mijn bloed niet. Ik ben alleen buiten adem.' Ze keek omhoog in zijn bezorgde ogen. 'Ik moet Wolfie onder vier ogen spreken. Toe,' zei ze. 'Ik ben weggegaan toen jij dat vroeg. Doe hetzelfde voor mij.'

Hij knikte meteen en liep de politiemannen tegemoet terwijl hij met zijn armen zwaaide om hun duidelijk te maken dat ze langzamer moesten lopen. In het huis floepten de lichten aan terwijl James van kamer naar kamer liep.

Nancy trok Wolfie tegen zich aan. Ze kon zijn botten onder zijn schamele kleding voelen. Ze wist niet of Fox zijn vader of zijn stiefvader was, of zijn moeder dood was of dat hij dat alleen maar dacht, waar hij vandaan kwam of dat hij nog familie had. Ze had eigenlijk geen idee van wat er met hem zou gebeuren, hoewel ze aannam dat hij onder de kinderbescherming zou vallen en bij pleegouders geplaatst zou worden tot ze wisten wat zijn omstandigheden waren. Ze dacht niet dat het zou helpen als ze hem dat vertelde. Wat voor troost lag er in abstracte ideeën?

'Ik zal je vertellen hoe het in het leger gaat,' zei ze. 'Iedereen zorgt voor iedereen. Dat noemen we elkaar rugdekking geven. Ken je die uitdrukking?'

Wolfie knikte.

'Goed. Als iemand je zo goed rugdekking geeft dat hij je leven redt, dan wordt dat een schuld. Je moet hetzelfde voor hem doen. Begrijp je dat?'

'Zoals die zwarte helper in *Robin Hood: Prince of Thieves*?'

Ze glimlachte. 'Precies. Jij bent Robin Hood, en ik ben de zwarte helper. Je hebt mijn leven gered, dus nu moet ik het jouwe redden.'

Hij schudde angstig zijn hoofd. 'Maar daar ben ik niet bang voor. Ik denk niet dat de politie me dood zal maken. Ik denk alleen dat ze heel boos worden over m'n moeder en Cub... en over alles.' Hij haalde sidderend adem. 'En dan sturen ze me naar vreemden... en dan ben ik helemaal alleen.'

Ze hield hem wat steviger vast. 'Weet ik. Dat is beangstigend. Ik zou ook bang zijn. Dus waarom zou ik dan mijn schuld niet inlossen door ervoor te zorgen dat de politie niets doet voor jij me zegt dat je je veilig voelt? Telt dat als je leven redden?'

Het kind dacht even na. 'Dat denk ik wel. Maar hoe ga je dat doen?'

'Eerst ga ik me een beetje bewegen, om te zien of alles het nog doet...' – haar benen leken in orde, maar haar rechterarm was vanaf de elleboog gevoelloos – '... en dan grijp jij deze hand vast...' – ze drukte weer even tegen zijn middel – '... en die hou je vast tot jij denkt dat het in orde is om hem los te laten. Hoe vind je dat?'

Als alle kinderen dacht hij logisch na. 'Wat gebeurt er als ik nooit loslaat?'

'Dan moeten we trouwen,' zei ze met een lachje en toen kromp ze ineen van de pijn die haar zij leek te verscheuren. De klootzak had een rib gebroken.

Ivo probeerde de anderen over te halen weg te gaan. 'Denk na,' zei hij. 'We weten geen van allen wat er aan de hand is, maar je kunt er donder op zeggen dat de kit dat niet gelooft. Als we geluk hebben zitten we de volgende vierentwintig uur in een cel terwijl we iedere onopgeloste misdaad in Dorset aan onze broek krijgen... en als we pech hebben halen ze onze kinderen weg en sluiten ze ons op omdat we medeplichtig zijn aan wat Fox gedaan heeft, wat het ook is. We moeten er nu vandoor gaan. Laat die klootzak maar in z'n eentje voor z'n daden opdraaien.'

'Wat vind jij?' vroeg Zadie aan Bella.

De grote vrouw rolde een sigaret tussen haar dikke vingers en likte aan het vloeitje. 'Ik vind dat we moeten blijven waar we zijn en Barkers instructies opvolgen.'

Ivo sprong overeind. 'Het is niet aan jou,' zei hij agressief. 'Jij hebt die afspraak gemaakt zonder ons iets te vragen. Ik zeg dat we gaan... we breken nu op voor we nog dieper in de rotzooi komen dan we nu al zitten. Ik ben er honderd procent zeker van dat die smeris alleen Fox' kenteken heeft genoteerd, dus behalve Bella, die hij van vroeger kent, heeft hij alleen maar vage beschrijvingen.'

'En Bella dan?' vroeg Gray.

'Zij kan zich er wel uit kletsen als ze haar vinden... Zeggen dat ze bang was voor haar kinderen en dat ze geen gedoe wilde. Dat is de waarheid. We hebben verdomme geen van allen zin in gedoe.'

Ze keken allemaal naar Bella. 'En? vroeg Zadie.

'Ik zie er het nut niet van in,' zei ze zachtaardig waardoor ze de ruzie wat deed bedaren. 'Om te beginnen hebben we allemaal spullen buiten liggen die we binnen moeten halen – de fietsen van m'n kinderen bijvoorbeeld – en ik heb geen zin buiten door Fox overvallen te worden als hij terugkomt.'

'Met z'n allen zijn we veilig,' zei Ivo, die rusteloos door het gangpad heen en weer liep. 'Als we allemaal buiten zijn, heeft hij te veel doelwitten. Maar we moeten nu wat doen. Hoe langer we wachten, hoe minder kans we hebben.' Hij maakte een beweging met zijn kin naar Gray. 'Jij weet verdomd goed wat er gaat gebeuren. We hebben straks de kit voor dagen op onze nek. Ik wed dat de kinderen het het zwaarst te verduren krijgen. Wie heeft daar trek in?'

Gray keek onzeker naar zijn vrouw. 'Wat vind jij?'

'Misschien,' zei Zadie met een verontschuldigend schouderophalen naar Bella.

'Niets misschien,' zei die ronduit terwijl ze haar sigaret opstak en diep inhaleerde. 'Ik heb Barker gezegd dat ik jullie hierbinnen hou, en dat ga ik dus doen.' Ze keek door de rook heen nadenkend naar Ivo. 'Ik denk dat jij degene bent die ons de kit op ons dak heeft gehaald, en nu probeer je de rest van ons op te jutten om jezelf uit de narigheid te halen.'

'Hoe bedoel je dat?'

Ze kneep haar ogen samen. 'Ik heb niks te verbergen... en ik ga verdomme niet weg voor ik weet dat Wolfie oké is. Ik ben niet bang voor Fox, zolang ik in m'n bus zit... en ik ben ook niet bang voor Martin Barker. Maar jij wel. Waar ben jij voor op de loop? Wat is dat voor onzin over onopgeloste misdrijven in Dorset, hè? Volgens mij is Fox een moordenaar en een klootzak – waarschijnlijk ook nog een dief – maar dom is hij niet. Ik heb hem tijd genoeg gegeven om terug te komen naar zijn bus, maar ook al had hij alle tijd van de wereld, daar had hij nog niets aan als hij niet wist dat hij terug moest komen. Ik denk dat jij het was, daar bij de boerderij. Op zoek naar gereedschap om te pikken. Dat doe jij, nietwaar? Je hebt genoeg gereedschap in je bagageruimte om een tuincentrum te beginnen, maat. Dat heb ik gezien.'

'Lulkoek.'

Ze blies een sliert rook naar het plafond. 'Dacht ik niet. Misschien was je toen je erbij kwam echt van plan dit project een kans te gunnen, maar dat heb je vanmiddag opgegeven. Je was al van plan 'm morgen te smeren... dus ik denk dat je er meteen op uit bent gegaan om jezelf voor de verloren tijd schadeloos te stellen...' – ze haalde haar schouders op – '... en nu doe je het in je broek voor het geval Fox terugkomt en je in elkaar tremt omdat je zijn zaak verknald hebt. Wat hij ook van plan is, hij is er vast niet blij mee dat het hier stikt van de agenten.'

'Jij zit in hetzelfde schuitje. Je hebt je vriend bij de politie over Vixen en Cub verteld. Denk je dat Fox daar blij mee is?'

'Ik denk van niet.'

'Gebruik dan je verstand en maak dat je wegkomt zolang het nog kan. De kit vindt hem nooit. Hij duikt ergens onder, en dan komt-ie achter ons aan.'

'Hier zal hij ons niet te pakken nemen... zelfs al zou het hem lukken de deur in te trappen, wat ik niet geloof.' Ze glimlachte een beetje. 'Maar daar heb jij niets aan. Iemand gaat jou te pakken nemen, hoe dan ook. Als het Fox niet is, dan is het Barker, als de mensen aangifte doen dat hun elektrische heggenschaar verdwenen is... maar dat is jouw probleem, vriend. Eén ding staat vast, ik laat me m'n keel niet doorsnijden omdat jij te bang bent om alleen naar buiten te gaan. Als je je eigen hachje wilt redden, doe dat dan, maar doe niet net alsof je ons een dienst bewijst. En je neemt je kinderen en vrouw ook niet mee naar buiten,' zei ze met een blik op het introverte meisje dat zichzelf de vrouw van Ivo noemde. 'Zij kan Fox in haar eentje niet aan als jij besluit de benen te nemen.'

Hij schopte gefrustreerd tegen een van haar banken. 'Misschien is Fox niet de enige die je keel wil doorsnijden, vette trut. Jij bent veel te dik met de politie. Wie zegt dat jij ze hier niet naartoe gehaald hebt? Jij hebt het steeds over de moeder van Wolfie. Het zou me niets verbazen als je besloten had er iets aan te doen.'

Ze schudde haar hoofd. 'Ik niet... en als ik het wel had gedaan, dan zou ik niet iemand anders de schuld geven.' Ze wees met haar sigaret naar hem. 'Ik ben niet bang voor Fox. Hij verschilt niets van alle andere oplichters... de baas spelen... hopen dat hij z'n zin krijgt... en als het fout loopt dan zoekt-ie een ander om de schuld op af te schuiven... gewoonlijk een vrouw. Komt dat je bekend voor... klootzak?'

'Jij hebt een grote mond, Bella. Je had al veel eerder hard aangepakt moeten worden.'

'Ja... leuk. Wil je het proberen?' Ze schudde minachtend haar hoofd. 'Nee, dat dacht ik al. Misschien is het maar goed dat dit project kansloos is. Ik zou gek worden als ik zo'n zielige rat als jij als buurman had.'

Fox' spoor werd bij het einde van het terras moeilijk te volgen. Barker en Wyatt zochten naar voetsporen in het gras, maar zelfs nadat James de buitenlichten had aangeknipt, waarvan slechts een paar het deden, was er niets wat aangaf in welke richting hij gegaan was. Hier en daar zaten bloedspatten op de tegels, maar als ze al op het gras zaten, was dat in het donker zwart op zwart. Ze wilden het spoor niet met hun eigen voetstappen bederven en gaven de zoektocht dus op en liepen terug naar de openslaande deuren.

Binnen, in de zitkamer, was een verhitte discussie aan de gang tussen Monroe en Mark Ankerton. Ankerton stond met zijn rug tegen de deur naar de gang en beide mannen zwaaiden met hun wijsvingers alsof het wapens waren. 'Nee, het spijt me, brigadier. Kapitein Smith heeft ruimschoots duidelijk gemaakt dat ze niet naar het ziekenhuis wil en ze is op dit moment ook nog niet klaar om vragen over het incident op het terras van kolonel Lockyer-Fox te beantwoorden. Als haar advocaat sta ik erop dat haar wensen gerespecteerd worden.'

'Jezus, man,' protesteerde Monroe. 'Haar hele gezicht zit onder het bloed en haar arm is duidelijk gebroken. Ik raak m'n baan kwijt als de politie van Dorset wordt aangeklaagd omdat ik geen ambulance heb gebeld.'

Mark negeerde hem. 'Bovendien, als de advocaat van Wolfie, adviseer ik hem onder geen voorwaarde vragen te beantwoorden tot tegemoet is gekomen aan de wettelijke voorschriften aangaande het ondervragen van kinderen – dat zijn ten eerste dat hij volledig begrijpt waarover hij ondervraagd wordt, afwezigheid van druk, een geruststellende omgeving en de aanwezigheid van een volwassene die hij kent en vertrouwt.'

'Ik maak bezwaar tegen uw woordkeus, meneer. Er is geen sprake van een ondervraging. Ik wil me er alleen van overtuigen dat hij in orde is.'

Martin stapte door de terrasdeuren naar binnen. 'Wat is er aan de hand?' vroeg hij.

Monroe zuchtte nijdig. 'Het meisje en het kind zijn met de kolonel verdwenen, en meneer Ankerton weigert me een ambulance te laten bellen, of me tot hen toe te laten.'

'Dat is waarschijnlijk vanwege het jongetje,' zei Barker, die zijn hand uitstak naar de telefoon op het bureau. 'Hij is als de dood voor de politie. Daarom is hij er zonet toen wij het kamp doorzochten vandoor gegaan. Ik zou hem maar even laten, als ik jou was. We willen toch niet dat hij weer de benen neemt terwijl zijn vader nog ergens buiten rondzwerft?' Hij knikte naar Ankerton. 'Mag ik even telefoneren?'

'De stekker zit er niet in. Die zal ik erin doen als meneer Monroe belooft dat hij mijn cliënten met rust laat.'

Barker gaf een ruk aan het snoer. 'Vooruit,' zei hij tegen Monroe, 'anders heb jij het straks op je geweten dat die klootzak zich ergens in iemands huis verschuilt en gijzelaars neemt.' Hij wierp hem zijn mobiel toe. 'Als hij overgaat, neem dan op. Het is een vrouw die Bella Preston heet. En wat u betreft,' zei hij tegen Mark, die op handen en knieën zat om de stekker er weer in te steken, 'ik stel voor dat u de kolonel en uw cliënten in een slaapkamer opsluit tot ik het sein veilig geef. Ik durf er niet op te vertrouwen dat die vent niet terugkomt.'

Gezien het donker, het feit dat de vallei niet verlicht was en er te veel natuurlijke schuilplaatsen waren zodat het geen zin had de politiehelikopter in te zetten, werd besloten de zoektocht naar

Fox tot de dageraad uit te stellen. In plaats daarvan werden barricades aan beide zijden van Shenstead Valley opgericht en werd aan de bewoners van het dorp en van de drie buiten het dorp liggende boerderijen de keuze gelaten of ze binnen bleven of zich naar een tijdelijk onderkomen elders lieten brengen.

De pachters en hun gezinnen besloten op hun boerderijen te blijven, met hun geweren op de voordeur gericht. De Woodgates en hun kinderen gingen naar de moeder van Stephen in Dorchester, terwijl de bankierstweeling met hun meisjes, die toch al schoon genoeg hadden van de huishoudelijke klusjes, gretig ingingen op de aangeboden hotelkamers. De twee gezinnen die een huisje gehuurd hadden gingen spoorslags terug naar Londen. De eis dat ze gecompenseerd moesten worden, galmde nog na in de oren van de agenten. Het was een schande. Ze waren niet voor de kerst naar Dorset gekomen om door een maniak geterroriseerd te worden.

Prue Weldon kreeg een hysterische aanval en weigerde weg te gaan of alleen gelaten te worden. Ze klemde zich als een klit aan Martin Barkers hand en smeekte hem ervoor te zorgen dat haar man naar huis kwam. Hier slaagde hij in door Dick duidelijk te maken dat de politie niet voldoende manschappen had om een leeg huis te bewaken. Zo dronken als een kanon werd hij door Jack en Belinda naar Shenstead teruggereden, en zij besloten te blijven toen hij zijn geweer laadde en het leegschoot op Prues gebraden kip.

Verrassend genoeg waren de Bartletts het roerend met elkaar eens in hun beslissing om te blijven. Beiden hielden vol dat er te veel waardevolle spullen in hun huis stonden om het onbewaakt achter te laten. Eleanor was ervan overtuigd dat haar kamers geplunderd zouden worden – 'dat soort types doen hun behoefte op het kleed en urineren tegen de muren' – en Julian was bang voor zijn wijnkelder – 'er ligt daar een fortuintje'. Ze kregen de raad zich boven in een kamer te verschansen, maar gezien de manier waarop Julian door de gang begon te benen, leek het twijfelachtig dat ze dat advies ter harte zouden nemen.

Wat Vera Dawson betreft, zij stemde erin toe mee te gaan naar de Manor om bij de kolonel en meneer Ankerton te wachten. Bob was aan het vissen, zei ze tegen de twee jonge politieagenten, terwijl ze zich mompelend in haar jas worstelde voor ze de voordeur afsloot. Ze verzekerden haar dat hij als hij terugkwam bij een van de barricades zou worden tegengehouden en naar de Manor zou worden gebracht. Ze tikte flirterig op hun handen. Dat zou Bob fijn vinden, zei ze glimlachend. Hij maakte zich zorgen om zijn oudje. Ze had ze nog op een rijtje, hoor, maar haar geheugen was niet meer zo goed als vroeger.

De vraag wat ze met de reizigers aan moesten was lastiger. De politie was druk in de weer in en om de bus van Fox en de reizigers hadden geen zin werkeloos toe te zien terwijl het voertuig doorzocht werd. De herdershonden blaften aan één stuk door, en de kinderen ontsnapten steeds aan de hoede van hun ouders. Er werd bovendien voortdurend gevraagd of ze weg mochten, op grond van het feit dat Bella de enige was die iets over Fox wist. Niet onder de indruk besloot de politie hen in konvooi naar een terrein bij Dorchester te begeleiden, waar ze de volgende dag ondervraagd konden worden.

Dit werd al heel snel onmogelijk toen een van de groep weigerde op zijn beurt te wachten en instructies op te volgen en de uitgang blokkeerde toen zijn bus in de ontdooiende grond wegzakte. Woedend beval Barker hem en zijn gezin naar Bella's bus terug te gaan, terwijl hij broedde op een nieuwe manier om de veiligheid van negen volwassenen en veertien kinderen te garanderen, zonder voertuig dat groot genoeg was om hen weg te brengen uit de vallei.

27

Bella, schitterend in het paars, loodste haar drie dochters door de voordeur en stak een hand uit naar James. 'Bedankt, meneer,' zei ze. 'Ik heb ze allemaal gezegd hun handen thuis te houden, zodat u geen last van ons hebt.' Ze wierp een blik opzij naar Ivo. 'Toch, Ivo?'

'Hou je mond, Bella.'

Ze negeerde hem. 'Meneer Barker zei dat Wolfie hier is,' ging ze verder terwijl ze James' vingers drukte alsof het worstjes waren. 'Hoe gaat het met hem?'

Overweldigd klopte James haar op haar hand. 'Prima. Op het ogenblik kan ik hem niet losweken van mijn kleindochter. Ze zijn boven in een van de slaapkamers. Ik geloof dat ze hem de fabels van Aesopus voorleest.'

'Die arme stakker. Hij heeft iets tegen de politie... is er als een speer vandoor gegaan toen meneer Barker hem wat vroeg. Ik heb steeds gezegd dat hij zich niet druk moest maken, maar dat had geen nut. Mag ik hem zien? We zijn goeie maatjes. Misschien voelt hij zich beter als hij weet dat ik hem niet in de steek heb gelaten.'

James keek hulpzoekend naar zijn advocaat. 'Wat vind jij ervan, Mark? Zou Wolfie Nancy voor Bella willen ruilen? Dan kunnen we Nancy misschien overhalen naar het ziekenhuis te gaan.'

Maar Mark werd door de oude herdershonden belaagd die aan zijn broekspijpen snuffelden. 'Misschien kunnen we ze beter in de bijkeuken laten,' stelde hij voor.

'Dan blaffen ze aan één stuk door,' waarschuwde Zadie. 'Ze houden er niet van om niet bij de kinderen te zijn. Hier,' zei ze terwijl ze de riemen aan een van haar zonen gaf. 'Pas op dat ze hun poot niet oplichten, en ze mogen niet op de bank. En jij,' zei ze terwijl ze een andere zoon een tikje tegen zijn achterhoofd gaf, 'pas op dat je niets breekt.'

Martin Barker, die achter haar binnenkwam, onderdrukte een glimlach. 'Heel erg aardig van u, meneer,' zei hij tegen James. 'Ik laat Sean Wyatt hier achter. Als iedereen in dezelfde kamer blijft, is het het gemakkelijkst.'

'Waar, dacht u?'

'In de keuken?'

James keek naar de zee van gezichten. 'Maar de kinderen zien er zo moe uit. Zou het niet beter zijn hen in bed te stoppen? We hebben kamers genoeg.'

Martin Barker keek naar Mark, maakte een gebaar met zijn kin naar het zilver op het Chippendale-tafeltje bij de deur en schudde even zijn hoofd. 'De keuken, James,' zei Mark met klem. 'De vriezer zit vol. Laat ze eerst maar wat eten, dan zien we wel weer, hè? Ik weet niet hoe het met de rest is, maar ik rammel. Hoe kookt Vera?'

'Verschrikkelijk.'

'Ik doe het wel,' zei Bella, die haar meisjes tussen Ivo en het Chippendale-tafeltje duwde toen zijn vingers afdwaalden naar een sigarettenkoker. 'Mijn vriend hier zal de aardappels wel schillen.' Ze greep James stevig bij zijn arm en trok hem mee. 'Wat is er dan met Nancy? Heeft die klootzak haar iets gedaan?'

Wolfie kneep paniekerig in Nancy's arm toen Vera door een spleet naast de deur gluurde. 'Daar heb je haar weer...' fluisterde hij in haar oor.

Nancy hield met een zucht van pijn op met 'Androcles en de leeuw'. 'Au.' Ze zat met Wolfie op schoot in een leunstoel in Marks slaapkamer en iedere keer als het kind bewoog bewoog haar rib mee, waardoor er weer een pijnreactie in haar rechterarm volgde. Ze had de ijdele hoop dat als ze hem voor zou lezen, hij wel in slaap zou vallen, maar de oude vrouw liet hen niet met rust en iedere keer als Wolfie haar zag, bewoog hij paniekerig.

Nancy nam aan dat hij bang was voor het gemompel van mevrouw Dawson, anders was het een eigenaardige reactie op iemand die hij niet kende. Zijn angst was zo sterk dat ze hem voelde beven. Ze liet hem wat gemakkelijker zitten en keek kwaad naar de oude vrouw. Wat had dat domme mens? Nancy had haar al een paar keer gevraagd naar beneden te gaan, maar ze was niet van hen weg te slaan, alsof ze een kermisattractie waren, en Nancy begon dezelfde weerzin tegen haar te voelen als het kind.

'Ze doet je niks,' fluisterde ze in Wolfies oor. 'Ze is oud, meer niet.'

Maar hij schudde zijn hoofd en klemde zich wanhopig aan haar vast.

Nancy begreep er niets van maar hield op met beleefd zijn en bracht een bevel uit. 'Doe de deur dicht en ga weg, mevrouw Dawson,' zei ze op scherpe toon. 'Zo niet, dan bel ik meneer Ankerton en zeg hem dat u ons lastigvalt.'

De oude vrouw kwam de kamer binnen. 'Er is hier geen telefoon, juf.'

O *jezus christus!* 'Laat me eens even los,' zei ze tegen Wolfie. 'Ik moet m'n mobiel pakken.' Ze tastte in de zak van haar fleecejack, ademde snel en licht toen Wolfie zich tegen haar aan drukte. 'Goed, kom maar weer zitten. Weet je hoe zo'n ding werkt? Goed zo. De toegangscode is 5378. Scrol nu door de nummers tot je bij Mark Ankerton bent. Dan druk je op call en hou 'm bij m'n mond.'

Ze hief haar gelaarsde voet toen Vera in de buurt kwam. 'Ik meen het serieus, mevrouw Dawson, ik wil dat u weggaat. U maakt het kind bang. Komt u niet dichterbij.'

'Jij slaat toch geen oude vrouw? Alleen Bob slaat oude vrouwen.'

'Ik hoef u niet te slaan, mevrouw Dawson. Ik hoef u alleen maar een zetje te geven. Dat wil ik niet bepaald, maar als u me ertoe dwingt, doe ik het. Begrijpt u wat ik zeg?'

Vera bleef op afstand. 'Ik ben niet dom,' mompelde ze. 'Ik heb ze nog op een rijtje.'

'Hij gaat over,' zei Wolfie terwijl hij de mobiel tegen Nancy's mond drukte.

Ze hoorde hoe ze doorgeschakeld werd naar de voicemail. *Mijn hemel. Neemt die klootzak nou nooit op? Ach, nou ja.* 'Mark,' zei ze gebiedend. 'Kom meteen naar boven, makker. Mevrouw Dawson maakt Wolfie bang, en het lukt me niet haar weg te krijgen.' Ze liet haar tanden aan de oude vrouw zien. 'Ja, desnoods met geweld. Ze schijnt in een of andere mentale spiraal vast te zitten waardoor ze vergeet dat ze beneden hoort te zijn, bij jou en James. Dat zal ik haar meteen zeggen.' Ze verbrak de verbinding. 'Kolonel Lockyer-Fox wil dat u meteen naar de zitkamer komt, mevrouw Dawson. Meneer Ankerton zegt dat hij kwaad is dat u er nog niet bent.'

De oude vrouw giechelde zenuwachtig. 'Hij is altijd kwaad... Hij heeft een slecht humeur, de kolonel. Net zoals Bob. Maar maak je geen zorgen, ze krijgen allemaal uiteindelijk hun verdiende loon.' Ze liep naar het nachtkastje en pakte een boek op dat Mark aan het lezen was. 'Vindt u meneer Ankerton aardig, juf?'

Nancy liet haar voet zakken, maar gaf geen antwoord.

'Dat zou u niet moeten doen. Hij heeft uw moeders geld gestolen... ook dat van uw oom. En dat allemaal omdat uw grootmoeder voor hem viel... Ze zag hem naar de ogen, als hij hier kwam... Noemde hem Mandrake en flirtte met hem als een dom meisje. Als ze niet gestorven was, had ze alles aan hem nagelaten.'

Het kwam er in één stroom uit en Nancy vroeg zich af hoe dement ze eigenlijk was. 'Dat is onzin, mevrouw Dawson. Mevrouw Lockyer-Fox heeft haar testament maanden voor ze stierf veranderd, en de voornaamste begunstigde was haar echtgenoot. Dat heeft in de krant gestaan.'

Tegenspraak leek haar van streek te maken. Ze zag er even verloren uit, alsof iets waarop ze steunde weggeduwd was. 'Ik weet wat ik weet.'

'Dan weet u niet veel. En wilt u nu weggaan, alstublieft?'

'U hoeft me niet te vertellen wat ik moet doen. Dit is uw huis niet.' Ze liet het boek op het bed vallen. 'U bent net als de kolonel en mevrouw... doe dit... doe dat. Je bent de dienstmeid maar, Vera. Bemoei je niet met dingen die je niet aangaan. Ik ben m'n hele leven een sloof geweest...' – ze stampte met haar voet op de grond – '... maar dat duurt niet lang meer, niet als m'n jongen z'n zin krijgt. Bent u daarom gekomen? Om uw moeder en uw oom Leo het huis af te pikken?'

Nancy vroeg zich af wie ze bedoelde met 'm'n jongen' en hoe ze geraden had wie Nancy was want James had haar opzettelijk voorgesteld als een vriendin van Mark. 'U verwart me met iemand anders, mevrouw Dawson. Mijn moeder woont in Herefordshire en ik heb geen oom. Ik ben hier alleen omdat ik bevriend ben met meneer Ankerton.'

De oude vrouw bewoog een kromme vinger heen en weer. 'Ik weet wie u bent. Ik was hier toen u geboren werd. U bent dat bastaardje van Lizzie.'

Het was een echo van wat Fox tegen haar had gezegd en Nancy voelde dat ze kippenvel kreeg. 'We gaan naar beneden,' zei ze abrupt tegen Wolfie. 'Spring maar van m'n schoot en trek me even uit de stoel, goed?'

Hij schoof een beetje opzij alsof hij van plan was het te gaan doen, maar Vera liep op een holletje naar de deur en sloeg hem dicht en hij kroop weer bij Nancy weg. 'U mag hem niet hebben,' siste ze. 'Wees maar een braaf meisje en geef hem aan z'n oma. Z'n papa wacht op hem.'

O jezus. Ze voelde dat Wolfie zijn armen om haar hals sloeg en haar bijna smoorde. 'Het is in orde, lieverd,' zei ze dringend tegen hem. 'Vertrouw op me, Wolfie. Ik heb gezegd dat ik op je zal passen, en dat zal ik ook doen... maar je moet me wel ruimte geven om adem te halen.' Ze haalde diep adem toen zijn armen zich ontspanden en hief haar laars weer. 'Breng me niet in verleiding, mevrouw Dawson. Ik schop u volkomen lens als u dichterbij komt. Hebt u ze nog genoeg op een rijtje om dat te snappen, seniele oude heks?'

'U bent net als mevrouw. U denkt dat u alles maar kunt zeggen tegen arme oude Vera.'

Nancy liet haar voet weer zakken en spande zich tot het uiterste in om in de stoel naar voren te schuiven. 'Arme oude Vera m'n reet,' snauwde ze. 'Wat hebt u Wolfie aangedaan? Waarom is hij zo bang voor u?'

'Ik heb 'm toen hij nog klein was manieren geleerd.' Een wonderlijk lachje speelde om haar lippen. 'Hij had toen mooie bruine krulletjes, net als z'n vader.'

'Nee, nee,' riep Wolfie hysterisch, terwijl hij zich aan Nancy vastklemde. 'Ik heb nooit geen bruin haar gehad. Mijn moeder zei dat het altijd zo is geweest.'

Vera's mond smakte als een razende. 'Pas op dat je niet ongehoorzaam bent. Je moet doen wat je oma je zegt. Vera weet hoe het zit. Ze heeft ze nog op een rijtje.'

'Ze is m'n oma niet,' fluisterde Wolfie indringend tegen Nancy. 'Ik heb haar nooit niet gezien... Ik ben alleen maar bang voor nare mensen... en zij is naar, want al haar lachlijntjes lopen verkeerd om.'

Nancy bekeek het gezicht van de oude vrouw aandachtig. Wolfie had gelijk, dacht ze verbaasd. Iedere rimpel liep naar beneden, alsof de wrok loopgraven in haar huid had getrokken. 'Het is in orde,' zei ze sussend, 'ik laat haar jou niet pakken.' Ze verhief haar stem. 'U bent in de war, mevrouw Dawson, dit is uw kleinkind niet.'

De oude vrouw smakte met haar lippen. 'Ik weet hoe het zit.'

Nee, dat weet je niet, stom oud kreng... je bent zo gek als een deur... 'Zeg me dan maar eens hoe uw kleinzoon heet. En uw zoon.'

Dat was te veel. 'U bent net zoals zij... maar ik heb m'n rechten... al zou je dat niet zeggen als je ziet hoe ik behandeld ben. Doe dit... doe dat... Wie geeft er om arme oude Vera behalve haar lieve jongen? Gaat u maar lekker zitten, ma, zegt hij. Ik zorg ervoor dat u recht gedaan wordt.' Ze wees kwaad naar Nancy. 'Maar kijk eens wat die lieve Lizzie gedaan heeft. Ze was een hoer en een dief... en alles werd haar vergeven omdat ze een Lockyer-Fox was. En hoe zat het met Vera's baby? Is hij vergeven? Nee.' Ze balde haar handen tot vuisten en sloeg ze machteloos tegen elkaar. 'En hoe zat het met Vera? Is zij vergeven? O nee! Bob moest te horen krijgen dat Vera een dief was. Is dat rechtvaardig?'

Nancy wist niet waarover ze het had, maar ze besefte dat het hoe dan ook geen zin had met haar mee te praten. Beter haar uit haar evenwicht te houden door haar te tarten dan een greintje sympathie te tonen voor haar problemen, wat die ook waren. Ze hield tenminste zolang ze praatte afstand. 'U bent echt seniel,' zei ze minachtend. 'Waarom zou een dief vergeven moeten worden? U had allang in de gevangenis moeten zitten... samen met uw moordzuchtige zoon – aangenomen dat Fox uw zoon is, wat ik betwijfel omdat u me niet eens kunt vertellen hoe hij heet.'

'Hij heeft haar niet vermoord,' siste ze. 'Hij heeft haar met geen vinger aangeraakt. Dat hoefde niet, ze heeft het zichzelf aangedaan met haar gemene praatjes... Ze heeft mij ervan beschuldigd haar dochter te gronde te hebben gericht. Haar dochter heeft mijn jongen te gronde gericht, dat lijkt er meer op... ze heeft hem mee naar bed genomen, heeft hem laten denken dat ze om hem gaf. Lizzie was de hoer, iedereen wist dat... maar Vera is behandeld als een hoer.'

Nancy likte langs de binnenkant van haar wangen. *'Ik ben het complexe product van mijn omstandigheden... niet het voorspelbare, lineaire resultaat van een toevallige vrijpartij achtentwintig jaar geleden.'* Lieve god! Wat kwam die bewering haar nu krankzinnig arrogant voor. 'Ik weet niet waarover u het hebt,' zei ze kortaf, zichzelf voorbereidend om nog een beweging naar voren te maken.

'O ja, dat weet u wel.' Sluwheid glinsterde in de oude ogen. 'Dat maakt u bang, hè? Het maakte mevrouw bang. Op zoek te gaan naar dat bastaardje van Lizzie is één ding... maar om dat van Fox te vinden is minder. Dat was niet de bedoeling. Ze probeerde me opzij te duwen om het aan de kolonel te vertellen... maar dat vond mijn jongen niet goed. Ga jij maar naar binnen, ma, zei hij en laat haar aan mij over.' Ze klopte op haar zak waardoor Nancy het gerinkel van sleutels hoorde. 'Daarom kreeg ze een hartstilstand. Ik zag het aan haar gezicht. Ze had niet gedacht dat Vera haar buiten zou sluiten. O nee. Niet nadat ze zo aardig voor Vera was geweest.'

Bella was niet onder de indruk van de properheid van James' huis. 'Wat mankeert zijn werkster?' vroeg ze toen Mark haar meenam naar de bijkeuken om haar de diepvrieskist te wijzen. Ze keek met afkeer naar het vuil in de gootsteen en de spinnenwebben voor de ramen. 'God, moet je dat eens zien. Het is een wonder dat die ouwe man niet in het ziekenhuis ligt met tetanus en een voedselvergiftiging. Als ik hem was, zou ik haar ontslaan.'

'Ik ook,' was Mark het met haar eens. 'Maar zo gemakkelijk ligt het niet. Er is helaas niemand anders die het kan doen. Shenstead is in wezen een spookdorp, omdat de meeste huizen als vakantiehuis verhuurd worden.'

'Ja, dat zei Fox al.' Ze tilde de klep van de vriezer op en snoof toen ze de lagen rijp op het eten zag. 'Wanneer is deze voor het laatst geopend?'

'Afgezien van kerstavond, toen ik erin gekeken heb, niet sinds de vrouw van de kolonel in maart is overleden. Ik denk niet dat Vera er zelfs maar in de buurt komt. Ze was al lui toen Ailsa er nog was, maar nu voert ze helemaal geen flikker meer uit... Ze pakt alleen haar loon aan.'

Bella trok een gezicht. 'Bedoel je dat ze betaald wordt voor deze rotzooi?' zei ze ongelovig. 'Shit! Dat is pas dank voor stank.'

'En ze heeft het huisje, waar ze niet voor hoeft te betalen.'

Bella stond versteld. 'Dat meen je niet. Ik zou een lief ding overhebben voor zo'n deal... en ik zou er geen misbruik van maken.'

Mark moest glimlachen om haar gezichtsuitdrukking. 'Eerlijk is eerlijk, ze zou eigenlijk helemaal niet meer moeten werken. Ze is praktisch seniel, die arme stakker. Maar je hebt gelijk, ze maakt er wel misbruik van. Het probleem is dat James de afgelopen weken erg...' – hij zocht naar een passend woord – 'gedeprimeerd is geweest, dus hij heeft niet op haar gelet... op niets trouwens.' Zijn mobiel ging over. 'Sorry,' zei hij. Hij haalde hem uit zijn zak en fronste toen hij het nummer op de display zag. Hij bracht hem naar zijn mond. 'Wat wil je, Leo?' vroeg hij koel.

Alle twijfels die Nancy ooit had gehad aangaande het achterhalen van haar biologische geschiedenis, schreeuwden in haar dat de oude vrouw haar mond moest houden, maar ze gunde Vera de voldoening niet dat ze dat hardop zou zeggen. Was ze alleen geweest, dan had ze de relatie met Fox of zijn moeder ontkend, maar ze was zich ervan bewust dat Wolfie naar ieder woord wat er gezegd werd luisterde. Ze had er geen idee van hoeveel hij begreep, maar ze kon het niet over haar hart verkrijgen een verwantschap met hem te ontkennen.

'Waarom hebt u het gedaan?' vroeg ze aan de oude vrouw. 'Om het geld? Chanteerde u Ailsa?'

Vera lachte knorrend. 'Waarom niet? Mevrouw kon het zich permitteren. Het was maar een klein bedrag om m'n mond te houden over uw vader. Ze zei dat ze liever stierf, dat domme mens.' Ze leek opeens af te dwalen. 'Iedereen sterft. Bob zal sterven. Mijn jongen wordt boos op mensen die hem irriteren. Maar niet op Vera. Vera doet wat haar gezegd wordt... doe dit... doe dat... ja toch?'

Nancy zei niets omdat ze niet wist wat ze moest zeggen. Was het beter meevoelend te reageren? Of was het beter haar van streek te maken door tegen haar in te gaan. Ze wilde geloven dat Vera zo verward was dat niets van wat ze zei waar was, maar ze had een verschrikkelijke angst dat de dingen die verband met haar hielden, klopten. Was ze daar niet haar hele leven bang voor geweest? Had ze zich daarom voor haar erfenis afgesloten? Wat niet weet, wat niet deert, dat waren ware woorden.

'Mevrouw noemde mijn jongen "ongedierte",' ging de oude vrouw door, terwijl ze heftig met haar lippen smakte, 'dus heeft hij haar laten zien wat er met echt ongedierte gebeurt. Dat vond ze niet leuk... Een van haar vossen, met zijn hersens over het terras... Ze zei dat het wreed was.'

Nancy kneep haar ogen samen van de pijn terwijl ze nog wat verder vooruitschoof. Ze moest haar aan de praat houden... 'Het was ook wreed,' zei ze ronduit. 'En het was nog wreder om Henry te vermoorden. Wat heeft die arme hond die ellendige zoon van u nu voor kwaad gedaan?'

'Dat was m'n jongen niet. Dat was de ander.'

Nancy haalde diep adem, haar zenuwuiteinden protesteerden tegen iedere beweging. 'Welke ander?'

'Doet er niet toe. Ordinair, een rokkenjager. Vera heeft het gezien... Vera ziet alles. Ga jij het huis uit, ma, zegt mijn jongen, en laat het praten aan mij over. Maar ik heb hem gezien... en dat onberekenbare kleine kreng dat hij bij zich had... Zij is altijd lastig geweest... Ze heeft het leven van haar ouders tot een hel gemaakt met haar geflirt... en gehoereer.'

Elizabeth...? 'Hou eens op met andere mensen de schuld te geven,' zei ze op scherpe toon. 'Geef uzelf en de jongen de schuld.'

'Het is een lieve jongen.'

'Geouwehoer!' zei ze nijdig. 'Hij vermoordt mensen.'

Nog meer gesmak. 'Dat wilde hij niet,' jammerde Vera. 'Mevrouw heeft het zichzelf aangedaan. Wat is er nou wreder dan geld aan vossen te geven en hem niet te willen helpen? Het was haar nog niet genoeg dat ze hem uit zijn huis had gezet, ze wilde hem ook nog naar de gevangenis sturen.' Ze sloeg haar vuisten weer tegen elkaar. 'Het was haar eigen schuld.'

'Nee, dat was het niet,' zei Nancy kwaad terug. 'Het was uw fout.'

Vera kromp tegen de muur ineen. 'Ik heb het niet gedaan. Het kwam door de kou.' Haar stem werd zangerig. 'Vera heeft haar gezien... helemaal wit en bevroren met bijna niets aan en haar mond wijdopen. Wat zou ze zich geschaamd hebben. Het was een trotse vrouw. Ze heeft niemand ooit verteld over Lizzie en m'n jongen... ze heeft het de kolonel nooit verteld. Hij zou heel erg boos zijn geweest. Hij is heetgebakerd.'

Nancy schoof nog een centimeter naar voren. 'Dan zal hij u in kleine stukjes snijden als ik hem vertel dat u uw zoon hebt geholpen om zijn vrouw te vermoorden,' snauwde ze met opeengeklemde kaken.

Vera tikte ontdaan tegen haar mond. 'Het is een brave jongen. Neem je gemak er maar van, ma, zegt hij. Je hebt je hele leven al gesloofd. Wat heeft Bob ooit voor je gedaan? Wat heeft de kolonel ooit voor je gedaan? Wat heeft mevrouw ooit gedaan behalve de baby weghalen omdat jij niet goed genoeg was?' Haar mond sidderde. 'Als ze hem gegeven had wat hij vroeg, dan was hij weggegaan.'

Wolfie scheen opeens te begrijpen dat Nancy zich naar de rand van de stoel probeerde te schuiven; hij zette zijn ellebogen op de leuning en haalde zijn gewicht van haar schoot. 'Natuurlijk was hij niet weggegaan,' zei ze hard, om Vera's aandacht gevangen te houden. 'Hij zou doorgegaan zijn met haar te laten bloeden tot er niets meer over was. Stelen en moorden is het enige wat hij kan, mevrouw Dawson.'

'Ze heeft niet gebloed,' zei Vera triomfantelijk. 'Daar was mijn jongen te slim voor. Alleen de vos heeft gebloed.'

'Dan kent dit hele verschrikkelijke verhaal een fraaie symmetrie want het bloed op mijn jasje is niet van mij, maar van uw jongen. Dus als u weet waar hij is, en als u maar iets om hem geeft, dan zou u hem moeten overreden naar het ziekenhuis te gaan, in plaats van hier te staan bazelen als een seniele oude aap.'

Vera's mond trok samen en begon weer ongecontroleerd te smakken. 'Noem me geen aap... Ik heb rechten. Jullie zijn allemaal hetzelfde. Doe dit... doe dat... Vera heeft haar hele leven gesloofd...' – ze tikte tegen de zijkant van haar hoofd – '... Vera heeft ze nog op een rijtje.'

Nancy zat nu op het puntje van de stoel. 'Nee, dat is niet zo.'

De regelrechte tegenspraak was de oude vrouw te veel. 'U bent net als zij,' spuwde ze. 'U oordeelt... u zegt tegen Vera dat ze seniel is. Maar het is mijn jongen. Denkt u dat ik m'n eigen kind niet zou herkennen?'

'Goed, Mark, dit is het. Je kunt erop ingaan of niet. Lizzie en ik zullen pa uit de nesten halen als hij ermee akkoord gaat om zijn laatste testament te herroepen. We vinden het niet erg als uiteindelijk alles naar het kind van Lizzie gaat, maar op de korte termijn willen wij...'

'Geen sprake van,' zei Mark terwijl hij naar de gang liep.

'Dat kun jij niet beslissen.'

'Klopt. Bel je vader dan op zijn vaste toestel en stel het aan hem voor. Als je me vijf minuten geeft, zorg ik ervoor dat hij opneemt.'

'Hij zal niet naar me luisteren.'

'Gefeliciteerd!' mompelde Mark sarcastisch. 'Dat is de tweede keer dat je het in minder dan een minuut begrijpt.'

'Jezus, wat ben jij toch een aanmatigende klootzak. Wil je dat we meewerken of niet?'

Mark keek naar de muur. 'Ik zie de eis om het oude testament weer in te laten gaan niet als meewerken, Leo, en je vader zal dat ook niet zo zien. En ik ben ook niet van plan het aan hem te vragen, want als ik m'n mond opendoe is het afgelopen voor Lizzie en jou.' Hij streek over zijn kin. 'En wel hierom. Jouw nichtje – de dochter van Lizzie – is hier al sinds vanmorgen tien uur. Je vader zou haar al zijn bezit morgen cadeau geven als ze het zou willen aannemen... maar dat wil ze niet. Ze heeft in Oxford gestudeerd, is kapitein in het leger en zal de boerderij van haar familie met achthonderd hectare grond in Herefordshire erven. Ze is hier omdat je vader haar toen hij zich depressief voelde geschreven heeft en dat deed haar genoeg om erop in te gaan. Ze verwacht niets van hem... ze wil niets van hem. Ze is hier met geen andere reden dan uit vriendelijkheid gekomen... en je vader is als gevolg daarvan helemaal weg van haar.'

'En dat zal hij wel laten merken, neem ik aan,' zei de ander bitter. 'Hoe zou het met haar gaan als hij haar behandelde alsof ze een crimineel was? Niet zo goed, neem ik aan. Het is makkelijk om aardig tegen die ouwe te zijn als hij je als een prinses behandelt... maar verdomde moeilijk als je weggekeken wordt.'

Mark had 'dat is dan je eigen schuld' kunnen zeggen, maar dat deed hij niet. 'Heb je ooit overwogen dat hij zich ook afgewezen kan voelen? Iemand moet toch het initiatief tot een wapenstilstand nemen.'

'Heb je dat tegen hem gezegd?'

'Ja.'

'En?'

'Een beetje hulp in de huidige situatie zal wonderen doen.'

'Waarom moet ik altijd degene zijn die de eerste stap zet?' Er werd onderdrukt gelachen aan de andere kant. 'Weet je waarom hij me een tijdje geleden gebeld heeft? Om me de les te lezen over mijn dieverijen. Ik kreeg de hele waslijst van hem, vanaf m'n zeventiende tot nu. En daaruit heeft hij afgeleid dat ik mijn moeder in woede gedood heb, en toen met een lastercampagne ben begonnen om hem te chanteren het familiebezit over te dragen. Mijn vaders aard kent geen vergeving. Hij heeft zich toen ik nog op school zat een indruk van mijn karakter gevormd, en hij weigert die indruk te herzien.' Weer een lachje. 'Ik ben al lang geleden tot de slotsom gekomen dat als ik dan toch moet hangen, ik het er beter naar kan maken.'

'Je zou kunnen proberen hem te verrassen,' stelde Mark voor.

'Je bedoelt net zoals die lelieblanke kleindochter? Weet je wel zeker dat je het goeie meisje hebt? Ze klinkt totaal niet als de Lockyer-Foxen die ik ken.'

'Je vader vindt haar een kruising tussen je grootmoeder en je moeder.'

'Dat klopt dus. Dat zijn aangetrouwde Lockyer-Foxen. Is ze mooi? Lijkt ze op Lizzie?'

'Nee. Ze is lang en donker... ze lijkt eigenlijk meer op jou, maar dan met bruine ogen. Daar moet je dankbaar voor zijn. Als ze blauwe ogen had gehad, had ik Becky misschien geloofd.'

Weer een lachje. 'En als het iemand anders dan Becky was geweest die dat beweerd had, dan had ik het je misschien laten geloven... gewoon voor de lol. Het is een jaloers krengetje... had meteen al de pest aan Lizzie. Dat is trouwens jouw schuld, vind ik. Jij hebt Becky het gevoel gegeven dat ze belangrijk was. Dom van je. Je moet ze kort houden, dan blijven ze gretig. Dat is de enige manier als je ze niet wilt verpesten voor de volgende man.'

'Ik ben geen type voor knipperlichtrelaties, Leo. Ik heb liever een gezin.'

Het bleef even stil. 'Dan zou ik de dingen die je op school geleerd hebt maar vergeten, vriend. Het is een fabeltje dat blauwogige ouders geen bruinogige kinderen kunnen krijgen. Ma was expert op het gebied van genetische atavismen. Ze voelde zich beter als ze de schuld van de verslavingen van haar kinderen en het alcoholisme van haar vader op een of andere verre voorvader die niet deugde kon schuiven.' Weer even een stilte om te zien of Mark hapte en toen hij dat niet deed: 'Maak je geen zorgen. Ik kan je garanderen dat ik niets met het kind van Lizzie te maken heb. Afgezien van alles, ik viel niet genoeg op haar om met haar naar bed te gaan... in ieder geval niet nadat ze met tuig begon uit te gaan.'

Dit keer hapte Mark wel. 'Tuig? Wie?'

'Ierse zwervers die Peter Squires hierheen gehaald had om zijn hekken te maken. Ze kampeerden de hele zomer bij hem in de wei. Het was nogal komisch. Ma maakte zichzelf belachelijk door de opvoeding van de kinderen ter hand te nemen, en toen ging ze helemaal over de rooie toen ze erachter kwam dat Lizzie door eentje geneukt werd.'

'Wanneer was dat?'

'Wat krijg ik daarvoor?'

'Niets. Ik vraag het wel aan je vader.'

'Die weet het niet. Hij was toen weg... en ma heeft het hem nooit verteld. Het werd allemaal stilgehouden, zodat de buren er niet achter zouden komen. Zelfs ik hoorde er pas later van. Ik zat vier weken in Frankrijk en tegen de tijd dat ik terugkwam had ma Lizzie opgesloten. Dat was fout. Ze had het op zijn beloop moeten laten.'

'Waarom?'

'Haar eerste liefde,' zei Leo cynisch. 'Niemand kon daarna nog aan hem tippen. Het was het begin van de rit bergafwaarts voor mijn arme zuster.'

Nancy legde al haar kracht in de spieren van haar dijen en kwam in een wankele beweging overeind. Wolfie zat op haar linkerheup. Ze zou zo weer ondersteboven geduwd kunnen worden, maar ze hoopte dat de oude vrouw dat niet zou beseffen. 'Weg bij die deur, mevrouw Dawson. Wolfie en ik gaan nu naar beneden.'

Vera schudde haar hoofd. 'Fox heeft z'n jongen nodig.'

'Nee.'

Ontkenningen brachten haar in de war. Ze begon haar vuisten weer tegen elkaar te slaan. 'Hij is van Fox.'

'Nee,' zei Nancy nog krachtiger. 'Als Fox al rechten als ouder had, dan heeft hij die verspeeld toen hij Wolfie bij zijn moeder weghaalde. Ouderschap gaat niet om bezit, het gaat om de plicht iemand te verzorgen en van hem te houden en Fox heeft die plicht wat Wolfie betreft totaal verzaakt. U ook, mevrouw Dawson. Waar was u toen Wolfie en zijn moeder hulp nodig hadden?'

Wolfie drukte zijn lippen tegen haar oor. 'Cub ook,' fluisterde hij dringend. 'Vergeet kleine Cub niet.'

Ze had er geen idee van wie of wat Cub was, maar ze wilde al haar aandacht bij Vera houden. 'En Cub,' herhaalde ze. 'Waar was u toen kleine Cub u nodig had?'

Maar Vera scheen ook niet te weten wie Cub was en viel, net als Prue Weldon, terug op wat ze wel wist. 'Het is een beste jongen. Neem jij er je gemak van, ma, zei hij. Wat heeft Bob ooit voor je gedaan, behalve je als een voetveeg behandelen? Die krijgt zijn verdiende loon, heus.'

Nancy fronste haar wenkbrauwen. 'Is Fox dan niet de zoon van Bob?'

De verwarring van de oude vrouw werd groter. 'Hij is mijn jongen.'

Nancy lachte het vage glimlachje dat zo aan dat van James deed denken. Het zou een waarschuwing voor de oude vrouw zijn geweest als ze in staat was geweest het te interpreteren. 'Dus de mensen hadden gelijk toen ze u een hoer noemden?'

'Lizzie was de hoer,' siste ze. 'Ze sliep met andere mannen.'

'Goed,' zei Nancy terwijl ze Wolfie steviger op haar heup hees. 'Want het kan me geen reet schelen met hoeveel mannen ze geslapen heeft, als Fox maar niet mijn vader is... en u niet m'n grootmoeder. En nu... opzij... want ik laat me in geen geval Wolfie afpakken door zo'n oud takkewijf. U bent niet in staat voor wat dan ook te zorgen. Laat staan een kind.'

Vera danste bijna op en neer van frustratie. 'Wat doet u trots!

Precies als zij. Zij haalde de baby's weg. Liep naast haar schoenen vanwege haar liefdadigheidswerk... deed net of ze meer wist dan Vera. Jij bent geen geschikte moeder, zei ze. Dat kan ik niet toestaan. Is dat eerlijk? Heeft Vera niet ook rechten?' Haar vinger kwam omhoog. 'Doe dit... doe dat... En wat doet het ertoe wat Vera voelt?'

Het was alsof je luisterde naar een naald die op een oude plaat oversprong waardoor onsamenhangende flarden geluid werden geproduceerd. Het thema was herkenbaar, maar er was geen coherentie en continuïteit. Over wie had ze het nu, vroeg Nancy zich af. Ailsa? Had Ailsa een oordeel uitgesproken over Vera's geschiktheid als moeder? Dat leek onwaarschijnlijk – wat gaf haar het recht om zoiets te doen? – maar het verklaarde wellicht Vera's vreemde opmerking over 'dat ze haar eigen kind wel kon herkennen'.

Misschien zag Vera de besluiteloosheid op haar gezicht, omdat de kromme vinger weer in haar richting wees. 'Zie je wel,' zei ze triomfantelijk. 'Ik zei dat het niet goed was, maar zij luisterde niet. Het zal niet gaan, zei ze. Beter om het aan vreemden te geven. Zo veel pijn... en allemaal voor niets want uiteindelijk is ze er toch naar op zoek gegaan.'

'Als u het over mij had,' zei Nancy koeltjes, 'dan had Ailsa gelijk. U bent wel de laatste aan wie iemand een baby zou toevertrouwen. Kijk toch wat voor schade u uw eigen kind hebt berokkend.'

Ze begon naar voren te lopen. 'Gaat u nog opzij of moet ik u dwingen?'

Tranen welden op in Vera's ogen. 'Het was mijn schuld niet. Het was Bobs schuld. Hij zei dat ik ervan af moest. Ik mocht het niet eens zien.'

Maar Nancy was niet geïnteresseerd. Nadat ze tegen Wolfie had gezegd dat hij de deurknop omlaag moest duwen liep ze achterwaarts op de oude vrouw af en dwong haar opzij te gaan. Met een zucht van verlichting haakte ze de deur met haar voet open en haastte zich de gang op.

Leo's stem klonk geamuseerd. 'Toen pa terugkwam, ongeveer twee of drie maanden later, kwam hij erachter dat de ringen van zijn moeder waren gestolen, samen met wat zilveren spulletjes uit de pronkkasten beneden. Alle andere dingen waren een beetje opgeschoven zodat er geen lege plekken waren, dus ma had niets gemerkt, natuurlijk – zij ging helemaal op in haar liefdadigheidswerk – maar pa natuurlijk wel. Die zag het binnen vierentwintig uur. Zo bezitterig is hij.' Hij zweeg om te zien of Mark dit keer zou happen. 'Nou, de rest weet je. Hij trok gelijk van leer tegen die arme oude Vera... En ma zei niets.'

'Waarover?'

'Over Lizzies geintjes.'

'Wat hadden die ermee te maken?'

'Wie heeft die rotzooi gestolen, denk je?'

'Ik dacht dat jij bekend had.'

'Heb ik ook gedaan,' zei Leo lachend. 'Stomme fout.'

'Wie had het dan gedaan? Haar vriendje?'

'Jezus nee! Voor hem had ik de schuld niet op me genomen. Nee, het was Lizzie zelf. Ze kwam trillend als een espenblad bij me om me te vertellen wat er gebeurd was. Die vent van haar had haar wijsgemaakt dat hij met haar zou trouwen als zij aan het geld kon komen om ervandoor te gaan naar Gretna Green. Stomme trut. Ze was zielig romantisch. Heeft zich laten pakken door een absolute mislukkeling en kijkt er nog op terug alsof hij het beste was wat haar ooit overkomen is.'

Mark staarde weer naar de muur. Wat was nu wel of niet waar? Had Leo gestolen van zijn vader... of had hij dat niet? Hij voelde de aantrekkingskracht van de man weer, maar vandaag de dag was hij niet meer zo makkelijk in te palmen. Het enige waar hij zeker van kon zijn was dat Leo een gokje waagde. 'Wist Vera daarvan?'

'Natuurlijk. Dat was deel van het probleem. Ze aanbad die schooier omdat hij zich voor haar had uitgesloofd om bij haar in het gevlei te komen. Het schijnt nogal een charmeur te zijn geweest. Vera heeft voor Lizzie gelogen zodat ma niet zou weten wat er gaande was.'

'Waarom zei ze niets toen je vader haar van diefstal beschuldigde?'

'Dat zou ze wel gedaan hebben, als ze er tijd voor had gehad. Daarom kwam Lizzie bij mij jammeren.'

'Maar waarom geloofde je moeder je dan? Zij moet toch vermoed hebben dat Lizzie er iets mee te maken had?'

'Het maakte het makkelijker voor haar. Pa zou razend op haar geweest zijn omdat ze Lizzie niet meer in bedwang had kunnen houden. Maar hoe dan ook, ik ben een overtuigende leugenaar. Ik heb haar gezegd dat ik al het geld erdoorheen gejaagd had in een casino in Deauville. Dat geloofde ze direct.'

Waarschijnlijk omdat het waar was, dacht Mark cynisch. Of gedeeltelijk waar. Ailsa had altijd gezegd dat wat Leo deed, Lizzie een half jaar later deed. Niettemin... 'Zal Lizzie hiervoor instaan, als ik dit aan je vader vertel?'

'Ja. En Vera ook, als ze niet volkomen heen is.'

'Is Lizzie bij je? Mag ik haar spreken?'

'Twee keer nee. Ik kan haar vragen of ze je wil bellen, als je dat wilt.'

'Waar is ze?'

'Gaat je niets aan. Als ze wil dat jij dat weet, dan vertelt ze het je zelf wel.'

Mark drukte zijn handpalm tegen de deur en keek naar de vloer. *Je moet kiezen...* 'Het is misschien beter niet tegen haar te zeggen dat haar dochter hier is. Ik wil niet dat ze denkt dat ze het meisje zal ontmoeten.' Hij hoorde Leo scherp inademen. 'En voordat je je vader daar de schuld van geeft, het meisje zelf is niet geïnteresseerd. Ze heeft een geweldige adoptiefamilie, en ze wil haar leven niet ingewikkelder maken met de emotionele last van nog een familie. En bovendien – maar dat is strikt tussen ons tweeën – zou het Lizzie verdriet doen. Ze kan op geen enkele manier tippen aan de dochter, of aan haar adoptiefmoeder.'

'Zo te horen is pa niet de enige die helemaal weg van haar is,' zei Leo sarcastisch. 'Probeer je zo toegang te krijgen tot het familiekapitaal, Mark? De erfgename trouwen en de jackpot trekken? Een beetje ouderwets, niet?'

Mark ontblootte zijn tanden. 'Je moet eens ophouden om andere mensen naar jouw maatstaven te beoordelen. We zijn niet allemaal middelbare klootzakken met een gebrek aan zelfvertrouwen die denken dat hun vader verplicht is hen te onderhouden.'

De grijns kwam terug in de stem van de ander nu hij voelde dat hij eindelijk beet had. 'Aan mijn zelfvertrouwen mankeert niets.'

'Mooi. Dan zal ik je de naam van een vriend van me geven die zich gespecialiseerd heeft in de mannelijke vruchtbaarheidsproblematiek.'

'Klootzak!' zei Leo kwaad en hij hing op.

28

Tegen de tijd dat Martin Barker terug was in het kamp, had het speurwerk in de bus van Fox alles opgeleverd wat het kon opleveren. De deuren, de bagageruimtes en de motorkap waren allemaal opengemaakt, maar er was weinig uit gekomen. Een tafel was onder de koolspitslampen opgesteld en daarop lagen wat spullen van weinig waarde – elektrisch gereedschap, een verrekijker, een draagbare radio – al dan niet gestolen. Verder waren de enige vondsten van betekenis een hamer en een scheermes die op het terras waren aangetroffen en een metalen geldkist die onder een van de bedden stond.

'Niet erg interessant,' zei Monroe tegen Barker. 'Dit is het zowat, en hij neemt niet eens de moeite dat kistje af te sluiten. Een paar honderd pond, een rijbewijs op naam van John Peters met een adres in Lincolnshire, een paar brieven... en verder niets.'

'Is dat rijbewijs kosjer?'

'Gestolen of gekocht. John Peters op dit adres zit met z'n benen omhoog voor een James Bond-film... zeer verontwaardigd dat zijn identiteitsbewijs gepikt is.'

Het bekende verhaal. 'Nummerborden?'

'Vals.'

'Nummer van de motor? Chassisnummer?'

De brigadier schudde zijn hoofd. 'Weggevijld.'

'Vingerafdrukken?'

'Dat is ongeveer het enige waar ik optimistisch over ben. Het stuur en de versnellingspook zitten eronder. Morgen weten we wie hij is, aangenomen dat hij een strafblad heeft.'

'En Vixen en Cub? Iets wat een aanwijzing geeft waar ze zitten?'

'Niets. Je kunt zelfs niet zien dat hier een vrouw en een tweede kind gewoond hebben. Het is een zwijnenstal, maar er zijn geen vrouwenkleren, en amper kinderkleding.' Monroe duwde de geldkist weg, en begon met een kleine stapel papieren. 'Jezus,' zei hij vol afkeer. 'Die kerel is een grapjas. Hier hebben we een brief van de korpschef die meneer Peters ervan verzekert dat het politiekorps van Dorset strikt rechtvaardig is in zijn aanpak van reizigers.'

Barker pakte de brief op en bekeek het adres. 'Hij gebruikt een postbusnummer in Bristol.'

'Onder andere.' De ander bladerde door de rest van de brieven. 'Allemaal officiële antwoorden op verzoeken om informatie over rechten van reizigers, en allemaal geadresseerd aan verschillende postbusnummers in verschillende streken.'

Barker leunde naar voren om ze te bekijken. 'Wat is het nut daarvan? Probeert hij te bewijzen dat hij een bonafide reiziger is?'

'Dat denk ik niet. Het lijkt me meer een papieren dwaalspoor. Als hij gearresteerd wordt, wil hij dat we onze tijd verspillen met het natrekken van zijn gangen in het hele land. Hij is waarschijnlijk in geen van deze plaatsen geweest. Op die manier is de politie van Bristol maanden bezig om hem op te sporen, terwijl hij intussen in Manchester zit.' Hij legde de brieven terug in de kist. 'Rook en spiegels, Martin, ongeveer net zoals deze verdomde bus, trouwens. Het ziet er veelbelovend uit, maar er is niets...' – hij schudde zijn hoofd – '... en dat maakt dat ik behoorlijk benieuwd ben naar wat onze vriend werkelijk van plan is. Als hij steelt, waar laat hij zijn spullen dan?'

'En bloedsporen?' vroeg Barker. 'Bella is ervan overtuigd dat hij zich van zijn vrouw en het kleinste kind ontdaan heeft.'

Monroe schudde zijn hoofd. 'Niets op het eerste gezicht.'

'Misschien vindt het forensisch lab iets.'

'Ik denk niet dat ze daar de kans voor krijgen. Met dit bewijsmateriaal...' – hij knikte in de richting van de geldkist – '... lopen we eerder kans dat we een klacht van een advocaat aan onze broek krijgen. Als er een paar lijken opduiken, dan misschien... maar dat zie ik zo een-twee-drie niet gebeuren.'

'En sporen op de hamer?'

'Daar hebben we niets aan als we niet een DNA of een bloedgroep hebben om ze mee te vergelijken.'

'We kunnen hem vasthouden wegens de aanval op kapitein Smith. Hij heeft haar behoorlijk in elkaar geslagen.'

'Ja, maar niet in de bus... en hij zal waarschijnlijk sowieso zeggen dat het zelfverdediging was.' Hij keek naar het plastic zakje waar het scheermes in zat. 'Als dat zijn bloed is, dan is hij er misschien wel erger aan toe dan zij. Wat deed hij bij de Manor? Weet iemand dat? Heb je bewijzen voor inbraak gevonden?'

'Nee.'

De brigadier zuchtte. 'Raar. Wat heeft hij met het huis? Waarom zou hij de kleindochter van de kolonel aanvallen? Waar is hij op uit?'

Barker haalde zijn schouders op. 'We kunnen het beste de bus in de gaten blijven houden en wachten tot hij terugkomt.'

'Nou, daar zou ik maar niet op rekenen, joh. Op het ogenblik zie ik hier niets wat de moeite van het terugkomen waard is.'

Nancy liet Wolfie op de grond zakken en sloot de deur achter hen. Ze gaf hem haar hand. 'Je bent te zwaar,' zei ze verontschuldigend. 'Mijn botten kraken.'

'Hindert niet,' zei hij. 'Mijn moeder kon me ook niet dragen.' Hij keek zenuwachtig de gang door. 'Zijn we verdwaald?'

'Nee. We moeten de gang gewoon uitlopen, de trap is om de hoek, achterin.'

'Er zijn wel veel deuren, Nancy.'

'Het is een groot huis,' beaamde ze. 'Maar wij zitten goed. Ik ben een soldaat, weet je nog, en soldaten kunnen altijd de weg vinden.' Ze gaf zijn hand een klein rukje. 'Kom op. Beste beentje voor, hè?'

Hij hield haar tegen.

'Wat is er?'

'Ik zie Fox,' zei hij en toen ging het licht in de gang uit.

Marks telefoon ging direct over met de boodschap van Nancy. Hij keek even de bijkeuken binnen. 'Ik ga naar boven,' zei hij tegen Bella. 'Mevrouw Dawson maakt Wolfie kennelijk van streek.'

Ze liet de klep van de vriezer dichtvallen. 'Dan ga ik met je mee, makker,' zei ze krachtig. 'Die vrouw ergert me mateloos. Zonet stak er een rat z'n kop om de hoek van de plint.'

Al haar zintuigen zeiden haar dat ze zich terug moest trekken, en Nancy nam niet de moeite om te zien of Wolfie gelijk had. Ze liet zijn hand los en deed de deur naar de slaapkamer weer open, waardoor de gang even in het licht kwam te liggen terwijl ze hem terug naar binnen schoof. Ze verspilde geen tijd met omkijken, ze sloeg de deur dicht, leunde er met haar volle gewicht tegenaan en tastte met haar linkerhand naar een sleutel. Te laat. Fox was sterker en zwaarder dan zij en het enige wat ze nog doen kon was de sleutel pakken zodat hij de deur niet kon afsluiten waardoor niemand hun meer te hulp kon komen.

'We rennen naar de hoek aan de andere kant,' zei ze tegen Wolfie. 'Nu.'

Vera stond nog steeds daar waar Nancy haar heen geduwd had, maar ze deed niets om hun vlucht te verhinderen. Ze zag er zelfs bang uit toen de deur openzwaaide en Fox naar binnen dook, alsof die plotselinge uitbarsting van activiteiten haar verontrustte. Ze deinsde achteruit tot tegen de muur toen hij op zijn knieën smakte door de vaart waarmee hij naar voren was gedoken.

Even gebeurde er helemaal niets behalve dat Fox met een snelle vuistslag de deur dichtsloeg en toen naar Nancy keek, die zich zwaar ademend tussen hem en zijn zoon opstelde. Het waren wonderlijke seconden, waarin ze elkaar voor het eerst zagen en elkaar de maat konden nemen. Ze zou nooit te weten komen wat híj zag, maar zij zag een man met bloed op zijn handen die haar deed denken aan de foto van Leo in de eetkamer. Hij glimlachte toen hij de schrik op haar gezicht zag, alsof hij daarnaar uitgekeken had, en krabbelde toen overeind. 'Geef me de jongen,' zei hij.

Ze schudde haar hoofd, haar mond was te droog om iets te zeggen.

'Sluit de deur, ma,' beval hij Vera. 'Ik wil niet dat Wolfie ervandoor gaat terwijl ik met die trut afreken.' Maar Vera verroerde zich niet en hij keerde zich woedend naar haar toe. 'Doe wat je gezegd wordt.'

Nancy maakte van het ogenblik gebruik om achter haar rug om de sleutel in Wolfies hand te drukken, in de hoop dat hij zo verstandig zou zijn hem zo snel hij kans zag uit het raam te gooien. Tegelijkertijd schoof ze hem naar een ladekast aan hun rechterhand waar een paar zware boekensteunen op stonden. Voor haar stonden ze aan de verkeerde kant – ze zou zich weg moeten draaien van Fox om de dichtstbijzijnde te pakken – maar het was een wapen. Ze maakte zich geen illusies over de kans die ze had. In de taal van het leger, was ze genaaid... tenzij er een wonder gebeurde.

'Ga weg,' schreeuwde Vera naar Fox terwijl ze met haar vuisten in de lucht sloeg. 'Jij bent mijn kind niet. Mijn kind is dood.'

Fox klemde zijn handen rond haar keel en duwde haar tegen de muur. 'Hou je kop, ouwe zottin. Hier heb ik geen tijd voor. Ga je doen wat ik zeg, of moet ik je pijn doen?'

Nancy voelde Wolfie achter haar wegsluipen en zijn hand naar de boekensteun uitsteken. 'Mijn vader is-ie ook niet,' mompelde hij vinnig, terwijl hij het zware voorwerp in haar goede hand legde. 'Ik denk dat mijn vader iemand anders was.'

'Ja,' zei Nancy, die de boekensteun tegen haar dij duwde om hem beter te kunnen vastpakken omdat haar hand glad van het zweet was. 'Dat denk ik ook.'

In het grote wereldplan telde het niet echt als heldendom. Er was geen tijd om na te denken, de gevaren konden niet afgewogen worden, het was niet meer dan een primitieve reactie op een stimulans. Het was zelfs niet verstandig, omdat er beneden een politieman zat, maar iedere keer als hij eraan terugdacht deed het Marks hart gloeien. Toen hij en Bella bovenkwamen en de hoek om sloegen, zagen ze het silhouet van een man in de lichtbaan die even uit de slaapkamer viel voor de deur dichtgeslagen werd en de gang weer in duister gehuld was. 'Wat is dat verdomme...?' riep hij verrast uit.

'Fox,' zei Bella.

Het werkte als een rode lap op een stier. Mark lette niet op Bella, die haar hand uitstak om hem tegen te houden maar rende de gang door en stortte zich de kamer in.

Bella, die een sterker ontwikkeld gevoel voor zelfbehoud had, bleef lang genoeg staan om naar beneden om hulp te roepen, en toen rende ook zij de gang door, waarbij ze zich meer inspande dan ze in jaren gedaan had.

Mark was Fox al voorbij en stond in de kamer voor hij Nancy in de hoek zag. 'Hier!' Ze gooide hem de boekensteun toe. 'Achter je, links.'

Hij ving het zware voorwerp als een tennisbal en draaide zich razendsnel om, net toen Fox Vera had losgelaten om de confrontatie met hem aan te gaan. Ook Mark vond de gelijkenis met Leo treffend, maar het was een vluchtige impressie, die verdween zodra hij de man in de ogen zag. Terwijl Bella's hulpgeroep door de gang weergalmde hief hij de boekensteun met zijn linkerhand en stapte naar de man toe.

'Probeer het eens met iemand van je eigen postuur,' zei hij uitnodigend.

Fox schudde zijn hoofd maar hield de boekensteun nauwlettend in de gaten. 'Daar ga je me niet mee slaan, Ankerton,' zei hij vol vertrouwen, terwijl hij naar de deuropening schoof. 'Dan breek je m'n schedel.'

Hij klonk zelfs als Leo. 'Zelfverdediging,' zei Mark, die een stap opzij deed om hem de doorgang te belemmeren.

'Ik ben niet gewapend.'

'Weet ik,' zei Mark. Hij deed net of hij met zijn linkerhand wilde uithalen, terwijl hij ondertussen met een krachtige stoot van zijn rechter Fox' kaak raakte. Hij danste naar achteren, en grijnsde nogal maniakaal toen de knieën van de man knikten. 'Daar kun je m'n vader voor bedanken,' zei hij terwijl hij naar voren stapte en de in elkaar zakkende Fox een nekslag gaf. 'Hij zei dat een heer moet kunnen boksen.'

'Goeie, makker,' zei Bella buiten adem vanuit de deuropening. 'Zal ik op hem gaan zitten? Ik kan wel een stoel gebruiken.'

29

Een uur later werd Fox met handboeien om naar beneden geleid. De gedachte dat hij een hersenschudding zou hebben, wees hij van de hand, maar de krassen op zijn arm waar Nancy hem met het scheermes gesneden had en zijn bleke gezicht bevielen Monroe niet, en daarom belde hij om een verzekerde kamer in het streekziekenhuis om naar hem te laten kijken. Ze leefden in een claimcultuur, zei hij zuur tegen Mark, en hij was niet van plan Fox in de gelegenheid te stellen het korps van Dorset een proces aan te doen. Om diezelfde reden bood hij Nancy aan haar naar het ziekenhuis te brengen, maar weer weigerde ze. Ze wist hoe het toeging op de eerste hulp op een vrije dag, als de dronkaards binnen kwamen rollen, zei ze, en ze ging toch echt Fox het plezier niet gunnen dat zij op haar beurt moest wachten terwijl hij met voorrang behandeld werd.

Een eerste onderzoek had een aantal belangwekkende dingen in de ruime zakken van Fox' jas opgeleverd, met name een set sleutels die overeenkwamen met de sleutels die Vera had, een rolletje twintigpondbiljetten, een mobiele telefoon met een stemvervormer en, nogal schokkend voor Mark en Nancy, een geweer met afgezaagde loop in een canvas voeringzak onder de linkermouw. Bella keek bijzonder nadenkend toen Barker haar hierover vertelde. 'Ik dacht al, wat zit hij toch te friemelen,' zei ze. 'De volgende keer ga ik op z'n hoofd zitten, zodat hij niet meer bijkomt.'

Gezien de sleutels in Fox' bezit, zijn aanwezigheid in het huis en Nancy's opmerking dat Vera beweerd had dat hij haar zoon was, leek het waarschijnlijk dat Fox al enige tijd zijn gang had kunnen gaan in Shenstead Manor. Aangezien hij echter weigerde iets te zeggen, moest de kwestie wat hij daar uitvoerde, tijdelijk wachten. James werd gevraagd het huis grondig na te lopen, vooruitlopend op een politieonderzoek de volgende morgen, en een klein team werd erop uitgestuurd om de Lodge te inspecteren.

Mark nam Monroe terzijde om hem te vragen wat ze in Fox' bus hadden gevonden. Hij was vooral geïnteresseerd in het dossier over Nancy dat Fox die middag van het bureau van de kolonel had weggenomen. Het bevatte vertrouwelijke informatie, zei hij, die de kolonel noch kapitein Smith in de openbaarheid wilde hebben. Monroe schudde zijn hoofd. Zo'n dossier was niet gevonden, zei hij. Hij bleef Mark doorvragen over de telefoontjes, nadat hij verteld had dat hij zowel mevrouw Weldon als mevrouw Bartlett had gesproken.

'Ze zeiden allebei dat ze de informatie van de dochter van de kolonel hebben, meneer Ankerton. Zou er een connectie tussen haar en deze man kunnen zijn?'

'Dat weet ik niet,' zei Mark eerlijk.

Monroe keek hem bedachtzaam aan. 'De stemvervormer doet het wel vermoeden. Mevrouw Bartlett beweert dat ze ergens in oktober van de incest gehoord heeft, toen Leo haar aan Elizabeth voorstelde, maar zij ontkent van de Darth Vader-boodschappen te weten. En ik geloof haar. Dus hoe is Fox erbij betrokken?'

'Dat weet ik niet,' zei Mark weer. 'Ik zit hier bijna net zo kort in als u, brigadier. De kolonel heeft me op kerstavond laat over die telefoontjes verteld, en sindsdien probeer ik erachter te komen wat ze betekenen. De beschuldigingen zijn natuurlijk niet waar, maar ik heb pas vanavond gehoord dat Elizabeth de vermeende informante is.'

'Hebt u haar gesproken?'

Mark schudde zijn hoofd. 'Ik probeer haar al een paar uur te bereiken.' Hij keek even naar de zitkamer, waar Vera zat. 'De kolonel heeft de boodschappen op de band vastgelegd, en ze bevatten bijzonderheden die alleen aan de familie bekend zijn. De voor de hand liggende conclusie was dat een van de kinderen, of allebei, erbij betrokken waren – daarom heeft hij ook geen aangifte gedaan – maar Vera wist natuurlijk ook alles van de familiegeheimen.'

'Volgens kapitein Smith heeft mevrouw Dawson gezegd dat zij op bevel van haar zoon mevrouw Lockyer-Fox in de kou heeft buitengesloten. Klinkt u dat waarschijnlijk in de oren?'

'Wie weet,' zei Mark zuchtend. 'Ze is volkomen gestoord.'

Vera kon hen helemaal niet helpen. Op vragen over Fox reageerde ze met onbegrip en angst, en ze zat als een zielig hoopje in zichzelf mompelend in de zitkamer. James vroeg haar waar Bob was, stelde voor dat de politie probeerde contact met hem op te nemen, maar dat leek haar nog meer in de war te brengen. Tot nog toe had James Fox, die vastgehouden werd in de slaapkamer, nog niet gezien. Hij kon echter met grote stelligheid zeggen dat Vera nooit een kind had gehad. Hij dacht dat Ailsa het eens over een miskraam had gehad, wat de arme vrouw verschrikkelijk had gevonden, maar helaas, had hij, typisch mannelijk, daar weinig aandacht aan geschonken.

Nancy had het meeste wat Vera gezegd had herhaald – de rol die ze in de dood van Ailsa had gespeeld, haar opmerking dat iemand anders verantwoordelijk was voor de verminking van Henry, de duidelijke verwarring van de vrouw aangaande haar relatie met Wolfie. 'Ik denk niet dat u de dingen die ze gezegd heeft zonder meer kunt geloven,' zei ze tegen Monroe. 'Ze herhaalt steeds maar dezelfde zinnen, als een uit het hoofd geleerde mantra, en het is moeilijk erachter te komen of er iets van waar is.'

'Wat voor zinnen?'

'Dat niemand rekening met haar hield... doe dit... doe dat... niemand kan het wat schelen.' Nancy haalde haar schouders op. 'Ze was erg in de war over kinderen. Ze zei dat ze Wolfie manieren had geleerd toen hij jonger was en dat hij bruin krullend haar had. Maar dat kan niet. Blond haar kan donkerder worden als kinderen ouder worden, maar donker haar wordt nooit asblond. Ik denk dat ze hem met een ander kind verwart.'

'Welk kind dan?'

'Geen idee. Een kind uit het dorp, misschien.' Ze schudde haar hoofd. 'Ik weet niet of het er iets toe doet. Ze heeft gaten in haar geheugen. Ze herinnert zich een donkerharig kind en ze heeft zichzelf ervan overtuigd dat het Wolfie was.'

'Of heeft iemand anders haar daarvan overtuigd?'

'Dat moet in ieder geval niet moeilijk geweest zijn. Iedereen die met haar meeleefde zal bij haar een willig oor hebben gevonden. Ze heeft het idee dat de hele wereld tegen haar is...' – ze trok een cynisch gezicht – '... behalve natuurlijk haar jongen.'

Ze zei niet wat de oude vrouw over haar vader had gezegd. Ze maakte zichzelf wijs dat ze Wolfie beschermde, maar dat was niet waar. Het kind had ermee ingestemd met Bella naar de keuken te gaan, en Nancy kon net zo openlijk spreken als ze wilde. In plaats daarvan hield ze haar mond stijf dicht, ze wilde het lot niet tarten.

Het schrikbeeld van Vera als grootmoeder scheen verdreven te zijn, maar het gaf haar niet het vertrouwen dat Fox ook van het toneel verdwenen was. Diep in haar maag flakkerde voortdurend het akelige voorgevoel dat Vera wat dat betreft de waarheid had gesproken. En ze vervloekte zichzelf dat ze ooit naar dit huis was gekomen.

Het maakte dat ze kortaf en kattig reageerde op James' bezorgde informeren naar haar welzijn. Het ging prima, zei ze tegen hem. Ze dacht zelf niet dat haar arm gebroken was, dus was ze van plan naar Bovington terug te rijden, dan kon ze er daar naar laten kijken. Ze wilde dat iedereen ophield met zich druk te maken, en haar met rust liet. James trok zich verpletterd terug, maar Mark, die met zeven zusjes was opgegroeid en daar een goede intuïtie aan overgehouden had, ging spoorslags naar de keuken om eens even met Wolfie te praten. Met wat lieve woordjes van Bella en het invullen van de lege plekken – 'ze zei dat ze niet wilde dat Fox haar vader was, of die nare vrouw haar oma' en 'zij en ik dachten allebei dat onze vader iemand anders was' – raadde Mark wat de moeilijkheid was. En ook hij vervloekte zichzelf, omdat hij ertoe bijgedragen had dat er een biologische geschiedenis ontsloten was die Nancy nooit had willen weten.

Monroe was voldoende geïnteresseerd in het verdwenen dossier om Barker nogmaals naar Fox' bus te sturen. 'De advocaat zegt dat het dik is, dus waar heeft hij het verdomme verstopt? Kijk nog maar eens of je iets vindt dat ik over het hoofd heb gezien.' Hij gaf hem de sleutels van Fox. 'We kunnen het ding niet verplaatsen zolang die jongen uit Wales de uitgang geblokkeerd houdt, maar als je de motor start kun je de lichten binnen aandoen, misschien helpt dat.'

'Wat zoek ik eigenlijk?'

'Een kastje of zo. Er moet iets zijn, Martin. Anders hadden we dat dossier gevonden.'

Mark trok zich met zijn mobiele telefoon in de tuin terug. 'Ik zal je iets beloven,' zei hij tegen Leo, ver buiten gehoorsafstand van wie dan ook in het huis. 'Als je de volgende vijf minuten eerlijk tegen me bent, zal ik proberen je vader over te halen je weer in zijn testament op te nemen. Belangstelling?'

'Misschien,' zei de ander geamuseerd. 'Gaat het over de kleindochter?'

'Geef antwoord op de vragen, meer niet,' zei Mark grimmig. 'Ken je een man die zichzelf Fox Evil noemt?'

'Nee. Een goeie naam, trouwens... Misschien neem ik die ook wel aan. Wie is hij en wat heeft hij gedaan?'

'Vera beweert dat hij haar zoon is en dat ze hem heeft geholpen je moeder te vermoorden. Maar ze is volkomen de kluts kwijt, dus misschien is het niet waar.'

'Goeie god,' zei Leo oprecht verbaasd. Het bleef even stil. 'Zeg, dat kan gewoon niet waar zijn, Mark. Ze is duidelijk in de war. Ik weet dat ze het lichaam van ma op het terras heeft gezien en dat ze er erg van geschrokken was, want ik heb haar na de begrafenis nog gebeld om haar te zeggen dat ik het jammer vond dat ik haar niet gesproken had. Ze zei maar steeds hoe koud ma het gehad moest hebben. Ze heeft zich er zelf waarschijnlijk van overtuigd dat het haar schuld was.'

'En dat die man haar zoon zou zijn?'

'Onzin. Ze heeft geen zoon. Pa weet dat. Ik was haar lieveling. Ze zou de sterren uit de hemel hebben geplukt als ik haar dat gevraagd had.'

Mark keek in gedachten verzonken en met een gefronst voorhoofd naar het huis. 'Goed. Nu ja, Fox Evil is zojuist gearresteerd voor inbraak in de Manor, en hij had een stemvervormer in zijn zak. Heeft je vader je verteld dat de meeste incestbeschuldigingen zijn geuit door iemand die als Darth Vader sprak?'

'Ik dacht dat hij maar wat zei,' zei Leo zuur.

'Absoluut niet. Deze man is een psychopaat. Hij heeft je nichtje al met een hamer aangevallen, en toen hij gearresteerd werd, had hij een geweer met een afgezaagde loop bij zich.'

'Jezus! Is alles goed met haar?' Hij klonk oprecht bezorgd.

'Een gebroken arm en een gebroken rib, maar ze leeft nog. De moeilijkheid is dat jij en Lizzie er door die stemvervormer bij betrokken worden. Mevrouw Bartlett heeft aan de politie verteld dat jij ergens in oktober contact met haar opgenomen hebt zodat Lizzie haar alle bijzonderheden over het misbruik van je vader uit de doeken kon doen. En aangezien Darth Vader precies dezelfde dingen als mevrouw Bartlett heeft gezegd, is de voor de hand liggende conclusie – en die conclusie trekt de politie ook al – dat jij en Lizzie deze klootzak op jullie vader hebben afgestuurd.'

'Dat is belachelijk,' zei Leo nijdig. 'De voor de hand liggende conclusie is dat dat mens van Bartlett erachter zit.'

'Waarom?'

'Hoezo waarom? Ze liegt dat ze barst.'

'Wat heeft ze daarmee te winnen? Jij en Lizzie zijn de enigen met een motief om jullie vader en Lizzies kind kapot te maken.'

'Jezus,' zei Leo vol afkeer. 'Jij bent al net zo erg als die ouwe. Wee de wolf die in een kwade reuk staat... Becky is daar ook al mee bezig, mocht het je interesseren... en het ergert me mateloos.'

Voor de tweede keer die avond sloeg Mark geen acht op de tirade. 'En Lizzie? Kan zij overgehaald zijn om zich, buiten jou om, met zoiets in te laten?'

'Doe niet zo stom.'

'Wat is daar nou stom aan? Als Lizzie zo op is als Becky beweert, dan is het voorstelbaar dat een oplichter haar heeft overgehaald mee te doen... Hoewel ik niet begrijp waarom, tenzij hij aan het geld kan komen als zij erft. Jij zei dat zij haar eerste liefde nooit heeft vergeten. Misschien is hij teruggekomen?'

'Welnee. Het was een laffe klootzak. Hij heeft het geld genomen en is ervandoor gegaan. Dat was natuurlijk de helft van het probleem. Als hij terug was gekomen, had ze hem gezien voor wat hij waard was, in plaats van dat ze hem zich altijd als een Ierse charmeur is blijven herinneren.'

'Hoe zag hij eruit?'

'Weet ik niet. Ik heb hem nooit gezien. Hij was weg toen ik uit Frankrijk terugkwam.'

'En hoe goed kende je moeder hem? Zou ze hem herkend hebben?'

'Geen idee.'

'Ik dacht dat Ailsa hem lesgegeven had?'

'Het was niet een van de kinderen, dombo. Hij had het grootste deel verwekt. Daarom ging ma over de rooie. Deze kerel wist meer van seks dan Don Juan, daarom viel Lizzie zo op hem.'

'Weet je dat zeker?'

'Dat heeft Lizzie me verteld.'

'Dan is de kans fifty-fifty dat het waar is of niet,' zei Mark sarcastisch.

Misschien was Leo het met hem eens, want deze ene keer reageerde hij niet. 'Zeg, als je daar wat aan hebt, ik kan bewijzen dat mevrouw Bartlett nooit met Lizzie gesproken heeft... in ieder geval niet in oktober. Of, als ze dat wel heeft gedaan, dan was dat op de intensive care van het St. Thomas. Heeft die vrouw het met de politie over infusen en monitoren gehad? Heeft ze gezegd dat

Lizzie er zo slecht aan toe is dat ze zelfs niet meer kan staan?'
Mark was van zijn stuk gebracht. 'Wat mankeert haar?'
'Eind september heeft haar lever er de brui aan gegeven, en sindsdien heeft ze een draaideurrelatie met het ziekenhuis. Tussendoor woont ze bij mij. Op het ogenblik is ze voor een paar weken in een verpleeghuis, maar de prognose is heel somber.'
Mark was oprecht geschokt. 'Wat erg.'
'Ja.'
'Je had het je vader moeten zeggen.'
'Waarom?'
'Schei uit, Leo. Hij zal het verschrikkelijk vinden.'
Leo's stem nam weer een geamuseerde klank aan, alsof ironie een middel was om de dingen de baas te blijven. 'Daar maakt Lizzie zich nu juist zorgen om. Ze voelt zich al ziek genoeg zonder dat pa haar bed ondersnikt.'
'Wat is de echte reden?'
'Ik heb haar beloofd dat ik het niemand zou vertellen. Ik zou het jou ook niet verteld hebben, maar ik verdom het om die vette trut leugens over haar te laten rondstrooien.'
'Mevrouw Weldon is de dikke,' zei Mark. 'Waarom wil Lizzie niet dat iemand het weet?'
Het bleef lang stil, en toen Leo eindelijk wat zei, was zijn stem niet helemaal vast. 'Ze sterft liever stilletjes dan dat ze erachter komt dat het niemand iets kan schelen.'

Toen Fox eindelijk naar beneden werd gebracht, was James gevraagd in de gang te wachten, om te zien of hij hem herkende. Hij kreeg de keuze of hij in de schaduw wilde blijven staan, maar hij koos ervoor om vol in het zicht te gaan staan met brigadier Monroe aan zijn ene kant en zijn advocaat aan de andere. Mark had geprobeerd Nancy over te halen er ook bij te komen, maar ze wilde niet, ze ging liever op Bella's voorstel in om zich in de gang naar de keuken op te stellen zodat Wolfie niet per ongeluk zou zien dat zijn vader met handboeien om werd weggevoerd.
'Doe rustig aan, meneer,' zei Monroe tegen James toen Fox tussen twee agenten op de overloop boven verscheen. 'U hebt alle tijd.'
Maar James kende hem meteen. 'Liam Sullivan,' zei hij toen de man de trap af werd gevoerd. 'Hoewel ik nooit geloofd heb dat dat zijn echte naam was.'
'Wie is hij?' vroeg Monroe. 'Waarvan kent u hem?'

'Hij is een dief die misbruik maakte van mijn vrouws naastenliefde.' Hij deed een stap naar voren en dwong de twee agenten Fox stil te laten staan. 'Waarom?' vroeg hij eenvoudig.

Een zeldzaam glimlachje lichtte op in Fox' ogen. 'Waarom beklimt iemand de Everest, kolonel?' zei hij met een perfecte nabootsing van de bariton van de kolonel. 'Omdat die berg een uitdaging vormt.'

'Wat wilde je bereiken?'

'Dat moet u aan Leo en Lizzie vragen. Ik ben maar een ingehuurde kracht. Ze willen uw geld en het kan ze weinig schelen hoe ze het krijgen...' – hij keek even snel naar de gang alsof hij wist dat Nancy daar stond – '... en of er misschien slachtoffers bij vallen.'

'Je liegt,' zei James kwaad. 'Ik weet dat Vera je een hoop onzin heeft verteld over je gelijkenis met Leo, maar verder gaat je connectie met de familie niet.'

Fox' glimlach verbreedde zich. 'Heeft uw vrouw u nooit over Lizzie en mij verteld? Nee, duidelijk niet. Zij was er heel goed in de familieschandalen onder het tapijt te vegen.' Nu ging hij over op een Iers accent: 'Uw dochter hield van stoere mannen, kolonel. Of liever gezegd, van stoere Ierse mannen.'

'Ik weet niet waar je het over hebt.'

Fox keek even naar Mark. 'Meneer Ankerton wel,' zei hij beslist.

James wendde zich tot zijn advocaat. 'Ik begrijp het niet.'

Mark haalde zijn schouders op. 'Ik denk dat meneer Sullivan het ook niet begrijpt,' zei hij. 'Ik denk dat Vera hem een roddel heeft doorgespeeld en dat hij die tot zijn eigen voordeel heeft aangewend.'

Fox keek geamuseerd. 'Waarom zou Ailsa mijn rekeningen hebben betaald, denk je? Dat was geen naastenliefde. Ze probeerde de smerige details van Lizzies liefdesleven binnenshuis te houden... vooral haar voorliefde voor mannen die haar aan haar broer deden denken.'

Monroe kwam tussenbeide voor James of Mark iets kon zeggen. 'Waarvan kent u hem, meneer?'

James hield zichzelf vast aan de trapleuning. Hij zag er gebroken uit, alsof Fox een paar ontbrekende stukjes van een puzzel had geleverd. 'Hij had het huisje naast de Lodge gekraakt in de zomer van '97. Mijn vrouw had medelijden met hem, omdat hij een vrouw en twee kinderen bij zich had...' Hij zweeg, vroeg zich duidelijk af of dat inderdaad de reden van Ailsa's medeleven was geweest.

'Gaat u door,' spoorde Monroe hem aan.

'Ailsa heeft mij overgehaald het gezin te laten blijven, terwijl zij een betaalbare woning voor hen probeerde te vinden. Ondertussen heeft dit creatuur...' – hij gebaarde naar Fox – 'de vluchtige gelijkenis met onze zoon geëxploiteerd om spullen op rekening van de Manor aan te schaffen. Mijn vrouw heeft de rekeningen betaald en tegen de tijd dat ik ervan hoorde was hij met zijn gezin vertrokken met achterlating van de schulden die zij niet kon betalen. Ik heb het huisje moeten verkopen om ze te kunnen voldoen.'

Monroe keek nieuwsgierig naar Fox. Hij had Leo na zijn moeders dood gesproken, maar hij herinnerde zich hem niet goed genoeg om te zeggen of de gelijkenis groot was of niet. 'Was Wolfie een van die kinderen?'

'Ik dacht niet dat ik hen ooit gezien heb, maar ik weet dat mijn vrouw zich bijzonder veel zorgen maakte dat drie zulke kwetsbare mensen onder invloed van deze man waren.'

'Hebt u de politie ingelicht?'

'Uiteraard.'

'Welke namen hebt u toen opgegeven?'

'Dat weet ik niet meer. Mijn vrouw heeft al de papieren voor de aanvraag van een huis aan uw mensen doorgegeven, dus daar zullen de namen wel op staan. Misschien heeft ze kopieën bewaard. Als dat zo is, dan zijn die in de eetkamer.' Met een plotselinge beweging deed hij een stap naar voren en sloeg hij Fox in zijn gezicht. 'Hoe durfde je terug te komen? Wat voor leugens heb je mijn vrouw die keer op de mouw gespeld?'

Fox rechtte met een kwaadwillig lachje zijn schouders. 'Ik heb haar de waarheid verteld,' zei hij. 'Ik heb haar verteld wie de vader was van dat kleine bastaardje van Lizzie.'

Monroe ving James' hand die weer opgeheven werd. 'Beter van niet, meneer.'

'Ailsa zou je nooit geloofd hebben,' zei de oude man kwaad. 'Zij wist heel goed dat zoiets walgelijks nooit gebeurd is.'

'O, ze geloofde me, kolonel, maar ik heb ook niet gezegd dat u de vader was. Dat was Lizzies idee... Zij dacht niet dat ze mevrouw Bartlett met minder kon activeren.'

James wendde zich hulpeloos tot Mark.

'Maar wie heb je dan als vader genoemd?' vroeg Mark.

Fox keek hem strak aan. 'Ik heb je de hele dag in de gaten gehouden... je kon je handen amper van haar afhouden. Ze strekt me tot eer, nietwaar Ankerton?'

Mark schudde zijn hoofd. 'De verkeerde kleur ogen, vriend. Elizabeths ogen zijn blauw... jouw ogen zijn blauw... en volgens Mendel is het onmogelijk dat twee blauwogige ouders een bruinogig kind krijgen.' *Nou heb ik je, klootzak.* Of Leo had gelogen, of deze onwetende sukkel wist net zo veel van genen als hij. 'Je had niet op de informatie van Vera moeten vertrouwen, Fox. Ze is nooit goed geweest in data. De Ierse zwerver is twee jaar voor Elizabeths zwangerschap langs geweest...' – hij wees naar Fox' hart – '... en daarom zal Ailsa je ook niet geloofd hebben. Waardoor ze ook gestorven is... Hoe ze ook gestorven is... ze wist dat er geen verband bestond tussen haar kleindochter en jou.'

Fox schudde zijn hoofd. 'Ze wist wie ik was, beide keren, Ankerton... de eerste keer heeft ze me afgekocht... en dat zou ze de tweede keer ook gedaan hebben als ze niet gestorven was. Ze wilde niet dat haar man wist hoeveel geheimen er in de familie waren.'

'Heb jij haar vermoord?' vroeg Mark recht voor zijn raap.

'Nee. Ik was hier niet die avond.'

Nancy kwam uit de gang naar voren. 'Vera zei dat hij Ailsa probeerde te chanteren. Ze leek me daarover heel helder. Kennelijk heeft Ailsa gezegd dat ze nog liever stierf dan hem het geld te geven... dus heeft hij gezorgd dat Vera de deur op slot deed en Ailsa aan hem overliet.'

Fox keek kort in haar richting. 'Mevrouw Dawson verwart me met Leo. Misschien zou je deze vragen aan de zoon van de kolonel moeten stellen, Ankerton.'

Mark glimlachte licht. 'Als je niet hier was, waar dan wel?'

'Waarschijnlijk in Kent. We hebben het grootste deel van het voorjaar in het zuidoosten doorgebracht.'

'Wij?' Mark zag een druppel zweet langs de slaap van de man glijden. Alleen in het donker was hij beangstigend, dacht hij. In het licht, met zijn handboeien om, leek hij kleiner geworden. Bovendien was hij niet slim. Sluw... dat misschien wel, maar niet slim. 'Waar zijn Vixen en Cub?' vroeg hij toen Fox geen antwoord gaf. 'Waarschijnlijk kan Vixen het Kent-alibi bevestigen, als je de politie vertelt waar ze is?'

Fox richtte zijn aandacht op Monroe. 'Gaat u uw werk doen, brigadier? Of laat u toe dat de advocaat van de kolonel me ondervraagt?'

Monroe haalde zijn schouders op. 'U bent op uw rechten gewezen. U hebt het recht te zwijgen, net zoals iedereen. Gaat u verder, meneer Ankerton,' nodigde hij Mark uit. 'Ik ben benieuwd naar wat u te zeggen hebt.'

'Ik kan u de feiten die mij bekend zijn geven, brigadier.' Hij ordende zijn gedachten. 'Feit één. Elizabeth heeft toen ze vijftien was een korte relatie met een Ierse zwerver gehad. Hij heeft haar overreed voor hem te stelen, en haar broer heeft de schuld op zich genomen om haar te beschermen. Vera wist absoluut van de relatie, omdat ze voor Elizabeth gelogen heeft steeds wanneer Elizabeth wegging. De hele episode heeft tot een catastrofale vertrouwensbreuk tussen alle leden van de huishouding geleid die nooit hersteld is. Vera voelde zich met name slecht behandeld omdat de kolonel haar van de diefstal beschuldigd heeft... en ik betwijfel of mevrouw Lockyer-Fox zich nog op dezelfde manier tegen haar gedragen heeft als daarvoor. Ik weet zeker dat ze het gevoel had dat Vera Elizabeth aangemoedigd heeft zich zo te gedragen.'

Hij legde een hand op James' arm om de oude man het zwijgen op te leggen. 'Feit twee. Elizabeth had een kind toen ze zeventien was, dat voor adoptie is afgestaan. Ze was als tiener bijzonder promiscue en ze wist zelf niet wie de vader was. Vera wist natuurlijk van de geboorte en de adoptie. Maar ik denk dat ze die twee episodes door elkaar heeft gehaald en daarom denkt dat de Ierse zwerver de vader was.' Hij hield Fox' gezicht nauwlettend in het oog. 'De enige persoon die nog in leven is die deze zwerver kan identificeren – afgezien van Vera, wier getuigenis zwakke plekken vertoont – is Elizabeth zelf... en zij beschrijft hem als een veel oudere man, die de vader was van de meeste kinderen in zijn gezelschap.'

'Ze liegt,' zei Fox.

'Dan is het jouw woord tegen het hare. Als zij je niet identificeert, zal de politie haar conclusies trekken over het waarheidsgehalte van alles wat je gezegd hebt... daarbij inbegrepen de dood van mevrouw Lockyer-Fox.'

Hij werd beloond met een zweempje besluiteloosheid in die lichte ogen.

'Feit drie. Vera's wrok jegens haar echtgenoot en de Lockyer-Foxen is exponentieel gegroeid sinds het op begon te vallen dat ze aan dementie leed, in '97. Die datum is vastgelegd, want toen werd het besluit genomen haar en Bob tot hun dood de Lodge vrij van huur te laten bewonen. De kolonel heeft net gezegd dat Vera deze man een hoop onzin heeft verteld over zijn gelijkenis met Leo. Ik vermoed dat het precies andersom was. Hij gebruikte zijn gelijkenis met Leo om Vera een hoop onzin te verkopen. Ik pretendeer niet dat ik weet waarom, behalve dat hij erachter kwam hoe gemakkelijk het de eerste keer was om aan geld te komen en dat hij besloot het nog eens te proberen.' Hij zweeg even. 'En ten slotte, en dat is het belangrijkste, Leo noch Elizabeth heeft mevrouw Bartlett ooit ontmoet of met haar gesproken. Dus met wat voor zwendel deze man ook bezig is, het heeft niets van doen met de kinderen van de kolonel.'

'Mevrouw Bartlett leek me heel zeker van haar zaak,' zei Monroe.

'Dan liegt ze of is ze zelf opgelicht,' zei Mark botweg. 'Ik stel voor dat u Fox aan een Oslo-confrontatie onderwerpt, om te zien of ze hem herkent. En Wolfies moeder ook, als jullie haar kunnen vinden. Het was een blondine met blauwe ogen die waarschijnlijk overtuigend overkwam op iemand die Leo en Elizabeth alleen maar van een afstandje heeft gezien.'

'Kunt u bewijzen dat zij er niet bij betrokken waren?'

'Ja.' Hij legde zijn hand onder James' elleboog om hem te ondersteunen. 'De dochter van de kolonel is stervende. Ze is sinds september om de haverklap in het ziekenhuis opgenomen met een ongeneeslijke leverziekte. Als ze mevrouw Bartlett al in oktober heeft ontmoet, dan moet dat binnen de muren van het St. Thomas-ziekenhuis zijn geweest.'

Het was een knap stukje laswerk, een valse achterkant in het eerste bagagecompartiment, maar het werd door de adelaarsblik van een vrouwelijke collega van Barker opgemerkt die zich afvroeg waarom er een klein reepje verf – zo breed als een beitel – in het midden van een paneel was afgesleten. Bij daglicht zou het niet zichtbaar zijn geweest, maar in de lichtstraal van haar zaklantaarn knipperde het randje kaal metaal tegen de achtergrond van het grijze verfwerk.

'Keurig,' zei Barker bewonderend, toen na zachte druk met een mes een veerslot opensprong waardoor het hele paneel weggeschoven kon worden van de rand waaraan het aan de achterkant vast had gezeten. Hij richtte zijn zaklantaarn in de dertig centimeter diepe, een vierkante meter grote ruimte die blootgelegd was. 'Zo te zien heeft hij flink wat landhuizen in Engeland leeggehaald.'

De politievrouw klom in het bagagecompartiment om achter het paneel aan de linkerkant te kijken. 'Hier is nog meer,' zei ze terwijl ze binnen rondtastte met haar hand en een tweede springslot op de grond deed openspringen. Ze trok het paneel naar zich toe en legde het plat neer. 'Hoeveel hiervan zou van de kolonel zijn, denk je?'

Barker liet zijn zaklantaarnschijnsel over de schilderijen en het zilverwerk glijden die de holte vulden. 'Geen idee... maar je zou toch denken dat die oude baas het gemerkt zou hebben dat er dingen weg waren.' Hij keek in het tweede bagagevak. 'Als deze twee even diep waren toen de bus gebouwd werd, dan zou ik zeggen dat hier ook een valse achterkant zit. Wil je het proberen?'

De vrouw kroop behulpzaam het bagageruim in en wrikte weer met het mes. Ze bromde tevreden toen het paneel opensprong. 'Jezus,' zei ze, terwijl ze keek naar wat daar lag. 'Wat is hij verdomme van plan? De wereldbank beroven?'

Barker bescheen een rij afgezaagde geweren en pistolen die met klampen aan de achterwand vastgemaakt waren. 'Handel,' zei hij droogjes. 'Dit is harde valuta. Geen wonder dat hij hier rondhangt. De familie van de kolonel heeft de grootste collectie geweren en pistolen in Dorset opgebouwd. Ik denk dat Fox daarop uit was.'

'Dan heb ik weinig medelijden met de kolonel,' zei de politievrouw terwijl ze het tweede paneel losmaakte en het plat neerlegde. 'Hij vraagt erom beroofd te worden.'

'Behalve dat die collectie zich niet meer in zijn huis bevindt,' zei Barker. 'Die ouwe baas heeft na de dood van zijn vrouw de hele verzameling aan het Imperial War Museum gedoneerd. Ik denk dat niemand de moeite heeft genomen dat aan Fox te vertellen.'

30

Toen de bus systematisch uit elkaar werd gehaald en er authentiek bewijsmateriaal gevonden werd, bleek de arrestatie van Fox ver buiten Shenstead zijn nasleep te hebben. Fox was wat slordig geweest in wat hij had verkozen mee te nemen. Een tweede mobiel met een nummervoorraad en een spoor van telefoontjes dat de politie in staat stelde zijn gangen na te gaan. Sleutels voor een garagebox die via de fabrikant nagetrokken konden worden en een locatie opleverden. Paspoorten. Rijbewijzen – sommige op naam van vrouwen. Het meest zorgwekkend – wat de politie betrof – waren kleren met bloedvlekken erop, die trofeeën leken en weggestopt waren in een holte in de vloer.

De inwoners van Shenstead werden direct met de gevolgen geconfronteerd toen de politie op de avond van tweede kerstdag de huizen langs was gegaan om hen ervan op de hoogte te stellen dat er een man gearresteerd was naar aanleiding van de moord op Bob Dawson. Dat nieuws werd door iedereen met schrik ontvangen. Ze drongen aan op meer informatie – 'Wat voor man?' 'Is er nog iemand anders gewond geraakt?' 'Heeft het te maken met de dood van Ailsa?' 'En hoe is het met Vera...?' – maar de agenten deden geen mededelingen, en vroegen alleen alle gezinshoofden zich beschikbaar te houden voor ondervraging de volgende dag.

Het verhaal verspreidde zich tot buiten de grenzen van de vallei zodra de pers er lucht van kreeg. Journalisten belegerden het ziekenhuis in de vroege uren van de morgen, op jacht naar meer informatie over de gearresteerde verdachte en een vrouw die 'Nancy' heette en wier arm gebroken was bij een aanval met een hamer. De politie wilde alleen de naam van de vermoorde man bevestigen en het feit dat de verdachte een reiziger was van het kamp in Shenstead. Het lekte echter al snel uit – via het mobieltje van Ivo, die een kans rook om geld te verdienen door het verhaal aan een krant te verkopen – dat 'Nancy' de onwettige kleindochter van kolonel Lockyer-Fox was, en er werd gespeculeerd over de overeenkomst tussen de aanval op haar en de dood van Ailsa in maart. Waarom was de familie van de kolonel een doelwit?

De kwestie van de onwettigheid gaf sjeu aan het verhaal en er werd driftig gezocht naar Nancy's biologische moeder en adoptiefmoeder. Gelukkig hield Ivo haar rang in het leger en haar achternaam nog even voor zich, omdat hij inzag dat hij per telefoon niet betaald zou worden voor de informatie die hij verstrekte, wat Bella de tijd gaf hem even apart te nemen voor hij naar buiten kon sluipen om contact op te nemen met een verslaggever. Ze nam zijn mobiel in beslag en stelde de kolonel voor hem die nacht in de kelder op te sluiten, maar in afwezigheid van Mark, die Nancy naar het ziekenhuis bracht, koos James ervoor hetzelfde bedrag te geven als de krant geboden had.

'Je bent geen haar beter dan je vriend Fox,' zei hij tegen Ivo toen hij een cheque voor hem uitschreef met een begeleidend briefje voor zijn bank. 'Jullie denken allebei dat je het leven van een ander mag kapotmaken om er zelf beter van te worden. Maar ik zou Fox alles gegeven hebben wat ik had in ruil voor het leven van mijn vrouw, en ik zie dit als een kleine prijs die betaald moet worden voor mijn kleindochters gemoedsrust.'

'Iedereen moet roeien met de riemen die hij heeft,' zei Ivo. Hij stak de cheque in zijn zak en grijnsde boosaardig naar Bella die tegen de muur leunde. 'Maar ik raad u wel aan te zeggen dat het klopt als de bank opbelt. U hebt het me eerlijk aangeboden, dus u kunt er niet op terugkomen.'

James glimlachte. 'Ik kom mijn beloften altijd na, Ivo. Zolang jij die van jou nakomt, krijg je geen moeilijkheden met de bank.'

'Dat is dan afgesproken.'

'Ja.' De oude man kwam overeind achter zijn bureau. 'En wil je nu mijn huis verlaten?'

'Dat meent u niet! Het is twee uur 's nachts. Mijn vrouw en kinderen liggen boven te slapen.'

'Zij mogen blijven. Maar jij niet.' Hij knikte naar Bella. 'Wil je Sean Wyatt even vragen hier te komen, Bella?'

'Waar hebt u die juut voor nodig?' vroeg Ivo.

'Om je te laten arresteren als je niet ogenblikkelijk vertrekt. Je hebt mijn verdriet over de moord op mijn vrouw, op mijn tuinman en de poging tot moord op mijn kleindochter aangewend om bloedgeld van me af te troggelen. Of je vertrekt nu en int zo snel de bank opengaat die cheque, of je brengt de nacht met je vriend op het politiebureau door. Wat er ook gebeurt, je zet nooit meer voet in dit huis.'

Ivo's ogen vlogen nerveus naar Bella. 'Ik heb niks met Fox te maken, hoor. Ik kende hem totaal niet voor de bijeenkomst waarop we geselecteerd zijn.'

'Misschien niet,' zei ze terwijl ze wegliep van de muur en de deur naar de hal opendeed, 'maar de kolonel heeft gelijk. Tussen jou en hem is weinig verschil. Jullie denken allebei dat jullie belangrijker zijn dan andere mensen. Nu, kom op, oprotten of ik vertel de politie over die gestolen spullen in je bus.'

'En mijn vrouw en kinderen dan?' zei hij op klagerige toon toen James om het bureau heen liep en hem dwong een stap naar achteren te doen. 'Ik moet ze toch vertellen wat er aan de hand is.'

'Nee.'

'Hoe krijg ik ze te pakken als ik geen telefoon heb?'

James keek geamuseerd. 'Dat had je eerder moeten bedenken.'

'Shit!' Hij liet zichzelf de hal in drijven. 'U bent verdomme de rechter niet.'

'Hou je nu op met je gejammer,' zei Bella vol afkeer, terwijl ze de grendels van de voordeur wegschoof en de deur opentrok. 'Je hebt je dertig zilverlingen. En nu wegwezen voor ik van gedachten verander.'

'Ik moet m'n jas hebben,' zei hij toen er een vlaag koude wind naar binnen blies.

'Jammer dan!' Ze werkte hem door de deuropening en duwde de deur met haar stevige schouder achter hem dicht. 'De politie laat hem niet meer in het kamp,' zei ze, 'dus hij vernikkelt van de kou tenzij hij hun wil uitleggen waarom u hem eruit gezet hebt.' Ze lachte om James' gezichtsuitdrukking. 'Maar ik neem aan dat u dat zelf al had verzonnen.'

Hij nam haar bij haar arm. 'Laten we een glaasje cognac nemen. Dat hebben we dacht ik wel verdiend.'

De vallei werd belegerd zodra bij het krieken van de dag van de 27ste de wegversperringen opgeheven werden, en had men al hoop gehad om alles stil te houden, dan ging die nu in rook op. De Manor en de Copse bleven onder politiebewaking maar de pachters, de Bartletts en de Weldons kwamen onder vuur te liggen van de pers en de televisie. Shenstead House trok de meeste aandacht vanwege Julians opmerkingen over reizigers in de plaatselijke krant. Een exemplaar was in zijn brievenbus gegooid, en zijn telefoon ging onophoudelijk over tot hij de stekker eruit trok. Fotografen bleven voor zijn ramen rondhangen, in de hoop een plaatje te kunnen schieten terwijl verslaggevers vragen naar binnen schreeuwden.

'Voelt u zich verantwoordelijk omdat een reiziger de dader is?' ... 'Hebt u de honden op ze losgelaten? Was dat de aanleiding?' ... 'Hebt u ze in hun gezicht dieven genoemd?' ... 'Weet u wie deze man is? Is hij al eerder in Shenstead geweest?' ... 'Wat heeft hij met de Manor? Waarom heeft hij de tuinman vermoord?' ... 'Waarom heeft hij de kleindochter van de kolonel aangevallen?' ... 'Denkt u dat hij verantwoordelijk was voor de dood van mevrouw Lockyer-Fox?'

Binnen zat Eleanor in diepe ellende in de keuken weggedoken, terwijl Julian, die er weinig beter aan toe leek, in zijn studeerkamer achter gesloten gordijnen liep te ijsberen. Elke keer dat hij Gemma op haar mobiel had geprobeerd te bereiken was het gesprek doorgeschakeld naar haar voicemail. Hetzelfde gebeurde bij zijn pogingen Dick Weldon te pakken te krijgen. Beide mobiels stonden uit en de vaste toestellen van Shenstead Farm en de boerderij van de Squires waren constant in gesprek, wat deed vermoeden dat ook zij de stekkers eruit hadden getrokken. Zijn enige e-mailadres van Gemma was dat op haar kantoor, en dat was tot na nieuwjaar gesloten, en zijn frustratie nam toe omdat hij kon achterhalen wat er gaande was.

Hij kon niemand anders bellen dan de politie, en uiteindelijk deed Julian dat ook, waarbij hij naar brigadier Monroe vroeg. 'We hebben hulp nodig,' zei hij tegen hem. 'Ik ben als de dood dat die klootzakken van de pers achter de telefoontjes van mijn vrouw komen. En wat moeten we dan?'

'Er is geen reden waarom ze daarachter zouden komen.'

'Verwacht u dat ik dat van u aanneem?' vroeg Julian. 'Niemand vertelt ons wat er gaande is. Wie is de man die jullie gearresteerd hebben? Wat zegt hij?'

Monroe onderbrak het gesprek om met iemand op de achtergrond te spreken. 'Ik neem later nog contact met u op, meneer, maar ondertussen raad ik u aan dat u en uw vrouw u niet laten zien. Mooi, was dat het dan...?'

'U kunt het hier toch niet bij laten?' onderbrak Julian hem kwaad.

'Wat wilt u nog meer weten?'

Julian wreef geïrriteerd zijn nek. 'Die verslaggevers beweren dat de kleindochter van de kolonel ook is aangevallen. Klopt dat?' Weer klonken stemmen aan de andere kant van de lijn en het prikkelde hem dat hij op het tweede plan geschoven was. 'Luistert u wel?' blafte hij in de hoorn.

'Sorry, meneer. Ja, haar arm is helaas gebroken, maar dat komt wel in orde. Luister, de beste raad die ik u kan geven is u rustig te houden.'

'Ja, m'n reet!' zei Julian agressief. 'We zijn praktisch gevangengenomen door die klootzakken. Ze proberen ons door de ramen heen te fotograferen.'

'Iedereen zit in hetzelfde schuitje, meneer. U moet geduld hebben.'

'Ik ben niet van plan geduld te hebben,' snauwde hij. 'Ik wil dat dit tuig voor m'n deur weggehaald wordt en ik wil weten wat er aan de hand is. Het enige wat we gisteravond te horen hebben gekregen is dat er een man gearresteerd is... maar gezien de vragen die door de brievenbus naar binnen zijn geroepen, is hij een van de reizigers.'

'Dat klopt. Dat hebben we al bevestigd bij de pers.'

'Maar waarom hebt u ons dat niet verteld?'

'Dat zou ik gedaan hebben zodra ik u kwam spreken. Waarom is het zo belangrijk?'

'God bewaar me! Gister zei u dat Prue dacht dat Darth Vader een van de reizigers was. Begrijpt u niet hoe kwetsbaar ons dat maakt, als Ellies connecties met deze man bekend raken?'

Weer werd het gesprek even onderbroken voor een gedempte conservatie. 'Sorry,' zei Monroe toen. 'Maar we hebben het erg druk hier, dat zult u wel begrijpen. Waarom denkt u dat de moord op Robert Dawson iets te maken heeft met uw vrouws telefoontjes naar de kolonel?'

'Dat denk ik helemaal niet,' wierp Julian nijdig tegen. 'Maar u scheen er toen u Ellie ondervroeg van overtuigd dat er een verband was tussen de reizigers en haar.'

'Ik herhaalde alleen wat mevrouw Weldon beweerd had... maar het was niet een serieuze suggestie. Mevrouw Weldon was hysterisch over de insluiper op Shenstead Farm. Daardoor heeft ze een aantal wonderlijke conclusies getrokken. Op het ogenblik hebben we geen aanleiding om de gebeurtenissen van afgelopen nacht in verband te brengen met de treitertelefoontjes van uw vrouw.'

'Mooi,' gromde Julian. 'Wilt u dan misschien een patrouillewagen sturen om af te rekenen met die verslaggevers voor mijn ramen? Ik heb hier allemaal niets mee te maken, en ik word behandeld als een crimineel.'

'We hebben het erg druk, meneer,' zei Monroe verontschuldigend. 'Misschien is het een troost dat kapitein Smith het nog veel erger te verduren heeft.'

'Dat is geen troost,' snauwde hij. 'Het spijt me dat dat meisje gewond is geraakt, maar het is niet mijn schuld dat ze op het verkeerde moment op de verkeerde plaats was. Gaat u nu nog een patrouillewagen sturen of moet ik de orde verstoren om aandacht te krijgen?'

'Ik stuur wel een auto, meneer.'

'Doe dat,' zei Julian terwijl hij de telefoon op de lader neerkwakte. Toen hij onmiddellijk daarna overging, nam hij op. Hij hief twee vingers naar de gordijnen. 'Klootzakken,' mimede hij.

Monroe legde met een bedachtzame glimlach naar zijn chef de hoorn neer. 'Ik zei al dat het niet lang zou duren voor hij zou bellen,' zei hij. 'Hij schijt bagger... wil weten wat Fox zegt.'

'Wat ga je doen?'

'Ik laat hem nog een tijdje sudderen. Hij wil de touwtjes in handen hebben... Hij werd razend van de gedachte dat hij niet mijn volledige aandacht kreeg.' Monroe dacht even na. 'Hoe langer we hem aan de genade van de fotografen overgeleverd laten, hoe nijdiger hij wordt. Hij wil dolgraag weg uit dat huis, maar of dat is omdat hij ervandoor wil of omdat hij bewijsmateriaal wil verdonkeremanen, weet ik nog niet. Waarschijnlijk allebei.'

'Geloof je echt dat hij erachter zit?'

Monroe haalde zijn schouders op. 'Ik denk in ieder geval dat hij achter die telefoontjes van zijn vrouw zit. Hij deed gisteravond veel te ontspannen. Ik heb hem in de gaten gehouden, hij bespeelde haar, zij was de dupe. Interessant. Ze ziet zichzelf duidelijk als een krachtige persoonlijkheid – en mevrouw Weldon doet dat zeker – maar vergeleken bij haar echtgenoot is ze boterzacht.'

'Misschien is hij alleen maar omgekocht om haar erbij te betrekken.'

Monroe kneep zijn ogen dicht en tuurde naar het raam. 'Mogelijk, maar hij heeft hoge kosten... de eisen van zijn vrouw... de eisen van zijn vriendin... het paard... de jacht... de wijnkelder. Er stonden twee sets golfclubs in de hal, die van haar en die van hem... en dan nog de BMW... de Range Rover... de inrichting van het huis en die dure kleding. Volgens Mark Ankerton is dit zijn tweede huwelijk. Hij is twintig jaar geleden gescheiden en heeft een stel volwassen kinderen. We hebben het nu over een man die het niet verder heeft geschopt dan afdelingshoofd... Hij moest zijn eerste vrouw onderhouden... zijn kinderen... heeft zijn huis verkocht vóór de prijzen omhoogvlogen... en is toen op zijn vijfenvijftigste vervroegd met pensioen gegaan om een luxeleven te gaan leiden.' Hij schudde zijn hoofd. 'Hier klopt iets niet.'

'Fox beweert dat hij de grootste wapenhandelaar in Europa is. Hoe waarschijnlijk is dat?'

'Op een schaal van een tot tien? Nul,' gaf Monroe toe. 'Ik denk dat hij zijn aandeel heeft gekregen in het zilver en de schilderijen, en dat hij een hartaanval krijgt als hij van die wapens hoort. Maar ik denk wel dat Fox de waarheid sprak toen hij zei dat hij Bartlett het dossier heeft gegeven. Hij wist wie kapitein Smith was. Maar wiens idee het was...' – hij maakte een wiegend gebaar met zijn hand – '... dat is moeilijk te zeggen. De timing doet vermoeden dat het Fox was. De kolonel is nooit erg sociabel geweest, maar na de dood van zijn vrouw kwam hij zijn huis niet meer uit. Ik denk dat Fox er genoeg van kreeg om Vera voor hem te laten stelen en dat hij zelf naar binnen wilde. De methode – die oude baas ertoe drijven dat hij uitgeput zijn terras bewaakte terwijl Fox achterom naar binnen kwam – riekt naar Bartlett. Het is een nare kerel en ik geloof best dat hij de hond van de kolonel heeft vermoord om de inzet te verhogen.'

'Mark Ankerton had het over "oorlogsmist". Iets met de kolonel in de war maken over waar, wie en hoe machtig de tegenstander was.'

'Ik zoek het liever in jachtmetaforen,' zei Monroe. 'Fox en Bartlett lijken sprekend op elkaar. Ze vinden het allebei heerlijk weerloze dieren te terroriseren.'

Zijn chef lachte. 'De kolonel is geen weerloos dier.'

'Maar dat kon hij wel worden toen hij ervan beschuldigd werd zijn eigen dochter verkracht te hebben. Hoe kun je zoiets tegenspreken?'

'Mmm.' Monroe's chef kwam overeind van de punt van het bureau van zijn brigadier. 'Er zit iets heel persoonlijks in die aanvallen van Fox op de familie. Denk je dat hij de waarheid spreekt over zijn verhouding met de dochter? Voor de psychiaters is dat natuurlijk een buitenkansje. Verwend rijk meisje. Jongen uit de achterbuurt.'

'Zodra we Elizabeth te spreken krijgen, zullen we haar om bevestiging vragen.'

'Ze zal het ontkennen omwille van kapitein Smith.'

'Dat hoop ik,' zei Monroe. 'De man is een beest. Als hij echt dacht dat het meisje zijn dochter was, waarom heeft hij haar dan aangevallen?'

Zijn chef liep naar het raam. 'Omdat hij haar niet als individu ziet... maar alleen maar als lid van een familie waardoor hij geobsedeerd is. Eerlijk gezegd bijzonder vreemd. De kolonel en zijn zoon staan te springen om hun DNA af te staan, om te bewijzen dat er geen familierelatie tussen hen en Fox is.'

Monroe knikte. 'Weet ik. Ik heb met Ankerton gesproken. Hij zegt dat elke gelijkenis met Leo op toeval berust, maar dat door die gelijkenis Fox ertoe is overgegaan de familie te terroriseren. Hij kwam met een hoop abracadabra over overdracht en depersonalisatie... dat Fox de kolonel kleineerde om zichzelf beter te voelen.'

'Mmm. Maar kapitein Smith wil haar DNA niet laten vergelijken?'

'Op advies van Ankerton.' Monroe drukte zijn duim en wijsvinger tegen zijn neusrug. 'Gun haar dat... Het is een aardig meisje en het is onnodig haar te dwingen om erachter te komen wie haar vader is. Het heeft verder geen invloed op de zaak.'

Zijn chef knikte. 'Heeft Fox gezegd hoe hij en Bartlett weer met elkaar in contact zijn gekomen? Dat is de sleutel tot wie de zaak gepland heeft. Ze zaten hier allebei in '97, dat is zeker, maar Bartlett kan niet geweten hebben hoe hij Fox moest vinden toen die verdwenen was. Het lijkt me zo dat Fox de eerste stap heeft gezet.'

'Hij beweert dat ze elkaar toevallig in de Copse zijn tegengekomen en dat Bartlett hem dreigde aan te geven omdat hij zich voor Leo uitgaf, als hij hem niet liet meedelen in deze zaak.'

'Wat deed Fox in de Copse?'

'De Manor en omgeving verkennen. Hij zegt dat hij over Ailsa's dood had gelezen en poolshoogte kwam nemen. Hij geeft toe dat hij daar was om te stelen, maar hij ontkent dat hij het huis wilde leegroven. Hij beweert dat dat Bartletts idee was. Volgens hem zei Bartlett dat de kolonel een makkelijk doelwit vormde. Het ging erom hem zo te isoleren dat het weken zou duren voor iemand erachter kwam dat het huis was leeggehaald.'

'Maar dan zou de kolonel eerst dood moeten.'

'Dat was volgens Fox ook de opdracht van Bartlett. Mét Robert en Vera Dawson. Het waren eenzame mensen. Niemand sprak ooit met ze. Tegen de tijd dat iemand de moeite zou doen poolshoogte te nemen – waarschijnlijk Mark Ankerton – zouden er geen getuigen meer zijn, de reizigers zouden allang zijn vertrokken en dan hadden we ons op hen gericht.'

'Geloof je dat?'

De brigadier haalde zijn schouders op. 'Ongetwijfeld was Fox dit van plan, maar het lijkt me niet waarschijnlijk dat Bartlett daaraan mee zou doen. De jassen en bivakmutsen vormen de sleutel. Ik denk dat het plan was om tijdens de kerstdagen ieders aandacht op de reizigers te richten, terwijl Bartlett en Fox naar de Manor zouden gaan, de kolonel vast zouden binden, het huis leeg zouden halen en hem achter zouden laten zodat Bob of Vera hem zou vinden als hij of zij op kwam dagen om aan het werk te gaan. Aangenomen dat hij nog zou leven, zou hij ons gezegd hebben dat de reizigers de schuldigen waren.'

De inspecteur sloeg zijn armen over elkaar. 'Of hij zou zijn zoon beschuldigd hebben, vanwege die treitertelefoontjes.'

'Het zit knap in elkaar. Fox zei dat ze van plan waren de bandjes mee te nemen, zodat wij niet zouden weten dat die telefoontjes werkelijk hadden plaatsgevonden. Daarom denk ik dat hij wel degelijk van plan was de oude baas te vermoorden.'

'En toen kwamen Mark Ankerton en Nancy Smith opdagen.'

'Inderdaad.'

'En wat had Fox daarover te zeggen?'

'Dat Bartlett opdracht gaf de zaak sowieso door te zetten.'

'Hoe?'

'Via Vera.'

De inspecteur bromde geamuseerd. 'Die vrouw is bijzonder nuttig voor hem. Hij geeft haar van alles de schuld.'

'Hij weet inderdaad hoe hij vrouwen moet gebruiken. Kijk maar naar mevrouw Bartlett en mevrouw Weldon.'

'Een stelletje heksen,' zei de inspecteur somber terwijl hij uit het raam keek. 'Dat gebeurt er nu als die rijke klootzakken hun inflatie naar het platteland exporteren. Gemeenschappen sterven uit en het vuil komt aan het oppervlak drijven.'

'Bedoel je mij?'

'Waarom niet? Jouw huis is twee keer zo groot als het mijne en ik ben godverdomme inspecteur!'

'Stom geluk.'

'M'n reet! Er zou een belasting moeten zijn voor mensen als jij en Bartlett die hun tonnen gebruiken om de mensen van het platteland uit hun huizen te verdrijven. Dan waren jullie allebei in Londen gebleven, en had ik nu geen psychopaat in de cel hier.'

Monroe grinnikte. 'Die was sowieso gekomen... en dan had je mijn deskundigheid moeten missen.'

Weer een vermaakt gebrom. 'En hoe zit het met mevrouw Bartlett en mevrouw Weldon? Nog ideeën? Ankerton wil bloed zien, maar de kolonel weigert tegen ze te procederen omdat hij niet wil dat die beschuldigingen van incest openbaar worden. Hij zegt – en dat ben ik met hem eens – dat het er niet toe doet hoe sterk het DNA-bewijs is, dat er toch wat van blijft hangen.'

Monroe streek over zijn kin. 'Arresteren en hen op hun rechten wijzen? Een tiener haalt daar z'n schouders voor op, maar misschien jaagt het een stelletje middelbare krengen wel de stuipen op het lijf.'

'Daar zou ik maar niet al te zeker van zijn,' zei de inspecteur. 'Voor er een week voorbij is, is het weer koek en ei tussen die twee en geven ze Bartlett de schuld van hun problemen. Ze hebben geen andere vriendinnen. Je zou kunnen aanvoeren dat de kolonel zich de moeilijkheden zelf op de hals heeft gehaald. Als hij wat hartelijker tegen de nieuwkomers was geweest, dan hadden die vrouwen zich niet zo gedragen.'

'Ik hoop dat je dat niet tegen Mark Ankerton gezegd hebt?'

'Dat hoefde niet. De kolonel schijnt zich dat zelf al gerealiseerd te hebben.'

Nancy en Bella stonden naast elkaar bij het raam van de zitkamer, en keken naar James en Wolfie in de tuin. Wolfie zag eruit als een Michelin-mannetje in de veel te grote oude kleren van Leo die Mark onder in een kast in Leo's oude slaapkamer had gevonden, terwijl James had besloten zijn overgrootvaders sjofele overjas te dragen. Ze stonden samen met hun rug naar het huis, keken uit over de vallei en de zee daarachter en te oordelen naar James' gebaren gaf hij Wolfie een kort overzicht van de geschiedenis van Shenstead.

'Wat gaat er met dat arme joch gebeuren?' vroeg Bella. 'Het lijkt me fout als hij door het systeem wordt opgeslokt. Jongens van zijn leeftijd worden niet meer geadopteerd. Hij zal alleen maar van pleegmoeder naar pleegmoeder worden doorgestuurd tot hij in de puberteit komt en lastig wordt, en dan stoppen ze hem in een tehuis.'

Nancy schudde haar hoofd. 'Ik weet het niet, Bella. Mark is op het ogenblik met Ailsa's dossiers bezig om te zien of hij een kopie kan vinden van die aanvraagformulieren voor een huis die ze ingevuld heeft. Als hij een naam kan vinden... als Wolfie een van die kinderen was... Als Vera gelijk heeft dat ze hem manieren heeft bijgebracht... als er familie is...' Ze zweeg. 'Te veel onzekerheden,' zei ze treurig. 'En het probleem is dat James denkt dat Fox of Vera ook al naar dat dossier gezocht heeft. Volgens hem stonden de laatste keer dat hij in de eetkamer was de dozen van Ailsa netjes boven op elkaar... en nu staan ze kriskras verspreid.'

'Martin Barker heeft er ook weinig hoop op. Hij was wijkagent toen het huisje gekraakt werd, en hij dacht dat het een vrouw met dochters was.' Ze legde troostend haar hand op Nancy's schouder. 'Je kunt het maar beter nu horen, schat. Hij heeft me ook verteld dat ze kinder- en vrouwenkleding hebben gevonden in een geheime bergplaats in Fox' bus. Ze denken dat het trofeeën voor hem zijn, net zoals de vossenstaarten die hij ophing.'

De tranen sprongen in Nancy's vermoeide ogen. 'Weet Wolfie het al?'

'Het gaat niet om maar één kind en een vrouw, Nance. Martin zegt dat er tien aparte kledingstukken zijn, allemaal verschillende maten. Ze gaan tests doen om te zien hoeveel DNA-patronen ze kunnen onderscheiden. Maar op het ogenblik lijkt het erop dat Fox op grote schaal gemoord heeft.'

'Waarom?' vroeg Nancy hulpeloos.

'Dat weet ik niet, schat. Martin zegt dat mensen hem waarschijnlijk makkelijker geaccepteerd zullen hebben als hij een vrouw en kinderen bij zich had... dus dan pikte hij een stelletje op tot hij genoeg kreeg van het gehuil... en dan, *wham*, dan sloeg hij ze met de hamer.' Ze haalde haar schouders op en zuchtte diep. 'Ik denk dat die klootzak er waarschijnlijk plezier in had. Ik denk dat het hem een machtsgevoel gaf om mensen waar niemand iets om gaf af te maken. Eerlijk gezegd maakt het me doodsbang. Ik vraag me steeds maar af wat er met mij en de meiden gebeurd zou zijn als ik stom genoeg was geweest om voor die sukkel te vallen.'

'Was je in de verleiding?'

Bella trok een gezicht. 'Een paar uur, toen ik stoned was. Ik vertrouwde hem niet erg, maar ik vond de manier waarop hij dingen liet gebeuren aantrekkelijk. Laten we het zo stellen, ik begrijp best waarom die arme oude Vera op hem viel. Misschien je grootmoeder ook wel. Hij kon heel charmant zijn als hij dat wilde, dat is zeker. Ze zeggen altijd dat psychopaten er goed in zijn mensen te manipuleren... en dat lukt je niet zonder charisma.'

'Nee, dat zal wel niet,' zei Nancy terwijl ze naar James keek, die neerknielde en een arm om Wolfies middel legde. 'Waarom heeft hij Wolfie niet gedood?'

'Als je Martin wilt geloven: omdat hij een kind nodig had om zichzelf geloofwaardig te maken voor de bezit te kwader trouwactie. Maar dat geloof ik niet. Hij had zo weer een junkie met kinderen kunnen oppikken. Ik bedoel, hij zou hier toch niet lang blijven, dus het maakte niet uit wie hij meenam. Ik heb maar één keer met Wolfies moeder gesproken, en ik was niet erg verbaasd geweest als hij haar voor een ander had ingeruild.' Ze zuchtte weer. 'Dat geeft me een naar gevoel. Misschien had ik haar kunnen redden als ik een beetje meer belangstelling had gehad... Maar daar denk je niet bij na, toch?'

Nu was het Nancy's beurt een troostrijke hand uit te steken. 'Het is jouw schuld niet. En wat is nu je theorie over Wolfie?'

'Ik weet dat het krankzinnig klinkt, maar ik denk dat Fox aan hem gehecht was. Het is een dapper mannetje... Hij vertelde me over z'n "John Wayne"-loopje, zodat Fox niet zou denken dat hij bang was... en dat hij netjes praatte zodat Fox zou denken dat hij slim was. Misschien is hij het enige kind waar die klootzak wat om gaf. Zoals Wolfie het beschrijft heeft Fox hem tot z'n wenkbrauwen onder de dope gezet voor hij met de hamer op Vixen en Cub is afgegaan... en de enige reden waarom Wolfie het gezien heeft, is dat hij wakker werd toen zijn broertje om hem riep. Daar draait je hart toch van om. Geen kind zou zoiets mogen meemaken... maar Fox heeft hem gedrogeerd, zodat hij hem niet hoefde te vermoorden.'

'Zal Wolfie dat zelf bedenken?'

'Ik hoop van niet, schat. Hij heeft al genoeg trauma's in zijn leven. Hij mag niet ook nog eens een afgod van Fox maken.'

Ze draaiden zich om toen ze Mark hoorden binnenkomen. 'Het is hopeloos,' zei hij moedeloos. 'Als Ailsa al een kopie heeft bewaard, dan is die er nu in ieder geval niet meer. We moeten maar duimen dat de politie die van hen kunnen vinden.' Hij kwam bij ze bij het raam staan en legde een arm om allebei heen. 'Hoe gaat het met ze?'

'Ik geloof dat James hem over de kreeftenindustrie vertelt,' zei Nancy. 'Ik weet niet zeker of die jas het nog lang uithoudt. De naden raken los.'

'Dat is maar goed ook. Hij moet hem eens weggooien. Hij zegt dat hij te veel naar het verleden heeft gekeken.' Nu zuchtte hij op zijn beurt. 'De politie dringt er helaas op aan dat Wolfie aan de kinderbescherming overgedragen moet worden. Ze willen dat jullie hem overhalen te gaan.'

'O god,' zei Nancy. 'Ik heb hem beloofd dat hij niet iets hoefde te doen als hij er nog niet klaar voor was.'

'Dat weet ik, maar ik denk dat het belangrijk is. Ze hebben deskundigen die ervaring hebben met kinderen als hij, en hoe eerder ze ermee beginnen, hoe beter. Precies zoals Bella het net zei. Hij moet Fox in een bepaald perspectief zetten, en dat kan alleen met professionele hulp.'

'Ik snap niet dat hij zich niet meer kan herinneren wie hij is of waar hij vandaan komt,' zei Bella. 'Ik bedoel, hij is tien jaar oud en het is een slim joch. Gisteren zei hij me dat hij altijd bij Fox is geweest – vandaag zegt hij dat hij gelooft dat hij ooit in een huis heeft gewoond. Maar hij heeft geen idee wanneer. Hij zegt alleen dat Fox er toen niet was... maar hij weet niet of Fox weg was gegaan... of dat het vóór Fox was. Denk je dat angst zoiets kan veroorzaken?'

'Ik weet het niet,' zei Mark. 'Laat ik het zo stellen, ik denk dat drugs en ondervoeding er ook aan bijgedragen hebben.'

'Ik weet het wel,' zei Nancy heftig. 'Ik ben in m'n hele leven niet zo bang geweest als gisteravond. Mijn hersens gaven het helemaal op. Ik ben achtentwintig, ik ben afgestudeerd, ik ben militair van beroep en ik kan me niet herinneren dat ik ook maar iets gedacht heb toen ik daar voor de terrasdeuren stond. Ik weet zelfs niet hoe lang ik daar heb gestaan. Stel je voor wat het voor een kind moet betekenen om dag in dag uit in zo'n doodsangst te leven, maanden achter elkaar. Het is een wonder dat hij niet compleet een kasplantje geworden is. Ik zou het wel zijn.'

'Ja,' zei Bella nadenkend. 'Vixen en Cub waren wel degelijk kasplantjes. Vera ook, trouwens. Wat gaat er eigenlijk met haar gebeuren?'

'Ik ben erin geslaagd een verpleeghuis in Dorchester te vinden dat haar wil opnemen,' zei Mark.

'En wie betaalt dat?'

'James,' zei Mark wrang. 'Hij wil haar zo snel mogelijk weg

hebben hier, en hij zegt dat het hem niet schelen kan hoeveel het kost als het hem er maar van weerhoudt haar te vermoorden.'

Bella lachte. 'De oude baas is erg bezig met dat bloedgeld. Nancy en ik hebben Ivo zien rondhangen in het bos, om naar zijn vrouw te kunnen zwaaien. Erg komisch. Tot nu toe heeft ze alleen nog maar haar middelvinger naar hem opgestoken.'

'Ze moet straks weg. Ook iets waar de politie op aandringt. Ze willen dat de bussen naar een beveiligd terrein worden overgebracht. Het zal vrees ik nogal spitsroeden lopen worden, want de pers staat langs de weg, maar jullie krijgen de hele rit een politie-escorte.'

Bella knikte. 'Hoe lang hebben we nog?'

'Een half uur. Ik heb gevraagd of het niet wat later kon, maar het kost ze te veel mankracht om het kamp te bewaken. Ook willen ze het huis hier leeg hebben zodat James de inventaris op kan maken van wat er weg is. Zo te zien is het meeste zilver uit de eetkamer verdwenen.'

De grote vrouw zuchtte. 'Het is altijd hetzelfde. Net als je je ergens prettig voelt komt die kloterige politie je wegjagen. Nou ja.'

'Praat je eerst met Wolfie?'

'Reken maar,' zei ze. 'Ik ga hem vertellen waar hij me vinden kan als hij me nodig mocht hebben.'

31

HET WAS EEN TEGENVALLER VOOR DE FOTOGRAFEN DAT ZOLANG de zaak nog onder de rechter was de plaatjes die ze van Julian geschoten hadden toen hij zich verzette tegen een huiszoeking, pas na zijn proces gepubliceerd mochten worden. De politie kwam in groten getale bij Shenstead House aan en de woede van de man toen brigadier Monroe hem een huiszoekingsbevel onder zijn neus hield, was indrukwekkend. Hij probeerde de deur dicht te slaan en toen dat niet lukte greep hij een rijzweep van het tafeltje in de hal en haalde uit naar Monroe's gezicht. Monroe, die jonger en fitter was, greep zijn pols halverwege vast en draaide zijn arm achter zijn rug, waarna hij hem naar de keuken duwde. Zijn woorden waren voor de mensen buiten niet te verstaan, maar de verslaggevers noteerden allemaal: 'De heer Julian Bartlett van Shenstead House is om 11.43 uur wegens geweldpleging gearresteerd.'

Eleanor zat er in shocktoestand bij terwijl Julian handboeien om kreeg en hem zijn rechten werden voorgelezen. Ze werd naar een andere kamer gebracht en het huis werd doorzocht. Ze leek maar niet te kunnen begrijpen dat de aandacht van de politie naar haar echtgenoot uitging en niet naar haarzelf en ze sloeg zich steeds op de borst alsof ze wilde zeggen: het is mijn schuld, mea culpa. Pas toen Monroe een serie foto's voor haar neerlegde en haar vroeg of ze iemand herkende, deed ze eindelijk haar mond open.

'Deze,' zei ze en ze wees op Fox.

'Weet u zijn naam, mevrouw Bartlett?'

'Leo Lockyer-Fox.'

'Kunt u me vertellen hoe u hem kent?'

'Dat heb ik u gisteravond al verteld.'

'Nog eens, alstublieft.'

Ze likte haar lippen af. 'Hij heeft me geschreven. Ik heb hem en zijn zuster in Londen ontmoet. Zijn haar zat anders dan op de foto – het was veel korter – maar ik herinner me zijn gezicht nog heel goed.'

'En herkent u nog een andere foto? Neemt u er de tijd maar voor. En bekijk ze heel goed.'

Ze leek het als een bevel op te vatten en nam met trillende handen steeds een foto op, die ze dan enkele seconden bekeek. 'Nee,' zei ze uiteindelijk.

Monroe koos een foto in het midden uit en schoof die naar haar toe. 'Dat is Leo Lockyer-Fox, mevrouw Bartlett. Weet u zeker dat dit niet de man is die u ontmoet hebt?'

Het beetje kleur op haar wangen dat ze nog had, verdween nu ook. Ze schudde haar hoofd.

Monroe legde nog een serie foto's op tafel. 'Herkent u een van deze vrouwen?'

Ze boog voorover en tuurde naar de gezichten. 'Nee,' zei ze.

'Weet u dat absoluut zeker?'

Ze knikte.

Weer zocht hij er een uit. 'Dat is Elizabeth Lockyer-Fox, mevrouw Bartlett. Weet u zeker dat dat niet de vrouw is die u hebt gesproken?'

'Ja, dat weet ik zeker.' Ze keek hem met betraande ogen aan. 'Ik begrijp het niet, brigadier. De vrouw die ik ontmoet heb was zo overtuigend. Je kunt toch niet net doen alsof je zo beschadigd bent? Ze trilde de hele tijd toen ze met me praatte. Ik geloofde haar.'

Monroe trok een stoel aan de andere kant van de tafel bij. Als haar echtgenoot in de bak zat had hij nog tijd genoeg om haar de stuipen op het lijf te jagen. Op dit moment wilde hij medewerking. 'Waarschijnlijk omdat ze bang was voor de man die zichzelf Leo noemde,' zei hij terwijl hij ging zitten. 'Misschien heeft ze u ook wel de waarheid verteld, mevrouw Bartlett... maar dan was het haar eigen verhaal en niet dat van Elizabeth Lockyer-Fox. We denken dat de vrouw die u gesproken hebt nu helaas dood is, maar misschien vinden we haar paspoort. Over een dag of wat zal ik u vragen nog wat foto's te bekijken. Als u een van die gezichten herkent, dan kunnen we haar een naam geven en iets van haar geschiedenis achterhalen.'

'Maar ik begrijp het niet. Waarom heeft ze dat gedaan?' Ze keek naar de foto van Fox. 'Wie is hij? Waarom heeft hij dit gedaan?'

Monroe liet zijn kin op zijn handen steunen. 'Dat kunt u me beter vertellen, mevrouw Bartlett. Twee vreemden konden toch niet weten dat u geïnteresseerd zou zijn in een verzonnen verhaal over kolonel Lockyer-Fox? Hoe konden ze weten dat u het zou geloven? Hoe konden ze weten dat u in mevrouw Weldon een vriendin had die een treitertelefoontjescampagne zou ondersteunen? Hoe wisten ze dat u allebei dacht dat de kolonel zijn vrouw had vermoord?' Hij haalde meelevend zijn schouders op. 'Iemand die u zeer na staat moet hun uw naam gegeven hebben, denkt u niet?'

Ze begreep het werkelijk absoluut niet. 'Iemand die een hekel heeft aan James?' opperde ze. 'Want wat had het anders voor zin?'

'U was een afleiding. Uw telefoontjes hadden de bedoeling de kolonel te laten denken dat er niemand was die hij kon vertrouwen... zelfs zijn zoon en dochter niet. Uw rol...' – hij glimlachte licht – 'die u uitstekend vertolkt heeft, was om een hulpeloze oude man te verwarren en uit te putten. Terwijl hij zich op u concentreerde – en op zijn kinderen vanwege de dingen die u beweerde – werd hij beroofd.' Hij trok vragend zijn wenkbrauwen op. 'Wie kende u zo goed dat hij u zo voor zijn karretje kon spannen? Wie wist dat u een hekel aan de Lockyer-Foxen had? Wie vond het grappig om u de kastanjes uit het vuur te laten halen?'

Zoals Monroe zijn inspecteur later vertelde, brak de hel los in Shenstead House toen de vrouw erachter kwam dat ze erin geluisd was. Eenmaal op dreef, was Eleanor niet meer te stuiten. Ze had een uitstekend geheugen voor hun financiële situatie ten tijde van de verhuizing, van de geschatte waarde van Julians aandelenportefeuille, van de handdruk die hij gekregen had toen hij vervroegd met pensioen ging, van het minimale pensioen dat hij tot zijn vijfenzestigste zou ontvangen. Ze greep de kans om haar eigen uitgaven sinds hun verhuizing naar Dorset uit de doeken te doen met beide handen aan, waarbij inbegrepen de kosten om het huis op te knappen. De lijst die ze van de haar bekende uitgaven van Julian maakte besloeg twee vellen, met onderaan de cadeaus die in de GS-e-mails hadden gestaan.

Zelfs Eleanor kon zien dat de uitgaven de inkomsten ver overtroffen dus, tenzij Julian alle aandelen die ze hadden had verkocht, kwam er geld uit een andere bron. Ze liet zien dat er geen aandelen verkocht waren door Monroe mee te nemen naar de studeerkamer van Julian en het dossier van hun effectenhandelaar in een van de dossierkasten op te diepen. Ze hielp de politie nog een extra handje door al zijn andere dossiers door te nemen en alles wat haar niets zei eruit te halen. Haar zelfvertrouwen groeide naarmate er meer bewijzen van de schuld van haar echtgenoot boven water kwamen – bank- en beleggingsrekeningen waar hij het nooit over had gehad, ontvangstbewijzen voor door hem verkochte goederen die nooit van hen geweest waren, zelfs een briefwisseling met een eerdere minnares – en het was zonneklaar voor Monroe dat ze zich al snel zelf het slachtoffer voelde.

Hij had haar speciaal gevraagd naar een dossier te zoeken dat brieven van kolonel Lockyer-Fox aan kapitein Nancy Smith bevatte, en toen ze dat eindelijk opdiepte uit een vuilniszak waarvan ze zich herinnerde dat Julian hem die ochtend naar buiten had gebracht – 'normaal is hij niet zo behulpzaam' – gaf ze het met een triomfantelijk gebaar aan. Ze was nog triomfantelijker toen een van de agenten verder spitte tussen de koffieprut en de spruitjes en een Darth Vader-stemvervormer tevoorschijn haalde. 'Ik zei toch dat het mijn schuld niet was,' zei ze met schrille stem.

Monroe, die al gedacht had dat er nóg een stemvervormer moest zijn omdat er zo veel Darth Vader-telefoontjes gepleegd waren, hield een plastic zak open om hem aan te nemen. 'Misschien wilde hij daarom zo graag weg,' zei de agent terwijl hij hem erin liet glijden. 'Hij wilde ze natuurlijk ergens aan de andere kant van Dorchester in een greppel gooien.'

Monroe wierp een blik op Eleanor terwijl hij de plastic zak verzegelde. 'Hij zal ontkennen dat hij er iets van weet,' zei hij nuchter, 'tenzij zijn vrouw kan bewijzen dat ze deze spullen nooit eerder heeft gezien. Er wonen hier twee mensen in huis en op dit moment kunnen we nog niet met zekerheid vaststellen wie er verantwoordelijk is.'

De vrouw slikte als een kalkoen nu haar angsten weer terugkwamen. Het was een bevredigende reactie. In de ogen van Monroe droeg ze net zo veel schuld als haar echtgenoot. Ze was er misschien minder diep in betrokken, maar hij had een paar van haar boodschappen op de band gehoord en het plezier waarmee ze die oude man getreiterd had, had hem misselijk gemaakt.

BBC News Online – 17 september 2002, 10.10 uur

Dood van een Vos

Gisteren is bekendgemaakt dat 'Fox Evil', de hoofdverdachte in een van de grootste moordonderzoeken van de afgelopen tien jaar, in een Londens ziekenhuis aan een inoperabele hersentumor is gestorven. Hij was daar tien dagen geleden naartoe overgebracht, van de ziekenboeg van de Belmarsh-gevangenis, waar hij zijn proces afwachtte.

Brian Wells, 45, alias 'Liam Sullivan', alias 'Fox Evil', is tot het einde toe een raadsel gebleven. Zijn weigering om mee te werken aan het moordonderzoek heeft tot een zoektocht naar vermiste personen geleid waarbij 23 verschillende politiekorpsen betrokken waren. De arrestatie van Wells – die door sommigen als charmeur werd beschreven, door anderen als een angstaanjagend roofdier – wekte veel publieke onrust, toen de politie onthulde dat hij verdacht werd van de moord op drie vrouwen en zeven kinderen, wier lichamen nooit gevonden zijn.

'Wij denken dat zijn slachtoffers krakers of reizigers waren,' aldus een zegsman van de politie. 'Alleenstaande moeders of moeders die hij overhaalde hun partners te verlaten. Helaas vrouwen wier verblijfplaats vaak niet bekend is bij hun familie, wier verdwijning niet opvalt, waardoor er dus geen aangifte wordt gedaan.'

De argwaan van de politie werd gewekt bij de aanhouding van Wells op 26 december vorig jaar. Hij kampeerde met een aantal andere reizigers op een onbebouwd stuk grond in het kleine dorpje Shenstead in Dorset en werd beschuldigd van de aanval met een hamer op Nancy Smith, 28, officier in het leger, en de moord op Robert Dawson, 72, tuinman. Wapens en gestolen eigendommen werden in zijn bus aangetroffen en de politie stelde een onderzoek in naar zijn contacten met de onderwereld.

Het onderzoek breidde zich uit toen een getuige meldde gezien te hebben dat Wells een vrouw en kind vermoordde. Binnen een paar uur werd in een geheime bergplaats onder de vloer van Wells' bus de met bloed bevlekte kleding gevonden van zeven peuters en drie vrouwen. De politie vreesde dat ze de 'trofeeën' van een gestoorde seriemoordenaar in handen had.

Eerder dit jaar werd bevestigd dat twee van de slachtoffers, een vrouw en haar zes jaar oude zoontje, geïdentificeerd zijn. Alleen hun bijnamen, 'Vixen' en 'Cub', zijn vrijgegeven, omwille van de privacy van overlevende gezinsleden. Men neemt aan dat een DNA-test van het genetisch materiaal van familieleden van de vrouw overeenkomsten heeft aangetoond met de sporen op een jurk en een kinder-T-shirt. De politie weigerde verder alle commentaar, en wilde alleen kwijt dat het onderzoek nog liep en dat reizigers niet bang moesten zijn zich te melden.

'Alle informatie zal vertrouwelijk behandeld worden,' aldus een vrouwelijke inspecteur. 'We hebben er begrip voor dat sommige mensen hun echte naam niet willen prijsgeven, maar we vragen om vertrouwen. Ons enige belang is erachter te komen wie er vermist zijn.'

De verschrikking, vooral de wrede moord op zeven onschuldige kinderen, heeft een gevoelige snaar bij het publiek geraakt. Zoals de krantenkoppen al onderstreepten: Wie kan het wat schelen als je een reiziger nooit meer ziet? 'Niet in mijn buurt!' kopte de een. 'Uit het oog uit het hart,' een ander. 'De onzichtbare groep.' Het herinnert op schokkende wijze aan de kwetsbaarheid van mensen die aan de zelfkant van de maatschappij leven.

Van Wells zelf kan men ook zeggen dat hij van de zelfkant van de samenleving kwam. Als enig kind van een drugsverslaafde alleenstaande moeder werd hij geboren in een doodarm nest in zuidoost-Londen. Door zijn leerkrachten van de lagere school wordt hij als 'getalenteerd' en 'lief' omschreven en men dacht dat er voor hem een toekomst in het verschiet lag buiten de achterbuurt waarin hij opgroeide. Op de middelbare school werd alles anders. Bij de politie stond hij bekend als een losgeslagen tiener, en regende het waarschuwingen van de politie wegens winkeldiefstal, drugsgebruik en dealen.

Een van zijn leraren geeft een schedelbasisfractuur op zijn twaalfde de schuld van de ommekeer in zijn gedrag. 'Zijn moeder had zich bij een paar reizigers aangesloten. Ze vertelde dat ze een ongeluk met de bus hebben gekregen. Daarna was Brian onhandelbaar.' Anderen wijten het aan zijn hoge IQ, waardoor hij de mensen in zijn omgeving kon manipuleren.

Wat de waarheid ook is, zijn reputatie van man waar je geen ruzie mee moest krijgen, groeide met de jaren. 'Iedereen was bang voor hem,' zei een ex-vriendin. 'Om het minste of geringste kon hij al razend worden.' Van zijn achttiende tot zijn zevenendertigste heeft Wells in totaal twaalf jaar achter de tralies doorgebracht. Na zijn ontslag uit de gevangenis in 1994, waar hij vijf jaar gezeten had wegens illegaal vuurwapenbezit en geweldpleging, meldde hij zijn medegevangenen dat hij nooit meer terug zou komen.

'Hij zei dat de enige manier om uit het gevangenencircuit te blijven was in beweging zijn,' zei een vroegere vriend. 'Dat moet hij gedaan hebben, want we hebben hem nooit meer gezien. De reclassering en de politie geven elkaar de schuld dat ze hem uit het oog verloren zijn, maar toentertijd vonden ze het wel best om van hem af te zijn. Hij zat vol haat.'

Het is moeilijk gebleken Wells' gangen tussen 1994 en zijn arrestatie vorig jaar na te trekken. Hoewel honderden reizigers zijn ondervraagd, heeft de politie niet kunnen vaststellen waar hij zich gedurende langere periodes heeft opgehouden. Zijn modus operandi was zich in een leegstaand pand te vestigen en de mogelijkheden die zich voordeden, te benutten.

'We hebben hem met drie kraakpanden in verband kunnen brengen,' zei een rechercheur van Scotland Yard in juli. 'Twee keer heeft hij geld aangenomen om zijn medekrakers uit te zetten. We maken ons nu ernstig zorgen wat er met die mensen gebeurd is. Een huiseigenaar herinnert zich nog een vrouw en drie kinderen. We hebben geen spoor van hen terug kunnen vinden en we weten niet hoe ze heten.'

Volgens de reizigers die het kamp in Shenstead met Wells deelden, was hij een kameleon. 'Hij kon stemmen nadoen,' zegt Bella Preston, 36. 'Meestal praatte hij alsof hij op een dure kostschool had gezeten. Ik stond ervan versteld dat hij uit zuid-Londen kwam.' Zadie Farrel, 32: 'Hij kon op een paar meter afstand staan, en dan wist je niet dat hij er was. Ik denk dat hij het prettig vond om mensen in de gaten te houden om te zien wat hen dreef.'

De twee vrouwen kunnen alleen met een huivering van angst aan 'Fox Evil' terugdenken. 'We waren naïef,' zegt Bella. 'Het kwam niet bij ons op dat een van ons wel eens slecht kon zijn.' 'Hij wilde vreemdelingen zijn gezicht niet laten zien,' zei Zadie. 'Ik ben me rotgeschrokken toen de politie wapens in zijn bus vond. Ik besefte dat hij ons allemaal had kunnen vermoorden, zonder dat iemand geweten had wie de dader was.'

De arrestatie van Wells volgde op een mislukte poging tot inbraak in een boerderij in Shenstead. Agrariërsvrouw Prue Weldon zag een insluiper op haar erf en waarschuwde de lokale politie. Een routineonderzoek bij huizen in de buurt stoorde Wells in zijn aanval op kapitein Nancy Smith op het grondgebied van Shenstead Manor. De kleindochter van de eigenaar, kolonel Lockyer-Fox, weerde zich duchtig en joeg haar belager op de vlucht, waarbij ze een gebroken rib en arm opliep. De politie heeft haar dapperheid geprezen.

De motieven van Wells voor de moord op Robert Dawson en de aanslag op Nancy Smith blijven net zo duister als de man zelf. Men weet dat hij in 1997 met een vrouw en drie kleine kinderen gedurende drie maanden een bij de Manor behorende cottage gekraakt heeft. Ook is bekend dat hij op frauduleuze wijze goederen heeft verkregen door zich als de zoon van de eigenaar voor te doen, Leo Lockyer-Fox, op wie hij naar men zegt lijkt. De politie veronderstelt dat de aanwezigheid van Dawson en Smith op het terrein van de Manor op de avond van tweede kerstdag wellicht Wells' poging het huis leeg te halen heeft verijdeld en dat dat tot de aanvallen heeft geleid.

William Hayes, psycholoog, gespecialiseerd in profielschetsen, heeft een andere verklaring. 'De schuilnaam van Wells, Fox Evil, impliceert een fantasierelatie met deze familie. Hij wist veel over hen voor hij in '97 in een van hun huisjes trok, mogelijk door reizigersfamilies die het gebied eerder hadden aangedaan. Zijn aanvankelijke bedoeling kan eenvoudigweg zijn geweest om de gelijkenis met de zoon van de eigenaar uit te buiten, maar in zijn geest is toen een zaadje ontkiemd dat tot een obsessie is uitgegroeid.

Toen hij er net was, werd hij genereus behandeld, vooral door de vrouw van de eigenaar, die zich zorgen maakte over de vrouw en de peuters die zich onder zijn hoede bevonden. Haar vriendelijkheid heeft hem wellicht een vals gevoel van zich thuis voelen gegeven, maar die gevoelens konden heel gemakkelijk in woede omslaan toen hij erachter kwam dat zij er alleen op uit was zijn vriendin te helpen zich van zijn invloed los te maken. Het is waarschijnlijk dat deze onbekende vrouw en haar kinderen zijn eerste slachtoffers waren. Als dat zo is, dan hebben de daaropvolgende moordpartijen in zijn gedachten sterk verband gehouden met de familie Lockyer-Fox.

De gebeurtenissen doen vermoeden dat Wells' gedragspatroon zich gewijzigd heeft van bijzonder georganiseerd in 1997 tot bijzonder verward op 26 december 2001. Wat zijn motieven ook waren om zich een gezin te verwerven, ze lijken een doel gediend te hebben tot verveling en/of de zucht om te doden hem ertoe brachten hen aan te vallen. Binnen een paar weken nadat hij twee leden van zijn reizigersfantasiegezin met een hamer had afgeslacht, gebruikte hij hetzelfde wapen tegen de tuinman en de kleindochter die bij zijn uitgebreidere fantasiefamilie hoorden.

Zijn neergang kan deels toegeschreven worden aan de groeiende tumor in zijn hersenen, maar het is niet ongewoon dat seriemoordenaars de greep op de dingen kwijtraken. Het is aannemelijk dat hij wist wat er met hem gebeurde. Hij heeft een getuige van de novembermoord in leven gelaten en hij heeft zijn laatste bezeten aanval tegen mensen gericht die hem konden herkennen. De onvermijdelijke conclusie is dat hij gepakt en tegengehouden wilde worden.'

Bella Preston is het daar niet mee eens. 'Fox Evil is een toepasselijke naam. Hij gebruikte vrouwen en kinderen tot hij zijn belangstelling voor hen verloor, en dan vermoordde hij hen. Hij was het ergste soort roofdier. Hij doodde voor zijn genoegen.'

Anne Cattrell

HOCKLEY & SPICER, ADVOCATEN

OLD COMPTON HOUSE, BRIDPORT ROAD, DORCHESTER

De heer Julian Bartlett
Flat 3
Hardy Avenue 32
Dorchester
Dorset

18 september 2002

Beste Julian,

Naar aanleiding van je telefoontje vanmorgen kan ik bevestigen dat de dood van Brian Wells geen invloed op jouw zaak heeft. Zoals je weet, heeft hij alleen een verklaring voor de politie afgelegd aangaande zijn vermeende transacties met jou. We kunnen die verklaring aanvechten, en dat zullen we doen ook, maar ik moet je eraan herinneren dat de meeste dingen die hij beweert, onderbouwd zijn door politieonderzoek, getuigenverklaringen en forensisch bewijsmateriaal.

Ik besef hoe machteloos je je moet voelen, vooral gezien de voorwaarden voor je borgtocht, maar helaas is het OM steeds van mening geweest dat de tenlasteleggingen jegens jou succesvol bewezen kunnen worden zonder verdere getuigenissen van Wells. Natuurlijk mag je wanneer je maar wilt van advocaat wisselen. Advocaten kunnen echter alleen hun werk doen met de feiten die voorhanden zijn. Als vriend wil ik er bij je op aandringen dat je het volgende in overweging neemt voor je naar iemand op zoek gaat 'die jou gelooft'.

Zoals ik al eerder uiteengezet heb, was het niet in jouw belang om op een snelle berechting aan te dringen. Hoe belastender de zaak jegens Brian Wells zou zijn, hoe eerder de jury geneigd zou zijn jouw voorgestelde verdediging te geloven, namelijk dat je het slachtoffer was van gewelddadige intimidatie. Ik voel me echter verplicht je erop te wijzen, zoals ik al een paar maal eerder heb gedaan, dat je die verdediging van tevoren ondermijnd hebt door gedurende het politieverhoor je vrouw ervan te beschuldigen dat zij de enige verantwoordelijke was.

Als we alleen al kijken naar het speekselbewijs van de stemvervormer: het is duidelijk dat jij de enige bent geweest die hem gebruikt hebt. Ook stond onder de bankrekeningen die je geopend hebt niet de handtekening van Eleanor. Bovendien doet de getuigenis van mevrouw Gemma Squire over jouw plotselinge interesse in juli in Leo en Elizabeth Lockyer-Fox en in de geheimen die Vera misschien zou kennen omtrent de familie, vermoeden dat je lang voor Eleanor er tegen eind oktober bij betrokken raakte, al medeplichtig was.

Ik zou mijn plicht verzaken als ik je er niet aan herinnerde dat het hof een strengere straf oplegt als een verweer van onschuld niet houdbaar blijkt. Het aantal tenlasteleggingen is aanzienlijk verminderd sinds de politie en het OM je verzekering accepteren dat je niet op de hoogte was van de geweren in de bus van Wells of van zijn moorddadige plan. Ik moet je er echter nogmaals op wijzen dat jouw onbekendheid met deze feiten, je voorgestelde verdediging van intimidatie ondermijnt.

Als je geen idee had dat Wells het soort man was dat gewapend rondliep en bereid was eenieder die hem dwarszat aan te vallen, dan ziet je verdediging er weinig overtuigend uit. Als je wist dat hij bewapend was, dan loop je het gevaar dat een aantal zaken je opnieuw ten laste zal worden gelegd, namelijk die aangaande Wells' illegale wapenbezit. Ik wil er bij je op aandringen dat je deze tegenstrijdige beweringen de komende dagen overweegt, vooral omdat je geen bevredigende verklaring hebt voor de bedragen tot 75.000 pond die op je bankrekening zijn bijgeschreven.

Je effectenmakelaar weet niets van aandelen die je beweert verkocht te hebben, en bovendien ben je er niet in geslaagd met documenten te staven dat je ze ooit bezeten hebt. De situatie wordt nog verder gecompliceerd door aantijgingen van je vroegere werkgever dat je een vervroegd pensioen aangeboden hebt gekregen nadat er declaratiefraude die betrekking had op een tienjarige periode op jouw afdeling ontdekt was. Hoewel je enige betrokkenheid bij deze fraude ontkend hebt – en nog steeds ontkent – is het niettemin naïef je ogen te sluiten voor de implicaties van een politieonderzoek aldaar. Een kloppende financiële administratie is noodzakelijk als je niet extra tenlasteleggingen tegemoet wilt zien.

Als je ervoor had gekozen gedurende je verhoor te blijven zwijgen, in plaats van je te laten provoceren, dan zou een wisseling van advocaat inderdaad een 'onbevooroordeeld oog' bij je zaak opleveren. Ik ben echter verplicht je te vertellen dat ik niet denk dat zwijgen je geholpen zou hebben. Er is zowel indirect als forensisch bewijs tegen je aanwezig en iedere advocaat zal je aanraden in het licht daarvan je verdediging te heroverwegen.

Het OM kan getuigenverklaringen overleggen dat je op 23 juli in een pub een ontmoeting had met Brian Wells, hoewel het moeilijk voor hen zal zijn om te bewijzen dat het een geplande ontmoeting en geen toeval was. Vera Dawsons getuigenis is ontoelaatbaar vanwege haar dementie, en daarom blijft Wells' bewering dat jullie elkaar daarna nog een aantal keren in de Manor Lodge hebben ontmoet onbewezen. De verklaring van mevrouw Squires echter, dat ze jou daar op 26 juli naartoe vergezeld heeft en Brian Wells door het raam heeft gezien is bijzonder bezwarend, net zoals je e-mail aan haar van 24 oktober waarin je je vrouw beschrijft als: 'een idioot. Ze gelooft alles van L-F omdat ze zo'n hekel aan hem heeft.' Er zullen ongetwijfeld conclusies worden getrokken, omdat de ontmoeting van Eleanor met Brian Wells en 'Vixen' op 23 oktober heeft plaatsgevonden.

Op 27 december heb je ontkend dat je van kolonel of mevrouw Lockyer-Fox ooit schetsen van Monet te zien hebt gekregen, een feit dat bevestigd is door de kolonel. Toch bewijzen de vingerafdrukken dat zowel jij als Wells een van die Monet-schetsen in handen heeft gehad, terwijl ze de afgelopen twee jaar opgeslagen waren in de kluis van de kolonel, wat de bewering van

Wells staaft dat hij de schets bij jou heeft afgeleverd maar dat jij hem hebt opgedragen de schets terug te zetten omdat hij 'te goed gedocumenteerd' was om te verkopen. Bovendien heb je niet kunnen verklaren hoe jouw vingerafdrukken terecht zijn gekomen op verschillende zilveren artikelen die zich in de bus van Brian Wells bevonden. Er zijn getuigenverklaringen dat je juwelen in Bournemouth hebt verkocht, die later zijn geïdentificeerd als toebehorende aan Ailsa Lockyer-Fox. En het meest bezwarend: de envelop waar de brief in zat aan je vrouw die zogenaamd van Leo Lockyer-Fox afkomstig was, draagt jouw DNA in het speekselresidue op de postzegel.

Met alle respect, je hebt geen aannemelijke verklaring kunnen geven voor deze zaken, behalve dat mevrouw Squires 'een wanhopige trut' is die 'bereid is alles te zeggen omdat ze een oogje heeft op brigadier Monroe' en dat 'de vingerafdrukken gefingeerd zijn'. Die argumenten zullen op geen enkele rechter of jury indruk maken, en ik vraag je te erkennen dat mijn inspanningen om het aantal zaken dat je ten laste wordt gelegd te verminderen in een mild vonnis zullen resulteren als kolonel Lockyer-Fox en zijn familie verdere pijn en verdriet bespaard blijven. Evenzeer zal het hof weinig sympathie voor je hebben als je de kleindochter van de kolonel dwingt te luisteren naar incestbeschuldigingen die evident onwaar zijn.

Tot slot zou ik je er graag aan willen herinneren dat ook advocaten het recht hebben voor een zaak te bedanken. Ik heb begrip voor je frustraties, vooral in verband met je scheiding, je verlies van vrienden en de onmogelijkheid ergens anders te gaan wonen, maar ik ben niet verplicht de taal die je vanmorgen tegen me gebezigd hebt over mijn kant te laten gaan. Als zoiets nogmaals gebeurt, dan zal ik er zeker op staan dat je een andere maatschap consulteert.

Met vriendelijke groet,

Gareth Hockley

Gareth Hockley

32

Begin november 2002

Nancy parkeerde naast de Lodge en liep door de moestuin naar het huis. Het was heel anders dan de vorige keer dat ze hier was geweest, bijna een jaar geleden, toen Bovington haar verlof had gegeven om thuis in Herefordshire te herstellen. Ze had verwacht in de zomer terug te komen, maar dat was niet gebeurd. In plaats daarvan was ze opnieuw naar Kosovo uitgezonden.

De bedden waren omgespit en plastic tunnels beschermden de wintergroente tegen vorst en wind. Ze opende het hek naar Ailsa's Italiaanse tuin. De bloembakken waren met chrysanten, herfstasters en winterviolen beplant en iemand had de keitjes geveegd en de deur en de ramen van de bijkeuken geschilderd. Kinderfietsen stonden tegen de muur en ze hoorde muziek uit de keuken komen.

Ze deed de deur naar een smetteloze bijkeuken open en liep er op haar tenen doorheen naar Bella, die bezig was bladen met glazen en hapjes klaar te maken. Ze zag er niet anders uit dan de laatste keer dat Nancy haar gezien had, nog steeds gehuld in paars, nog steeds enorm dik, en nog steeds met kortgeknipt geblondeerd haar. 'Hai, Bella,' zei ze vanuit de deuropening.

De vrouw slaakte een kreet van vreugde en rende naar voren om haar armen om Nancy's middel te slaan in een dikke knuffel. 'Ik wist dat je zou komen. Mark dacht dat je 'm op het laatste moment zou drukken, maar ik zei: geen sprake van.'

Nancy lachte. 'Ik had het misschien gedaan, als jij m'n mobiel niet volgezet had met boodschappen.' Ze liet zich de keuken binnentrekken. 'Wauw,' zei ze terwijl ze naar de pasgeverfde muren keek. 'Het ziet er geweldig uit, Bella... Het ruikt ook lekker.'

'Het is liefdewerk, schat. Die arme oude Manor. Het huis heeft niemand kwaad gedaan, maar het heeft het een en ander meegemaakt. Ik heb de meeste kamers beneden voor elkaar... nieuw behang... reuze smaakvol. De kolonel vindt het een verbetering... maar ik mocht geen paars gebruiken.' Ze hield Nancy's gezicht met beide handen omvat. 'Waarom kom je achterom? Je bent de eregast. Ik heb de scharnieren van de voordeur speciaal nog geolied, zodat hij niet zou piepen.'

Nancy glimlachte. 'Het leek me makkelijker om via de gang naar binnen te sluipen om me rustig onder de mensen te begeven zonder al te erg op te vallen.'

'Ja, daar heb je wel kans op! Mark loopt al de hele ochtend met zijn ziel onder zijn arm rond te drentelen en de kolonel houdt sinds gistermiddag de klok in de gaten.' Bella draaide zich om om een glas champagne in te schenken. 'Hier, drink je maar even moed in. Je ziet er geweldig uit, schat. Ik wist niet dat jij benen had.'

Nancy streek verlegen haar rok glad. 'Hoe gaat het met James?'

'Goed. Af en toe heeft hij een mindere dag, maar hij kikkert weer helemaal op als jouw brieven arriveren. Hij maakt zich zorgen over je. Kamt de kranten uit om er zeker van te zijn dat er geen vijandelijke acties te verwachten zijn in jouw gebied. Hij telefoneert constant met je vader en moeder, om de laatste nieuwtjes te horen. Hebben ze je verteld dat ze hier op bezoek zijn geweest?'

Ze knikte. 'Ik heb begrepen dat mijn moeder Zadie en Gray een cursus snoeien heeft gegeven.'

'En bovendien heeft ze de kolonel overgehaald ze voor één dag in de week te laten inschrijven bij een landbouwschool hier in de buurt. Ze pikken het trouwens heel snel op. We hadden van de zomer groente uit eigen tuin.' Ze kneep Nancy's hand even. 'Heeft ze ook verteld dat Wolfie hier is? Hij mag van het maatschappelijk werk één keer per maand op bezoek komen. Het gaat heel goed met hem... fijn huis... doet het prima op school... is zo'n vijftien centimeter gegroeid. Hij vraagt steeds naar je, als hij groot is wil hij ook in het leger.'

Nancy nam een slokje champagne. 'Is hij er vandaag ook?'

'Tuurlijk... met z'n pleegvader en -moeder.'

'Praat hij wel eens over wat er gebeurd is?'

'Soms. Hij was niet van streek toen Fox stierf. Hij zei dat het eigenlijk wel goed was als het betekende dat we niet hoefden te getuigen. Ik denk dat we er allemaal zo over denken.'

'Ja,' beaamde Nancy.

Bella ging verder met het rangschikken van de hapjes. 'Heeft Mark je verteld dat Julian Bartlett een paar weken geleden veroordeeld is?'

Weer een knikje. 'Hij zei dat hij opeens zijn verdediging gewijzigd heeft en dat hij als verzachtende omstandigheid persoonlijke problemen heeft aangevoerd.'

'Ja, bijvoorbeeld dat hij tegelijkertijd een vrouw en een vriendin moest onderhouden!' Bella grinnikte. 'Kennelijk deed hij dat al jaren... Toen de politie een paar ex-maîtresses in Londen en een zwendel bij zijn oude bedrijf boven tafel haalde, werd hij bang.'

Nancy moest lachen. 'Wist Eleanor ervan?'

'Waarschijnlijk niet. Ze loog wel over hoeveel hij verdiende, maar Martin denkt dat ze alleen probeerde zich beter voor te doen dan ze was. Je grootvader heeft geen medelijden met haar. Hij zegt dat hoe meer ze loog over hoeveel geld Julian had, hoe aantrekkelijker ze hem maakte voor opdringerige vrouwen.'

Nancy lachte. 'Ik neem aan dat ze er nu spijt van heeft.'

'Vast. Ze zit helemaal in haar eentje in dat grote huis. Ze komt weinig meer buiten, dat is zeker... geneert zich te veel. De bijter gebeten, zeg ik maar. Eigen schuld.'

'En de Weldons, zijn die nog bij elkaar?'

'Nog net. Dick is een fijne kerel. Hij is gekomen om zijn excuses aan te bieden nadat jij weg was, zei dat hij niet verwachtte dat de kolonel Prue zou vergeven, maar dat hij hoopte dat hij zou geloven dat hijzelf totaal niet wist wat er gaande was. Zij is zich kapotgeschrokken toen het allemaal uitkwam. Ze doet amper haar mond meer open, uit angst dat ze iets verkeerds zegt.'

Nancy schudde haar hoofd. 'Ik begrijp nog steeds niet dat Julian gedacht heeft dat hij ermee weg zou komen.'

'Martin zegt dat hij geprobeerd heeft de zaak af te blazen door Vera te bellen toen hij erachter kwam dat Mark hier was. Dat telefoontje is vastgelegd op zijn mobiel, maar óf Vera heeft de boodschap niet doorgegeven, óf Fox heeft het genegeerd.'

'Waarom heeft hij Fox niet gebeld?'

'Dat deed hij kennelijk nooit. Hij wist genoeg van mobiele telefoons, hij wilde Fox' nummer er niet op hebben.' Ze deed de oven open en haalde er een bakplaat met saucijzenbroodjes uit. 'Een stomme klootzak. Het ging goed met de juwelen van Ailsa en wat spulletjes die Vera pikte uit kamers waar de kolonel nooit meer kwam... maar toen werd hij inhalig. Weet je wat Martin denkt? Hij zegt dat het komt doordat Julian niet bestraft is voor die zwendel op z'n werk... zijn bedrijf heeft hem afgekocht om hem zijn mond te laten houden. Een verkeerde les. Hij krijgt het idee dat stelen makkelijk is... smeert 'm hiernaartoe, ontmoet types als Bob Dawson en Dick Weldon en denkt dat de mensen in Dorset zaagsel tussen hun oren hebben. Hij houdt schone handen tot z'n geld op begint te raken... en dan komt hij Fox toevallig tegen en denkt: Bingo! Die is net zo slecht als ik.'

'Maar hij moet toch geweten hebben dat Fox iets te maken had met de dood van Ailsa?'

Bella zuchtte. 'Martin zegt dat het hem waarschijnlijk niets kon schelen toen de politierechter oordeelde dat het om een natuurlijke dood ging. Het gaf hem in ieder geval een pressiemiddel. Vera ratelt maar door over dat meneer Bartlett heeft gezegd dat hij naar de politie zou gaan als haar jongen niet voor hem stal. Die arme oude kolonel. Hij was een makkelijke prooi... helemaal alleen... praatte niet met zijn kinderen... geen buren... een seniele werkster... dwarse tuinman... advocaat zat in Londen. Fluitje van een cent om hem uit te schudden. Daar was dat kamp voor, denken ze. Fox zou het hele huis leeghalen, er dan vandoor gaan en ons in de vuurlinie achterlaten.'

Nancy knikte. Mark had haar het meeste al verteld. 'Ik vraag me af wie van tweeën het bedacht heeft.'

'Dat weet niemand. Eén ding is zeker. Jij en Mark hadden hier helemaal niet moeten zijn. Ze wilden dat de kolonel alleen was en dat hij dacht dat Leo erachter zat. Martin denkt dat Fox de oude baas sowieso wilde vermoorden, zodat er geen getuige zou zijn.'

'Wat zegt Julian daarover?'

Bella grijnsde. 'Niets. Deed het in z'n broek toen Monroe hem vertelde hoeveel mensen Fox volgens de politie heeft vermoord. De journalisten weten nog niet de helft, Nance. De stand is tegen de dertig, tot nu toe... en er komen er nog bij. Fox was een sadist. De politie denkt dat iedere staart in zijn bus niet alleen voor een vos staat maar ook voor een mens. Dat geeft te denken, hè?'

Nancy dronk zich met een slokje nog wat moed in. 'Zie je Vera wel eens?'

'Nee, maar iedereen die naar het verpleeghuis gaat krijgt te horen wat ze te zeggen heeft.' Ze stak haar hand over de tafel uit om die van Nancy weer te pakken. 'Ze zegt nog wat, schat, en ik denk dat je het beter van mij kunt horen dan via via. Ik weet dat Mark je over die foto's heeft verteld die de politie in de Lodge heeft gevonden, die van Fox en Elizabeth toen ze tieners waren. Kennelijk had hij zich bij de reizigers aangesloten die de hekken van meneer Squires repareerden. Wat jou betreft betekent het niks... maar Vera heeft het er vaak over dat jij Fox' dochter bent.'

Nancy liet de champagne in haar glas ronddraaien en keek hoe de belletjes uiteenspatten. Mark had het haar in januari verteld. Ook hij had gezegd dat die foto's niets betekenden, maar ze had uren op internet doorgebracht met onderzoek naar bruin-blauwe allelen, blauw-groene allelen, dominante kleuren en kleurvariaties. Ze had bevestiging verwacht dat blauwogige ouders geen bruinogig kind konden krijgen. Maar het tegendeel bleek waar.

Ze nam aan dat Mark hetzelfde onderzoek had gedaan, omdat hij haar een paar keer had gevraagd of ze iets van Elizabeth wilde. Ze wisten allebei waar hij het over had, maar steeds had Nancy nee gezegd. Hij had niet aangedrongen, en ze was hem daar dankbaar voor. Hij begreep dat in dit geval onzekerheid draaglijker was dan zekerheid.

Nu was het te laat. Elizabeth was in april gestorven, nadat ze het contact met haar vader hersteld had, maar niet met het kind dat ze af had gestaan. Haar enige gift aan Nancy, behalve het leven, was een handgeschreven briefje waarin stond: 'Ik heb spijt van een heleboel dingen, maar ik heb er geen spijt van dat ik jou aan John en Mary Smith heb afgestaan. Het is het beste wat ik in mijn leven gedaan heb. Veel liefs, Elizabeth.'

'Nou ja, laten we maar hopen dat Vera het bij het verkeerde eind heeft,' zei ze luchtig. 'Anders heb ik van de ene kant een hersentumor geërfd, en van de andere cirrose.'

'Doe niet zo raar,' zei Bella ronduit. 'Cirrose is niet erfelijk... dat doe je jezelf aan... en je weet dat Fox je vader niet is. Jouw vader was een grote knappe kerel met bruine ogen, een goed verstand en een groot hart. Iets anders zou tegennatuurlijk zijn.'

Nancy glimlachte. 'En hoe gaat het met Martin?'

'Prima,' zei Bella die het best vond om van onderwerp te veranderen. 'Hij is er ook.' Ze knikte in de richting van de zitkamer. 'Leo ook. Ze zitten allemaal op je te wachten, schat. Mag ik je nu mee naar binnen nemen?'

Nancy voelde zich verschrikkelijk verlegen worden. Ze verwachtten allemaal veel te veel van haar. Afgezien van Mark had ze hen allemaal bijna een jaar niet gezien en Leo had ze zelfs nog nooit ontmoet. 'Misschien kan ik beter weer naar buiten gaan en via de voordeur komen?'

Ze voelde dat er een jas om haar schouders werd geslagen. 'Ik heb een beter idee,' zei Mark. Hij nam haar bij de hand en bracht haar naar de gang. 'We gaan een eindje lopen om die muizenissen weg te laten blazen. Over een half uurtje kijken we even discreet door de openslaande deuren van de zitkamer naar binnen om te zien hoe het gaat. Wat dacht je daarvan?'

Nancy voelde de spanning wegglijden. 'Precies hetzelfde als de vorige keer,' zei ze eenvoudig.